10 *Trends* para Seduzir seu Melhor Amigo

penny reid

São Paulo
2023

Ten trends to seduce your best friend
Copyright © 2022 Penny Reid

© 2023 by Universo dos Livros

Todos os direitos reservados e protegidos pela Lei 9.610 de 19/02/1998.
Nenhuma parte deste livro, sem autorização prévia por escrito da editora, poderá ser
reproduzida ou transmitida sejam quais forem os meios empregados: eletrônicos,
mecânicos, fotográficos, gravação ou quaisquer outros.

Diretor editorial
Luis Matos

Gerente editorial
Marcia Batista

Assistentes editoriais
Letícia Nakamura
Raquel F. Abranches

Tradução
Carlos César da Silva

Preparação
Monique D'Orazio

Revisão
Paula Craveiro
Bia Bernardi

Arte
Renato Klisman

Diagramação
Nadine Christine

Arte da capa
Penny Reid

Dados Internacionais de Catalogação na Publicação (CIP)
Angélica Ilacqua CRB-8/7057

R284t	Reid, Penny 10 *trends* para seduzir seu melhor amigo/ Penny Reid ; tradução de Carlos César da Silva. –– São Paulo : Universo dos Livros, 2023. 416 p. ISBN 978-65-5609-378-9 Título original: *Ten trends to seduce your best friend* 1. Ficção norte-americana I. Título II. Silva, Carlos César da
23-3632	CDD 813

Universo dos Livros Editora Ltda.
Avenida Ordem e Progresso, 157 — 8º andar — Conj. 803
CEP 01141-030 — Barra Funda — São Paulo/SP
Telefone: (11) 3392-3336
www.universodoslivros.com.br
e-mail: editor@universodoslivros.com.br

Para Nora.

CAPÍTULO 1

WINNIE

— JÁ FALEI E VOU REPETIR: O ESPECTROFOTÔMETRO TEM MIL E UMA UTILIDADES.
— As palavras saíram da minha boca na mesma hora em que o inconfundível
e inesperado som da porta da frente se abrindo chegou aos meus ouvidos.

Olhei para o relógio do celular enquanto disfarçava com cautela a minha
confusão. Duas vozes vinham da entrada do apartamento. Minha colega de
quarto, Amelia, que tinha voltado para casa muito, *muito* mais cedo do que o
normal, havia trazido alguém com ela. Nada de mais. Eu já estava quase terminando a live de hoje. Agora, basicamente, só faltava concluir.

— Quem me assistiu antes já conhece a Mable. — Levantei o espectrofotômetro com as duas mãos, mostrando-o na câmera. — Eu a comprei no eBay
por apenas 25 dólares. Ela é do modelo Fisher Único 1000, caso queiram usar
o mesmo instrumento que eu quando forem replicar esse experimento com
suas próprias bebidas isotônicas em casa. — O plástico escuro do espectrofotômetro estava um pouco riscado e sujo, mas funcionava bem. — A Mable é
um modelo mais velhinho, mas gosto de fazer as coisas à moda antiga, sabe?
Se isso não for a sua praia, os modelos mais novos têm compatibilidade com
Bluetooth e são bem menores. As leituras vão ser sincronizadas automaticamente com o aplicativo; assim você economiza o tempo que levaria para
anotar suas descobertas com essas ferramentas pré-históricas. — Lançando
um sorrisinho maroto para o público, mostrei meu lápis número 2 e papel
almaço com pauta.

A maior parte dos meus vídeos era feita na cozinha do apartamento de um
único quarto que Amelia e eu dividíamos no First Hill, um bairro a leste do
centro de Seattle. Nosso apartamento no "andar mais alto do centro de uma
casa velha" só tinha uma janela (no banheiro), mas várias claraboias. Em dias
de sol — ao contrário dos boatos, Seattle tem muitos dias ensolarados entre
maio e setembro —, a cozinha tem a melhor iluminação.

Como ainda não era maio, hoje não fazia sol; mesmo assim, era na cozinha
que eu conseguia a melhor luz.

— Win? Você está aqui? — A voz de Amelia chegou até mim, o que
significava que quem estava me assistindo também conseguia ouvi-la.

— Minha adorada colega de quarto chegou. Então, a menos que a Go
Direct queira patrocinar a minha conta e me mandar um Espectrofotômetro
SpectroVis Plus (que, a propósito, eu chamaria de Brad e encheria de todo o

carinho do mundo), acho que vamos encerrar por aqui. Espero que tenham gostado da aula de hoje. Ou… — dei uma piscadinha para a câmera — … que pelo menos pensem duas vezes antes de beber isotônico vermelho.

— Fred está aqui?

Enrijeci ao ouvir aquilo, incapaz de parar ou esconder minha reação visceral. Só uma pessoa me chamava de "Fred".

O que ele está fazendo aqui? Eu não o via há semanas.

O nó no meu estômago exigiu que eu deixasse de lado meu discurso de encerramento e terminasse a live o mais rápido possível. Levantando o dedão para a tela, falei com pressa:

— Até a próxima, aqui é a Expert da Química mandando um tch…

Tarde demais.

Byron tinha vindo correndo atrás de mim, prendido meu punho com sua mão gigante e o puxado para longe do celular. O aroma leve e caloroso de pinho e sândalo da loção pós-barba me deixou atordoada. Meus cílios tremeram conforme minha visão ficava quase turva, mas consegui me conter arfando de susto quando o rosto dele apareceu ao lado do meu.

Na tela do meu celular.

Durante a minha live.

Byron se curvou e apoiou o queixo no meu ombro, fazendo com que seu rosto (recém-barbeado, mas perpetuamente áspero) se esfregasse na minha bochecha, sua barriga e peito tocando as minhas costas. Ele tinha começado a fazer esse tipo de coisa do nada havia uns dois anos — se encostando em mim, colocando meu cabelo para trás dos ombros com delicadeza, segurando meu quadril ao passar atrás de mim —, como se ele soubesse o quanto o contato afável me desconcertava quando vinha dele. Em cada lugar que ele me tocava, minha pele queimava, fosse ao acaso ou por querer, não importava quanto tempo fizesse que a gente não se via ou se quase não tínhamos nos falado.

Ignorei outro nó no estômago, irritada com meu corpo por ser tão previsível.

— O que você está fazendo, Fred? — A pergunta me atingiu como um estrondo. Uma sobrancelha escura e grossa se arqueou sobre um pálido olho azul-esverdeado enquanto ele inspecionava nossa imagem capturada pela tela do meu celular. Suas mãos deslizaram para os meus quadris, e ele nos encarou por um momento enquanto minha boca se abria e fechava sem conseguir articular nada, com minha mente em branco, meu peito quente e minhas bochechas coradas.

Que joça.

Eu era extrovertida! Eu amava abraços e chamegos, e era muito generosa com afeto físico. Se fosse uma pessoa diferente entrando aqui e colocando o queixo no meu ombro, eu não teria pensado duas vezes. Meus amigos me consideravam "a manteiga derretida" do grupo, porque eu chorava com filmes, cartões comemorativos tocantes e comerciais excelentes. Eu tinha um pensamento ágil, era boa sob pressão e boa improvisando.

Eu sabia que passaria o resto da tarde me sentindo uma tonta por ficar tão intimidada e incapaz de formar uma frase coerente assim que Byron apareceu atrás de mim.

Que porcaria de joça!

Enquanto eu lutava com meu próprio cérebro, Byron semicerrou os olhos, se afastando ao ver os emojis que surgiam ao redor dos nossos rostos.

— Espera aí. O que é isso?

A reprovação porcamente disfarçada no tom de voz dele me arrancou do meu estupor e reprimi uma revirada de olhos — para mim mesma —, mas acabei forçando o maxilar e tendo que falar entredentes:

— Pessoal, digam oi ao Byron. Byron, diga oi para o pessoal. — Minha fala foi respondida com uma infinidade de emojis de acenos, rostos chocados e com olhos de coração. Li com rapidez a torrente de novos comentários com o calor subindo pelo meu pescoço.

Quem é esse?

Que gostosoooo.

Ele tem olhos lindos.

Peraí. É o Byron Visser. PUTA MERDA!

MDS! É o Byron Visser?!?!

Esse é seu boy?

Como q vc conhece o Byron Visser?

É O BYRON VISSER!

Você conhece mesmo o Byron Visser?

EU AMO SEUS LIVROS, BYRON!!!

Pergunta pra ele quando sai o terceiro livro. PRECISOOOO!

Apenas levemente surpresa com a enxurrada de mensagens carinhosas que Byron havia recebido por dizer apenas doze palavras, lamentei internamente minha inabilidade de conseguir dez comentários que fossem desse mesmo público em trinta minutos de live. O *meu* público, no caso. Meus seguidores.

Fiquei com ciúmes.

Só um pouquinho. Mas não deveria. Me comparar ao Byron Visser era como comparar uma ligação de serviço ao cliente excepcionalmente útil, produtiva e positiva à experiência de um musical de sucesso da Broadway. Ambas podiam ser eventos únicos e incríveis, mas por motivos diferentes.

Sim, essas pessoas adoráveis davam as caras para assistir a meus experimentos científicos mensais. Parte dessas pessoas consumia meu conteúdo por hobby; parte delas era formada por pais e mães aprendendo a fazer experimentos em casa com os filhos de maneira segura; parte era professores e professoras de química não cientistas em busca de recursos para suas aulas.

Mas esperava que a maior parte do meu público consistisse em mulheres jovens curiosas sobre engenharia, química, física, biologia, matemática, tecnologia e suas aplicações no dia a dia, e em como as áreas STEM* podiam ser relevantes para elas. Adolescentes e mulheres de todas as idades que não se sentissem acolhidas por ambientes acadêmicos tradicionais dessas áreas eram os motivos por eu ter criado essa conta. Eu estava feliz por ser uma referência, independentemente de quem estivesse me assistindo ou por que razão, e sabia que meus seguidores gostavam do meu conteúdo.

Dito isso, eu duvidava de que fossem me reconhecer na rua. Se acontecesse, duvido que pediriam um autógrafo.

Por outro lado, Byron Visser não só era indiscutível e enormemente talentoso e inteligente. Ele, sim, era uma celebridade. Famoso nas redes sociais graças a um vídeo de fã que tinha viralizado depois da publicação do seu primeiro livro, e famoso graças a seus livros serem best-sellers instantâneos. Sem falar no contrato de adaptação cinematográfica. Além dos rumores de ele namorar supermodelos. Fora aquela foto de página dupla dele seminu e gostosão em uma — e apenas uma — entrevista que ele tinha dado para uma revista.

Resumindo, era isso. Ele era famoso mesmo.

Mas eu conhecia o Byron de verdade. O Byron de verdade era sarcástico e retraído. Não era lá muito sociável. Nosso grupo de amigos da faculdade — de que ele só tinha feito parte tangencialmente durante o andamento do curso e não mais depois da formatura, porque ele se esquivava de tudo o que a gente marcava para se encontrar — o havia categorizado como "o gênio recluso". Eu não tinha certeza se ele sabia nossos nomes, além dos de Amelia e Jeff. Como ele mesmo dissera, ele não gostava muito de pessoas de maneira geral.

Corta para: em vez de dizer oi para meu público ao vivo — o que parecia a coisa apropriada a se fazer, ainda mais considerando que ele tinha interrompido minha gravação, e o feed de comentários havia explodido com elogios a ele —, Byron sendo Byron apenas fez cara feia para a câmera, soltou um grunhido de reclamação e saiu de cena.

Exalei lenta e silenciosamente quando ele saiu, levando consigo o tom escuro sutil de sua barba já aparente e o calor de seu corpo. Uma chuva de *HAHAHA* e emojis de coração veio logo em seguida.

Meu rosto ferveu.

---

* A sigla STEM é um acrônimo em inglês usado para designar as quatro áreas do conhecimento: Ciências, Tecnologia, Engenharia e Matemática (em inglês Science, Technology, Engineering, and Mathematics). (N. T.)

— Ok, então. Obrigada, Byron, por sua contribuição verdadeiramente fascinante à conversa de hoje. Que bom que você apareceu para dar o ar da graça. O que faríamos sem você, não é mesmo?

Byron se recostou contra a parede na nossa sala de jantar minúscula, se ajeitando para ficar observando e julgando enquanto me encarava. O lado direito do seu lábio superior grosso sempre parecia propenso a se curvar. Isso, somado às sobrancelhas escuras em formato de asas acima dos olhos de uma cor incomum, dava ao seu rosto uma expressão permanente de insatisfação e reprovação, a despeito do que estivesse acontecendo ou de onde ele estivesse.

Ignorando sua presença enervante, forcei um sorriso para a câmera e continuei, animada:

— E, sim, pra quem perguntou, ele é o autor Byron Visser, recluso ávido, abdicador de camisetas e resmungão em série. — Talvez eu estivesse me aproveitando da onda de indignação, ou talvez a irritação fosse um lubrificante excelente para o meu cérebro porque, apesar de ele estar me observando, não me embananei com as palavras.

Outro grunhido de reclamação veio da direção de Byron, seguido por uma risada alta de Amelia. Ele podia resmungar o tanto que quisesse, nada do que eu tinha dito era mentira. Fazia mais de seis anos que eu o conhecia e ele nunca me chamara pelo meu nome de verdade, e mal era capaz de dizer algo para mim que não fosse crítico.

Não me deixando distrair pelo tsunami de comentários, a maioria dos quais relacionada à gostosura e ao talento de Byron e à beleza de seus olhos — e todos os quais tive que admitir melancolicamente que eram verdade —, voltei o polegar para o topo da tela, deixando-o pairar sobre o botão *Encerrar Transmissão*, e forcei minha mão a parar de tremer.

Como ele já havia interrompido o vídeo e eu estava me sentindo estranhamente corajosa em sua presença, decidi fazer o discurso que havia planejado a princípio.

— Apareçam na próxima! Vamos falar sobre as convenções de nomenclatura para compostos químicos, mas prometo que isso é superinteressante e relevante para outros aspectos da vida. Vocês nunca se perguntaram o que são aqueles ingredientes na sua comida e nos seus cosméticos? Deixem comentários falando qual ingrediente vocês acham bizarro ou que soa estranho e assustador. Vamos discutir os compostos deles para vocês entenderem como eles funcionam. Conhecimento é poder, meus amigos. Sejam poderosos. Ah! Também não deixem de comentar se tiverem alguma pergunta e vou tentar responder todas durante o mês. Aqui vai a piada da semana: Por que é ótimo namorar profissionais da química? Porque elas sempre conhecem uma solução!

Rá! Eu sei, eu sei, essa foi péssima. Foi mal. Enfim, aqui é a Expert da Química mandando um tchau.

Encerrei a transmissão, meu sorriso sumiu e me dei alguns segundos para recuperar o fôlego. Tirando meu celular do suporte, cliquei na tela para salvar a videoaula na minha conta, o tempo todo tentando ignorar o peso do olhar de Byron Visser e as batidas irregulares do meu coração. Eu ficava doida da vida por ele sempre me deixar inquieta, não importava qual fosse o humor em que eu estava antes de ele aparecer.

— Desculpa! Acabamos de voltar do almoço e achei que você não estaria em casa. — Amelia passou pela minha bagunça de garrafas abertas de bebida isotônicas, pipetas e tubos de ensaio espalhados pela ilha da cozinha. Depois de levantar a tampa e checar o nível da água, ela ligou a chaleira elétrica.

— Relaxa.

Gesticulei para que ela deixasse para lá, olhando para Byron e depois imediatamente voltando minha atenção para o celular. Uma explosão de calor subiu da base da minha coluna até a ponta dos dedos. Nossos olhos haviam se encontrado. Eu odiava quando isso acontecia.

Eu o senti se afastar da parede e ouvi seus passos se movendo mais para dentro do apartamento. Imaginei que ele provavelmente estivesse examinando minha mísera coleção de plantas de casa e considerando que deixavam a desejar. Ou talvez ele fosse colocar uma luva branca para testar a limpeza das nossas prateleiras.

Por que ele está aqui?

Eu não o via há séculos. Mesmo que ele sempre tivesse sido um bom amigo de Amelia — eles cresceram juntos no leste de Oregon —, ele e eu nunca interagimos de forma significativa. Eu tendia a evitá-lo e, quando não conseguia, ele era como uma nuvem ameaçadora em um dia ensolarado.

— Quer chá, Win?

O tilintar de Amelia mexendo nas canecas fez meu olhar se voltar à minha colega de quarto.

— Sim, por favor. Comprei um pouco do Hortelã Hot da banquinha da Serena na feira orgânica. — Apontei para a despensa. — Mas já guardei.

Amelia e eu chamávamos de "Hortelã Hot", mas o nome de verdade era Hortelã Apaixonado. Nossa amiga tinha aberto um negócio para garantir uma renda extra como preparadora de chá, e finalizava as caixas com ilustrações parecidas com as de capas de romances de banca. Eu também gostava de Camomila Carnal e de Limão Lascivo com Gengibre.

— Hummm, boa ideia! Vou querer esse também. Byron?

— O quê? — A voz dele soou de algum lugar atrás de mim. Senti um arrepio na espinha, uma tensão na barriga; cerrei os dentes em resposta aos reflexos involuntários.

Colocando a mão na cintura, Amelia olhou por sobre meu ombro.

— Quer chá?

— Não. Essa *Sedum morganianum* precisa tomar mais sol — disse ele. — E se quiserem que ela cresça para baixo na vertical, vão precisar colocar ela em um pote suspenso.

Relaxando a mandíbula, quase ri. Quase. Eu estava certa, Byron estava examinando minhas plantas de casa e achava que deixavam a desejar.

— É o lugar do apartamento onde bate mais sol — resmungou Amelia, fechando a porta do armário e depois indo até a dispensa. Ela falou mais alto, com um tom de provocação: — Nem todo mundo de vinte e poucos anos tem dinheiro para comprar uma casa em Seattle, Byron.

— Nem para alugar um apartamento com janelas, pelo visto — disse ele, com a fala arrastada.

Sinceramente, viu?

Amelia só respondeu o comentário dele com uma risadinha. Eu não fazia *ideia* de como ela conseguia aguentá-lo.

— Os mistérios do universo são vastos e abundantes — murmurei.

— Não entendi... — comentou Amelia, colocando os sachês de Hortelã Apaixonado nas nossas canecas.

— Oi? Ah, nada. — Terminei de digitar a legenda e de salvar o vídeo, coloquei o celular na bancada e comecei a arrumar as garrafas e béqueres que estavam espalhados pelo balcão de fórmica.

Senti minha colega de quarto acompanhando meus movimentos, e ela disse:

— Você está tão linda hoje. Adoro quando seu cabelo está desse jeito.

— Ai, obrigada. — Distraída, passei a mão pelo meu cabelo castanho--avermelhado, no momento caindo em ondas por sobre meus ombros. Não costumava fazer muito mais com ele além de prendê-lo num rabo de cavalo ou numa trança, mas estava nos meus planos descolori-lo até ficar loiro durante uma live no meu canal. *Pela ciência!*

— E como foi a transmissão?

— Bem. Quer dizer, foi boa. — Pressionei os lábios, me reprimindo por responder com um advérbio em vez de com um adjetivo, que era o gramaticalmente correto. Byron nunca tinha corrigido meu vocabulário em voz alta, mas eu suspeitava de que ele fazia isso naquela cabeçona brilhante e linda dele.

— Mara! Não vejo a hora de assistir depois.

— Você não precisa assistir... *ao vídeo.* — *Ahá! Toma essa! Quem é que tem dois polegares opositores e sabe que o verbo "assistir", no sentido de "ver", é transitivo indireto e precisa de preposição? Euzinha!*

— Mas quero ver — respondeu ela, e eu a senti me olhando de cima a baixo, me analisando.

Forcei um sorriso. Ela sabia que eu evitava Byron sempre que possível, mas nunca tínhamos falado explicitamente sobre o motivo. Não queria admitir que me sentia abobalhada perto dele e, para ser sincera, sabia que o problema era eu. *Sabia*, mas não conseguia fazer nada a respeito.

Ele mal falou comigo e, ainda assim, lá estava eu, colocando pensamentos maldosos em sua boca e sua mente. Por que eu era assim? No geral, pensava o melhor das pessoas. Por que tinha que ser tão difícil fazer o mesmo com Byron?

— Desculpa de novo por interromper. — Amelia colocou a caneca na minha frente, franzindo o cenho. — Não sabia que você estaria aqui. Achei que tinha alguma coisa na escola.

— Ah, não. Aquela reunião foi cancelada. — Estávamos na sexta-feira anterior ao recesso de primavera da escola pública onde eu lecionava. — Eles trocaram, pediram para a gente ir amanhã.

— Você trabalha aos fins de semana? — O tom seco habitual de Byron surgiu com um toque de soberba e censura.

Respirei fundo. E expirei lentamente. Sobre *esse* tópico em questão eu sabia bem o que ele estava pensando.

Na faculdade, eu havia presenciado as inúmeras tentativas de Byron de fazer com que Jeff Choi — o colega de quarto dele, um dos caras mais gentis que já conheci e membro do nosso grande grupo de amigos — desistisse de ser professor. Até perdi a conta. Byron dizia que lecionar era uma profissão mal paga e mal reconhecida e que o sistema educacional se aproveitava dos professores e os levava ao fracasso, então por que é que uma pessoa inteligente e racional, com aptidão para ciência, matemática ou engenharia, aceitaria um salário de professor para atuar como professor?

Byron não gostava da minha escolha de carreira. Ele não escondia isso quando o assunto surgia, como agora. O fato de que eu tinha escolhido a sala de aula, mesmo carregando a dívida pesada das anuidades da graduação, provavelmente significava que ele me achava burra.

Mas não me importava com o que ele pensava. Ou, para ser mais exata, não queria me importar. Mas, já que ele era indiscutivelmente uma das pessoas mais inteligentes e bem-sucedidas que eu já havia conhecido, além de fazer doações generosas para a caridade todo ano e parecer ser uma enciclopédia ambulante que sabia literalmente sobre tudo, era mais fácil falar do que fazer.

— Sim, trabalho aos fins de semana — respondi, enfim, mas não acrescentando que todos os professores e professoras que eu conhecia trabalhavam nos fins de semana. É claro que sim. Do contrário, como é que a gente ia conseguir fazer planejamentos de aulas e corrigir provas e atividades?

— Agora as escolas pagam para que vocês trabalhem de sábado e domingo?

Imaginei que essa pergunta viria, mas ainda assim meu peito se contorceu de vergonha.

— Não, a gente não recebe para trabalhar ao sábado e domingo.

— Então vocês não deveriam trabalhar — respondeu ele, como se fosse fácil. — Você se desvaloriza se trabalha sem receber.

Minha garganta ardeu com vontade de dizer que havia mais considerações do que só o salário, como o fato de eu amar minha profissão. Eu amava meus alunos, me importava com eles, com seus sucessos e suas falhas. Profundamente. Pensar neles me fazia perder o sono planejando como poderia ajudar um aluno a entender um conceito complexo de maneira mais fácil, ou o que fazer com uma aluna brilhante que tinha uma vida complicada em casa, ou como poderia dizer com sutileza a uma aluna que ela tinha um dom para a engenharia sem deixá-la desconfortável na frente dos colegas.

Um salário era necessário para viver, é óbvio, mas não era o motivo por eu ser professora. Não era porque eu dava tão duro na escola e nas minhas contas nas redes sociais.

E agora meu coração estava pesado, e eu estava transpirando e triste, e — mais uma vez — odiava que eu permitia que ele fosse o responsável por me deixar assim.

— Quer saber? — Sequei as mãos numa toalha e meticulosamente a dobrei, deixando-a em cima da bancada. — Acho que não quero chá, não. Vou sair para correr.

Amelia me deu um sorriso de desculpas e eu balancei a cabeça de leve, torcendo para que ela entendesse que não precisava se preocupar. Já éramos colegas de quarto desde a faculdade, quando nos colocaram juntas no dormitório. Mesmo se eu conseguisse arcar com os custos de morar sozinha, ainda preferiria morar com Amelia. Quando passei a morar com ela, pela primeira vez na vida me senti livre para ser eu mesma. Na época, ela estava no começo do curso de medicina e eu estudava química. Como oxigênio e hidrogênio, estávamos destinadas a ter uma ligação.

Eu a amava. Ela era incrível. Não era culpa dela que eu deixasse um dos seus melhores e mais antigos amigos me fazer sentir boba e ficar sem palavras toda vez que compartilhávamos o mesmo espaço. Isso era culpa minha.

Então, o que mais eu poderia fazer se não dar no pé?

CAPÍTULO 2

WINNIE

— DESCULPA POR TER TRAZIDO O BYRON. ELE PERGUNTOU SE PODERIA VIR, E pensei que você só voltaria bem mais tarde. — Amelia me encontrou na porta do apartamento assim que voltei para casa, com um copo d'água na mão. — Enfim, foi mal.

Aceitando o copo, dei de ombros ao passar por ela.

— Tudo bem.

Ainda sem fôlego por conta da corrida, caminhei a curta distância entre a ilha da cozinha e o sofá, precisando deixar meu corpo esfriar. Eu deveria ter dado mais uma volta no quarteirão, mas a garoa tinha virado uma chuva grossa.

— Não, não tá tudo bem. Sei que ele te estressa.

Ela foi até o sofá e se sentou, puxando um cobertor felpudo por cima das pernas. O que parecia uma caneca de chá nova e um prato com meus cookies de gengibre estavam sobre a mesinha à esquerda dela.

— Só porque ele não ri das minhas anedotas cheias de sagacidade. Se ele fingisse que sou engraçada isso mudaria tudo — brinquei… meio que não brincando.

Mas também, quando foi a última vez que eu havia tentado contar uma piada a Byron? Devia fazer anos que eu me dera ao trabalho.

— É mais do que isso, sei que é. — Ela pegou a caneca e assoprou a bebida. — Preciso que a Winnie educada faça uma pausa para fumar e eu possa falar com a Winnie sincera. Você não gosta dele. Ele te deixa desconfortável?

— Não, ele não me deixa desconfortável — rebati, por reflexo, apesar da permissão dela para eu ser honesta, por não querer chatear minha amiga.

Mas depois revirei os olhos para essa necessidade irritante, cravada no fundo do meu ser, de evitar conflito e fazer todo mundo feliz o tempo todo — algo sobre mim que eu vinha tentando mudar de verdade.

— Tá bom, você venceu. Ele não é minha pessoa favorita do mundo — admiti com relutância —, mas ele não me deixa desconfortável. Além disso, não importa. Vocês dois são amigos. Pronto. — *Nós vamos mesmo falar sobre isso agora? De que adianta?* Bebi o copo de água inteiro e depois me virei para olhar a cozinha. — Sobrou chá?

— Ainda tem água quente. Queria que você me contasse se achar melhor eu não trazer mais ele pra cá. — Ela balançou a cabeça na direção da chaleira. — Tem certeza de que ele não te deixa desconfortável? — A voz dela ficou mais aguda com a pergunta. — Você cerra os dentes e age como se tivesse uma hérnia toda vez que ele está por perto.

— Bem, ele me deixa sim, um pouco. — Constrangida, lavei rapidamente o copo de água e o coloquei no escorredor para secar.

Eu não estava preparada para ter essa conversa, mas sabia que era preciso. Já não era sem tempo. No entanto, estava determinada a medir minhas palavras com cautela. A última coisa que eu queria era causar desconforto entre Amelia e seu amigo de infância.

— Byron... não... me deixa... desconfortável — falei, hesitante. — Mas sinto desconforto perto dele.

Me virei e encontrei uma expressão confusa no rosto de Amelia.

— Você sente desconforto perto dele, mas ele não te deixa desconfortável?

— Sei que não faz sentido nenhum. — Ri, colocando água quente em uma caneca enquanto meus ombros tremiam dentro da jaqueta de corrida ensopada.

— O que posso fazer para ajudar a diminuir seu desconforto quando ele estiver por perto?

— Nada. — Tirando a jaqueta e colocando-a de atravessado sobre o encosto de uma cadeira na cozinha, levei minha caneca até o sofá e me sentei de pernas cruzadas em uma almofada, de frente para ela. — Ele é tão...

— Quieto?

— Perfeito.

Ela fez uma careta.

— Perfeito?

— É. Ele é absolutamente brilhante, esforçado e bem-sucedido, e ainda tem um talento e uma criatividade enormes. Ele doa aquele dinheirão para caridade todo ano e parece saber tudo sobre tudo. Acho que me sinto uma criança desinformada sempre que a gente está no mesmo lugar, e então eu não sei como não me sentir intimidada. E isso é coisa minha. — Essa era a conclusão a que eu tinha chegado anos atrás.

Pegando emprestada a expressão que minha professora da segunda série sempre usava, ficar perto de outras pessoas "fazia meu balde transbordar". Isso parecia ser uma verdade unilateral. Só acontecia com Byron Visser.

Mesmo quando a gente se conheceu — antes de ele virar esse autor lendário famoso, antes de ele ter terminado dois doutorados, antes de ele ter ficado forte depois de entrar para um clube de rugby alguns anos atrás e as pessoas começarem a ficar sem graça sempre que ele aparecia, na época em que ele era um graduando sem jeito e adorável, alto, magro e sem títulos acadêmicos, que usava apenas roupas pretas e tinha uma cabeça que parecia grande demais para o corpo, e que escondia o próprio rosto com o cabelo escuro e grosso que escorria em ondas até passar da altura dos ombros —, algo nele me desnorteava e fazia minha pele arrepiar. Em toda a minha vida, só *ele* teve esse efeito sobre mim.

Na verdade, não era bem assim. O mais perto que eu já havia chegado dessa anarquia biológica perturbadora tinha sido durante um período extremamente difícil, na segunda semana de aulas no meu primeiro ano do ensino médio — mas não vou te entediar com uma história longa que envolve shorts brancos, o time de futebol masculino, minha menstruação e o Instagram. Depois disso, me senti assustada, preocupada e envergonhada por semanas.

Ondas de calor repentinas, incapacidade de formar frases coerentes, aperto no peito, coração acelerado, mãos trêmulas — estar próxima de Byron sempre me fazia sentir assim. No momento em que nossos olhos se encontraram pela primeira vez, eu senti. Eu não conseguia respirar. Foi como levar um soco no estômago. Me esforcei muito para ignorar o desconforto inexplicável. Eu gostava de pessoas, e Byron era, afinal de contas, só uma pessoa.

Mas nesse primeiro dia, quando nos conhecemos, eu disse algo sobre andar de patins no verão em Alki Beach. Eu tinha pronunciado Al-*qui* em vez de Al-*cai*. Ele me corrigiu na mesma hora.

E não foi de maneira rude. Foi muito natural, sem emoção. Mesmo assim, me retraí completamente, e sua correção improvisada ligou um interruptor permanente em mim. Não importava o que ou como eu tentasse, não conseguia desligá-lo. Quase tudo que havia saído de sua boca desde aquele momento me pareceu condescendente e crítico, mesmo quando eu sabia objetivamente que não era.

Portanto, eu era o problema. Era por isso que eu o evitava.

— Ele faz você se sentir como uma criança? — Os olhos de Amelia pareceram se arregalar e semicerrar ao mesmo tempo. Era um olhar de afronta. — O que foi que ele disse? Falei para ele que...

— Não, não. Não é ele. Sou eu. — Cobri a mão dela, tentando não me preocupar muito com o que ela tinha dito a Byron. Eu não deveria me importar com o que ele pensava sobre mim, então por que deveria ficar envergonhada se Amelia falasse com ele sobre isso? Eu não deveria ter vergonha. Eu não sou ninguém para ele ficar preocupado a respeito. Eu duvidava que ele sequer tivesse me notado. Ele provavelmente me chamava de Fred porque não sabia ou não se importava em lembrar meu nome verdadeiro. — Acho que pessoas superinteligentes me deixam nervosa. Mas, como disse, isso é problema meu, não dele.

— Do que você tá falando? Você é superinteligente.

— Você entendeu o que eu quis dizer. Tem inteligência e tem *inteligência*. — Eu não achava que essa fosse uma declaração controversa. Apesar de Byron existir apenas às margens do nosso grupo de amigos da faculdade, todos nós nos maravilhávamos com seu conhecimento enciclopédico durante as poucas vezes que ele dava as caras em uma festa ou reuniãozinha. E quando o primeiro livro dele foi lançado, todo mundo ficou de queixo caído de tanta admiração efusiva. Em outras palavras, eu era inteligente, mas não no nível de Toni Morrison, Albert Einstein, Marie Curie ou Byron Visser.

— E você acha que Byron tem o segundo tipo de inteligência?

— Fala sério, né, Amelia? Ele se formou mais cedo como bacharel em física e tem doutorado em engenharia elétrica e engenharia biomédica. Ele escreveu dois best-sellers de ficção e foi indicado a todos os maiores prêmios da literatura pelo romance de estreia. E ele tem o quê, vinte e seis anos? Ele é incrível.

— Vinte e sete. Mas isso não… quer dizer… sim. A mãe dele é um tipo de professora genial que era capaz de inventar espinhas dorsais biônicas e ganhar o prêmio Nobel ou algo do gênero, mas ele é *o Byron*. E você o conhece há uma eternidade, antes mesmo de ele publicar os livros, antes de ele ser alguém.

Eu não sabia isso sobre a mãe dele, mas fazia sentido.

— É, mas a gente mal interagiu. Ele falou menos de cem palavras pra mim, no total, em seis anos. Provavelmente tá mais para a casa das cinquenta. Mesmo antes da nossa formatura, ele nunca saía com a gente. Sempre me senti estranha perto dele. Talvez eu tenha sentido a genialidade dele logo cedo. Mas não… não *desgosto* dele.

— Você não desgosta dele?

Sorri.

— Ok, não gosto mesmo. — Mesmo sendo sincera, uma onda de preocupação fez meu coração acelerar.

— Finalmente! Enfim ela admite! — Amelia levantou a mão pelas costas do sofá e depois a deixou cair, provocando: — Sua habilidade de dançar pisando em ovos evitando falar a verdade ou pedir o que você quer é impressionante num nível de Olimpíadas.

Dei um sorriso forçado. Amelia sabia da minha criação. Eu não precisava explicar para ela a razão por eu ser tão relutante em confessar verdades desconfortáveis.

— Não gosto mesmo dele. Tá feliz agora?

— Estou! — Ela deu um tapinha na minha perna. — Estou tão feliz por saber que você não gosta do meu amigo mais antigo. Eba!

Soltei uma risada.

— Mas é quando ele toca no assunto de professores serem mal pagos ou qualquer outra coisa relacionada ao meu trabalho. Ou quando ele corrige minha pronúncia horrível de palavras comuns. Ou tipo hoje, que ele criticou minha planta. Ou quando ele me encara sem falar nada.

— Então, basicamente todas as vezes que vocês se encontram?

Nós duas rimos, e sacudi a cabeça percebendo que era isso mesmo que eu tinha dito. *Desgostar* não era bem a palavra certa. O desdém fervente generalizado dele me lembrava meu tio. Eu havia sido criada pelos meus tios depois que minha mãe morreu, e basta dizer que a melhor parte da minha infância foi brincar de ser uma segunda figura materna para os meus seis primos.

Comparar Byron com o tio Jacob provavelmente não era justo, já que eles não se pareciam em nada — meu tio era gregário com todos, exceto com alguns poucos selecionados. Byron, por outro lado, não era gregário com ninguém. E Byron nunca tinha gritado comigo por cometer o que eu considerava serem erros pequenos. Mas ambos tinham o hábito de raramente abrir a boca na minha presença, a não ser para me corrigir ou me criticar. Eles também encaravam descaradamente, seus olhares pesados com julgamento.

— Então você, que nunca tem aversão a ninguém, não gosta do Byron e sente desconforto perto dele, mas acha que é por sua causa e não por causa dele? — Amelia semicerrou os olhos. — Repetindo, seja sincera, por favor: ele te assusta?

— Não. Como eu disse, ele me deixa nervosa por minha própria causa e por causa das questões que tenho. Eu sou o problema.

— É porque ele encara, né? As encaradas dele te deixam nervosa.

— Ele faz muito isso, né? — desviei da pergunta, apesar de obviamente esse hábito dele não ser o único motivo por trás do meu desconforto.

Amelia me analisou com diligência.

— Ele sempre fez isso. Ele adora observar as pessoas. Ele observa mais do que interage. Mas isso é consequência de ele ser escritor. Mesmo quando a gente era criança, ele encarava as pessoas com aqueles olhos verdes bizarros.

— Os olhos dele não são bizarros. Eles são…

— O quê?

Eu não queria dizer que eles eram lindos. Não queria que Amelia levasse esse comentário para outro lado. Os olhos dele *eram, sim*, bonitos, um castanho acinzentado ao redor da pupila, seguido por um círculo verde e outro azul no contorno da íris.

— Eles são incomuns — disse devagar, como se só agora tivesse parado para pensar no assunto. — Mas não significa que sejam bizarros.

— Mas encarar com olhos incomuns faz, sim, ele ser meio bizarro. Vou falar com ele sobre isso. Sou tipo a consciência dele, o grilo falante escondido no chapéu, mas para situações sociais.

— Não fale com ele por minha causa. — Senti uma urgência absurda de mudar o tópico da conversa. — Inclusive, o que você está fazendo tão cedo em casa?

— Ah! — Ela bateu as mãos e se inclinou para a frente, arregalando os olhos com empolgação. — Na verdade, vim pra casa para falar com você, esperando que você voltasse depois da sua reunião. Sabe aquela bolsa para garotas das áreas STEM a que minha empresa se candidatou? Aquela grandona?

Amelia tinha começado a fazer medicina na faculdade, mas mudou de ideia no seu quarto ano. Ela acabou se especializando em biologia e marketing com foco em redação técnica e agora estava com tudo certo para obter o diploma de mestrado em educação em maio daquele ano, e no momento trabalhava para uma grande e sofisticada organização sem fins lucrativos que criava grades curriculares das áreas STEM e conteúdo relacionado — como vídeos, jogos de aprendizagem e aplicativos — para escolas.

— Sim, lembro. — Também me inclinei para a frente e levei os dedos curvados à boca, para fingir que estava literalmente roendo as unhas de ansiedade. Se ela estava mesmo prestes a dizer o que eu achava que ela ia dizer, então...

— A gente foi aprovado!

Deixei meu chá sobre a mesa para que eu pudesse abraçá-la, não me importando que eu provavelmente cheirasse a suor e chuva.

— Você é um ícone! Amiga, que tudo!

— Não é? Por isso voltei correndo pra casa. Eles liberaram a gente de tarde, e eu queria falar com você o quanto antes. Assim que a gente receber o financiamento, logo no mês seguinte eles já vão liberar no site a lista de vagas de gerente de comunidade, e quero que você se candidate.

— Tá brincando? — A ansiedade e a esperança fizeram minha cabeça girar. — Nossa, claro. Com toda certeza, você sabe que vou mesmo.

Enquanto a verba estava nos estágios iniciais de planejamento, Amelia me contou sobre os cargos de gerente de comunidade. Eram cargos contratuais que pagavam influenciadores que já tinham contas de mídia social focadas nas áreas STEM. Esperava-se que os influenciadores tivessem como público-alvo das ações de marketing meninas e mulheres, divulgassem as mulheres em eventos organizados pela empresa de Amelia, oportunidades de bolsas de estudo e recebessem materiais e recursos para incentivar as mulheres a considerarem carreiras nas áreas STEM.

Fora a parte de publicidade e bolsa de estudos, era um trabalho que eu já fazia com minhas lives educativas e aulas, mas não recebia recursos nem era paga por isso. Essa proposta era o trabalho de renda extra perfeito para me ajudar a pagar meus empréstimos estudantis: eu faria o que já amava e não ocuparia mais do meu tempo livre limitado.

— Ótimo. Excelente. — Ela sorriu. — Que bom saber, mas também precisamos traçar uma estratégia, dar um *up* no seu currículo e rever seus números. Falei com a minha chefe e ela me passou as métricas e os requisitos.

— Ao dizer isso, Amelia fez uma careta e torceu os dedos na frente do rosto.

Senti um embrulho no estômago.

— De quantos seguidores preciso para ser considerada?

— A boa notícia é que sua relação de seguidores e seguidos tá de boa, bem dentro das métricas. Mas, e não é pra você se desesperar nem surtar, você vai precisar de pelo menos cem mil seguidores.

— O quê?! — Meu suspiro de susto foi o mais fundo da minha vida.

— Para ser competitiva de verdade, uma contagem de quinhentos mil seguidores ou mais seria o ideal. E um engajamento por vídeo ou por postagem de pelo menos seis por cento.

Meus ombros caíram com o desânimo. *Desgraça.*

— Bem, pelo menos o engajamento eu já tenho. Mas como é que vou conseguir setenta e cinco mil seguidores em um mês? Não vou nem considerar quatrocentos e setenta e cinco mil.

— Vai ser mais do que um mês. O valor do financiamento vai ser pago em seis semanas, e vamos postar as vagas de gerente de comunidade só no mês seguinte. — Ela disse isso como se o adiamento insignificante mudasse tudo.

Não mudava nada. Eu trabalhava no crescimento das minhas redes sociais há anos. Dez semanas era um piscar de olhos.

— Tá, como vou conseguir quatrocentos e setenta e cinco mil seguidores em dois meses e meio?

Ela juntou as palmas e bateu os dedos, me olhando.

— Tenho algumas ideias.

A risada que explodiu da minha boca soou como desdém.

— Sério? Você por acaso tem algumas mulheres de vinte e poucos anos com curiosidade em estudar química escondidas aí no seu casaco? Elas estão esperando pela gente ali no hall?

— Tenha um pouco de fé. A gente consegue: só precisa pensar fora da caixa. — Amelia deu um tapinha no meu joelho.

— Qual caixa? A caixa da realidade?

Ela fez careta.

— A caixa atual do seu conteúdo e das redes sociais que você usa.

Suspirei em derrota. Bem alto.

— Você quer que eu me dedique mais ao TikTok, né?

— Não seria má ideia, viu? Tudo tá acontecendo no TikTok agora.

— Eu sei, mas… — Foi difícil definir minhas objeções, e acabei ficando com: — Eu não acho que meu conteúdo, os vídeos que faço, funcione como clipes curtos. Sou do tipo que produz vídeos longos, não o tipo de profissional da engenharia e tecnologia que fala em três segundos ou três minutos.

— Mas poderia ser! Ano passado, você fez aquela lista de fatos das áreas STEM em trinta segundos, e esses vídeos tiveram boa repercussão no TikTok. Ainda acho que aquela lista tem muito potencial. E se tem alguém que consegue explicar esses conceitos de maneira divertida e gerando engajamento em só trinta segundos, é você.

— Ok. — Suspirei de novo. — Ok, vou ressuscitar aquela ideia.

— E tem mais uma coisinha.

Encarei minha amiga, me preparando para o que viria a seguir.

— O quê?

Ela também parecia estar criando coragem para falar.

— Você deveria flexibilizar.

— Como assim?

— Não fala "não" até eu terminar de explicar.

— Tá certo...

— Você deveria expandir o tipo de conteúdo que oferece no TikTok e nas outras redes, mudar um pouco a abordagem, fazer algumas trends populares que não sejam necessariamente relacionados a STEM.

Esperei, revirando meu cérebro em busca de uma pista do que ela estava falando; mas, quando não tive sucesso, enfim perguntei:

— Tipo o quê?

— Tipo desafios de maquiagem, moda e casal.

Ajeitei a postura, em choque.

— Você quer que eu faça o quê?

— Os desafios de menininha e de casal do TikTok. — Ela levantou os dedos e fez aspas no ar quando disse "de menininha".

— O quê? — Me levantei do sofá num sobressalto. — Maquiagem e moda? Trends de casal? Com quem? — Antes que ela pudesse responder, levantei a mão para impedi-la de falar. — Além do mais, achei que os influenciadores, as contas de gerente de comunidade, deveriam ser focados em conteúdo de STEM.

— Sim, é claro que precisam ter esse foco; mas, não. Não tem que ser *só* vídeos sobre isso. Pelo menos não acho que deveria ser assim. Pensa comigo: você precisa se conectar com o seu público, fazer com que as pessoas vejam você como um ser humano com quem elas podem se identificar. Todo mundo que te conhece te ama. É isso que você precisa levar para as redes sociais.

— Com desafios de maquiagem e de moda no TikTok? — Por algum motivo, a sugestão me encheu com um sentimento pesado e profundo de decepção.

— E os de casalzinho! Você é linda, amigável, sabe engajar. Eu assistiria a você beijando alguém. — Amelia assentiu com a própria declaração, pegando a caneca sobre a mesa e bebericando o chá.

Esperei que ela se aprofundasse no assunto ou soltasse um *Brincadeirinha!* Ela não fez nem um, nem outro.

Girei o dedo em frente ao meu rosto.

— Tá vendo isso aqui? Isso é minha cara de confusa, porque não estou entendendo nada.

— Olha, muitas mulheres, na faculdade ou mais velhas, no ensino médio ou ainda mais novas, têm interesse em aprender como passar maquiagem. É óbvio que nem todas as mulheres. Só estou dizendo, você é mestre em fazer maquiagem. Eu não tinha a mínima ideia de como fazer uma sombra antes de você me ensinar.

— Sim, mas...

— E muitas mulheres (não todas, mas muitas) amam romance e histórias de amor. Não é mistério nenhum que, se alguém quer conseguir seguidores de maneira rápida, o caminho é postar vídeos ao vivo e trends que estejam em alta, respeitando o algoritmo, e muitas dessas coisas que viralizam são sobre moda ou coisas de casal.

— Mas... sou cientista. Sou professora, Amelia.

— E daí? — Ela deu de ombros e pegou um cookie de gengibre. — Que parte de ser cientista e professora te impede de gostar de maquiagem, moda e histórias de amor?

— Quem vai me ouvir falar sobre campos magnéticos se eu estiver fazendo olhos de apaixonada para alguém imediatamente no vídeo seguinte? O que, repito, ainda é um problema.

— O quê?

— Com quem eu faria essas trends de casal? Com você? O que o Elijah acharia disso?

— Fiquei tentada, mas não. Além do mais, seria melhor se você fizesse com alguém que já está no TikTok, alguém que já tem uma presença forte lá.

— Então quem? Você sabe que não estou saindo com ninguém, não tenho tempo.

Eu tinha ido a tantos encontros durante os dois primeiros anos após o término com meu namorado do ensino médio que perdi a conta. Com alguns cheguei a um terceiro encontro, mas nunca consegui gostar de ninguém o bastante para ir além disso.

Amelia, Serena e eu fizemos um pacto no nosso último ano: ficar doze meses sem sair com ninguém. Agora Serena estava noiva de um cara incrível, Amelia tinha um namorado superlegal chamado Elijah e eu estava feliz — e perpetuamente solteira —, sem sentir nem um pouco de falta da montanha-russa emocional de uma vida romântica. Entre ser professora em tempo integral e cuidar das minhas redes sociais e aulas, eu mal tinha tempo de curtir meus amigos, a menos que fosse de modo virtual.

— Ok, em primeiro lugar — Amelia colocou o resto do cookie de gengibre de volta no prato e tirou as migalhas das mãos —, seu público vai ouvir com interesse ávido os seus vídeos sobre campos magnéticos porque campos magnéticos são fascinantes, mas você tem que ter um engajamento para começar. Então escolha alguém. Você tem muitos amigos homens, e sabe que muitos deles não desperdiçariam a chance de... Ah! Espera aí! — Arregalando os olhos abruptamente, ela se inclinou e deu três tapinhas na mesa de centro. — Que tal o Jeff?

Abri a boca para protestar contra a insanidade da sugestão, mas assim que o nome de Jeff cruzou seus lábios, meu cérebro travou.

...*Ah*.

Jeff.

Jeff Choi.

Eu tinha conhecido Jeff no segundo mês do meu segundo ano. Como eu, Jeff decidiu ser professor das áreas STEM no ensino médio e passar a vida acendendo a chama da curiosidade nos jovens pelo mesmo motivo que eu — porque um professor tinha acendido esse mesmo tipo de curiosidade nele. Adorávamos os mesmos filmes, livros, arte, artistas, música e basicamente tudo. Ele era gentil, inteligente e fofo pra caramba. Dos seus cabelos castanhos, de fios grossos e indisciplinados, aos olhos castanhos sorridentes, queixo quadrado e piadas bregas, eu o adorava.

Mas — e eu jurava — nunca me permitiria pensar de fato em ter algo com Jeff por causa de um problema muito grande. A chama da curiosidade não tinha sido a única coisa que acendeu durante seu primeiro ano do ensino médio. Até pouco tempo, Jeff estivera envolvido com a mesma pessoa — com alguns términos intermitentes — por mais de onze anos.

Eles haviam estudado em universidades diferentes na graduação e ela terminara a faculdade de direito no ano anterior, na Costa Leste, enquanto ele ficou em Seattle, do outro lado do país, para lecionar. Eu só a vi pessoalmente algumas vezes, porque ela raramente viajava para vê-lo e, quando ela vinha para cá, nunca parecia interessada em conhecer os amigos do namorado.

No entanto, havia dois meses, apenas seis meses depois de ela ter voltado da Costa Leste e eles terem começado a fazer planos para enfim morarem juntos, eles terminaram. Ele esteve de mau humor — quer dizer, mau humor para Jeff — desde então. Eu esperava que ele começasse a agir mais como ele mesmo antes de contemplar a possibilidade de que talvez, talvez, dessa vez ele e eu pudéssemos ter uma conexão.

Na verdade, eu não tinha pensado nisso ainda. Toda vez que o pensamento entrava no meu cérebro, eu o desligava.

— Foi a Lucy quem terminou com o Jeff. — Amelia interrompeu meus pensamentos, me lembrando da solteirice, apesar de definitivamente não ter precisado fazer isso.

— Eu sei. Eu estava junto quando a Serena contou. — De repente, me sinto inquieta e com calor demais.

Amelia era a única entre nossas amigas que sabia que eu às vezes passava por maus bocados em relação a Jeff, mas nem mesmo ela sabia que meus sentimentos vinham criando raízes havia seis longos anos. Eu não estava apaixonada por ele nem obcecada ou qualquer coisa assim. Nossa amizade sempre tinha sido excessivamente platônica. E sempre que me pegava pensando nele com muita frequência, eu o evitava por algumas semanas, até que conseguisse lidar melhor com meus pensamentos inconvenientes.

Mas agora ele estava solteiro.

E eu também.

Me analisando, Amelia brincou, subindo e descendo as sobrancelhas.

— Pronto, faz com o Jeff. É perfeito. Fala pra ele que é para um trabalho, e tecnicamente é mesmo, mas aí vocês vão acabar se aproximando se estiverem se beijando por trends do TikTok.

Cocei o pescoço, meu coração batendo de maneira instável.

— Sei lá, viu...

— Sei lá o quê?

— Ele está atrás de tapa-buracos agora. Ele e a Lucy passaram anos juntos. E seria muita maldade da minha parte.

— Maldade como? — Ela se inclinou para trás, levantando a sobrancelha direita um mero milímetro. — Lucy terminou com ele. Nós a vimos muito de relance só duas vezes em seis anos, e em ambas as ocasiões ela pareceu um bicho do mato antissocial. Já se passaram dois meses, Winnie. Agora é a sua chance. Sei que você gosta dele. E também sei que ele tem interesse em você.

É verdade, eu gostava dele. Mas mesmo supondo que ele quisesse, de fato, ter algo comigo, eu ia mesmo querer ser a primeira pessoa com quem ele estaria depois de um relacionamento de onze anos? E eu queria que meu primeiro relacionamento potencialmente sério como uma mulher adulta fosse com Jeff Choi? E será que ele se importaria com o fato de eu ser uma virgem de 26 anos? E se...

PARAAAAA! Você tá colocando tanto a carroça na frente dos bois que tá quase atropelando os pobres coitados. Relaxa.

— Esquece. — Fiz um gesto para ela esquecer essa ideia. — Essa conversa não vai dar em nada. Não vou pedir ajuda ao Jeff com as trends de casal porque não vou fazê-las. Nem os tutoriais de maquiagem e os desafios de moda, porque ter esse tipo de coisa na minha conta diminuiria minha credibilidade como cientista.

— É o que estou te falando, Winnie! Não vai, não. Ou, pelo menos, não deveria. — Amelia se inclinou para a frente de novo, olhando nos meus olhos ao falar com um tom mais calmo: — Tá, nem todas as adolescentes e jovens universitárias gostam de moda e romance. Tudo bem. Mas muitas gostam, e não tem nada de errado nisso. Elas têm crushes, querem se apaixonar, querem ter uma vida sexual saudável e satisfatória. Você precisa se conectar com elas como uma pessoa que quer as mesmas coisas e tem os mesmos medos, enquanto também faz experimentos químicos, vai a centros científicos, visita a NASA e posta um conteúdo foda de STEM.

— Não sei... Não quero...

— O quê?

Ser rejeitada. Virar chacota.

— Não quero arrumar problemas com a escola. Você sabe que, como professora, preciso ter cuidado redobrado com o que posto nas redes sociais. — Eu não usava meu nome real nas redes, mas mostrava meu rosto. Se os alunos quisessem me encontrar, era possível. — Também não quero prejudicar o que já construí.

— Quem vê pensa que tô falando pra você postar pornô, Winnie. De que forma fazer vídeos divertidos sobre como passar sombra nos olhos e trends de casal te prejudicariam ou causaria problemas com a escola?

— Qual é, Amelia?! Você era da medicina. A biologia tinha mais mulheres do que a química, mas ainda assim não era lá uma relação muito equilibrada com o número de homens. Se você quiser ser levada a sério nas áreas STEM, precisa ser fria. Você precisa...

— O quê?

— Agir como um cara — soltei sem pensar, e então estremeci, me arrependendo do que tinha falado. — Espera. Não foi isso que...

— Agir como um cara? O que isso significa? Você acha que caras não tem crush em outras pessoas também? Acha que caras não querem se apaixonar e ter uma vida sexual satisfatória nem que eles se importam com a aparência? O número de homens que se casam com mulheres é de igual pra igual com o número de mulheres que se casam com homens. Você já viu o Harry Styles de vestido? Odeio ter que te contar, mas a transferência nuclear de células somáticas é um método relativamente novo de procriação humana. Antes de... vejamos... uns vinte ou trinta anos atrás, quando era preciso inserir um pênis numa...

— Ha-ha-ha. Pode parar. Você entendeu o que eu quis dizer. Como mulher, e talvez isso sirva até para homens também, não dá para ser levada a sério na comunidade científica se você demonstrar interesse em... em...

— Compaixão? Amor? Emoção? Beleza e moda como formas de expressão? Dinâmicas e relacionamentos interpessoais? Todas as coisas que muitas mulheres (e, repito, não todas, mas muitas) parecem valorizar intrinsecamente e nas quais elas têm interesse?

— Ok. — Me rendi. — Sim, isso mesmo.

— Mas você não acha que isso é parte do problema para as meninas e quem mais tiver esses interesses? — Agora, o tom dela era de súplica. — Não acha que isso é parte da barreira que as mulheres enfrentam para entrar nas áreas STEM? É como se as carreiras de ciência, engenharia, matemática e tecnologia fossem retiradas do alcance delas. Não chega nem a ser uma opção, porque elas já crescem ouvindo que não podem ser elas mesmas *e* fazerem ciência. Elas são condicionadas a achar que o que as interessa é banal. Não dá pra amar música pop e ser levada a sério. Não dá pra ler livros de romance por diversão e publicar artigos em periódicos acadêmicos importantes. Não dá pra usar roupas que te fazem sentir bonita e não receber olhares tortos. Isso é um problema! Por que alguém deveria ter que esconder quem é, como é, o que quer, seus valores e interesses para fazer parte de algo? As meninas e mulheres não deveriam ter que passar por isso. E você pode mostrar a elas que elas não precisam.

Bufei alto porque ela tinha muita, muita razão mesmo. *Porcaria.*

Amelia devia ter sentido a vitória se aproximando, porque deu a cartada final:

— Seja você mesma como uma mulher tridimensional completamente realizada, faça as coisas de que sei que você gosta e também seja cientista. Não precisa ser moda e maquiagem, também podem ser vídeos sobre videogames e corrida, ou desafios de dança e aqueles projetos de "faça você mesmo". Você pode ser uma pessoa, uma mulher e uma cientista, e pode mostrar todos esses lados. E, fazendo isso, você pode alcançar um público que não tinha parado pra pensar que ser essas duas coisas, você mesma e cientista, de fato é possível.

Ela era tão boa com argumentos persuasivos! *De novo: porcaria.*

— Tá bom, tá bom! — Joguei as mãos para o alto, voltando a me sentar. — Você venceu. Você está coberta de razão. Vou fazer os tutoriais de olho esfumado e tudo o mais.

Ela virou a cabeça como se para me olhar de um novo ângulo.

— E fazer as trends de casalzinho?

— Não podem ser nada apelativas. Tem que ser coisa tranquila, senão arrumo encrenca com a escola. Mas sim. Tudo bem. Eu vou…

— Tuuuuudo, tuuuuudo! — Ela engrossou a voz e acrescentou, com um sotaque britânico bizarro: — Simmm… Abrace seu destino.

— Para com isso. Odeio quando você imita o Darth Sidious.

— Prefere o Yoda, você? — Ela não fazia bem o Yoda, ficava parecendo o Caco, o Sapo.

— Por que você é assim?

Ela riu, pegando seu chá da mesa novamente e tomando um grande gole antes de perguntar:

— Quando você vai pedir pra ele?

— Quem?

— Jeff-rey — cantarolou Amelia.

— Ah… — Senti um aperto no coração.

— Pergunta. Pra. Ele. — Amelia apontou para mim. — Ele já tem conta no TikTok. E ele é um fofo. Sua contagem de seguidores vai decolar, e é exatamente disso que você precisa.

— Isso seria usá-lo.

Ela deu de ombros.

— Não acho que ele se importaria.

— Deixa só eu... deixa eu pensar um pouco sobre isso.

— Humm... — Ela continuou a me analisar, e eu conseguia imaginar as engrenagens em seu cérebro girando. E foi por isso que as palavras seguintes a saírem da sua boca me pareceram suspeitas: — Mas então, a gente vai jogar *Stardew Valley* esse fim de semana?

Stardew Valley era um jogo de agricultura incrível que lembrava os RPGS dos anos 1990, no mesmo estilo de *The Legend of Zelda: A Link to the Past.* Com seus gráficos 2D pixelados e rudimentares e jogabilidade aberta, o jogo havia se tornado um refúgio para a minha alma nos últimos anos, quando eu poderia com facilidade ter sido esmagada pela minha dívida estudantil persistente e a natureza avassaladora de ser uma professora nova.

— Hum, sim. Ainda jogo toda sexta, então vamos jogar hoje. Mas semana que vem não, porque a viagem de acampamento começa na quarta. — Eu gostaria de ter me reunido com meus amigos, marcado de ver todo mundo pessoalmente, aproveitar a companhia deles. Mas todos estão ocupados demais hoje em dia com as mudanças de vida e novos relacionamentos, ou planejamento de casamentos e chás de bebê, ou viagens de negócios e desenvolvimento na carreira.

A gente costumava ser um grupo muito unido, mas agora estávamos nos afastando. Eu estava determinada a ser o pilar, a pessoa que ia organizar eventos presenciais trimestrais para que não nos afastássemos demais. Da mesma forma, eu havia organizado o servidor de jogo compartilhado para qualquer pessoa disponível às sextas-feiras.

Se uma ou duas horas às sextas-feiras era o máximo que eles podiam encaixar em suas agendas lotadas — mesmo que alguns só pudessem participar do nosso bate-papo em grupo por meia hora, só uma vez por mês, mais ou menos —, então era melhor do que nada.

— Ah, é mesmo. Byron mencionou isso. Jeff e os outros vão acampar no recesso de primavera. — Amelia ficou pensativa.

— Isso, eles vão. Inclusive, sua fazenda está uma bagunça.

A princípio, quase todo mundo jogava junto às sextas-feiras. Mas depois de alguns meses, a maioria das pessoas não conseguia fazer isso de forma consistente e acabava sendo eu, Jeff e Laura (outra amiga da faculdade, formada em ciência da computação e que atualmente trabalhava para "The Zon"). O resto aparecia de vez em quando para jogar, e isso era sempre ótimo.

O queixo de Amelia caiu.

— Você não tem limpado o entulho? Nem colocado água nas minhas plantas?

— Não. Você não joga desde o mês passado. No tempo do *Stardew Valley*, isso equivale a, tipo, dois anos. Seus campos estão literalmente abandonados, já que você não se importa com eles.

Ela grunhiu.

— Nossa, tá bom. Hoje eu entro, então.

— Ótimo. Quero só ver. — Meu coração deu mais um pulinho de felicidade. Seria bom ter ela lá.

Amelia semicerrou os olhos, mastigando outro cookie enquanto me analisava descaradamente.

— Me ajuda a capinar e a jogar água nas minhas terras? E a colocar fertilizante?

— Se você fornecer as sementes e o fertilizante e me der dez por cento dos ganhos da sua plantação, fechou.

Sua boca se escancarou com o ultraje.

— Que roubo é esse, amiga?

— O aspersor de irídio está incluso.

Me encarando, ela estendeu a mão.

— Ok, combinado.

Firmamos o acordo com um cumprimento. Mal sabia ela que eu tinha irídio para dar e vender.

Mas pelo menos isso estava resolvido. Agora, eu só precisava dar um jeito em literalmente todos os outros aspectos da minha vida, começando com se eu pediria ou não ao Jeff para ser meu parceiro de trends românticas do TikTok de classificação livre, e como fazer isso sem eu virar uma tapa-buraco para o fim do relacionamento dele.

CAPÍTULO 3

WINNIE

POUCO ANTES DE ME SENTAR PARA PARTICIPAR DO *STARDEW VALLEY*, ARMADA COM minha caneca de chocolate quente e um prato de fatias de queijo suíço, cometi o erro de verificar as estatísticas no vídeo do laboratório de bebidas esportivas que eu tinha gravado no início do dia. Para meu completo choque e fascínio abjeto, tinha mais de cem mil visualizações e o número continuava subindo. Eu havia ganhado mais de três mil novos seguidores. Mas então descobri que oitenta por cento dos comentários eram sobre Byron Visser e os outros vinte por cento eram sobre ele e eu termos uma "ótima química".

Como é que a gente podia ter uma ótima química? Eu e ele tínhamos compartilhado a tela por exatos dez segundos.

— Que cara é essa? Você está vermelha.

Amelia sentou-se à minha frente em nossa pequena mesa oval da cozinha; ela preparou outra caneca de chá de hortelã e colocou mais três cookies de gengibre em um prato branco. Seu vício nos meus biscoitos de gengibre sem glúten provavelmente era o motivo pelo qual ela ainda não tinha me abandonado para ir morar sozinha. Eu agradecia a Deus por ela topar dividir as despesas: o custo do aluguel em Seattle era absurdo. Sem um colega de quarto, de jeito nenhum eu teria condições de pagar qualquer lugar perto da escola onde dava aulas. Além disso, eu a amava e sentiria sua falta desesperadamente se — quando — ela se mudasse.

Desliguei a tela do celular e o deixei ao lado do laptop.

— Estou lendo os comentários de hoje. Você já entrou?

— Já, e a Laura também, mas o Jeff disse que vai se atrasar. Assisti à gravação da sua live, ela foi muito boa. — Amelia pegou o celular e arqueou as sobrancelhas em resposta ao que quer que ela tivesse lido na tela, depois com rapidez digitou uma resposta.

— Você leu os comentários? — perguntei, tentando não me sentir desanimada, rasgando uma fatia de queijo ao meio enquanto esperava a plataforma do jogo carregar.

— Não, por quê? — Ela ainda não tinha tirado os olhos da tela.

— A maioria era sobre o Byron — murmurei.

Eu não estava com ciúmes desta vez, eu jurava. É claro que seus leitores e fãs ficariam animados em vê-lo, e eu não invejava Byron ou eles por essa empolgação. Porém, não pude evitar de me sentir decepcionada. Tinha muito orgulho dos meus vídeos e dos experimentos que fazia. Havia me esforçado muito e acho que era desmoralizante em algum nível ter meu vídeo e os comentários sequestrados, o diálogo sendo desviado do tema principal.

Se você fizer essas trends de casal e os outros vídeos, estará diluindo sua mensagem focada nas áreas STEM *o tempo todo. Tudo bem pra você fazer isso?*

Amelia levantou a cabeça e sustentou o meu olhar por alguns segundos antes de voltar para a tela do celular.

— Bem, o Byron não usa redes sociais, não dá mais entrevistas, não vai a eventos e convenções, não responde aos fãs e não dá autógrafos nem para leilões de caridade, então acho que ver ele aparecendo na sua live foi bem emocionante para quem é fã dos livros dele.

— Por que ele é assim? — Cliquei no botão de Jogar Co-op na tela. — Por que ele não pode interagir mais com os leitores?

Isso também me confundia sobre Byron. Ele tinha — literalmente — milhões de fãs leais, famintos por seu próximo livro ou uma informaçãozinha que fosse sobre sua vida pessoal, e ele nunca postava nada ou dava entrevistas. Era tudo muito estranho para mim.

Amelia não respondeu, então levantei os olhos por cima da tela com o jogo carregando para olhar para ela. Seus lábios estavam curvados em um sorriso sorrateiro.

— Tá falando com quem? — perguntei.

— Com o Jeff.

Franzi o cenho imediatamente.

— Vocês estão falando sobre o quê?

Ela tentou suprimir um sorriso, mas não conseguiu.

— Nada não.

A aflição me atingiu com tudo.

— Amelia!

Cedendo ao sorriso, ela digitou outra mensagem.

— Me dá só um segundo…

— Nem pense em…

— Ele topou! — Ela deixou o celular cair na mesa com um *plá* e levantou os braços, dando um soquinho no ar.

Eu a encarei, horrorizada, preocupada, curiosa e de novo horrorizada.

— O que foi que você fez?

Ela pegou o celular e o estendeu para mim, me mostrando uma série de mensagens na tela.

— O Jeff aceitou fazer as trends de casal do TikTok com você.

Meu queixo caiu quando me permiti ficar totalmente horrorizada, uma onda de ansiedade quente correndo por mim. Com as mãos trêmulas, peguei o celular dela e rolei as mensagens.

Amelia: Tenho uma pista: a Winnie precisa de um favor seu, mas ela não quer pedir porque acha que vai estar te usando

Jeff: Vc já entrou no SDV? Tô atrasado. Qual é o favor?

Amelia: Sabe aquele trabalho de gerente de comunidade? Ela precisa ter mais seguidores nas redes sociais, então acho que ela deveria fazer trends românticas com alguém e pensei que esse alguém poderia ser você

Jeff: Que tipo de trends românticas?

Amelia: Já viu aquela de sentar no colo do seu melhor amigo? Ou a de dar um beijo no seu crush? Ela tem uma lista com dez para fazer

Jeff: Tô dentro! Mas a Win quer msm fazer essas coisas comigo?

Amelia: Tá brincando, né?

Jeff: Oq? Sério?

Amelia: Conversa com ela

Jeff: Tem ctz?

— VOCÊ CONTOU PRA ELE! — berrei, encarando minha *ex*-amiga e exalando choque por cada poro do meu corpo. — Como você pôde fazer isso?

— Ai, Winnie, por favor, né? — Ela revirou os olhos. — Como te falei mais cedo, ele tem interesse em você.

— O quê? Tem nada.

— Tem sim. — Ela pegou o chá e me deu uma olhada por cima da borda da caneca. — Ele perguntou se eu achava que você sairia com ele. Você rolou a tela até as mensagens de hoje, mais cedo?

O chão sob meus pés pareceu instável quando voltei a atenção para o celular. Subi pelas mensagens até chegar no período daquela tarde.

Jeff: A Winnie não tá saindo com ninguém ainda?

Amelia: Depende. Pq?

Jeff: Vc acha que ela sairia comigo se eu chamasse?

Amelia: Melhor você perguntar pra descobrir

Jeff: Alguma pista? Me diz se tenho chance. Me dá uma mão aí

Amelia: Tenho uma pista: a Winnie precisa de um favor seu, mas ela não quer pedir porque acha que vai estar te usando

Arfei e cobri minha boca, depois levantei o rosto para encarar Amelia. O sorrisinho dela se abriu num largo sorriso dissimulado.

— Eu *te falei!* Pede pra ele te ajudar com as trends de casal. Ele seria perfeito por inúmeros motivos. Vocês dois são professores e os dois já têm seguidores nas redes sociais focadas em conteúdo de STEM. Pensa só: vocês podem registrar sua história de amor em tempo real!

Com as pernas bambas, me sentei na cadeira, relendo as mensagens de texto porque não conseguia acreditar. Meu coração expandiu no peito e senti um gemido de felicidade borbulhando dentro de mim. Porém, antes que eu pudesse dar voz a isso, o celular de Amelia tocou.

Me levantei num sobressalto ao ver o rosto de Jeff na tela.

— É o Jeff!

— Oook... — Amelia arqueou uma sobrancelha.

— O que eu faço?

— Dá o celular pra mim, ou...

— Vou atender — falei, deslizando a barra no canto inferior da tela e colocando o celular no ouvido. — Alô?

— Ãh... Amelia?

— Não. — Fiz uma careta, já arrependida da decisão impulsiva de atender o celular da minha amiga. — Não, é a Winnie. Mas posso chamar ela.

— Não, não. Que bom que você atendeu. — Jeff riu com um toque de nervosismo. — Acho que ela te mostrou nossas mensagens?

— Talveeez? — Sorri feito idiota, certa de que agora eu estava flutuando entre as nuvens.

— Se quiser que eu te ajude com as trends de casal para o TikTok, farei com o maior prazer. Não seria abuso da sua parte.

Soltei um suspiro baixo porque ele era tão... tão...

— Ele é tão fofo. — Amelia deu um risinho, os olhos focados na tela do laptop.

— Mas preciso ser sincero com você, Win — continuou ele. — Acabei de terminar com a Lucy. Quer dizer, ela terminou comigo. Já era hora, e já se passaram dois meses, mas ainda parece recente, sabe?

A lembrança de sua ex-namorada me tirou do meu arco-íris interno de vibrações de felicidade e me trouxe de volta à vida real. Assenti.

— Entendo. E agradeço sua honestidade. Então, acho que preciso te dizer, tenho uma... uma... — Engoli em seco. — Bem, gosto de você há um tempinho. E acho que você deveria saber disso antes de topar me ajudar com o TikTok. — Senti a atenção de Amelia em mim, e olhei para ela. Ela estava me encarando com os olhos arregalados, claramente surpresa por minha coragem emocional repentina.

Ela sabia que a casa onde eu tinha crescido castigava a honestidade. Toda vez que pedia algo de que precisava — que dirá algo que queria — eu era punida não recebendo o que tinha pedido, e depois era punida ainda mais por ser gananciosa. Se precisasse de alguma coisa, se quisesse alguma coisa, eu tinha que achar um jeito de fazer meu tio pensar que tinha sido ideia dele.

Desde que eu havia saído de casa para cursar a faculdade, vinha trabalhando muito, muito mesmo para mudar os hábitos arraigados que tinham se transformado em instintos, mas o caminho foi tortuoso. Mesmo com Amelia, em quem eu confiava mais do que em qualquer outra pessoa, ainda me sentia reticente em admitir a verdade dos meus sentimentos.

Mas se Jeff conseguia ser sincero e corajoso, eu também seria. Viu? *Eu sabia que nós seríamos perfeitos um para o outro.*

— Tá falando sério? — Dessa vez, a risada dele veio com um tom de descrença.

— Estou. — Inspecionei o bolso da coxa na lateral da minha calça cargo verde, afastando o pânico que ameaçava me sufocar. *Ele gosta de você, ele queria te convidar para sair, pare de ser uma bobalhona.* — Mas não teria dito nada se você ainda estivesse com a Lucy.

Ele arfou, rindo um pouco mais.

— A vida é muito estranha. Não acredito nisso.

— Você ainda quer fazer os vídeos? Não vou te pressionar nem...

— Não, não. Quero fazer. Nós... bem, nós somos amigos há muito tempo. — Ouvi ele se mexer, como se estivesse sentado e de repente se levantasse. — Vou adorar fazer eles com você e, quem sabe, talvez a gente acabe, sei lá, se divertindo juntos?

— Vou adorar. — Tentei controlar o sorriso, mas era inevitável e ele tomou meu rosto todo, fazendo minhas bochechas doerem. *Ai! Melhor dia do mundo!*

— Tá legal. Beleza, então. — Sua voz indicava que ele também estava sorrindo. — Ei, me manda a lista das trends, tá?

— Claro. Mando sim. Faço isso ainda hoje à noite. — Me virei para o computador, abrindo a lista que Amelia e eu tínhamos feito naquela tarde.

— Quando a gente pode começar? — perguntou ele. — Amanhã?

Ri porque ele parecia tão ansioso, e pode apostar que isso fez as borboletas no meu estômago voarem.

— Não consigo amanhã nem domingo, mas que tal segunda?

Nós dois estávamos no recesso de primavera. Eu tinha planejado passar a semana preparando as tarefas para o resto do ano e dando uma adiantada nos TikToks de trinta segundos, mas passar a segunda-feira fazendo estratégias para vídeos de trends de casal com o Jeff soava ainda melhor.

— Viajo para o acampamento na quarta, mas já volto no domingo. Podemos fazer mais quando eu voltar.

— Perfeito.

Amelia se esticou para mexer na tela do meu laptop.

— Pergunta se a gente pode gravar na casa do Byron. Ele e o Byron têm uma iluminação bem melhor que a nossa.

Assenti. Eu estava num humor tão bom que nem a ideia de ver Byron de novo poderia estragar as coisas.

— Ei, a gente pode gravar na sua casa? A Amelia pode segurar a câmera. A gente tá fazendo o roteiro para o primeiro vídeo.

— Roteiro?

— É, a gente quer roteirizar tudo para fazer tudo direitinho em tempo recorde, com o mínimo de tentativas possíveis, e contar uma história. Deixa eu te colocar no viva-voz. — Apertei o botão dos alto-falantes e coloquei o celular na mesa para Amelia se juntar à nossa conversa de planejamento.

— Oi, Jeff — disse ela, sorrindo para mim.

— E aí, Amelia? Minha velha amiga.

Ai! Ele é TÃO FOFO!

— Ha-ha. Então, escuta só. A gente quer fazer isso do jeito certo. Cada trend do TikTok vai partir da anterior e contar uma história, tá bom? — Amelia estava muito séria. — Queremos que as pessoas fiquem engajadas a ponto de ficarem voltando para o perfil dela para ver se mais algum vídeo foi postado. A gente quer viralizar. Uma história de amor hitada, entendeu?

— Ãh, acho que sim. Aham.

— Isso significa que os primeiros vídeos vão ser de vocês dois como amigos, criando a tensão. Fazer o público se perguntar se vai rolar ou não. E aí os últimos vídeos vão ser de vocês como... — Amelia olhou para mim, parecendo procurar no meu rosto a permissão de terminar sua linha de raciocínio. Assenti, e ela continuou: — Bem, vai ser como se vocês estivessem namorando, mesmo se não for real. Podemos filmar nessa semana e na próxima, e daí lançar tudo ao longo das próximas dez semanas. Você talvez precise atuar um pouco. Tudo bem?

— Por mim, tudo certo! Fico feliz em ajudar, e a ideia me parece ótima.

Soltei a respiração em alívio, mordiscando meu lábio inferior antes de acrescentar:

— Talvez seja bom a gente gravar o máximo possível na segunda-feira, pra já adiantar. O que você acha?

— Claro, claro. Tudo bem. Que horas vocês vêm pra cá? — Ele parecia genuinamente empolgado.

Olhei para Amelia e ela deu de ombros.

— Só posso sair do trabalho pelo menos às cinco, então umas cinco e meia? Seis? E aí a gente grava o máximo que conseguir.

— Beleza. Combinado então.

Amelia pegou o celular de cima da mesa, desligou a função viva-voz e levou o aparelho à orelha.

— Combinado. E Jeff? Tá me devendo, hein?

Pensei ter ouvido ele rir do outro lado da ligação. Seu som de felicidade somado à maneira como Amelia estava subindo e descendo as sobrancelhas para mim fez com que eu me sentisse bobinha e alegre.

Eu não acreditava. Isso ia mesmo acontecer. Depois de seis anos me proibindo de pensar na possibilidade de ter algo com Jeff Choi, isso finalmente — finalmente! — ia acontecer.

Isso não podia estar acontecendo.

— Esse ficou bom. — Jeff sorriu para Amelia.

Ela olhou para ele com uma expressão que só poderia ser descrita como dor. Tentei forçar um sorriso, mas ele pareceu deslocado no meu rosto. *Que desastre.*

Tudo tinha sido perfeito no início. Quando entramos na casa de Byron na área chique de Capitol Hill, eu estava nas nuvens. Jeff pegou nossos casacos, nos ofereceu uma bebida, nos fez rir, contou algumas piadas — como sempre fazia. Ele me entregou minha água e se sentou ao meu lado no sofá na sala de visitas (também conhecido como o salão) colocando o braço atrás de mim, sua coxa roçando a minha. Ambas as ações pareciam passos gigantes e positivos por cima da linha da amizade platônica.

Mas então Byron desceu as escadas com suas calças pretas e camiseta de manga comprida preta e entrou no salão. Meu estômago ficou tenso e meu coração disparou. Ele apontou o queixo na direção de Amelia para cumprimentá-la. Seus olhos, então, se voltaram para mim, estreitando no posicionamento do braço de Jeff. Pareciam se estreitar ainda mais enquanto deslizavam para onde nossas pernas se tocavam. Ele parou no meio do caminho.

— Vocês dois… isso vai rolar mesmo? — ele perguntou em um tom neutro, oscilando o olhar entre nós dois.

Meu pescoço ferveu. A maneira como Byron olhou para mim — queixo inclinado para baixo, o lado direito de seu lábio mal se curvando, a intensidade azul-esverdeada de seus olhos escurecendo — fez eu me sentir como se tivesse sido pega, como se minha esperança de ter algo com Jeff me fizesse tola.

É coisa da sua cabeça, Winnie. Byron mal sabe quem você é, ele não está pensando em você, não se importa que você e Jeff estejam juntos; ele não se importa com você de jeito algum. É só ignorar.

Jeff tinha rido e apertado meu ombro.

— Qual é, cara! Vou ajudar a Winnie com os vídeos. Eu te contei que elas vinham.

Byron se recostou contra a parede e cruzou os braços de modo que a camiseta preta que ele usava esticou-se sobre os ombros largos. Seus olhos pareciam ainda mais escuros quando se prenderam aos meus.

— Ah, sim. Se importam se eu assistir?

Meu coração entrou no modo turbo.

Se importam se eu assistir?

Lutei contra um arrepio.

Se eu estivesse confortável para dizer a verdade, teria dito *Sim, me importo*. Mas não foi assim que fui criada. Me ensinaram que admitir que alguém nos incomodava — principalmente quando a gente estava de visita na casa da pessoa — era grosseria, porque, de fato, era grosseria.

Apenas respondi "Imagina" enquanto minhas entranhas se reviravam.

Depois disso, a coisa ficou feia.

Nós nos mudamos do salão para a sala de TV para obter a melhor iluminação. A casa de Byron tinha uma daquelas portas sanfonadas de vidro que percorria toda a parede dos fundos da cozinha combinada com a sala de TV, com acesso a um deque incrível com uma fogueira e jacuzzi embutidas.

O plano que Amelia e eu tínhamos elaborado para a cena era o seguinte: Jeff se sentaria no sofá da sala de estar, fingindo jogar *Super Mario Bros*. Eu entraria no enquadramento da câmera, levaria um dedo aos lábios e sorriria maliciosamente, como se pedisse discrição aos espectadores (Amelia disse que isso faria com que eles se sentissem parte do vídeo, na sala conosco). Então, eu engatinharia no sofá até Jeff; ele olharia duas vezes, me perguntaria o que eu estava fazendo, eu me sentaria no colo dele e diria que queria me sentar. Ele ficaria surpreso, mas satisfeito. O vídeo terminaria comigo deitando a cabeça em seu peito e sorrindo com suavidade para a câmera. Fim de cena. Classificação inegavelmente livre. Muito fofo. Trend completa com sucesso.

Mas não foi isso que aconteceu.

— Não, não foi ótimo, Jeffrey. — O lábio superior de Byron, cheio e que sempre só *parecia* à beira de se curvar com nojo, dessa vez demonstrava nojo de verdade. Ainda com os braços cruzados, ele se afastou da parede. — Faz dois meses que você tá agindo como um filho da mãe. Dá pra parar de pensar em si mesmo por dez minutos?

Eita. Essa foi pesada.

Amelia levantou a mão para impedir Byron de continuar.

— Byron...

— Ele fica aí se fazendo de coitadinho — ele a interrompeu, sem gritar — e nada disso ajuda a Fred.

Confusa sobre o motivo de Byron levar aquilo para um lado tão pessoal, falei baixinho:

— Está tudo bem.

Mas não estava, não. Não ia dar para postar aquele vídeo, nem nenhum dos outros cinco que nós havíamos filmado. Eu sabia que Jeff estava tentando me ajudar sendo espontâneo e fazendo gracinha, e o adorava por isso, mas queria que ele só seguisse o roteiro.

Para piorar as coisas, Byron estivera presente em cada tomada desastrosa: aquela em que Jeff explodiu em um ataque de risinhos; aquela em que Jeff me deu uma cotovelada no sofá; aquela em que ele me bateu de brincadeira na bunda com o controle do jogo; as duas em que ele lambeu meu rosto e começou a rir depois; e essa última na qual ele enfiou a língua na minha garganta em um beijo encenado verdadeiramente ridículo.

Byron não disse uma palavra — apenas ficou fervendo em silêncio no canto, o lado direito de seu lábio se curvando para cima, seus olhos se estreitando em fendas como lâminas — até o último vídeo. E agora parecia que ele estava preparado para liberar sua ira.

— Mas você precisa que fique melhor do que só bem, não é? — Byron se virou para me encarar. Quando hesitei, ele repetiu: — Não é?

Perturbada por sua franqueza e tom de confronto, me virei para Amelia em busca de ajuda. Ela parecia cansada e exausta. O sol havia se posto, não tínhamos comido nada e ela estava trabalhando o dia todo. A culpa me deu uma pontada no coração. *É melhor a gente ir embora.*

— Aqui. — Balançando a mão, Byron indicou que Jeff saísse do caminho. — Deixa eu mostrar como se faz. Fica ali no canto, fora do enquadramento.

— Você vai me mostrar como beijar a Winnie? — Jeff olhou para nós dois.

— Não. Você não deveria ter beijado ela — resmungou Byron, travando o maxilar. — Nem lambido o rosto dela.

— Por que não? Se tivesse a oportunidade, aposto que você lamberia o rosto dela — brincou Jeff, fechando a cara ao se apoiar na parede onde Byron tinha ficado antes.

— Ficou na cara que você estava fingindo jogar videogame. Essa parte ficou forçada demais. — Byron ignorou o que Jeff tinha dito, franzindo o cenho e falando em um tom distraído. — E foi um beijo horrível.

Jeff colocou a mão sobre o peito, como se Byron o tivesse ofendido, mas seus lábios se expandiram ligeiramente num sorriso.

— Cara...

— Você tá fazendo todo mundo perder tempo. — Byron não estava sorrindo. Ele passou os dedos pelo cabelo meio longo, visivelmente agitado. — Ou você faz direito ou é melhor não fazer nada.

A conversa continuou ao meu redor enquanto eu tentava não me decepcionar com Jeff. Ele disse que ajudaria, mas parecia que estava mais interessado em ser o centro das atenções do que fazer parte de uma equipe. Talvez eu pudesse apenas fazer os tutoriais de maquiagem, os desafios de dança, as trends de moda, os vídeos de trinta segundos de STEM, jogar alguns duetos de videogame e esquecer as trends de casal.

— Win, o beijo foi ruim? — A pergunta de Jeff me fez olhar para ele. Seus olhos brilharam como se tudo aquilo fosse brincadeira. Os dois homens não poderiam ser mais diferentes, e não pela primeira vez me perguntei como eles tinham conseguido ser colegas de quarto por tanto tempo.

— Se algum desses vídeos for postado, você arruinaria o arco da história, acabando com a tensão antes que ela tivesse algum impacto. — Byron encarou Jeff e falou num tom quieto e acusatório. — Toda a narrativa estaria perdida, entediante.

— E não tem pecado maior do que uma narrativa entediante — disse Amelia, com um sorrisinho de cansaço.

— Correto. — Byron se sentou no lugar onde Jeff estava antes, pegando o controle do videogame. — Ok, olha só isso. Fred!

Enrijeci. Eu só estava ouvindo parcialmente, tentando achar um jeito de dar no pé sem ser grosseira. Amelia precisava comer alguma coisa, e eu precisava repensar toda aquela estratégia de trends de casal.

— Faz aquilo… — sem olhar para mim, Byron girou os dedos na minha direção, indicando para que eu fosse para o lado dele — …faz aí aquele negócio.

No meu estado de confusão, olhei para Jeff e depois para Byron.

— Negócio?

— Vem pra perto de mim e senta no meu colo, como você fez com o Jeffrey. Eu mostro para ele como fazer.

CAPÍTULO 4

WINNIE

SEM CONSEGUIR ACREDITAR NO QUE ESTAVA OUVINDO, ME EMBANANEI AO FALAR.

— Você... você quer que eu... quer que eu sente no seu... seu...

Byron deu alguns tapinhas no espaço vazio ao lado dele no sofá.

— Vou mostrar para o Jeff como fazer direito, sem destruir o enredo da história que você e a Amelia planejaram.

Meu estômago se revirou e lutei para respirar fundo.

— Ah...

Olhei para Amelia e ela estava me encarando de volta.

Minha amiga só deu de ombros, apontando quase imperceptivelmente para o escritor mal-humorado.

— Concordo com o Byron. O beijo foi horrível (foi mal Jeff) e não dá mesmo para usar os outros takes. Se você postasse algum dos que a gente gravou, ninguém mais ia entrar no seu perfil de novo procurando o desenrolar da história de vocês dois.

— Tá bom, tá bom. — Jeff riu, finalmente parecendo arrependido. — Foi mal. Vai lá, Win. Vamos ver como preciso fazer.

Byron olhou fixamente para a televisão, navegando pelos módulos do jogo *Super Mario Bros* até iniciar uma sessão salva. Ele começou uma rodada, sua atenção totalmente focada na tela.

Cocei meu pescoço quando o impacto do momento me atingiu. *Que porcaria é essa?* Eles queriam que engatinhasse e sentasse no colo de Byron Visser? Era isso que eles queriam que eu fizesse? As reviravoltas no meu estômago se transformaram em um furacão.

Eu não poderia fazer isso.

Respirando fundo, me virei para Byron, na intenção de dizer a ele que estava tudo bem, que íamos trabalhar com o que já tínhamos, mas antes que eu pudesse falar, ele disse:

— Você não quer me tocar?

Seu olhar afiado cortou o meu, fez um exame superficial e se afastou com um rasgo. Tudo isso enquanto estava com uma cara de tédio supremo.

— Não. — Me endireitei. — Eu só...

— Vai levar só um minuto — disse ele, bufando para destacar e reafirmar sua impaciência. — Quero ajudar.

— Não precisa se não quiser, Win — contribuiu Amelia com a voz suave, abaixando meu celular. — A gente pensa em outra coisa.

Olhei para ela, para a compaixão e preocupação em seu olhar, e percebi o quanto eu estava agindo como uma tola. Eu não tinha dúvidas de que o que quer que Byron estivesse planejando, seria exatamente o que precisávamos. Eu já tinha lido os livros dele. Eram tão incríveis e impressionantes quanto ele. Se havia uma coisa que Byron parecia entender intrinsecamente, era como contar uma grande história e, no fim das contas, não era isso que estávamos tentando fazer?

Então Jeff poderia refazer a cena e pronto. Amelia estava fazendo tudo ao seu alcance para me ajudar a conseguir o cargo de gerente de comunidade, abrindo mão da própria noite de segunda-feira, me ajudando a criar estratégias, emprestando sua experiência e apoio. O mínimo que eu podia fazer era me sentar no colo de Byron para que ele pudesse mostrar a cena para Jeff.

Enfim, consegui criar forças para falar um "tudo bem, não tem problema" mais ou menos convincente e sorri para a minha amiga.

O olhar dela indicava preocupação, mas ela levantou o celular de volta à posição de filmagem.

— Só um segundo. Vou começar a gravar de novo. Acho que... aqui. Pronto, no três vocês começam. Um, dois, três.

Ajeitando a postura dos ombros, entrei no enquadramento e olhei para a câmera, esperando o momento certo, levando o dedo aos lábios como havia feito antes enquanto também tentava acalmar a tempestade na minha barriga. *Tudo bem. Não é nada de mais. Faz sua parte.*

Ignorando todos os sinais de alerta, alarmes e buzinas soando nos meus ouvidos, me dizendo que aquilo era uma má ideia, forcei o mesmo sorriso que tinha usado antes. Ou tentei forçar um sorriso. Tive a sensação de que ele carregava uma corrente de incerteza.

Limpando minhas mãos úmidas nas calças de ioga, caminhei adiante. Assim como antes, coloquei um joelho no sofá. Byron continuou a jogar — jogar de verdade — enquanto eu me arrastava até ele. Quando cheguei ao seu lado, olhei para as linhas definidas de seu perfil bonito e parei, engolindo em seco, meu coração saltando dentro das costelas. Vestígios de loção pós-barba com fragrância quente e amadeirada e sabonete provocaram meu nariz.

Ele é tão cheiroso.

Byron olhou para mim de relance e depois de forma mais significativa, concluindo uma expressão confusa perfeita e totalmente crível.

— Ãh, oi — disse ele, mostrando nas expressões faciais e na voz que não entendia o que estava acontecendo. — Posso te ajudar com alguma coisa?

Mordi os lábios por dentro da boca e prendi a respiração. E então fiz o combinado. Coloquei a mão em seu ombro, ergui os joelhos e subi.

Me sentei no colo de Byron Visser, montada em seus quadris estreitos, com nossos estômagos e peitos a poucos centímetros de distância. Soltei a respiração quando minhas palmas deslizaram de seus ombros para entrelaçar meus braços ao redor de seu pescoço. Meu rosto nivelado ao dele. Nossa respiração se misturou. Nossos olhos se encontraram. E senti que ia engolir minha língua.

Meu Deus.

Respira.

Respira!

Pela visão periférica, vi que Amelia estava dando um ou dois passos em nossa direção para filmar nossos rostos mais de perto enquanto os olhos lindos e incomuns de Byron — agora arregalados com surpresa fingida — alteravam entre os meus, procurando uma resposta neles.

— O que você está fazendo? — perguntou ele, com a voz rouca, como se estivesse com dificuldade de falar.

— Queria me sentar aqui — recitei minha fala, as palavras saindo num mero suspiro.

Ele piscou várias vezes e abriu a boca.

— Certo — falou antes de engolir em seco. Um lampejo de algo quente e necessitado passou por trás de seus olhos e, juro por Deus, esqueci o que deveria fazer em seguida.

As coxas dele eram muito sólidas debaixo de mim; seu corpo, quente e firme. Sua presença parecia me cercar, me puxar para mais perto, embora não encostássemos em nenhum lugar, exceto onde eu o tocava. Ao contrário de Jeff em suas múltiplas tomadas calamitosas, Byron não colocou as mãos nas minhas coxas nem na minha bunda. Ele as manteve para cima e longe do meu corpo no início, e depois as colocou no sofá de cada lado das minhas pernas.

Mas seus olhos — seus olhos verdadeiramente magníficos, com seus círculos castanho, verde e azul — me disseram que meu toque não era indesejado. Byron ansiava por ele. E estava *pensando* nele. Muito. E estar presa na armadilha de seu olhar brilhante era em absoluto inebriante.

Inclinei-me um milímetro mais perto. Seu olhar pareceu incendiar e aquecer uma fração de segundo antes de repousar sobre minha boca. E eu...

Ah, não.

Ah, não. Não. Não. Não, Winnie. É o Byron Visser.

Ele está atuando. Ele. Está. Atuando.

É atuação. Ele te chama de Fred porque não se lembra do seu nome. Ele não gosta de você. Ele nunca abre a boca a não ser para te criticar.

Isso. É. Só. Atuação!

Senti o rubor crescente da vergonha me trazendo de volta à realidade um momento antes de o calor subir pelas minhas bochechas e eu me afastar, arrancando meus olhos de seu rosto cativante.

10 *TRENDS* PARA SEDUZIR SEU MELHOR AMIGO

— Desculpa, desculpa. Foi uma ideia burra. Desculpa. — Em vez de colocar a cabeça no ombro dele e sorrir para a câmera como havíamos planejado, tirei meus braços de seu pescoço e me afastei.

A mão de Byron cobriu a minha.

— Espera...

— Esquece. — Me sentando no sofá por um instante para me orientar, soltei a mão, me levantei e me afastei rapidamente, indo às cegas para outro lugar, qualquer lugar que não fosse no mesmo ambiente que Byron Visser. *O que foi isso, Win?*

— Winnie. Win, espera... — chamou Byron, sua voz sendo abafada pelo sangue zunindo nos meus ouvidos e pela música que vinha da TV, anunciando que o encanador bigodudo no videogame tinha morrido.

— Puta merda, ficou incrível! — Jeff pulou na minha frente como um palhaço daquelas caixinhas que dão susto, fazendo meu coração parar na garganta. Não parecendo notar que tinha me assustado, ele colocou as mãos nos meus ombros e sorriu para mim. — Ficou muito melhor do que o que eu tinha feito. Agora entendi o que é para eu fazer, a ideia que você quer passar. Fiquei mesmo é ansioso para saber o que acontece depois.

Minha boca abriu e fechou enquanto eu lutava contra a angústia. Não era óbvio que tinha me perdido em devaneios e esquecido que Byron e eu estávamos sendo filmados?

— Concordo, ficou ótimo — disse Amelia do outro lado da sala. Me virei, meus olhos procurando Byron instintivamente e o encontrando um pouco atrás de Amelia, de costas para a sala de estar e apoiando ambas as mãos na bancada de quartzo da ilha da cozinha.

Amelia veio até mim, segurando o celular e me dando um olhar encorajador.

— Gravei tudo. Posso mostrar o vídeo, e Jeff pode tentar imitar o que o Byron fez. E realmente gostei de como você mudou o roteiro. Sair da sala foi um bom acréscimo ao drama da cena. As pessoas vão gritar para o celular quando estiverem assistindo a isso. Muito melhor do que terminar a cena com você ainda no colo. Nossa, valeu, Byron!

Byron se afastou do balcão e foi até o salão. Sem olhar para nenhum de nós, ele ergueu a mão e deu um aceno vago antes de sair. Um momento depois, seus passos sem pressa soaram na escada da frente, que levava ao andar de cima.

Olhei para a porta por vários segundos enquanto Jeff e Amelia discutiam cada detalhe da cena, e pensei que poderia estar enlouquecendo.

O que foi que acabou de acontecer?

Eu estava mesmo ficando louca? Ele estava só atuando? O jeito como ele me olhou, aquele lampejo de calor... Ele tinha sido tão convincente. Ou será que era... será que ele... talvez Byron... ah!

— Aqui, deixa eu passar o vídeo de novo. Olha o que ele fez com as mãos. Ele não tocou a Winnie e isso teve um efeito muito bom. Deu uma tensão deliciosa ao momento. — Amelia digitou a senha do meu celular.

Mas antes que ela pudesse chegar no vídeo, o celular de Jeff tocou e ele o pegou no bolso, franzindo o cenho para a tela e de repente recuando.

— Preciso ir. — Sua voz pareceu lutar para sair, nada parecido com a personalidade brincalhona que ele estava usando a noite toda.

Amelia abaixou o celular.

— Aconteceu alguma coisa?

— É a Lucy. — A voz de Jeff falhou na última sílaba do nome de sua ex-namorada e seus olhos se voltaram para os meus, um pedido de desculpas esculpido em suas feições. — Desculpa, Win. Ela quer me ver. Faz meses que ela não fala comigo. Talvez a gente possa… voltar nisso depois? Ou combinar algum outro…

— Não se preocupa. — Sorri gentilmente para ele para encobrir minha decepção. — Já está na hora de a gente ir embora também.

Jeff envolveu seus dedos ao redor da minha mão — a mesma mão que Byron tinha agarrado antes — e a apertou.

— Valeu. Eu… eu te ligo quando voltar do acampamento. A gente marca um… a gente marca de se ver.

Assentindo, forcei um sorriso e caminhei até a porta da frente, meu coração afundando ao mesmo tempo em que meu estômago continuava girando e girando com os efeitos posteriores da atuação de Byron. Vesti meu casaco, sem saber o que me incomodava mais: Jeff me largando no segundo em que sua ex-namorada lhe enviava uma mensagem ou que a performance curta e improvisada de Byron Visser tinha sido tão absurdamente convincente que eu quase tinha acreditado.

Quando era possível evitar, eu nunca trabalhava no nosso apartamento quando Amelia não estava lá. Descobri durante a graduação que minha produtividade aumentava quando trabalhava em um local público ou ao lado de outra pessoa. Por algum motivo, o barulho, o movimento e o ir e vir de outra pessoa me ajudavam a me concentrar.

Morávamos a uma curta distância de aproximadamente cinquenta mil cafeterias (ou era o que parecia), onde eu poderia acampar e tomar uma cerveja gelada enquanto ocupava uma mesa por horas. Mas — e não me julgue por isso — eu não bebia cafeína.

Isso mesmo. Eu morava na capital do café dos Estados Unidos e não bebia café. Mesmo pequenas doses de cafeína me faziam sentir instável e nervosa. Eu era uma daquelas pessoas que comiam chocolate branco, faziam kombucha e bebiam chá de ervas. Minha aversão à cafeína, somada à minha intolerância ao trigo e minha relutância em pagar quatro dólares por uma xícara de chá, significavam que eu raramente entrava em uma cafeteria.

Por que eu morava em Seattle então, já que o aluguel e o custo de vida aqui eram tão altos e eu não trabalhava no ramo da tecnologia e não usufruía da cultura do café?

Vários motivos: a proximidade a lugares onde eu poderia fazer os melhores passeios de barco, trilhas na natureza, snowboard e esqui; a proximidade a Amelia e Serena e meus outros amigos incríveis da faculdade; o transporte público e o sistema de balsas do estado de Washington; a chuva, eu amava a chuva; a abundância de peixe fresco em qualquer época do ano no mercado; e a Biblioteca Pública de Seattle.

Você não viveu de verdade até passar um dia explorando a Biblioteca Pública de Seattle. Aquele lugar é mágico! Com suas janelas em forma de diamante e linhas geométricas, o exterior parecia uma escultura de vidro gigante no meio de um centro movimentado.

Mas o interior — especialmente em dias cinzentos e chuvosos — era parecido com o que eu imaginava que era estar dentro de uma nuvem cheia de livros, flutuando em uma ilha no céu. E era o meu local de trabalho preferido sempre que tinha um dia completo de planejamento. Meu segundo local de escolha era a balsa de Seattle para a ilha de Bremerton, mas apenas se eu tivesse trinta dólares dando sopa no meu bolso e duas horas de trabalho para terminar, o que raramente acontecia.

A questão era que, na biblioteca, ninguém me olhava feio por comprar a coisa mais barata do cardápio e depois monopolizar uma mesa por quatro horas. E, *fala sério*, ficar sentada em uma nuvem cheia de livros em uma ilha no céu? O que poderia ser melhor que isso?

Já fazia algum tempo que estava trabalhando na minha mesa favorita, sem perceber as horas passarem ou ficar checando o horário, quando uma pessoa se sentou na cadeira à minha frente e fechou meu laptop. Vacilei, surpresa com a audácia desse intruso até meus olhos se conectarem com os de Amelia, seus dedos ainda sobre o meu computador.

— O que você está fazendo aqui? — sussurrei, franzindo o cenho para sua capa de chuva molhada. Ela estava com o capuz na cabeça.

Minha colega de quarto se inclinou para a frente, apertando as mãos na mesa, seu olhar sério.

— Antes de mais nada, você precisa se lembrar que nós temos anos de amizade na bagagem. Somos praticamente almas gêmeas.

Confusa com sua aparição repentina e suas palavras enigmáticas, liguei a tela do celular e conferi a hora.

— Mal passa das onze. Você veio pegar alguma coisa para almoçar?

Ela balançou as mãos para eu deixar minha pergunta de lado, os olhos com uma sombra de algo entre a preocupação e o pânico.

— E você não pode odiar sua alma gêmea. É contra a lei das almas gêmeas.

Eu a encarei com os olhos semicerrados.

— Do que você tá falando?

— Assim como a lei dos pássaros, a lei das almas gêmeas proíbe o ódio à sua...

— Eu te ouvi da primeira vez. Por que você acha que eu te odiaria? E por que veio atrás de mim no meio do dia? — Para garantir, olhei por cima do ombro para o relógio na parede, acima da porta. *11:03*.

— Porque eu... — grunhiu ela com uma careta — ...eu cometi um erro.

Inclinando a cabeça para o lado, olhei para a esquerda e para a direita para verificar se estávamos causando algum distúrbio. Ninguém parecia ligar. Esta era outra coisa importante sobre morar em Seattle: contanto que você não tentasse ativamente fazer amizade com ninguém ou conhecer pessoas, você poderia literalmente dançar sem roupa na rua e as pessoas não perderiam tempo com você.

Se perdeu? As pessoas empurrariam umas às outras tentando ser úteis.

Derrubou a carteira na rua? Te rastreiam por dez quarteirões para te devolver (pergunta como sei disso).

Quer ficar de conversa fiada ou estabelecer uma conexão amigável com alguém? Não. Nã-ãh. Nananinanão. *Passar bem*.

— Que tipo de erro? — perguntei, decidindo que meus planos de aula poderiam esperar.

— Apertei o botão errado — ela choramingou em voz baixa, enlaçando, desenlaçando e depois reenlaçando os dedos.

Sorri para ela com nervosismo. Era até meio fofo.

— O que isso significa?

Amelia derrubou as mãos.

— Significa que você me promete que está tudo bem entre a gente e que você não vai me odiar de jeito nenhum.

— Te odiar por quê?

— Promete primeiro — exigiu ela.

— Tá, prometo. — Isso era fácil, não conseguia imaginar uma realidade em que eu odiasse Amelia.

Hoje cedo, ela havia me preparado o café da manhã e depois começado a falar mal do Jeff, reclamando sobre o tratamento desprezível que ele tinha me dado na noite anterior. Eu não estava com vontade de discutir aquilo — ou qualquer outra coisa — quando chegamos ontem à noite da casa palaciana de Byron. Mas com chá e ovos esta manhã, ela me ajudou a me sentir melhor, me dizendo o quanto eu era incrível, que eu merecia mais do que ser negligenciada e desvalorizada por Jeff Choi. Acho que eu precisava ouvir aquelas palavras.

Depois que ela saiu para o trabalho hoje de manhã, toquei uma música triste e tomei um banho, chegando à conclusão de que o que tinha acontecido com Jeff — ele aumentando minhas esperanças e, então, me trocando por Lucy depois de uma única mensagem — tinha sido algo positivo.

Jeff era o único cara que eu tinha conhecido, desde o ensino médio, de quem eu realmente tinha gostado, com quem conseguia de fato me imaginar saindo mais do que só algumas vezes e com quem conseguia até mesmo me imaginar levando as coisas para um lado mais íntimo. Talvez ele fosse o cara legal que eu pensava que ele era. Mas ele não tinha sido um cara legal comigo ontem, e isso não era tudo o que importava?

Eu precisava me desapegar do que havia idealizado em relação a ele, porque era isso que ele era. Uma ideia. Uma ideia doce, engraçada e sociável. Mas agora era hora de me livrar dela. Se ou quando quisesse um relacionamento, eu precisava encontrar uma pessoa humana real, com sentimentos humanos reais que retribuíssem os meus. Não uma ideia.

E isso já era outra coisa!

Talvez eu nunca precisasse ter um relacionamento na vida. Talvez eu estivesse destinada a nunca ter um parceiro romântico. Ou talvez daqui a cinco ou dez anos, quando meus empréstimos estudantis estivessem pagos, quando eu tivesse um pouco de tempo livre, eu deveria focar em me divertir em vez de procurar algo a longo prazo. Talvez eu precisasse parar de ser tão séria, parar com as noções preconcebidas de que direção minha vida deveria tomar e deixar acontecer naturalmente — começando com o que quer que estivesse fazendo Amelia respirar fundo, a ansiedade estampada em sua expressão.

— Ok. Você prometeu — disse ela, pegando o celular. Depois de passar por algumas janelas, ela virou a tela para mim. — Lembra do que você prometeu quando vir isso aqui.

Parei de prestar atenção na minha amiga e olhei para o celular dela, assimilando o vídeo que passava lá. Era Byron, sentado no sofá, jogando *Super Mario Bros.*

— É o vídeo de ontem. — Meu estômago fez uma coisa estranha ao vê-lo, e ao me ver rastejando de quatro em direção a ele, e com o que veio depois. Tirei os olhos do replay, antes da parte em que eu tinha esquecido que estávamos sendo filmados. — Por que eu ficaria brava com isso? Sabia que você estava filmando a gente.

— Olha direito.

Minha testa enrugou, voltando minha atenção para o celular dela. Não sabia o que ela queria que eu visse, mas agora o vídeo estava se repetindo e...

— AI, MEU DEUS! — Peguei o celular. — Isso... isso tá...

— Shh! Sim. — Nesse momento, Amelia olhou ao redor, provavelmente para ter certeza de que nenhum dos habitantes de Seattle à nossa volta tivesse sido perturbado pela falta de polidez. — Sim. Gravei ao vivo. Desculpa, desculpa, desculpa.

Me inclinei para a frente.

— Isso significa que o vídeo...

— Foi postado imediatamente ontem à noite. Isso mesmo. — Ela cobriu o rosto de novo, grunhindo. — Me desculpa mesmo.

Meu olhar se fixou no número de visualizações, e me levantei da mesa, minha cadeira raspando ruidosamente no linóleo.

— UM MILHÃO DE VISUALIZAÇÕES?

— Desculpa! — sussurrou ela em um tom alto para alguém numa mesa próxima. — Nós... a gente tá indo embora. — Amelia pegou meu laptop e meu caderno e inclinou a cabeça em direção à saída. — Hora de ir, e da última vez que olhei estava com um *vírgula três* milhão. Agora pega suas coisas.

Entorpecida, abaixei o celular dela e peguei minha mochila e casaco, me atrapalhando com a alça. Meus dedos pareciam não funcionar. Ela deu a volta na mesa e colocou a mão nas minhas costas, me ajudando a sair da área silenciosa e esperando até que estivéssemos no corredor para dizer:

— Desculpa mesmo. Foi um acidente.

— Eu não... — Não conseguia fazer nada. Não conseguia pensar, me mover, falar. *Um vírgula três milhão de visualizações. O que Byron deve estar pensando?* — Ai, saco — sussurrei, revirando meu olhar pelo interior da biblioteca, sem conseguir me acalmar. — E o Byron? Ele sabe disso? O que ele vai achar?

— Não sei se ele sabe. Tô tentando ligar pra ele a manhã toda. Ele não atende o celular, e sinceramente estou com um pouco de medo de deixar mensagem de voz. Já que ele não usa as redes sociais, talvez ele não saiba. — Enfiando meu laptop e meu caderno na mochila, Amelia colocou a alça no meu ombro e pegou seu celular da minha mão, onde eu ainda o apertava.

De imediato cobri o rosto, como se pudesse me esconder daquilo. Minhas bochechas estavam quentes. Por mais tempo que tivesse levado naquela manhã buscando aceitar as decisões de Jeff na noite anterior, eu havia passado um total de ZERO segundos pensando na minha reação ridícula ao desempenho de Byron. Não me permitiria pensar. E pra quê? Ele estava fingindo, atuando, interpretando um papel e — como sempre — eu havia saído da interação me sentindo uma boba.

— A gente vai ter que deletar — falei. Minha boca estava seca e meu cérebro estava em chamas. — Antes de ele ver e descobrir, precisamos deletar.

— Não! Não. Não faz isso. — Ela apertou o celular contra o peito.

— O quê? Por que não?

— Pensa um pouquinho. — Ela me empurrou em direção ao elevador. — Se você deletar, vai virar uma bola de neve. Ele é um cara famoso que milhões de pessoas têm a sede de conhecer melhor. Ele não tem rede social nenhuma e do nada ele aparece no TikTok com você? E esse vídeo não é nada como a sua live de laboratório na sexta, ele é de vocês dois *juntos*, agindo como se fossem amigos próximos que estão a fim um do outro. A gente precisa ligar pra ele, juntas, e contar. Mas para isso precisamos que ele atenda a merda do celular. — Amelia assentiu com sua própria afirmação enquanto apertava o botão de chamada do elevador com o dedo indicador.

— Ligar pra ele? Você quer que a gente ligue pra ele juntas? — *Meu Deus*. Eu não queria ligar para ele. Não queria falar com ele nunca mais na vida. — Você não acha que ele vai querer que a gente delete o vídeo o mais rápido possível? Como você mesma disse: milhões de pessoas querem saber mais sobre ele. Você não acha que ele vai ver isso como uma invasão à privacidade dele?

— Pode ser.

— Pode ser? — Pisquei, desacreditada. — Acho que você quer dizer *sim, Winnie, com toda a certeza*.

— Não. — Ela me puxou pelo braço para dentro do elevador e apertou todos os botões possíveis. — Temos que ligar pra ele, deixar uma mensagem de voz juntas, contando exatamente o que aconteceu e perguntar o que ele quer fazer a respeito. Se você tirar do ar, pode criar mais dificuldade para o Byron do que se você deixasse o vídeo rolando lá quietinho.

Cobri o rosto de novo, me apoiando na parede.

— Não acredito que isso tá acontecendo.

— Ei, mas olha pelo lado bom: agora você tem dez mil seguidores novos. Isso é… grande.

Grunhi de novo. Eu teria aberto mão de cada um dos meus novos seguidores se isso, de alguma forma, desfizesse a postagem daquele vídeo. Que pesadelo.

CAPÍTULO 5

WINNIE

Debatemos o que fazer no caminho de volta ao nosso apartamento, optando por caminhar na chuva em vez de pegar o VLT. Eu ainda queria deletar o vídeo. Achei que era isso que Byron ia querer, e quanto mais demorasse, mais pessoas veriam.

Amelia permaneceu inabalável em relação a ligarmos para Byron primeiro, argumentando que excluir o vídeo poderia chamar mais atenção do que deixá-lo como estava. No final, ela me convenceu a não o apagar por enquanto — em especial porque nada nunca era em definitivo excluído da internet — e deixar uma mensagem de voz no celular dele. Isso provavelmente chegaria aos ouvidos de Byron. Sem dúvida, alguém lhe contaria — a pessoa responsável pela assessoria, alguém da editora ou quem o representava como autor — e logo. Era melhor que nós duas contássemos a ele, para que pudéssemos nos desculpar profusamente.

— Vou ligar de novo. — Amelia jogou as chaves na cesta perto da porta da frente quando entramos e depois colocou sua capa de chuva em uma cadeira da cozinha. — Vou ligar para ele e mandar mensagem dizendo que foi minha culpa, e aí você pede para ele te ligar de volta quando puder, e pronto.

Eu a segui, despejando meus pertences na mesa, e tirei o casaco.

— O que podemos fazer para melhorar isso? Devo fazer cupcakes para ele? Do que ele gosta?

— Ele gosta da escuridão, de chuva e de silêncio — respondeu ela e depois riu. — Na verdade, assim como você, ele também gosta de doces da See's. Chocolate *amargo*. Mas não compra, não, minha desculpa deve bastar. Eu espero. — Ela mordiscou a unha. — Ok, então a gente faz isso e espera ele ligar de volta. É tudo que está ao nosso alcance.

Eu não queria esperar. Quanto mais esperássemos, mais olhos veriam aquele vídeo.

— Você acha que ele vai ficar muito bravo? Me diz quanto, na Escala Muppet.

No nosso terceiro ano de faculdade, nós maratonamos *Os Muppets* e muitas vezes usávamos a Escala Muppet para descrever o quanto a gente ou outra pessoa estava irritada em qualquer situação particular. Era difícil ficar com raiva quando se estava falando dos Muppets, com Sam, a Águia, na extremidade inferior e Miss Piggy encontrando Caco num chamego com outra porquinha na extremidade superior.

— Talvez ele fique no nível do Caco descobrindo que não tinha sido avisado sobre o quadro da banana? — Amelia fez uma cara de pensativa, correndo para a cozinha e ligando a chaleira.

— Eita, bravo assim? — Enfiei as mãos sob o queixo para aquecer os dedos.

Ela colocou o celular no balcão entre nós, soltando um suspiro que fez suas bochechas incharem quando o telefone tocou no viva-voz.

— Então vamos lá...

Ele atendeu depois de só um toque.

— Amelia.

— Byron! — Ela olhou para mim por cima da bancada da cozinha, sua expressão de dor e pânico, provavelmente uma imagem espelhada da minha. — Você atendeu.

— Aham. — O som da voz grossa fez meu estômago se revirar em um nó tenso. *Ai, Deus. Isso não vai acabar bem.* — O que foi?

— Ãh... entãooo — disse ela, sem muita animação, lambendo os lábios. — Como você está, Byron?

— O que aconteceu?

O rosto de Amelia se contorceu.

— Por que você acha que...

— Você me ligou dez vezes e não deixou mensagem. Está tudo bem com você? O que foi?

— Eu tô bem. Mas... — Amelia colocou as duas mãos abertas sobre a bancada e abaixou a cabeça, derrotada. — Tá bom, tá bom. É o seguinte, vou falar de uma vez.

— Ah, não, não faz isso. Você sabe que adoro seus joguinhos de enrolação.

— Dá uma segurada no sarcasmo por cinco minutos e me escuta. Então... — ela respirou fundo. — Cometi um erro.

— Ok...?

Desdobrei os dedos para segurar meu pescoço em ambos os lados, minhas mãos ainda congelando. Era isso. Ela diria a ele e ele ficaria fulo da vida. Eu tinha certeza de que seria isso que iria acontecer.

No que considerei uma reação exagerada, Byron havia deletado todas as suas redes sociais depois que uma fã havia compartilhado um vídeo dele na Comic-Con. Ele estava confortando uma leitora aos prantos, emocionada ao conhecê-lo. Com o braço em volta dos ombros dela, ele a consolou, deixando-a chorar contra seu peito enquanto toda a internet suspirava com sua demonstração de compaixão. Até eu — que o evitava a todo custo — achava que a situação toda tinha sido fofa. Surpreendente, mas fofa.

Enquanto isso, Byron ficou tão bravo por ter sido filmado sem seu consentimento que apagou todos os seus perfis na semana seguinte à que o vídeo viralizou.

Nunca discuti o assunto com ele ou perguntei por que ele havia tomado uma atitude tão drástica depois de um vídeo tão tranquilo. Nem eu tinha ficado sabendo de sua ira na época. No entanto, dada a reação dele a um vídeo que o havia feito parecer um santo, eu tinha certeza de que ele atingiria pelo menos esse mesmo nível de raiva agora.

— E, bem, o que aconteceu foi que… — Amelia fechou os olhos com força — … eu, sem querer, gravei aquele vídeo de você e da Winnie ontem no modo de transmissão. Então ele foi upado e postado imediatamente. Mas juro que achei que tinha salvado como rascunho. E só fui ver o que aconteceu agora de manhã.

Enfiei os punhos embaixo do queixo novamente, mudando meu peso de um pé para outro, olhando para o celular na bancada e meio que esperando que ele explodisse, ou pelo menos que começasse a soltar fumaça como em um desenho animado.

Mas isso não aconteceu. Byron não disse nada.

Vários segundos se passaram, depois mais.

Amelia abriu uma pálpebra e depois a outra.

— Byron? Você me ouviu?

— Ouvi.

Trocamos um olhar. Deu para ver no rosto dela que o tom sereno da voz dele não fez nada para diminuir a ansiedade.

Corajosamente, ela continuou:

— E agora ele foi visto, ãh, quase duas milhões de vezes.

— Eita. — Sons do lado dele nos disseram que ele se levantou ou se mexeu de alguma forma. — Bem, isso explica todas as outras ligações de hoje de manhã.

— De quem?

— Da editora, da minha agente, da minha assessora.

— O que disseram? — Amelia perguntou, enquanto trocávamos outro olhar, e eu sabia que ela estava pensando o que eu estava pensando.

Ele parecia calmo demais. Ok, eu nunca tinha testemunhado Byron zangado de fato. Comigo, ele era todo roboticamente monótono e entediado. O mais próximo que eu já o vira se aproximar de uma irritação real tinha sido no dia anterior, quando Jeff estragou todas as nossas tentativas de gravação. E, mesmo assim, ele ainda estava mais tranquilo.

Apesar disso, eu havia presumido, já que ele e Amelia eram amigos havia anos, que ela já o tinha visto com raiva antes.

— Não atendi às ligações — respondeu Byron, sua voz inabalada.

— Claro, óbvio que não. — Amelia olhou com desespero para o teto. — Mas olha, não foi culpa da Winnie. Ela não fazia ideia.

Silêncio completo do outro lado da linha. Depois:

10 *TRENDS* PARA SEDUZIR SEU MELHOR AMIGO

— Ela sabe?

— Contei para ela antes de te ligar. A gente ia te deixar uma mensagem de voz juntas.

Outra pausa, o som de algo sendo arrastado por um piso de madeira — talvez uma cadeira de escritório?

— Ela tá aí?

— Sim, ela está aqui, e você está no viva-voz. Mas isso foi erro meu, então eu é que estou te contando.

Byron limpou a garganta.

— O que ela quer fazer?

— Não sei, mas ela achou que você ia querer deletar. Achei que seria melhor ver com você antes.

— Deletar por quê? — perguntou ele, como se a ideia fosse desastrosa, talvez a pior da história. — Se já foi visto quase duas milhões de vezes, isso é bom, né? Ela ganhou seguidores?

— Sim, mas... — Amelia olhou para mim, pedindo ajuda.

Arfei, vesti metaforicamente minha coragem de gente grande, apesar de estar me sentindo ligeiramente enjoada, e me preparei para explicar meu raciocínio.

— Oi, Byron.

— Fred.

Revirei os olhos, mas consegui superar o pico de irritação com o uso de "Fred". Ele havia usado meu nome verdadeiro no dia anterior — um fato em que eu não me permitira pensar desde o acontecido — então agora eu sabia que ele, de fato, sabia meu nome verdadeiro. O que significava que ele me chamava de Fred como apelido. De propósito. *Por que ele faria isso?*

— Olha — comecei a falar, com a voz trêmula, engolindo o nervosismo antes de continuar —, eu tinha sugerido que a gente excluísse o vídeo porque parecia invasão de privacidade, mas a Amelia me pediu para não apagar e ver o que você achava antes. É só você falar que deleto.

— Sua ou minha?

— Como é? — perguntei, sem entender.

— Você achou que o vídeo era uma invasão da sua privacidade? Ou da minha?

A pergunta escancarada me surpreendeu e fez os nós no meu estômago queimarem. *Será que ele sabe que perdi as estribeiras naquele vídeo ontem?*

Precisei me esforçar para mascarar minhas palavras com uma autoconfiança forçada.

— A sua privacidade, né. Você só topou ajudar mostrando para o Jeff como fazer, não participando da trend comigo e depois aparecendo no vídeo publicamente. Desculpa por isso ter acontecido.

— Não precisa se desculpar. Não foi sua culpa.

— Mesmo assim, o vídeo está no meu perfil. Eu deleto agora, se você quiser. — Meu nervosismo continuou lutando nas minhas entranhas. Coloquei a mão sobre a barriga.

Ele não parecia bravo, e isso era bom. E se ele havia percebido minha tolice no dia anterior, e daí? Não era como se eu fosse vê-lo de novo tão cedo. Eu esperava que, quando nossos caminhos se cruzassem novamente em um futuro distante, ele já tivesse esquecido de tudo.

Mas então ele perguntou:

— O que você quer fazer? Quer apagar?

Meu cérebro congelou.

Por que ele está perguntando para mim?!

Dessa vez, fui eu que olhei para Amelia para pedir ajuda. Ela me encarava de olhos arregalados, depois deu de ombros.

— Win? — chamou ele com a voz baixa e estranhamente suave. — Você quer apagar o vídeo?

— Não acho que deva ser uma decisão minha — respondi.

— Se estivesse tudo bem por mim deixar o vídeo como está, o que você ia querer?

Continuei olhando para Amelia do outro lado da ilha da cozinha, implorando silenciosamente que ela respondesse por mim ou me desse alguma dica sobre o que ele queria que eu dissesse. Aquilo estava com cara de armadilha.

Franzindo o cenho, Amelia falou sem emitir som algum:

— Não olha pra mim.

Suspirei de frustração e vergonha.

— Bem, não faz muito sentido deixar o vídeo lá se vamos fazer o restante das trends com o Jeff.

Assim que as palavras saíram da minha boca, me lembrei de como Jeff tinha me largado na noite anterior assim que recebeu a mensagem de Lucy. *Então não. Nenhuma trend vai ser feita com o Jeff.*

— Ou outra pessoa — acrescentei, estremecendo com a vergonha.

Amelia me lançou um olhar solidário. Gesticulei para que ela dispensasse a pena, esperando Byron responder. Ele não disse nada.

— Byron? — Apurei os ouvidos. — Tá me ouvindo?

— Tô indo aí. — Ouvi uma porta abrindo e fechando do seu lado da ligação, seguido pelo som de chaves tilintando.

— O quê? — Meus olhos se arregalaram e olhei para Amelia. Ela parecia tão surpresa quanto eu.

— Chego aí em… dez minutos. A menos que vocês queiram que eu passe na confeitaria. Querem que eu passe na confeitaria?

Encarei o nada, sem saber como responder àquela pergunta absurda. Ele estava falando sério?

— Na Bakery Nuevo ou na Macrina? — Amelia falou imediatamente.
— Qualquer uma das duas confeitarias está bom. Mas se for para a Macrina, traz um bagel também.

Me estiquei por cima da bancada e dei um tapa no ombro de Amelia, fazendo uma careta brava para ela.

Ela me encarou de volta, sussurrando:
— Que foi? Tô com fome. Não almocei.
— Chego aí em vinte minutos. *Não* apaguem o vídeo. — Sem falar tchau ou dar alguma pista que fosse sobre o que ele estava sentindo, Byron desligou.

Vinte minutos depois, com o estômago embrulhado, me sentei no sofá enquanto Amelia corria pela curta distância até a porta do nosso apartamento. Então me levantei, pensando que talvez fosse melhor. Depois me sentei de novo, esfregando as têmporas e tendo mais uma conversa séria comigo mesma.

Pare! Você não tem motivo para ficar nervosa. Ele nem deve ter percebido ou se importado com você viajando enquanto estava sentada no colo dele ontem. Ele deve estar acostumado com mulheres se perdendo nos círculos hipnóticos de seus olhos lindos. É só agir normalmente.

O problema era que agir normalmente na frente de Byron costumava significar ignorá-lo, ou dizer o mínimo possível para não ser criticada. Eu não poderia fazer isso hoje, o que significava que essa reunião provavelmente terminaria comigo me sentindo uma palhaça.

Ouvi vozes da entrada do apartamento, somadas ao som de sacos de papel passando de um par de mãos a outro, e depois veio a exclamação de Amelia:
— Bagels *e* scones doces? Eu te amo. Você sabe que te amo, né? Porque amo. Demais.
— Eu sei — disse ele, a cadência profunda da sua voz fazendo um arrepio subir pela minha espinha. Eu me levantei, decidindo que ficar de pé era melhor. *Ou será que é melhor eu me sentar?*

Amelia entrou na sala, o nariz enfiado em uma das sacolas. Byron seguiu logo atrás dela, seus olhos colidindo com os meus. Ao invés de abaixar meu olhar como de costume, desta vez sustentei o dele e levantei o queixo para mostrar atitude. Eu estava ao mesmo tempo acostumada e desacostumada ao seu olhar. Acostumada porque ele me encarava o tempo todo. Como Amelia havia pontuado na sexta-feira, Byron encarava as pessoas. Ele observava e observava. Era coisa dele. Mas *eu* não estava acostumada a olhar em seus olhos, como estava fazendo naquele momento, e como tinha feito no dia anterior quando sentei em seu colo.

Eu não tinha certeza, mas sua expressão me pareceu preocupada. Se ele fosse qualquer outra pessoa, eu diria que aquilo significava que ele estava ali para dar más notícias e que tinha trazido os scones e os bagels como uma oferta de paz, ou como uma forma de assoprar depois de dar a mordida.

— Fred. — Ele me deu um aceno rígido enquanto tirava a jaqueta, seu olhar atento como sempre.

Torci os lábios para o lado e retribuí seu aceno. Eu não podia ignorá-lo, é verdade, mas poderia dizer o mínimo possível.

— Os scones são da Nuflours e não têm glúten.

Byron colocou a jaqueta em cima da cadeira.

Minha atenção mudou momentaneamente para onde Amelia se movia pela cozinha. Ela já havia retirado três pratos do armário.

— Obrigada. Foi muito legal da sua parte — falei, sem esconder minha confusão. *Como é que ele sabe que sou celíaca?*

Amelia só sabia porque morávamos juntas. Minha condição me deixava pra morrer, mas não era de natureza anafilática. Eu nunca havia contado explicitamente a ninguém na faculdade, nunca falava sobre isso ou pedia uma opção sem glúten em restaurantes. Como regra geral, preferia evitar restaurantes. Meu tio gostava de pagar de superior aos garçons, e nunca tive uma experiência relaxante em um restaurante até a época da faculdade.

Infelizmente, na minha experiência, nove em cada dez vezes o garçom esqueceria que eu não consumia glúten e eu acabaria sendo a esquisita que não comia nada no prato. Nas raras ocasiões em que eu ia a restaurantes atualmente, só pedia o que com certeza não tinha trigo, o que era menos provável de ter contaminação cruzada e o que era mais barato. Ao longo dos anos, havia desenvolvido o hábito de levar barrinhas de proteína sem glúten e lanchinhos aonde quer que eu fosse.

Não que eu quisesse esconder minha intolerância; era mais que, conforme eu ia ficando mais velha, as reações das pessoas variavam e eu achava mais fácil simplesmente não dizer nada. Eu nunca sabia se receberia um olhar de descrença ou uma avalanche de simpatia e perguntas como: *O que é que você come então?*

Fiquei surpresa que Byron soubesse.

— Vou fazer mais chá. De que sabor vocês querem? — perguntou Amelia, colocando um scone em um prato e bagels no outro.

Byron, com a mão apoiada no encosto da mesma cadeira em que a jaqueta dele estava estendida, balançou a cabeça:

— Não quero nada.

— Nem um bagel? — Amelia lançou um olhar perplexo.

— Já comi. — A atenção dele se voltou para mim, me examinando minuciosamente.

Cruzei os braços porque estavam estranhos ao lado do meu corpo, e fui direto ao assunto:

— Posso deletar o vídeo.

Ele estralou a mandíbula.

— O Jeff vai voltar com a Lucy — disse ele, e depois também cruzou os braços. A intensidade do seu olhar pareceu aumentar em dez vezes.

— Imaginamos. — Amelia poupou uma resposta minha, levando dois pratos à mesa da cozinha. — A Lucy mandou mensagem para ele ontem à noite logo depois de você ter saído da sala. Ele disse que precisava se encontrar com ela, e aí a gente foi embora.

Algo parecido com surpresa cintilou atrás de seu olhar, e ele assentiu, mas ainda me observava.

— Duvido que a Lucy deixe ele fazer os vídeos... as trends do TikTok.

Fui até a mesa, parando ao lado de Amelia e examinando os scones. *Mirtilo. Meu favorito.*

Enquanto isso, Amelia fez um som de deboche.

— É. Você tá certo. A gente precisa achar outra pessoa pra...

— Posso fazer — disse ele.

— O quê? — Amelia pareceu surpresa.

— Eu... você... você o quê? — Tentei falar, mesmo com a minha língua defeituosa. Ele não poderia ter dito o que pensei ter ouvido.

— Pode ser eu. — Byron se virou diretamente para Amelia. — Eu faço os vídeos. Com ela.

— Faz? — As sobrancelhas de Amelia quase chegaram ao cabelo, no topo da testa. Nós duas estávamos em um estado semelhante de choque.

— Sim. Mas tenho condições. E quero algo em compensação. — Ele enfiou as mãos nos bolsos e dirigiu-se exclusivamente a Amelia, como se eu não estivesse no ambiente e aquele não fosse meu projeto.

A ira substituiu a surpresa, e levantei um dedo para protestar. Eu não tinha pedido ajuda a ele. E se ele estava se oferecendo para ajudar, eu não tinha certeza se queria sua ajuda. Sabia que ele me desprezava, minhas escolhas, minha carreira. Então, como isso tudo, fazer as trends de casal com Byron, funcionaria?

Antes que eu pudesse emparelhar meu dedo levantado com uma objeção, Amelia agarrou minha mão e a removeu da situação, dando um passo à minha frente.

— Claro. Tudo bem. O que quiser.

— O quê? — vociferei.

Ela chiou para mim e se colocou mais ainda entre mim e Byron.

— Quais são suas condições?

— Não quero ninguém assistindo. — O olhar dele, oculto e remoto, passou por cima do ombro de Amelia para encontrar o meu. — Se ou quando nós fizermos os vídeos, vai ser só Fred e eu.

Fiz uma careta, mas não fiquei tão surpresa com essa condição. Byron não gostava de multidões. Eu suspeitava de que mais do que duas pessoas já fosse uma multidão para ele. Mesmo assim, essa estipulação aumentaria exponencialmente a dificuldade logística do projeto.

Tirando meu dedo do aperto de Amelia, me movi para falar por cima do ombro dela.

— Então quem vai segurar a câmera? Filmar sem uma terceira pessoa segurando a câmera só vai aumentar a probabilidade de uma gravação mal executada. Ter outra pessoa filmando vai garantir que nós dois estejamos no enquadramento e daí a gente só precisa gravar uma ou duas vezes.

— Como a maioria das pessoas faz esse tipo de coisa? — Byron direcionou a pergunta a Amelia. — Costuma ter uma terceira pessoa junto filmando?

— Acho que não. — Ela pegou o bagel e tirou um pedaço. — Geralmente, a pessoa que faz a trend coloca a câmera virada para ela e a outra pessoa clica em "gravar", conferindo de vez em quando se as pessoas estão aparecendo na tela mesmo e deixando a câmera pegar o que quer que aconteça. Na verdade, acho que sua condição é boa. Vai deixar os vídeos mais autênticos, mais reais.

Como Byron dirigiu suas perguntas a Amelia, decidi dirigir minhas objeções a ela também.

— Mas pensando bem, se alguém estiver filmando pra gente, nós reduzimos as chances de ter que gravar o mesmo vídeo várias vezes até acertar. Tipo o challenge de dança com "Toxic". A gente vai precisar se mexer muito e pode deixar o enquadramento escapar.

Amelia estava certa, claro. Colocar meu celular para gravar sozinho seria mais autêntico, então realmente não entendi por que continuei a insistir no problema. *Exceto* que… A ideia de fazer algumas dessas trends com Byron, nós dois em uma sala e mais ninguém, parecia íntimo demais. *Estou mesmo pensando em fazer isso com ele?*

Por um lado, mais de duas milhões de visualizações (que continuavam subindo) com um único vídeo ao vivo já falava por si só. Nesse ritmo, eu não teria problemas em alcançar o número necessário de seguidores em dois meses.

No entanto, por outro lado, eu só pensava em Byron como amigo de Amelia, colega de quarto de Jeff e um cara que me intimidava. Ele e eu nunca tínhamos ficado sozinhos juntos, nem uma vezinha que eu pudesse me lembrar, e agora íamos nos tocar, beijar, registrando tudo em vídeo, pretendendo compartilhar os momentos com (idealmente) centenas de milhares de pessoas, se não milhões?

— Espera… espera aí um minuto. — Levantei as mãos e dei uma balançada com a cabeça. — Não sei se isso é uma boa ideia. Fazia sentido com o Jeff porque…

— Com o Jeff você não precisaria fingir. — Byron terminou minha frase, seus olhos caindo para os sapatos enquanto um sorrisinho acrimonioso puxava o canto de sua boca.

— Sim — declarei, lutando contra a vergonha do que eu estava admitindo. — Mas já que é com… é que… com você, eu não…

— Você não gosta de mim. — Seu olhar se levantou de maneira abrupta e ele me deu o fardo inclemente de sua atenção. — Pode falar. Seja sincera.

Engoli convulsivamente, meu peito quente e apertado. Eu não dizia coisas assim. Eu não falava coisas que poderiam ferir as pessoas ou que fossem dolorosas, mesmo que elas tivessem um fundo de verdade.

— Byron…

— Mas, se a gente fizer isso — continuou ele, seu tom soando um pouco provocador aos meus ouvidos —, se você for fingir *comigo*, vai conseguir um número de seguidores alto o bastante para ser escolhida para a posição de gerente de marca na empresa da Amelia.

— Gerente de comunidade — corrigi entredentes. Do jeito que ele falou parecia sórdido e dissimulado, como se eu estivesse enganando mulheres jovens para elas considerarem uma carreira nas áreas STEM.

Cruzei os braços novamente, desejando poder colocar uma parede entre mim e a inquietante e hipercrítica intensidade de seu olhar. Mas, em vez disso, pontuei o óbvio:

— É evidente que você também não liga muito pra mim. Nenhum de nós dois ia gostar disso. Não entendo por que você concordou em me ajudar, ou o que você ganha com isso, ou por que considerou participar.

— Não estou dizendo calúnias sobre seu caráter, Fred. — Ele imitou minha postura. — Estou constatando um fato. E já que você fingiria comigo para atingir um objetivo, aumentar sua contagem de corpos no Instatok para conseguir o emprego, então é bom você se comprometer totalmente também.

Instatok? Contagem de corpos? *Que grosseria!*

Virei a cabeça para o lado e semicerrei os olhos para encará-lo.

— Me comprometer totalmente? O que isso significa?

— Quer que as pessoas engajem com você? Te sigam? Bem, as pessoas engajam com autenticidade. Os vídeos devem passar a ideia de serem o mais autênticos possível, certo?

Com relutância, acabei concordando.

— Certo.

— Por isso, minha condição segue firme. Se quer que eu faça isso, então nada de uma terceira pessoa segurando a câmera, mais ninguém no ambiente com a gente. — Byron colocou as mãos nas costas da cadeira da cozinha, se inclinou um pouco para a frente e acrescentou, com um toque de sorriso malicioso, como se as palavras fossem um desafio: — Só eu e você.

CAPÍTULO 6

WINNIE

A VONTADE DE LEMBRAR BYRON DE QUE EU NÃO TINHA CERTEZA SE QUERIA FAZER isso com ele estava na ponta da língua, mas seu olhar era intenso demais, pesado demais. Meu cérebro ficou desajeitado com o peso daquilo tudo e fechei a boca, não confiando em mim mesma para formar frases coerentes.

Depois de um período desorientador de silêncio desconfortável, durante o qual Byron e eu nos encaramos e me recusei a falar, Amelia — felizmente — foi quem o quebrou.

— Isso tudo faz sentido. Quanto mais parecer realista, melhor. Certo, Byron. Mais alguma condição?

Soltando-me da armadilha de urso de seu olhar, as feições de Byron pareceram relaxar um pouco e seu foco voltou para Amelia.

— Vi a lista, então sei o que tem lá.

Amelia bateu no queixo, pensativa.

— A lista está contida demais para o meu gosto, mas Winnie é professora e não pode fazer nada que prejudique o emprego.

— Que bacana que o chefe dela tem a palavra final sobre o que ela pode ou não postar nas próprias redes sociais. — Ele lançou o sarcasmo no ar como um bumerangue. — Nem parece que saiu do livro *1984*.

Juro por Newton que se ele criticar minha profissão mais uma vez... Eu não sou uma pessoa violenta, mas me peguei pensando em qual seria a velocidade do ar do meu punho se eu desse um soco na cara dele.

— Não vamos mudar a lista — falei, fervendo de ódio. — E não vamos falar sobre meu trabalho, meu chefe ou minhas escolhas de carreira. Nunca.

Além da ligeira curva de seu lábio superior, ele continuou como se eu não tivesse falado:

— Não tenho problemas com a lista. Mas não quero saber quando ela vai gravar os vídeos.

— Você não quer saber quando ela for filmar? Quer que ela te surpreenda? — O olhar de Amelia se virou para mim, depois voltou para ele. — Quer que a Winnie filme quando e onde quiser?

— Exatamente.

Um som involuntário escapou de dentro do meu peito.

— É melhor a gente fazer tudo de uma vez, acabar com isso num só dia. Ele balançou a cabeça, ainda sem olhar para mim.

— Não se você quiser que fique autêntico. Uma trend por mês.

— O quê? Não! Duas vezes na semana, pelo menos — rebati. — Só tenho dez semanas pra fazer isso.

— Precisa parecer real, não ensaiado. — Ele falou com tanta calma, de maneira tão razoável, como se eu estivesse sendo ridícula com minhas exigências. — São dez semanas, dez vídeos — continuou ele. — Um vídeo por semana e não quero ser avisado de quando você vai gravar. É minha oferta final.

A franqueza infame de Byron devia ter me contagiado, porque eu disse:

— Se você vier para cá ou se a gente estiver em outro lugar, e estivermos sozinhos, vai ser óbvio que vou gravar um vídeo. Não vai ser surpresa, Byron. Por que outro motivo a gente se encontraria?

Ele travou a mandíbula, piscou, mas não falou nada.

Por alguma razão, seu olhar, que só me fuzilava sem fornecer resposta alguma, me desconcertou mais do que o normal.

— Tá. Preciso esconder o celular também? E tirar os M&Ms vermelhos do pacote pra você? E o que vem depois, Terças Sem Contato Visual? Só toalhas verdes?

— Não. — Byron pronunciou a palavra devagar e com cuidado. Seus olhos, que estavam apontados para um ponto na parede atrás e acima da minha cabeça, brilhavam como estalactites de gelo. — Não ligo nem se você colocar o telefone na minha cara, Fred. Não quero praticar nada antes do tempo. Não quero encenar ou receber falas para recitar. Nada dessas merdas.

— Então como você vai saber o que fazer? — perguntei, pressionando.

Seu olhar voltou-se para mim, enterrou-se e sustentou o meu por várias batidas lentas do meu coração antes que ele dissesse:

— Acho que aprendo a me virar.

— Talvez vocês precisem gravar duas vezes. Ou três — alertou Amelia. Ele deu de ombros.

— A gente vai ter que se beijar. — Senti a necessidade de explicitar. — A trend de beijar o crush e a do "crush secreto" não estão abertas a discussão. Nada na lista está, na verdade. Vamos fazer cada um daqueles desafios, inclusive o de dança com "Toxic".

Ele deu de ombros de novo, parecendo menos irritado, mas sem dúvidas desinteressado pela ideia. E, por fim, veio a cara de quem estava cansado do assunto.

— Tudo bem — disse Amelia para Byron, e depois se virou para me olhar. — Tudo bem?

Grunhi, imaginando que tinha direito a pelo menos um grunhido, já que ele os usava com tanta frequência. Eles que interpretassem como quisessem.

— Então… — Minha colega de quarto levantou os dedos para fazer um joinha no ar em cada condição: — Vocês dois estarão sozinhos quando os vídeos forem feitos. Você não liga se ela estiver segurando a câmera enquanto filma e não se importa se for tudo bem na sua frente, mas você não quer praticar sua reação antes da hora ou planejar o roteiro. E você não se importa se tiver que filmar a mesma trend várias vezes se houver um problema na câmera ou se um de vocês estiver fora do quadro. Algo mais?

O resumo de Amelia me deu um momento para processar a ideia, para pensar. Eu tive que admitir, quando analisadas em conjunto, as estipulações de Byron não eram tão ruins. Estarmos sozinhos quando gravássemos e não falarmos sobre ou discutir os vídeos de antemão — sobre como um de nós reagiria ou o que diria — deveria reduzir o constrangimento e tornar toda a provação menos inautêntica.

Mas ainda assim seria inautêntico, não seria? Menos inautêntico ainda é inautêntico.

Antes que eu pudesse entreter melhor esse pensamento, Byron falou:

— Preciso que você saia comigo.

— Precisa do quê? — Amelia e eu perguntamos em uníssono.

— Que saia comigo. Para um evento. — Agora ele não olhava para nenhuma de nós, seus olhos vagando para a cozinha, sua expressão e tom cansados.

— Que tipo de evento? — Eu não me importava que minha voz soasse pesada com a suspeita.

— Um negócio de premiação e algumas outras coisas — disse ele, depois limpou a garganta.

— Ah! — Amelia pareceu ter entendido algo e então apontou para ele. — Tá falando dos Jupiter Awards?

— Sim.

Amelia e eu trocamos mais um olhar, e então perguntei:

— E você quer que eu vá como sua acompanhante?

— Isso. — Ele continuou sua análise indiferente da cozinha, como se aquela fosse a conversa mais tediosa que ele já tivesse sido forçado a suportar.

Olhei para Amelia mais uma vez e dei de ombros.

— Tá… quer dizer, claro. Vou, sim. Mas você poderia chamar qualquer pessoa e…

— Não. Eu preciso… — Ele olhou para mim. — Preciso de alguém como você.

Toquei o peito com a ponta do dedo, apontando para mim mesma.

— Alguém como eu?

— Sim — ele respondeu sem demonstrar emoção, e depois acrescentou com uma cadência irônica: — Você é boa com pessoas.

Você é boa com pessoas. Isso era um elogio?

— Ele está certo, você é uma boa escolha. Sabe conversar com quase todo tipo de gente, não importa quem a pessoa seja ou o que ela faça da vida. — Amelia me deu um empurrãozinho no ombro. — É um evento que precisa de roupa formal. Você vai precisar arrumar algo lindo para vestir.

— Ah, não. Por favor. Não me obrigue a fazer isso. — Eu podia ter mantido o foco nas minhas redes sociais de STEM até o momento, mas meu amor por me vestir com roupas chiques não era segredo entre meus amigos. Era só me dar qualquer motivo para usar lantejoulas e cílios postiços que eu ia usar lantejoulas, cílios postiços, saltos de dez centímetros e o batom mais vermelho que pudesse encontrar.

— Que bom. — Ele acenou com a cabeça, pegando seu velho e frágil celular de flip e olhando para a tela monocromática.

— É só isso? É tudo que você quer? — Apertei os olhos para ele, certa de que estava perdendo alguma coisa. Por que o notoriamente recluso Byron Visser concordaria em sofrer dez trends românticas do TikTok, postadas publicamente, em troca de um mísero encontro?

— Pode ser que surjam outras coisas — murmurou ele, sem tirar os olhos do celular.

— Que outras coisas? — Amelia soltou um breve som de impaciência. — Byron, você precisa ser mais específico. A Winnie não vai concordar em fazer algo vago como "outras coisas".

— Vai ter outros eventos — falou ele entredentes. — Talvez. E uma viagem para Nova York. Vou precisar de uma... pessoa. Como ela.

— Ah, entendi. — Amelia assentiu como se entendesse mesmo. — É por causa do contrato?

— Tô por fora, pode me explicar?

Analisei minha colega de quarto. Ela não parecia preocupada, mas eu precisava de mais informações — em especial se eu fosse para Nova York — antes de concordar com o pedido dele.

Byron fitou Amelia, comunicando algo à minha amiga com seu olhar de geada.

Ela então se virou para mim, provavelmente para traduzir o resultado de sua competição de olhares.

— O contrato original de Byron era apenas para um livro e incluía disponibilidade para entrevistas, sessões de autógrafo, turnês de divulgação, tudo isso. Mas quando o primeiro título bombou e eles começaram a negociar os outros dois livros da trilogia, a agente dele conseguiu se livrar de quase todos os requisitos de divulgação.

Não fiquei surpresa por Byron ter negociado sua saída da parte de divulgação, das entrevistas e das sessões de autógrafo de livros. Ele mal falava com as pessoas, nunca aparecia nos encontros trimestrais que eu organizava para o nosso grupo de amigos da faculdade — do qual, acho, ele nunca quis fazer parte, embora eu sempre fizesse questão de convidá-lo. Eu também o convidava para nossos encontros de sexta à noite para jogar *Stardew Valley*. Ele nunca apareceu, nunquinha.

Então, é claro que ele aproveitaria a popularidade de seu primeiro livro para não ter que interagir com as pessoas.

— Mas agora que o livro foi indicado para todos esses prêmios — continuou Amelia —, as indicações acionaram uma cláusula no contrato, o que significa que ele tem que fazer alguns dos eventos. Não muitos, mas alguns. Ele tem que ir à cerimônia do Jupiter Awards e a Nova York para fazer aparições e dar algumas entrevistas.

Olhei para ele, tentando entender qual seria o meu papel nisso.

— Você quer que eu vá com você para as aparições? Aos eventos?

— Falaram que eu poderia levar alguém — disse ele com a voz seca, sem olhar para mim, o que me pareceu deliberado.

— Ele quer que você seja o apoio social dele — traduziu Amelia. — A agente dele estará lá, mas ele quer que você se apresente como a acompanhante e conduza a conversa por ele, caso ele seja forçado a conversar com estranhos. Lidar com fãs fervorosos, dar a ele uma desculpa para sair se as coisas ficarem estranhas, esse tipo de coisa.

— Ah — assenti, olhando de um para o outro. — Isso é fácil. Posso ser seu apoio emocional.

— Que bom. — Amelia pareceu aliviada e grata, como se o favor fosse para ela e não para Byron. — Eu ia com ele, mas agora que conseguimos a bolsa, o cronograma das viagens não vai dar certo. Mas, Byron, você tem que comprar o vestido para o Jupiter Awards. — Com esta última parte, Amelia apontou para ele e sua declaração me surpreendeu.

Assim como a resposta imediata dele:

— Sem problemas.

Abri a boca para dizer que não seria necessário, eu daria um jeito, mas Amelia não tinha terminado de falar.

— E os sapatos. E uma bolsa, ou mais qualquer outro acessório de que ela precise.

— Tudo bem. — Mais uma vez, ele concordou de imediato, mas dessa vez sua fala veio acompanhada de um abrupto "Preciso ir". Ele pegou a jaqueta e a vestiu.

Enrijeci com seu anúncio repentino, mas Amelia não parecia nem um pouco surpresa.

— Eu também tenho que voltar ao trabalho, mas estamos decididos? Vocês dois vão mesmo fazer isso? Celebridade do TikTok e um vestido novo em troca de uma acompanhante para o Jupiter Awards, uma viagem paga a

Nova York e as condições de Byron? — Amelia se virou para a porta do nosso apartamento, lançando um olhar por cima do ombro para Byron.

Eu ainda não tinha internalizado a conversa; ainda estava processando o fato de que minha amiga havia negociado um novo look chique para mim, quando Byron era quem estava *me* fazendo um favor.

— Sim — disse ele, enfiando o celular de volta no bolso, pegando sua jaqueta e se virando para Amelia, provavelmente para sair junto com ela.

— Espera. — Sem pensar, eu o segui e peguei seu braço, puxando até que ele se virasse. As coisas não pareciam muito resolvidas... *ou já tinha tudo sido decidido?*

Seu olhar se fixou onde minha mão segurava seu antebraço.

— Então, olha. Eu que agradeço. Obrigado por fazer isso. Sei que você não precisa, mas obrigada. Sou muito grata. Obri...

— Para de me agradecer — retrucou ele.

Me encolhendo, sentindo como se tivesse levado um tapa verbal, soltei seu braço e deslizei os dedos nos bolsos traseiros da minha calça jeans, o calor subindo para minhas bochechas. Lutei para colocar a tampa de volta na caixa das minhas memórias de infância há muito adormecidas, de gritarem comigo sem motivo, e medi minha respiração. *Como é que eu vou conseguir fazer isso tudo com ele?*

— Ok. Eu não vou mais agradecer. — Como eu fazia quando precisava lidar com meu tio ou pais irados de alunos, mantive um exterior calmo. — Mas só para deixar claro, isso significa que você tem que atender quando eu ligar ou me ligar de volta quando puder. Como vamos fazer isso apenas uma vez por semana, se eu precisar gravar um vídeo para a minha conta, preciso entrar em contato com você.

— Eu sempre atendo quando você liga. — O olhar que ele me deu só poderia ser descrito como duro.

Na verdade, não. Também podia ser descrito como irritado, ou frustrado, ou algo parecido com impaciência. Só que mais bravo.

Surpreendentemente, sua raiva não me perturbou desta vez.

— Byron, liguei para você talvez umas duas vezes em seis anos. Isso é sério.

— Eu não pareço estar falando sério? — perguntou ele, soando como um robô monótono e olhando para a porta como se não pudesse esperar para sair.

— Você parece ter fama de nunca atender o telefone. Me promete que vai ser acessível quando eu precisar de você.

Ele ergueu o queixo, fixando aquele olhar enervante em mim mais uma vez.

— Prometo, se você quiser ou precisar de mim, eu estarei lá — disse ele, sua voz apenas acima de um sussurro.

O jeito como ele havia falado fez o cabelo da minha nuca se arrepiar. Eu estava sendo irracional? Ou ele estava tirando uma com a minha cara?

— Não estou dizendo que você tem que atender mesmo se estiver ocupado. Não que eu vá te incomodar mais de uma vez por semana. Tá bom assim pra você?

— Tá.

— Só estou falando que...

— Sei o que você está falando, entendi — respondeu ele, virando-se e passando por Amelia enquanto abria a porta. — Quando você me ligar, vou atender.

A contagem de visualizações do vídeo continuou a crescer, assim como meu número de seguidores. Nas duas semanas e meia desde a barganha que eu tinha feito com Byron, muitos desses novos seguidores também voltaram às minhas postagens mais antigas e engajaram com meus vídeos focados em ciências.

Os números de visualizações aumentaram em todo o meu conteúdo, assim como os comentários e as curtidas. Mais pessoas assistiram à minha última live de ciências — mais engajamento, mais comentários e perguntas sobre convenções de nomenclatura para compostos químicos — do que em qualquer videoaula anterior. O vídeo durou uma hora e eu desenhei a estrutura química de mais de vinte compostos, respondendo a uma infinidade de perguntas ótimas do público.

Era para isso ter me deixado feliz.

Eu não queria mais engajamento? Mais perguntas? Mais espectadores com interesse ativo em STEM? Eu não queria ser uma referência significativa? Sim. Eu queria. E eu definitivamente queria aquele cargo de gerente de comunidade. Qualquer movimento mais próximo da meta de quinhentos mil seguidores deveria me deixar em êxtase.

Mesmo assim, eu não estava.

Eu não estava feliz. Isso explicava por que, na noite de quinta-feira de um fim de semana prolongado de três dias, me vi vagando pelos corredores da Phoenix Comics & Games, procurando gastar minhas economias do mês me mimando com um novo jogo de tabuleiro.

Em vez disso, dei de cara com Jeff Choi.

MAS QUE DESGRAÇA!

Me escondendo atrás do corredor de que tinha acabado de sair, me virei e avaliei a distância até a porta. Eu tinha estatura média. Talvez ele não tivesse...

— Winnie? — A voz de Jeff foi precursora de sua cabeça aparecendo na virada do corredor. Um pequeno sorriso se espalhou por seu rosto quando nossos olhos se encontraram. — Achei mesmo que fosse você.

— Ah, oi, Jeff. — Sorri, acenei e ignorei o peso no meu peito.

— Como você está? Faz tempo que não te vejo. — Olhando para mim com seus olhos suaves, ele parecia realmente interessado em como eu estava.

Não só não tínhamos nos visto ou falado desde que ele recebera a mensagem de Lucy, como tínhamos parado de jogar *Stardew Valley* juntos. Isso não era devido a um esforço conjunto da minha parte para parar de jogar com ele, mas, uma vez que ele e Lucy haviam se reconciliado, Amelia recebeu uma mensagem informando que Lucy não queria mais que ele se juntasse ao grupo para jogar às sextas-feiras.

Amelia, Serena e eu abrimos um novo canal de jogo e demos o nome de Fazendas Sem Garotos.

— Bem. Estou bem. — Balancei a cabeça, permitindo que meu olhar passasse pela loja. No fundo, algumas pessoas estavam aglomeradas para jogar *Magic: The Gathering*.

— Veio jogar? — Ele apontou com o dedão por cima do ombro.

— Não, Pokémon Go faz mais meu estilo.

O sorriso dele se abriu e seu olhar de veludo pareceu me aquecer.

— É, eu sei.

Nós nos encaramos por vários momentos, o peso no meu peito aumentando a cada batida do coração. Aquilo era horrível. Eu precisava ir embora. Já.

E então eu disse:

— Bem, é melhor eu...

E ele disse:

— Eu queria...

Nós dois rimos.

Fiz um gesto para que ele continuasse.

— Pode falar, o que você queria dizer?

— Queria dizer que sinto muito pelo que aconteceu no dia que você foi lá em casa com a Amelia. Não consigo parar de pensar nisso. — Ele se aproximou alguns centímetros, seu olhar sincero e gentil. Gentil mesmo. Gentil *demais*, a ponto de me fazer suspeitar de que a gentileza fosse um disfarce para a dó.

Senti um aperto no coração. A última coisa que eu queria de alguém era pena, muito menos vindo de Jeff.

— Não precisa se explicar. — Levantei as mãos entre nós dois, talvez em um movimento inconsciente para me proteger da empatia dele, e dei um passo para trás. — Fico feliz por você.

Essa era a verdade. Eu estava mesmo feliz por Jeff. Ficar com Lucy obviamente o fazia feliz. Ele só parecia infeliz quando ela terminava com ele.

— Valeu, Winnie. Significa muito pra mim — disse, mas então seus olhos se estreitaram, como se ele tivesse acabado de ter uma ideia. — Ei, por que você e a Amelia não aparecem amanhã? Lucy e eu vamos fazer um encontrinho com o pessoal lá na casa.

— Que casa?

Ele sorriu.

— Do Byron.

— Ah, vão? — Não conseguia imaginar Byron sediando um jantar na casa dele. Com outras pessoas.

Eu não tinha visto, falado ou mandado mensagem para Byron desde que ele aparecera em nosso apartamento com scones e bagels, fazia mais de duas semanas. No começo, eu não tinha ligado por causa de sua condição de gravar os vídeos uma vez por semana. Mas quando o período de espera terminou, inventei desculpas a Amelia (e a mim mesma) por estar muito ocupada. Disse a ela (e a mim mesma) que ligaria para ele no dia seguinte. Terça virou quarta, quarta virou domingo, domingo virou hoje. Eu ainda não havia criado coragem para ligar.

Além de não querer estar perto de Byron em geral, e não querer fingir que Byron e eu éramos bons amigos, quanto mais eu pensava na ideia de usar sua fama e reclusão para aumentar meus perfis em redes sociais, mais nojenta me sentia. Sem falar que eu acabava de ter uma semana difícil no trabalho durante a qual metade dos meus alunos havia tirado nota baixa em uma prova surpresa e parecia estar com dificuldade com nosso último conteúdo sobre força e velocidade. Somavam-se a isso minha incapacidade — devido à falta de tempo — de criar uma nova aula para minhas redes sociais e meus sentimentos conflitantes sobre Jeff, e eu estava muito desconexa de mim mesma naqueles últimos dias.

Eu admitia que estava numa fossa. Tinha comprado duas passagens para a Cidade dos Dias Ruins, mas não sabia como ir embora.

— Isso. Uma reuniãozinha. Um jantar, na verdade. Já temos idade o bastante para fazer jantares em casa? — Ele riu, fazendo uma carinha fofa.

— Estamos na casa dos vinte e poucos: podemos fazer o que quisermos. Jantar, festa no iate, festa de comissão política… Mas, ãh, o Byron está viajando?

— Não. Ele vai.

Cocei o pescoço, semicerrando os olhos em descrença.

— No jantar? Sério?

— Bem, ele vai estar na casa. Lucy o convidou e conseguiu a permissão dele para usar a casa, mas se ele vai ou não aparecer lá embaixo para socializar já é outra história. — Jeff revirou singelamente os olhos e deu uma risada rouca. Trocamos um olhar de comiseração e senti uma parte de mim se tranquilizar; uma preocupação que eu carregava há mais de duas semanas se dissipou.

Foi bom ver Jeff. E foi bom vê-lo tão despreocupado e feliz. Ele não tinha ficado muito bem depois que Lucy terminara com ele, mas agora parecia muito melhor. E ver um dos meus amigos feliz me deixou feliz.

— Ok, então. Acho melhor eu... — Com meu humor melhorado, sacudi a cabeça em direção à porta.

Antes que pudesse me virar completamente para a saída, Jeff pegou minha mão.

— Ei, Win. Espera aí.

— Claro, o que foi? — perguntei, dando total atenção a ele e me sentindo grata pela chance de termos nos encontrado. Aquela breve conversa me fez economizar cinquenta dólares que eu gastaria num piscar de olhos como forma de terapia. Minhas economias ficaram orgulhosas.

Seus olhos se moveram entre os meus como se ele estivesse procurando algo neles, mas tudo o que ele disse foi:

— Fico feliz que a gente continue sendo amigos.

Apertei sua mão e depois deslizei meus dedos para soltá-la, enfiando-os no bolso do meu casaco.

— Eu também, Jeff. E estou mesmo feliz por você.

— Obrigado — disse ele com um tom de voz pensativo. — Te vejo amanhã?

Sem me dar um tempo para pensar, só respondi:

— Sim, com certeza. A gente se vê lá.

Mesmo quando saí da loja de jogos depois de nos despedirmos, a decisão parecia certa. Ver Jeff com Lucy, ver como ele estava feliz e se esforçando para dissipar o constrangimento persistente entre nós parecia ser a resposta. Vai saber, talvez Lucy e eu nos tornássemos amigas, talvez ela gostasse de *Stardew Valley* e jogasse com a gente às sextas-feiras.

Se tinha dado para tirar algo daquela conversa rápida era que o jantar deveria ser exatamente a coisa certa para me ajudar a conseguir duas passagens para *zarpar* da Cidade dos Dias Ruins.

CAPÍTULO 7

WINNIE

— POR QUE VOCÊ TÁ SE SENTINDO CULPADA? NÃO TEM MOTIVO PRA ISSO, WINNIE. — Amelia apertava o casaco no pescoço enquanto descíamos do ônibus. A casa de Byron ficava a apenas três quadras do ponto.

— Queria nunca ter admitido para o Jeff que gostava dele e, mais ainda, queria nunca ter dito que gostava dele há algum tempo. Foi um erro colossal.

Amelia deu um suspiro pesado.

— Não acho que tenha sido um erro. Foi corajoso e emocionalmente maduro da sua parte. — Ela passou o saco da garrafa de vinho para a outra mão e enganchou nossos braços enquanto atravessávamos a rua. — Desde que te conheço, o Jeff foi o único cara de quem você gostou e que te fez sentir desejo.

— Nunca *senti desejo* por ele. — Jeff era fofo, bonito e gentil, mas eu nunca tinha fantasiado nada com ele ou o objetificado. Em primeiro lugar, isso não seria certo, já que ele quase sempre tivera namorada. E em segundo lugar, antigamente, quando eu pensava em Jeff, pensava no quanto respeitava e me identificava com seu amor por ensinar e como eu gostava de sua companhia. Eu adorava como ele sempre era amigável, educado, gentil e paciente. Nunca o tinha ouvido levantar a voz, nem uma vez. Meus sentimentos por ele eram baseados em admiração, não em desejo.

— Mas você falou uma vez, totalmente bêbada, que não se importaria de perder a virgindade com ele. Isso não é pouca coisa.

Arfei.

— A gente pode não falar disso?

Odiava que ser virgem aos vinte e seis anos fosse considerado estranho pela sociedade, quando parecia perfeitamente natural para mim. Não era minha culpa nunca ter conhecido uma pessoa com quem quisesse fazer sexo e que também quisesse fazer sexo comigo. Eu não estava me guardando para o casamento ou para o cara perfeito. Eu *queria* transar! Mas não queria fazer sexo só por fazer.

— O que quero dizer é que tem hora para coragem e hora para precaução e sabedoria. E de fato *foi* um erro contar a verdade para o Jeff.

— Win...

— Não. Eu deveria ter esperado até ter a certeza de que ele e a Lucy tinham acabado de vez, quando eu estivesse cem por cento segura em relação aos sentimentos dele. Isso sim teria sido inteligente. Mas fui lá e deixei as coisas estranhas entre nós dois, possivelmente para sempre.

— E você se sente culpada por isso?

— Sinto algo parecido com culpa. — Fiz a gente desviar de uma poça. — Mas não é *culpa*-culpa.

Constrangimento, talvez? Arrependimento? Seja lá o que fosse, queria que parasse. Eu odiava confronto. Queria ser amiga de Jeff de novo e queria me sentir eu mesma de novo.

— Você não deveria sentir nada parecido com culpa. Pensa assim: a Lucy nunca se esforçou pra fazer amizade com os amigos do Jeff e ela terminou com ele por dois meses. E então o Jeff tomou iniciativa com você, três semanas atrás. Você não fez absolutamente nada de errado.

— Mas eu meio que quase tive um encontro com alguém que hoje está namorando com outra pessoa. — Olhei para os dois lados antes de atravessar a rua.

Os carros em Seattle faziam um ótimo trabalho parando para os pedestres atravessarem; mas, curiosamente, os ciclistas, não. Muito menos os HOMIULS (Homens de Meia Idade Usando Lycra) e em especial não naquele bairro, onde os HOMIULS eram abundantes, mas não variados.

— Ele estava solteiro na época! — Ela grunhiu. — Você é tão cabeça dura com esse tipo de coisa. Nunca conheci alguém com ideias tão teimosas sobre o que é certo e o que é errado, exceto talvez o Byron. Só que você é dura demais consigo mesma e ele é duro demais com todo mundo.

Ela não estava entendendo o que eu queria dizer.

— O Jeff e eu somos amigos há anos, e o tempo todo ele namorou a Lucy, *exceto* por aqueles dois meses. Foi irresponsável da minha…

— Eles já tinham terminado várias vezes antes disso, não foi a primeira vez.

— Mesmo assim, sinto como se tivesse quebrado ao mesmo tempo os princípios sagrados das mulheres e dos amigos. — Coloquei a alça da bolsa no ombro enquanto nos aproximávamos de uma colina que percorria toda a extensão do quarteirão. — Desde que eles voltaram, meu instinto tem sido evitar o Jeff. Não tenho feito questão de vê-lo nem de falar com ele.

— Então por que a gente está indo para esse jantar?

— Porque todas as vezes antes de ontem em que pensei na nossa chance perdida, senti uma pontada de exaustão e tristeza. Não quero mais me sentir assim. — Por mais que eu odeie confronto, odiava mais ainda quando as coisas eram instáveis e desconfortáveis. Isso me lembrou de quando eu pisava em ovos com o meu tio, sem nunca saber quando ele estava prestes a explodir. — Não quero me sentir estranha perto dele. Nosso encontro ao acaso ontem me ajudou a dissipar alguns dos sentimentos ruins e espero que, indo hoje à noite, a gente talvez possa fazer amizade com a Lucy.

Amelia parecia bufar, embora a respiração pesada pudesse ter sido causada pela subida íngreme.

— Deixa eu adivinhar: a tristeza te faz sentir pior porque você está de luto pela perda da chance com alguém que namora, e aí você sente algo parecido com culpa por esses pensamentos e sentimentos *perfeitamente normais*.

— Exatamente. E aí fico enojada comigo mesma. Ele me deu um pé na bunda assim que ela mandou mensagem, sabe? Tipo, *se valoriza, Winnie*. Eca! *Sentimentos. Eu os odeio com todas as minhas forças.* — Quero ver os dois juntos, apaixonados pós-reconciliação. Quero ficar feliz pelo meu amigo. Preciso superar a *ideia* do Jeff. E é frustrante, porque não é como se eu tivesse esse desejo ardente de estar em um relacionamento com alguém. Eu nem quero namorar. Não tenho tempo nem para ter uma pedra de estimação. Minha vida tá muito corrida.

— Tá bom, já entendi. — Ela assentiu, esbaforida pela subida. — E tô aqui pra te dar apoio! Vamos entrar, comer a comida grátis, circular pela sala, comer a comida grátis, dar o nosso melhor para que a Lucy goste da gente, comer a comida grátis e depois ir embora, talvez com pratinhos pra levar mais comida pra casa.

Bufei enquanto subíamos as escadas na frente da propriedade. Amelia era capaz de cruzar o estado só para comer de graça.

O jardim da frente da casa de Byron era menos um jardim tradicional e mais um caminho sinuoso com dois lances de escada em torno de quatro cedros antigos e todos os tipos de samambaias e arbustos. Mal dava para ver a casa da rua, embora ela — como os cedros — fosse enorme. O cara era, real, dono de uma mansão de cem anos.

Da mesma forma, quando você chegava à varanda da entrada (que era enorme, por sinal) e olhava para a rua, você não conseguia vê-la, de tão alta que a casa era. Você via os troncos de cedros antigos, todos os tipos de samambaias e arbustos, o céu e, em um dia de céu aberto, a Cordilheira das Cascatas. Devia ser como viver no meio de Seattle e, ao mesmo tempo, no meio de uma floresta.

Quando finalmente chegamos à varanda, abaixei o capuz do meu casaco enquanto Amelia prendeu a respiração, deu um passo à frente e tocou a campainha.

— Não mandei mensagem para o Byron para avisar que a gente viria. Acho melhor eu…

Antes que Amelia pudesse concluir seu pensamento, a porta se abriu, revelando o rosto sorridente de Lucy, que de súbito se transformou em um rosto não sorridente.

— Ah. Oi.

— Oi, Lucy — falei, animada. — Sou a Winnie e essa é a Amelia.

Seu olhar frio alternou entre nós duas.

— Sei quem vocês são.

— Ãh, então tá bom. Obrigada por receber a gente.

— Como é? — Ela pareceu quase ofendida com o que eu tinha dito, franzindo o cenho.

— Ãh... — Olhei para Amelia.

Minha colega de quarto ficou paralisada, como se não soubesse o que fazer. Ou talvez ela esperasse que, ao não se mexer, Lucy não fosse notá-la ao meu lado.

— Ah! Vocês chegaram! — Jeff irrompeu para a frente, contornando sua namorada, que não estava disfarçando a hostilidade, e se inclinou para me dar um beijo na bochecha e depois em Amelia. — Obrigada por virem, podem entrar.

Mas quando ele abriu passagem, Lucy ainda estava bloqueando a entrada com o corpo, seu olhar agora flamejante.

— Você as convidou?

— Sim. Quanto mais, melhor. — Ele deu de ombros, parecendo não se preocupar com o desgosto óbvio da namorada.

Amelia e eu trocamos um olhar rápido, comunicando a totalidade de nossos pensamentos compartilhados em um único segundo.

— Nós não... a gente pode ir embora. — Amelia apontou para trás de nós. Percebi a forma como ela segurou o vinho ao seu lado de forma protetora.

— Não. Deixa de besteira. Obrigado por virem — repetiu Jeff, radiante.

— Sim. Obrigada por virem — grunhiu Lucy. — Precisaremos adicionar mais alguns pratos, mas tenho certeza de que posso encontrar alguns de papel para a mesa da cozinha. A sala de jantar já está cheia.

— Lucy! — Ele pareceu ao mesmo tempo chocado e entretido.

— Bem, me desculpe, Jeff. Mas você não me disse que tinha convidado mais gente. E estou planejando isso há uma semana.

Eita.

Eu recuei um passo, estendendo minhas mãos.

— Nós não temos que ficar...

— Não, não. — Lucy enfim abandonou sua posição defensiva, gesticulando para que entrássemos, e soltou um suspiro angustiado. — Não é sua culpa. Desculpe, estou sendo grosseira. Só queria que ele tivesse me contado.

— Não achei que teria problema. — Jeff colocou o braço ao redor do quadril dela e fez carinho no seu pescoço com o nariz. — Poxa, amor. Deixa elas ficarem.

— Já disse que tudo bem. — Ela tirou as mãos dele de seu corpo e lançou a Jeff um olhar duro enquanto Amelia e eu com relutância entrávamos.

— Trouxemos vinho — disse Amelia, entregando a sacola a Lucy.

Lucy imediatamente passou a sacola para Jeff.

— Sou alérgica a fosfatos. Não bebo vinho.

— Quer dizer sulfitos? — perguntou Amelia. — Vinho não tem fosfatos.

— Alguma coisa que não é natural, me faz passar mal — rebateu Lucy, seus olhos me cortando como se talvez *eu* fosse cheia de sulfitos e a fizesse passar mal.

— Tudo bem então. Bem, talvez o Jeff e o Byron possam usar para fazer o molho do espaguete então — disse Amelia, usando seu tom de voz mais animado e depois acrescentando: — Também tem usos medicinais, como pra aliviar a dor.

Incerta se deveríamos ficar ou ir, tirei meu casaco em câmera lenta, lançando um olhar para Amelia para avaliar seus pensamentos. Ela já havia tirado a capa de chuva e andado até o armário da frente. Pegando dois cabides lá de dentro, ela me fez sinal para ir até ela.

— Ãh, com licença. — Corri até minha amiga.

— Claro — respondeu Lucy, seca, claramente ainda irritada. E não que fosse culpa dela.

— Problemas no paraíso — sussurrou Amelia, me dando um tapinha no ombro. — Mas eles são sempre assim, não são?

— Não a culpo por estar irritada. Ela visivelmente planejou o jantar todo e ele nem pra avisar que a gente viria. — Dei uma olhada por cima do ombro, estremecendo quando vi Lucy olhando para mim (para mim mesma, não para Amelia) como se eu tivesse estrangulado seu bichinho de estimação. Me apressando, pendurei meu casaco. — Talvez seja melhor a gente ir embora antes de o jantar ser servido. Eu finjo que estou com câimbra na perna.

— Nada disso! Me prometeram comida de graça. A gente vai ficar até o final. — Amelia também olhou por cima do ombro, sussurrando: — Além do mais, o Jeff deveria poder convidar os amigos que quisesse… Ei, por que ela tá te olhando assim?

Dei de ombros, sem precisar nem querer olhar de novo.

— Não sei.

— Ah, não — disse Amelia, apressada, antes de se virar para mim. — Você não acha que o Jeff contou à Lucy sobre vocês dois, né?

— E ia falar o quê? Não aconteceu nada.

O cenho franzido dela me deixou nervosa.

— Ele te beijou e lambeu seu rosto.

— Mas não foi de um jeito sexual!

— Shh! — Ela agarrou minha mão e passamos pelas vinte ou mais pessoas já reunidas (nenhuma das quais reconhecemos) e continuamos seguindo pela casa de Byron. Aconchegadas uma na outra perto da lareira, demos as costas para onde Lucy e Jeff estavam parados.

— Só sei que eu deveria ter ficado com aquela garrafa de vinho. — Amelia apoiou a mão na lareira, inspecionando as fotos ali, embora várias fossem dela e de Byron, e ela tivesse sido responsável por imprimir e emoldurar a maioria delas. — Aquele vinho me custou vinte e quatro dólares.

— Nossa, tá esbanjando, hein?

— Bem, achei melhor... você sabe... trazer algo bom. Da próxima vez, vou trazer a bebida mais barata do mercado.

Incapaz de evitar, deixei meu olhar vagar de volta para onde Lucy e Jeff estavam antes. Com certeza, eles ainda estavam na porta, discutindo. Ela não estava mais me encarando, mas mexeu a mão na minha direção, sem fazer nenhuma tentativa de disfarçar a infelicidade na frente de seus convidados. E, embora ela estivesse visivelmente chateada, ele ainda parecia despreocupado.

Na realidade... não. Ele parecia muito feliz, sorrindo seu sorriso encantador como se gostasse de persuadi-la a ficar de bom humor.

Quem diria? Será que Amelia estava certa? Eles sempre foram assim? Eu os tinha visto juntos muito raramente, mas como Amelia passava tanto tempo com Byron, e Byron e Jeff eram colegas de quarto desde a faculdade, era provável que ela também passasse um tempo significativo com Jeff e Lucy.

— Cadê o Byron? — Amelia interrompeu meus pensamentos, entrelaçando nossas mãos.

— Você não achava mesmo que ele estaria por aqui, né? Tem... gente aqui embaixo. E o ambiente tem boa iluminação.

Não esperava vê-lo de jeito algum.

— Vocês já criaram uma conexão? E o próximo vídeo?

— Ainda não — respondi com a voz baixa.

— Quantas pessoas ela convidou? Deve ter umas vinte pessoas ou mais aqui, sem contar os anfitriões. E onde esse povo todo vai sentar?

Amelia esticou o pescoço, presumivelmente contando todos na sala de estar — onde estávamos — e todas as pessoas visíveis do outro lado da entrada. Além da sala, à direita, ficava a sala de jantar, que abrigava uma enorme mesa de mogno antiga. Mas Amelia estava certa: só acomodava no máximo dezesseis pessoas.

Dei de ombros, meus olhos capturados por dois caras do outro lado da sala, junto ao armário de bebidas. Vestidos com calças cáqui e camisas de botão, eles estavam flertando visualmente com nós duas, e eu não sabia como me sentir em relação a isso.

Ambos relativamente altos e em forma, tinham uma palidez que me dizia que se exercitavam em uma academia e não ao ar livre. Um tinha cabelos ruivos próximos da minha cor, apenas um pouco mais escuros, com lindos olhos castanhos e um sorriso malicioso. O outro tinha cabelos loiros, olhos azuis e uma barba castanho-clara cortada rente.

No geral, eu não costumava me importar de receber olhadas, independentemente de quem fosse. Havia passado um bom tempo me preparando para a noite, alisando meu cabelo, passando a maquiagem apropriada para jantares e escolhido um dos meus vestidos favoritos. Era preto, no estilo envelope, com mangas três quartos e o decote em v profundo que fazia maravilhas para os meus seios.

Mas esses caras provavelmente eram amigos de Lucy e trabalhavam com ela no escritório de advocacia. Depois do climão na porta e do quanto ela achara nossa presença desagradável, eu estava muito a fim de perturbá-la ainda mais.

A comida grátis e saborosa fez todo o constrangimento da noite e o fato de perdermos nosso jogo de *Stardew Valley* de sexta-feira quase valer a pena. Quase.

Lucy tinha sido claramente desagradável em todas as nossas interações, e comecei a suspeitar de que Jeff devia ter contado a ela algo enganoso sobre mim e nossa tarde juntos antes de eles voltarem. Talvez não uma mentira descarada (eu não acho que ele faria isso), mas talvez uma variação da verdade. Algo para tornar minha presença ali perturbadora para ela. Tudo isso reforçava que ficar solteira para sempre era provavelmente minha melhor opção para uma vida feliz e plena.

Felizmente, alguém chamava por Lucy cada vez que nos esbarrávamos, para lidar com os arranjos de assentos ou algum assunto relacionado, me poupando de seus olhares e das tentativas desajeitadas de Jeff de acalmar a fera enquanto também fazia um esforço extra para ser legal comigo *na frente da namorada!* Qual era o problema dele?

Em vez de se sentarem juntos à mesa da sala de jantar, os convidados foram instruídos a se revezar e comer em turnos. Essa parte foi estranha no começo, mas no final deu tudo certo.

Amelia e eu passamos a maior parte da noite conversando com duas mulheres adoráveis. Danielle Hardy Socier estava em seu último ano da faculdade de medicina e Olivia Canelli era uma guru fitness do ioga, super bem-sucedida, que também praticava o toque terapêutico sem contato, ou TTSC.

Formamos um quarteto alegre e trocamos números quando chegou a nossa vez de nos sentarmos à mesa da sala de jantar, dividindo a garrafa de vinho de vinte e quatro dólares de Amelia entre nós quatro e fazendo um brinde cada vez que dávamos um gole. Nós nos revezamos nos presenteando com as melhores e as piores histórias que tínhamos de acampamentos.

— Ei, já volto — sussurrei para Amelia durante uma pausa em nossa conversa alegre.

— Aonde você vai? — Ela pegou minha mão, me impedindo de ir.

Me virei para Olivia e Danielle.

— Mais alguém precisa usar o toalete?

O vinho, mais três copos de água e todos aqueles pratos veganos enfim estavam me cobrando uma corridinha ao banheiro.

Nossas novas amigas balançaram a cabeça e Danielle disse:

— Vou guardar um pedaço da torta de maçã. Já comi e é uma delícia.

Amelia, ainda segurando minha mão, olhou incisivamente por cima do meu ombro e depois de volta para mim.

— Vai ao banheiro do andar de cima. Fica à direita assim que você subir as escadas. É provável que o daqui de baixo tenha fila, então *evite*.

Sorrateiramente olhei por cima do ombro. *Ah!* Jeff e Lucy estavam bloqueando o caminho para o banheiro naquele piso e Amelia queria me poupar de um encontro.

— Obrigada — falei, apertando a mão dela antes de nós duas soltarmos.

Mantendo minhas costas para onde Lucy e Jeff pairavam, caminhei até as escadas dos fundos. A casa tinha duas escadas — uma grande escadaria frontal com uma enorme coluna esculpida, adornada por uma lâmpada de escultura art déco de bronze e mármore, e uma escada de empregados adornada por nada além de um corrimão útil e iluminada por uma única arandela de parede. Eu nunca tinha usado nenhuma das duas escadas, pois nunca tinha ido ao segundo andar, mas sabia onde elas estavam localizadas.

A porta se fechou atrás de mim, abafando a tagarelice da festa, e subi o lance estreito e acarpetado, incapaz de me impedir de pensar na estranheza da noite.

Também não pude deixar de me perguntar por que Jeff contaria sobre mim para Lucy. Não tinha acontecido nada entre a gente. E se ele tinha dito algo para Lucy que a deixou chateada, por que convidar Amelia e eu para jantar naquela noite? E por que não contar à namorada que ele havia nos convidado? Por que surpreendê-la? Ainda mais considerando que ela se esforçara para que o jantar fosse agradável.

A coisa toda era confusa, estranha e perturbadora, e era por isso que eu achava que poderia ser perdoada por seguir as instruções de Amelia, abrir a primeira porta à direita que encontrei e me assustar ao ver Byron Visser sem camisa, de cueca. Ofegante. E então fechando a porta na minha cara.

CAPÍTULO 8

WINNIE

— MEU DEUS! DESCULPA. DESCULPA! — GRITEI ATRAVÉS DA PORTA, AGORA fechada. Me afastando e girando em um círculo, pisquei furiosamente contra a imagem de um Byron quase nu marcado em meu cérebro.

Cueca preta. Ele usava cueca preta. Não era samba-canção. Não era boxer. Cueca preta com cós cinza. Coloquei essa informação junto com as outras coisas que nunca quis ou precisei saber.

E aquelas coxas...

Com o peito cheio de calor, agitação e cacos de vidro tingidos de vergonha, afastei a imagem de suas coxas musculosas e corri para a frente, abrindo outra porta aleatória à direita. O interior da sala parecia um escritório, mas as luzes estavam apagadas. Eu não sabia ao certo. A despeito disso, definitivamente não era um banheiro.

— Desgraça — sussurrei, me virando de novo e contando as portas no piso. *Cadê esse maldito banheiro?!* Havia sete portas e o que pareciam ser dois corredores que levavam a mais portas. Cada um deles estava fechado.

Ou seja, estavam todos fechados até que a porta número um — a porta que tentei abrir primeiro — se abriu e Byron saiu. Suas mãos pairavam na cintura, como se ele tivesse acabado de puxar para cima a calça do pijama cinza escuro que ele usava agora. Nenhuma camisa estava à vista.

ÓTIMO.

— Desculpa — falei para cumprimentá-lo e desviei os olhos de seu peito esculpido, sendo tomada por uma nova onda de calor, ainda mais forte. Minhas bochechas provavelmente estavam vermelhas no mesmo tom do meu batom.

Era óbvio: já tinha visto peitos masculinos nus antes, muitos, e de todas as formas, cores e tamanhos. Já tinha ido à praia. Assistia a filmes e dramas adolescentes. Até tinha visto o peito masculino nu de Byron antes — daquela vez que ele fez a entrevista sem camisa para a revista.

Mas nunca tinha visto o peito nu de Byron ao vivo. Nunca de perto assim. Nunca... bem ali. À distância de um toque.

Não que eu vá tocá-lo. Olhei para o tapete tufado sob meus sapatos e levei a mão à testa. *Por que estou pensando em tocá-lo? Ninguém vai tocar nada aqui!*

— Olá. — Sua voz grossa e rouca trazia uma sugestão de diversão. — Se perdeu?

— Desculpa. Estou procurando o banheiro. A Amelia disse que era à direita. Desculpa. — Apontei vagamente para as portas do lado direito do piso.

— Tem um banheiro no meu quarto.

Olhei para ele, encontrei seus olhos fixos no meu rosto, sua expressão enigmática, mas não totalmente neutra. Meu estômago revirou.

— Espera, o único banheiro nesse andar é o seu banheiro?

— Não. Tem sete neste piso. — Ele apontou várias portas com o queixo. — Cada quarto é uma suíte com banheiro. A Amelia deve ter falado daquele ali. — Ele apontou para uma porta à esquerda, mais próximo às escadas grandes. — É o único acessível do andar.

— Ah. — Ajeitei minha postura. — Achei que fosse à direita. Desculpa.

— Depende de por qual escada você veio. — Os olhos dele permaneceram fixos nos meus, suspendendo o ar nos meus pulmões. — Ela deve ter pensado que você ia subir pelas escadas da frente.

— Entendi. Obrigada. Desculpa. — Irritada com como aquilo tinha soado esbaforido, dei-lhe um sorriso forçado e corri para a porta que ele havia indicado, precisando me libertar da visão hipnótica de seus músculos abdominais.

Mas antes que eu chegasse ao banheiro, ele falou atrás das minhas costas.

— Você pede desculpas demais.

Suas palavras me fizeram parar e me virei, franzindo a testa para ele por cima do ombro.

— Como é?

Byron enfiou as mãos nos bolsos da calça do pijama.

— Você pede desculpas quando não tem nada pelo que se desculpar. — Mesmo tom, como se estivéssemos discutindo o clima em vez de uma crítica dos meus hábitos verbais, ele colocou a língua para fora para lamber os lábios. — Você não deveria fazer isso.

Dei uma sacudida rápida e incrédula na minha cabeça e continuei até o banheiro, sem dizer nada, mas me sentindo uma completa idiota, certa de que minhas bochechas estavam vermelhas e em chamas. Por que ele tinha que fazer isso comigo? Por que — nas raras ocasiões em que havíamos dividido o mesmo espaço — ele estava sempre me dizendo o que eu deveria ou não dizer? E por que eu deixava isso me incomodar tanto?

Ansiosa para escapar, fechei a porta ao entrar antes mesmo de me preocupar em acender a luz. Fiquei envergonhada e precisei de um ou dois momentos para encontrar o interruptor, durante o qual reclamei comigo mesma sobre pessoas grosseiras e jantares e casas com muitas portas.

Assim que finalmente acendi o interruptor, fiz o que precisava fazer enquanto ainda usava minha carranca poderosa, prometendo a mim mesma que nunca mais pediria desculpas a Byron novamente. E nunca mais voltaria àquela casa. Eu não tinha nenhuma razão para voltar — *nunca mais*.

Pronto. Estava decidido.

Eu tinha acabado de lavar as mãos quando fiz outra promessa: a de que não faria os desafios de casal. Com mais ninguém, e definitivamente não com Byron Visser.

— Não preciso dele. Faço o challenge de dança de "Toxic" sozinha. E aí posto uma resenha de um lip tint e vejo quantos seguidores ganho. — Peguei a maçaneta. — Talvez eu até possa falar da ciência e tecnologia subjacentes a lip tints e por que eles… AH!

— Não tinha um jeito mais educado de fazer isso — falou Byron, parado do lado de fora do banheiro.

Olhei atrás de mim. Ele estava falando sobre eu ter ido fazer xixi?

— Jeito educado de fazer o quê?

— Esperar você.

— Você tá me esperando? — Virei a cabeça para o lado, olhando para ele de rabo de olho. — Usei o banheiro de um jeito errado por acaso?

O lado de sua boca subiu o mais mero milímetro para cima.

— Nova York. O Jupiter Awards. Precisamos discutir a logística.

Olhei para ele, meu cérebro me lembrando preguiçosamente de que eu havia concordado em acompanhar essa manifestação seminua de suprema irritação e intimidação ao Jupiter Awards e em uma viagem a Nova York. Suspirei, exalando desespero. Como havíamos provado mais uma vez durante os últimos cinco minutos, não poderíamos passar muito tempo no mesmo espaço sem que eu ficasse perturbada com sua presença.

Mas eu havia prometido, então…

— Ok. Você tem razão. — Aceitando meu destino, suspirei de novo. — Vá em frente. Discuta.

Ele estreitou o olhar e a ligeira curva de sua boca voltou à posição normal.

— Você mudou de ideia? Sobre o nosso acordo?

Normalmente, nesse ponto, eu tentaria pacificar a pessoa, sacrificando meu próprio conforto a longo ou curto prazo para evitar confrontos. Mas não estava mais no clima de ser educada naquela noite, então eu disse:

— Não sei.

Byron ergueu o queixo, absorvendo essa informação.

— É por isso que você não me ligou nem deu seguimento ao acordo.

Olhei para ele, descoberta.

— Só para eu entender, você não me ligou mesmo, né?

— Não, não liguei.

— Achei que tivesse algo de errado com meu celular — murmurou ele, parecendo distraído.

— Se achou que tinha algo de errado com seu celular, você poderia ter me ligado para garantir.

— Não. — Byron se afastou da porta e se virou, me dando uma visão de suas costas musculosas enquanto revirava os ombros largos e caminhava pelo andar.

— Quê? Por que não? — Eu o segui, engolindo um excesso inexplicável de saliva quando meu olhar caiu para seu traseiro redondo e ele passou pela porta de seu quarto.

Byron caminhou pelo quarto grande e parou em um cesto de roupa suja verde ao lado da cama.

— Isso não era parte do nosso acordo.

— O que isso significa?

Sem decidir conscientemente fazer isso, notei e documentei os móveis aconchegantes de seu quarto — duas estantes de livros no canto, cheias de tomos de aparência antiga; um sofá de couro marrom grande e confortável ali perto, bem de frente para uma janela de vidro com chumbo que provavelmente tinha uma excelente vista das Cascatas durante o dia; uma estrutura de cama robusta em carvalho-tigre que parecia ser de tamanho queen, com um edredom de penas brancas em cima; dois travesseiros azul-marinho, a cama desarrumada. Em ambos os lados da estrutura robusta havia mesinhas de cabeceira de carvalho-tigre, igualmente robustas. O lado esquerdo estava cheio de livros, um abajur, uma caixa de lenços de papel, e a cabeceira do lado direito estava vazia por completo.

As paredes eram brancas, mas os trilhos, as guarnições e os rodapés nunca haviam sido pintados, e exibiam o mogno original preferido pelos construtores de Seattle no início do século xx. Mas ele tinha obras de arte em suas paredes, pinturas a óleo de aparência original e gravuras assinadas, todas penduradas por ganchos no friso de madeira que rodeava o quarto no alto das paredes. Uma em particular chamou minha atenção. Era de uma mulher descansando, lendo um livro e…

— Não vou te ligar. — A declaração chata de Byron perfurou meu estupor xereta.

Desviei minha atenção da pintura, exigindo um segundo para procurar em meu cérebro o fio da nossa conversa antes de responder.

— Byron, você pode me ligar.

— Posso? — Ele se curvou na cintura e pegou uma camiseta preta do topo de uma pilha de roupas pretas.

Contra a minha vontade, meus olhos levaram um rápido segundo para devorar a visão de seu torso nu, os ângulos e curvas deliciosamente precisos de sua musculatura, e a pele lisa de seu abdômen de perfil. *Minha nossa.* Ele de fato era perfeito.

Engoli outra onda de saliva inapropriada, falando com a voz rouca:

— Nós somos amigos.

— Somos? — Uma risada rouca escapou dele enquanto ele vestia a camiseta. — Até ontem você não gostava de mim.

Hesitei, depois o relembrei:

— A gente se conhece há seis anos. Isso significa que você pode me ligar.

— Conhecer alguém há anos não significa que a pessoa gosta de receber ligações. Até eu sei disso. — Seu olhar vívido se grudou ao meu quando sua cabeça emergiu da gola da camisa, seu cabelo comprido desgrenhado. Byron afastou os fios pretos de seus olhos e testa, o músculo em sua mandíbula tiquetaqueando como se ele me desafiasse a contradizê-lo.

— Verdade... — respondi, sem acrescentar mais nada.

A palavra vazia ecoou entre nós enquanto Byron olhava para mim — não exatamente me encarando, mas também sem nenhum sinal de calor ou amizade — e eu o encarava, parada sem propósito na entrada de seu quarto.

Eu deveria ter ido embora, mas meus pés não saíram do lugar — não queriam sair. Eu me senti perdida. Tinha vindo ao jantar com grandes esperanças, ansiosa para fechar o livro sobre minha paixão e ideias sobre mim e Jeff, e antecipando um futuro de amizade com Lucy e Jeff. Em vez disso, Lucy parecia me odiar, Jeff estava sendo esquisito e Byron estava...

Bem, Byron estava sendo Byron.

— Acho que...

— Você decidiu dar para trás no acordo? Ou então quando vamos gravar o próximo vídeo? — Ele exigiu saber.

Se ele parecesse entediado ou desinteressado, eu não teria pensado duas vezes antes de desistir ali mesmo. Mas ele não o fez. Parecia estranhamente dedicado e interessado... e até ouso dizer chateado.

Eu enrolei.

— Achei que você não quisesse saber quando fôssemos gravar os vídeos.

— Você tinha dito uma vez por semana. Já faz quase três. — Ele levantou o queixo enquanto falava, seus olhos deixando os meus para deslizar pela frente do meu vestido.

— Sei lá. Eu...

— Pode falar, você mudou de ideia.

— Não — respondi, me forçando a parar de entrelaçar os dedos com o peso do olhar dele, que já tinha chegado aos meus sapatos, e viajou para cima de novo.

Byron inclinou a cabeça para o lado, sua atenção em algum lugar entre minha cintura e o pescoço.

— Não?

— Tá. Talvez.

Seus olhos voltaram aos meus, estreitos.

— Por quê?

Dei de ombros, minha coragem falhando. Ou talvez os bons modos tivessem enfim surgido.

Era a conversa mais longa que já tivéramos, só nós dois, e a primeira vez que eu respondia suas perguntas diretas — grosseiras — honestamente, em vez de tentar direcionar a conversa para águas mais corteses. Por alguma razão, no momento presente, não me sentia tão irritada com ele como de costume. Mas isso podia ter sido porque eu já havia gastado minha cota de frustração relacionada a Byron minutos atrás quando estava no banheiro. Quase tudo e todos naquele dia estavam me deixando irritada. Eu estava cansada.

No entanto, meu descontentamento fervente e sem direção não significava que eu estava pronta para imitar sua grosseria.

— Por quê? — perguntou de novo, com um quase sorriso insolente. — Se vai renunciar ao nosso acordo, o mínimo que você pode fazer é me contar por quê. E diga a verdade.

Um sorriso de descrença surgiu em meus lábios.

— Você acha que vou mentir pra você?

— Acho.

Eu o encarei sem esconder o quanto estava perplexa.

— Acha que sou mentirosa?

— Acho.

Dei uma risada de deboche para esconder a pontada de raiva repentina.

— Ah, é? Quando foi que menti?

— Toda vez que você permite que alguém te trate igual merda e, em vez de bater de frente com a pessoa, você muda de assunto, conta uma piada ou tenta fazer o paspalho mequetrefe se sentir melhor.

Meu queixo caiu e arfei, sem saber qual parte de sua fala deveria processar primeiro.

Paspalho mequetrefe. Mas o que…? Quem é que dizia esse tipo de coisa? Qual era o sentido disso? E o que dizia sobre mim o fato de eu ter achado charmoso e ficado com vontade de rir?

Mas também: *Toda vez que você permite que alguém te trate igual…*

— Olha aqui! — Coloquei as mãos ao redor do quadril. — Não permito que ninguém me trate igual merda. Ser uma pessoa boa me faz ser mentirosa? Bem, então acho que você é a pessoa mais honesta que conheço.

A leve curva no canto de sua boca voltou.

— Essa foi a coisa mais verdadeira que já te ouvi dizer.

— Ah, é?

Ele deu de ombros.

— Além do fato de que você não gostava de mim.

— Entendi. — Dando a ele minha série mais sarcástica e cáustica de acenos de cabeça, dei outro passo na direção da sala, depois outro. — Então, que tal isso? Você é um babaca do caramba, mal-humorado, esnobe e pretensioso. Isso é *honestidade* o bastante pra você?

Ele apertou os lábios como se estivesse lutando contra uma risada.

— Do caramba? Isso tudo pra não falar "do caralho"?

— Não, quis dizer "caramba" mesmo, Doutor Babaca do Caramba. — Girei a cabeça para a frente e para trás para pontuar meu insulto.

As sobrancelhas delineadas de Byron se elevaram conforme ele se aproximava.

— Doutor? Por que não Senhor?

— Você tem dois doutorados. Não quis ser grosseira.

— Ah, sim. Bate na madeira.

Sua voz profunda mal passava de um sussurro, e ele quase perdeu a batalha com o sorriso que estava tentando suprimir. Ele puxou com força seus lábios carnudos, mas se recusou a ceder até mesmo a menor das mostras de seus dentes. Dito isso, aqueles seus olhos incomuns estavam, sem dúvida, brilhando de diversão.

E já que estamos no assunto, *como ele se atreve?!*

Como ele se atrevia a emanar um brilho nos olhos naquele momento, depois que eu tinha sido coagida a me rebaixar ao nível dele? Como ele se atrevia a andar em sua própria casa usando nada além de pijamas justos que realçavam a magnificência de seu corpo? Como ele se atrevia a passear pelo andar sem camisa e me repreender por pedir desculpas demais? De fato, eu fazia isso, é verdade. Mas quem era ele para me repreender por isso?

Sem contar que como ele OUSAVA usar cueca preta? *E aquelas coxas…*

Olhei feio para ele, sem sorrir, confusa, meu pescoço quente. Por um lado, estava frustrada por estar estranhamente encantada com nossa discussão. Por outro, estava chateada por ter sido induzida a xingar e agir como a idiota infantil que ele claramente achava que eu era. Enquanto isso, ele continuava olhando para mim, seus lábios relaxando em uma curva de aparência satisfeita enquanto um momento cheio de tensão cortante passou entre nós.

Depois de um tempo, Byron deu outro passo em minha direção, seu olhar mais relaxado do que o normal.

— Se sente melhor? — ele perguntou, com aquela curva de satisfação ainda firme em seus lábios. — Agora que você me chamou de Doutor Babaca do Caramba.

— Não gosto de ser maldosa e xingar os outros, mesmo quando o xingamento é cabível — respondi, permitindo que minha máscara de implicante cedesse um pouco para falar sério naquele momento. — Então, não. Não me sinto melhor.

O sorriso dele diminuiu.

— Dá pra ser honesto sem xingar as pessoas.

— Mas *você* pelo visto não consegue ser honesto sem ser maldoso — respondi, e imediatamente me perguntei se deveria me arrepender das minhas palavras.

Mais uma vez, ele levantou o queixo, absorvendo o que eu tinha dito, e seu olhar se tornou contemplativo.

— Entendi.

— O que você entendeu?

— É por isso que você quer renunciar ao nosso acordo.

Exausta, esfreguei a testa. Eu precisava encontrar Amelia de novo. Aquela era a conversa mais estranha que eu já tivera, ainda mais considerando que conhecia essa pessoa em particular há seis anos.

— Não é por isso.

— É mesmo? — Seu tom de voz pingava desprezo. — Se ser honesto e estabelecer limites faz de mim maldoso, então não tenho problema algum com você me achar maldoso, Fred. Mas não se aproveitar da oportunidade que vai fazer uma diferença gigante na sua qualidade de vida, te ajudar a pagar as dívidas da faculdade, simplesmente porque você não gosta de mim ou porque sou *maldoso* é...

— Eu disse que você ser maldoso não era o motivo. Estou falando a verdade.

— Então qual é o outro motivo? Eu tô aqui te oferecendo uma oportunidade e pedindo muito pouco em troca. — Agora a voz dele havia ganhado um tom frustrado, suplicante. — Tudo bem, então. Não quer ir comigo a Nova York nem ao Jupiter Awards? Não vai. Não tem problema. Você está livre.

— Byron...

— Me deixa ajudar. — Ele ergueu as mãos como se fosse pegar as minhas, mas pareceu se conter no último minuto; em vez disso, enfiou os dedos rígidos no cabelo, baixando os olhos para o tapete. Expirando, ele me nivelou com um olhar direto que parecia suplicante e me atingiu como um peso quente de chumbo entre as costelas. — Deixa eu fazer isso. Você não precisa gostar de mim para me deixar te ajudar.

— Parece inautêntico, ok? — rebati, compelida pela suavidade inesperada em seus olhos. — Parece errado conseguir seguidores assim.

Byron parou, seu olhar assumindo um ar introspectivo.

— Por quê?

— A gente estaria mentindo, e eu estaria pegando carona na sua fama. — Gesticulei para ele. — As pessoas não estão vendo o vídeo por minha causa, elas estão assistindo por você, e eu quero merecer o público que tenho. Quero que as pessoas me acompanhem por mim, pelos meus vídeos de ciências, e não pela sua fama. Se eu não puder ter isso, então pelo menos, pelo menos mesmo, não quero mentir para ganhar seguidores.

— Discordo.

Dei uma risadinha afrontosa.

— Ah, é? De qual parte?

— Todas.

— Você acha que as pessoas me acompanhariam por mim?

— Não. Elas não acompanhariam os vídeos por mim nem por você. Seria *pela gente*, por essa história que você e a Amelia planejaram, a tensão dos sentimentos não correspondidos, um tipo de relacionamento se transformando em algo diferente. Mas mesmo se você estivesse pegando carona na minha fama, não me importaria. Não ligo. Você também não deveria.

— Mas me importo. — Suspirei com força. — Pelo menos no Jeff eu tinha um crush.

Os lábios de Byron se curvaram de repente, e seu sorriso de escárnio apareceu pela primeira vez, seus olhos perdendo a suavidade e se fechando como uma janela batida bruscamente.

— Você ainda sente algo por ele?

— Não. Não, não, não. — Acrescentei à negação uma risada e um aceno desdenhoso. — Esse jantar todo me curou disso. O que quero dizer é que a história que Amelia e eu escrevemos na época pelo menos era parcialmente verdade. Mas com você? — Dei de ombros. — Achei que ia conseguir, mas não parece certo.

Me seguindo enquanto eu recuava em direção à porta, ele estava com cara de aflito. E determinado. E frustrado.

Então falei:

— Olha, vou com você para Nova York e para a cerimônia de premiação, independentemente do que eu decidir sobre as trends. Eu disse que iria, então vou. Vou ser seu apoio social. Não vou te deixar na mão, prometo.

— Espera. — Dando alguns passos adiante, ele passou os dedos pelo cabelo de novo, sua atenção se fixando no alto e à direita, no canto da parede acima de mim.

— Espera, não… e se… — Ele tensionou a mandíbula e deixou as mãos caírem ao lado do corpo. — E se não fosse inautêntico?

Meu rosto não sabia se sorria ou franzia o cenho.

— O quê? Contar uma história diferente? Dois conhecidos de longa data que não se suportam, tendo que aguentar trends de casal e desafios românticos juntos?

— Não — falou ele, lentamente, como se não achasse graça em nada do que eu estava dizendo.

Quase revirei os olhos — quase —, mas consegui me conter, mesmo porque já tinha me comportado como uma criança mais cedo quando o havia chamado de Doutor Babaca do Caramba. Mas eu estava convicta de que sua incapacidade ou falta de vontade de encontrar humor no ridículo era o motivo pelo qual nós nunca seríamos amigos. Nunca nos daríamos bem. Nunca gostaríamos um do outro. E a situação era essa.

Esses eram os pensamentos que passavam pela minha mente enquanto a mandíbula de Byron trabalhava por um longo momento antes que ele abaixasse o olhar da parede, se prendesse no meu e dissesse:

— Eu gosto de você.

CAPÍTULO 9

BYRON

— VOCÊ... O QUÊ?

— Eu gosto de você — falei, entregando a verdade, revelando-a para ela ver. Meu coração trovejava, fornecendo uma percussão indesejada e frenética sobre a qual meus pensamentos saltavam e corriam. Não esperava aquilo. Também não esperava o calor apertando minha garganta como uma corda.

Mas se eu ia mesmo fazer isso, só ia fazer e pronto, porra.

— Eu... sinto algo por você — expliquei com uma calma exterior, pois não havia motivo para agir de outra forma. — Se quiser chamar assim.

Os olhos castanhos de Winnie, tão parecidos com a cor de canela, alternaram o foco entre os meus. Ela parecia horrorizada. Consegui engolir em seco enquanto a corda apertava mais. Não tinha previsto que ela ficaria horrorizada assim.

Surpresa? Sim. Lisonjeada? Pode ser. Entretida? Talvez.

Horrorizada? Não.

— Duvido, não tem como. — Suas palavras não passavam de um sussurro, uma leve brisa saindo de sua boca. — Você está tendo um derrame? Preciso chamar uma ambulância?

Lutando contra um sorriso, tentei não engolir a língua. *Nossa. Que desastre.*

— Fred.

— Desculpa, isso não... é que eu... eu... — Ela levantou as mãos como se para me afastar. — Você tá brincando?

— Não.

— Você...

— Sim. Eu gosto de você. Tenho uma quedinha por você. Estou a fim de você. — Minhas declarações não seguiam um mapa. Eu não tinha plano algum.

Correção: eu tinha um plano. Meu plano era nunca contar a ela. Por que diabos eu faria isso? Comunicar espontaneamente meus sentimentos irrelevantes não havia funcionado bem para mim no passado. Isso — o hábito desaconselhável de fornecer informações voluntárias para terceiros sem solicitação — era uma lição que eu obviamente não havia aprendido.

Trabalhe nisso, Byron. Corrija isso em você mesmo. Corte esse costume do seu repertório e siga em frente.

Inspirando, segurei o ar em meus pulmões contando até três, liberando-o com cuidado. A tensão de apreensão diminuiu.

— Mas… mas quando? E como? — Ela tropeçou um passo à frente, sua boca abrindo e fechando, seu olhar castanho brilhante sob cílios grossos e escuros examinando meu rosto. Aquele podia ser o mais longo tempo pelo qual ela já tinha sustentado meu olhar. — E… por quê?

Me ocorreu que Winnie, sendo Winnie, poderia estar exagerando. Ela sentia tudo profundamente demais, colocava as pessoas e suas tragédias coração adentro quando seria melhor filtrar o barulho, aprender com as histórias de sobrevivência de outras pessoas e seguir em frente. Brincar com um complexo de ajudante era o jeito dela, por mais irritante que fosse de assistir.

Procurei acalmá-la.

— Não é nada de mais.

Ela se encolheu, piscando uma vez.

— Ah, não?

— Não.

Meus sentimentos, por mais inconvenientes que fossem para mim, não tinham nada a ver com ela. Ela não havia feito nada para encorajá-los, nem nada proposital para inspirá-los. Eu não esperava nada. Não queria nada, exceto ajudá-la, como havíamos combinado anteriormente e como ela havia prometido.

— Ah, tudo bem. — O alívio permeava suas palavras. — Então você meio que gosta de mim.

— Não. — Nunca fui de aceitar imprecisões, então, embora as pontas das minhas orelhas queimassem, corrigi: — Eu gosto *muito* de você, mas não é nada de mais.

— Nada de mais? — resmungou ela.

— Não.

— Porque…? — Winnie balançou a cabeça, seus longos cabelos deslizando sobre os ombros, mais uma vez não fazendo nenhuma tentativa de esconder seu horror.

E isso — seu rosto lindo, animado e expressivo se contorcendo de desânimo com a mera sugestão da minha afeição oculta, como se eu fosse um cão pesado e geriátrico que a adorava, e agora ela se encontrava na posição nada invejável de estar em dívida comigo — quase me fez rir.

Eu deveria ter encontrado outra maneira.

— Não é nada de mais. — Não queria a pena dela. O fato de eu gostar dela, admirá-la, era tão irrelevante quanto os sentimentos negativos que ela nutria por mim. — E agora que você já sabe, podemos seguir em frente.

— O que isso significa?

— Podemos fazer as trends e elas não serão inautênticas.

A cor do seu rosto tinha ido para um tom pálido, esverdeado.

— Porque você gosta de mim. Muito.

— Correto. — Uma risada me escapou agora. Ela estava em pânico. O que Winnie achava? Que eu iria incomodá-la com minha atração inconveniente?

— Não precisa se preocupar, Fred. Meus sentimentos não são problema seu.

Seu olhar não me pareceu nem um pouco menos desolado.

— Sério, você tá brincando?

Eu a encarei de volta.

— Não.

— Posso…

— O quê?

Ela mudou o peso de um pé para o outro algumas vezes e sua voz ficou mais aguda quando perguntou:

— Posso fazer perguntas sobre isso?

Enrijeci. *Perguntas?* Não. Nada de tirar dúvidas. O que ela sequer poderia querer me…

— Winnie? Você ainda tá aqui em cima?

Nós dois olhamos na direção da voz de Amelia um momento antes de ela sair da escada principal.

— Sim. Tô aqui. — Winnie limpou a garganta, lançando um olhar frenético para mim, como se eu fosse uma bomba prestes a explodir. — Eu… âh…

— Byron. Oi. — Amelia entrou no meu quarto. — Tá tudo bem, gente?

— Sim — falei, coçando meu pescoço quente.

— Que bom. — Amelia olhou para nós dois. — Ainda bem que encontrei vocês dois juntos. Vocês já se planejaram para gravar o próximo vídeo? Já faz tempo.

Winnie balançou. Talvez a pergunta a tivesse deixado enjoada.

— Não, a gente…

— Sim. — Assenti só uma vez. — Já está tudo certo.

Os olhos de Winnie se arregalaram, visivelmente confusos e cautelosos. Dei-lhe um sorriso rápido e tenso. Eu lhe disse a verdade para que ela pudesse permitir minha ajuda, para aplacar seus medos de ser falsa. Era tudo que eu lhe daria.

— Ah, é? — Amelia cruzou os braços. — Quando?

— Vou passar lá amanhã por causa do fim de semana prolongado. — Limpei a garganta, eliminando toda a melancolia que ainda restava. — Vamos filmar dois vídeos já que deixamos passar algumas semanas.

— Ah, que bom. — Amelia assentiu em aprovação. — Bom saber. A gente pode ir agora? — Ela se virou para Winnie, pegando sua mão. — Nossas amigas novas já foram embora e não vou aguentar mais uma conversa sobre a reforma de responsabilidade civil.

— Aham. Sim — respondeu Winnie, baixinho. — Podemos ir.

— Obrigada, Byron. — Amelia piscou para mim enquanto puxava Winnie do meu quarto. — E vê se dorme um pouco. Você tá com cara de cansado.

Sentindo a atenção de Winnie virar para mim, baixei os olhos para evitar os dela. Eles permaneceram grudados no tapete enquanto as duas mulheres partiam. Esperei que os sons de seus passos desaparecessem completamente junto à dor farpada em meus pulmões.

Você não deveria ter dito nada. Isso foi um erro.

Fechei a porta. Eu não queria pensar nisso. Não perderia tempo, energia ou pensamento em uma situação inalterável. Tinha contado para ela. Estava feito. Não havia como deletar as palavras agora.

Decidi escrever.

Esfregando o peito, sentindo o ar do meu quarto estranhamente pesado e estagnado, caminhei até meu escritório e me lembrei inexplicavelmente do meu primeiro e único acidente de carro aos dezessete anos: a liberação de adrenalina, a forma como o tempo havia parado, avançado rápido, parado e pulado, o ar pesado e estagnado. Rapidamente, me perguntei se alguém já tinha tido estresse pós-traumático por confessar sentimentos não correspondidos.

Depois de trinta minutos de agitação irracional, falta de foco e nenhuma palavra escrita, decidi sair para correr.

Levantando-me da escrivaninha, saí do escritório e caminhei até o cesto de roupa suja ao lado da cama. Eu tinha acabado de tirar minha camisa quando meu celular tocou.

Winnie: Você estava brincando?

A corda apertada em volta do meu pescoço voltou e meu estômago ficou tenso, comprimindo-se. Eu não era mentiroso, mas questionei brevemente se uma mentira nesse caso poderia ter sido o caminho certo. Uma bondade para nós dois. Nas raras ocasiões em que eu fantasiara contar a verdade a Winnie ou havia ponderado sobre o que ela poderia de fato dizer, sua reação nunca tinha sido tão grande, tão… tumultuada.

Nas minhas fantasias, ela se portava de maneira fantástica.

Mas nas minhas reflexões, quando tentei imaginar o que a verdadeira Winnie poderia dizer ou fazer, ela expressava uma leve surpresa, compartilhava com gentileza sua incapacidade de retribuir tais sentimentos e ríamos juntos da futilidade dos meus sentimentos. Ela nunca ficava com raiva, ou tão violentamente incrédula, ou tão agressivamente horrorizada quanto tinha ficado hoje.

Talvez sua reação exagerada estivesse enraizada em causas desconhecidas para mim, mas agora eu podia ver que, embora minha intenção fosse aliviar suas preocupações sobre ser inautêntica nos vídeos de desafio, eu a havia deixado chateada e desconfortável.

Ainda assim, eu não era mentiroso. Nem mesmo para poupar o desconforto de alguém, e principalmente para não me poupar do desconforto. Se eu começasse a mentir para mim mesmo, nunca pararia. Por isso, respondi:

Byron: Não. Não estava.

O tambor do meu coração se alojou em minha garganta e fechei meus olhos com força. *O desconforto é temporário, as mentiras são para sempre.*
O celular tocou de novo.

Winnie: Não sei bem o que dizer
Byron: Não diga nada. Se te deixei desconfortável, não foi a intenção. Não quero nem preciso de nada vindo de você
Winnie: Estou muito MUITO confusa

Minhas sobrancelhas se ergueram ao ler o segundo *muito* em letras maiúsculas, por ela ter se dado ao trabalho de colocar em caixa alta uma palavra tão prosaica em vez de optar por um sinônimo — excessivamente, extraordinariamente, extremamente —, qualquer um dos quais teria sido mais eficaz do que um duplo *muito*.

Enquanto ainda contemplava sua peculiar escolha vernacular, o número de Winnie iluminou minha tela e meu estômago se apertou ainda mais. Pela primeira vez desde que nos conhecíamos, considerei não atender o celular quando Winnifred Gobaldi ligou. Antes dessa ocasião, ela tinha me ligado exatamente seis vezes em seis anos. Essa era a sétima.

No entanto, prometi que pegaria o telefone se ela quisesse ou precisasse de mim. Com um suspiro para estabilizar a percussão rápida e renovada do meu pulso, enfim consegui.

— Fred.

— Byron, você não... você não pode me dizer que gosta de mim e depois agir como se não fosse nada. Não dá.

Levantei os olhos para o teto.

— Ok.

— O que quer dizer com "ok"?

— Ok, não vou dizer que gosto de você.

— Mas você gosta.

— Correto.

Ela inalou bruscamente, fazendo um ruído de puro cansaço.

— Mas você não gosta de mim! Você não me suporta. Você me trata feito idiota...

— Eu nunca fiz isso.

— Ah, é? "O correto é Al-*cai*, não Al-*qui*." — Ela engrossou a voz como se estivesse fazendo uma citação de um livro ou de um filme.

— Do que você tá falando?

— Essas foram as primeiras palavras que você direcionou a mim.

Minha atenção caiu do teto e olhei para o nada; suas palavras eram como enigma que eu não conseguia resolver, então me concentrei em uma única parte de sua declaração intrigante.

— Espera, você lembra das primeiras palavras que te disse?

— A questão não é essa! A questão é que você nunca fala comigo se não for para corrigir algo que eu tenha dito ou criticar algo que eu tenha feito. Como você pode falar que gosta de mim? Isso é balela. Você tá tirando uma com a minha cara.

Se a intenção dela era me irritar, tinha conseguido isso com essa ligação.

— Não estou tirando uma com a sua cara, Fred. Pode acreditar, eu bem queria.

— O que isso significa? E por que *você* tá bravo? Eu é que deveria estar brava.

— Significa que eu gosto de você, mas não necessariamente por escolha.

— Vociferei, perigosamente próximo de começar a gritar.

— Por que não? Sou legal, não sou? Não saio por aí corrigindo outras pessoas gramaticalmente, saio? Não prendo o cós da minha cueca preta quando alguém fala "Império Romano" quando está falando do Império Bizantino, concorda?

— Eu nunca corrigi ninguém gramaticalmente. — *Em voz alta.*

— Imagina! Só a pronúncia de lugares e as minúcias de coisas triviais.

— O seu desejo é que eu te encoraje a emitir calúnias e pronunciar de maneira equivocada o nome de lugares públicos? Você prefere que eu seja *legal* e deixe que você saia por aí, estabanada que nem um bebê, parecendo ser mal-informada e não ter estudo?

— Não, Doutor Sarcástico Babaca do Caramba! — gritou ela, e me assustei com o volume da sua voz, precisando afastar o celular do ouvido. — Eu queria que as primeiras palavras que você trocasse com uma pessoa desconhecida não fossem uma crítica e... quer saber? Esquece. Esquece que liguei. Nem sei por que fiz isso. Nem consigo falar com você! Mesmo quando você diz que gosta de mim, você me irrita.

— Certo — falei, tomando cuidado para exalar o máximo de calma possível. — Vejo você amanhã.

— Quê? Não!

— Sim. Passo aí amanhã pra gente gravar o vídeo.

Ela bufou.

— Chego às dez e levo scones. E, já que cada palavra que sai da minha boca te ofende tanto, não vou dizer nada.

Dessa vez ela rosnou.

— E já que eu gosto *sim* de você, quer você acredite em mim ou não, nada nessa história é inautêntico, então você não pode usar mais isso como desculpa.

— Eu não estava usando isso como…

— Tchau, Fred.

Desliguei, parando antes de jogar o celular do outro lado do quarto. Mas então ele vibrou. Rangendo os dentes, olhei para a tela e para as mensagens que chegavam em rápida sucessão.

> **Winnie:** Ainda não acredito que você goste de mim ou esteja a fim de mim ou algo do tipo
>
> **Winnie:** É mentira. E estou MUITO BRAVA por você estar brincando comigo assim
>
> **Winnie:** É bom você trazer scones de mirtilo sem glúten, se não você não passa da porta
>
> **Winnie:** SENÃO! Não se não. Senão. Tudo junto
>
> **Winnie:** Boa noite

CAPÍTULO 10

WINNIE

AMELIA SABIA QUE ALGO ESTAVA ERRADO. ELA PREENCHEU O SILÊNCIO EM NOSSO caminho de volta para First Hill sem me fazer nenhuma pergunta, parecendo entender intrinsecamente que eu precisava de espaço.

Mas na manhã seguinte, depois do café, depois de eu ter jogado, virado e socado meu travesseiro desejando que fosse o rosto lindo e perpetuamente distante de Byron, ela me deu um abraço e sussurrou baixinho:

— Não perde tempo com o Jeff, não. Desculpa ter dado trela pra vocês dois terem algo. — Me apertando, ela acrescentou: — Queria ser seu braço direito.

— Você é a melhor braço direito. — Me inclinei para o seu abraço. — E não ligo para o Jeff. Ele sempre foi um cara legal, e espero que, o que quer que aconteça, a gente volte a ter amizade. Ele e a Lucy podem ficar um com o outro.

Eu não tinha desperdiçado um único segundo pensando em Jeff desde que saíra do jantar. Pensar em Jeff e seu comportamento desconcertante nem passou pela minha cabeça. Por outro lado, a estranha confissão de Byron — como, em uma estranha mudança das minhas expectativas, ele havia mantido a calma o tempo todo enquanto era eu que estava perdendo a paciência — já ocupava todo o meu cérebro havia doze horas. Incluindo meus sonhos, por mais agitados que fossem. Ele aparecia em segundo plano uma e outra vez.

Sonhei com compras de supermercado: ele era o açougueiro julgando minha escolha de cortes de lombo. Sonhei que fazia uma apresentação em uma reunião da Associação de Pais e Mestres, e ele era o especialista no aparato audiovisual, julgando a qualidade dos meus gráficos do PowerPoint. Sonhei em ir ao meu médico fazer um check-up e ele era o ginecologista visitante.

Esse sonho em particular não demorou a ficar bem estranho.

Ninguém deveria ter sonhos sensuais envolvendo espéculos e estribos, especialmente quando seu orgasmo era julgado na Escala de Dor das Expressões Faciais de Wong-Baker depois. Pior, acordei me sentindo excitada e angustiada, constrangida e com tesão. Explica pra mim a ciência por trás disso!

E eu nem entraria no mérito de por que — em nome de tudo o que era sexy e profano — eu estaria tendo sonhos sexuais com Byron Visser agora.

Você sabe por quê.

Engoli a pedra da verdade: eu gostava muito de Byron. Ou, mais precisamente, meu corpo gostava dele de UM JEITO GRANDIOSO E SEXUAL, e esse sentimento não era nada como o que eu tinha por Jeff, ou qualquer um dos meus ex-namorados, ou qualquer outra pessoa que eu já houvesse conhecido. O que eu sentia sempre que Byron entrava no meu raio de visão se parecia mais com o constrangimento intenso que senti durante as duas primeiras semanas do ensino médio, quando o time de futebol mexeu comigo, do que o que eu geralmente pensava ser e entendia como atração.

O que eu precisava fazer era ler sobre a química dos feromônios. Algo sobre a biologia dele fazia a minha enlouquecer, e se eu conseguisse descobrir o que era, talvez pudesse parar. *Ah! Isso daria uma boa aula para o Instagram.*

— Winnie? — Amelia se afastou do nosso abraço e tentou decifrar os meus olhos. — Tem certeza de que está bem?

Mordi o interior do lábio, debatendo se deveria perguntar a opinião dela sobre Byron.

Se ele estava brincando comigo, se ele de alguma forma tivesse descoberto que minhas mitocôndrias precisavam de um extintor por conta dele e que ele estava fazendo brincadeiras com minha glândula pituitária (também conhecidas como jogos mentais), eu não queria que Amelia tomasse minhas dores. Não queria afetar o relacionamento deles, mesmo que indiretamente.

E se ele não estava brincando comigo, se ele estava dizendo a verdade e de fato tinha uma queda por mim, eu não tinha certeza se queria que Amelia soubesse também. Ela nunca foi do tipo de se esquivar de confronto.

No final, simplesmente balancei a cabeça e dei de ombros, não me permitindo fazer com que meu problema virasse problema dela. Pensei em fazer o frango tikka masala congelado naquela noite. Ela e Elijah iam praticar caminhada sobre a neve à tarde e eu queria que, quando eles voltassem para casa, tivessem comida picante e saborosa esperando por eles.

Assim que ela foi para a casa de Elijah, corri para o banheiro, tomei um banho longo e quente e, sem sucesso, lutei contra a vontade de me tocar enquanto imaginava Byron me dando um feedback hipercrítico, em voz baixa, sobre minha técnica de masturbação, e então a Winnie da minha fantasia o calava, deixando-o de joelhos, enrolando os dedos no cabelo preto dele e trazendo sua boca para o corpo dela. O Byron da minha fantasia ficava mais do que feliz em obedecer.

Entrei no chuveiro mais excitada do que deveria, dada a bizarrice da minha imaginação, inundada de vapor e confusão. A crítica era meu fetiche? Alguma parte de mim desejava ser repreendida, julgada e maltratada? Se sim, qual era o meu problema, inferno?

Seja lá o que fosse, eu precisava me recompor antes que ele aparecesse às 10h com os scones. Enquanto me enxugava e me vestia, trechos de nossas conversas da noite anterior dançavam na minha cabeça, me provocando.

"Então você meio que gosta de mim."

"Não. Eu gosto muito de você."

Minha pele repuxou com a memória, o olhar aquecido em seus olhos semicerrados, a textura áspera de sua voz. Mas então me lembrei que ele continuou com:

"Mas não é nada de mais."

"Não quero nem preciso de nada vindo de você."

"Eu gosto de você, mas não necessariamente por escolha."

Um choque de raiva esfriou o calorão do meu corpo ao mesmo tempo em que fazia minha pressão sanguínea disparar. Quando terminei de me vestir e estava secando o cabelo, senti que poderia cuspir fogo.

Só Byron mesmo. Só Byron seria capaz de fazer alguém se sentir idiota por ele confessar os próprios sentimentos por ela. Talvez, em seu próprio jeito distorcido e apático, ele gostasse de mim. Ou talvez ele não gostasse de mim. Ou talvez eu nunca descobrisse ao certo. Mas — refleti enquanto aplicava meu hidratante e rímel — isso importava?

Não!

Não importava. Ele não tinha intenção de realmente fazer nada sobre seus supostos sentimentos, caso contrário, ele não teria dito que não eram "nada de mais".

Da mesma forma, não poderia imaginar uma realidade ou um universo onde eu deixasse a preocupação do meu corpo com ele levar o melhor de mim. Byron Visser era a personificação de uma fita amarela de isolamento, segurando uma bandeira vermelha e um sinalizador enquanto disparava um alarme de fumaça.

O que importava era que ele era inflexível em fazer esses desafios comigo. Enquanto tentava analisar tudo cuidadosamente, abri meu brilho labial e o apliquei. Ele queria fazer os vídeos? Nós os faríamos então. Eu acumularia seguidores suficientes para concorrer à vaga de gerente de comunidade, e aí seria capaz de pagar meus empréstimos estudantis enquanto também ensinava e (tomara) fizesse a diferença no mundo.

Espero mesmo que eu possa fazer a diferença no mundo. Espero mesmo que isso me traga algo maravilhoso. Espero mesmo que isso tudo não seja em vão...

Uma batida soou na porta de entrada, interrompendo meu debate existencial e a aplicação de brilho labial. Fechando os olhos e me encostando na pia do banheiro, me dei três segundos para me acalmar. Se ele gritasse comigo hoje, se levantasse a voz ou criticasse minha pronúncia de uma palavra ou qualquer outra coisa, eu terminaria o acordo. Eu simplesmente não aguentaria. Fechei meus produtos de maquiagem, coloquei-os sobre a bandeja e fui sem pressa até a porta.

Não conseguia decidir se ele estava brincando comigo, mas eu estava determinada a ser fria e reservada, calma e serena.

— Quem é? — perguntei, mesmo sendo dez da manhã em ponto.

Do outro lado da porta, ouvi Byron pigarrear, mantendo-se em silêncio por um longo tempo, depois, por fim, dizendo:

— Os scones são sem glúten e de mirtilo.

Um arrepio começou atrás das minhas orelhas e desceu pela minha espinha ao som de sua voz rouca. Reprimi o sentimento, estrangulando-o.

— Quantos? — perguntei, abrindo a tranca de cima, tentando fazer meus dedos pararem de tremer.

— Quatro.

Soltei a tranca da porta e a abri, engolindo um nó na garganta quando seu rosto taciturno, sem sorriso, perfeito, veio à tona.

— Oi — falei, lutando para não despejar uma centena de perguntas sobre ele, como quando ele tinha começado a sentir algo por mim, e por que, e o motivo de ele nunca ter dito nada, e como ele poderia gostar de alguém de quem ele também claramente não gostava?

Ele ergueu a bolsa na mão.

— O pagamento do resgate.

Pressionando meus lábios para conter um sorriso irônico diante de seu sarcasmo, recuei, dando-lhe espaço. Enquanto ele avançava, eu me virei, tentando freneticamente me agarrar à minha indiferença de novo.

— Obrigada pelos scones, e por ter vindo. Agradeço por disponibilizar seu tempo. Se você não se importa, por favor, coloque os scones na mesa da cozinha. Volto já.

Caminhei até o quarto, peguei meu celular e meu diário, respirei fundo várias vezes e voltei para a cozinha. O saco de scones tinha sido colocado sobre a mesa e, sem olhar, senti Byron encostado na parede da pequena área de jantar — seu local preferido para ficar supervisionando e julgando — com seus braços cruzados. Na minha visão periférica, vi que sua jaqueta estava dobrada sobre a cadeira mais próxima da porta da frente.

— Vamos fazer a trend do Check-in do Melhor Amigo/Os Opostos se Atraem hoje — falei com profissionalismo. — Tecnicamente, deveria ter sido o primeiro vídeo, mas inverter os números um e dois não deve dar em nada.

Coloquei o diário na mesa, de frente para ele, e o abri na lista manuscrita original de trends para os vídeos de challenge.

Ele não se mexeu. Continuou em silêncio. Endureci a expressão e olhei para ele. Byron olhou para mim como se estivesse esperando... alguma coisa.

Me recusando a pensar em suas palavras da noite anterior ou permitir que elas me abalassem ainda mais, eu me endireitei da mesa e cruzei meus braços, imitando sua postura enquanto mantinha meu tom profissional.

— Tenho muito trabalho para fazer neste fim de semana e tenho certeza de que você também, então não precisamos demorar. Não quero desperdiçar seu tempo. Se você quiser escolher sua própria legenda ou me ajudar com ideias para nós dois, fique à vontade para falar. Mas sei que você disse que não queria ensaiar ou falar sobre os vídeos previamente. Posso te gravar bem rápido, a gente dança em nosso pequeno círculo de mãos dadas, e depois você não precisa mais ficar.

Byron me olhou, pensativo, o que era melhor e pior do que seus típicos olhares de desprezo. Melhor porque eu não estava me sentindo imediatamente frustrada por sua mera presença, mas pior porque sua falta de arrogância externa significava que pude notar como ele estava incrivelmente bonito naquela manhã.

Seu cabelo estava úmido ou penteado artisticamente para trás em uma onda arrebatadora. Sua mandíbula estava recém-barbeada, deixando o rosto livre de sua habitual sombra escura. Eu apostava um milhão de dólares que ele estava fantasticamente cheiroso. Ele usava uma camisa de botão cinza-metal e calças pretas de lã em vez de sua camiseta preta e as calças jeans de costume. Eu me perguntei se ele tinha ido a uma reunião de negócios chique naquela manhã, algum evento importante para o qual ele tivesse precisado se vestir de maneira formal para impressionar, antes de vir para cá.

— Me relembra: como é a do Check-in do Melhor Amigo? — Byron se afastou da parede, o movimento fazendo minha atenção ir das suas roupas ao seu rosto.

Um aperto no meu peito aliviou. Ele havia diminuído a beligerância e pelo menos parecia disposto a contribuir, mesmo que significasse que estaríamos quebrando uma de suas regras discutindo o vídeo antes de filmá-lo.

— É o challenge de Os Opostos se Atraem. A gente não vai falar nada. A música de fundo que a gente tem que usar já existe no aplicativo. Basicamente, mostramos um vídeo rápido de você sendo você mesmo, o que você quiser fazer que reflita de alguma forma a legenda que a gente decidir. Depois, mostramos um vídeo meu fazendo algo que reflita a minha legenda. E aí colocamos o celular no chão, filmando o alto, e damos as mãos em frente à câmera e balançamos os braços. — Apontei para a descrição no meu diário. — A gente dança rapidinho em um círculo com "melhores amigos" piscando no meio. É isso.

Ele franziu o cenho lendo minhas anotações.

— "Check-in" não é uma palavra só, escrita toda junta como você escreveu; tem um hífen separando.

Ah. Enfim mostrando as garras.

Sorri com força, me esforçando muito para não deixar a irritação transparecer na minha voz.

— Sei disso, Byron. Mas para esse challenge, os jovens de hoje em dia às vezes escrevem tudo junto, não com hífen. Tanto faz escrever com hífen, sem hífen ou tudo junto. Qualquer uma dessas grafias serve nesse contexto.

Suas pálpebras não fizeram aquilo de sempre de mostrar desdém enquanto eu falava. Em vez disso, ele ergueu o queixo ligeiramente, ainda me inspecionando de maneira pensativa, e então assentiu.

— Você entende mais do que eu.

Meus lábios se abriram com sua declaração, dita sem uma gota de sarcasmo. Ele admitiu que eu poderia saber mais sobre alguma coisa do que ele. Ele não insistiu no assunto, não me chamou de idiota, não levantou a voz. Ele só… concordou.

— Ãh… — me perdi, depois caí na real de novo e pisquei para desviar minha atenção dele, escolhendo me concentrar no diário. — Talvez seja melhor a gente, ãh, decidir quais vão ser as legendas antes.

— Elas precisam dizer o oposto, né? — Percorrendo a curta distância até a mesa, ele colocou as mãos nas costas de uma cadeira, os dedos longos relaxados. *Ele tem mãos bonitas.*

Senti meu estômago se revirando.

— Mais ou menos — falei, ignorando meu nervosismo. — As legendas e ações relacionadas precisam mostrar o quanto nós somos diferentes. — Peguei o saco de scones e espiei dentro para me distrair de suas mãos. Não estava com fome, mas os scones estavam com um cheiro divino. — Pode ser qualquer coisa, desde que a gente destaque nossas diferenças. Algumas pessoas fizeram, tipo, uma pessoa é alta e a outra é baixa. Outros mostraram uma pessoa doida por festa e a outra pessoa sendo retraída e não gostando de beber. Vi um vídeo em que uma garota gostava muito de moda e o melhor amigo dela não. Esse tipo de coisa.

— No que você tinha pensado? Para as legendas.

Torcendo os lábios para o lado, voltei o saco de scones para a mesa e virei a cabeça para ler o que eu tinha escrito no diário várias semanas atrás.

— Vejamos… fiz uma lista de maneiras nas quais as pessoas poderiam ser o oposto uma da outra. A gente pode escolher uma dessas.

— Não seria melhor escolher algo autêntico? Que seja único para nós dois?

Olhei para ele, me preparando para o que quer que ele estivesse pensando, as palmas das mãos de repente suadas.

— Tipo o quê?

Suas pálpebras caíram. Mas em vez de desdenhoso, ele parecia estar levemente entretido.

— Você gosta de pessoas. Eu não.

Senti um lado da minha boca repuxar.

— Duvido que sua assessora fosse aprovar essa legenda.

Ele deu de ombros, o menor dos traços de um sorriso aparecendo em seus lábios.

— E daí?

— Não quero dificultar o trabalho de ninguém.

Byron abriu a boca como se quisesse rebater meu comentário, então eu — não estando no clima de discutir nada — o interrompi.

— Mas tem que ser algo que dê pra gente trabalhar em cima. No geral, a ideia é boa. E se fosse sobre eu ter muitas redes sociais e você não ter nenhuma?

Sua expressão pensativa voltou e ele pressionou a ponta do dedo indicador contra o lábio inferior.

— É uma boa.

Me endireitei, cuidadosamente feliz com o elogio dele.

— Ah... obrigada...?

— Tá me perguntando?

— Não...? — Percebendo a forma como falei, acrescentei rapidamente: — Espera. Não. Não foi uma pergunta. Foi uma constatação. Obrigada. O-bri-ga-da.

Sua atenção pareceu pesar sobre mim, de alguma forma, com mais intensidade.

— Você não deveria me agradecer.

Vai começar...

Meu cérebro entrou em alerta máximo, todo o meu corpo ficou tenso e eu odiei. Odiava que, com uma frase, nossa conversa benigna tivesse se transformado em outra rodada de críticas de Byron a Winnie, o que — mesmo que ele nunca gritasse comigo — me faria ranger os dentes, ignorar Byron e desejar que ele fosse embora. Eu não queria isso — não, considerando que nós tínhamos mais oito vídeos para gravar depois daquele.

Mas não pude deixar de sentir um lampejo de esperança. Ele havia concordado muito rapidamente quando expliquei a ortografia alternativa aceitável de "check-in" e, talvez, como com alguns dos pais de meus alunos, se eu parasse por um minuto para explicar o problema, ele ouviria.

Quase todos os instintos exigiam que eu cancelasse nosso acordo de uma vez por todas, mas a Winnie que estava cansada de evitar confrontos se recusou a ficar tensa, e me recusei a desligar, então apelei para ele com franqueza e honestidade.

— A gente... dá pra deixar isso pra lá? Por favor. Não vamos entrar nisso.

Algo na nossa dinâmica precisava mudar.

— Nisso o quê?

— Discussões. Posso agradecer quando você me elogia sem você me dizer para eu não fazer isso? Posso falar sem você me dizer como o que digo é errado, impreciso ou desnecessário? Isso é possível?

Com os olhos ainda fixos nos meus, Byron puxou o lábio inferior entre os dentes e o mordeu, seu olhar não perdendo peso ou intensidade, mas ele estava processando meu pedido, as rodas internas girando. Seus dedos flexionaram nas costas da cadeira enquanto suas sobrancelhas escuras, parecidas com asas, se uniram.

Nesse ponto, eu estava me preparando para outra crítica, uma explicação sobre por que ele tinha dito o que disse — meus sentimentos não importavam, ele estava certo, e eu era quem precisava de esclarecimento adicional — e como deveria ser grata por sua brilhante elucidação dos fatos e do mundo de acordo com Byron.

Mas depois, do nada, ele só falou:

— Você é extraordinária.

CAPÍTULO 11

WINNIE

Semicerrei os olhos para ele e sua ideia não concluída.

— Sou extraordinária em quê?

Ele umedeceu os lábios com a língua.

— Não. Você é extraordinária. Você é excepcional. E te ver, te ouvir se diminuindo assim é... difícil.

Fiquei parada, meu coração batendo acelerado, certa de que não o tinha ouvido direito.

— Você não deveria sentir como se precisasse agradecer às pessoas por falarem a verdade — ele continuou num tom cauteloso. — Não falei para ser legal nem generoso. Eu estava falando a verdade. Foi uma boa ideia. Você tem boas ideias. Não é um elogio, é um fato.

Tentei dissipar seu emaranhado de proclamações combinadas com a suavidade da voz — que ele acreditava que eu era extraordinária, que eu tinha boas ideias —, sabendo que ficaria obcecada com tudo aquilo mais tarde. Mas agora, enquanto nenhum dos dois estávamos perdendo a calma, enquanto fazíamos o máximo para sermos cuidadosos, tentando não irritar um ao outro, eu queria manter o foco em mim, que era o que importava.

Eu tinha tentado ignorá-lo. Tentado ser educada. Tentado fugir, gritar, ofender, tentado ser profissional e desapegada. Talvez fosse a hora de só tentar ser eu mesma. Não era como se eu fosse sacrificar uma grande amizade sendo uma pessoa difícil com quem lidar: a gente mal se conhecia. E se ele achasse que eu estava sendo uma tonta e parasse de gostar de mim contra a própria vontade, então que fosse.

Isso não vai prestar.

— Byron, posso agradecer quando achar que devo agradecer sem você ficar dando conta da minha expressão facial, do nível da minha gratidão ou se ela é ou não cabida. Posso pedir desculpas, pedir licença, gritar *uepa!*, sair dizendo que tenho uma cesta linda de cocos e o que mais eu quiser fazer. O importante é que *eu* queira, sem você nem ninguém ficar no meu pé, fazendo comentários ou me criticando.

Ele abriu a boca e consegui ver mais um argumento excessivamente lógico na ponta da sua língua, então tentei um último lance para fazê-lo ver e entender as coisas pela minha perspectiva.

— Você ao menos consegue enxergar de que forma alguém fazer isso com você poderia te frustrar e te machucar? Como pode ter um impacto negativo na autoestima? Principalmente quando essa pessoa é alguém com tanto talento e tantas conquistas como você, e aí cada palavra que sai da boca genial dela é uma correção, como se eu *fosse mesmo* o bebê que você estava me acusando de ser ontem. Como se eu fosse uma criança ingênua que precisa ser corrigida constantemente.

— Eu... você acha que eu... — A boca de Byron se fechou e seu olhar repousou sobre a mesa enquanto uma grande variedade de expressões passou por seu rosto. Enfim, ele limpou a garganta de leve. — Não acho que você seja uma criança ingênua e nunca foi a minha intenção fazer com que você se sentisse assim.

As palavras me atingiram de maneira rude, mas não carregavam sarcasmo.

Arfei e levantei os dedos para a testa, esfregando a dor de cabeça de tensão que se formava ali.

— Olha, eu... eu te respeito, muito. Eu te admiro. Você é incrível.

O canto da boca dele se rendeu a uma curva relutante.

— Você me acha incrível?

Meus olhos se viraram para o teto antes que pudesse impedi-los, e ignorei o calor no pescoço.

— É impossível não te achar incrível. Eu seria uma minoria extremamente pequena se não te visse assim. Mas não sei como falar com você sem me preocupar que você vá me julgar, como se cada conversa fosse uma prova final com respostas de certo e errado. No geral, isso é coisa minha, mas acho que, pelo menos em parte, é por causa da sua forma de se achar no direito de comentar e corrigir quase cada palavra que sai da minha boca.

A garganta dele se mexeu quando ele engoliu em seco, franzindo o cenho novamente, mas sem dizer nada.

— Seja qual for o motivo, você realmente quer fazer esses vídeos comigo e quer mesmo me ajudar. Sou muito grata pela sua boa vontade de me ajudar. Obrigada. Mas até agora, mesmo depois desses anos todos que a gente se conhece, sinto que não consigo relaxar perto de você. Dito isso tudo, eu também não quero que *você* sinta que não pode ser você mesmo comigo.

A última parte fez Byron levantar os olhos para mim abruptamente. Sua testa suavizou como se eu tivesse usado palavras mágicas.

Estendi a oferta de paz com um sorriso encorajador, algo que eu tinha aperfeiçoado com as crianças da minha turma quando se arrependiam — por não entregarem a lição de casa, por fazerem birra ou serem respondonas na aula, por cometer erros bobos —, mas eram orgulhosas demais para se desculparem ou não sabiam como.

— Podemos começar de novo? — Dei a volta na mesa, chegando perto dele aos poucos, permitindo que a esperança transparecesse na minha voz.

Ele mudou o peso de um pé para o outro quando me aproximei, cruzando os braços sobre o peito de novo, depois se virou para me encarar.

— Começar de novo.

— Estamos prestes a fingir que somos melhores amigos para um público de desconhecidos. Milhares. A gente também não pode fingir que tudo que aconteceu antes disso nunca existiu? Não podemos começar do zero?

Ele deu um passo para trás.

— Não. Não podemos começar de novo.

Meus ombros caíram, a tensão da dor de cabeça pulsando entre minhas têmporas.

Mas antes que eu pudesse me sentir muito desolada com a falta de vontade dele em ao menos *tentar*, Byron descruzou os braços e colocou a mão sobre a mesa da cozinha à sua direita, dando um meio passo desajeitado para a frente e disse:

— *Eu* vou parar.

Fiquei imóvel.

— Parar? Parar o quê?

Seus lábios se firmaram, seu olhar ficou mais pesado e levei um milésimo de segundo para reconhecer que o motivo era determinação, não arrogância.

— Vou parar de dar conselhos e fazer comentários que você não pediu — falou ele enfim, baixinho, usando sua voz cautelosa. — Me desculpe, Winnie.

Nós nos encaramos, o som do meu nome — meu nome *de verdade* — ecoando entre nós dois, e não consegui evitar. Acabei sorrindo.

— Mas tenho algumas condições.

Meus olhos se fecharam à medida que meu sorriso se abria.

— Eu deveria ter imaginado — falei, mais para mim mesma do que para ele.

Respirando fundo, abri os olhos e gesticulei para que ele continuasse.

— Vá em frente. Quais são suas condições?

— Até depois da viagem de Nova York, no meio do ano, tenho passe livre para te ligar. E te mandar mensagem.

— Ok. — Até onde eu sabia, ele sempre tinha tido a opção e permissão de me ligar e mandar mensagem. Isso não mudava nada.

— E você não vai mais me perguntar se eu estava tendo um derrame ou tirando uma com a sua cara por causa de… — Ele virou a cabeça, os olhos se abaixando para a mão que estava sobre a cadeira. — Do que eu disse ontem — ele concluiu.

— Tá certo — falei baixinho, examinando seu perfil de granito enquanto tentava mitigar a reação conturbada e quente de tremeliques que a presença dele causava em mim. O rosto de Byron estava tomado por ângulos cortantes e linhas dramáticas: realmente espetacular. Eu ainda não estava de todo convencida que aquele gênio lindo, brilhante e retraído sentisse algo por mim, mas se ele não queria que eu tocasse no assunto, eu respeitaria isso.

— Mais alguma coisa?

Os olhos dele se moveram abruptamente encontrando os meus.

— Você ainda não acredita em mim, não é?

— Achei que você tinha dito que eu não poderia falar sobre isso.

O rosto dele perdeu a expressão.

— Talvez seja melhor a gente fazer o vídeo.

Me estiquei para pegar o celular, não necessariamente envergonhada, mas algo próximo a isso.

— Claro.

Ele queria gravar o vídeo? Ótimo. Mas parecia meio ridículo, como se a gente estivesse pisando em ovos para evitar um assunto. E por que teríamos que pisar em ovos se ele não queria que falássemos sobre os ovos em que estaríamos pisando? Não fazia sentido nenhum pra mim.

— Onde você quer que eu fique? — perguntou ele, as palavras saindo sem transparecer emoção alguma.

No chuveiro...

— Hum... — me dei uma sacudida rápida, afastando às pressas a ideia intrusiva. — Vamos ver. E se a gente gravar você no meu quarto, na minha escrivaninha, como se você estivesse escrevendo? Posso ajeitar meu laptop pra você. Ou você usa cadernos?

— Vou me sentar aqui. — Ao falar, ele puxou uma cadeira e se sentou, cruzando os braços. — Pode começar.

— Eu... você quer que eu...

— Comece a gravar.

— Ah, ok.

Abri meu aplicativo de câmera e selecionei Vídeo, posicionando o celular para situá-lo no quadro em um ângulo natural. Seus olhos eram diretos, francos e impassíveis. Ele parecia estar esperando, então apertei o botão vermelho e acenei com a cabeça para avisar que eu estava gravando, e ele... não fez nada. Apenas encarou a câmera, parecendo uma estátua mal-humorada participando de uma competição de não piscar.

Bufei uma risada.

— Você só vai fazer isso? Encarar a câmera? Tá tentando hipnotizar as pessoas com esse olhar sensual? Porque, se for o caso, está funcionando.

A pose fria dele cedeu com as minhas palavras, suas sobrancelhas se uniram rapidamente. Mas então um sorriso lento — começando do lado direito e depois se espalhando para o esquerdo — nasceu na boca dele. Ele até mostrou os dentes um pouco.

— Olhar sensual? — O olhar em questão gradualmente subiu até o meu acima do celular e ele se esticou para trás, levantando o queixo. Nossos olhos se fixaram. Meu coração acelerou.

— Ah, fala sério — eu disse, inconvenientemente ofegante. — Você entendeu o que eu quis dizer.

— Não. Me explica. — E algo na expressão dele pareceu muito familiar.

Quase que imediatamente, me lembrei da vez que eu tinha visto aquela expressão antes. Ele estava me olhando agora como tinha feito semanas atrás, quando me sentei no colo dele, como se eu estivesse nos seus pensamentos. Com frequência. Aquele mesmo lampejo quente e carente passou por trás de suas feições e um rubor inebriante subiu e cobriu minhas bochechas, levando calor ao meu pescoço e às minhas orelhas. Meu sangue bombeou lentamente, meu estômago se contorceu e minha fantasia de banho daquela manhã escolheu aquele momento para voltar à minha memória.

O sorriso dele esvaneceu. Seus lábios se separaram. Seu peito subiu e desceu. Ele piscou.

— Certo. Acho que tudo bem. — Irritantemente, falei num tom de voz muito mais agudo do que o esperado, e me virei antes de parar o vídeo. Minhas mãos tremiam e eu não queria que ele me visse mexendo no celular.

Eu não conseguia pensar. Do que a gente estava falando mesmo?

Ah, é.

Meu corpo todo sentia uma sede selvagem por Byron, e aparentemente essa sede selvagem surtia em mim o mesmo efeito que vergonha extrema.

Andando até a sala de estar a três metros de distância, coloquei a mão no peito e lutei pra me concentrar no que estávamos fazendo, no motivo de ele estar ali. *O vídeo. Para o TikTok. O Check-in do Melhor Amigo.*

— Faço a minha parte com a câmera frontal, não precisa me filmar. Acho que vai dar certo. — Fiz um aceno no ar. — Ou talvez a Amelia possa me ajudar depois. Vamos ver...

Passando o olho pela sala, tentei desesperadamente me lembrar do que precisávamos fazer em seguida.

— Ah! É mesmo. Coloco isso aqui. — Abri a câmera frontal e coloquei o celular no chão. Depois, me virei um pouco, estendendo a mão na direção de Byron. — Agora é a Dança dos Famosos com um único famoso. — Experimentei um tom de voz leve e despojado, sem me importar se minha referência cultural era obscura demais para ele. Meu cérebro estava no piloto automático pateta agora.

Por autopreservação.

— Dança dos Famosos? — Byron me seguiu até a sala de estar e deslizou sua mão na minha, o toque causando um arrepio elétrico pelo meu braço. Ele devia sentir minha mão tremer. Seus olhos dispararam para os meus e se arregalaram ligeiramente com a pergunta.

— Desculpa. Tá frio aqui. Continuando... — Agarrando sua outra mão, eu o puxei até ficarmos de frente um para o outro, diretamente acima do meu celular, dizendo a mim mesma para não notar o quanto segurar as mãos dele era adorável. — Deixa eu só... — Soltei os dedos dele por um instante para me abaixar e apertar o botão *Gravar*, e então me endireitei e segurei as mãos dele de novo. — A gente mexe os braços para a frente e para trás assim. — Demonstrei quase freneticamente, juntando nossas mãos e depois as afastando. — Enquanto também nos movemos em círculo, assim. — Ainda balançando nossos braços, dei um passo para o lado, puxando Byron gentilmente comigo, e olhando para a tela do celular para garantir que não estávamos fora do enquadramento.

E não estávamos. O que significava que tudo que eu precisava fazer agora era parar de evitar seus olhos e gravar a gente fazendo nossa dancinha por uns dez segundos, e aí pronto.

— Isso é ridículo — disse ele num tom de voz neutro, chamando a minha atenção. Sua expressão carrancuda me fez rir pela primeira vez.

— O quê? Você não gosta de dançar? — provoquei. — Se me lembro bem, nós temos o challenge de dança com "Toxic" depois disso. E quero que a gente esteja numa sintonia perfeita.

— Isso significa que vamos precisar ensaiar?

Não esperava que Byron realmente fizesse o desafio de dança comigo. Veja, nem esperava que Jeff fizesse isso quando fiz a lista com ele em mente.

— Os passos são bem desafiadores e vão precisar de ensaio, sim. Mas já que você estipulou que não quer ensaiar, pensei em fazer sozinha e você, sei lá, só fica do meu lado. — A esse ponto, provavelmente tínhamos filmagens suficientes de nós nos movendo em um círculo apertado enquanto balançávamos os braços, mas nenhum de nós parecia inclinado a interromper a gravação. — Vi um bem legal uma vez. O cara inclinava a menina no final, e essa era toda a participação dele. Ele só ficava ali parado o vídeo todo enquanto ela fazia a coreografia *maravilhosa* da dança original. E aí PÁ! Ele a jogava e a sustentava no ar, como se fosse um dançarino profi...

Abruptamente, Byron me puxou para a frente. Eu teria batido com tudo em seu peito, mas ele me pegou pelo braço, me girou com destreza, e quando dei por mim, ele estava me jogando para baixo e me segurando. Firme.

Arfei de susto quando ele inicialmente puxou minhas mãos, e eu ainda prendia a respiração quando ele se inclinou sobre mim, nossos rostos a centímetros de distância, um braço forte em volta da minha cintura, apoiando totalmente meu peso, enquanto os dedos de sua outra mão se estendiam contra a parte inferior das minhas costas.

Ele estava tão perto, seus olhos e suas feições definidas preenchendo minha visão, nossa respiração se misturando, assim como naquele dia em que eu havia montado em seu colo. Só que, desta vez, ele estava me tocando e estávamos sozinhos. Mas, como antes, podia sentir seu cheiro e — meu Deus — ele era tão, tão, tão cheiroso.

Rápido! Sinta o cheiro dele. Documente o cheiro dele. Anote-o para suas investigações de feromônios mais tarde.

Sim, ele estava usando a loção pós-barba de pinho e sândalo de sempre. Mas subjacente a essa fragrância, o cheiro dele era quente, aconchegante, limpo e picante. Meu olhar desceu enquanto eu tentava freneticamente assimilar todos os aromas que sentia, e como isso me fazia sentir e como meu corpo reagia — desde a curvatura dos dedos dos pés até a leveza na minha cabeça.

— Isso serve? — Os lábios dele formaram as palavras e eu as achei fascinantes.

— Qual é a marca do pós-barba que você usa? — Perguntei, olhando para o lado direito de seu lábio superior, o ponto que se curvava quando ele estava com nojo de alguém ou de alguma coisa. Eu queria lambê-lo.

Documente isso: desejo de lamber a parte de seu lábio que se curva quando ele sorri para provocar.

— Meu pós-barba? — Os braços dele enrijeceram, me puxando para mais perto. — Por quê?

— Humm... — Agora eu estava pensando em como responder, rapidamente optando por uma das versões da verdade. — Eu estava pensando num conteúdo que queria fazer para um Reels no Instagram.

Byron levantou a cabeça para trás, e quando tirei os olhos de sua boca, vi que ele estava analisando meu rosto, um v profundo entre suas sobrancelhas. Enquanto isso, meus olhos se moviam entre suas lindas íris, memorizando os círculos de castanho, verde e azul. *Olhar sensual.*

Gentilmente, ele nos levantou. Eu não tinha percebido que as palmas das minhas mãos estavam em seu peito até estarmos completamente de pé. Ele me soltou, se afastando, e minhas mãos tocaram o ar em vez da parede quente e sólida de seu corpo.

Com a boca fechada, Byron se abaixou, pegou meu celular, apertou o botão *Finalizar Gravação* e estendeu o aparelho para mim.

— Aqui — disse ele, colocando o celular na minha mão e bruscamente passando por mim até a cadeira sobre a qual havia deixado sua jaqueta. Não consegui processar sua intenção até ele ir em direção à porta e se virar apenas para dizer por sobre o ombro:

— Te vejo na semana que vem.

— Como foi? Quantos vídeos vocês conseguiram gravar? Já postou algum? Ainda estão carregando? Não apareceu nada novo pra mim.

Me inclinei para o lado ao som da porta da frente se fechando e da avalanche de perguntas de Amelia, espiando para fora do meu quarto e acenando para ela e Elijah quando eles apareceram.

— Como foi a experiência de raquetes de neve?

— Divertida. Nossa, que cheiro bom. — Tirando o casaco, Elijah deixou que seu nariz o levasse até a cozinha. — Você fez janta pra gente? Isso é cheiro de... é o que estou pensando que é?

— É por isso que digo que nós dois nunca poderíamos morar juntos. — Amelia deu uma piscadinha para mim. — A gente perderia o acesso às habilidades culinárias da Winnie, e aí quem é que ia me fazer essas gostosuras toda semana?

Elijah levantou a mão no ar.

— Entendo o que você quer dizer. Mas e se a Winnie me ensinasse a fazer suas comidas preferidas? Aí você chegaria em casa e teria a mim *e* às gostosuras toda semana.

Meu estômago afundou e fugi de volta para o meu quarto, dando a eles e a mim um pouco de privacidade. Eu sabia que Elijah e Amelia estavam explorando a possibilidade de morarem juntos. Eles namoravam há mais de um ano e eram perfeitos um para o outro. Eu estava muito feliz pela minha amiga.

Mas, ao mesmo tempo, estava em pânico. Só um pouco. Ou muito.

Vai ficar tudo bem. Você vai ficar bem. Você arruma outra pessoa para dividir o apartamento. Nada de mais. A felicidade de Amelia é o que importa.

Apertando os olhos para a tela do meu laptop, para as notas que estava inserindo no sistema virtual, me perguntei se era tarde demais para sair para correr. Eu ainda não tinha colocado o pé para fora de casa naquele dia. Eu deveria ter ido à biblioteca. Ou ao Pike Place Market e ajudado Serena a vender seu chá sexy para os turistas na banquinha dela.

Eu deveria ter feito outra coisa além do que fiz, que foi ficar sentada sozinha, no silêncio, e corrigir tarefas o dia todo depois que Byron foi embora.

Mas o dia seguinte seria todo passado montando caixas de material de laboratório para o último mês de aula. Eu tinha dois experimentos por semana planejados, e os materiais precisavam ser separados e encaixotados juntos. Hoje tinha sido meu único dia para colocar as notas em dia, atualizar os dados e criar roteiros de estudos especiais para os poucos alunos que estavam ficando para trás, ao mesmo tempo em que criava diferentes roteiros especiais para os alunos que precisavam de material mais desafiador.

— E aíííí? — Amelia entrou no meu quarto, o tecido de sua calça de neve fazendo um som sibilante a cada passo. — O que aconteceu? O Byron veio? Vocês gravaram o vídeo?

Apontei para o laptop.

— Ainda estou editando.

Eu não costumava usar o TikTok para editar meus vídeos; usava um programa gratuito para o computador. Meu laptop era muito mais novo que meu celular e, portanto, muito mais rápido no processamento das edições. Mas para vídeos ao vivo, meu celular dava conta.

— Posso ver? — Ela esfregou as mãos, puxando uma cadeira do lado da minha cama até a escrivaninha.

— Hum, pode ser. — Abri o programa de edição de vídeo e o coloquei em tela cheia. Depois dei play. Então me recostei, mordendo a unha do polegar, meus órgãos internos se comportando de forma irregular assim que o rosto de Byron apareceu.

— Ah. Olha o Byron aí. — Amelia sorriu e leu a legenda que eu tinha escrito abaixo do rosto dele. — "BYRON: não posta nada, não tem redes sociais, é low profile e um dançarino surpreendente". — Ela se virou para me olhar. — Dançarino? O Byron não costuma dançar.

— Veja o vídeo.

Ela fez uma careta.

— Ele parece ser todo travado. Duvido que seja surpreendente mesmo.

— Só assiste.

Eu tinha feito cortes da filmagem dele sorrindo depois que eu inadvertidamente tinha dito a ele que seu olhar era sensual. Talvez eu estivesse sendo esquisitona, mas não queria compartilhar essa parte da gravação com ninguém.

Além disso, como evidência adicional para o meu argumento de que Winnie-é-uma-esquisitona, guardei o vídeo do sorriso dele para mim e o salvei em três lugares diferentes, incluindo em um pen drive e na nuvem. Eu também tinha assistido a ele cerca de cem vezes, ficando quente, nervosa e tremendo a cada vez — evidência de que a reação do meu corpo a Byron não poderia ser inteiramente culpa dos feromônios. Mesmo sem sua presença física, minha biologia respondia.

A gravação mudou para um vídeo meu na câmera frontal fingindo atualizar as redes sociais no antigo iPad de Amelia, meu laptop e meu Kindle Fire — todos espalhados pela cozinha. A legenda era "WINNIE: constantemente fazendo vídeos, tutoriais e postando atualizações, com uma conta em todas as redes sociais, inclusive no Myspace (acredito em você, Myspace!). Não sabe que o melhor amigo sabe dançar".

Amelia sorriu e torceu o nariz depois de ler. O vídeo mudou para a cena no chão de nós nos movendo no círculo acima, balançando os braços, com a legenda "Melhores amigos" piscando no centro da tela. E então, tão repentinamente quanto tinha sido na vida real, fui puxada para a frente e inclinada acima do celular quando a legenda mudou em um flash para "NINGUÉM NUNCA

ESPERA A INQUISIÇÃO ESPANHOLA OU UM PASSO DE DANÇA SURPREENDENTE DO SEU BEST!".

Amelia riu, batendo palmas e jogando a cabeça para trás.

— Meu Deus, isso ficou incrível. Vocês foram ótimos. Agora entendi, ele *dança mesmo.* — Virando o sorriso para mim, ela perguntou: — Você sabia que ele te abaixaria dessa forma?

— Não. Não tinha ideia.

Ela empurrou meus ombros com a ponta dos dedos.

— Viu só? Isso foi uma jogada inteligente do Byron, o que dá a entender que vocês não ensaiam nem planejam as coisas. Sua surpresa pareceu real porque foi real.

— Ah, Byron. Mais do que só um rostinho bonito.

Isso tirou mais uma gargalhada dela.

— Acho que as aulas de dança de baile serviram pra alguma coisa.

Bufei, lançando um olhar de "aham, confia" para ela.

Ela se levantou e se espreguiçou.

— Por que não postou ainda? Ficou ótimo!

— Hum… — Fechei o laptop e me levantei também. — Achei que seria melhor mandar para ele antes, e ver se ele concorda.

Senti que Byron e eu tínhamos dado dez passos gigantes para a frente naquela tarde antes de gravar o vídeo, e depois pelo menos sete passos para trás quando ele foi embora abruptamente. Então sim. Parte do motivo de eu não ter postado ainda era porque queria mandar para ele primeiro e conseguir sua aprovação. Ele havia excluído suas redes sociais por um motivo, que não entendi direito, e senti que um nível extra de precaução aqui era justificado.

Mas as outras razões pelas quais eu não havia postado ainda tinham tudo a ver comigo, e com minha biologia, e com sua declaração bombástica na noite anterior em sua casa, e com uma sensação confusa de pavor sempre que eu pensava em compartilhar o vídeo publicamente.

— Vem, amiga. Vamos lá comer. Estou morrendo de fome. — Com um bocejo, Amelia saiu do meu quarto. — Tenho pra mim que se ele não se importou que o vídeo do colo foi ao ar sem a permissão dele, ele não vai ver problema nesse novo. Você deveria postar.

— Ainda assim. — Meu olhar foi para o pen drive na minha mesa, um dos três lugares em que eu havia salvado a filmagem extra de Byron. Uma fissura de algo quente e ansioso deu a volta nos meus pulmões. — Melhor prevenir do que remediar.

CAPÍTULO 12

BYRON

Mesmo quando eu tinha um smartphone capaz de baixar e executar aplicativos de redes sociais, e tinha contas nesses aplicativos, nunca fiz uma vigilância do engajamento e da atividade das minhas contas — comentários, curtidas, inscrições etc. Nem tinha o costume de acompanhar outras contas e ansiar por conteúdo novo. Tais comportamentos se enquadravam na categoria do que há muito tempo eu tinha rotulado de "espera ativa". Espera de qualquer tipo nunca me atraiu.

No entanto, passei quase todas as horas de vigília de todos os dias desde que havia saído do apartamento de Winnie no sábado anterior em um estado de espera perpétua, paralisada e ativa. Eu estava tão consumido que me aventurei até o feed inicial do aplicativo, percorrendo os vídeos de maneira automática, alguns dos quais me fizeram rir. Outros, especificamente um desafio rotulado como "Pressione sua namorada contra a parede", inspiraram ideias que nunca conseguiria colocar em prática com Winnie.

Ainda assim, as ideias eram boas.

Atualizando a tela pela terceira vez hoje, fiz uma careta enquanto os ícones e as visualizações de vídeo de seu perfil se organizavam. Fui recebido com uma réplica exata do que existia antes de atualizar a página. Winnie ainda não tinha postado nosso novo vídeo.

Entre aquelas três semanas que eu passara ativamente esperando que ela ligasse ou mandasse mensagem para que pudéssemos registrar os desafios em sua lista e esses últimos dias de purgatório, estava cansado de esperar. Eu queria saber.

Procurei meu celular e mandei uma mensagem para ela.

Byron: Vamos precisar refazer o vídeo?

Olhei para as cinco palavras, digitadas com tanta facilidade, as únicas que eu tinha sido capaz de escrever nas últimas duas horas. Inclinando-me na cadeira, apoiando os cotovelos nos joelhos, afastei o cabelo dos olhos. Ela tinha dito que meu olhar era sensual na semana anterior e eu me dera ao luxo de repetir o momento com muita frequência, me perguntando se ela tinha exposto o sentimento com sinceridade ou falado apenas para provocar uma reação na câmera.

No instante em que sua resposta chegou, eu li.

Winnie: Não. Ficou bom. Ah, e oi. Como você está?
Byron: Pq não postou?
Byron: Bem
Byron: E você?

Olhei para essas minhas novas seis palavras — que somavam onze no total. Meu celular vibrou um momento depois, com o número de Winnie piscando na tela.

— Alô? — atendi, dizendo a mim mesmo para não apertar o celular barato de flip com tanta força.

— Oi, então, não postei o vídeo por dois motivos.

— Ok.

— Primeiro, você foi embora do nada. Fiquei preocupada achando que você estava bravo comigo. Fiz algo de errado?

— Não. De jeito nenhum. — Ela tinha feito tudo certo. Certo até demais. Era esse o problema.

— Tem certeza?

— Aham. — Limpei a garganta enquanto me esforçava para apagar da minha mente a memória tátil de tocá-la, segurando-a em meus braços. — Não esquenta a cabeça com isso. Qual é o outro motivo?

— Antes que diga alguma coisa, e você provavelmente vai achar que estou sendo uma maluca, não consigo parar de pensar que os vídeos são inautênticos.

Me aliviava e irritava em medidas iguais que a relutância dela em acreditar em mim continuasse sendo uma fonte de hesitação. Eu estava preocupado que ela decidisse anular nosso acordo em definitivo. Uma Winnie hesitante poderia optar pelo fim das nossas interações em definitivo.

— Nós já tínhamos resolvido isso.

— A gente não resolveu nada. Você que me proibiu de tocar no assunto.

— Não foi bem assim. Não te proibi de tocar no assunto. Eu *pedi* que você não me questionasse quanto a esse quesito nem me acusasse de estar tendo um derrame.

— Você estipulou que eu não… — Ela fez um som de derrota. — Quer saber? Deixa pra lá. A esse ponto, não é mais questão de eu gostar de você ou você gostar de mim; com essa informação já estou em paz.

— Está? — Ajeitei minha postura.

— Aguenta aí um pouquinho e me deixa falar, tá legal?

— Ok.

— A questão é o conteúdo que vou entregar. Talvez você estivesse certo. Talvez eu esteja mesmo coagindo erroneamente mulheres jovens a considerarem uma carreira nas áreas STEM.

Vasculhei minhas memórias.

— Quando foi que eu disse isso?

— Você não falou *exatamente* isso, mas quando você me ofereceu ajuda, foi essa a impressão que tive.

— Então, para ser mais claro, permita-me corrigir essa impressão equivocada. Não acho que você esteja enganando ninguém fazendo com que considerem uma carreira em STEM. Você está tentando, e vai conseguir, inspirar essas jovens.

Ela emitiu um som curto que não consegui decifrar.

— Obrigada por dizer isso. Mas talvez esse plano que Amelia e eu arquitetamos (todo o plano, todo o material extra que não é de STEM, os tutoriais de maquiagem, os outros desafios, meus vídeos com você) seja o caminho errado para ganhar novos seguidores. Talvez todo o plano seja inautêntico. E ruim. E errado.

— Discordo. — A palavra saiu automaticamente, exigindo que eu fechasse minha boca.

Não sabia se discordava — se discordava *de verdade* — das preocupações dela. Talvez suas preocupações fossem válidas; talvez diversificar o conteúdo oferecido por sua conta caísse na categoria de duplicidade em vez de inócua. Nunca tinha sido uma pessoa do tipo que achava que os fins justificavam os meios. Assim, compreendi e me senti grato por suas preocupações.

E, ainda assim, eu queria gravar os vídeos com ela.

— E por que você discorda? — perguntou ela, e ouvi um barulho estranho na ligação.

Franzi o cenho.

— O que você está fazendo?

— Arrumando meus kits de experimentos para o resto do mês. Minhas caixas do tamanho certo acabaram no domingo, então estou usando umas vasilhas baratas. Elas dão uma boa pilha.

— Onde? Onde você está?

— Na minha sala de aula na escola.

— Por que raios você... — Me interrompi para não concluir minha pergunta sobre o que diabos ela estava fazendo trabalhando numa quinta-feira às sete da noite.

— O quê?

— Esquece.

A onda de indignação em seu nome tinha um gosto forte e ácido. Ela tinha me pedido para parar de oferecer opiniões não solicitadas. Eu ia parar. Mesmo que a mulher trabalhasse mais do que qualquer outra pessoa que eu já conhecera, possuísse uma aptidão incrível para ciências, engenharia, tecnologia e matemática, administrasse seu tempo e outras pessoas de forma impressionante, equilibrasse várias demandas e prioridades com alegria genuína, identificando e prevendo problemas em potencial antes que eles se tornassem problemas reais, e se permitisse ser tratada como uma espécie de escrava.

Ela poderia ter sido uma CEO, uma empreendedora de sucesso, uma advogada de patentes, até uma astronauta — qualquer coisa —, mas ela queria ser uma professora subestimada, sobrecarregada e mal paga. E não havia uma maldita coisa que eu pudesse fazer sobre isso.

— Byron? Você ainda está aí?

— Estou.

— Então, me conta — outro som de tampa soou na ligação — por que você discorda?

— Por que discordo? Do trabalho mal pago?

— Nãoooo — falou ela, lentamente, a voz ficando mais grave. Tinha certeza de que ela estava revirando os olhos para mim. — Por que você discorda de mim em relação ao novo conteúdo das minhas redes sociais ser inautêntico? Me explica. Preciso que alguém me ajude a pensar melhor nisso, e todo mundo pra quem perguntei… a Serena, o Elijah, o John, o Jason, a Amelia e a Lauren… todos disseram que estou exagerando, mas nenhum deles sabe me dizer por que não é errado. Ainda me sinto desconfortável, inquieta, e não consigo ignorar isso. Me diz por quê, Byron.

— Quer minha opinião?

— Quero. Se tem uma pessoa neste planeta que confio que vai me dizer a verdade nua e crua sem se importar com os meus sentimentos, é você.

Caralho, hein?

— Eu me importo com os seus sentimentos.

— Não foi… Desculpa, isso soou errado. Quis dizer que você tem explicações lógicas e objetivas pras suas opiniões. Você faz suas pesquisas, sabe mais do que o Wikipédia e é sincero, mesmo quando a verdade é difícil de engolir. Eu respeito isso. É disso que preciso agora.

— Ah. — *Merda.* — Ok. — O pânico puro e simples quase me estrangulou. Que irônico. A única vez que eu tinha apenas motivos egoístas para defender uma causa era a única vez que Winnie desejava meu conselho.

Era justamente por isso que eu nunca mentia ou dava entrevistas. Eram necessários mais do que três segundos para considerar todos os dados, fatos e pontos de vista disponíveis antes de chegar a uma posição defensável.

Descansando meus ombros nas costas da cadeira, transferi meu foco para o teto, buscando freneticamente uma explicação válida — da minha perspectiva — além da verdade deselegante.

Existiam outros motivos que eu imaginava serem parecidos com as justificativas dos amigos dela, como: "você precisa dessa renda para pagar seus empréstimos estudantis"; "não tenho dúvidas de que você é a melhor pessoa para esse trabalho e, portanto, você merece, independentemente do número de seguidores"; "quanto maior for o seu público, mais impacto você causará"; "quando as pessoas forem expostas ao seu brilhantismo, você, sem dúvida, as inspirará a considerar carreiras em STEM".

Cada um desses argumentos soava semelhante a *o fim justifica os meios*. E isso, eu suspeitava, era fundamentalmente a causa de seu desconforto. Winnie também não era uma pessoa para quem o fim justificava os meios.

— E aí? Pode me falar.

Nós deveríamos gravar os vídeos porque fico ansioso para te ver e porque quero te beijar.

— Humm, então... — enrolei, suspeitando de que a verdade não a convenceria de nada além de que talvez eu estivesse tendo um derrame. Mais uma vez. — Só para deixar claro, você está pedindo deliberadamente um conselho meu, certo?

— Como eu disse, sim. Correto. Estou pedindo uma opinião sua. Por favor me aconselhe, Byron-Wan Kenobi.

— Ok. — Limpei a garganta, enrolando mais um pouco, mas não foi o suficiente. Não conseguia pensar. Eu era melhor escrevendo. Se ela pedisse uma resposta em uma folha sulfite e me desse uma semana, eu não teria problema nenhum. Eu precisava de tempo. — Bem, então... — *Será que assim eu ganho tempo?* — Você deveria vir para cá.

PUTA QUE PARIU! Isso não!

— O quê?

Abaixei a cabeça para olhar para a calça de moletom que tinha usado para jogar rugby no dia anterior, depois para dormir, e que ainda estava usando. Não tinha nem me barbeado. E estava fedendo.

— Vem aqui pra casa. — Me engasguei com a minha própria estupidez. — E assim a gente pode conversar.

— Ah. Hum, hoje?

— Ou amanhã... — falei por cima dela. Amanhã seria excelente. Melhor ainda, semana que vem. Eu poderia tomar banho, fazer a barba, lavar um monte de roupa, limpar a casa, varrer as folhas, me vestir adequadamente para recebê-la e escrever um argumento, considerá-lo de todos os ângulos, criar os contra-argumentos, editar, revisar, editar, adicionar, excluir, finalizar.

— Amanhã eu jogo *Stardew Valley*, e não quero perder. Mas posso passar aí hoje. Já estou acabando por aqui. Você já comeu? Quer que eu leve janta?

Eu tinha consumido duas tigelas de cereal, três colheres de sopa de manteiga de amendoim, uma lata de atum e duas bananas em pé sobre a pia da cozinha aproximadamente uma hora atrás.

— Peço delivery.

— Não pede nada, não. Sempre passo mal com comida de restaurante por causa de contaminação cruzada. Preciso passar no mercado de qualquer forma. E é você que está me fazendo um favor. Eu levo o jantar.

— Não estou te fazendo um favor. — *Sou um homem horrível. Um homem horrível, sujo e fedido.* — Fred, não traga comida.

— Vou levar comida. Vejo você já, já. Tchau!

Ela desligou.

CAPÍTULO 13

BYRON

Tomei banho, ajeitei meu cabelo para trás — tirando-o de cima dos meus olhos — e me barbeei. Já que fiz tudo com pressa, acabei me cortando na lateral do pescoço, precisando que eu rasgasse um pedaço de papel higiênico e o pressionasse no pequeno ferimento.

— Merda.

Vasculhei o cesto ao lado da minha cama, jurando a mim mesmo que seria melhor colocar roupas em gavetas e pendurá-las em armários em vez de acumular uma pilha de peças cujo status de limpeza era nebuloso.

— Idiota.

Corri e desci as escadas dos fundos enquanto tentava mandar uma mensagem para Winnie e depois escorreguei. Agarrei o corrimão no último segundo, o que fez com que meu celular saltasse da minha mão e voasse para o último degrau. Lá ele pousou com um estrondo e um *crash*, destruído. Congelei.

— Humm.

Abandonando o aparelho, subi as escadas de dois em dois degraus, rasguei um pedaço de papel de um caderno velho e peguei um pedaço de fita adesiva. Rabisquei *Fred — a porta está destrancada. Entre e deixe suas compras do lado de fora* com marca-texto e, subindo as escadas da frente desta vez, apressei-me em colar a mensagem na parte externa da porta da frente.

— Ok. Tudo certo.

Sem fôlego quando não existia nenhuma razão lógica para isso, corri para a cozinha e lavei os pratos na pia, debatendo o que fazer para o jantar. Nada de massa, obviamente. Tacos também não, eu só tinha tortilhas de farinha. Ideias adicionais foram rapidamente descartadas por razões semelhantes. O que raios ela comia?

Fazendo uma pausa nos pratos, abri a geladeira com as mãos pingando e examinei as possibilidades. Um minuto depois, exasperado, peguei qualquer coisa da geladeira que certamente não contivesse trigo — queijo, bifes de filé mignon, cogumelos, cebolinha, alface, uvas, ovos, batatas — e espalhei no balcão.

Apertando o lábio inferior entre o polegar e o indicador, olhei para as minhas opções até que uma refeição se tornou óbvia: bifes, cogumelos fritos e batatas assadas.

Devolvendo os itens desnecessários à geladeira, coloquei as batatas no forno, terminei os pratos, liguei a máquina de lavar louça e com cuidado limpei as bancadas três vezes, não querendo envená-la inadvertidamente com restos de cereais ou migalhas de pão.

Eu tinha acabado de pré-aquecer a grelha do fogão e temperar os bifes quando ouvi uma voz:

— Oi? Byron?

— Puta que pariu. Merda. Caralho. — Me virando, coloquei os filés na grelha com um garfo e respondi que estava na cozinha enquanto vasculhava uma gaveta atrás de papel alumínio. Ela apareceu quando terminei de colocar a folha de metal maleável em volta dos bifes e me virei para pegar uma tábua de cortar.

— Oi. — Balancei para trás, ignorando a faísca que atingiu minhas costelas enquanto eu a observava. Olhos brilhantes, bochechas rosadas, lábios vermelhos. Winnie era linda, chegava a ser injusto. Ela ainda usava casaco, cachecol, chapéu e luvas. — Você parece estar com frio.

— Estou mesmo. — Ela apontou com o dedão para a porta de entrada. — Por que pediu para eu deixar as compras lá fora? E que cheiro é esse?

— Jantar. — Tirei uma faca do bloco de madeira, ainda com dificuldade de ignorar a faísca que tinha me atingido.

Winnie se inclinou para o lado, para bisbilhotar o que eu estava fazendo.

— Você está fazendo nosso jantar?

— Correto.

— E você sabe cozinhar?

— Sei.

— Não vai me fazer nuggets, né?

— Não. Só sirvo itens que eu mesmo tenha cultivado, colhido, caçado ou abatido.

— Tá falando sério?

Ri da expressão na cara dela.

— Não, não estou. Foi uma piada.

— Com você eu nunca sei.

— E isso é ruim?

— É *alguma coisa*. — Me lançando um olhar de rabo de olho e um sorriso, Winnie tirou as luvas e as enfiou no bolso do casaco. — Obrigada pelo jantar.

O sorriso, embora pequeno, me deixou momentaneamente incapaz de formular uma resposta. Não queria fazer ou dizer nada que pudesse comprometer sua amizade escancarada. Assim, limpei sem necessidade minhas mãos em uma toalha enquanto a observava tirar o casaco, o chapéu e o cachecol, pendurando os três nas costas de um banquinho.

Mas, apesar do meu silêncio, seu sorriso diminuiu e seus olhos se estreitaram, passando rapidamente pelos meus, depois para longe várias vezes.

— O que foi?

Abaixei o pano.

— O quê?

— Tem alguma coisa na minha cara? — Ela passou a mão no nariz.

— Não. — Puxando os cogumelos para a pia, eu os lavei, esfregando qualquer sujeira residual com meus polegares. — Se tivesse, eu falaria.

— Por que todas as imperfeições devem ser retificadas imediatamente?

Eu não conseguia discernir se a pergunta era retórica para ser uma piada ou séria para ser respondida. Estudando-a por um momento, decidi que eram as duas coisas.

— Se tivesse algo no meu rosto eu gostaria de saber.

— Mesmo se fosse vergonhoso?

— A verdade geralmente é. Eu preferiria ficar envergonhado com uma verdade do que receber um cafuné com uma mentira.

— Hum. Interessante. — Ela assentiu devagar, seu olhar perdendo o foco e se voltando para dentro.

Aparentemente, eu havia revelado um segredo fascinante sobre mim, e essa revelação exigira uma quantidade considerável de deliberação.

Fechei a torneira, grato pela tarefa rudimentar diante de mim, e coloquei os cogumelos na tábua de cortar, lançando olhares furtivos para Winnie enquanto ela olhava para a frente sem ver. Ela balançou em seus pés.

Queria perguntar em que ela estava pensando, se ela estava bem.

Em vez disso, só falei:

— Pode se sentar.

Ela sacudiu a cabeça e piscou, seus olhos focando em mim mais uma vez.

— O quê?

— Tem vinho. Se você quiser. — Gesticulando para o banquinho sobre o qual ela havia deixado as peças de roupa de frio, repeti meu "Pode se sentar" mais baixinho dessa vez.

— Nada de vinho, obrigada. Hoje não. — Ao se sentar, Winnie levantou a mão para esfregar a parte superior das costas logo abaixo do pescoço, inclinando a cabeça para a direita. — Já estou cansada demais.

Analisei os círculos abaixo dos olhos dela, como ela pressionava os dedos abaixo da nuca.

— Está com dor nas costas?

— Um pouquinho. Passei o dia todo de pé. — Ela bocejou, mexendo a mão para cobrir a boca. — Mas tudo bem.

— Você quer… — Eu queria lhe oferecer uma massagem.

Mas eu também não queria lhe oferecer uma massagem.

Tocar Winnie enquanto ela gravava os vídeos, enquanto cada um de nós desempenhava seu papel nessa ficção de "melhores amigos", tinha sido explicitamente definido como parte de nosso acordo. As regras organizadas e os limites de tempo — desde o momento em que ela gravava até o momento em que a gravação terminava — criavam limites essenciais. Eu sabia o que era permitido e esperado de mim enquanto gravávamos. Ao contrário de agora.

Seu olhar pairou sobre mim quando não concluí meu pensamento.

— O quê?

— Nada.

— Ooook. — Os dedos de Winnie caíram sobre o colo, sua atenção em minhas mãos e nos cogumelos que eu cortava. — Me diz o que você acha. Pode falar sem dó.

— Sobre os vídeos. — Me lembrei de ter cuidado com a faca.

— Isso. Os vídeos. Os desafios, as trends. Tudo.

Tive pouco tempo para elaborar mentalmente minha defesa dos vídeos, poucos momentos no chuveiro. Por fim, decidi tratar o dilema dela como se fosse meu e seguir o fluxo da lógica para qualquer que fosse seu destino — o que dependeria inteiramente de Winnie.

Limpando minha garganta, parei de cortar os cogumelos, colocando a faca sobre a tábua.

— Não é uma pergunta simples. Você está certa de refletir sobre o assunto e ponderar tanto como tem feito. Mostra que você se importa com a sua integridade. Da mesma forma, você se importa profundamente com pessoas que não conhece, pessoas que nunca vai conhecer. Vamos chamar essas pessoas de seu "público em potencial" para os propósitos desta conversa. — As palavras saíram muito mais desajeitadas do que eu gostaria, mas a intenção geral permaneceu correta.

Enquanto eu falava, Winnie colocou o cotovelo na bancada e a bochecha na palma da mão, olhando para mim.

— A questão real aqui com a qual eu acredito que você esteja tendo problemas é se o fim justifica os meios. Na maior parte das circunstâncias, senão em todas, com exceção de alguns casos extremos, eu não acredito que os fins possam justificar os meios. Todos os argumentos, a favor e contra, relacionados ao bem que será alcançado no devido tempo ao acumular seguidores adicionais (quer dizer: conseguir o emprego, pagar seus empréstimos estudantis, inspirar pessoas, ajudar pessoas) são, na minha opinião, irrelevantes.

Sua expressão pareceu ficar nebulosa, um sorriso suave lentamente enfeitando seus lábios. Peguei a faca novamente e levantei uma sobrancelha, dividindo minha atenção entre ela e os cogumelos. Eu nunca tinha testemunhado essa expressão no seu rosto antes. Ela me deixava... distraído.

— O que, hum, me leva aos argumentos contra o conteúdo novo.

— Você vai me dizer por que o conteúdo novo é uma ideia ruim? — perguntou ela.

— Correto. Acho que a melhor maneira de traçar um caminho a seguir, livre de dúvidas, é primeiro considerar por que posso estar errado no meu curso atual e todos os argumentos contra isso. Às vezes, meu percurso está errado e preciso fazer ajustes. Às vezes não está e sigo conforme o planejado. E às vezes não há resposta certa e devo simplesmente seguir pelo caminho menos prejudicial, dadas todas as alternativas.

— Faz sentido. — Ela assentiu.

— Fazer isso também tem a consequência de identificar se estou, como você sugeriu, exagerando em relação a um problema. Se os argumentos contra meu percurso proposto são irrelevantes, frívolos, imaginários, sem impacto, então não preciso me preocupar em justificar meus planos. Simplesmente sigo em frente.

Ela piscou devagar, seus olhos vagando pela minha boca, então pelo pescoço. Seu sorriso cresceu e sua cabeça inclinou cerca de dois centímetros para o lado.

— Gosto de como você pensa.

Enrijeci.

— Winnie. O que você está fazendo?

— O quê? — Seu sorriso suave persistiu, assim como seu olhar não identificado, mas inebriante.

Meus movimentos cessaram. Meus olhos se estreitaram.

— Por que você está me olhando assim?

— Assim como?

Passei a língua pelos lábios, sem conseguir oferecer uma descrição que não traísse minhas esperanças.

— Você está encarando como se… estivesse com sono. E feliz.

Era uma descrição desajeitada, mas ainda assim válida.

— Ah! — Ela se endireitou, depois riu. Um rubor bonito tomou suas maçãs do rosto. — Desculpa. É que… eu só… — Ela riu de novo, levando os dedos até a testa. — Nunca te ouvi falar tanto e de maneira tão livre. Você é… — Winnie me encarou — … muito interessante. De ouvir falando, quero dizer.

— Ah. — Ela elogiou meu cérebro, mas me tocou num lugar mais baixo.
— Obrigado. — *Ela me acha interessante…?* Me senti ajeitando a postura, ficando mais alto.

— Não me agradeça — provocou ela. — Não é um elogio quando é a verdade.

— Ah, sim. Certo. — Tenho certeza de que o sorriso involuntário que eu usava agora arruinou minha tentativa de olhar. Virando as costas para ela, verifiquei desnecessariamente a temperatura interna dos bifes. Como esperado, ainda exigiam mais dez minutos. *O que eu estava dizendo?*

— Você acha que os argumentos contra eu fazer os vídeos são frívolos?

Ah, é!

— Eu... não. Quer dizer, não sei. Isso é com você, não comigo. Os argumentos contra, como eu os vejo, podem ser resumidos da seguinte forma: gravar e enviar vídeos não relacionados ao foco das suas contas, especificamente na tentativa de ganhar novos seguidores, é uma prática inautêntica, independentemente de quais tópicos esses vídeos de conteúdo adicionais cubram.

— Sim. Exatamente. Concordo. O problema é esse. — As palavras dela se destacaram com o som da sua mão batendo em cima da bancada. — Sinto que não tenho feito um bom trabalho verbalizando corretamente. Ninguém mais entendeu minha perspectiva quando tentei explicá-la.

Apertei mais ainda o papel alumínio ao redor dos filés, sem me apressar. Enrolando. Ela achava que eu era interessante. Eu precisava continuar sendo interessante.

— Vamos chamar o foco original das suas redes de sua "visão da criadora" para os propósitos desta discussão, e vou explicar o porquê em um momento.

— Ok, estou de acordo — disse ela, sua cadência suave e alegre, causando uma resposta inesperada e imediata no meu corpo. Eu amava sua voz.

Continuei de costas para ela. Pensar e falar eram tarefas mais simples quando ela não tomava a minha visão.

— Para criadores em geral, seja de vídeos das áreas STEM, livros, filmes, pinturas, sempre haverá essa tensão entre o que achamos que nosso público quer, o que o público acredita que quer e a nossa visão original de criadores.

Indo até a geladeira, peguei a manteiga.

— Acredito que, acima de tudo, a visão dos criadores deve ter o maior peso na tomada de decisões. Todos somos governados por desejos conscientes e inconscientes. Seu público atual e potencial pode alegar que quer uma coisa quando, na realidade, seu subconsciente quer outra. Eles podem abraçar o desejo de um final feliz, mas o que eles realmente desejam é uma história trágica, ou vice-versa, e ficam insatisfeitos quando você tenta entregar o que eles alegam querer.

— Então o que você quer dizer é que as pessoas não sabem de fato o que querem. — O tom seco dela tirou um sorriso do meu rosto.

— Não exatamente — respondi, achando graça da generalização que ela havia feito e da sua forma de comunicá-la. — *Às vezes* as pessoas sabem o que querem. E mesmo quando acontece, mesmo quando o consciente e o subconsciente estão em sincronia, a coisa que elas querem e a coisa da qual elas precisam podem não estar alinhadas.

— Entendi...

— Portanto, se você tentar fazer as pessoas felizes, ou se tentar entregar o que você acha que elas querem, ou o que elas acham que querem, ou o que você acha que elas precisam, você nunca terá sucesso. O único objetivo impossível para uma pessoa criativa é agradar todo o seu público. Assim, é melhor permanecer fiel à sua visão em primeiro lugar e sempre.

— Então você acha que eu não deveria postar o conteúdo extra e continuar com a minha visão original de criadora — disse Winnie, audivelmente consternada.

— Não. Não fique tão desanimada, ainda não terminei. Como eu disse, esta não é uma questão simples.

— Meu Deus, Byron. Acaba com essa angústia e me fala logo o que é para eu fazer! Não é à toa que sua cabeça é tão grande. Sempre achei que você pensava muito mesmo.

Ri, balançando a cabeça para ela. Ela era — para resumir em uma única palavra — fofa. Sem perceber, olhei por sobre o ombro. E não deveria ter feito isso.

Com o cotovelo ainda sobre a bancada, as bochechas ainda apoiadas nas palmas das mãos, os olhos cor de canela de Winnie estavam arregalados e brilhantes, amplificando o sorriso provocante que adornava sua boca. Minha respiração ficou presa. Ela era tão linda que sua beleza me perfurou.

— O quê? — Seus olhos se estreitaram um pouco enquanto seu sorriso se alargava. — O que foi?

— Hum… — Desviei os olhos e descobri que estava desembrulhando um pedaço de manteiga. *Por que eu tenho manteiga?* Nada sobre manteiga era interessante. *Seja interessante.*

— Quer que eu termine de cortar os cogumelos? — perguntou ela.

Os cogumelos.

— Cl-claro. — Me inclinei para pegar uma frigideira, rangendo os dentes com a minha inépcia. Havia uma razão para eu ser um escritor, não um orador. Era a mesma razão pela qual observava pessoas reais e me envolvia apenas com as fictícias.

Um banquinho raspou no chão. Um momento depois, eu a senti andar ao redor da ilha da cozinha e parar atrás de mim.

— Eu não deveria me concentrar em tentar fazer meu público feliz, tanto o público potencial quanto o atual, mas devo permanecer fiel à minha visão criativa original — disse ela, e me senti grato por seu resumo.

— Correto. — Girando o botão do fogão, esperei até que o acendedor clicasse antes de ligá-lo no máximo para o gás acender.

— E, além disso, continuo defendendo que seu público chegará até você. E você vai fazer as pessoas mais felizes permanecendo fiel a si mesma.

— Você quer esses cogumelos em fatias finas?

— Não. Pode picar de qualquer jeito. — Respirando fundo, me concentrei por um momento em medir a temperatura correta para derreter a manteiga sem deixá-la escurecer.

— Minha visão original era fazer vídeos de STEM para qualquer pessoa interessada nesses assuntos, ser uma referência, ser útil. Mas eu também esperava poder mostrar a meninas e mulheres que se interessar por essas áreas não era, como Amelia dizia, algo fora do alcance delas.

— Uma visão admirável. — Mexi a manteiga com a colher de pau, me aproximando da última e mais importante coisa que queria falar: — Dito isso, eu perguntaria o seguinte: postar o conteúdo extra prejudica sua visão original? A natureza da sua visão é tão rígida que o conteúdo novo vai diluir sua intenção, fazendo com que ela se torne menos eficaz ou completamente ineficaz? Ou o conteúdo novo aprimora e contribui para a sua visão de criadora?

Preparando-me para vê-la, olhei por cima do ombro. Ela estava de costas para mim e parecia singularmente concentrada em cortar cogumelos. Esperando que essa exploração prolixa da lógica e da razão tivesse ajudado — e se mantido interessante —, dei a ela um momento de contemplação silenciosa enquanto derretia toda a manteiga, rebobinando e reproduzindo cada momento desde que ela havia aparecido.

— Não, não afeta em nada — ela respondeu, enfim, me tirando dos meus pensamentos ao se posicionar próxima ao meu cotovelo, segurando a tábua de corte cheia de cogumelos picados.

Ela estava invadindo meu espaço pessoal. Tomei fôlego, prendi a respiração, mas não me mexi.

— Você estava certo em discordar de mim quando falamos mais cedo ao telefone, e entendo o seu ponto de vista. Os vídeos adicionais não prejudicam meus vídeos de STEM porque o argumento original da Amelia ainda permanece. Ter interesses fora do escopo dessas áreas não me torna menos cientista ou engenheira, só me faz mais humana. Mais real. Alguém com quem as pessoas consigam se identificar. E isso cumpre minha visão original de criadora de mostrar às mulheres que assuntos e carreiras STEM são acessíveis a elas, que elas não precisam esconder ou mudar quem são para serem levadas a sério nesses campos.

Sem perguntar, ela deslizou os cogumelos da tábua para a frigideira à espera, erguendo o queixo para sustentar meu olhar uma vez que a tarefa foi cumprida, e me condenando ao desamparo com um de seus sorrisos ofuscantes.

— Obrigada pela ajuda, Byron.

Suas palavras suaves e sinceras, aquela faísca que me atingiu momentos antes e que eu ainda estava me esforçando fortemente para ignorar, a chama roubando oxigênio, fervilhando para invadir meus pulmões. Ela era incrível pra caralho. Ninguém merecia essa mulher e sua bondade, ambição, inteligência e integridade. Nem uma alma viva.

— Eu não fiz nada — respondi, minha voz saindo rouca pelo aperto na garganta, e afastei os olhos dela.

— Haha! Até parece. — Ela deu um passo e apoiou o quadril contra o balcão, o peso de sua atenção inescapável. — Enquanto isso, esta é a primeira vez, o primeiro momento, que me sinto cem por centro segura com esse plano desde que Amelia e eu escrevemos tudo. Sinto que sim, estou fazendo a coisa certa. Mesmo que não funcione, pelo menos sei que estou fazendo a coisa certa. — Winnie me deu um empurrãozinho de leve com o ombro. — Sério, obrigada mesmo. Estou bem melhor agora. E acho que não tinha me dado conta do quanto minha indecisão sobre isso tudo estava me estressando.

Usando a colher de pau para espalhar a manteiga, deixei seu elogio passar despercebido, não gostando do quanto tinha me deixado feliz.

O crepitar e o cheiro de cogumelos fritos ficaram pungentes durante um longo momento de silêncio abençoado. Conversar com ela tinha sido bom. Cozinhar com ela também tinha sido bom. Mas havia uma excelente razão pela qual eu raramente procurava a companhia de Winnie: cada momento passado em sua presença — especialmente momentos livres de pretensão ou necessidade, como agora — me faziam temer os momentos iminentes passados longe dela.

Desliguei o fogão e dei uma olhada no relógio sobre o forno. O jantar estaria pronto em quatro minutos, terminaríamos de comer em meia hora, ela iria embora aproximadamente vinte minutos depois. Eu só tinha mais uma hora de...

Ela se aproximou, sua proximidade chamando minha atenção.

— Mas então, sabe mais cedo? — perguntou ela, a voz um tom acima de um mero sussurro. — Quando você disse que se tivesse alguma coisa no seu rosto, você ia gostar que te avisassem. Lembra?

Levantei a mão ao queixo e esfreguei os cantos da boca.

— Tem alguma coisa no meu rosto?

— Não, só... aqui.

Os dedos de Winnie se dirigiram ao meu ombro. Eles permaneceram ali, me segurando no lugar, o calor de sua palma chegando até minha pele sob a camiseta. Me virei em direção a ela quando sua outra mão foi até minha nuca, seus olhos e dedão tocando um ponto abaixo do meu maxilar.

— Tem um pedacinho de papel aqui. — Enquanto ela se situava no espaço apertado entre mim e o alcance, ela respirou fundo entre os dentes. — Ah. Você se cortou fazendo a barba? Levanta a cabeça.

— Me cortei. — Eu ainda segurava a colher de pau em uma das mãos, congelado no lugar por sua proximidade e toque. — Ainda tá sangrando?

— Só um pouquinho de nada. Droga. Eu deveria ter deixado o papelzinho quieto ali. Você tem pomada antibacteriana?

Com os pés e as pernas imprestáveis, abaixei a cabeça de volta para encará-la, a faísca se acendendo mais uma vez. Ela estava muito perto.

— Vai ficar tudo bem.

A mão dela permaneceu na minha nuca enquanto seu olhar se levantou para encontrar o meu.

— Eu sei, mas... — Winnie respirou fundo, parecendo desconcentrada — nossa, Byron. Que tipo de pós-barba você usa? Sedução Implacável da Kevin Klein?

— Calvin Klein? — Minha mão que não estava segurando a colher deve ter chegado ao quadril dela em algum momento. Foi quando descobri que agora eu estava puxando-a para mais perto.

— Não foi isso que eu disse?

— Não — sussurrei, desesperadamente tentando memorizar cada detalhe do seu rosto. Ela nunca tinha estado próxima assim, não sem estar gravando um vídeo nosso. — Você disse "Kevin Klein".

— Ah. Então o nome deveria ser Dano Cerebral da Calvin Klein — ela sussurrou de volta, levantando o queixo um mísero centímetro, mas foi o bastante. Foi tudo. Um raio de esperança me atingiu. Meus olhos se arregalaram quando os dela desceram para minha boca, e puta merda, será que ela...

— Eita! Opa, foi mal! — A voz de Jeff, como unhas arranhando a lousa da criação e da existência, invadiu o momento, anexando a esperança e dando origem à miséria.

— Jeffrey. — Cuspi seu nome, um rancor proporcional à onda de ressentimento dentro de mim permeando cada sílaba. Fechei os olhos, precisando de um momento, e desejei ter instalado um alçapão embaixo de onde ele estava, que levasse a uma masmorra completa com crocodilos gigantes sedentos de sangue. Talvez colocando raios laser em cima de suas cabeças.

— Foi mal. Desculpa a gente chegar assim do nada. — Ele parecia sincero, o que significava que ele não tinha visto Winnie ainda.

Meus dedos em seu quadril a seguraram com mais força, ao mesmo tempo em que a senti mudar o peso sobre os pés. Talvez, se não a visse, ele fosse embora e poderíamos fingir que ele nunca havia nos interrompido. Poderíamos nos transportar de volta ao nosso momento.

— A gente não sabia que você estava com alguém. Espera...

Segurei a respiração. *Não, não, não.*

— Winnie?

Paspalho mequetrefe.

CAPÍTULO 14

WINNIE

— VOCÊS ESTAVAM NO MEIO DE UM VÍDEO?

Jeff parecia confuso, e sua confusão — não, sua presença — era como ser encharcado com um balde de água gelada com sabor de realidade.

Espiando por trás do ombro de Byron com os olhos arregalados, avistei Lucy ao lado de Jeff, que estava torcendo o pescoço de um lado para o outro. Ele examinou a sala, acredito que procurando meu celular ou um aparelho de gravação.

Desejei que o chão se abrisse e me engolisse inteira.

Eu estava flertando com Byron segundos atrás? Eu estava prestes a fazer papel de idiota e tentar *beijar* Byron? Eu tinha feito isso mesmo? E aquele era o mesmo Byron que tinha me dito que gostava de mim, mas que não era nada de mais, que ele não queria ou precisava de nada meu, e que particularmente não queria gostar de mim? Aquele Byron?

Graças a Deus fomos interrompidos.

Um raio de consciência envergonhada me fez arrancar as mãos dos ombros de Byron, fechando-as em punhos enquanto tentava colocar distância entre nós. Exceto que eu não podia colocar qualquer distância entre nós. O fogão estava bem atrás de mim, e o corpo imponente de Byron estava bem na minha frente. Eu havia me colocado nessa posição — de propósito — apenas alguns momentos atrás. Parecia uma coisa perfeitamente natural de se fazer naquele momento.

Mas que pocilga, Winnie... O BYRON?!

Byron que, até recentemente, me criticava e me corrigia o tempo todo e não conseguia guardar para si seus pensamentos sarcásticos sobre meu trabalho. Meus hormônios não perceberam que uma noite de conversa extremamente agradável não anulava seis anos de seus olhares mal-encarados e sua implicância. Eu tinha crescido em uma casa onde era julgada constantemente; alguém pensaria que meu corpo não me trairia dessa maneira.

— Interrompemos a gravação de um vídeo? Ou...? — Jeff baixou a voz para um sussurro, ainda procurando na cozinha o que deveríamos estar usando para filmar, porque que outro motivo mais haveria para estarmos nos abraçando?

— Não — respondeu Byron bem devagar, sem olhar para mim, mas com os olhos fixos no ponto acima da minha cabeça. Lentamente, ele se virou para encarar Jeff e Lucy, enquanto eu lutava contra a vontade de cobrir o rosto.

Agora de pé ao meu lado, ele ainda segurava a colher que usara para mexer os cogumelos em uma das mãos, enquanto a outra permanecia no meu corpo, deslizando um pouco mais para baixo e mais ao redor do meu torso. O braço de Byron nas minhas costas e o calor de sua palma provocou coisas misteriosas no meu estômago, seus longos dedos curvando-se na minha cintura.

Jeff, enquanto isso, focou no meu quadril, aparentemente analisando e contemplando nossa proximidade. Atormentada por bochechas em chamas, abri a boca para explicar, talvez para dizer algo como: *Não é o que parece*.

Exceto que isso tudo era exatamente o que parecia. Meu cérebro não tinha ideia de como explicar o que eles haviam descoberto sem mentir ou admitir demais. E o que meu cérebro estava pensando? *Você não estava pensando com seu cérebro, Winnie. Você estava pensando com sua biologia.*

A inspeção de Jeff se alternava entre nós e tentei não me contorcer com sua carranca comicamente perplexa ou o sorriso de divertimento de Lucy.

Ele deu um passo à frente, uma dureza se acumulando por trás de sua expressão tipicamente afável.

— Então o que vocês…

— Vem, J — interrompeu Lucy, pegando o braço dele e o puxando em direção ao salão. — Vamos dar um pouco de privacidade para os nossos amigos.

Ele não se mexeu, sua carranca se intensificando quando ele soltou a mão dela. A expressão de Jeff mudou de confusa para preocupada enquanto seu olhar se fixava no meu.

— Você quer que a gente vá embora, Winnie?

Os dedos de Byron flexionaram, mas ele não disse nada. No entanto, eu podia sentir a intensidade do olhar de Byron, apontado para seu companheiro de quarto de longa data. Me lembrou do calor que emanava de uma fogueira.

Eu queria que eles fossem embora? *Sim.* Sim, queria. O mais rápido possível.

Mas como comunicar esse desejo sem soar rude exigiria que eu recuperasse uma respiração profunda e calmante e que eu saísse do aperto de Byron para que pudesse pensar — então fiz as duas coisas.

Colando um sorriso amigável no rosto, dei mais um passo para longe do homem alto, moreno e bonito atrás de mim e parei na ilha da cozinha. Peguei a tábua de cortar, precisando fazer algo com as mãos.

— Vocês podem ficar ou irem embora, o que quiserem. — Para meu alívio incalculável, minha voz soou quase normal. Para garantir, dei de ombros, olhando entre eles enquanto abria a torneira da pia para enxaguar a tábua de cortar. — Vamos jantar agora. Vocês já comeram?

Enquanto eu falava, Jeff deu mais um passo à frente, parando na beirada da ilha da cozinha bem na minha frente, a pia e a extensão da bancada entre nós. Seus olhos se moveram entre os meus, a preocupação ainda estampada em sua testa.

— A gente pode ficar...

— Não tem o bastante para eles. — O comentário curto e grosso de Byron interrompeu minha tentativa de ser educada e de agir normalmente. — Eles devem ter outros planos. Que *não sejam* aqui.

Mordi os lábios de leve, fechando os olhos brevemente para recuperar o juízo, e me esforcei ao máximo para reprimir minha reação negativa e arraigada à grosseria de Byron. *Por que ele não pode simplesmente ser legal?*

Quando abri os olhos, eles se conectaram com os de Lucy. Ela parecia estar lutando contra uma risada. Trocamos um olhar rápido e solidário. Aparentemente, Lucy e Byron não eram estranhos, e felizmente ela não parecia achar o comportamento dele ofensivo.

— Vem. — Seu olhar ainda em mim, um sorriso suave curvando seus lábios, ela colocou a mão nas costas do namorado e o empurrou para a sala da frente. — A gente compra alguma coisa para comer no caminho para a minha casa.

Jeff arrastou os pés, sua atenção mudando para algum lugar atrás de mim e se tornando uma carranca. Supus que ele e o grandão ao meu lado estivessem tendo algum problema. Um lampejo de aborrecimento eclipsou meu embaraço e, dando a Lucy um aceno curto e agradecido enquanto eles partiam, lavei a tábua de corte com vigor.

Qual era o problema de Jeff, afinal de contas? E daí se ele tivesse nos encontrado num momento carinhoso? Isso não era da conta dele.

— Você... tudo bem?

Grunhi. Não queria mentir e não queria discutir meus pensamentos ou sentimentos sobre os últimos momentos, ou minha tolice antes disso.

Talvez seja por isso que Byron tenha o costume de grunhir também. Para evitar mentiras e verdades.

Eu o senti atrás de mim, com o peso de seu olhar, enquanto eu continuava a limpar desnecessariamente a tábua de corte. Um constrangimento renovado nublou minha visão e me perguntei se deveria me desculpar.

Era eu que tinha invadido seu espaço, me colocando entre ele e a distância entre nós, tocando-o, levantando meu queixo para um maldito beijo. Eu não tinha outra desculpa a não ser culpar a resposta biológica absurda e indesejada do meu corpo. Mas o que eu poderia dizer?

Desculpe. Não sei por que fiz isso. Eu não deveria querer tocar em você, mas, por algum motivo, minhas mãos querem. E eu não deveria querer te beijar, mas, por algum motivo, minha boca quer.

Admitir qualquer parte ou tudo isso parecia que lhe daria muito poder.

Eu havia cometido o erro de contar a Jeff sobre meus sentimentos e veja aonde isso tinha me levado.

— Win...

— O jantar está pronto? — Fechei a torneira, usando a parte de cima da minha mão molhada para esfregar a testa. — Estou morrendo de fome.

Veio uma pausa curta seguida pelo som de Byron limpando a garganta.

— É. Acho que sim.

— Me mostra onde ficam os pratos e talheres. Eu arrumo a mesa. — Colocando a tábua de cortes na bancada, peguei o pano de prato e sequei a parte molhada da pia. — E você tem uma toalha? Eu seco isso.

Arrumei a mesa enquanto Byron servia nossos pratos. Nós comemos em sua sala de jantar cavernosa, eu na cabeceira da mesa e ele à minha direita. Parecia um pouco com aquela cena de *A Bela e a Fera* da Disney, exceto que os talheres não dançavam e nenhum dos pratos cantava.

Ele bebia vinho tinto e eu, água. Comentei como os filés estavam bem temperados e ele disse algo sobre como os cogumelos estavam perfeitamente picados. Trocamos pequenos sorrisos e eu esperava que a troca inocente significasse que todo o constrangimento anterior causado pelo meu comportamento estranho tivesse sido esquecido.

Mas então, depois de um breve silêncio no qual eu comi e ele empurrou a comida no prato, Byron disse:

— Por que você gosta daquele cara?

— *Aquele cara?* — Fiz uma careta, provocando. — Quer dizer o Jeff? Seu colega de quarto pelos últimos seis anos?

— Sim. Faz um tempo que você gosta dele.

Meu garfo parou no ar e um cogumelo errante caiu no meu prato.

— Ele te disse isso?

Isso aqui. Era por isso que nunca era uma boa ideia confessar nada a ninguém até que se tivesse certeza absoluta da pessoa e da natureza recíproca de seus sentimentos. Eu não podia acreditar que Jeff tinha feito isso.

— Não. Ele não falou nada. Mas pareceu meio óbvio para mim.

— Ah, é? — Senti uma pontada de culpa no meu coração e enfiei uma garfada de cogumelos na boca. Depois de mastigar e engolir, acrescentei: — Não achei que estava sendo óbvia.

— Não estava. — Ele pareceu me analisar por um momento. — E você não fez nada de errado.

Lancei um olhar confuso para ele.

— Não é errado gostar de alguém que está em um relacionamento sério há anos?

— Não.

— Nossa, quanta segurança. — Dessa vez, espetei os dentes do garfo nos cogumelos em vez de pegá-los em cima.

— Você fez alguma coisa que prejudicasse o relacionamento dos dois?

— Não.

— Então pronto.

Abaixei os talheres.

— Mas eu...

— Por que você está tão decidida a pensar tão pouco de si mesma?

A pergunta me fez ajeitar a postura e examiná-lo mais de perto. Ele parecia frustrado.

— O quê? Não, não é isso que estou fazendo.

— É sim, Winnie. É por isso que você aceita menos do que merece.

Resmunguei — decidindo abraçar totalmente a arte indescritível do grunhido — e agitei a mão no ar, suas perguntas me deixando quente e nervosa.

— Não quero falar sobre isso.

— Tudo bem, então me conta por que você sente algo pelo Jeff há anos, além do motivo óbvio.

Cortando o bife, evitei olhar para ele, porque sabia que ele estava me encarando.

— E qual é o motivo óbvio?

— Ele sempre foi bonito e sempre esteve em forma.

Comendo um pedaço de bife, que estava delicioso, pensei na melhor forma de responder à sua pergunta e percebi que Byron ainda não havia comido nada.

— É, acho que ele é mesmo bonito e está em forma.

Ele me lançou um de seus olhares enigmáticos, que logo reconheci como descrença.

Então perguntei:

— Que foi?

— Você fala como se o corpo, o rosto dele e o detalhe de ele ser fisicamente atraente nunca tivessem sido um fator para você gostar dele.

— Deve ter sido. Em algum momento devo ter notado que ele era bonito, tem um sorriso simpático, mas não é por isso que eu gostava dele, ou por que isso havia durado por tanto tempo. Por quê? Você está dizendo que só se sente atraído por mulheres absurdamente lindas?

— Estou.

Uma risada surpresa explodiu em mim e empurrei seu ombro levemente. Ele baixou os olhos e um sorriso relutante — ou tímido? — fez seus lábios se curvarem.

— Byron Visser, você está admitindo que é superficial?

— Estou. — Ele tomou um pequeno gole no vinho, lambeu os lábios e depois deu um gole mais longo na taça.

— Não acredito nisso. Deve ter mais alguma coisa que te faz sentir atraído além de só atributos físicos.

Seus olhos se ergueram, rapidamente se moveram sobre meu rosto, e então caíram em seu prato. Ele limpou a garganta.

— Obviamente. Mas o rosto, o corpo, a voz, como ela fala, como ela se move, como ela ri… tudo isso é definitivamente uma grande parte do motivo.

Eu estava prestes a apontar que a voz, os movimentos e a risada não eram necessariamente atributos externos, mas antes que eu pudesse, ele perguntou de novo:

— Então o que é? O que te deixa tão absorta pelo *Jeffrey*? — Ele tomou outro gole de seu vinho.

Ignorei a sugestão de zombaria em seu tom e parei, dando outra mordida no filé, seguido de água, depois colocando o garfo no prato e me recostando na cadeira.

— É difícil de explicar?

— Não, ele é…

— O quê?

— Muito gentil. Leal. — Assenti com as minhas próprias razões.

— E o quê mais?

— Engraçado. Ele me faz rir. — Eu não tinha certeza do que Byron estava esperando, mas gostar de Jeff sempre tinha me parecido normal e natural. Claro que eu gostaria de Jeff. Todos gostavam de Jeff. Jeff era uma pessoa fácil de gostar.

— Ele é mesmo engraçado — concordou Byron, como se cedesse nesse ponto, mas depois acrescentou, resmungando: — Às vezes.

— E nós temos muito em comum.

— Tipo o quê?

— Tipo… e você não vai falar um "A" sobre isso… nossos trabalhos. E o motivo por termos decidido ser professores, e nosso entusiasmo pela profissão. Nós dois temos o mesmo gosto para filmes e música, o mesmo senso de humor. Nós dois gostamos das mesmas atividades, amamos acampar, fazer caminhada, pescar. Nós dois…

— Você não acha que isso uma hora ou outra ia cansar? — O canto direito da boca dele se curvou.

— Cansar?

— Ficar com alguém que gosta das mesmas coisas que você. Que nunca te desafia a pensar nas coisas de outra forma. A experimentar coisas novas.

Não consegui evitar e o encarei com os olhos semicerrados.

— Olha quem fala… alguém que, como você mesmo disse, não gosta de pessoas.

— Gosto de pessoas. — Ele engarfou os cogumelos, mexendo eles pelo prato.

Fiz um som de desdém.

— Pessoas fictícias.

— Ainda assim são pessoas.

— Pessoas que *você* controla.

Agora o outro canto da boca dele se curvou e ele me encarou de volta.

— Gosto de estar no controle.

Pisquei, assustada, com a minha capacidade de formar pensamentos coerentes momentaneamente suspensa por uma explosão de calor em erupção no meu estômago.

Algo nessas palavras, combinadas com o tom baixo de sua voz e seu olhar penetrante, fez os pelos finos da minha nuca se arrepiarem e minha boca ficar seca por completo. Ou era minha imaginação — que havia sido tomada de forma abrupta por interpretações completamente inadequadas do que ele queria dizer com "controle"— ou a declaração de Byron Visser tinha sido extremamente sugestiva, com um duplo sentido proposital. Pior, minha imaginação e meu corpo pareciam completamente a favor de descobrir o significado daquilo, fosse por meio do método científico ou de uma exploração casual e frenética na exata mesa em que nos encontrávamos.

Byron não disse nada. Só olhou para mim. Era certo que nada sobre esse olhar parecia simples. Parecia inescrutável e exigente, mercenário e distante, e minha respiração ficava mais superficial quanto mais eu a prendia.

No entanto, apesar da anarquia do meu corpo e de qualquer vodu que sua biologia única infligisse aos meus hormônios, glândulas e sistemas olfativos, eu não conseguia me livrar da sensação de que Byron Visser — famoso gênio antissocial — estava brincando comigo. Para que fim, eu não fazia ideia.

Arrancando meus olhos dos dele, ignorei o calor que ameaçava consumir meu bom senso e peguei meu copo de água. Tomei um grande gole enquanto considerava o que fazer a seguir. Talvez pela milionésima vez, suas palavras de semanas atrás cantavam em meu cérebro.

Gosto de você.

Meu coração se apertou com a memória, um zumbido de sensação elétrica subindo pelo meu pescoço. Ele estava tão confuso.

Não é nada de mais.

Ok. Ele gostava de mim, mas não era nada de mais. Eu precisava não fazer com que fosse algo de mais.

Eu não quero nem preciso de nada vindo de você.

Eu não ia dar uma desculpa educada e sair, como eu teria feito no passado, quando confrontada com desconforto em sua presença. Eu colocaria meus óculos de segurança de menina crescida e encontraria outra maneira.

Então me perguntei: se fosse alguém além de Byron fazendo uma declaração sugestiva, o que eu faria?

Conte uma piada. Dilua a tensão com humor.

Sugando uma respiração comedida, eu devolvi meu copo de água para a mesa e folheei meu banco de dados interno de piadas, procurando por algo sobre controle e agarrando o primeiro que me ocorreu.

— Então, hum, você já ouviu aquela sobre o casal de cientistas que teve gêmeos? — Pegando meu garfo e faca, comecei a cortar outro pedaço de bife, minha atenção focada no progresso da faca. Eu ainda não estava pronta para me envolver com seu olhar deslumbrante.

Byron permaneceu em silêncio enquanto eu terminava de cortar minha comida, levava o pedaço à boca, mastigava, engolia e tomava outro gole de água. Brinquei com o guardanapo no meu colo e decidi tomar sua falta de estímulo como interesse implícito na piada.

Meu olhar ainda fixo na comida, enviei-lhe um sorriso rápido e tenso e disse:

— O nome de um foi James Lind e o do outro foi Grupo de Controle.

Eu o ouvi expirar — não uma risada, apenas uma expiração audível. Na minha visão periférica, eu o vi se recostar na cadeira.

— Você sempre me impressionou com a quantidade de piadas que conhece.

Arriscando uma olhadinha, uma onda de alívio percorreu meu corpo quando encontrei muito pouco de seu olhar enigmático anterior. Havia sido substituído por uma inclinação irônica em seus lábios e uma única sobrancelha levemente levantada.

— Tenho uma ou duas guardadas para cada ocasião. — Jogando o cabelo para trás dos ombros com as pontas dos dedos, como se quisesse dizer "olha como sou impressionante", sorri. — São úteis na sala de aula quando preciso trazer a atenção dos alunos de volta para a matéria.

— É isso que você está fazendo agora? Chamando a minha atenção de volta?

Uma fissura de desconforto e excitação — um estranho composto emocional, se é que já houve algo assim — estremeceu pelas minhas costas, mas eu fui capaz de encontrar meu juízo antes que ele pudesse dispersá-lo novamente.

— Só parece meio irônico pra mim.

— Por quê? — Byron se inclinou para a frente, apoiando os cotovelos nos braços da cadeira e cruzando as mãos sobre o colo.

Gesticulei para ele.

— É irônico como você pode sentar aí e sugerir que *eu* evite o confortável quando você mal sai de casa. Quando você não tem rede social nenhuma e se recusa a interagir com o mundo exterior.

O músculo na têmpora dele pulsou.

— Isso está correto.

Esperando desarmar mais ainda a tensão, tentei dar uma cutucada descontraída.

— Você já… ah, sei lá… pensou em seguir seus próprios conselhos?

— Você acha que eu deveria encontrar alguém que me desafie e me force a experimentar coisas novas?

— Isso está correto. — Imitei suas palavras e seu tom, o que fez a inclinação irônica de seus lábios se transformar em um sorriso.

— Por exemplo? — perguntou ele, se inclinando e abraçando a base da taça vazia com seus dedos longos. — Talvez algo como desafios de redes sociais?

Senti um tremor e meu coração se acelerou.

A autopreservação me fez dar uma volta *nesse* campo minado com uma mudança de tópico.

— Hum, bem, enfim. Voltando à sua pergunta original. Sempre achei que eu acabaria com alguém que fosse, fundamentalmente, como eu.

— Espera, qual foi minha pergunta original?

— O motivo de eu gostar de Jeff. Acho que não sei. — Dei de ombros. — Jeff e eu só sempre nos demos bem. Ele parecia ser a combinação perfeita.

Byron franziu o cenho para a taça.

— Parecia? No pretérito imperfeito?

— Sim.

Ele pensou um pouco antes de perguntar:

— O que mudou?

— Bem… — Cocei o lado da minha bochecha, finalmente sentindo como se tivesse recuperado o equilíbrio, e a conversa tivesse retornado a um terreno sólido e benigno. — Ver ele com a Lucy no jantar aquele dia, como a dinâmica entre os dois é estranha.

Ele semicerrou os olhos, mas os manteve firmes na taça vazia.

— Estranha como?

— Ela parecia estar brava o tempo todo e ele parecia, não sei, gostar do fato de que ela estava brava. Foi bizarro.

Meu olhar perdeu o foco e fiquei pensativa me lembrando das interações entre os dois.

— Eles são sempre assim.

— Mas não foi só no jantar. — Dei por mim meditando em voz alta. — Ele não me ajudou em nada com os vídeos. Você tinha razão, ele estava se colocando no foco da situação. A Amelia não tinha nem comido depois do trabalho naquele dia. Foi falta de consideração e egocentrismo da parte dele enrolar daquele jeito. Além disso, a forma como ele deu no pé assim que Lucy mandou mensagem para ele, mesmo depois de ter prometido ajudar. Eu... — arfei e balancei a cabeça, me sentindo mais mal-humorada ainda por causa de Jeff.

— O quê?

Olhei para Byron. Ele parecia encantado, na beirada de sua cadeira, esperando para ouvir meus pensamentos, suas feições livres de julgamento.

Então respondi honestamente:

— Não gostei da forma como ele me tratou.

— Por quê?

— Como assim "por quê"? Mereço mais do que aquilo.

Suas feições, que costumavam ser severas, estavam visivelmente relaxadas, parecendo suavizar, um sussurro de um sorriso dançando em seus lábios.

— Sim, merece mesmo, Fred. Você merece muito mais do que aquilo. — Ele falava como se me aprovasse, à minha lógica e aos meus sentimentos.

Senti o prazer se espalhar pelo meu peito, parecendo abrir uma janela em uma manhã quente e ensolarada. Para neutralizar a sensação, não querendo entregar o quanto eu gostava de sua aprovação, zombei dele.

— O quê? Por que você está me olhando assim?

— Assim como?

Debatendo por um momento, decidi usar sua descrição de mais cedo.

— Como se estivesse com sono. E feliz.

Byron riu.

Pega completamente desprevenida, o ar ficou preso em meus pulmões e minha capacidade de formar um pensamento coerente foi mais uma vez suspensa. Sem querer, meu cérebro decidiu que eu precisava dedicar minha vida a encorajar Byron a rir. O som e a visão disso fizeram cada nervo e célula do meu corpo vibrar com algo que parecia radiante e absolutamente maravilhoso.

Dopamina. Você acabou de experimentar um grande golpe de dopamina. Este homem tem acesso direto aos seus neurotransmissores. Ele sequestrou seus sistemas vascular, endócrino e neurológico! ALERTA!

Levantando-me abruptamente — com a certeza de que era imperativo colocar um pouco de distância entre mim e a substância viciante do sorriso desinibido e da risada de Byron —, peguei meu prato e me virei para a cozinha.

— Espera. Winnie. Aonde você vai? — Ouvi a cadeira dele sendo arrastada no piso e apressei os passos.

Sem me virar, levantei o tom da minha voz.

— Ãh... eu lavo a louça. Eu deveria lavar a louça. Você fez o jantar.

— Já acabou?

Dando a volta na ilha da cozinha, procurei o lixo.

— Estou muito satisfeita. Não aguentaria nem mais uma garfada.

Abrindo os armários embaixo de sua pia, encontrei o lixo, mas hesitei antes de despejar o restante daquele jantar verdadeiramente delicioso. Droga. Odiava desperdiçar comida.

— O que foi? O saco está cheio? — Ele veio até o meu lado.

Fechei a porta do armário.

— Hum, não. Só estava pensando que é muita comida. Você tem um pote ou algo do tipo? Posso comer amanhã.

— Tenho sim — disse ele, mas não se mexeu para pegá-lo para mim.

Olhando para Byron, encontrei sua atenção focada na parede atrás de mim, seu dedo indicador pressionado contra o lábio inferior. Girei um pouco o corpo e segui sua linha de visão. Ele parecia estar olhando para o relógio do forno.

— Você tem... é melhor eu ir?

— Não — ele falou. A palavra saiu afiada e repentinamente de sua boca. Junto dela, veio o típico cenho franzido. — Quer dizer, não tem problema se você precisar ir. Mas já que está aqui, e estamos atrasados com os vídeos, talvez nós devêssemos gravar um agora.

— Ah. — Assenti, um pouco tonta enquanto escaneava mentalmente as trends que ainda precisávamos gravar. O próximo vídeo da lista iria precisar que eu deitasse a cabeça no colo dele.

No. COLO. Dele.

— A gente não precisa. — Byron enfiou as mãos nos bolsos, me olhando com cautela.

— Não, tudo bem. Já volto. Vai colocando um filme. — Me encolhendo de vergonha do quanto minha voz havia soado alta e estranha, dei a volta nele, passei pela despensa e voltei para a sala de jantar. Eu precisava buscar meu copo e quaisquer pratos restantes, mas também esperava que o movimento me permitisse superar os sentimentos compostos de desconforto e euforia que estavam pulsando dentro de mim.

Tá tudo bem. Estou bem. Fiz a lista. Nada na lista está fora da minha zona de conforto. Está bem. Vai ficar bem.

Inspirei, expirei, detectando apenas um traço de sua loção pós-barba pairando no ar enquanto eu andava lentamente ao redor da mesa procurando por migalhas caídas. Eu disse a mim mesma que não estava enrolando, mas estava. Eu precisava pensar antes de me filmar usando o colo de Byron como travesseiro. Precisava ter minha biologia sob controle. E tinha que me perguntar sobre a probabilidade de as coisas entre Byron e eu continuarem tão tensas.

Não é nada de mais...

Pelo menos, do meu ponto de vista, elas estavam tensas. Talvez eu fosse a única esquisitona ali, a única que estivesse com dificuldade.

Exceto que… *eu gosto de você, mas não necessariamente por escolha.*

Parei no aparador, pensando naqueles momentos no quarto de Byron semanas antes, e um pensamento me ocorreu. Talvez…

— Fred? Você está vindo?

Me virei ao som de sua voz e deixei escapar meus pensamentos antes que pudesse me impedir.

— Você topou fazer os vídeos comigo porque não quer gostar de mim?

CAPÍTULO 15

WINNIE

BYRON ME ENCAROU COM OS OLHOS ARREGALADOS E SEM SE MEXER.

— Como é?

— Faz sentido. Faz *muito* sentido, na verdade. Em algum momento, passar um tempo com alguém por quem você sente uma atração inconveniente tem que ficar mais fácil. Teoricamente, com a exposição repetida, os sentimentos involuntários acabarão desaparecendo.

Seu olhar ficou atento.

— É uma teoria. Por quê? Está pensando em aplicá-la ao Jeff e passar mais tempo com ele?

— O quê? Não! — Fiz uma careta. — Eu não gosto do *Jeff*. Mas me escuta. — Dei a volta na mesa, permitindo que minha linha de raciocínio prosseguisse. — Se, no momento, a presença da pessoa A (seus sorrisos, sua risada, seu rosto, suas mãos, seu cheiro e afins) causa uma corrente de dopamina no cérebro da pessoa B, e os feromônios da pessoa A têm um impacto radical no sistema olfativo da pessoa B, preciso acreditar que um aumento na exposição reduziria esses efeitos, você não acha?

Byron piscou, como se minhas palavras fossem ditas em uma língua estranha para ele. Ou ele pensava que eu tinha enlouquecido em algum lugar entre a cozinha e a sala de jantar.

Continuei, decidindo usar uma analogia.

— Como qualquer substância que atua nos neurorreceptores. Medicamentos de prescrição são um exemplo. Não precisaríamos de um consumo mais frequente e doses mais fortes para experimentar sempre a mesma resposta química? Portanto, teoricamente, apenas sair deve curar a pessoa A da resposta biológica de seu corpo à pessoa B.

Unindo minhas mãos, me senti mais e mais certa em relação ao meu plano compilado às pressas.

Lentamente, ele tirou as mãos do bolso e carregou seu olhar até mim, pensativo.

— Você acha que eu quero me *curar* de gostar de você?

— Se gostar de alguém é involuntário, a cura não seria então uma clemência? Eu acho que sim.

Eu me esquivei, não querendo revelar que essa teoria era mais sobre mim do que sobre ele. No entanto, ele levantou um bom ponto. Passar um tempo juntos nos ajudaria a nos livrar dessa atração indesejada.

Byron me deu uma única piscada atordoada, sua boca se abrindo — provavelmente para discutir —, então eu o interrompi.

— Deveríamos fazer o vídeo. — Passei por ele, de volta pela despensa e cozinha, para a sala de estar, juntando os objetivos e métodos específicos do meu experimento à medida que avançava. — Se isso vaï funcionar, daqui pra frente, devemos tentar controlar a taxa e o tempo de exposição, as atividades em que nos envolvemos, a frequência com que nos tocamos etc. Então, com o tempo, os efeitos da exposição diminuirão até desaparecerem completamente.

Sim. SIM! Isso vai funcionar. Tomem essa, respostas biológicas arraigadas!

Tirando meu celular do bolso do casaco, contemplei o arranjo de sua sala de estar. Byron já havia ligado a televisão e pausado o filme que tinha selecionado.

— Eu não acho que sua teoria seja válida.

Olhei por cima do ombro. Ele estava parado do lado de fora da porta, com as mãos ainda nos bolsos, suas feições livres da altivez que eu pensava que fazia parte do seu DNA. Ou talvez, agora que tínhamos passado algum tempo juntos, não parecesse mais altivez. Parecia só o Byron.

Bonito como Hades e duas vezes mais taciturno, pela primeira vez em nosso conhecimento, me dei a permissão para apenas admirar o quanto ele era absolutamente magnífico — da espessura de suas coxas ao preto lustroso como as penas de um corvo de seu cabelo, da leve ondulação de sua parte superior dos lábios até a beleza estonteante de seus olhos. Meu estômago deu uma vibração fraca, meu coração apertou em resposta, e — quer saber? — eu não tinha problema algum com isso.

Eu tinha um plano para afastar a guerra biológica de Byron da minha rotina, uma teoria de trabalho sólida. Em breve, nenhuma quantidade de sua sensualidade taciturna me afetaria.

A ciência é a maioral! E eu vou usá-la a meu favor, então a maioral serei eu!

— E por que você não acha que minha teoria seja válida? — Voltei para a sala de estar, meu peito todo dolorido com os efeitos da minha admiração descarada. Decidi colocar o celular logo abaixo da TV. Me certificando de que a tela ficaria de frente para o sofá para que eu pudesse confirmar que ambos estávamos no enquadramento durante a gravação, desbloqueei a tela do celular, abri o aplicativo da câmera e escolhi o modo de câmera frontal.

— Explique relacionamentos que duram cinquenta anos. Se a exposição repetida ou prolongada entre duas pessoas mitigasse os efeitos do amor, por que casais passariam meio século juntos?

— Minha defesa não é que o amor não dura. Minha teoria não diz respeito à permanência do amor. Na verdade, não tem nada a ver com amor. — Ajeitando o telefone até que eu estivesse feliz com o ângulo, andei para trás até o sofá e me sentei, inspecionando o enquadramento. Parecia bom.

— Estou falando sobre *gostar* de alguém. Ter uma quedinha. Pode perguntar para qualquer casal que esteja junto há um bom tempo. Todo mundo vai concordar que aquela emoção do começo, cheia de sentimentos involuntários, diminui depois de alguns meses. Ou, no pior dos casos, depois de alguns anos. Esses dados comprovam minha teoria. Agora vem pra cá. Acho que podemos começar.

Me levantei e andei a curta distância até o telefone, apertando o botão *Gravar* enquanto Byron entrava no quadro atrás de mim e se sentava, uma carranca escurecendo suas feições. Andando para trás novamente, me sentei ao lado dele quando minhas pernas encontraram o sofá, decidindo no último minuto que precisava sentar *bem* ao lado dele para que fôssemos enquadrados corretamente.

Verificando o alinhamento da câmera, dobrei minhas pernas embaixo de mim e inclinei meu corpo em direção ao dele. Por fim, enrolei o braço ao redor do seu e coloquei a mão sobre seu bíceps. E então eu respirei devagar, precisando de um segundo. Byron tinha um braço extremamente bem definido, e tocá-lo, estando tão perto dele, causou algumas ebulições nos meus órgãos internos.

Mas tudo ficaria bem. Uma hora ou outra. *Exposição repetida e controlada. Essa é a resposta.*

— Isso. Está bom assim. — Meus dedos deram um pequeno aperto e afago em seu braço, exigindo que eu pressionasse meus joelhos juntos. Foi um milagre quando minha voz soou quase normal: — Pode dar play quando quiser.

— É melhor eu... — Ele limpou a garganta. — Será que fica melhor se eu passar o braço em volta de você?

— O que parecer mais natural pra você. Qual filme vamos usar?

Byron não colocou o braço à minha volta. Ele pegou o controle da TV e deu play. O logo da Focus Features apareceu na tela imediatamente antes de a música que eu conhecia de cor e salteado soar nos alto-falantes.

— *Todo mundo quase morto!* — Talvez eu tivesse dado um gritinho ao me virar e olhar para Byron. — É um dos meus filmes favoritos.

— Eu sei. — Ele não olhou para mim, e seu perfil parecia impassível, mas havia um sorriso em sua voz.

Calculei rapidamente o quanto eu conseguiria dormir se ficasse até o filme acabar, meu estômago se embrulhando um pouco ao perceber que não seria suficiente. *Mas amanhã é sexta-feira e você pode dormir no sábado, então...*

— Tudo bem se eu ficar aqui? — sussurrei, meus olhos focados nas cenas de abertura.

— Claro.

— Quer dizer, depois de terminarmos o vídeo. Pra eu ver o filme todo.

— Eu imaginei. — Byron se mexeu, puxando o braço.

Com relutância, soltei, já lamentando a perda de sua proximidade e seus músculos sob minhas mãos. Mas então seu braço veio ao meu redor, e sua mão foi até meu braço, e ele guiou minha cabeça para seu ombro. Sua outra mão alcançou a minha, trazendo minha palma para seu peito onde ele a segurou, e todo o meu corpo pareceu ficar tenso, suspirar, se alegrar e congelar.

Isso é... tããããão boooom.

— Tudo bem assim? — sussurrou ele.

Não. Não estava tudo bem. Estava ótimo.

— Sim. — Eu me aconcheguei mais perto, encaixando o topo da minha cabeça sob seu queixo e inalando porque, por que não? Era como um sonho, e eu estava dicotomicamente confortável e desconfortável. As sensações conflitantes me deixaram um pouco zonza.

Assistimos ao filme. Rimos das mesmas partes. E eu sabia o que precisava fazer em seguida, mas não conseguia me mover. Eu sabia que não poderia continuar gravando, não tinha armazenamento ilimitado no meu celular e o vídeo já tinha sete minutos.

Você precisa, Winnie. Você precisa agir agora.

Mas aí tudo acabaria. A gente não teria mais motivo para ficar de chamego no sofá depois que a gravação terminasse.

VAI LOGO! Isso não é real. Nada disso é real, e quanto mais você se deixar viver essa fantasia, mais difícil vai ser voltar para a realidade depois.

Arfando silenciosamente e com pesar, me afastei um pouco de seu peito. Ele me soltou, sua cabeça balançando em minha direção enquanto eu me endireitava. Sem palavras, dei um pequeno sorriso e mexi a bunda no sofá. Então, apoiando uma mão em sua coxa verdadeiramente magnífica — não faça carinho, *NÃO FAÇA ISSO* —, eu gentilmente coloquei minha cabeça em seu colo, minhas mãos de pronto com ciúmes da minha bochecha.

— O que... — a voz dele soou rouca, e então ele limpou a garganta. E não concluiu sua frase.

Virei minha cabeça, olhando para ele de baixo.

— Tudo bem se eu ficar assim?

Ele me encarou, parecendo estar pensativo, fazendo um ótimo trabalho em fingir que seus pensamentos estavam a todo vapor.

Ele limpou a garganta mais uma vez.

— Deixa eu pegar uma almofada pra você.

Voltei minha atenção para o filme.

— Não quer que eu fique deitada no seu colo?

Ele já estava colocando as mãos por baixo da minha cabeça e gentilmente encaixando uma almofada.

— Assim você fica mais confortável.

Deixei que ele colocasse a almofada, mas protestei:

— Eu gosto do seu colo.

Já que estávamos filmando e eu duvidava que teria outra chance, coloquei a mão em sua coxa, logo acima do joelho, e dei um apertinho. *Isso sim é uma coxa de qualidade.*

— E meu colo gosta de você, e é por isso que é melhor você usar uma almofada.

Levou alguns segundos para que suas palavras fossem absorvidas — provavelmente porque eu continuava distraída com sua coxa —, mas quando a declaração permeou meu cérebro, minha boca se abriu e meus olhos se arregalaram. Virei a cabeça, olhando para ele. Não ajudando em nada, ele olhou para mim com um de seus sorrisos irônicos que não pareciam nem um pouco apologéticos.

Dei um tapinha em sua coxa e me sentei. Ele riu, tentando pegar minhas mãos, mas era tarde demais. Peguei a almofada de seu colo e dei uma pancada suave em seu rosto. Byron facilmente arrancou a almofada e prendeu meus punhos com seus longos dedos, me puxando para a frente e deixando nossos rostos a centímetros um do outro.

Por algum motivo, nós dois estávamos com a respiração pesada. Eu sorria, ele não.

— Com almofada, ou nada de colo — falou ele.

Levantei uma sobrancelha, virando um pouco a cabeça.

— Tive uma ideia.

Seus olhos se estreitaram, pesados de suspeita, mas ele soltou meus punhos quando eu os torci. Tirando minhas pernas de baixo de mim, coloquei meus pés no chão, e encarei a TV novamente. Senti seu olhar rastrear meus movimentos, e quando dei uma batidinha no meu próprio colo, olhei para ele.

— Vem, deita você aqui.

Ele se afastou míseros centímetros, claramente surpreso.

Também fiquei surpresa com a minha ousadia e espontaneidade. Mas, ao mesmo tempo, esse plano que eu tinha inventado de exposição repetida a Byron me deu coragem em sua companhia, quando antes eu sentia apenas o instinto de evitar e escapar.

Eu precisava confrontar esses sentimentos para que eles perdessem a força, diminuíssem e desaparecessem. Se eu continuasse evitando eles e ele, eles nunca diminuiriam ou iriam embora. Essa era a teoria, eu tinha certeza de minha hipótese e estava empenhada em levar o experimento adiante.

— Vem cá, deita a cabeça aqui. — Dei mais uns tapinhas no meu colo e completei, em um sussurro: — Vai ser um bom jeito de terminar o vídeo, uma boa reviravolta.

Compreensão e algo mais se solidificaram em seus olhos. Ele ergueu o queixo.

Então, Byron Visser, que evitava os humanos, afastou a bunda, apoiou a mão na minha coxa e colocou a cabeça no meu colo. Eu sorri, decidindo impulsivamente passar meus dedos por seu lindo cabelo. Ele enrijeceu, mas um momento depois ele suspirou, e eu senti a tensão deixar seu pescoço enquanto eu brincava com as mechas compridas.

— Eu amo seu cabelo — falei sem pensar. Mas amava mesmo o cabelo dele, então...

Ele colocou a mão sobre meu joelho, imitando o gesto que eu tinha feito antes.

— Pode ficar com ele.

Dei uma risadinha, me sentindo... estranhamente feliz. Contente. *Que estranho.*

Ficamos assim por pelo menos um minuto inteiro, e tenho certeza de que sorri durante o tempo todo, me sentindo relaxar no sofá e no momento, apreciando a sensação de sua cabeça descansando em meu colo e os fios sedosos de seu cabelo sendo penteados entre meus dedos.

Em vez de assistir ao meu filme favorito, notei minha mente vagando para a nossa noite juntos e o quanto eu tinha gostado de ouvi-lo falar, como me sentia grata por sua ajuda, como me sentia em conflito depois de quase beijá-lo e me perguntar se teria sido a pior coisa do mundo se eu o tivesse beijado.

Ele tinha sido muito atencioso fazendo o jantar para nós dois. Tão gentil. Eu tinha mesmo agradecido? Ou eu tinha sido introspectiva demais para retribuir sua gentileza com educação básica?

Eita. Talvez eu só precisasse relaxar com ele. Eu era profissional em relaxar com todo mundo, por que não podia relaxar e viver o momento com Byron? Por que eu permitia que os equívocos do passado continuassem...

Byron se sentou abruptamente, se levantou do sofá, foi até o meu celular e o pegou. Olhei para ele em silêncio e estava na ponta da minha língua perguntar o que havia de errado.

Mas então ele se virou e me jogou o celular, passando por mim.

— Aqui. Deve ser o suficiente. Pode ficar o tempo que quiser. Deixei sua comida na bancada. Vejo você na semana que vem.

Suas feições tão desapaixonadas quanto seu tom, eu acompanhei sua partida até ele desaparecer pela porta do salão, meu rosto inundado com o calor da vergonha, minha boca aberta em surpresa.

Embora eu não devesse ter ficado surpresa.

Mais uma vez, eu tinha me esquecido de que estávamos filmando.

E mais uma vez, obviamente, ele não tinha.

CAPÍTULO 16

WINNIE

NÃO FALEI COM BYRON NA SEXTA. LIGUEI PARA ELE DUAS VEZES, MAS ELE NÃO atendeu. Deixei uma mensagem de voz na primeira vez, mas não na segunda, com medo de ter feito algo de errado. Talvez ele não quisesse falar comigo.

Ele era... confuso. Eu não conseguia entendê-lo ou prever seu comportamento de um momento para o outro. Parecia que toda vez que eu me permitia abrir a porta para a possibilidade de uma amizade real — ou algo mais do que amizade —, ele a fechava.

Eu precisava de ajuda, precisava conversar sobre minha confusão com alguém em quem pudesse confiar, alguém com muito mais experiência em namoro do que eu, mas minha conselheira de sempre estava fora de cogitação. Amelia adivinharia com facilidade que o cara que eu queria discutir era Byron assim que eu descrevesse suas tendências taciturnas.

Serena, no entanto, não sacaria tão facilmente. Ela não conhecia Byron, exceto de passagem. Ela tivera pelo menos três relacionamentos sérios e namorado muito na faculdade até nosso pacto durante o último ano. E, por sorte, eu havia me oferecido para ajudá-la com seu estande no mercado nas manhãs de sábado durante a última semana de maio e as duas primeiras semanas de junho. Eba!

A banca estava bombando sem um minuto de descanso. Esgotamos o Hortelã Apaixonado no meio da manhã e quase todo o resto acabou antes das quatro da tarde, quando fizemos as malas e transportamos a mercadoria restante de volta para o apartamento dela em Belltown.

Foi só quando estávamos na cozinha dela, prestes a tomar sua famosa sopa de galinha caseira sem glúten, que eu finalmente criei coragem suficiente para abordar o assunto.

— Ei, eu queria conversar sobre uma coisa com você. — Falei às costas dela enquanto ela esquentava a sopa, mexendo com uma colher de pau. Esperei até que ela olhasse para mim antes de acrescentar: — Preciso do seu conselho.

Parecendo surpresa — satisfeita, mas surpresa —, ela colocou a colher ao lado do fogão e se virou completamente para mim.

— Ok, o que foi?

— Então... — Cocei o queixo. — Tem um cara de quem eu... gosto. — Eu não tinha certeza se era a palavra correta, mas me faltava a palavra ou frase certa para descrever sucintamente o que eu sentia por Byron. Ou talvez a palavra existisse e eu simplesmente não a conhecesse.

Serena arregalou os olhos.

— Sério?

— Por que você está tão chocada assim?

— Não, não é isso. É só que você nunca gosta de ninguém.

— Eu já gostei de pessoas. — Não consegui deixar de ficar um pouco na defensiva.

— O que eu quero dizer é que você não costuma falar sobre isso. — Ela acenou com a mão entre nós, então se inclinou para pegar duas tigelas debaixo do balcão. — Mas me ignora. Esquece tudo que eu falei. O que posso fazer pra ajudar? Vamos planejar um ataque ou coisa do tipo? Uma sedução?

— Não, não é assim. Eu não sei bem se deveria gostar dele.

Ela congelou, não tendo se endireitado bem do armário, visivelmente perplexa.

— Ok...

— Eu tive uma ideia para parar de gostar dele, mas preciso falar com alguém sobre isso para garantir que meus métodos façam sentido.

A cara de Serena indicava que ela queria fazer milhares de perguntas, mas acabou decidindo por:

— E qual é a sua ideia?

Me aconchegando no banquinho elevado, contei a Serena uma versão abreviada da minha teoria sobre exposições repetidas controladas ao longo do tempo para reduzir a resposta biológica, dizendo que minha esperança era que eventualmente meu corpo parasse de reagir a Byron como se ele fosse sustento e abrigo e tudo o que fosse necessário para sobreviver. Eu o chamei de "Jake" e disse que trabalhávamos juntos para que ela não suspeitasse de sua verdadeira identidade.

Ela franzia a testa em intervalos enquanto ouvia, colocando colheres e guardanapos na bancada onde comíamos. Ela também torceu o nariz uma ou duas vezes e serviu para nós duas porções de sopa, deixando-me explicar tudo antes de fazer sua segunda pergunta:

— Então ele é casado?

— O quê? Não. Ele não é casado.

Peguei minha colher e mexi o caldo fumegante, apreciando a explosão de calor que envolvia minhas bochechas frias. Podia ser um fim de semana de maio, mas a temperatura máxima do dia tinha sido de oito graus. Clima incomum para tão tarde na primavera, mas não inédito.

— Mas ele está namorando?

— Não, ele está solteiro. — Assoprei uma colherada de caldo. — Até onde eu sei, ele não está com ninguém.

— Então me permita perguntar: por que você quer parar de gostar dele?

Lutei para achar uma resposta e decidi que a verdade era a melhor escolha.

— Eu não deveria gostar dele porque nada nunca vai acontecer entre nós dois, e eu não gosto de como me sinto quando estamos juntos. E não consigo parar de pensar nele.

— Você não gosta de como se sente quando estão juntos? E como é?

— Com calor. E inquieta. Desconfortável, meio zonza. Às vezes minha visão escurece, eu só vejo ele e o resto fica fora de foco. Ele me distrai, me deixa nervosa. Dá a sensação de...

— Do quê? — Serena sorriu para mim, o cotovelo em cima do balcão e a mão debaixo do queixo, ao que parecia, totalmente absorta na minha descrição.

— De sentir vergonha o tempo todo.

Ela arfou, encantada.

— Eu amo essa sensação.

— Ama, é? Não tem sido lá a melhor coisa do mundo para mim.

— E você tem certeza de que ele não sente nada por você? — A esperança ficou clara na voz dela.

— Eu...

— Você se subestima. — Ela tomou um gole da sopa, depois outro. — Ele pode corresponder seus sentimentos se você der uma chance a ele.

Soltei minha colher e cobri o rosto com as duas mãos.

— Na verdade, ele disse que gosta de mim.

— O quê?

Esfregando a testa, sorri.

— Mas ele não quer gostar de mim e disse que não é nada de mais e que ele não quer nem precisa de nada de mim.

Serena pareceu surpreendida.

— Espera aí, ele disse *o quê?*

Revirando os olhos, dei a ela um relato abreviado da minha conversa com Byron semanas antes, enquanto comíamos. Ela ouviu pacientemente, sua expressão ficando cada vez mais horrorizada.

— Deixa eu ver se eu entendi. — Ela limpou as mãos com um guardanapo. — Ele diz que gosta de você, depois diz que não é nada de mais. Mas aí você tenta dar uma saída pra ele falando que então ele só gosta um pouco de você, e ele te corrige dizendo que não, ele gosta *muito* de você, mas não quer nem precisa de nada vindo de você. *E depois* — ela levantou um dedo no ar, cheia de indignação e nojo —, quando você pergunta se ele está tirando uma com a sua cara, ele tem a audácia de dizer que gosta de você contra a própria vontade. É isso mesmo?

— Basicamente é isso.

Ela fez um som de escárnio, se voltando para sua tigela e enfiando a sopa em sua boca, claramente irritada.

— Não me surpreende você não querer gostar dele. Ele é um otário.

— Não, não é. — Esfreguei o centro do meu peito onde uma dor tinha se instalado por razões desconhecidas. — Antes eu pensava mesmo que ele era otário, mas quanto mais tempo a gente passa junto e quanto mais eu o conheço, menos ele parece ser um babaca. — *Exceto quando ele vai embora abruptamente e quando você o confronta em relação a isso, ou ele diz para não ver coisa onde não tem, ou não atende o celular. Só nesses momentos.*

Ela balançou a cabeça.

— Ok, bom, vamos ter que concordar em discordar.

— Tipo na quinta, ele me convidou para jantar na casa dele e…

— Ele te convidou para jantar? Tipo um encontro?

— Não, não foi assim. A gente precisava fazer uma coisa do trabalho juntos. Enfim, ele me convidou para jantar na casa dele. O colega de quarto dele deu uma passada lá com a namorada e eu, educadamente, sugeri que eles se juntassem a nós. Mas aí o Jake disse que não tinha comida o bastante para nós quatro. E nem foi só isso, ele foi grosseiro de verdade. E então o colega de quarto e a namorada foram embora.

— Tá…

— Mas pasme: tinha, sim, comida o bastante para todo mundo. Eu não sabia na hora, e só percebi quando voltei para casa e abri a marmitinha que ele preparou para mim. Ele tinha grelhado *cinco* filés de carne e me mandou todas as sobras.

— Humm…

Fiquei chocada quando abri as sacolas, chegando em casa, e encontrei mais três bifes, o restante dos cogumelos e três batatas cozidas, além do que tinha sobrado no meu prato.

Ela esfregou o queixo.

— A carne tá cara.

— Eu sei! — A comida duraria a maior parte de uma semana. Eu tive que colocar a maioria dos meus mantimentos perecíveis no freezer ou cozinhá-los e congelá-los como refeições inteiras.

— Claramente ele não queria dividir sua companhia com o colega de quarto e a namorada dele.

Não contradisse sua suposição nem sugeri um raciocínio alternativo: o de que Byron era antissocial e talvez simplesmente não quisesse estar perto de mais pessoas. Eu não queria oferecer nenhuma informação que pudesse fazer Serena suspeitar que Jake era, na verdade, Byron.

— Foi mal. — De repente, ela fez cara de quem diria algo que eu não ia gostar de ouvir. — Eu não acho que seu plano vá funcionar. O tiro vai sair pela culatra.

— Como assim?

10 *TRENDS* PARA SEDUZIR SEU MELHOR AMIGO

— Bem, se você se sente apenas fisicamente atraída por alguém e então começa a passar tempo com a pessoa, e ela é superficial ou vocês não são compatíveis, ou não têm química, então seu plano funcionaria. A exposição curaria você de sua atração se não houvesse química ou nada de que gostar na pessoa. Os sentimentos simplesmente desapareceriam, porque uma vez que você conhece alguém, seus sentimentos de atração diminuem e morrem, ou aumentam.

— Mas tem, sim, química. Tem muita química, e isso é o que eu estou tentando consertar.

— E é por isso que seu plano não vai funcionar. Se você se sente atraída por alguém, tipo *superatraída*, e então começa a passar tempo com a pessoa, passa a conhecê-la melhor e descobre que nada sobre essa pessoa é repulsivo ou broxante, então os sentimentos vão crescer e crescer. Só fica cada vez pior.

— Mas em algum ponto os sentimentos têm que diminuir.

— Não. Não, não, não. As pessoas não são drogas: são muito mais viciantes e perigosas. Você não precisa de mais e mais exposição para conseguir os mesmos sentimentos de euforia. Mesmo pequenas doses vão dar conta do recado. Basta pensar nele. Mas eu tenho outra pergunta: se você afirma que ele não é um idiota, por que Jake disse que gostava de você se ele não queria nem precisava de nada de você? Isso, pra mim, parece coisa de gente babaca.

Torcendo os dedos, tentei pensar em como poderia explicar sem revelar que Jake era Byron.

— É uma longa história, mas ele teve bons motivos. Faz sentido, em contexto.

— Se você diz…

— É sério.

— Então estou confusa. Se ele gosta de você e você gosta dele, por que vocês não tentam ter alguma coisa? Isso sim faria sentido. Se ele não é um otário e seus sentimentos são recíprocos, por que você não chama ele pra sair?

Meu coração acelerou.

— Você acha que eu deveria?

Serena mordiscou o lábio inferior e seu olhar perdeu o foco.

— Não sei. Você diz que a confissão dele sobre gostar de você faz sentido em contexto, mas então por que ele falou aquelas outras merdas? Não sei se você deveria dizer a ele como se sente quando ele afirma que gostar de você não é grande coisa. — Ela piscou, aguçando o olhar novamente. — Você…

— Minha amiga respirou fundo enquanto me estudava, a sopa esquecida. — Você não é muito experiente, e isso não é de jeito nenhum uma crítica. Você sempre pareceu ter o coração um pouco mais mole do que o resto de nós. — Ela estremeceu com as próprias palavras. — Você entende o que eu quero dizer? Ou eu estou piorando a situação?

— Entendi o que você quis dizer. — Dei-lhe um sorriso reconfortante. Serena sabia que eu nunca tinha dormido com ninguém. — Mas não é de propósito. Não é como se eu tivesse escolhido esperar até o casamento, ou a pessoa com quem vou passar o resto da vida. É só que eu não quero transar só por transar.

— Eu entendo, de verdade. Também me sinto assim. Só que, ao mesmo tempo, você diz que já gostou de outras pessoas antes dele, mas guardou isso para si mesma. Então, estou achando que você gosta *mesmo* desse cara.

— Mesmo não tendo falado sobre isso antes, eu já gostei *muito* de outras pessoas, e obviamente já senti atração antes. Mas quando eu pensava naquelas pessoas, eu sentia um calorzinho de admiração e gratidão por quem elas eram. Dessa vez é diferente.

— Diferente como?

— Com o By... Jake, é como se a atração física viesse primeiro e mascarasse todo o resto. Eu nunca senti esse tipo de resposta visceral e incontrolável.

— Humm.

— Será que eu devo chamar ele pra sair? Ou...

— Faz quanto tempo que você conhece ele?

— Alguns anos. — Já tinha uns anos que eu dava aula na mesma escola, então essa mentira parecia plausível.

— Quantas vezes ele já namorou? Tipo, faz pouco tempo que ele está solteiro?

Pensei sobre a pergunta e percebi que nunca tinha visto Byron namorar ninguém, mas havia muitos rumores na internet e em revistas sobre ele namorando atrizes e supermodelos depois que seu primeiro livro tinha chegado a todas as listas de best-sellers.

— Já tiveram boatos de ele estar namorando, mas nada concreto. Eu nunca o vi em um encontro, ou com uma namorada, nem nada assim, e ele não tem fotos de ninguém, tipo ex-namoradas, na casa dele.

— Mas já que vocês trabalham juntos, vocês são obrigados a interagir. Não dá pra evitar vê-lo?

Meu estômago se contorceu.

— Você acha que seria melhor se eu o evitasse?

— Desculpa, Win. Eu não sei mesmo. — Serena coçou o pescoço. — Tem alguma chance de ele pensar que você tem namorado? E que é por isso que ele não quer gostar de você?

— Não.

— Talvez ele só pense que você não está interessada em ter alguma coisa com alguém, no geral?

— Não acho que seja isso.

Ela pareceu desarmada de argumentos.

— Se for esse o caso, você diz que ele não é otário, mas ele diz umas coisas bem babacas. Ele te chama pra jantar e bota o colega de quarto pra correr, então obviamente quer passar um tempo a sós com você, mas ainda assim não é um encontro? E ele não te chama para sair?

— Não, ele nunca me chamou para sair.

— Ele ao menos deu a entender que queria?

— Nadica.

Serena fez um som resmungão, agarrando minhas mãos e segurando-as nas dela.

— Se ele for corajoso o suficiente para dizer que gosta de você, então alguém pensaria que ele seria corajoso o suficiente para te chamar para sair. Eu acho que... — ela balançou a cabeça um pouco — ... se você fosse outra pessoa, e se não tivesse que vê-lo no trabalho, eu diria para você encostá-lo na parede e pedir pra ele explicar as mensagens confusas que anda te passando. Mas eu sinto que talvez ele esteja fazendo jogos mentais com você. E você sendo você, e dada a sua história, não tem muita experiência com esse tipo de cara.

— Você quer dizer que eu sou ingênua.

— Não. — Ela apertou minhas mãos. — Não. Não foi o que eu quis dizer. Só estou falando que um tipo de atração intensa pode cegar. Caras legais não dizem coisas do tipo "Eu gosto de você, mas não necessariamente por escolha". Nem dizem que gostar de você não é nada de mais. Gostar de você *não é* qualquer coisa, porque *você* não é qualquer coisa.

Por algum motivo, senti um aperto na garganta.

— Queria só ter dormido com alguém na faculdade.

— Não diga isso. Você tem que fazer o que é certo para você. Todo mundo tem memórias felizes e arrependimentos, sua experiência não é nem mais nem menos válida do que a de mais ninguém.

— Mas pelo menos eu teria *um pouco* de experiência. Desse jeito eu só me sinto perdida. E burra. E ingênua.

Serena apertou minhas mãos mais uma vez, fazendo um som de *tsc-tsc-tsc* com a boca antes de pegar meus ombros, me tirar de cima do banquinho e me abraçar.

— Sinto muito.

— Pelo quê? — Abracei-a de volta, engolindo em seco a emoção que crescia em meu peito e refletindo sobre nossa conversa.

— Eu queria que sua primeira experiência com esse tipo de atração extrema tivesse sido com alguém digno, não com um pamonha que claramente está brincando com você.

Fechando meus olhos com força, eu balancei a cabeça, mas não disse nada. Não achei que Byron estivesse brincando comigo, pelo menos não de propósito.

A mão de Serena se moveu para cima e para baixo nas minhas costas em um movimento suave.

— Quero só dizer mais uma coisa, um tipo de aviso.

— Tá bom...

— Não dá pra controlar o que você sente por alguém. Se você se sente atraída por ele, não tem o que fazer. Mas você pode controlar suas ações, o que você faz com seus sentimentos e se você vai reagir a eles ou não. — Me soltando, Serena esperou até que eu abrisse os olhos para continuar. — Se permita sentir o que você sente sem se culpar por isso. E daí que você curte ele? Grande coisa. Não precisa fazer nada. Eu sei que vocês trabalham juntos, mas você pode decidir interagir com ele o mínimo possível.

Eu balancei a cabeça mesmo quando cada célula do meu corpo rejeitava sua sugestão. Eu não queria ignorar Byron, não mais. Estar perto dele era confuso e muitas vezes desconfortável, mas também era incrivelmente bom de maneiras indescritíveis. *Ele é viciante.*

Eu não pude evitar a pequena explosão de uma risada que borbulhou para fora de mim com o pensamento. Se meu eu do passado pudesse me ver naquele momento, nunca teria acreditado que existia uma realidade em que eu realmente gostaria da companhia de Byron Visser.

Vendo minha risada, um sorriso suave reivindicou as feições de Serena.

— Você já pensou em sair com outra pessoa?

— Hum... — Endireitei a postura ouvindo a sugestão dela, ficando sem palavras por um momento.

— Talvez ajude. Tente se inscrever em um aplicativo de relacionamento. Você tinha Tinder na faculdade. Reativa sua conta. Vou ajudar você a filtrar os idiotas e te mostrar o que você tem que procurar. Mesmo que não conheça alguém, mesmo que seja apenas por alguns meses, mesmo que você entre no piloto automático e saia para alguns encontros e todos sejam fracassados, concentrar esse tipo de energia em outras pessoas que tenham potencial real para algo mais pode tornar menos difícil estar perto de Jake no trabalho.

— Eu não tinha pensado nisso. — Antes daquele momento, naquele minuto, eu não teria aceitado a sugestão. Eu dissera a verdade a Amelia algumas semanas atrás, quando falei que não sentia uma necessidade latente de estar em um relacionamento. Essa ainda era a verdade.

Mas o ponto de vista de Serena era bom, e eu experimentei em primeira mão como concentrar toda a minha energia romântica em apenas uma pessoa não era saudável. Eu tinha feito isso com Jeff. Eu tinha parado de ir a encontros, me permitindo me contentar com uma paixão não correspondida.

Talvez se eu continuasse conhecendo gente nova, eu não teria ficado presa gostando de Jeff por tanto tempo.

— Só... — Um vinco se formou na testa de Serena, e me pareceu um sinal de preocupação. — Tenha cuidado com esse cara.

— Cuidado?

— Caras que fazem esses joguinhos mentais adoram essa brincadeira de cão e gato. Ele pode te deixar em paz quando você parar de interagir, ou ele pode redobrar os esforços para deixar sua vida desconfortável.

— Não. — Nem por um segundo eu pensava que Byron faria algo maligno. — Ele não faria nada... ele não é assim.

— Que bom. Que bom mesmo. Espero de verdade que você esteja certa. — Ela cruzou os braços. — Mas você também deve ter cuidado ao passar um tempo com ele, enquanto o conhece melhor. Seja amigável, mas não amigável demais. E fique em alerta.

— Em alerta? Para o quê?

— Para não acabar se apaixonando por ele acidentalmente. — Sua expressão ficou sombria e séria, como se ela estivesse se lembrando de uma memória desagradável. — Se acontecer, você está ferrada.

— Winnie! Você tá aqui?

— Oi, estou na cozinha! A janta está quase pronta. — A salada estava quase pronta, o espaguete de abóbora estava cozido e dois potes do meu molho de tomate caseiro haviam sido descongelados e reaquecidos.

— Que cheiro delicioso! — Amelia agarrou meus ombros por trás de mim e deu um beijo na minha bochecha. — Vou terminar de arrumar a mesa. Quer vinho? Tem vinho.

Dei uma olhada no relógio. Era quinta-feira, mas só seis e quinze da noite.

— Vou tomar uma taça.

— Ai, perfeito. Estava na promoção, e faz um tempinho que eu quero experimentar. Deixa eu abrir a garrafa. Como foi seu dia?

— Foi bom. — Joguei os tomates que eu tinha acabado de fatiar na cumbuca de salada. — Estou um pouco preocupada com a arrecadação de fundos para a feira de ciências do ano que vem, mas os alunos do terceiro período finalmente estão começando a entender o conceito de forças constantes.

— Você está ensinando forças constantes a alunos do oitavo ano?

— Eles têm capacidade de entender. E é uma coisa importante de aprender.

— Eu acho que você está esperando demais de adolescentes de treze anos. E se eles não se derem bem?

— Me recuso a aceitar isso. — Escolhendo o pepino mais maduro, cortei as duas pontas. — Nosso mundo não pode se dar ao luxo de ter pessoas que "não se dão bem" em ciência ou em matemática.

Ela riu, batendo o ombro no meu ao passar.

— Você entendeu o que eu quis dizer.

Trocamos um sorriso enquanto eu guardava meus pensamentos para mim mesma.

Eu tinha entendido o que ela queria dizer, só que, como professora, eu sentia que as pessoas não esperavam *o suficiente* de pessoas de treze anos — ou de vinte, trinta ou sessenta — quando se tratava de entender conceitos científicos. Meu tio costumava dizer a seus filhos que eles simplesmente eram ruins nisso e isso me deixava doida. Como poderíamos esperar que os indivíduos aceitassem as leis fundamentais da ciência e não considerassem os ímãs como mágicos ou os padrões climáticos como vodu inexplicável se não forçássemos um pouco a barra na sala de aula, quando crianças?

Não existia isso de pessoas mais novas (ou mais velhas) serem ruins em ciência. A ciência sempre fazia sentido, essa era a beleza dela. Era verdade que podia ser explicada ou ensinada de uma maneira que dificultava a compreensão dos mais novos, mas isso não era culpa da ciência. Também não era culpa das crianças e dos adolescentes. Por causa disso, eu tinha um pôster acima do meu quadro na escola que dizia: Todos que aqui adentram são cientistas.

Tinha outro que dizia "A curiosidade pode ou não ter matado o gato de Schrödinger", e fazia todo mundo rir toda vez.

— Então, eu vi o Byron hoje.

Meu coração deu um espasmo e quase cortei meu polegar em vez do pepino, mas consegui falar com voz perfeitamente normal quando disse:

— Ah. Viu, é?

— Aham. Perguntei como estavam indo os vídeos.

Prendi a respiração por razões desconhecidas e contemplei o pepino na minha tábua de cortar. *Não vou perguntar o que ele disse. Não vou perguntar o que ele disse. Não vou perguntar...*

— O que ele disse?

... Você é fraca, Win.

— Ele falou que estava indo tudo bem, o que em Byronês significa excepcionalmente excelente. Comentei com ele que você passou dos cem mil seguidores na terça-feira e ele pareceu contente. — A rolha do vinho deu um estouro abafado quando ela a tirou da garrafa. — Ah, e sobre isso, já não está na hora de vocês gravarem mais um? Já faz uma semana desde o último, né?

Com cuidado para tirar os dedos do caminho da faca, cortei o pepino. Devagar.

— Acho que ele está bravo comigo.

O som de Amelia colocando o vinho nas taças parou de repente.

— O quê? Não. Por quê?

Coloquei o pepino na salada e sequei as mãos no avental em volta do meu quadril.

— Ele não atende minhas ligações.

— Ah. Não. Não é isso não. — Ela pareceu aliviada. — Ele não está bravo com você, o celular dele quebrou.

— O celular dele quebrou?

Ô, desgraça.

Eu tinha passado a semana toda achando que ele estava me ignorando e agora não sabia o que sentir.

— Quebrou.

Amelia rodopiou para fora da cozinha com nosso vinho e saltou até a mesa. Às vezes ela fazia isso, dançava pelo apartamento como se fosse um salão de baile.

— Ele disse que deixou cair na escada semana passada e quebrou. Saí do trabalho mais cedo hoje para comprar um novo para ele, mas o plano ainda não está configurado com o número antigo. Eu tenho o número temporário dele, se você quiser.

Analisei minha amiga.

— Por que *você* comprou um celular novo para ele?

— A agente dele me mandou dois mil dólares e me pediu para comprar.

— O quê?

— É. Era um celular dobrável superbarato. Ele quebrou muitos desses porque, tipo, basta você olhar torto para ele que ele quebra. Acho que Byron estava enrolando dessa vez e sugeriu que transferisse o número para o Google Voice para se livrar do celular.

— Ele é tão…

— Teimoso?

— Difícil — falei antes que pudesse conter o pensamento não finalizado, e imediatamente me arrependi. — Desculpa. Eu…

— Não, não. Tudo bem. Eu entendo por que as pessoas pensam isso. Byron não se esforça muito para facilitar a vida das outras pessoas, especialmente quando essas pessoas trabalham para ele e ganham dinheiro com ele. Ele definitivamente não é o que alguém chamaria de acomodado, mas também não espera que outras pessoas o acomodem. — Amelia pareceu considerar o assunto por mais um momento enquanto colocava guardanapos ao lado de nossos pratos. — Ele provavelmente argumentaria que não está sendo difícil, ele está sendo consistente com seus limites pessoais definidos em um mundo onde os limites pessoais são com frequência desconsiderados, o que, pelo que eu já o ouvi dizer, incentiva o egoísmo e a preguiça.

— Ele ter um celular que pode ser atendido consistentemente significa que ele estaria encorajando outras pessoas a serem preguiçosas? — Levei nossa salada até a mesa.

Amelia riu.

— Aposto que ele diria que sim.

— Eu chamaria isso de consideração — resmunguei, não tendo certeza se estava mal-humorada por Byron não estar ignorando minhas ligações enquanto eu havia passado a semana toda esquentando a cabeça com isso ou porque ele poderia facilmente ter resolvido seu problema de celular instável comprando um smartphone de alta qualidade e colocando uma capinha nele.

— Mas enfim. — Ela passou por mim enquanto eu misturava a salada e fervia em meus pensamentos. Eu poderia dizer que ela queria abandonar o assunto.

Quando ela voltou com a tigela de espaguete de abóbora, o fogo do meu ressentimento tinha aumentado com mais combustível de argumentos.

— Você diz que ele não espera que outras pessoas o acomodem, mas você acabou de passar a tarde comprando um celular novo para ele.

— Não foi ele que pediu, foi a agente. E eu ganhei mil dólares dela pelo meu inconveniente. Então não me importei.

— Mas ele foi o único que saiu ganhando.

— Hum, não. Toda a equipe dele sai ganhando se ele tem um celular funcional, porque isso o torna mais acessível. — Amelia debochou. — Byron ficou tão puto quando eu apareci com um celular novo. Ele me chamou de cúmplice do complô.

— Ingrato.

— Discordo — disse ela, bruscamente, colocando a mão nas costas de sua cadeira e me fitando com um olhar penetrante. — Que bicho te mordeu? Você está chateada com ele por alguma coisa?

Uma enxurrada de pensamentos, emoções e perguntas entupiu minha garganta. Eu não tinha o e-mail dele, mas ele poderia ter pedido o meu para Amelia já que seu celular não estava funcionando. Ele poderia ter me avisado! Fazia uma semana. Eu tinha deixado mensagens para ele, várias, e ele podia facilmente ter checado o correio de voz sem um celular funcionando.

Ele estava propositalmente fazendo jogos mentais comigo como Serena havia sugerido no sábado? Quanto mais eu pensava sobre isso, mais provável parecia. Ele ficava quente, depois frio, depois congelando, depois morno, depois congelando novamente. *E a carne! Qual é o problema com aquela quantidade absurda de filés?*

Enquanto eu lutava, Amelia cruzou os braços e franziu a testa, me inspecionando de perto.

— Ele está fazendo os vídeos com você, não está? E ele está fazendo um ótimo trabalho. A trend dos melhores amigos foi um sucesso, assim como o mais recente que você postou na segunda-feira, em que ele colocava a cabeça no seu colo. Sua contagem de seguidores passou de cem mil no início desta semana e, pelo que posso ver, a ajuda dele é o motivo. Então, qual é o problema, Win? O que você quer dele?

Meu coração teve um espasmo novamente.

O que você quer dele? Esse era o problema. Foi por isso que eu estava toda esquisita e confusa. Eu queria algo de Byron.

— Tem razão — cedi, me sentindo culpada, ingrata e tola. — Você está certa. Ele está mesmo me ajudando. Eu deveria ser grata pela ajuda dele em vez de tentar extrair uma análise psicológica das ações dele e julgá-lo.

— É. Você deveria ser grata. Ele está quebrando um galho enorme pra você.

— E eu não deveria querer nada dele; ele não me deve nada. — Expirei. Esse era o ponto crucial.

Ele não estava fazendo jogos mentais comigo. Eu estava fazendo jogos mentais comigo mesma. *Por que estou me torturando?* Se ele gostasse de mim o suficiente para me convidar para sair, ele já teria feito isso. E, apesar da minha biologia — e do meu coração, se eu fosse honesta comigo mesma —, esse era o fim da nossa história, e eu precisava seguir em frente.

Amelia exalou ruidosamente, me tirando dos meus reflexos. Suas feições suavizaram.

— Olha, eu não quis ser grosseira, mas eu o conheço há tempos, e ele é importante para mim. Eu gosto de protegê-lo. Entendo que o fato de ele ser — ela mexeu as mãos no ar, como eu procurando a palavra certa — *inflexível* em relação a determinadas coisas pode pegar mal para algumas pessoas, entendo mesmo. Mas eu conheço os motivos por ele ser do jeito que é, e são válidos, ok?

Assenti, sentindo como se eu tivesse levado uma bronca colossal.

— Tudo bem. Desculpa.

— Não precisa se desculpar, está tudo bem. Eu sei que a sinceridade dele pode beirar a agressividade às vezes e que ele pode ser honesto demais até quando não há necessidade. Se ele for honesto ou sincero demais, fala comigo que eu converso com ele.

— Não. — Rejeitei a oferta dela com um aceno. — Não é nada disso. Ele tem sido ótimo. — Só rude, mas não acho que ele seria maldoso de propósito. Ele não queria nada de mim, e simplesmente não passou pela cabeça dele me avisar que estava sem celular. Eu ia superar.

Sua expressão me dizia que ela não acreditava cem por cento na minha tentativa de tranquilizá-la; mas, depois de me olhar por um bom tempo, ela desviou o olhar e encarou a mesa.

— Vou pegar o molho e aí a gente come?

Amelia passou por mim para ir até a cozinha de novo e eu me repreendi enquanto servia uma porção de salada para nós duas.

Mas então, abruptamente exasperada com meu hábito de me preocupar, me desculpar e me castigar, decidi que era hora de parar de me sabotar com boas intenções e dar uma de Byron. O que eu precisava era de limites.

Eu não ia querer nada de Byron; não ia esperar nada além do que já havíamos combinado com os vídeos; e, como ele tinha dito, seus sentimentos não eram problema meu.

Assim como meus sentimentos também não eram problema dele.

CAPÍTULO 17

WINNIE

No meio da manhã de domingo, munida do número de telefone temporário de Byron, e depois de muito digitar e deletar, mandei uma mensagem que certamente respeitaria os limites dele e os meus.

> **Winnie:** Aqui é a Winnie. A Amelia me passou seu número novo, espero que não se importe. Você tem tempo para gravarmos um vídeo hoje? Deve levar dez minutos. Sem problemas de qualquer maneira

Tendo feito isso, abri meu plano de arrecadação de fundos para os materiais da feira de ciências do ano que vem e olhei para a tela do meu laptop, dizendo a mim mesma para não ficar desviando olhares furtivos para o celular. Eu meio que consegui. Mas estava tão determinada na concentração de tentar me concentrar que pulei quando meu celular tocou, anunciando sua resposta.

> **Byron:** Sim. Quando? Onde? O que posso levar?

Meu estômago revirou. Achei sua resposta fofa.

Então eu lembrei meu estômago de como não foi fofo quando ele pulou do sofá na semana passada, jogou meu celular sobre mim e saiu da sala. E como não foi fofo quando ele me envolveu depois do challenge de Os Opostos se Atraem e depois foi embora abruptamente. Nada disso tinha sido fofo.

Com a palavra *limites* como um mantra em meu cérebro, eu respondi.

> **Winnie:** Quando estiver livre hoje, mas daí me avisa quando estiver a uns dez minutos de distância. Pode ser aqui mesmo. E não precisa trazer nada. A porta vai ficar destrancada, é só entrar

Ele devia estar esperando minha mensagem, porque meu celular vibrou de novo quase instantaneamente.

> **Byron:** Saindo agora. Chego em dez minutos a menos que vc queira scones

As borboletas tentaram voar pelo meu estômago, mas cortei as asinhas delas.

Limites. Limites. Limites.

Winnie: Não, obrigada

Pronto. Viu, só? Eu não precisava nem queria nada dele, nem mesmo scones deliciosos.

Dando a mim mesma um tapinha nas costas mental sobre o quanto eu tinha me saído bem, continuei meu incentivo introspectivo enquanto me preparava para sua chegada. Mesmo que o challenge de dança de "Toxic" fosse o próximo da lista, decidi pular e fazer o challenge da soneca.

Durante esse desafio, a pessoa 1 fingia dormir enquanto gravava o quarto; a pessoa 2 (melhor amiga, amigo, mãe ou parceiro ou qualquer outra coisa) encontrava a pessoa 1, e a câmera gravaria a reação dela. Algumas pessoas faziam barulhos altos, algumas pessoas simplesmente saíam do cômodo e outras tinham reações carinhosas, apagando as luzes e saindo em silêncio.

O objetivo era ver o que a pessoa 2 faria ao se deparar quando visse a pessoa 1 dormindo.

De bônus, o challenge da soneca exigia que eu não falasse com ele quando ele chegasse, e eu esperava que eu ainda precisasse falar muito pouco quando terminássemos de gravar. Se nossos vídeos anteriores fossem alguma indicação, ele iria embora logo depois, e isso estava perfeitamente bem. Eu estava pronta para ser deixada em paz.

Deixei meu celular posicionado no local pré-ordenado para capturar toda a ação, preparado e pronto para gravar. Assim que ouvi seus passos na escada, me sentei no sofá. Enfiando uma de nossas almofadas debaixo da minha bochecha, suspirei e esperei, verificando o relógio na TV mais do que algumas vezes. Os segundos passaram feito horas. Balancei o tornozelo para a frente e para trás sobre a beira do sofá, reprimindo mais, mais e mais tudo relacionado a desejos e esperanças.

Quero acabar com isso. Quero acabar com esses vídeos e com ter que vê-lo e ficar confusa o tempo todo. Eu quero...

E então, de repente, ouvi passos na escada, o momento que eu temia e esperava havia chegado. Respirando fundo, me sentei freneticamente, desbloqueei a tela do meu celular e apertei o botão *Gravar*. Então caí para trás, esperando que minha posição parecesse natural e crível, como se eu tivesse adormecido no sofá aguardando por ele. Enquanto isso, meu coração batia acelerado.

Preocupada que minhas pálpebras trêmulas me denunciassem, joguei um braço sobre a testa assim que ouvi a porta se abrir.

— Fred?

Inspire. Expire. Relaxe. Você está dormindo. Dormindo. Dormindo. Dormindo.

Esforçando meus ouvidos, ouvi seus passos se aproximarem da porta, ficarem um pouco mais altos e depois pararem.

— Winnie? — Ele deve ter me visto, porque sua voz baixou para um sussurro.

Não me mexi, esperando que pelo menos parte de seu corpo estivesse dentro do quadro. Eu não queria ter que regravar. Vários segundos se passaram, durante os quais tentei respirar como uma pessoa em sono profundo. E então Byron começou a se mexer, seus passos perceptivelmente mais leves, embora estivesse mais perto.

Caso você esteja se perguntando, é difícil fingir estar dormindo quando alguém por quem você tem sentimentos estranhos está andando pelo seu apartamento.

O que ele está fazendo? Ele... ele entrou no meu quarto? Ele está bisbilhotando? E se ele estiver, o que eu faço? Eu pulo e o pego em flagrante?

Eu o ouvi retornar uma fração de segundo antes de sentir um cobertor nas minhas pernas, barriga e, por fim, meu peito. Então eu o senti se aproximando, muito perto, suas mãos ainda no cobertor, seus dedos roçando sob meu queixo enquanto ele me cobria. Também senti seu cheiro e do pós-barba letal, lutando para não engolir quando minha boca se encheu de saliva. Mesmo que fosse a última coisa que eu fizesse, eu precisava descobrir qual loção pós-barba ele usava.

Ele devia estar ajoelhado ao meu lado. Ou talvez estivesse agachado. A questão era que ele pairava a centímetros de distância. Sem aviso, o mais leve roçar de algo quente e macio — a ponta dos dedos — deslizou pelo meu antebraço antes que os dedos envolvessem meu punho e tirassem meu braço de cima dos meus olhos, gentilmente colocando-o sobre o meu peito.

Ele soltou um suspiro silencioso e as pontas dos dedos retornaram, afastando mechas de cabelo da minha testa.

— Bela adormecida — murmurou baixinho, fazendo meu coração pular tão repentinamente que eu devo ter me mexido de alguma forma.

DROGA.

Uma pausa pesada, durante a qual ele não fez absolutamente nenhum som, e então:

— Fred. — Sua voz neutra como xampu de bebê.

Lutei contra um sorriso e perdi. Ele tinha percebido. Ele tinha a lista, afinal. Era hora de desistir da gracinha.

Expirando profunda, mas silenciosamente, esperei até senti-lo se afastar — levantar ou recuar — e fiz um som de ronco exagerado, assobiando ao expirar.

Ele riu de leve.

— Você fez igual ao Popeye.

Repeti o ronco ridículo, abrindo um olho e o encontrei ainda agachado ao meu lado, os cotovelos nos joelhos, os olhos encobertos, mas claramente divertidos.

Fechando os olhos, eu funguei, bufei e ronquei de novo.

— Por que está fingindo dormir, Fred?

— O quê? O que foi? Onde estou? — Fiz drama ao piscar, como se meus olhos estivessem pesados demais para que eu os abrisse.

— Eu perguntei — ele colocou as mãos nas laterais do meu corpo por cima do cobertor, o único alerta que recebi antes de ele começar a me fazer cócegas — por que você estava fingindo dormir?

Meu corpo estremeceu enquanto eu ria, dobrando meus braços contra meu peito, tentando me afastar dele.

— Ai! Para! Para!

Ele atendeu. Parou de me fazer cócegas imediatamente. Mas em sua busca para me punir pela minha gracinha, ele também subiu em cima de mim e agarrou minhas mãos, trazendo-as sobre minha cabeça, seus joelhos em cada lado dos meus quadris.

Byron sorriu para mim — com dentes! —, seus olhos brilhantes, suas feições relaxadas e felizes. A visão era realmente espetacular, e eu sabia que estava sorrindo também quando tirei uma foto mental dele assim que meu cérebro me lembrou de que isso era mentira.

Isso era tudo fingimento.

Ele tinha visto a lista. Ele sabia que estávamos gravando. Seus sorrisos não eram para mim, eram para o público que ele tinha me ajudado a construir. E a única coisa que eu deveria estar sentindo era gratidão por sua ajuda, não encantamento por seu sorriso.

— Me larga, por favor — pedi.

Suas sobrancelhas se uniram, seu sorriso diminuindo enquanto ele me olhava.

Devolvi seu olhar com apenas uma palavra em minha mente. *Limites*.

Totalmente carrancudo agora, seus olhos nunca deixando os meus, ele desceu do sofá e se levantou.

— Pronto. Consegui o que precisava. Obrigada.

Pulei, peguei meu celular e encerrei a gravação. Em seguida, levantei meu queixo, olhando para ele através dos meus novos limites, mas também fazendo o melhor que eu podia para ser meu eu normal e alegre.

Byron piscou, surpreso, e abriu a boca.

— Você... nós estávamos...

— Já terminei de gravar. Obrigada. Te mando mensagem na semana que vem. Foi bom te ver.

Lançando para ele um sorriso amigável, me virei e andei a curta distância até o meu quarto.

Depois de entrar, fechei a porta e me encostei nela.

Um segundo depois, eu estava lutando contra lágrimas inexplicáveis e engolindo-as convulsivamente.

Logo em seguida, deslizei para o chão, cruzei os braços sobre os joelhos e chorei, sem me entender. Eu não fazia ideia se Byron já tinha ido embora, e minhas lágrimas não pareciam se importar. Fiz exatamente o que Byron tinha feito comigo várias vezes e tentei ser o mais amável e gentil possível ao fazê-lo.

Mas agora, parando para pensar, eu me sentia um lixo. Um lixo maldoso. Cheio de vermes. Eu não queria ser uma pessoa má. As pessoas más eram terríveis!

Limites eram saudáveis. Deveriam me ajudar a me sentir menos confusa, menos inquieta, menos triste. Basicamente, deveriam me ajudar a sentir *menos*.

Então, por que diabos doíam tanto?

O challenge da soneca viralizou horrores. HORRORES!

Minha contagem de seguidores subiu mais que o dobro em todos os lugares, e o vídeo se tornou um hit insano, coberto em revistas e jornais de todo o mundo. Imagens de Byron Visser, queridinho da literatura genial, docemente aconchegando sua melhor amiga em páginas de fofocas e agências de notícias de celebridades. As pessoas debatiam nosso status de relacionamento, certas de que estávamos fingindo nossa amizade e estávamos profundamente, PROFUNDAMENTE apaixonados.

Quer saber? No geral, eu estava bem "tanto faz" com tudo isso. Eu não conseguia nem encontrar energia para me empolgar com o novo engajamento nos meus vídeos de STEM. Independentemente da razão, a motivação para interagir e criar para meu público atual — e para o público em potencial — havia debandado de mim por completo.

E outra coisa a ser arquivada como totalmente bizarra, um site popular de cultura pop fez um detalhamento do vídeo com capturas de tela, GIFS, setas e uma análise com marca de tempo mostrando como os olhos de Byron suavizavam quanto mais ele olhava para mim. Alegaram que nunca tinham visto nada tão fofo. Byron era adorado e eu era...

Bem, eu era chamada simplesmente de "amiga". *O romancista Byron Visser e sua amiga.*

Foi uma experiência estranha ser apresentada sem um nome, como se eu fosse um objeto ou um anexo inanimado, a la *O romancista Byron Visser e uma lâmpada* ou *O romancista Byron Visser e seu cotovelo direito.*

Porém, minhas caixas de entrada foram inundadas com mensagens privadas de casas de moda perguntando se eu precisava de um vestido de noiva e para me lembrar deles, e isso foi meio empolgante. Não que me casar com Byron fosse uma possibilidade dentro de qualquer dimensão. Mas — fala sério — um vestido de alta costura? Feito apenas para mim? Deixa esta menina sonhar.

Várias publicações entraram em contato com a agente de Byron, perguntando se eu teria interesse em fazer parte de uma matéria para discutir Byron. E talvez — se houvesse tempo — o que a meu respeito tinha feito Byron ter vontade de virar meu amigo. Tudo porque alguém brilhante, famoso e bonito tinha feito um trabalho incrível convencendo a internet de que eu era importante para ele. *Que mundo, viu?*

— O Byron vem pra cá hoje? E a gente vai jogar *Stardew Valley?* — Amelia correu para o meu quarto segurando uma espátula de borracha, o cheiro de baunilha e noz-moscada seguindo em seu rastro. Naquela noite, jantaríamos comida de café da manhã, a especialidade de Amelia. — Se formos jogar *Stardew Valley*, Serena quer vir para jogar pessoalmente, mas duvido que o Byron venha ou fique muito tempo se ela estiver aqui.

Me inclinando para trás na cadeira da minha mesa, dei a ela toda a minha atenção.

— Por que ele viria pra cá?

— Achei que você tivesse chamado ele.

— Não.

— Sério? — Ela colocou uma mão no quadril. — Ele me mandou mensagem mais cedo dizendo que ia dar uma passada aqui, e eu presumi que vocês tinham um vídeo planejado.

Mexendo na barra da minha camisa, tomei cuidado para manter a torrente de emoções longe do rosto.

— Não. Não falo com ele desde domingo.

Amelia levantou uma sobrancelha ao ouvir isso.

— Tá falando sério? Você não conversou com ele sobre o bafafá e todas aquelas pessoas maldosas na internet? Ele não tem noção do que está acontecendo?

Amelia tinha sido o canal pelo qual a agente de Byron havia me contatado sobre as ofertas da revista. Era altamente provável — dada a evasão de Byron das redes sociais e como ele escolhera se isolar — que ele não tivesse conhecimento algum de que nosso último vídeo tinha viralizado.

— Não tenho ideia e, Amelia, não quero que você fale para ele. Promete pra mim.

Ela fez um som de nojo.

— Me promete. Ele não ligou, eu fiquei muito ocupada nesses últimos dias, e só quero esquecer disso tudo.

Eu tinha ficado mesmo ocupada. A escola e a Associação de Pais e Mestres decidiram na segunda-feira que não havia espaço para a arrecadação de fundos da minha feira de ciências naquele ano e, se eu quisesse financiá-la, teria que encontrar o dinheiro por meio de doação ou fundação de caridade. Eu entendia o raciocínio deles. A escola precisava se concentrar em arrecadar dinheiro para novos computadores. A tecnologia no laboratório de tecnologia estava lamentavelmente antiquada.

Então, não, eu não tinha passado a semana inteira na internet, lendo análises do vídeo e de mim, e se eu era feia ou baixa ou alta ou se minha pele era muito pálida ou muito escura ou se meu nariz era muito grande. Também não havia filmado ou tido tempo para planejar um único vídeo de STEM para nenhuma das minhas contas.

Claro, eu tinha dado algumas roladas na tela pelas histórias sobre Byron e eu por algumas horas no dia anterior. A coisa toda tinha sido completamente insana, mas depois de encontrar mais haters, dei um ponto final. Depois de ver dois artigos abordando meu status de "gata ou não" e o quanto da minha "estranheza" era forçada, eu sabia que nada de bom poderia vir do consumo contínuo de conteúdo sobre esse assunto.

Em vez disso, fui soterrada em pedidos de bolsas, escrevendo e-mails para fundações educacionais, esperando que existisse financiamento em algum lugar para a feira de ciências enquanto também lidava com minha carga horária de fim de ano letivo, notas, planejamento, realização de sessões de ajuda após as aulas, reuniões com os pais, resposta aos e-mails dos pais e tudo mais.

Graças a Deus eu tinha montado todos aqueles kits de laboratório no mês anterior. Se não tivesse, estaria completamente sobrecarregada agora.

— Certo. Não vou falar para ele sobre aqueles merdinhas dos comentários, mas… — Amelia enrugou o nariz, confusa. — Que estranho. Ele até perguntou se você estava em casa agorinha no telefone.

Eu me recusei a permitir que essa informação me impactasse minimamente, repetindo o mantra de *limites, limites, limites* na minha cabeça, e voltei a atenção para a planilha que fiz de possíveis concessões.

— Infelizmente, não vou ter tempo hoje para jogar *Stardew Valley*. Preciso acabar com pelo menos dez disso aqui até domingo.

Agora que eu sabia que existia uma chance de Byron aparecer naquela noite, considerei brevemente arrumar minhas coisas e ir para a biblioteca do centro para evitá-lo. Mas então eu disse a mim mesma que estava sendo boba. Eu era a única que se sentia triste por colocar limites entre nós. Talvez ele gostasse de mim ou talvez estivesse fazendo jogos mentais, não importava.

Eu não o deixaria chegar perto dos meus sentidos olfativos ou neurotransmissores nunca mais — não que ele tivesse feito qualquer tentativa ou se arriscado nesse quesito.

— Ok. Bem, a Serena pode aparecer. — Ainda parecendo pensativa, Amelia saiu do meu quarto. — Quer que eu traga sua janta aqui?

— Posso ir buscar. Mas você pode fechar a porta, por favor?

— Claro. — Ela colocou a mão na maçaneta. — Não vamos fazer barulho.

— Relaxa. — Sorrindo e dando uma piscadinha, peguei meus fones antirruído e cobri os ouvidos.

Assim que a porta se fechou, selecionei minha playlist de música favorita para me concentrar e abri uma nova guia no navegador, procurando dicas sobre como preencher pedidos de bolsas para a Fundação Garbor. *Será que eu conheço alguém que trabalha lá?* Era possível. Os escritórios centrais ficavam em South Lake Union, a menos de cinco quilômetros de onde eu morava e trabalhava. Fiz uma anotação mental para verificar com as secretárias da escola na recepção sobre os pais que poderiam ser funcionários da fundação.

Puxando um post-it azul do topo do bloco, escrevi um recado rápido para mim mesma, me levantei, fui até o meu quadro de cortiça e o prendi embaixo dos Lembretes, logo abaixo de um post-it amarelo que dizia "Não se esqueça de ligar para a mãe do Adam para falar dos acampamentos stem".

Então eu me virei e parei de repente. Uma bomba de calor explodiu sob minhas costelas e enviou ondas de choque para as pontas de cada terminação nervosa. Byron, como se todos os meus sonhos de neurotransmissores de dopamina tivessem se tornado realidade, parou na porta do meu quarto, a mão descansando de leve na maçaneta, as feições bem abertas e tão dolorosamente bonitas que eu tinha quase certeza de que a visão dele mudou a estrutura celular do meu tecido pulmonar.

Porque estava *doendo.*

Ele levantou o queixo.

— O que é isso?

Olhei por cima do ombro, seguindo a linha de visão dele.

— Quer dizer meu quadro de cortiça?

— Que bilhetes são esses?

Sem conseguir raciocinar, só consegui responder vagamente à puxada de assunto dele.

— Alguns são tarefas a fazer, outros são anotações de ideias e outros são lembretes.

— O que as cores significam? — Ele deu mais um passo para dentro do meu quarto, fechando a porta em seguida.

Uma faísca de eletricidade pareceu subir pela parte de trás das minhas pernas, enviando inquietação por todo o meu corpo.

— Ah, então, amarelo é para os meus alunos, azul é para projetos especiais, verde é planejamento de aulas e formação contínua, laranja é para minhas redes sociais e rosa é, hum... questões pessoais. — Coloquei o cabelo para trás da orelha, me perguntando por que eu estava contando tudo isso a ele.

E por que é que ele estava ali?

E o que é que ele queria?

Eu não era boa em limites no que dizia respeito a Byron; não gostava da sensação de forçá-los sobre ele. Ele me pegou de surpresa e eu não sabia o que fazer.

— Então o que...

— O que você quer, Byron? — perguntei, profundamente agitada pela reação involuntária maciça que percorria meu corpo. Eu não queria isso. Não queria me sentir assim. Não queria afastá-lo, mas odiava esse desconforto que sempre sentia em sua presença.

— Precisamos conversar. — Ele enfiou as mãos nos bolsos, a voz ficando mais rouca.

Caminhei até minha cadeira de leitura e fiquei atrás dela. Se eu não pudesse erguer barreiras mentais, uma física teria que bastar.

— Ok.

Ele olhou para mim, sua boca abrindo, fechando e abrindo de novo.

— Eu... me desculpe por ter ido embora depois de terminarmos os primeiros vídeos. Acho que, apesar de não ter sido minha intenção, foi grosseria da minha parte. Não foi legal. Me desculpe.

... O quê?

A última coisa, a ultimíssima coisa que eu esperava que ele fizesse era se desculpar.

Mas enquanto eu olhava para ele e refletia sobre a situação, talvez eu não devesse ter ficado tão surpresa. Durante o challenge de Os Opostos se Atraem, quando fui franca sobre meus sentimentos, ele tinha se desculpado, não tinha?

E ainda assim... quando ele me deixou após essa trend e nós conversamos ao telefone depois, e eu perguntei a ele se eu tinha feito algo errado, ele descartou minhas preocupações.

— Não foi sua intenção — repeti, me sentindo confusa e sem conseguir me desligar da palavra *intenção*.

— Não.

Se ser rude e indelicado não era sua intenção, então ele devia ter tido uma intenção.

— E qual foi a sua intenção, então?

— Eu sempre acho melhor... me retirar de uma situação quando acho que posso fazer ou dizer algo de que posso me arrepender depois. — Com as mãos ainda nos bolsos, ele deu de ombros.

Repeti sua declaração na minha cabeça, então procurei por seu verdadeiro significado.

— Algo de que você pode se arrepender? Eu fiz algo de errado? Eu disse...

— Não. De jeito algum. — Ele deu um passo em minha direção, e seus olhos estavam arregalados, mas sinceros. — Você é perfeita.

— Eu te chateei?

— Não.

— E mesmo assim você ficou preocupado que pudesse fazer ou dizer algo de que talvez se arrependesse?

— Fiquei.

Mas que...?

Meu cérebro estava perdidinho... Se eu não tinha feito algo errado, ou dito algo para deixá-lo com raiva, então por que ele tinha ido embora?

— Tipo o quê?

Ele piscou várias vezes, seu olhar firme tornando-se instável quando caiu no tapete.

— Tipo...

Esperei. E esperei mais um pouco.

Sua garganta pulsou quando ele engoliu e, por fim, soltou a respiração.

— Não é problema seu. É meu. Mas você não fez nada de errado naquele dia e também nunca fez nada de errado antes. Isso é inteiramente minha culpa. E se você ainda estiver disposta a fazer o restante dos vídeos comigo, tenho um plano sobre como lidar com circunstâncias semelhantes no futuro.

— Ah, é mesmo? Me conta esse plano.

— Se acontecer de novo, eu saio de cena por alguns minutos. Depois, quando estiver pronto, volto.

A compreensão surgiu, e com ela toda a tensão deixou meu corpo. É claro! *Como eu poderia ter deixado de notar isso? Por que não vi antes?*

Ele tinha um distúrbio de processamento sensorial.

Senti um pequeno sorriso compassivo puxando meus lábios, outra bomba de calor explodindo sob minhas costelas, mas desta vez ele era caloroso e amigável, em vez de agitado e hostil. Deus, se eu soubesse disso antes, de quanta tortura eu teria me poupado? Toda essa preocupação e agitação nas minhas mãos, duvidando de cada interação entre mim e ele. Eu me senti tão boba. Ele não tinha sido rude nem estava fazendo joguinhos mentais. De jeito nenhum.

Saindo de trás da cadeira, meus braços caíram para os lados.

— E se você precisar de mais do que só alguns minutos? É melhor a gente estabelecer uma palavra de segurança?

Byron franziu o cenho rapidamente e virou o olhar para mim.

— Uma palavra de segurança?

Talvez ele pensasse que eu estava zombando dele. Eu não estava — de jeito nenhum —, então fechei o abismo entre nós. Eu queria que ele visse que eu não estava zombando dele.

— Estou falando sério. Se você precisar de uma palavra de segurança para se afastar de uma situação que seja estimulante demais, tudo bem. Eu entendo perfeitamente.

Ainda parecendo incerto, ele se endireitou em toda a sua altura e olhou para mim, seu olhar em turbulência, e perguntou sem fôlego:

— Entende?

— Entendo. Eu tenho alunos com diferentes tipos de distúrbios de processamento sensorial.

Ele estremeceu, piscou e suas feições escureceram por um momento.

Segurei o braço dele para impedi-lo de se retrair.

— Espera, me escuta. Não estou menosprezando o que você me contou dizendo que é coisa de gente na faixa etária dos meus alunos. Não é da minha conta se você tiver algum distúrbio assim. Só estou dizendo que pessoas, seres humanos, têm diferentes tolerâncias e limites. Se você precisar dar uma escapadinha caso uma situação ou algum estímulo se torne muito pesado para você, eu não terei problema nenhum com isso. Faça o que precisar fazer pela sua saúde mental. Vou saber que não é por minha causa.

Ele pareceu arregalar e semicerrar os olhos ao mesmo tempo.

— Não é por sua causa.

— Aham. Não posso ser sensível ou acomodar as necessidades sensoriais de todos os alunos. Por exemplo, às vezes, na aula, eu tenho que fazer um barulho alto por causa de um conteúdo. Os alunos que não conseguem lidar com isso podem sair para o corredor e ir se sentar em uma das mesas lá fora por alguns minutos para se recompor e depois voltar quando se sentirem prontos. Algumas crianças têm subsensibilidade e precisam de barulhos mais altos, cores mais vivas, podem precisar de abraços ou de dar as mãos: mais estímulo. Não se trata de culpa, nem deles nem minha, e eu nunca levo isso para o lado pessoal.

Byron ficou muito parado, seu olhar dolorosamente conflituoso. Ele limpou a garganta, hesitou e depois disse:

— Agradeço a oferta, Fred. Mas não tenho distúrbios sensoriais. A última coisa que quero de você é que você arrume desculpas para a minha grosseria e meu egoísmo.

— Eu não te acho egoísta. — *Nossa! Deus é pai.* — De jeito algum.

— Ah, eu sou *sim*. — Ele assentiu várias vezes, sua voz ficando mais grossa. — Tenho certeza de que muitas pessoas de fato têm questões com, hum… estímulos, mas não é por isso que eu… na verdade, hum, seria ao mesmo tempo impreciso e inautêntico da minha parte presumir, ou da sua parte inferir, que o motivo pela minha… pelo meu…

Deslizei minha mão de seu braço para a palma, entrelaçando nossos dedos e me aproximando mais um passo. Seus olhos brilharam, sua atenção, claramente distraída pelo movimento, caiu para onde nos tocamos.

— Ei. Não tem problema — falei, e a atenção dele voltou para o meu rosto. — Podemos usar a palavra que você quiser. Que tal cânion? Ou canal? Ou cavidade?

— Cavidade, não — respondeu ele, suas palavras saindo fracas.

— Cala? Calheta?

— Para, por favor.

— Desculpa, só me vêm termos de geografia à mente. Estamos trabalhando em um conteúdo sobre formações de relevo e estamos nas palavras com c. O importante é que agora eu sei. Pode escolher a palavra que quiser.

Seu olhar ficou mais misterioso, mais retraído quanto mais tempo eu o sustentava. O ritmo de sua respiração aumentou.

— Me escuta, Fred. Eu não tenho distúrbios sensoriais. Está bem?

— Tudo bem — respondi, baixinho, torcendo para que ele soubesse que eu não tinha pena dele e que ele não tinha motivo para se envergonhar. Não havia razão para sentir dó ou me compadecer. Era só questão de entender. Eu já tinha visto com meus próprios olhos como esses tipos de obstáculos podiam ser difíceis para meus alunos, algumas das pessoas mais legais e incríveis que eu conhecia. Eles simplesmente vivenciavam o mundo de forma diferente. Muitas vezes, essas diferenças ajudavam a alimentar a tomada de decisões criativas.

Mas agora muitas coisas sobre Byron faziam sentido. *Não é à toa que ele evita as pessoas e tem todos esses limites.* O alívio que senti foi imensurável.

Enquanto isso, ele fechou os olhos, suspirou devagar e disse:

— Preciso ir embora.

— Ou… — Cheguei mais perto dele e seus olhos se abriram. — Me escuta, a gente poderia…

— Cânion, canal, cavidade!

CAPÍTULO 18

BYRON

Depois de ir embora do apartamento de Winnie, imediatamente liguei para a minha empresária.

Ela concordou em me ajudar a agendar uma consulta com um terapeuta ocupacional respeitável, ou qualquer que fosse a especialidade médica que diagnosticasse distúrbios de processamento sensorial, e prometeu que poderia mexer alguns pauzinhos para garantir que eu fosse atendido da forma mais rápida — e sigilosa — possível.

Então, confiando o assunto em suas mãos capazes, fiz uma longa corrida pelo Interlaken Park, precisando sentir o tecido de celulose que caía molhado e frio grudado na minha pele, o som das gotas de chuva nas árvores, o bater dos meus pés na terra, me ajudando a focar naquele problema e em como resolvê-lo.

Ostensivamente, Winnie se recusou a acreditar que eu não tinha distúrbios sensoriais. Além disso, ela acreditava que esses distúrbios sensoriais imaginários eram responsáveis por me sobrecarregar, fazendo com que eu respondesse a situações de maneiras interpretadas falsamente como egoístas.

Ela estava certa e errada. Tinha mesmo sido demais para mim. Mas também tinha o fato de eu ser extremamente egoísta.

Eu pensava em nós transando, e como seria, e o que faríamos, e o quanto eu me dedicaria para que ela gostasse, não menos de quinhentas vezes por dia. Considerando que mais de oitenta e seis mil segundos se passaram em um período de vinte e quatro horas, eu me tranquilizei com o fato de que a proporção poderia ter sido significativamente pior. Embora os reticentes pudessem considerar depravada a natureza das minhas imaginações, não fiz isso. Eu tinha escolhido o celibato, não a repressão. E pelos meus padrões de essência e amor-próprio, em todas as facetas da vida, a qualidade importava materialmente mais do que a quantidade.

Cada incidência das minhas saídas abruptas depois de gravar um vídeo tinha sido precedida por um desejo irresistível de tocá-la, de sentir seu gosto, de deslizar os dedos para debaixo de sua camisa e para dentro de suas calças e encher minhas mãos com seu corpo, calor e pele. Estar dentro dela. E…

Fechei os olhos com força e reduzi a velocidade até parar, erguendo o rosto para as gotas sedosas de chuva, deixando-as cair sobre mim e esfriar minha pele.

Porra, como eu a queria!

Eu não poderia lhe dizer, não depois da resposta horrorizada de Winnie ao mero fato de eu *gostar* dela. Se ela soubesse, se eu desse voz às palavras, todo o progresso que tínhamos feito durante essas últimas semanas seria em vão, e eu duvidava de que ela desejasse voltar a me ver. E eu não a culparia.

Mesmo assim, eu precisava provar que sua afirmação estava errada. Eu não queria que ela oferecesse desculpas para mim. Queria que ela continuasse a me dizer quando eu dissesse ou fizesse algo perturbador, e suspeitei de que um relatório médico oficial era necessário para convencê-la de que eu, às vezes, escolhia ativamente ser um idiota. Eu não deveria esperar que ela ficasse na espera ou tivesse que aguentar meu outro eu, o "Doutor Babaca do Caramba", e eu não queria que ela parasse de me confrontar quando eu o incorporasse.

Se ela racionalizasse cada movimento idiota meu com algum rótulo ou diagnóstico de merda, então nunca me veria como totalmente humano, capaz, digno de...

Amizade.

Balançando a cabeça, olhei para a esquerda, depois para a direita e continuei na trilha, correndo até acelerar.

Só amizade.

Corri por horas. Meu corpo exigia alívio, e não importava quantas vezes eu tentasse fazer justiça com as próprias mãos, nada parecia fazer diferença. O mero pensamento dela preenchia minhas veias com fogo.

Naquela noite, mal consegui subir as escadas para o meu quarto e tirar minhas roupas encharcadas antes de desmaiar. Feliz e infelizmente, sonhei com ela no sábado e no domingo, precisando trocar os lençóis enquanto fervia e me castigava. Eu não sentia vergonha, mas as fantasias noturnas inconvenientes, insatisfatórias e perturbadoras precisavam parar. Eu tinha vinte e sete anos de idade, pelo amor de Deus.

Na manhã de segunda-feira, carregando a determinação como um escudo, entrei no centro médico, me apresentei na recepção e peguei a cadeira mais isolada disponível na sala de espera mal iluminada. Tudo valeria a pena quando eu tivesse o relatório médico em mãos.

No entanto, para meu desgosto absoluto, depois de dois dias brutais e frustrantes de exames e avaliações, sendo forçado a conversar com um batalhão de pessoas irritantes fazendo perguntas fúteis em salas exageradamente iluminadas, acabou que Winnie estava certa.

Suspeitavam de que eu tivesse uma série de problemas relacionados aos sentidos. Eu me recusava a me lembrar deles, ou a ler e pesquisar sobre eles. Me pediram para voltar e fazer mais testes. Além disso, o resultado que enviaram foi indicado como "preliminar".

— O que mais dizia? — Amelia, graças a Deus, não parecia preocupada. Seu tom de voz entregava curiosidade.

Ela ligou aleatoriamente logo depois que o resultado chegou. Me pegando em um momento de desinibição, atendi o telefone e divulguei detalhes que normalmente não compartilharia. Nem com ela. Mas agora eu me sentia grato por sua presença pragmática.

Olhei para o smartphone que ela havia me comprado na semana anterior, atualmente residindo na minha mesa. Sua voz soava no alto-falante porque eu não gostava da sensação do aparelho na minha mão. Sentia falta do meu celular antigo, da textura dele, da maneira como ele se movia e se curvava em uma forma interessante, em vez de simplesmente existir como um retângulo plano, chato e inerte.

— Não tenho ideia do que o relatório informava. Parei de ler depois da primeira frase. — Eu queria rasgar o documento assim que ele aparecesse, mas ele chegou por meio do sistema virtual seguro do consultório. Para rasgá-lo, eu teria que imprimi-lo.

— Você deveria ler o resultado inteiro, Byron. — Depois da minha revelação não intencional e meia hora de discurso irracional, ela enfim parecia impaciente.

Eu sorri.

Entre as muitas qualidades estelares de Amelia, ela me tratava como se eu não fosse diferente, estranho ou irracional. E ela nunca tinha passado a mão na minha cabeça.

Quando eu era mais novo e morava em uma pequena cidade no leste do Oregon, eu desempenhava o papel do garoto estranho sem mãe e com um pai que todos adoravam e de quem tinham dó, um mártir com um coração partido e um filho problemático. Eu fazia perguntas demais e ninguém conseguia me fazer responder quando falavam comigo. Amelia, no entanto, achava perfeitamente compreensível e justificada minha intolerância indiscriminada pelos outros, considerando como meu pai bebia a pena alheia como um gato bebia leite.

— Ler para quê? — perguntei. — Não há nada que possa ser feito.

Multidões, certas vozes, barulhos altos e tecidos específicos sempre me irritavam, tornando o pensamento uma tarefa árdua. Luzes fluorescentes machucavam meu cérebro. Eu adorava a sensação de tecidos macios e apertados, especialmente quando molhados. Mas e daí? Todo mundo lidava com algum nível de desconforto ou preferência nas sensações ao interagir com o mundo, não é mesmo? Por que meu tipo de desconforto e desejo deveria exigir a aplicação de rótulos?

Eu não era um pote de geleia que precisava ser classificado com base na preferência e gosto. E também não era um frasco de remédio que exigia avisos e informações de uso. *Fodam-se os rótulos.*

— O que você vai fazer?

Olhei para a impressora. Tinha bastante papel. Talvez eu imprimisse o relatório e depois rasgasse.

— Como assim?

— Tem algum medicamento que você possa tomar? Talvez ajude.

— Sugeriram me ensinar a *lidar*. — Não consegui me dissociar do desdém.

Eles queriam que eu considerasse estratégias de enfrentamento como se eu não tivesse passado toda a minha vida pensando que eu era normal, mas não comum. E agora eu deveria... o quê? Tentar me *consertar?* Ser mais comum? Ser como as outras pessoas?

— Não estão dizendo que você é defeituoso, Bry. Essas pessoas são profissionais da saúde, não parentes seus. Aprender a viver com isso talvez seja algo bom para você. Pode facilitar sua vida.

— Não. — Balancei a cabeça.

— Porque você é tão perfeito do jeitinho que é — falou ela, em tom de brincadeira.

Eu não era perfeito. Ninguém era. Eu tinha espaço para melhorias. Havia coisas que eu queria mudar em mim, mas não era isso que todo mundo também queria?

Mas, fundamentalmente, eu gostava de mim. Eu gostava de quem eu era. E resistia a pessoas que não importavam e que não me conheciam me dissessem que eu precisava "trabalhar em mim mesmo".

— Eu já sei enfrentar as coisas. Faz vinte e sete anos que eu sou eu mesmo neste mundo e estou me saindo bem.

Ela riu, mas sem humor.

— Quer dizer, se afastar de qualquer coisa ou pessoa que possa te irritar?

— Correto. — E o que tinha de errado nisso? Sério. Qual era o problema em evitar pessoas de quem eu não gostava?

— Ah, Byron, Byron. — Ela suspirou, parecendo cansada. — Vai me contar o que te fez querer procurar um médico? Se você não tinha planos de ler o relatório, por que marcar uma consulta?

Grunhi.

— Não vai me falar?

Grunhi mais uma vez.

— Beleza. Como vossa majestade quiser. Mas me manda o resultado, eu quero ler.

— Vou pensar no seu caso.

— Quer dizer que não vai mandar. — Ela riu de novo, mas dessa vez com humor. — Se quiser conversar sobre isso, pode contar comigo.

— Não vou querer.

— Tá bom. Enfim. Mas então, na verdade, eu liguei por causa da Winnie.

Enrijeci, me firmando contra os pensamentos acelerados e me preparando para a conversa seguinte. Eu esperava que Amelia tivesse tocado nesse assunto semanas antes. Por que só agora?

Será que Winnie finalmente atribuíra à nossa amiga em comum a tarefa de me rejeitar com gentileza, de uma vez por todas, agora que ela suspeitava de que eu tinha distúrbios sensoriais? Eu fiz uma careta.

Por mais que eu aceitasse de bom grado qualquer relacionamento que Winnie oferecesse, tinha que ser livre de simpatia e concessões. Minha infância toda tinha sido repleta de pessoas fazendo *concessões*. Se Winnie acreditasse que minha excentricidade não era uma escolha, ela nunca me veria como nada além de aberrante.

— Você não pode contar isso para a Winnie.

— O quê? — Ela pareceu indignada. — Byron, eu jamais faria isso. Como você pode pensar que eu seria capaz de uma coisa dessas?

— Então peço desculpas. — Passei a língua pela minha boca, que ficou seca de repente. — Por que está me ligando para falar da Winnie? O que ela te disse?

— Sobre o quê?

— Sobre mim. E ela.

— Sobre você e ela? — Amelia perguntou com a voz adornada por um toque de confusão. — O que têm vocês dois? Tá falando dos vídeos? Ela não falou nada, mas pareceu satisfeita. Ela está chegando a duzentos e cinquenta mil seguidores no Instagram. Deve estar dando pulos de alegria.

— Hum. — Eu me levantei da cadeira, esfregando a parte de trás do pescoço, e andei de um lado para o outro. Será que Amelia decidiu fingir ignorância? Fazer de conta que Winnie não tinha contado tudo a ela? Parecia improvável. Amelia não costumava poupar os meus sentimentos. Nem o de mais ninguém.

— O que eu quero discutir é a viagem para Nova York em julho. Como a fiadora dela no acordo e *personal shopper*, preciso saber qual é o orçamento para o vestido, os sapatos, a bolsa e afins.

Continuei a andar de um lado para o outro.

— Hum… eu não me importo.

— Vou entender isso como um orçamento sem teto.

— Correto.

— Posso comprar para ela aquela bolsa da Burberry por cinco mil dólares e você aceitaria numa boa?

— Por mim, tudo bem.

— Eba. Ótimo. Tudo bem, então. Legal. Como a gente faz? Você vai me dar seu cartão de crédito ou me pagar de volta depois que eu comprar?

— Você pode… pode usar meu cartão.

— Perfeito. Que bom que resolvemos isso. Agora… aonde você quer ir almoçar na próxima? Dessa vez é por minha conta, já que você pagou da última. Não está aberto a discussão.

Parei de andar.

— É só isso?

Ela não falou nada por um momento, depois perguntou:

— É só isso o quê?

— Não tem mais nada que você queira discutir em relação à Winnie?

— Hum, por quê? Você quer que ela saia para almoçar com a gente? — A pergunta pareceu genuína.

— Ela não te contou — falei, percebendo a verdade, e a incerteza cresceu em fiordes de dúvidas e montanhas de confusão. *Mas que caralho.*

— Não me contou o quê?

— Por que ela… — *Por que ela não contou para a Amelia?* Eu já tinha aceitado que Winnie contaria tudo para a colega de quarto, compartilharia os detalhes da minha confissão constrangedora daquela noite no jantar da Lucy e do Jeff.

Ela obviamente não tinha feito isso.

— Agora quem tá sendo estranho é você. Eu te fiz uma promessa uma vez de sempre te contar quando você estivesse sendo um zé mané.

Criando coragem, afundei na cadeira e a rolei para a frente, precisando pairar sobre meu celular chato e olhar para ele enquanto perguntava:

— Winnie te contou o que aconteceu entre nós, o que eu disse, na noite do jantar da Lucy e do Jeff?

— Não. O que aconteceu naquela noite?

Winnie não queria que Amelia soubesse? Por que não? Motivos potenciais marcharam em fila indiana pela minha mente. Constrangimento, repulsa, descrença contínua — descartei todos esses três. Apenas a preocupação continuou como o principal suspeita.

O principal motivador de Winnie foi, e sempre tinha sido, a compaixão. Se ela pensasse, mesmo que por um segundo, que revelar minha confissão causaria um momento de desconforto a Amelia, ela não diria nada.

Eu, no entanto, não possuía tal escrúpulo. Não em relação a Amelia. Nossa amizade persistia apesar dos meus ataques agressivos de honestidade.

Será que Winnie ficaria chateada se eu contasse para Amelia? Essa incerteza me fez parar por um momento.

— Byron. Que foi, cacete? — Sua voz atingiu um território estridente. Eu estremeci. — O que foi que aconteceu entre você e a Winnie?

— Não… não foi nada. Desconsidere…

— Ou você me conta, ou eu faço ela me contar. Ela vai abrir o bico se eu pressionar o suficiente, você sabe disso.

— Deixa ela em paz.

A pior coisa de ser amigo de alguém durão é que muitas vezes elas te cortam.

— Eu desligo esse telefone agora pra ligar pra ela e...

— Não faz isso.

— Se não quer que eu a faça falar, então é melhor você mesmo me...

— Eu gosto da Winnie. — Meus dedos apertaram a borda da escrivaninha. *Puta merda.*

— Como... ah! *Aaaaah!* — Amelia parecia estar tendo um bilhão de pensamentos ao mesmo tempo. Uma profusão de ruídos estranhos emanou do alto-falante do retângulo inteligente e chato antes que ela soltasse: — Meu Deus! BYRON! MEU DEUS!

— Shh. — Usei o polegar para apertar o botão inferior da lateral do celular, abaixando o volume. — Se acalma.

— Tô indo para aí. Agora. Quero saber *tudo.* — Ela estava gritando. *Deus que me dê forças.*

— Não vou falar nada se você ficar agindo assim.

— Do que você tá falando? Bry, isso é incrível! Você nunca... espera aí, você falou para ela? Naquela noite? Contou que gostava dela?

— Contei. — Um eco de uma dor no meu peito fez meus dedos se erguerem para esfregar o local, uma dor fantasma na memória.

— Eu... ãhm. Eu não tinha ideia. Já falei uma vez e vou falar de novo: você me surpreende pra caralho, Visser.

— Por que ela não te contou? Ela não te conta tudo?

— Sei lá. Claro que a gente é próxima e conta tudo uma para a outra; mas, Bry, disso eu não tinha ideia, seu cachorro! Isso tem quanto tempo? Espera aí! Vocês estão saindo escondidos? Isso é segredo?

— Não estamos saindo.

— Eita. — Sua careta vocal deve ter sido combinada com uma facial, pois imediatamente conjurou uma visão de dentes à mostra e olhos solidários. — Entendi. Que vergonha. Sinto muito. Então ela te rejeitou de leve?

— Não exatamente. — Passei os dedos pelo cabelo e cocei a cabeça.

— Eita de novo. Você tá bem? Quer que eu leve sorvete?

Balancei a cabeça ouvindo a baboseira que ela havia falado. Eu não queria pena; eu queria respostas.

— Por que ela não te contou?

— Byron, meu bom companheiro, você sabe que é meu amigo também. Você mesmo poderia ter me contado e eu teria te ajudado.

Me inclinei para longe do aparelho, olhei para os cantos arredondados do dispositivo enquanto debatia internamente a declaração surpreendente de Amelia.

— Você teria me ajudado com a Winnie?

— Claro que teria! E não faz essa cara.

— Como você sabe que cara eu estou fazendo?

— Dá pra ouvir a sua respiração. Eu sou sua amiga mais antiga, Byron, é óbvio que eu teria te ajudado.

Cruzando, descruzando e cruzando de novo as mãos sobre meu colo, perguntei, antes que eu tivesse a chance de considerar as ramificações do meu pedido:

— Pode me ajudar agora então?

Eu queria mesmo ajuda com a Winnie? Não seria melhor, afinal, se nós dois continuássemos só amigos? Assim eu poderia ter ela na minha vida para sempre.

Amelia riu.

— Você não tem jeito.

— Não tenho?

Era provável que ela estivesse certa. *Eu definitivamente não tinha jeito.*

— Na verdade, não. Você só é... sem noção.

— Aceito. — Sem noção era melhor do que não ter jeito.

— Tá, não sei se consigo ajudar, se você já contou a ela como se sente e ela não sente o mesmo. Se ela disse "Não, Byron, eu não gosto de você dessa forma. É melhor continuarmos sendo amigos", então você deveria respeitar isso e seguir em frente. Mas isso é bom. Eu não acredito que você...

— Ela não disse nada do tipo. — Me levantei e apoiei as mãos na borda da escrivaninha, cansado.

— Certo, e o que foi que ela disse?

— Ela perguntou se eu estava tendo um derrame.

Amelia parou e, de repente, soltou uma gargalhada.

— Mentira? Ela não fez isso.

— Fez, sim. — Mais uma dor fantasma no meu peito. — E depois ela se recusou a acreditar em mim. Ela achou que eu estava brincando. Depois pensou que eu estivesse tirando uma com a cara dela.

— Ai, Winnie, Winnie.

— Acho que até agora ela não acredita em mim.

— Já se passaram semanas. Vocês dois ainda estão gravando os vídeos, e você acha que ela não acredita que você estava falando a verdade quando disse que tinha interesse nela?

— Correto.

— Tá, tem alguma coisa errada aqui. Me conta *exatamente* o que aconteceu. Fala tudo nos mínimos detalhes, o máximo que você conseguir, sobre quem falou o quê.

Contei a história o mais ao pé da letra possível, considerando o meu desejo de esquecer todo o confronto, começando com ela abrindo a porta do meu quarto enquanto eu me trocava e terminando com as mensagens irritadas de Winnie mais tarde naquela noite.

Quando terminei, Amelia fez uma pausa, depois perguntou:

— Só isso? Aconteceu mais alguma coisa naquela noite?

— Não.

— Ok. Fica aí. Estou indo para a sua casa. *Não* saia.

Depois ela desligou.

Amelia gostava de vinho.

Muitas vezes, ela trazia garrafas, transportando-as em uma bolsa de lona estampada com Vim pelo vinho em um lado. Mesmo assim, sempre disponibilizei algumas alternativas para o caso de ela querer experimentar algo novo. Mas como mal passava das quatro da tarde, também organizei uma seleção de águas com gás.

A porta da frente se abriu e depois fechou. *Que rápido.*

— Estou na cozinha — gritei. — Está com fome?

— Não. E aí?

Levantei a cabeça na frente do refrigerador de vinhos, meu cenho se franzindo automaticamente.

— O que você está fazendo aqui?

Jeff riu.

— Eu moro aqui.

— Você deixa suas coisas aqui. Você mora na casa da Lucy. Eu não estava te esperando.

— Eu queria conversar. — Ele se sentou em frente à ilha da cozinha, no mesmo banco em que Winnie havia se sentado duas quintas-feiras antes quando eu preparei o jantar para ela. — Você fica saindo de casa quando eu aviso que vou dar uma passada aqui, e todos nós sabemos o que acontece quando alguém te liga.

Suspirei silenciosamente, dando uma olhada na hora.

— Pode falar.

Jeff apoiou os cotovelos no balcão, fingindo me inspecionar.

— O que tá rolando entre você e a Winnie?

— Nada que seja da sua conta.

— Você colocou a mão na consciência, Byron? Acha mesmo que isso é uma boa ideia?

Eu não me dei ao trabalho nem de resmungar.

— Ela tem ideia de que você é obcecado por ela há anos? — Ele sorria enquanto falava, como se para me convencer de que a pergunta tinha sido feita em tom de brincadeira. Uma piada.

Eu o conhecia bem demais. A preocupação fervia sob a superfície, e a tampa que ele colocava por cima, a máscara afável que ele usava, não fez nada para esconder a verdade de suas opiniões. Ele acreditava que eu era obcecado por Winnie. Negar apenas geraria suspeitas agravadas. Como acontecia com a maioria das pessoas, discutir o assunto de maneira racional, apresentar fatos e evidências quando já se havia convencido de uma mentira, seria perda de tempo.

Minhas pálpebras caíram até o meio dos olhos. Eu não disse nada.

O sorriso de Jeff se expandiu.

— Seu segredo está a salvo comigo. Se você não tivesse me contado todos aqueles anos atrás, eu nunca teria adivinhado.

A única vez que consumi muito álcool na faculdade, Jeff e Lucy estavam presentes. Eu não me lembrava de todas as informações que havia fornecido enquanto estava embriagado. No entanto, eu estava ciente — já que Lucy nunca perdia uma oportunidade de me provocar sobre isso — que eu havia confessado minha falta de experiência e admiração por uma pessoa chamada Winnifred Gobaldi. Lucy nunca tinha esquecido, ela achava hilário o nome inteiro da Win.

Jeff ergueu as mãos, mostrando-me as palmas como se estivesse se rendendo.

— E não vou contar a ninguém. Mas você realmente quer estragar tudo falando com a Win? Ela é ótima, não me entenda mal, mas ela não vai atender as expectativas que você deve ter sobre ela, isso eu garanto. Ninguém seria capaz disso a esse ponto.

Ao contrário de Winnie, que, de alguma forma — por magia, sem dúvida —, conseguia manter um ar de sinceridade ao dissipar a tensão, lidar com situações desconfortáveis ou mesmo enquanto mentia abertamente sobre seu próprio bem-estar e conforto, as tentativas de Jeff de leviandade serraram minha paciência.

Independentemente disso, ele não precisava se preocupar.

Eu conhecia a obsessão. Quando escrevia, eu ficava obcecado. Quando pesquisava, eu ficava obcecado. Perdia horas e dias, indo dormir só quando eu desmaiava, comendo quando ficava zonzo.

Winnie era um alívio, não uma obsessão. Ela não era ar, ela era uma brisa fresca. Ela não era o sol, ela era um arco-íris. Ela não era água, ela era chuva.

O sorriso de Jeff evaporou-se diante do meu silêncio persistente, suas feições sérias.

— Bom, então vamos direto ao ponto. — Ele abaixou as mãos para a bancada. — Eu não ia falar nada, mas não gostei do que vi quando cheguei aqui aquele dia com a Lucy. A Winnie é uma grande amiga minha, e ela não te conhece como eu. Ela não sabe do seu histórico de relacionamentos.

— Meu histórico de relacionamentos — repeti, experimentando a frase na minha boca, examinando-a de diferentes ângulos. — Eu não tenho histórico algum.

— Exatamente. Se você a chamasse para sair na faculdade, ou antes de se tornar esse cara grande e famoso, isso seria uma coisa. Mas estou preocupado com o que você planejou para ela agora que as pessoas o veem como poderoso e importante, depois de obviamente pensar sobre isso e escolhendo esperar tanto tempo.

Tentei não rir ao ouvir que eu estava "escolhendo esperar". Nunca pensei que ele pudesse me ver como um vilão. Quando foi que eu fiz outra coisa que não fosse cuidar da minha própria vida?

— E por que, exatamente, você está preocupado? — perguntei, certo de que seus motivos seriam no mínimo divertidos, e Jeff sempre precisava ser ouvido.

Se eu não o deixasse falar, se ele não sentisse que eu o estava escutando, ele faria drama. Esse hábito seu era o motivo pelo qual ele e Lucy nunca dariam certo a longo prazo. Ela não dava ouvidos a ele. Lucy não era uma pessoa ruim, mas menosprezava os medos de Jeff, só prestando atenção quando ele surtava, perdia a paciência ou quando ele alimentava seu ciúme e orgulho. Ele era muito carente, e ela via a manutenção emocional de sua associação como uma tarefa árdua.

Jeff não tinha autoconhecimento suficiente para perceber isso sobre si mesmo ou seu relacionamento, mas era impossível para mim deixar de notar o padrão de comportamento, já que eu tinha um assento de primeira fila para assistir à morte lenta e dolorosa de seu relacionamento.

Eu tinha pena dele. Ele estava apaixonado por alguém que nunca o tinha amado tanto quanto ele a amava. Sua história era um alerta para quem prestasse atenção: os erros que ele cometia serviam de aviso para os outros.

— Esperando por alguém com quem você nunca falou? — Jeff mexeu a cabeça de maneira complacente. — Carregando uma tocha apagada por seis anos? O nome disso é obsessão, cara. Fala sério, você sabe que é estranho. — Seu sorriso voltou, impregnado de afeto.

Eu não sorri. Permaneci firme.

Ele já tinha me chamado de esquisito milhares de vezes desde que nos conhecíamos. Isso nunca me incomodou. Nesse aspecto, eu considerava sua perspectiva inválida devido às suas falhas pessoais. Da mesma forma, sua opinião sobre a maioria dos tópicos tinha pouca importância para mim.

Era inegável que ele era engraçado — às vezes. Também não era um colega de quarto terrível. E era bom jogando *Super Mario Bros.*

Mas então ele disse:

— Você não é como os outros caras, Byron.

Meus molares traseiros rangeram, uma tensão e liberação instintivas, a declaração tocando num ponto sensível.

— Você nunca foi. Eu entendo, você é um gênio da literatura, e gênios têm direito de serem excêntricos e tal. Não estou falando por nada; não, por mim tudo bem. Não tenho problema com isso. É só que... — Ele fez uma pausa aqui para respirar fundo, seu corpo pendendo para um lado e sua expressão o preparando para o que ele diria em seguida. — Você acha que ser um virgem de vinte e sete anos é natural? Você acha que só sentir interesse por uma única garota é natural? Não é.

Se tivéssemos tido essa discussão dois meses atrás, eu teria respondido com: *Você também só teve interesse por uma garota em onze anos. E você acha que mentir para si mesmo por esses onze anos e ficar com uma mulher que mal te suporta é natural?*

O que o mundo considerava normal nunca fez muito sentido para mim.

Mas Winnie e sua bondade, seu cuidado com os outros, deviam ter sido contagiosos. Eu poderia ser gentil sem ser um mentiroso.

Assim, respondi com uma verdade que deveria ser óbvia:

— O que é natural para você não é natural para mim. Eu não te julgo por suas escolhas. Talvez você não devesse me julgar pelas minhas.

Ele me ouviu, mas não estava me escutando.

— Eu não falei nada antes porque achei que... — Jeff mexeu a cabeça, contemplando sua escolha de palavras — ... bem, você sempre ficou na sua. Mas a Winnie é uma garota legal.

— Ela é uma mulher, não uma garota.

— Você entendeu o que eu quis dizer, ela é legal. Ela é uma pessoa muito boa e decente. Você não acha que ela mereça alguém que seja mais como ela?

— Que seja mais como ela? — Olhei para o relógio. Amelia chegaria a qualquer momento.

— Alguém normal.

Meu olhar, afiado, encontrou o dele.

A forma de seu sorriso apologético de repente me irritou, especificamente o arco de seu lábio inferior e como sua boca se abriu para mostrar apenas a metade superior de seus dentes. Uma vontade abrupta de socar aquela boca passou por mim com uma veemência que eu não sentia desde que tinha publicado meu primeiro livro.

E ele não tinha terminado de falar.

— E, beleza, agora você é um cara que impressiona. Você é o cara mais inteligente que eu conheço. Mas você acha que a Winnie deveria aguentar suas inúmeras idiossincrasias? Ter que lidar com a sua bizarrice? Ela é uma pessoa extrovertida, e você não aguenta ficar em uma sala que tenha mais de três pessoas! Ela teria que sair sozinha para todo canto! Você pode até ter muito dinheiro, um status a oferecer, mas será que isso basta?

Nem dinheiro nem status importavam para Winnie. Ele sabia disso, e eu também.

— Você se esquece, cara. Eu te conheço, eu sei como você é. Eu estive lá durante toda a época da faculdade. Eu estava lá quando você defendeu suas teses de doutorado. É impressionante de se ver, mas pensa bem em como você trabalha. Olha como você se esforça profissionalmente. Não tem espaço pra mais ninguém na sua vida. E você nunca vai parar de trabalhar.

Sobre isso, ele estava certo. Eu precisava do trabalho. Eu precisava de uma saída para as vozes e histórias na minha cabeça, e ficava inquieto, infeliz quando não satisfazia essa necessidade. Escrever por hobby não era uma opção para mim, não era do meu feitio.

Um lado de seu sorriso irritante caiu, e ele se levantou do banco.

— Se vocês estivessem juntos, você sabe que ela seria ignorada por semanas, às vezes meses, enquanto você estivesse escrevendo. E quando você não estivesse escrevendo, você a faria se afastar de todo mundo. Você não gosta de pessoas. Você acha que estar com alguém assim seria justo com ela? — Ele deu de ombros de novo, voltando para a sala da frente. — Só estou falando para você pensar nisso. Você diz gostar muito dela. Você não acha que ela merece coisa melhor?

CAPÍTULO 19

WINNIE

Cheguei cedo em casa e encontrei Amelia sentada sozinha à mesa da cozinha, bebendo uma garrafa de vinho. *Ah, não.*

— O que aconteceu?

— O quê? — Amelia se assustou, girando a cabeça na minha direção. — Já chegou?

— Hoje eu fiquei livre depois da aula. Semana que vem é a última do semestre, as provas já acabaram. — Jogando a bolsa na cadeira na ponta da mesa, passei a mão pela testa. Hoje foi um dia quente, quase vinte e sete graus. — O que tá rolando? Você está incomodada com alguma coisa.

Amelia uniu as sobrancelhas.

— Estou dando uma de Byron e bebendo sozinha para afogar minhas frustrações.

Arregalei os olhos ao ouvir aquilo.

— O Byron bebe sozinho?

— Não com frequência. Talvez uma vez no ano, ou ano sim, ano não. Mas quando acontece, ele chuta o balde. Na frente dos outros ele não bebe mais do que uma taça, porque… epa! — Amelia ficou tensa de repente, balançando as mãos no ar ao redor da cabeça. — Esquece que eu falei alguma coisa. Isso foi… nossa, o Byron ia me matar se…

— Tudo bem. — Procurei aliviar sua ansiedade, principalmente porque essa informação não me surpreendeu. Do nosso tempo juntos, eu supunha que o controle era algo de peso para ele, ele tinha dito isso. Claro que ele não gostaria de ficar bêbado na frente das pessoas e perder o controle. — Já esqueci. Do que estávamos falando mesmo?

Ela cruzou os braços e se afundou na cadeira.

— Tô frustrada, amiga.

— Por quê?

— É o… Byron. Isso mesmo. O motivo de eu estar bebendo em plena luz do dia é um oferecimento de Byron Visser. — Ela levantou o vinho como se para fazer um brinde, sua testa com linhas de consternação. — Ontem ele me pediu ajuda com um negócio, e ele nunca pede nada. Saí do trabalho mais cedo e estava feliz em ajudar, você não sabe o quanto, mas aí quando eu cheguei lá, ele tinha mudado de ideia e não queria mais minha ajuda coisa nenhuma. Ele me *proibiu* de ajudar.

— Eita, amiga. Que pena. — Mordisquei o lábio, debatendo, imaginando se Byron me deixaria ajudar. Provavelmente não. Se ele não tinha deixado Amelia ajudar, ele não deixaria ninguém.

Ela olhou para mim com o que parecia ser esperança.

— Não quer me perguntar o que era?

Afundando no assento em frente a ela, coloquei meu celular na mesa e senti o peso do meu coração.

— Dá pra imaginar.

— Ah, dá, é? — Agora ela parecia ter esperança.

— Aham. Eu falei pra ele que achava que ele... — Pensei melhor. — Na verdade, eu disse a ele que eu tinha grandes suspeitas de que ele tivesse um distúrbio de processamento sensorial, e agora, parando para pensar na conversa, fico me perguntando se eu não o peguei muito de surpresa.

Eu não tinha ligado para ele essa semana de propósito, querendo lhe dar um espaço. A última coisa que eu queria era fazê-lo sofrer com um pedido de desculpas se ele não estivesse pronto ou disposto a ouvi-lo.

Revivi a conversa uma centena de vezes na minha cabeça e cada vez eu me sentia pior, mesmo tendo cada vez mais certeza de que estava certa. Mas se ele não sabia, se não fazia ideia, que direito eu tinha de lhe contar minhas suspeitas?

Amelia suspirou, a esperança se esvaindo de suas feições.

— Ah. Entendi.

Desesperadamente querendo saber a opinião dela, perguntei:

— Mas acho mesmo que ele tenha, e se ele soubesse ao certo, talvez isso o ajudasse a se entender melhor, você não acha?

— O Byron já se entende bem demais — resmungou Amelia. — Ele é um dos campeões mundiais em autoconhecimento. Ele se autoconhece demais. O que ele não entende são as outras pessoas.

— Você não acha que ele tenha distúrbios sensoriais?

— Ah. Com certeza. Talvez ele até saiba, mas nunca se rotulou dessa forma. Mas e daí? Se ele está feliz com quem ele é, e ele de fato está... — O olhar de Amelia perdeu o foco por um momento e ela sacudiu a cabeça. — Enfim. Acho que o que eu quero dizer é: que diferença faz? Ele é quem ele é, e me deixaria triste se ele pensasse que precisa mudar para ser mais normal.

— Me deixaria também. Acho que a forma como Byron processa informações sensoriais talvez seja o superpoder dele. Quando você lê os livros dele, a forma como ele descreve os detalhes, é tão incomum, tão vívido, tão genial. Eu odiaria ver ele tentando mudar isso em si mesmo.

Ela se animou de novo.

— Odiaria mesmo?

— Sim, odiaria. — Olhei para a garrafa de vinho ao lado dela, ponderando se tomava uma taça ou não. Mal passava das três e meia da tarde, mas eu ainda tinha muita coisa para fazer até de noite.

Ela deu um gole.

— Então por que você tentou fazer um diagnóstico dele?

Considerei a pergunta, considerando-a, e depois respondi:

— Acho que... que *eu* queria entender ele melhor.

— Queria? — Amelia se inclinou para a frente.

— Sim. Sem dúvidas. E sabendo que ele tem distúrbios sensoriais, agora entendo que ele não quer ser rude ou maldoso ao se afastar abruptamente. É que ele tem que criar barreiras quando se sente sufocado para continuar saudável. — Refletindo agora, eu não tinha ideia de como eu tinha sido capaz de comparar Byron com o meu tio. Eles não tinham *nada* a ver. — Mas antes que eu me desse conta do que de fato estava acontecendo com ele, e de começarmos a passar mais tempo juntos, estar com ele era...

— O quê?

— Incrivelmente confuso. — Meus ombros caíram com o peso da confissão. — Num minuto ele estava frio e distante, e no outro ele estava sendo maravilhoso, e depois voltava a dar um gelo. Mas eu *amo* o jeito como ele pensa, a linha de raciocínio dele quando explica algo sobre si mesmo. Queria que ele falasse mais. Eu poderia passar horas ouvindo ele falar. Dias, até. E ele é tão engraçado. É um humor meio seco, mas eu amo a perspicácia dele. — Dei uma risadinha pensando nos cinco filés de carne e em todos aqueles scones sem glúten. — E ele tem muita consideração.

— Às vezes ele não tem consideração nenhuma, tipo quando deixa de compartilhar informações necessárias, ou quando não avisa as pessoas sobre seus planos. Mas você está certa; com determinadas coisas ele tem muita consideração mesmo. — O tom afetado de Amelia quando ela terminou de falar trouxe minha atenção de volta ao seu rosto.

Ela estava com um sorriso enorme — enorme mesmo.

Eu me endireitei na cadeira.

— O que foi?

— Você tem tesão por ele.

Perdi o ar quando nossos olhos se encontraram. A negação estava na ponta da minha língua, mas eu não tive coragem de colocá-la para fora. Era óbvio que não. E eu nem queria. Eu estava muito cansada de guardar tudo para mim.

Apoiando os ombros em cima da mesa da cozinha, deixei meu rosto cair nas mãos e grunhi.

— Sou tão óbvia assim?

— *Agora* você foi. Mas antes disso, eu não tinha ideia.

Olhei para ela por entre os dedos.

— Você acha que ele sabe?

Ela riu alto.

— Hum, não. Na verdade, eu acho que ele não faz a menor ideia.

— Ai, que bom.

— Que bom?

— Sim. Que bom.

— "Que bom" por quê?

— Porque ele é o Byron Visser! Por isso. — Deixei as mãos caírem sobre a mesa. Olhando para a garrafa de vinho novamente, eu me levantei e caminhei até a cozinha para pegar uma taça.

Eu não estava procurando novas histórias sobre mim e Byron na internet, principalmente porque não tinha tempo, mas também não queria me expor ainda mais aos comentários negativos. Perto do fim do meu tempo morando com meus tios, aprendi o valor de ignorar a negatividade. Tive que deixar meu tio gritar comigo, mas eu não precisava dar ouvidos. Se eu lesse os comentários, não seria diferente de escutar voluntariamente meu tio me dizer o quanto eu era inútil.

Mas, infelizmente, não precisei procurar as histórias. Estranhos começaram a me enviar mensagens e a deixar comentários sobre meus vídeos de STEM, não apenas nos vídeos com Byron, me informando que eu não era bonita o suficiente para ele, que não o merecia, exigindo saber o que ele ia querer com alguém como eu.

Eu me amava, sem dúvida. Cem por cento. Mas eu desafiava qualquer um a receber uma enxurrada de mensagens destrinchando sua aparência, seu corpo, suas escolhas de roupa, sua inteligência e sua dignidade, e *não* ser impactado negativamente de alguma forma. As coisas ficaram tão feias que eu parei de ler todas as mensagens e desativei os comentários durante as lives.

— Do que você tá falando? — Amelia revirou os olhos para mim. — É só o Byron.

— Não, não é "só o Byron" e você sabe disso. Ele não é *só* nada. Não tem ninguém igual a ele. — Peguei uma taça de vinho sem haste do armário, já que eu provavelmente passaria o resto da noite bebendo dela.

— E daí? Também não tem ninguém como você. Ou como eu, ou o Elijah.

— Você está sendo obtusa de propósito. Eu sei que você entendeu o que eu quis dizer. — Coloquei o vinho na minha taça. Foi uma dose pesada, mas essa conversa também era pesada.

— Não sei do que você está falando. Ele é só uma pessoa.

— Não?! Ele é…

— O quê?

Coloquei a garrafa na mesa com força demais, fazendo um barulho.

— Ele é perfeito.

Algo tinha mudado fundamentalmente nas últimas semanas, mesmo antes de me ocorrer que ele poderia estar lutando com transtornos sensoriais, mas especialmente desde que essa ficha tinha caído. Eu agora considerava a franqueza de Byron — o que eu costumava chamar de grosseria — perfeita. Em um mundo cheio de meias-palavras e atitudes passivo-agressivas, eu era muito grata por sua honestidade. Eu adorava que o que ele dizia era o que ele queria dizer e, agora que eu sabia que era esse o caso, eu podia simplesmente relaxar e confiar nas palavras que saíam de sua boca.

Além disso, eu não precisava de comentários desagradáveis ou mensagens me dizendo que eu era patética para destacar todas as maneiras pelas quais Byron era perfeito. Eu havia passado as últimas semanas com pensamentos dele me atormentando dia e noite. Eu tinha plena noção.

Amelia olhou para mim, visivelmente perplexa. Mas então um sorriso caloroso e suave floresceu em suas feições e ela estendeu a mão por cima da mesa para pegar a minha.

— Fico tão feliz de te ouvir dizer isso.

— Não é uma opinião controversa. Ele é maravilhoso. E o cérebro dele, nossa! Eu só queria… — Fiz um gesto de segurar algo no ar, sem conseguir colocar em palavras o quanto eu tinha sede das ideias e das palavras de Byron. — E a voz dele. Meu Deus, como eu amo a voz dele. E as mãos.

Seus olhos se arregalaram e ela os desviou para o vinho, um sorriso secreto nos lábios, mas permaneceu em silêncio.

Bebericando meu vinho, observei Amelia sobre a borda da taça, meio que apenas percebendo que eu havia confessado estar apaixonada por seu amigo mais antigo, e senti uma pontada de preocupação.

— Você não acha que as coisas vão ficar estranhas entre a gente, né? Por eu gostar dele?

— O quê? Tá brincando, né? Eu tô muito feliz, Winnie!

— Você está? — *Nossa. Por essa eu não esperava.* — Mas não vai ser constrangedor daqui pra frente? Você não vai ficar desconfortável com a sua colega de quarto cobiçando seu amigo mais antigo?

— E você deveria mesmo. — Ela deu uma piscadinha e subiu e desceu as sobrancelhas.

— Então é para isso que eu devo me preparar? Pra você me enchendo o saco? — Dessa vez, tomei um gole maior.

— Pode apostar. Eu não vou sair do pé de vocês dois. Vocês são as melhores pessoas que eu conheço. E o Elijah, claro. — Amelia bebeu mais um pouco do vinho, de maneira mais educada do que eu, e colocou a taça de volta sobre a mesa. — Byron é mesmo maravilhoso como você pensa, mas ele provavelmente não é durão como você e ele pensam.

E você é igualmente maravilhosa, mas muito mais durona do que as pessoas pensam, incluindo você mesma.

— Ei! — franzi o cenho. — Eu me acho durona.

— Nem você acredita nisso. Mas essa conversa fica pra outra hora. A questão é que estou aqui te dando minha bênção para cobiçar o Byron, não que você precise dela. Eu deixo vocês se resolverem sozinhos. — Ela assentiu para a própria declaração.

— O que isso significa?

— Que se você gosta do Byron, se quer o corpo dele, você deveria contar pra ele.

Vai nessa.

— Não é simples assim. — Puxei a manga curta da minha camisa e cocei o braço. Como eu entendia melhor a franqueza de Byron, não tinha dúvidas de que, se ele quisesse mais do que amizade comigo, já teria dito alguma coisa. — Eu não acho que ele se interesse por mim dessa forma.

Com a minha resposta, Amelia jogou a cabeça para trás e riu, batendo na mesa com a palma da mão. Ela riu e riu, batendo na mesa mais algumas vezes, como se nunca tivesse ouvido algo tão engraçado.

Cruzei os braços e a observei, me sentindo excluída da piada mesmo com a crescente suspeita e com a esperança me fazendo abrir um sorriso.

— Vai me contar o que tem tanta graça? Você sabe de algo que eu não sei?

— Não tenho nada a dizer. — Ela secou os olhos.

— Não vai me dar nem uma pista? — Desta vez, quando senti um frio na barriga, eu o aceitei.

Essa reação dela, rindo da minha afirmação de que eu não achava que Byron estivesse interessado em mim dessa maneira, parecia um incentivo nada sutil.

— Nananinanão. — Ela jogou as mãos no ar. — Como eu falei, não tenho nada a dizer sobre isso.

— Ele falou algo sobre mim? — O frio na barriga virou uma geada.

— Não saberia te dizer. — Amelia lutou com seu sorriso em submissão, quase conseguindo parecer inocente.

Eu a encarei, esperando, torcendo para que ela me desse uma dica. Eu realmente precisava. Eu tinha revisitado a noite do jantar de Lucy e Jeff várias vezes na minha cabeça, desesperadamente procurando por algum sinal de que ele considerava seus sentimentos algo além de inconvenientes. Mas a cada vez, três frases saltavam e acabavam com toda a esperança.

Não é nada de mais.

Eu não quero nem preciso de nada vindo de você.

Eu gosto de você, mas não necessariamente por escolha.

Levar as declarações dele ao pé da letra era essencial. Tudo o que ele tinha dito era verdade. Então... talvez ele tivesse mudado de ideia desde aquela época? Talvez ele tivesse falado com Amelia sobre mim e as coisas agora fossem diferentes?

Sério mesmo, Win? Isso não te faz uma pessoa meio tonta? Esperando que Byron uma hora ou outra goste de você o bastante para querer algo de você?

Cobri o rosto de novo, esfreguei e deixei as mãos caírem. Eu estava muito cansada do ciclo de rotação no meu cérebro.

Olhando para ela, tentei um pouco de psicologia reversa, uma tática que muitas vezes funcionava com meu tio.

— Eu não acho que você saiba de alguma coisa.

Ela me encarou, um sorriso que estava tentando esconder puxado com força em sua boca.

— Se você soubesse de algo, se ele tivesse dito algo para você, você me contaria.

— Ah, contaria?

— Sim. Agora que você sabe como me sinto, sim. E, se ele sentisse o mesmo por mim, nem que fosse metade do que sinto, por que você não me contaria? — Balancei a cabeça. — É, você não sabe mesmo. Mas talvez suspeite de alguma coisa.

— Isso. Suspeito de que você seja inteligente, amável, doce e gostosa pra caralho, e é ridículo que você ache que Byron, ou qualquer outra pessoa, não fosse pensar em você *daquele jeito.*

Ela havia entendido errado. Eu estava bem ciente de que, apesar do quanto eu me achava gostosa, não era exagero pensar que os outros não me veriam dessa maneira? Não era um reflexo da minha autoestima ou confiança; era uma lógica simples.

Eu tinha provas desse fenômeno, usando a mim mesma como grupo de controle e vários caras que a maioria das pessoas considerava bonitos na faculdade como estudos de caso. Embora eu fosse uma minoria extrema, não achava aqueles homens gostosos, bonitos nem nada parecido.

Portanto, não importava o quanto alguém pudesse ser claramente gostoso para a maioria das pessoas, existia pelo menos uma pessoa no mundo que achava que esse alguém era repulsivo, como uma mistura do Esqueleto do *He-Man* com o lagarto do *Monstros S.A.* Beleza, sensualidade e atratividade estavam nos olhos de quem via, e isso era uma verdade universal. Era impossível alguém ser gostoso para todo mundo, da mesma forma como era impossível alguém não ser gostoso para ninguém. E era por isso que se uma pessoa em particular me achava atraente ou não, isso nunca afetava minha autoconfiança — como dizia a expressão chula, gosto é igual...

Mas em vez de discutir isso, lambi a ponta do dedo e toquei meu ombro, fazendo um som crepitante.

— Sou gostosa.

— Gostosa demais — concordou ela, seu olhar aos poucos perdendo o foco. — Nunca, *nunca* deixe alguém te dizer o contrário.

Senti meu sorriso ficar frágil quando meu olhar caiu. Ela tinha lido os comentários mais recentes nos meus vídeos. Eu sabia que ela leria. Éramos melhores amigas e almas gêmeas nerds. Mas eu realmente não queria falar sobre isso.

— Win…

— Não quero falar sobre isso.

— Aquelas pessoas são umas cuzonas. É só ignorar.

— Eu tô ignorando mesmo. — Sim, obviamente, eu gostaria que as pessoas parassem de me enviar mensagens e comentar nos meus vídeos, me dizendo quanto meu rosto era feio, especialmente porque Byron e eu nem estávamos juntos. Mas elas não paravam, e eu estava dando o meu melhor para não me afetar com nada disso.

— Quando foi a última vez que você falou com o Byron?

— Há uma semana, mais ou menos. — Fiz uma careta, depois grunhi. — Foi quando falei para ele que achava que ele tinha um distúrbio de processamento sensorial.

— E você já disse isso a ele? Chegou a conversar com ele sobre os comentários maldosos? Ele sabe que as pessoas estão fazendo isso com você?

Sacudi a cabeça.

— Winnie! O quê? Por quê? Você precisa contar pra ele! — Ela bateu na mesa.

Arqueei uma sobrancelha ao ouvir o barulho. Amelia parecia estar batendo muito na mesa hoje.

— Por que eu faria isso? Sei lidar com isso sozinha. Tudo bem. Posso ignorar.

Seu olhar me disse que ela não acreditava em mim.

— É um pequeno preço a ser pago se significa que vou conseguir a vaga de gerente de comunidade e pagar minhas dívidas estudantis enquanto espalho a palavra das áreas STEM para centenas de milhares de pessoas com quem eu nunca teria a chance de ter contato.

— As duas coisas podem ser verdade. Você pode ser grata pelos seguidores e ficar irritada com o comportamento de merda dessa gente desocupada.

— Sei — falei, sem conseguir esconder o tom defensivo da minha voz. — Não estou dizendo que não estou chateada, mas estou tentando não pensar nisso. Sou grata pela exposição, pelos seguidores, pelas novas pessoas que estou alcançando e por tentar focar no positivo. Também estou pronta para o fim de semana. Podemos falar sobre outra coisa?

— Tá. Mas você tem que me prometer que vai vir falar comigo e desabafar se precisar.

— Prometo. Mas por hoje só quero jogar *Stardew* e ficar de boa.

— Ah! — Ela estalou os dedos e em seguida apontou para mim. — Já sei. Liga para o Byron. Vê se ele não quer vir jogar *Stardew Valley* à noite.

Olhei para meu celular e vi a hora.

— Tá falando sério? — Ela só podia estar brincando.

— Talvez. Por quê? O que rolou?

Gesticulei para a sacola da farmácia que eu tinha colocado na cadeira quando cheguei.

— Eu ia pintar o cabelo hoje, para a minha série de vídeos sobre a ciência do cabelo. Mas acho que dá para deixar pra amanhã. Você acha... o que te faz pensar que ele ia querer jogar comigo?

As sobrancelhas de Amelia saltaram e seus olhos se arregalaram de maneira cômica.

Revirei os olhos, ignorando o rubor causado pelo meu fraco fraseado.

— Quer dizer, jogar com *a gente*. Jogar *Stardew* com a gente. Ele joga?

Ela pareceu considerar minha pergunta, dando batidinhas no queixo enquanto me olhava.

— Byron gosta de... — Ela semicerrou os olhos, como se estivesse com dificuldade de escolher as palavras certas. — Assim como você, ele gosta de jogar. Mas nunca com outras pessoas, e com certeza não com qualquer um.

Franzindo o cenho, peguei a taça de vinho.

— Então, por que você acha que ele jogaria com a gente?

Ela bufou, enchendo as bochechas de ar.

— Digamos que é um palpite. Ah! — Ela estalou os dedos de novo. — Ou senão... escuta só: você poderia chamar ele para vir aqui e descolorir seu cabelo.

Fiz um som de deboche.

— Ele nunca toparia.

— Você nunca vai saber se não perguntar. — Mais uma vez tentando parecer inocente, Amelia deu mais um golinho no vinho, me olhando de maneira suspeita.

Tombei a cabeça para olhar para o teto e fiz que sim.

— Aposto uma semana inteira de janta por conta da perdedora que Byron Visser não terá interesse algum em pintar meu cabelo. — Eu esperava que, provocando-a, ela inadvertidamente revelasse algo (supondo que houvesse algo para revelar). Essa era outra tática que funcionara com o tio Jacob.

Mas não era possível manipular Amelia para abrir a matraca por nada. Com um sorrisão largo, ela empurrou meu celular para mais perto do meu copo de vinho e apontou o queixo na direção dele.

— Vai. Liga lá. E coloca no viva-voz.

— Por quê? O que você acha que ele vai dizer?

Ela gesticulou para o meu celular de novo.

— Liga pra ele.

— Agora?

— Nada como o presente!

Eu a analisei.

— Tá bom. Mas vou querer linguiça com panqueca a semana toda.

— Liga logo — cantarolou ela, agitada na cadeira como uma criança.

Encontrando as informações de contato dele rapidamente, ignorei o ritmo crescente do meu coração e apertei o botão de chamada, apertando minhas mãos no colo.

Ele atendeu no segundo toque.

— Fred.

Senti um aperto no peito, quente e como uma pontada.

— Oi.

— Olá.

Olhei para minha colega de quarto. Ela parecia o gato de *Alice no País das Maravilhas*.

— A Amelia tá aqui também. Você está no viva-voz.

— Oi, Byron! — disse ela em sua melhor imitação de atendente de caixa amigável. — Há quanto tempo!

Olhei para ela. Amelia parecia positivamente fora de si com animação quando retribuiu meu olhar, seus ombros tremendo com uma risada silenciosa. *Ela estava... bêbada?*

— O que você fez, Amelia? — Usando um tom sombrio e agourento, Byron não parecia satisfeito com ela.

— Nada! — Ela deu risinhos, balançando a cabeça e limpando a garganta como se quisesse dissipar o riso e se controlar. Então, para mim ela sussurrou: — Pergunta!

— Quanto foi que você bebeu de vinho? — sussurrei de volta.

— Me perguntar o quê? — Surpreendentemente, Byron não parecia mais irritado, mas interessado.

— Hum... — Dividi minha atenção entre Amelia e a garrafa de vinho, da qual eu podia ver agora que só restava um quarto. — Byron, quer que te tire do viva-voz?

— Não, tudo bem. Deixa a Amy conseguir o que ela quer. O que você queria me perguntar?

Me inclinei para a frente, olhei para a tela do celular e percebi que não tinha uma foto configurada no contato dele. Quando falamos ao telefone, ele era representado por um círculo cinza com a letra B.

— Nada de mais, só queria te pedir um favor.

— O que quiser — respondeu ele.

Amelia tapou a boca com a mão, deixando seu olhar arregalado cair para a mesa. Ela só podia estar bêbada.

— Cuidado pra não se arrepender de dizer isso. Você ficaria confortável gravando um vídeo que não está incluso na minha lista? É relacionado a STEM, não é uma trend. — Coloquei meus antebraços sobre a mesa e pressionei as palmas uma na outra. *Eu ia mesmo pedir isso para ele?* De repente, me senti boba.

— Continue. Sobre o que é o vídeo?

Respirei em meio a outro surto de síndrome de pontada nos pulmões. *Minha nossa.* Foi ótimo ouvir a voz dele. Eu esperava que ele viesse, e essa esperança me deu coragem.

— Em primeiro lugar, por favor diga não se não estiver a fim.

— Fred. Me peça.

— Tá bom. Ok. Lá vai. Já gravei vários vídeos sobre a ciência do cabelo, algumas semanas atrás, mas ainda não postei nenhum.

— A ciência do cabelo?

— Isso. Expliquei o que é a cor do cabelo, por que as pessoas têm diferentes cores de cabelo, tipo os ruivos, a origem das cores de cabelo, a genética envolvida na cor e na textura do cabelo, esse tipo de coisa.

— Ah. Ok. Informativo.

O elogio dele arrancou um sorriso meu e parte do meu nervosismo cedeu.

— E para o último vídeo, e é aqui que preciso da sua ajuda, eu queria gravar alguém me ajudando a pintar meu cabelo de loiro.

Silêncio. E então:

— Você quer pintar o cabelo de loiro? — Ele parecia estar um pouco sem fôlego.

— Quero. Quero falar sobre o processo químico de colorir o cabelo, o que ele faz, e eu sempre quis ficar completamente loira, tipo um loiro-platinado-brilhante, então pensei que seria uma boa maneira de encerrar a série e amarrar ao vídeo de compostos químicos que fiz em abril. Vou postar os vídeos de cabelo a partir de agora até agosto. E como a próxima semana é a última semana de aula, vou ter todo o verão para que ele cresça o bastante para cortar caso eu não goste.

Seu lado da ligação ficou quieto. Depois de vários segundos, bati na tela para ter certeza de que a chamada não tinha caído. De acordo com meu celular e o círculo cinza com o B grande, ele ainda estava na linha.

— Byron? Você ainda está aí?

— Gosto de como seu cabelo está agora.

— Ok...? — Olhei para Amelia. Ela ainda estava com a mão na boca, os olhos fixos na mesa como se não confiasse em si mesma para falar ou olhar para mim.

— Tem certeza de que quer descolorir?

— Tenho.

— Eu ajudo.

Tentei não rir. Ele parecia tão decidido, como se tivesse acabado de concordar em ir para a batalha, não a me ajudar a pintar o cabelo de loiro.

— Ah! Ok. Ótimo! Obrigada…

— Mas tenho uma condição.

O suspiro que soltei provavelmente saiu como o ar de um pneu furado, e mesmo assim não pude conter um sorriso.

— Por que não estou surpresa?

— Eu quero…

— Sim?

— Você não pode me perguntar por que estou exigindo esta condição em especial.

Amelia revirou os olhos, finalmente tirando a mão da boca para poder tomar outro gole de vinho.

— Tá. Combinado. O que é?

— Quero uma foto sua com o cabelo solto, nessa cor que ele está agora, como estava na noite do jantar do Jeff e da Lucy.

Fui pega de surpresa.

— Você… o quê? — perguntei fracamente. Ele queria uma foto minha. *Lisonjeada.*

Era assim que me sentia. Satisfeita e um pouco animada e muito lisonjeada. Eu estava certa, Amelia estava mesmo tentando me encorajar mais cedo. Meu cérebro e coração estavam nas nuvens.

Mas então ele disse, mal-humorado e exigente:

— Nada de perguntas.

Seu tom não me incomodou ou diminuiu minha flutuabilidade nem um pouco.

— Bem, preciso saber de mais detalhes. Pode ser uma foto velha? Eu não… posso dar uma olhada no celular, mas acho que não tenho uma foto recente com o meu cabelo assim.

— Quero que seja recente. E se eu tirar quando chegar aí?

— Pode ser. — Toquei a trança desarrumada que caía por cima do meu ombro. — Mas aí vou precisar lavar e finalizar ele hoje, e isso…

— Perfeito. Combinado, então. Tchau.

Ele desligou.

Sorrindo curiosamente para o celular, balancei a cabeça um pouco.

— É, é a cara do Byron mesmo. — Esticando-se para a frente, ela encheu a taça de novo. — Ele fez algo parecido comigo quando decidi cortar meu cabelo no oitavo ano. E quando nosso amigo James no ensino médio deixou a barba crescer, Byron queria uma foto dele sem ela. Ele nem sempre se dá bem com a mudança.

Ah. Então talvez eu não devesse ficar lisonjeada. Ri de mim mesma e dos meus pensamentos de pingue-pongue indo de um lado para o outro. Tentar acompanhar o que eu estava sentindo por Byron em comparação com o que eu achava que deveria estar sentindo por Byron era absolutamente exaustivo.

Fiz uma careta para esconder minha decepção e falei, brincando:

— Ou vai ver ele tem um fetiche por cabelo.

— Haha! Não. Ele é assim com qualquer tipo de mudança. Tipo quando meus pais venderam nossa casa antiga para a gente se mudar para nova, ele gravou um vídeo da casa velha antes de ela ser vendida e tirou algumas fotos da gente na fachada. Você provavelmente já as viu penduradas na casa dele.

— Vi, sim. — Eu tinha mesmo me perguntado quando aquelas fotos tinham sido tiradas. Nelas, Amelia estava uns quinze centímetros mais alta que Byron. Agora ele tinha pelo menos dez centímetros a mais que o um metro e setenta e cinco dela.

— Quando eu me mudar — continuou ela, se levantando da mesa —, ele provavelmente vai vir aqui e insistir em tirar fotos. Quer que eu abra outra garrafa?

Senti um frio na barriga e depois meu estômago se embrulhou quando ouvi suas palavras. A angústia fez meu coração ir parar na garganta.

— Win?

— Ãh? Pode ser. — Dei um último gole no resto do meu vinho. Eu estava tão ocupada e preocupada nas últimas semanas que havia esquecido das dicas sutis que Amelia e Elijah estavam dando sobre irem morar juntos. Ou talvez eu estivesse ignorando as pistas de propósito, afastando-as da minha mente. Achei que tinha mais tempo. Mas do jeito que ela disse...

Quando eu me mudar...

Não "se". *Quando.*

Eles provavelmente estavam esperando o fim do ano letivo.

— Vou mandar mensagem para o Byron trazer mais também. — Amelia pegou o celular. — E talvez a Serena também queira vir hoje.

Nossa amiga em comum não tinha aparecido na semana anterior já que eu andava tão ocupada. Ela disse que queria esperar até que pudéssemos jogar todas juntas.

— E o Byron? Semana passada você disse que talvez ele não topasse vir se a Serena estivesse aqui.

Sem filtro pelo álcool, Amelia botou a língua para fora e assoprou.

— Ele supera. Se ele quiser te ver, vai ter que aguentar a Serena.

CAPÍTULO 20

WINNIE

Eu me senti um pouco boba por isso, mas tomei um banho e arrumei meu cabelo, secando-o bem, mesmo que isso deixasse o banheiro quente. Acabei abrindo a claraboia para deixar entrar ar fresco e levei os quarenta e cinco minutos necessários para arrumar os cachos e as ondas. Já que tinha arrumado o cabelo, achei que poderia me maquiar também. E já que eu estava empenhada, também coloquei o vestido preto envelope que havia usado na noite da festa de Lucy e Jeff com as botas de cano alto.

Enquanto me preparava, decidi que pediria desculpas a Byron por presumir que ele tinha um distúrbio de processamento sensorial. Eu não era uma profissional da saúde. O que parecia problemas sensoriais para mim poderia ser algo completamente diferente, ou nada. Mesmo que Amelia, como sua amiga mais antiga, concordasse comigo, e mesmo que eu continuasse convencida de que estava certa, sair por aí distribuindo diagnósticos não era legal, e ele merecia um pedido de desculpas.

Quando saí do meu quarto uma hora e meia depois de entrar, minha taça de vinho vazia e Amelia longe de vista, foi com determinação e um coração arrependido que me aproximei de Byron. Sentado no sofá, ele parecia estar lendo um livro.

Sua cabeça se levantou e seus olhos se arregalaram, me olhando de cima abaixo.

— Winnie.

— Oi. — Coloquei o cabelo atrás das orelhas. — Desculpa, não sabia que você estava aqui. Faz tempo que você está esperando?

— Uns quinze minutos. — Ele deixou o livro de lado.

Andei de costas na direção da cozinha.

— Está com sede? Ou com fome? Quer alguma coisa?

— Não, obrigado — respondeu ele, e se levantou para me olhar. — Eu já comi.

Balancei a cabeça, meus olhos o analisando de cima abaixo também. Seu cabelo, muito mais comprido em cima do que nas laterais, tinha sido arrumado artisticamente para não cobrir seu rosto, um estilo que ele parecia estar preferindo de uns tempos para cá. Ele usava uma camiseta azul-esverdeada-acinzentada em vez de sua típica preta, e, em vez de jeans escuro, ele usava — adivinha? — jeans azul.

— Todo azulzinho — provoquei.

— A Amelia falou para eu usar isso. Ela me mandou mensagem depois que a gente se falou por telefone.

— O quê? Por quê? — Fui até ele.

— Acho que, já que vou descolorir seu cabelo, ela não queria que o produto manchasse minhas roupas pretas.

Eu me aproximei. Meu sorriso escorregou quando a resposta à minha última pergunta ficou clara. De repente, eu estava muito, muito quente. Amelia era super sorrateira. Seu pedido de roupa não tinha nada a ver com descolorir meu cabelo. Os olhos dele — tão bonitos e incomuns em seu traje típico — estavam surpreendentemente vívidos agora, os anéis de sua íris se misturando e combinando com a cor da camisa.

— O que foi? — perguntou ele, analisando meu rosto.

— Nada. Não... não é nada. — Eu ia me afogar em seus olhos. Não consegui redirecionar meu olhar. Eles eram ridiculamente fascinantes. Um gradiente de queima de cobre e bário, uma nova estrela nascendo, calor e vibração.

— Tem certeza? — De pé diretamente na minha frente agora, sua mão veio ao meu cotovelo como se quisesse me firmar, o calor de sua pele sangrando através do tecido fino do meu vestido. — Você parece estar meio tonta. Quantas taças de vinho você bebeu?

— Só uma. — Eu estava mesmo tonta. Agora. Agora eu estava tonta. Não antes. *Pensa rápido!* Olhei para a taça de vinho vazia na minha mão. — Cadê a Amelia?

Ele fez uma careta.

— Foi para o quarto descansar. Ela bebeu demais.

Fiz um o com os lábios e balancei a cabeça enquanto me lembrava de que olhar nos olhos de outra pessoa por um período prolongado de tempo poderia ser interpretado como agressividade.

O olhar de Byron ainda parecia me avaliar, o que me fez sentir estranha, o que me ajudou finalmente a desviar minha atenção.

— Então... — Coloquei o cabelo atrás das orelhas de novo, me virei, me sentindo ficar mais sóbria enquanto me lembrava da determinação de me desculpar com Byron, antes de me distrair com seu... rosto. — Queria pedir desculpas pela semana anterior, pelo que eu tinha dito.

— Seja mais específica.

Sorri ao seu comando. Colocando minha taça de vinho vazia na bancada, me virei para encará-lo e apoiei a mão na ilha da cozinha.

— Desculpa ter dito, ou sugerido firmemente, que você tem um distúrbio de processamento sensorial.

Ele levantou o queixo como se estivesse absorvendo a informação.

— Sinto muito mesmo. Ficou claro para mim depois que te peguei desprevenido. Não era uma possibilidade que você teria considerado ou estaria aberto a considerar. Não quis dizer que há algo de errado com você. Não vejo distúrbios sensoriais como algo *errado*, exatamente. É só uma maneira diferente de pensar e interagir com o mundo. Mas desculpa mesmo se foi a impressão que deu.

A postura de Byron permaneceu relaxada, mas algo em seus olhos pareceu retraído e gelado, e uma sombra ecoou em sua voz quando ele disse:

— Digamos, em teoria, para fins de discussão, que eu tenha mesmo um ou mais distúrbios sensoriais.

— Certo.

— Que diferença isso faz?

Foi exatamente o que a Amelia disse. Eles deviam ter conversado sobre isso.

— Bem, se você tivesse mesmo e fosse diagnosticado, a literatura sobre o assunto poderia ajudá-lo a se entender melhor. E você poderia participar de um grupo de apoio, conhecer pessoas que vivenciam o mundo de maneira semelhante. Poderia ajudar tanto você quanto elas a se sentirem menos sozinhos, mais...

— Normais.

Senti minhas feições relaxarem com sua escolha de palavras e como ele tinha dito isso.

— Não.

— Você gostaria de mim se eu fosse mais normal? Mais como os outros caras?

Estremeci, a pergunta fazendo meu coração doer. Parecia uma acusação.

— Byron. Não. Como assim "como os outros caras"? Isso não tem nada a ver comigo e com o que eu quero ou penso. Tem a ver com você se entender e... e...

— Tenho uma resistência a rótulos. — Ele me interrompeu, obviamente rejeitando a minha lógica.

— Você tem uma resistência a rótulos?

— Correto — disse ele com caráter definitivo, como se fosse isso e pronto, acabou, assunto encerrado. Fim.

Acho que eu entendia o que ele queria dizer, mas não gostei de como ele parecia frustrado, retraído, determinado e irritado, como se tivesse discutido mentalmente comigo sobre esse assunto a semana toda e não desse a mim — ou a nós — uma chance de discuti-lo a fundo.

Ele podia sentir o que quisesse. Mas eu não queria que ele acreditasse que eu o considerava estranho ou o estava julgando. Eu precisava aliviar o clima, fazê-lo rir, para que ele estivesse aberto a uma conversa real comigo.

Tentando ser cética e semear uma provocação, virei a cabeça para olhar para ele pelo canto dos olhos.

— Tipo o quê? Rótulos de alimentos? Você vê a indicação recomendada de consumo diário de sódio e pensa consigo mesmo "Dane-se você, rótulo! Você não manda em mim! Vou beber água do mar no café da manhã. Tenho resistência a você!"?

Ele sorriu enquanto eu falava, seu olhar parecendo oculto, boa parte de sua rigidez cedendo. *Divertimento relutante, mas ainda assim divertimento.*

— Não, Fred. Estou falando de rótulos que as pessoas usam para se definirem. Um diagnóstico, uma identidade, uma afiliação. Principalmente quando elas não tiveram participação alguma na definição do rótulo.

Enruguei o nariz, não gostando do que ele estava insinuando.

— Mas às vezes rótulos são muito, muito importantes. Eles ajudam as pessoas a...

— Não estou falando de outras pessoas, estou falando apenas de mim. Se um rótulo dá conforto a alguém, ajuda essa pessoa a se entender melhor, a sentir que pertence e se encaixa em algum lugar, seja como for. — Ele caminhou até onde eu estava e encostou o quadril na bancada, me encarando e cruzando os braços. — Que bom para quem se sente assim. Mas eu resisto a aplicar rótulos a mim mesmo, ou que me peçam para definir quem sou, o que penso, como me sinto utilizando um rótulo.

— Por quê? — Também cruzei os braços.

Ele bufou, olhando por cima da minha cabeça.

Por reflexo, estendi a mão e segurei o braço dele.

— Não faz isso. Não se afasta. Estou perguntando porque quero saber.

— Por que você quer saber? — indagou ele com a voz firme. — Por que preciso me explicar?

Considerei brevemente deixar o assunto de lado, esquecer. Nós éramos amigos agora, de certa forma, e se ele não queria falar sobre si mesmo, parte de mim não queria pressionar.

Mas a parte que gostava tanto dele, a parte que era obcecada por ele quando estávamos separados, essa parte precisava entender.

Eu deixei minha mão cair.

— Quero te conhecer melhor. Eu gosto de você e... — Dei de ombros e mostrei um sorrisinho para ele. — Quero te conhecer. Não estou pedindo para você se explicar. Estou pedindo para você me ajudar a entender, para que eu não cometa erros.

Ele piscou, me dando a impressão de que minhas palavras o surpreenderam.

— Você gosta de mim agora?

Ri da expressão na cara dele.

— Seu babaca! — Empurrei seu ombro firme com a ponta dos dedos. — Você sabe que sim. Como você poderia pensar que não?

— Você disse que não. — Ele disse isso como se a resposta fosse tão óbvia que ele se ressentia de eu fazer a pergunta.

— Semanas atrás! — Balancei a cabeça para ele. Ele achava mesmo que opiniões nunca mudavam? — Confesso que não gostava de você quando seus poderes de brilhantismo e sua personalidade intimidadora faziam eu me sentir inferior. Mas agora que te conheço melhor e você parou de oferecer conselhos de carreira não solicitados, isso não acontece mais. — *Agora só sinto umas vontades relacionadas à minha biologia e ao meu coração. Nada de mais.*

— Queria nunca ter te dado um motivo para não gostar de mim. — Ele parecia arrependido, suas palavras baixas e pensativas, e seu olhar despencando do meu.

— Podemos dar isso tudo como um mal-entendido, e é por isso que te faço perguntas sobre você. Está tudo bem entre a gente? — Dobrei os joelhos para tentar olhar para ele. — Estamos bem? Você me perdoa?

Ele assentiu, não permitindo que eu fizesse contato visual.

— Você diria que, hum, que nós somos amigos agora?

— O quê? — Pressionei a mão no meu peito fingindo surpresa, querendo ver seu sorriso novamente. — Vamos colocar um rótulo nisso? Achei que você não gostasse de rótulos.

O canto da boca dele pulsou para cima, fazendo meu coração derreter.

— Alguns rótulos têm um propósito valioso.

— Como o rótulo da *amizade*?

— E… outros.

— Tipo quais?

— O do açúcar. Se não fosse rotulado, eu poderia pensar que era sal. — Ele me encarou novamente, seu olhar cheio de propósito, de alguma forma mais pesado quando se enganchou no meu. — Somos amigos?

— Gosto de pensar que sim, mas não sou só eu quem decide. Então eu te faço a mesma pergunta: somos amigos?

— Somos.

— Ótimo, eu…

— Mas tenho condições.

Pega de surpresa, gargalhei, balançando a cabeça para ele.

— Você tá brincando comigo, né?

— Pareço estar brincando?

Ele não parecia estar brincando.

Ainda rindo, cruzei os braços de novo, aparentemente precisando me preparar para a negociação da nossa amizade.

— Tá. Vá em frente. Quais são suas condições?

— Se você estiver chateada ou insatisfeita comigo, ou se eu te deixar desconfortável, você precisa me dizer. — Byron chegou mais perto, sua mão vindo se apoiar na bancada.

— Combinado. O mesmo vale para você.

Ele semicerrou os olhos, como se minha resposta o tivesse deixado perplexo.

— Achei que você tivesse dito que não queria meus conselhos gratuitos.

— É, não quero. Não quando se trata das minhas escolhas de vida. Mas se eu te chatear, se eu fizer algo que te deixe bravo, quero que me diga.

— Ok. Entendi a diferença.

— Mais alguma condição? Essa é a parte em que você finalmente exige que eu tire os M&Ms vermelhos do pacote, e só disponibilize toalhas verdes?

Seus lábios se separaram, mas então seus olhos se aguçaram com a lembrança. Essas eram duas das exigências ridículas que eu havia postulado um tempão atrás, quando ele tinha se oferecido para me ajudar com os vídeos.

— Não gosto de M&Ms de cor nenhuma.

Tombei a cabeça para o lado.

— Você gosta de doces da See's. Chocolate amargo.

Prontamente, ele deu um sorriso largo, mostrando os dentes.

— Como você sabe?

— Tenho minhas fontes e não posso divulgá-las.

— Certo. Mas então por que você sabe disso? — Seu sorriso se espalhou e seus olhos fizeram uma coisa maravilhosa, como se estivessem me consumindo, devorando cada detalhe do meu rosto.

Isso tornou a respiração um pouco mais difícil, mas — evitando sua pergunta — me esforcei para mudar de assunto.

— Quais são suas outras condições?

— Condições?

— Para concretizar nosso rótulo de amizade.

— Certo. — Ele mudou o foco para cima e depois para a esquerda. — Quero ver você com mais frequência, mais vezes do que só para gravar as trends.

Isso me fez abrir um sorriso ainda maior.

— O quê? Sério?

— Sim. Mesmo depois de terminarmos os vídeos.

Eu já estava assentindo antes de ele completar o pensamento.

— Sim. Com certeza.

Talvez amanhã, de cabeça fria após uma noite de descanso, eu sentisse uma pontada de arrependimento pela minha exuberância atual, considerando o fato de que agora eu nutria um crush imenso por esse homem. Mas isso era algo para me preocupar no dia seguinte, não agora. Não quando tudo estava indo tão bem, a noite estava cheia de promessas e ele estivesse falando comigo sem mostrar nenhum sinal de fuga da minha presença.

— Tem mais uma coisa — disse ele, se inclinando para a frente, o aroma do seu pós-barba batendo na porta da minha biologia e cantarolando *Winzinha, Winzinha, me deixa entrar.*

Tentei respirar exclusivamente pela boca.

— O quê?

— Quero que você só trabalhe quando estiver sendo paga para isso.

Confusamente divertida com sua proposta, tentei encará-lo com uma expressão séria.

— Não. Mas boa tentativa.

Ele deu de ombros, e um sorrisinho apareceu em seus lábios.

— Eu precisava tentar.

CAPÍTULO 21

WINNIE

Ele tirou minha foto exatamente onde eu estava, sob as claraboias abertas da nossa cozinha. Foi rápido e indolor, e ele usou o celular que Amelia tinha comprado a pedido de sua agente.

Sem nenhuma razão para continuar parecendo chique, vesti uma camiseta larga e um moletom. Byron então se juntou a mim no banheiro, e repassei as instruções de como pintar meu cabelo.

— Tenho uma boa ideia do que fazer. — Ele franziu o cenho olhando para o papel que tinha vindo com o kit. — Antes de sair de casa, vi tutoriais no YouTube.

— Viu? — Claro que ele tinha visto. Byron fazia tudo bem-feito. Ele sabia de tudo, e o que ele não sabia, ele aprendia rápido.

— Os passos indicados aqui são parecidos com os dos vídeos. — Ele assentiu, passando o olho pelas instruções.

Byron organizou tudo enquanto eu filmava e narrava o que ele estava fazendo. Então peguei nosso avental menos chique da cozinha, um copo de água para cada um de nós e luvas para proteger suas mãos. Acho que todos podemos concordar que as mãos de Byron deviam ser protegidas a todo custo.

Ele montou uma cadeira dobrável no meu banheiro. Eu me gravei ajudando-o a colocar o avental, fazendo questão de envolvê-lo em meus braços para amarrar as costas em vez de fazê-lo se virar. Isso, é claro, significava que tínhamos passado um minuto inteiro com nossas frentes coladas e sua loção pós-barba atacando minhas mitocôndrias, mas valeu a pena.

Será que eu estava tirando vantagem da situação para ficar mais perto dele por alguns minutos? Talvez. *Sim.* Mas eu também nunca tinha dito que era santa.

Enquanto isso, ele ficou pacientemente com os braços para cima, franzindo a testa para o teto.

— Em que você está pensando? — perguntei, jogando as costas para trás quando terminei.

— Na Inglaterra.

Eu ri — ele era muito espirituoso, dentro e fora da câmera — e terminei a gravação ali apenas para abrir a função de gravação acelerada no celular e recomeçar. Então, com Byron usando uma máscara de proteção e eu fazendo caretas para a câmera, começamos de verdade.

Eu ia pausando a gravação acelerada em determinados intervalos para explicar o que íamos fazer em seguida, o que esperávamos que fossem os resultados e como os diferentes produtos químicos agiam no meu cabelo.

Byron ouvia, paciente, enquanto eu falava e trabalhava meticulosamente quando eu me sentava. Ele não poderia ter sido mais consciencioso, e foi, de verdade, a coisa mais fofa. Fiz uma nota mental para adicionar corações ao vídeo finalizado ao redor de seu rosto, sério de concentração daquele jeito tão adorável.

Conversamos sobre amenidades — principalmente a logística do que aconteceria a seguir ou como ele queria que eu me sentasse — até que, de repente, as primeiras notas de uma música, com violinos e harpa, vieram de fora do banheiro.

Byron virou a cabeça para o lado.

— O que é isso?

Em segundos, a voz de Nat King Cole surgiu para acompanhar o som dos instrumentos de corda. Fechei os olhos, rangendo os dentes. *Amelia, a instigadora.*

— É uma das playlists da Amelia — falei entredentes. — Ignora. — *Ah, vou me vingar.*

Era sua playlist de músicas românticas. Agora estava tocando "The Very Thought of You", de Nat King Cole, uma das minhas músicas favoritas de todos os tempos. A combinação de sua voz deliciosa com o arranjo lento nunca falhava em me fazer suspirar. Ser embalada pelo ritmo delicioso da música não era um estado de espírito que eu deveria experimentar no momento, enquanto Byron estava tão perto de mim, passando as mãos pelo meu cabelo.

Realmente, não havia arranjo ruim dessa música. Nat King Cole, Billie Holiday, Ella Fitzgerald — todos excelentes.

Byron estudou meu reflexo no espelho, depois voltou a atenção para sua tarefa. Permanecemos sem dizer nada, ao som divino daquela melodia enquanto a música continuava. Tentei não me deleitar com a visão dele, a ampla extensão de seus ombros acima de mim, a ruga entre as sobrancelhas e a forma como sua língua se arrastava e permanecia no lábio inferior, iluminando a profundidade de sua concentração. As curvas de seus bíceps esticavam o tecido em suas mangas, seus peitorais servindo como uma prateleira para a camiseta. Até suas clavículas eram sexy. E não me fale sobre seus antebraços e a habilidade de suas mãos.

Mas quando a introdução de piano da música seguinte começou, "Turn Me On", de Norah Jones, baixei o olhar para a pia e rolei os lábios entre os dentes. *Vou estrangular a Amelia. Ela tá morta.*

As mãos de Byron pararam assim que Nora cantou a frase associada ao título da música. Eu o ouvi limpar a garganta antes de se virar e sair do banheiro enquanto, de repente, eu desejava não ter sido tão atrevida ao amarrar as cordas do seu avental mais cedo. Meus braços zumbiam de energia com a memória de estar tão perto.

Um segundo depois, o som da porta do meu quarto se fechando chegou até mim. Quando ele voltou ao banheiro, fechou aquela porta também. Ainda podíamos perceber a melodia, mas as palavras agora estavam abafadas — graças a Deus —, então eu sabia quando "Let's Get It On" de Marvin Gaye começou, mas pelo menos não precisei ouvi-lo cantar.

— Então… — falei, minha mente procurando por algo superchato para discutir para que eu parasse de pensar em como tinha sido tocá-lo. — Tem visto alguma série boa?

— Não vejo TV.

— Não sabia disso. — Minha atenção se desviou para examinar seu rosto. — Então por que você tem uma em casa?

— Eu deveria ter sido mais específico. Eu vejo filmes, não séries de TV.

— Por que você vê filmes em vez de séries?

Ele deixou de lado a mecha de cabelo que tinha acabado de pintar e pegou a bisnaga com a tinta, apertando-a um pouco mais.

— Gosto de fins.

— De fins?

— Gosto de histórias que acabam. Não gosto de não saber o que acontece depois.

Sorri, depois dei uma risada.

— E você terminou seu primeiro livro com um suspense enorme. Aquilo foi maldade.

Sem olhar para cima, Byron levantou uma sobrancelha, sua boca ameaçando um sorriso.

— Está reclamando?

— De jeito nenhum. — Levantei as mãos. — Mas você é claramente sádico. — Mesmo com a claraboia aberta, o cheiro da tinta estava me deixando zonza. Ou talvez eu estivesse assim por estar fechada dentro desse banheiro minúsculo com o cara que ocupava a maior parte dos meus pensamentos despertos. E muitos dos meus pensamentos adormecidos.

— Aceito isso — disse ele com um ar casual, como se realmente aceitasse o rótulo de sádico e o usasse com orgulho.

— Você gosta desse rótulo. Tudo bem pra você ser chamado de sádico?

Ele meio que sorriu. Seu maxilar deslizou para o lado e ele pegou mais uma mecha do meu cabelo.

— Não me importo.

— Sou mais do tipo masoquista.

Suas mãos pararam, seu olhar pulou para o espelho, encontrou o meu, o sustentou, e lutei para respirar. Então não respirei mais.

Depois de um longo momento, durante o qual tive certeza de que a tensão havia assumido uma forma corpórea e que, se eu levantasse a mão eu a tocaria, Byron piscou e baixou os olhos para o topo da minha cabeça.

Eita. O que foi isso? Certamente, eu não imaginava nada daquilo. Certamente não.

— Não gosto de machucar as pessoas — disse ele com a voz grossa e estrondosa. — Mas não me importo de... torturá-las um pouco.

Soltei uma risada que queimava meus pulmões.

Ele queria torturar pessoas? *Bem, missão cumprida, meu amigo.*

Com o pensamento, tive que morder o interior da minha bochecha para não explodir em uma risada desequilibrada. Não disse nada enquanto lutava e me debatia comigo mesma. Na verdade, era contra mim mesma que eu lutava, tudo de mim. Não apenas meus neurotransmissores, biologia ou corpo, mas cada átomo de cada célula. Eu tinha escolhido o lado sombrio. Lá tinha biscoitos e Byron.

Falando em biscoitos, meu estômago roncou, o som me tirando do meu devaneio, e por reflexo apertei a mão na barriga.

— Você está com fome? — Ele se moveu atrás de mim, passando a extremidade pontuda da escova pelo meu cabelo para dividi-lo.

— Não jantei, mas tudo bem. Posso esperar.

— Quer que eu peça alguma coisa? Eu também comeria.

— Pensei que você já tivesse comido.

Os ombros de Byron subiram e caíram.

— Tenho saído muito para correr.

— Ah, é? Onde você corre?

— No Interlaken Park.

— Sério? — Isso fisgou a minha atenção. — Sempre quis correr lá, mas nunca quis ir sozinha.

— Eu vou com você.

— Ótimo. Combinado então. — Mordi a boca por dentro pensando que era a primeira vez que eu marcava algo com Byron não relacionado aos vídeos das trends.

Seu rosto se alegrou.

Meu estômago roncou de novo, mais alto desta vez.

— Estou quase acabando. Já tem algo pronto na geladeira? Posso esquentar.

— Infelizmente, nada fantástico. Preciso ir fazer compras. Mas a gente pode comer torradinhas de amêndoa com manteiga de amendoim.

— Se eu pedisse comida, você comeria?

— Não, não precisa.

— Porque eu pagaria? Você não quer que eu...

— Não, não é isso. — Se ele quisesse comprar delivery, tudo bem. Eu não era orgulhosa assim. Como para Amelia, comida de graça era meu ponto fraco. Se alguém oferecesse voluntariamente, eu atacaria sem dó.

— Vai me contar o motivo?

Meu estômago prolixo roncou pela terceira vez.

— Não gosto de pedir comida em restaurantes que não sejam exclusivamente celíacos. Na maioria das vezes, eles dizem que têm opções sem glúten, mas a cozinha é compartilhada, e mesmo a menor das contaminações cruzadas me faz passar mal.

Me encarando pensativamente, ele disse:

— Então você quer dizer que eu não deveria te levar para o Festival Nacional de Pães?

Ri e ele me deu um sorriso gentil.

— Ei, por que a gente não pede de um restaurante celíaco? — Ele pressionou gentilmente a ponta dos dedos na minha cabeça para que eu a abaixasse e ele tivesse acesso à área logo acima da minha nuca.

— Tudo bem por você?

— Claro. Comida é comida. Não me importo de onde venha. Enquanto a tinta age, você liga e pede para nós dois. Vai ser uma refeição de trabalho. Aproveitamos para falar sobre a viagem para Nova York e eu coloco na conta da editora.

— Você pode fazer isso?

— Posso fazer o que eu quiser.

Feliz que ele não conseguia ver meu rosto, cedi à tentação de revirar os olhos.

— É claro que pode. Aposto que você nunca pagou um mico em toda a sua vida — falei, o provocando de brincadeira. — Você provavelmente não passou nem pela puberdade. Simplesmente acordou um dia e estava assim — gesticulei para o corpo dele —, com pássaros arrumando sua cama e prendendo seu cabelo com fitas, e ratos costurando os buracos nas suas meias.

— Todo mundo já passou por situações vergonhosas. Além do mais, você me conhecia na época da faculdade. Você sabe como eu era.

— Sim. Bonito.

Ele pareceu desacelerar.

— Você me achava bonito?

Ah, não. Muda de assunto!

— Senta que lá vem história: me conta do momento mais vergonhoso que você já viveu.

Eu o ouvi arfar.

— Não.

— Não?

— Ok. Me conta você do seu momento mais vergonhoso e eu penso no meu.

— Tá... — Respirei em preparação, me dando apenas dois segundos para ter a sabedoria e o bom senso de levantar bandeiras vermelhas antes de empurrá-las para longe. Meu tio havia me causado vergonha muitas vezes, mas nenhuma de suas travessuras ocupava o primeiro lugar na minha memória. Provavelmente porque eu esperava isso dele. Constrangimento surpresa, quando você menos espera e não pode se preparar de antemão, é sempre muito pior.

Eu só tinha contado essa história para Amelia. Mas por alguma razão, queria contar a ele também.

— No primeiro ano do ensino médio, quando tinha catorze anos, eu estava usando shorts brancos e menstruei. Na escola.

Byron não disse nada, mas senti que ele estava ouvindo com interesse.

— Minha menstruação era muito aleatória naquela época. Antes dessa ocasião, não tinha descido para mim por uns dois meses, e eu não sabia que tinha acontecido, então saí andando por aí com umas manchas de sangue enormes na bunda.

— Cacete.

— Não, até aí tudo bem.

— Ah, não.

— Juro. — Eu estava muito feliz por ele ainda não conseguir ver meu rosto. Fez a lembrança da memória ser muito mais fácil. — Então. Um menino do último ano veio até mim no corredor antes da aula seguinte e foi muito amigável. Ele era muuuito bonito e parecia ser bem legal. Ele pareceu até flertar comigo. Perguntou se poderia me acompanhar até a sala. Eu fiquei tão estarrecida com aquele menino mais velho que parecia estar interessado em mim que respondi "Claro! Com certeza!". E então ele foi comigo até a sala de aula, fazendo várias perguntas sobre mim. Ele fingiu ouvir cada palavra. Até chegarmos, eu já estava completamente caidinha por ele. Foi tão triste a forma como me apaixonei e como uma migalha de atenção positiva fez eu me sentir.

— O que aconteceu depois?

— Quando chegamos, ele falou tchau, e foi só isso.

— Não foi só isso. — A voz de Byron ficou mais grave. Ele parou de pentear meu cabelo coberto de tinta.

— Não. Não foi. Só depois, quando vi que tinham me marcado num post no Instagram, me dei conta de que os amigos dele, basicamente metade do time de futebol da escola, estavam atrás da gente, filmando meus shorts manchados de sangue enquanto ele sutilmente se virava para fazer cara de vômito para a câmera sem que eu percebesse.

— Mas que...

— Paspalho mequetrefe? É mesmo. — Eu ri, a dor da memória muito mais atenuada do que da última vez que havia pensado sobre isso. Todo aquele rubor de constrangimento que eu costumava sentir, o desconforto e o mal-estar no estômago, tudo se foi, substituído por uma tristeza morna pela menina de catorze anos que estava morta de vergonha.

— Eu ia dizer que eles são um bando de lixo humano, mas paspalhos mequetrefes também serve.

— Me chamaram de Carrie no vídeo. Sabe, do livro do Stephen King? Esse apelido me acompanhou por todo o primeiro ano do ensino médio.

Senti a escova se mover sobre meu couro cabeludo novamente, os movimentos não tão fluidos quanto antes.

— E essa é a coisa mais vergonhosa que já aconteceu comigo.

— Como você consegue? — ele perguntou parecendo sentir um aperto na garganta.

— O quê?

— Se eu fosse você... não, não é bem isso... o que quero dizer é que, se você fosse qualquer outra pessoa no mundo, nunca mais daria as caras nas redes sociais de novo. Como você consegue? Por que faz isso consigo mesma? Por que se expõe dessa forma? — Ele parecia tão perturbado, como se a história tivesse acontecido com ele.

— Porque preciso.

— Não, não precisa. — Jogando a escova na pia, ele enrolou o plástico na minha cabeça. — Você poderia deletar todas as suas contas hoje e acabar com o ruído dos comentários.

— Não, não posso. — Eu o observei no espelho enquanto ele tirava as luvas. — Preciso fazer os vídeos de STEM, preciso...

— Não precisa, Winnie. — Ele jogou as luvas no lixo, olhando para o interior do meu banheiro e parecendo incrivelmente agitado. — Seu público não precisa de você. Existem outras referências para as pessoas, outras contas. Você não *precisa* fazer isso consigo mesma.

— Você não está me escutando. — Me remexi na cadeira antes de me levantar e de dobrá-la. — Eu não disse que meu público precisa de mim. Disse que *eu* preciso gravar aqueles vídeos. Eu preciso disso. Preciso de um lugar, de uma... uma plataforma onde eu possa compartilhar meu amor pela física, pela química, biologia, engenharia e a beleza de como o mundo funciona em perfeita harmonia e desarmonia, e tudo mais. Eu fico empolgada com os artigos que leio e quero compartilhar o que aprendi, o que eu sei. Eu quero ajudar.

Enquanto eu estava falando, Byron tirou a cadeira da minha mão e a apoiou na parede.

— Mesmo quando as pessoas não querem sua ajuda? Mesmo quando o vídeo de uma mulher falando literalmente asneiras no TikTok ganha mais engajamento que os seus sobre STEM?

Recuei, minha mente a todo vapor. Ou ele tinha entrado no TikTok recentemente ou acabava de dar um palpite excelente. Eu duvidava que fosse o último caso. *O que significava que ele tinha visto os comentários que falavam sobre o quanto eu era burra, feia e não o merecia.*

Engolindo mais em seco do que saliva, ignorei a pressão do calor atrás dos meus olhos.

— Sim. Mesmo assim.

— Não te entendo. — Ele se moveu como se fosse passar as mãos pelos cabelos, mas se deteve no último minuto, virando-se e abrindo a porta.

— E tudo bem.

A música, ainda tocando na sala de estar, estava mais alta no meu quarto, e eu podia ouvir "Ocean Eyes" de Billie Eilish reverberando pela porta.

— Estou falando sério. — Ele se afastou. — Você é tão maravilhosa. Tão incrivelmente inteligente, corajosa e boa. E você simplesmente distribui esses dons para quem não merece.

Levei as mãos ao quadril.

— Em primeiro lugar, como você sabe que ninguém ali merece me assistir? Falando estatisticamente, não é possível que *ninguém* ali preste. É só uma minoria pequena que deixa comentários maldosos. E em segundo lugar, você também distribui seus dons.

— Ah, é? — Ele parou de andar e atirou farpas em mim. — Por favor me diga como é que faço isso. — A pergunta estava impregnada de sarcasmo, me deixando inquieta e fazendo meu coração acelerar.

É o Byron. Você pode confiar nele. Ele nunca faria algo para te machucar de propósito.

— Seus livros. Suas palavras e pensamentos, sua imaginação.

— Eu não distribuo meus livros. Eu cobro as pessoas pelo trabalho que *eu* faço.

Eu me endireitei, sentindo um pico na minha irritação. Sua insinuação nada sutil de eu ser professora me fez ficar vermelha.

— É por isso que você não tem redes sociais? Por que não dá para ganhar dinheiro nelas? Por que não dá para cobrar as pessoas pelo acesso?

— Não — vociferou ele, seu maxilar pulsando. — Se as pessoas quiserem um pedaço de mim, elas só vão ter aquilo pelo que pagaram, e só o que eu quiser que elas vejam. E pronto.

Balancei a cabeça para ele.

— Então você é um grandissíssimo f... — me impedi antes que pudesse completar um palavrão e me recuperei — ... faminto por dinheiro.

Mas ele entendeu. Ele sabia do que eu quase o tinha chamado, e seu olhar se cobriu de dor antes de ficar sombrio.

Viu só? É por isso que você não xinga as pessoas!

— É. Sou mesmo um filho da puta. Mas sei meu valor, Fred. E foda-se qualquer um que ache que tem direito às partes da minha vida que não quero compartilhar.

Com meu temperamento apaziguado, a tensão saiu dos meus ombros.

— Byron...

— Não. É sério. *Fodam-se* essas pessoas. Querem me cortar em pedacinhos, discutir a mim e a minha história, meu passado, minha origem e minha dignidade como se eu fosse uma marca de refrigerante e não um ser humano. Querem me colocar numa lista e me categorizar. — Ele balançou a cabeça, sem tirar os olhos de mim. — Fodam-se. Todos.

A vulnerabilidade e a veemência em sua voz me deixaram sem fôlego de remorso. Se dava para tirar algo de sua postura inquieta e rígida era que eu tinha cutucado uma ferida, extremamente aberta — como se ele estivesse pronto para bater em alguns haters hipotéticos da internet.

Correndo para a frente, não querendo que ele fosse embora antes que eu pudesse me desculpar, agarrei seus braços.

— Desculpa. Desculpa de verdade. Não deveria ter falado nada sobre... sobre você ser ganancioso. Me desculpa.

Ele continuou olhando para mim, sua respiração não ofegante, mas também não estável.

— A Amelia te contou?

— Me contou o quê?

Suas mãos vieram de encontro ao meu quadril, seus olhos se prendendo nos meus.

— Sobre a minha família?

— Não. Ela nunca falou sobre a sua família. Por quê? — Um medo me invadiu, e perguntei: — Ela não te contou sobre a minha, contou?

Ele balançou a cabeça.

Ainda bem.

A linha de seus ombros relaxou um pouco, Byron lentamente baixando sua guarda, mas tomei isso como um bom sinal. Hesitando por um segundo, eu o abracei. Bem forte. Sua postura me disse que eu o havia surpreendido, pela forma como ele se manteve longe, e fechei os olhos, implorando em silêncio para que ele relaxasse no abraço.

Suas mãos se demoraram na minha cintura, mas então ele abriu as palmas e as deslizou ao redor das minhas costas, envolvendo-me em seus braços também.

10 *TRENDS* PARA SEDUZIR SEU MELHOR AMIGO

— Desculpa — repeti.

Seu peito subiu e desceu com um suspiro.

— Não precisa.

— Você não manda em mim.

Sua mão no centro das minhas costas flexionou e senti sua pequena risada, a tensão dissipando-se totalmente de seus ossos.

— Seu cabelo está fedido.

Sorri ao ouvir isso, minha bochecha se curvando contra seu peito.

— Está mesmo, né? — Me inclinando para trás para que pudesse ver seu rosto, mas mantendo os braços presos ao redor de seu torso, olhei para ele. — Desculpa.

— Se precisa mesmo que eu diga, eu te perdoo.

Sustentando seu olhar magnífico, decidi que precisava ser honesta com ele. Mas como eu não conseguia escapar totalmente dos meus hábitos arraigados, apertei os braços em uma punição simulada e tentei fazer meus sentimentos parecerem uma piada.

— Você me deixa muito bravo quando fala que eu não reconheço meu valor. Eu *sei* do meu valor. Viu só como eu sou forte?

Se eu era capaz de ignorar os comentários, ele também era.

Suas pálpebras baixaram pela metade, me dizendo que ele não estava impressionado — nem com minhas tentativas de apertá-lo até que seu corpo musculoso se submetesse ao meu, nem com minha afirmação de que eu sabia e reconhecia o meu valor.

— Se você diz.

Fiz um som de rosnado.

— Eu sei! Você precisa confiar em mim. Não deixo aqueles comentários me atingirem.

— Você não deveria sequer ter que lidar com eles. — Ele levantou a mão até a minha cabeça e brincou com o plástico no meu cabelo.

— Não se preocupe. Tenho certeza de que logo, logo eles param.

O corpo de Byron enrijeceu, seu olhar vindo ao meu. Ele piscou.

— O quê?

— Os comentários. Vão parar logo.

Suas mãos se fecharam sobre meus braços e com gentileza me puxaram para fora do banheiro.

— Espera. Do que você está falando? O que vai parar logo?

— Os… — Fechei minha boca. Aparentemente, Byron não sabia. Ele não tinha visto os comentários, pelo menos não o dilúvio de comentários recentes nas últimas duas semanas. — Hum…

Seus olhos se estreitaram com suspeita e seu foco ficou embaçado, me dando a sensação de que ele estava repassando mentalmente nossa conversa, procurando por pistas.

Estalei os dedos, deslocando meu peso entre meus pés. *Hora de mudar de assunto.*

— É melhor a gente enxaguar a tinta.

Me lançando um olhar rápido e duro, Byron se virou e pegou seu celular em um movimento suave. Seu *smartphone*.

Meu coração saltou para a minha garganta, e estendi a mão ao redor dele para pegar o celular.

— Não…

Ele me segurou. E quando fiz outra tentativa, ele pisou em cima da minha cama como se fosse uma escada de quinze centímetros em vez de um colchão a um metro do chão. Logo estávamos brincando de "você não alcança", ele gentilmente me empurrando cada vez que eu tentava pegar o celular da mão dele.

— Byron. Não faz isso. — Com um aperto na garganta, tive que me esforçar para conseguir falar.

— Sério, tá na hora de lavar meu cabelo.

— Pode ir — falou ele, concentrado no celular. — Você não precisa de mim para… — Ele arregalou os olhos. Depois os semicerrou. Em seguida, ele abriu a boca e as veias em sua testa e nuca de repente ficaram evidentes sob sua pele pálida.

Cobri o rosto com as mãos.

— Saco!

Por mais diligente que eu tivesse sido em excluir os comentários desagradáveis e bloquear as contas, era como brincar de bater na toupeira num fliperama. Eu sabia, sem dúvida, o que ele tinha encontrado, o que estava lendo.

Se os haters e desocupados da internet redirecionassem sua perseverança e determinação para resolver a fome no mundo, a fome mundial acabaria.

As molas da cama fizeram um som e deixei meus braços caírem. Ele agora estava no chão e olhou por cima do celular. Mas seus olhos não estavam em mim, e ele parecia lutar para manter a compostura.

— Ei. Ei. Tá…

— Não diga que está tudo bem.

Fechei as mãos em punho, fazendo uma careta.

— Não tá tudo bem. Mas acontece. Não vou deixar isso me atingir. E você também não deveria se incomodar.

Ele beliscou o lábio inferior com o polegar e o indicador repetidamente, apertando e soltando.

— Byron. Por favor.

Seus olhos vidrados cortaram para os meus e vi tristeza sob a fúria.

— Estão te atacando.

A voz dele era baixa e quieta, perturbada.

Pisquei contra uma onda de emoção líquida e cobri sua mão segurando o celular com a minha, tirando-o com cuidado de seus dedos.

— Não estão. Eu não deixo. Por favor, não deixe isso te atingir também.

O contato espalhou calor pelo meu corpo e eu tive que resistir à vontade de tocá-lo em outro lugar, puxá-lo para perto, encher seu rosto e pescoço com beijos.

Ele balançou a cabeça, recusando-se a olhar para mim, e não disse nada. Suspeitei de que ele não conseguisse falar, ainda não.

Tirei o celular da sua mão.

— Agora vou pedir um banquete celíaco e lavar o cabelo. E você vai abrir uma garrafa do vinho da Amelia. E aí nós vamos beber e comer muito. E sabe por quê?

Com a garganta pulsando ao engolir em seco, ele só balançou singelamente a cabeça.

— Algumas pessoas vão ser odiosas independentemente do que a gente faça ou de quem eu tente ser, então que eu seja eu mesma. Nosso papel não é esquentar a cabeça com elas ou agradá-las. É ignorar e abafar o som dos seus burburinhos sendo incríveis. Ou... — Incapaz de me impedir de tocá-lo desta vez, de confortá-lo de alguma forma, estendi a mão e segurei sua bochecha. Byron imediatamente cobriu minha mão com a dele, pressionando-a em sua mandíbula e se inclinando para o meu toque. — A gente bebe champagne e assiste às cabeças dos haters explodirem quando nossas vitórias forem mais rápidas do que o veneno deles. E aí eles que se engasguem.

CAPÍTULO 22

WINNIE

— Último dia de aula, gata! — Dei um tapa na bunda de Amelia quando entrei correndo na cozinha vindo direto da porta. Depois dei uma voltinha pelo apartamento no estilo do Rocky Balboa.

— Ihuuu! — Ela pegou seu celular e clicou em algumas telas. Logo, a música tema de *Rocky* tocou no seu alto-falante. — E, *surpresa*, você deve receber uma ligação na próxima semana sobre a entrevista para a vaga de gerente de comunidade.

— O quê? — Pulei no lugar. — Mas já? Que tudo!

Finalmente.

Nossa. Senti um alívio tão grande. Depois dos altos e baixos com os vídeos e as redes sociais, o trabalho árduo seria recompensado.

Ela dançou com a música.

— Você deveria comemorar!

Eu estava tão animada, tão pronta para o verão.

— Acho que vou mesmo!

Além das ótimas notícias sobre a próxima entrevista do gerente de comunidade, a Associação de Pais e Mestres da minha escola concordou em me deixar fazer um leilão de verão para os materiais da feira de ciências, desde que eu mesma lidasse com todos os itens, terminasse antes do início do novo ano letivo, e não solicitasse a nenhum dos pais que doasse ou comprasse alguma coisa. Submeti um monte de projetos caso alguém quisesse doar, mas eu não queria me doer (Haha! Um jogo de palavras) se nenhum deles fosse financiado.

Agora eu só precisava encontrar itens para o leilão. Durante as férias. Sem pedir a ajuda dos pais. Mas eu daria um jeito!

Amelia se virou quando passei por ela de novo e bateu na minha mão.

— Você devia fazer um jantar chique hoje.

— Espera, você não ia sair com o Elijah? — Analisei sua roupa: vestido preto, echarpe de seda, meia-calça.

Amelia foi até a mesa da cozinha e pegou a bolsa.

— Estou prestes a sair, mas não preciso estar aqui para que você faça comida chique.

— Tem razão. Acho que vou mesmo.

— E veja se o Byron não quer vir e compartilhar seu jantar chique.

Parei de correr no lugar e, em vez disso, fiz uns passinhos de dança e levantei o punho no ar.

— Quer saber? Acho que vou mesmo.

Por que não? Depois de pintar meu cabelo na sexta-feira, Byron foi embora, decidindo não ficar para um banquete celíaco. Eu o deixei ir, sem levar sua necessidade de ficar sozinho para o lado pessoal. Serena tinha vindo e nós acordamos Amelia de sua soneca embriagada para uma rodada de *Stardew Valley* enquanto elas admiravam meu novo cabelo.

Mas Byron e eu éramos oficialmente amigos agora. Havíamos passado um tempo juntos quase todas as noites esta semana, embora não tivéssemos gravado nenhum vídeo novo. Outra mudança fundamental havia ocorrido em nossas interações — uma mudança muito boa no que me dizia respeito — e atribuí isso não apenas às nossas conversas honestas naquela noite, mas também ao fato de eu estar fisicamente evitando seu corpo.

A ideia me ocorreu no último sábado durante o café da manhã, enquanto lia um artigo sobre se apaixonar a partir do toque e do cheiro. Quando Byron e eu nos encontramos mais tarde naquele dia, coloquei minha teoria à prova e mantive distância. *Sucesso!*

Meu coração ainda acelerava sempre que ele entrava na sala, meu pescoço ficava quente e meu estômago revirava. Mas algo sobre erguer essa barreira, prometer a mim mesma que não iria tocá-lo e manter distância física entre nós, entorpeceu significativamente tanto a dor da minha biologia quanto a dos meus sentimentos. Era como se colocá-lo em uma categoria fora de alcance tornasse nossas interações mais fáceis, e essa mudança mental fosse apoiada pelo novo limite físico estabelecido.

Limites de amizade sustentáveis para mim!

— E aí, enquanto ele estiver aqui, vocês podem gravar outro challenge. — Amelia brincou com a pulseira de ouro em seu pulso. — É bom você conseguir o máximo de seguidores possível antes da entrevista, o mais perto de quinhentos mil que você conseguir.

Assenti na batida da música, gostando da ideia.

— Acho que vamos mesmo.

Ainda havia seis vídeos para fazer, metade dos quais me dava palpitações cada vez que meus pensamentos caíam neles: o desafio de dança com "Toxic", o desafio das leggings e o de beijar o crush. Que irônico que o último deles tivesse passado de cem por cento inautêntico para cem por cento verídico.

— Depois passem mais um tempinho juntos. Vejam um filme ou algo assim.

— Acho que vamos mesmo. — Joguei as mãos para o alto.

— Talvez vocês possam até transar.

— Acho que vamos m… — Meus pés pararam assim que processei suas palavras. Com os braços caindo, olhei para a minha amiga. — Engraçadinha.

Como eu previra, Amelia havia passado a semana toda me provocando sobre Byron, fazendo comentários sugestivos, colocando um catálogo de lingerie na minha mesa de cabeceira. Eu a amava, mas ela estava me deixando maluca.

— Eu falei sério. — Amelia puxou a bolsa mais para cima até o ombro. — Seduz ele. O verão finalmente chegou. Agora é a hora de mandar ver.

— Se você tiver alguma informação para compartilhar, algum insight concreto sobre os sentimentos de Byron que me inspire a agir, por favor, compartilhe.

— Pelo amor de Deus, mulher, se arrisca! Qual é a pior coisa que pode acontecer?

Grunhindo, me afastei dela e andei até as bolsas que havia deixado na porta da frente. Ela claramente não compreendia a situação.

Mesmo antes da semana passada, mesmo quando eu estava me debatendo, tentando impor limites que não funcionavam, Byron começara a desempenhar o papel de uma pessoa essencial na minha vida, e muito mais do que apenas um bom amigo. Ele se tornou um amigo importante de primeira linha, um por quem eu lamentaria por muito tempo se perdesse. Eu me recusava a jogar ou fazer qualquer coisa para pôr em risco a nossa amizade.

Por mais que eu continuasse a ter uma queda por ele toda vez que ele abria aquela boca genial, não arriscaria esse relacionamento que tínhamos construído a menos que eu estivesse absolutamente, cem por cento, sem uma única dúvida de que Byron me queria, tinha vontade de mim e passava o dia pensando em mim tanto quanto eu pensava nele.

Mas fora isso? Não.

— Você é uma mulher ou um saco de batata? — gritou Amelia para mim.

— BATATA.

Ela fez um som de frustração pura.

— Mais cedo ou mais tarde, você terá que arriscar tudo se quiser viver uma vida plena. Não posso te dar um atalho. Você precisa aprender a confiar em tudo por conta própria, sem ter certeza. Em um relacionamento, a incerteza continua depois do *eu te amo*. Você tem que aprender a ter fé se quiser que isso dure.

Eu odiava o tanto que ela me conhecia bem, mas — àquele ponto — era impossível me fazer mudar de ideia.

— Você tá me escutando? Você precisa dar este primeiro tiro no escuro senão vai ficar paralisada sempre que encontrar um obstáculo. Nada nunca é certo. Quando se trata de questões do coração, não tem piso de concreto. É tudo areia sob nossos pés.

— Quer dizer areia movediça — resmunguei, arrastando meus pertences para o sofá e removendo o conteúdo. Era estranho ter essa conversa enquanto o tema de *Rocky* tocava ao fundo.

— Só estou falando — ela arqueou as sobrancelhas e deu de ombros — que tem camisinha na minha gaveta de cima. Pegue quantas precisar.

Soltei uma risada curta e abanei a mão na direção dela.

— Tá bom, tá bom, sai daqui, sua pervertida.

— Não vou estar aqui em casa esta noite nem amanhã à noite, então, por favor, considere fazer escolhas arriscadas enquanto tiver o apartamento todinho para si mesma — falou ela e depois foi embora, levando a música de *Rocky* consigo.

Conhecendo Amelia, ela provavelmente ficaria ouvindo a música durante toda a caminhada até a casa de Elijah.

Com as bolsas agora completamente vazias, remexi nos itens que trouxera para casa, classificando e categorizando os materiais a que eu ainda não tinha dado atenção na minha pressa de limpar a sala de aula, e debati sobre o que fazer para o jantar. Eu tinha frango no freezer, que precisava colocar para cozinhar, mas hoje não estava com cara de noite para comer frango. Parecia uma noite de salmão, com molho de manteiga de açafrão, aspargos refogados e uma boa garrafa de pinot noir. *Isso sim!*

Essas eram todas as coisas que eu poderia comprar no Pike Place enquanto também visitava Serena em sua barraca de chá.

Tendo tomado minha decisão, peguei duas sacolas de compras reutilizáveis e fui para a porta. Não era o tipo de jantar que se encaixava no meu orçamento, mas se tudo corresse como planejado, o cargo de gerente de comunidade não apenas me permitiria pagar meus empréstimos estudantis, mas também guardar uma grana. Talvez eu tivesse dinheiro suficiente para morar sozinha no centro. Nada extravagante, um estúdio simples bastaria. Mas então Amelia poderia se mudar sem se preocupar que eu fosse ficar em apuros.

Esses foram os pensamentos que passaram pela minha cabeça quando abri a porta e encontrei Byron parado no hall, a mão erguida como se estivesse prestes a bater.

— Eita! — Dei um passo para trás, sorrindo com a surpresa agradável. — Oi!

Ele levantou duas sacolas de compras.

— Vim para te fazer o jantar.

— Jura? — A gente não tinha planejado nada. Na noite anterior, depois de sair do museu de arte, eu disse que ligaria no fim de semana, e então nos despedimos.

Seus olhos se moveram por cima do meu ombro antes de retornar ao meu.

— Posso entrar?

— Pode, claro. — A princípio, dei um passo para o lado e abri caminho para ele, mas depois pensei melhor. Se ele passasse, poderia por acidente roçar em mim, ou me tocar, e eu simplesmente não ia aguentar esse tipo de coisa.

Então segurei a porta aberta com a ponta dos dedos até que ele cruzasse a soleira, e então me virei e fui andando na frente dele. — Você devia estar recebendo minhas ondas cerebrais. Eu estava prestes a te mandar mensagem para ver se você não queria vir jantar comigo. E eu já estava para sair para pegar um ônibus até o Pike Place.

— Acabei de sair de lá.

Fiquei no lado da sala de estar da bancada enquanto Byron enchia o lado da cozinha, tirando itens das sacolas, entregando uma garrafa de vinho para eu abrir e pegando ingredientes na nossa despensa. Caímos em uma conversa fácil enquanto ele me mostrava o que havia trazido para o jantar, que incluía bacalhau, aspargos e um bolo de chocolate sem farinha e sem glúten.

— E scones para amanhã. — Ele levantou um saco de papel branco, me mostrou e o colocou ao lado do meu bule à esquerda do fogão.

— Você pensou em tudo! — Tirei o papel alumínio que envolvia a tampa da garrafa de vinho. — Isso é estranhamente parecido com o jantar que eu tinha planejado. Exceto pelo bacalhau, porque eu tinha pensado em salmão. Mas amo bacalhau negro, então não estou reclamando.

— Grandes mentes pensam igual — murmurou ele, toda a sua atenção voltada para o preparo do alho.

Com o vinho aberto, admirei o espaço pequeno da cozinha e o tanto que seu corpo ocupava dele — só pela virtude de ele ser ele mesmo.

— Me dá duas taças, que eu sirvo o vinho pra gente. O que posso fazer para ajudar? Quer que eu pique o alho?

— Não. Pode se sentar e relaxar. Conversa comigo. — Byron girou enquanto falava, pegando panelas e frigideiras, facas e tábuas de cortar e, finalmente, duas taças de vinho para eu encher.

— Deixa eu ver... Tenho boas notícias!

Ele me olhou, levantando uma sobrancelha.

— Me conte.

— Não sei se já falei sobre isso, mas preciso encontrar uma forma de financiar a feira de ciências. Eu recriei a iniciativa três anos atrás e tem sido muito bom. E do jeito que faço, as crianças completam todo o projeto durante o horário de aula e os pais não precisam comprar nenhum material nem se envolver. Você tem que ver os rostos dos alunos quando eles apresentam seus trabalhos. — Levei as mãos ao peito, me lembrando da animação preciosa deles. — É como estar de novo em uma conferência científica, exceto que cada experimento é interessante e nenhum dos apresentadores tem o ego inflado.

Ele riu, não levantando os olhos dos aspargos que estava cortando.

— Ah, é?

— Aham! Um aluno fez um experimento sobre a quantidade de glicose em diferentes tipos de maçãs, com a hipótese de que quanto mais doce a maçã, mais glicose ela tem. Foi uma fofura, e tão relevante, e agora sabemos a resposta.

— Eu gostaria de ver os métodos deles. Como ele definiu a doçura?

Puxando um banquinho, me sentei com os cotovelos apoiados na ilha da cozinha.

— Fizemos uma pesquisa na classe. Todos os alunos experimentaram pedaços de maçãs e deram uma nota para o dulçor de cada uma. Foi um estudo duplo-cego.

Ele riu de novo, levantando o olhar para o meu desta vez.

— Não acredito.

— Pois acredite. Cortei as cascas, então não dava para saber como era o lado de fora das maçãs, e coloquei os pedaços em plaquetas categorizadas como A, B, C e assim por diante. E paguei tudo com a minha arrecadação das Olimpíadas Acadêmicas: as maçãs, as plaquetas, os murais, tudinho. — Dei um suspiro pesado. — Mas a Associação de Pais e Mestres quer usar essa arrecadação para ajudar a comprar computadores novos para o laboratório este ano. — Meu olhar voltou ao dele, e ele estava me analisando.

— Por favor, não me diga que você está custeando tudo sozinha.

Olhei para ele em descrença.

— Não, né. Eles me deram a permissão de fazer um leilão durante as férias.

— Que bom. Então os pais vão pagar.

Tombando um pouco a taça de vinho, observei a cor do líquido.

— Não exatamente. Não posso pedir que os pais façam doações de itens nem que comprem nada. Mas vou dar um jeito.

— E isso é uma boa notícia? — Ele parecia cético, como se não entendesse por que isso me faria feliz.

— Sim. Com toda certeza. Antes de hoje, eu pensava que teria que depender de subsídios ou cancelar o evento.

— O quê? Não. — Ele franziu o cenho. — Você não pode cancelar. E organizar um leilão com as probabilidades contra você é uma completa perda de tempo. Eu posso doar o dinheiro.

Fiz um som de deboche. Alto.

— Não vai, não. Eu não te contei sobre isso para que você me desse o dinheiro.

— Vou sim. E não vou dar dinheiro para *você*. Vai ser para a feira de ciências.

— Não.

— Você não manda em mim. — Ele sorriu, colocando os aspargos de lado, um desafio cadenciado afiando sua voz e fazendo borboletas voarem no meu estômago.

Apertei a taça com mais força, me levantei do banquinho e andei até a sala de estar, colocando um pouco de distância entre nós dois.

— Não vou pegar seu dinheiro e não quero que você o ofereça. Nunca mais. Entendido?

Byron apoiou as mãos na bancada, os lábios apertados em uma linha, e ele me avalisou por um longo momento sob as sobrancelhas carrancudas.

— Escuta aqui, Fred. Você provou repetidas vezes que é mais do que capaz de cuidar de si mesma. Parabéns por nunca precisar de ninguém. Assim como sou mais do que feliz vivendo minha vida em completa reclusão, nunca precisando de ninguém. Mas se tivéssemos a chance de mudar nossas situações, por que não mudaríamos?

Abri a boca, pronta para fazer uma pergunta, mas não estava acompanhando sua lógica ou entendia qual era o seu ponto de vista.

Ele se endireitou, cruzando os braços.

— Encara desta forma: é difícil para você passar tempo comigo?

— Não.

— Então pronto.

— "Então pronto"? "Pronto" o quê?

— Da mesma forma, é fácil para mim doar dinheiro para que as crianças possam ter uma feira de ciências. Eu doo uma porcentagem da minha renda todos os anos de qualquer maneira. Vou pedir ao meu gerente para alterar a alocação para que parte dela chegue à sua escola. Dá na mesma.

— Não dá não. — Como que ele não via a diferença?

Byron olhou para mim por cima da borda de seu copo enquanto tomava um gole, seus olhos se estreitando quando ele pousou a taça sobre a mesa.

— Na verdade, quer saber? Você tem razão. Seu tempo tem mais valor do que dinheiro. Dinheiro é dinheiro, uma nota de vinte dólares vale o mesmo que qualquer outra. Mas seu tempo é único para você. Não pode ser trocado pelo tempo de outra pessoa. Não há substituto.

— Então, o que você quer dizer é que meu tempo não tem preço?

Pegando a faca novamente, Byron esmagou o dente de alho com o lado plano.

— O que quer que transcenda o inestimável: seu tempo é isso.

— Boa tentativa. Os elogios são adoráveis, e agradeço muito, mas ainda não vou te deixar fazer isso… ou melhor, te *proíbo* de doar seu dinheiro para a escola.

— Você me proíbe? — Apesar de ter lançado um olhar de divertimento, sua voz soou mais grave.

— Sim — eu disse com rigidez forçada.

Quando ele olhava para mim com essa expressão em particular, sempre parecia uma carícia, e sempre me deixava quente. Não achei que o efeito fosse proposital — na verdade, eu sabia que não era, já que ele olhava da mesma forma para Amelia quando achava graça de algo que ela tivesse dito —, mas não podia evitar a reação do meu corpo ao olhar mais do que podia controlar minha reação geral a ele.

Ele assentiu uma vez e se virou.

— Tá.

— Sério?

— É. — Agora com a manteiga na mão, ele voltou para a tábua de cortar e se concentrou em remover a embalagem.

Semicerrei os olhos para ele.

— Como assim "tá"?

— Não vou doar meu dinheiro para a escola.

— E você também está proibido de dar um lance a qualquer um dos itens no leilão. Promete pra mim.

— Prometo que não doarei meu dinheiro para a escola, para a feira de ciências ou qualquer outro motivo, nem farei lances em nenhum dos itens do leilão. Satisfeita?

Balancei a cabeça, mas... Eu estava mesmo? Estava satisfeita? Se eu simplesmente aceitasse sua ajuda, não teria mais esse problema em mãos. Não haveria necessidade de leilão. Não haveria necessidade de outro projeto durante as férias. Não haveria necessidade de fazer corres pela cidade, visitando negócios locais, tentando convencê-los a doar itens.

Apesar dos meus pensamentos errantes, eu disse:

— Muito.

Sua sobrancelha se ergueu, mas ele não disse nada. Eu duvidava de que o tivesse convencido. Eu nem tinha convencido a mim mesma.

CAPÍTULO 23

WINNIE

— SUPONHO QUE VOCÊ TENHA GOSTADO DO PEIXE. — BYRON OLHOU MEU PRATO vazio, limpo com um pedaço de pão sem glúten que eu tinha pegado no armário.

Bati as mãos para tirar as migalhas.

— Uma amostra extra talvez seja necessária antes que eu possa analisar os dados de maneira definitiva. — A certa altura, fiquei tentada a pegar o prato e lamber o molho de alcaparras com manteiga de limão diretamente da superfície de cerâmica. A única coisa que me impediu de cair na tentação foi o fato de que eu gostava do suéter que estava usando e não queria sujá-lo de manteiga.

A boca de Byron se curvou.

— Não sobrou nada. Você comeu tudo.

— Comi mesmo. Acho que você vai ter que fazer de novo amanhã. Pelo bem da ciência.

Ele riu e eu amei sua risada, tão estrondosa e real. Isso me deu um momento para simplesmente olhar para ele, admirar Byron sem sentir que estava olhando rudemente ou sendo inadequada.

Estávamos na nossa segunda garrafa de vinho — isso mesmo, ele tinha bebido mais do que só uma taça — e eu estava me sentindo bem, cheia, saciada com a comida deliciosa e a ótima companhia. Discutimos todo tipo de coisa, desde suas teorias sobre o colapso da Idade do Bronze até por que concordamos que chocolate amargo era muito melhor do que chocolate ao leite, e eu fiz muitas perguntas só para poder ouvir sua voz.

Ele tinha compartilhado seus pensamentos brilhantes livremente e, se tal coisa fosse possível, eu os teria absorvido com um pedaço de pão, assim como tinha feito com o molho de alcaparras com manteiga de limão.

— Agora que você já teve uma semana para se acostumar com a cor, como se sente sobre seu cabelo?

— Gostei! — falei de maneira singela, mas era mentira.

Depois de uma semana convivendo com o loiro na minha cabeça, decidi que tinha amado. Amei muito! O kit tinha vindo com tonalizantes e a variação que ele usou parecia profissional.

O trabalho de tintura epicamente incrível, somado ao jantar extremamente delicioso desta noite, mais tudo o que eu sabia sobre ele, significava que eu estava começando a acreditar em Byron quando ele disse que podia fazer qualquer coisa. Se ele queria algo, ele conseguiria.

— Vai continuar pintando?

Fingi pensar na pergunta e desviei dela.

— Deixa eu adivinhar: você prefere minha cor natural de cabelo?

— Não. — Sua atenção se moveu para o topo da minha cabeça, para o meu ombro e depois para o braço, onde meu cabelo terminava logo acima do cotovelo.

— Não?

— Não. — Byron desviou o olhar e apoiou o antebraço na mesa, os dedos compridos brincando com a haste da taça de vinho. — Gosto da cor natural, mas também gostei dessa.

— Olha só.

— Você parece surpresa.

— Acho que estou mesmo. Mas então, e sei que não deveria perguntar isso, mas preciso: por que você queria uma foto minha?

Suas feições ficaram contemplativas e tive certeza de que ele não iria me responder. Mas então ele disse:

— Gosto de capturar o momento antes que as coisas mudem. Para a maioria das pessoas, a vida delas não é como um livro: elas não podem voltar e ler suas partes favoritas. Eu me dei conta disso... tarde demais, para algumas lembranças. Agora tiro fotos antes que as coisas mudem e anoto meus pensamentos e memórias associadas ao presente antes que o futuro venha para levá-las embora.

Sorri enquanto ele falava, caindo mais fundo na minha paixão extrema, e suspirei sonhadoramente quando ele terminou com sua explicação. Viu? Seu molho de pensamentos era delicioso.

— E você quer se lembrar do meu cabelo?

— Quero. — Ele inclinou a cabeça uma vez.

— Posso perguntar por quê?

Byron sorriu, seu olhar me provocando.

— Não.

Franzi o cenho de brincadeira, encarando-o com uma cara de brava fingida.

Seu sorriso malicioso virou um sorriso pequeno e verdadeiro.

— Mas talvez um dia, se você for muito legal comigo, deixo você ler o que eu escrever ao lado da foto.

— Semana que vem, então?

Ele riu, e sua risada me fez sentir como se estivesse flutuando. Permiti que o som fluísse ao meu redor, absorvendo isso também.

— Que tal... — ele pressionou o dedo indicador no lábio inferior. — Daqui a uns dez anos?

— Feito. Mas você não pode mudar o que ia escrever porque agora sabe que vou ler um dia.

— Não vou.

Ele parecia tão certo, tão despreocupado, que me encheu de descontentamento. Suponho que uma parte de mim — uma grande parte — esperava que o que ele escrevesse fosse lascivo o suficiente para que ele quisesse manter em segredo.

E talvez tenha sido o descontentamento que me levou a dizer:

— Você tem regras demais sobre o que posso ou não te perguntar.

— Justo. — Byron pegou a garrafa de vinho e voltou a encher o copo. O meu ainda estava cheio. — Pode me perguntar qualquer coisa que vou responder, mas não pode ser sobre a foto.

Ah! Por essa eu não esperava. Era uma oportunidade e um mimo. Que não seriam desperdiçados.

— Só se lembre — levantei um dedo no ar em alerta — de que você disse *qualquer coisa.*

Agora, sem dizer nada, ele olhou para mim como se estivesse completamente despreocupado enquanto eu contemplava e classificava todas as possíveis perguntas que queria fazer. Por alguma razão, suas palavras de mais cedo passaram pela minha cabeça em contrapartida ao discurso de Amelia antes de ela sair.

... se tivéssemos a chance de mudar nossas situações, por que não mudaríamos?

Mais cedo ou mais tarde você terá que arriscar tudo se quiser viver uma vida plena.

Criando coragem por causa desses comentários, perguntei:

— Uma vez você disse gostar de mim. Muito.

— Correto — disse ele, sem parar para refletir, ainda parecendo despreocupado.

— E depois você disse que não era necessariamente por escolha.

— Correto de novo.

— Então, por que você começou a gostar de mim? E por que sempre agiu como se não me suportasse?

Seu sorriso despencou. Completamente.

— Isso não vou responder.

— Você disse qualquer coisa. Você prometeu. — Levantei um dedo no ar entre nós dois, com meus olhos arregalados e sérios.

Ele olhou para a frente, a linha de sua boca revelando que ele não estava feliz.

— Não é como se eu tivesse dito que te amo ou pedido sua mão em casamento, pelo amor de Deus. É tão difícil assim acreditar que me preocupo com você?

— Comigo? Sim. Com certeza.

— Por quê?

Não tive que pensar muito sobre a pergunta antes que a resposta viesse a mim.

— Quando a gente se conheceu, você me ignorou. Você...

— Eu não te conhecia.

— Então você não gostava de mim quando nos conhecemos?

— Eu não gostava nem desgostava de você. Como eu disse, eu não te conhecia. — A voz dele soava tão lógica, tão racional.

— Então, o que você achou de mim? Quando a gente se conheceu?

— Você me pareceu... ok. — Sua mão sobre a mesa se virou com a palma para cima.

— Ok?

— Normal.

Absorvi a palavra como um soco, esfregando reflexivamente meu peito, e repeti:

— Normal.

Que saco.

— Sim.

Nossa. Agora eu queria nunca ter perguntado nada. *Mas quem está na chuva é para se molhar.*

— E daí, de repente, o que aconteceu? Você teve um momento a la *Dawson's Creek* ou *Ele é demais*, em que eu aparecia de vestido de formatura, em vez de macacão, e usava lentes de contato, em vez de um par de óculos?

Seu olhar se voltou para o meu e me disse que achava minha pergunta absurda.

— Não teve nenhum momento arrebatador, Fred.

— Me diz, então, quando foi que eu deixei de ser "normal".

— Quando você virou mais do que isso — disse ele de maneira simples, como se fosse simples.

— Isso é algum tipo de enigma? "Quando é que uma pessoa não é comum? Quando ela é mais do que isso".

— Não. É um fato. Toda vez que eu te via, você era você mesma, de maneira consistente. Os vislumbres se uniram até se multiplicarem exponencialmente.

— Então, o que você está dizendo é que minha personalidade é uma escala de logaritmos? Presumo que de base dez? — Sim, eu estava fazendo piadas. Não, elas não eram para divertimento de Byron, ele parecia não precisar disso; eram para mim.

— Se quiser usar essa analogia, pode ser. Você, como pessoa íntegra, é uma sequência de Fibonacci, a relação matemática perfeita, quando não mostrava resistência a mim, nem rangia os dentes na minha presença nem revirava os olhos quando eu aparecia.

Epa!

Uma pontada de culpa cutucou logo abaixo do meu peito.

— Você percebia?

— Os olhos se revirando? O desdém escancarado? A raiva fumegante e o ranger de dentes cada vez que eu abria a boca? — O canto direito da sua boca, o lado que sempre parecia tão propenso a se curvar em um sorriso malicioso, virou para cima em um sorriso de divertimento e, ouso dizer, provocação. — Por quê? Você tentava disfarçar?

— Não — respondi, a culpa inflando cada vez mais dentro de mim. — Não era a minha intenção...

— Me machucar? Eu sei. Eu... — Seu foco diminuiu, o sorriso esvaindo de suas feições. — Eu simplesmente tenho esse efeito nas pessoas. Você não é a única a reagir assim.

Meu Deus, isso fez meu coração doer, e procurei em meu cérebro algo para dizer que pudesse contradizer sua autoavaliação, algo que também não fosse mentira, condescendência ou parecesse dó.

Ele ergueu a mão.

— Não importa. Correndo o risco de te dizer o que fazer, por favor, não deixe que isso fique martelando na sua cabeça. Estou contente e sou incapaz de ser outra pessoa que não seja eu mesmo.

— Byron...

— O que quero dizer é que — ele falou por cima de mim — quando você achava que eu não estava te observando nem que eu estava por perto, você era só você mesma. Foi assim que te conheci e... passei a gostar de você.

— Me observando? — Me mexi no banquinho, pensando em todas as situações ao longo dos seis anos que haviam construído em Byron a percepção atual que ele tinha do meu caráter.

— Com o tempo. É possível conhecer uma pessoa só a observando.

— E o que você descobriu sobre mim? Com esses poderes de observações, mas nem uma interação. — O que fazia alguém ser agradável, aos olhos de Byron Visser?

— Você tem muita consideração pelos outros, é absurdamente inteligente, forte, corajosa, doce, uma mulher extremamente divertida com um gosto excelente em literatura, música e arte, e uma determinação para sempre fazer o que é certo e bom, mesmo quando não é a escolha mais fácil.

— Ah.

Eita.

— E você também tem um coração tão bom que chega a ser ingênua.

Senti minhas feições murcharem.

— E você toma decisões que beneficiam os outros às suas próprias custas.

Nesse momento, levantei a mão.

— Você pode parar.

— E você faz isso sempre, o que me deixa louco, como alguém assistindo a tudo de escanteio, vendo isso acontecer de novo e de...

— Obrigada. Como eu disse, você pode parar agora.

Ele ergueu o copo para mim em um gesto descuidado.

— Duvido que eu seja o único que pensa isso de você.

— O quê? Que sou uma mosca morta?

— Não. Uma pessoa extraordinária.

Arfei devagar, firmemente e em silêncio. Eu estava zonza e lutei para tomar fôlego. Lá ia Byron de novo, dizendo algo maravilhoso logo depois de ser um pé no saco. Às vezes, falar com ele era como estar em uma montanha-russa.

— Provavelmente sou um entre várias centenas de milhares. Principalmente já que você se expõe a comentários públicos — murmurou ele, obviamente falando para si mesmo. — Minha preocupação foi tão chocante assim? Por que mais eu ficaria tanto no seu pé?

— Ficar no meu pé? — Olhei para ele de rabo de olho, perdendo a batalha contra uma risada de descrença. — Antes do recesso de primavera, tinha semanas que eu não te via.

— Ahhh. Você me *via* sim.

Isso me fez rir de verdade. Mais precisamente, a forma como ele falou — o meio-sorriso, a sobrancelha torta, a entrega inexpressiva —, tudo isso me fez rir. Ele estava certo. Eu o via a cada poucas semanas ou meses, o que já era mais do que qualquer um de nossos outros amigos da faculdade — exceto Amelia e Jeff — poderia afirmar.

Ele tomou um gole de vinho e nós caímos em um silêncio amigável enquanto eu considerava o que minha curiosidade tinha me conquistado.

E o que ela havia me custado.

Olhando para a frente sem ver, não pude deixar de notar sua recitação de minhas qualidades mais refinadas, esquecendo de mencionar meu exterior, como eu era. Ele não disse nada sobre sentir atração pelo meu corpo, meu rosto ou qualquer outra parte física minha. Minha mente se voltou para nossa conversa em sua casa semanas antes, quando ele fez bife com cogumelos para mim, especificamente quando falou sobre perceber o exterior de uma pessoa — rosto, corpo, voz e tudo mais. Eu sabia que ele notava atratividade exterior.

No entanto, ele também disse simplesmente que quando me viu pela primeira vez, me achou *normal*.

— O que está acontecendo aí dentro?

Pisquei para retomar o foco.

— Como é?

— Em que você está pensando? — Ele se recostou na cadeira, colocando o guardanapo na mesa ao lado do prato enquanto me examinava abertamente. — Como eu disse, se quiser saber algo, é só perguntar.

Humm...

Eu ia mesmo ser o tipo de pessoa que biscoitava e perguntava *Ei, você me acha bonita?*

Fiz uma careta, decidindo que, se tivesse que perguntar, provavelmente não gostaria da resposta, não importava o que ele fosse dizer. Se ele dissesse não, é óbvio que eu não gostaria. Se dissesse sim, ia parecer morno e forçado, já que eu tive que perguntar.

Frustrada, disse a mim mesma que não importava, que eu deveria valorizar suas palavras sobre eu ser extraordinária, gentil e forte — atributos que eram mais ou menos uma escolha ativa de minha parte —, mais do que uma declaração sobre o acidente do meu rosto e corpo, algo basicamente ditado pela genética, e sobre os quais eu tinha uma influência mínima.

Mas importava, sim.

Por mais que eu admirasse e me sentisse atraída pela bondade, força, inteligência e consideração de Byron, e eu o quisesse por esses atributos, eu também queria seu corpo. Queria tocá-lo, lambê-lo, prová-lo e conseguir o que eu queria com ele. E, até agora, ele nunca tinha me dado nenhum sinal de que sentia o mesmo por mim.

Exceto por aquela vez em que estávamos no sofá e ele olhou para mim como se... Espera. A gente estava gravando.

Mas e quando nós fizemos a trend de Os Opostos se... não de novo. Gravando.

Ah! E semana passada quando ele pintou meu cabelo... não. Também era para um vídeo.

Mas e... Franzi o cenho.

Não conseguia pensar em uma única vez que ele já tivesse olhado para mim ou se comportado com qualquer subtom além de interesse platônico, *exceto* quando estávamos gravando vídeos.

— Ok. — Cruzei os braços, optando por um curso de ação que resolvesse a questão de uma vez por todas. — Deixa eu te perguntar o seguinte: quanto dos vídeos é de fato fingimento?

Ele estava pegando sua taça de vinho quando fiz a pergunta e congelou no meio do movimento, seu olhar ficando cauteloso.

— Seja mais específica.

Humm...

— Certo. Quando estamos gravando os vídeos de trends, tipo o primeiro, quando sentei no seu colo, o dos opostos, você estava atuando?

Copo de vinho na mão, a testa enrugada como se minha pergunta o confundisse.

— Estava, é óbvio.

Endireitei a coluna para neutralizar a sensação de soco no meu estômago.

— Estava?

— Estava.

Pegando meu vinho, bebi mais do que só um golinho, mas também não enchi a boca.

— Você é um ótimo ator, então.

Ele estava atuando esse tempo todo?

Byron, ainda olhando para mim como se eu o deixasse perplexo, pousou o copo sem beber.

— Não foi esse o nosso acordo? Não estamos os dois atuando nos vídeos?

— Sim. — Minha voz saiu arranhada, então limpei a garganta. — Foi esse o nosso acordo.

O olhar de Byron se tornou inquisitivo, o que me fez pensar que algo na minha expressão o preocupava. Forcei um sorriso, mas isso só o fez franzir a testa.

— Fred, se não estivéssemos atuando, nem sequer gravaríamos os vídeos. Nós atuamos na frente da câmera. Não estamos atuando agora.

— Uhum. — Balancei a cabeça de maneira evasiva. Eu definitivamente estava atuando agora, ou pelo menos tentando. Eu também estava corando, senti frio e meu estômago revirou.

Tive a sensação de que ele continuava a abordar esse assunto porque ele percebia que eu estava tendo dificuldades com suas respostas. Talvez ele quisesse ter certeza de que eu o entendia. Ou talvez quisesse ter certeza de que estávamos na mesma página.

— Certo. Você atua nos vídeos. Concordamos em fazer isso. Essa coisa toda é só para fazer cena. Entendi — assenti, amassando a ponta do guardanapo.

— Fred.

— O quê? — Olhei para ele a contragosto.

Ele semicerrou os olhos para mim.

— Você não atua nos vídeos?

— Claro. Quer dizer... — cocei a nuca, não querendo admitir a verdade, mas me sentindo compelida a fazê-lo, já que ele não tinha sido nada além de honesto comigo. — Quando estávamos na sua casa e fizemos o vídeo de deitar no colo durante o filme, e depois aquele outro vídeo daquela vez, eu realmente esqueci que estávamos filmando. — Dei a ele um sorriso autodepreciativo, minhas bochechas queimando ainda mais, e esperando que ele não me chamasse a atenção por estar sendo vaga.

Ele se recostou na cadeira, a intensidade de seu olhar, seu interesse amplificando, como se achasse essa informação duvidosa.

— Esqueceu mesmo?

— Sim. Perto do fim, quando você estava com a cabeça no meu colo e eu estava brincando com o seu cabelo. Aquilo foi relaxante. Foi gostoso. E eu esqueci.

— Uhum… — Seus olhos pareceram me analisar, depois perderam o foco.

Eu não queria que ele pensasse muito sobre minha admissão, então interrompi seus pensamentos.

— Você já, hum, esqueceu que estávamos sendo filmados? Em algum dos vídeos?

Ele não hesitou.

— Nunca.

— Entendi — resmunguei, levantando a taça para beber mais vinho, mas depois pensei melhor.

Pronto, Win. Aí está a resposta que você queria.

Byron não mentiria. Ele estava atuando. O tempo todo. Tudo o que havíamos gravado tinha sido cena — o jeito como ele olhava para mim, quando me jogou e sustentou meu corpo num passo de dança inesperadamente, quando ele colocou a cabeça no meu colo, quando nós compartilhamos aquele olhar no espelho do banheiro. *Atuação. Atuação. Atuação.*

Eu não estava surpresa, não de verdade, e então não sabia por que eu sentia uma decepção tão brutal. Mas no fundo eu sabia, sim.

O silêncio entre nós começou a mudar de contemplativo para estranho, então me levantei e peguei meu prato. Depois, o dele.

— Ei, mas então, falando dos desafios, acho que precisamos mesmo discutir Nova York.

Nova York era um tema seguro, muito seguro. Tinha a ver com negócios em vez de sentimentos. Eu lidaria com esses sentimentos confusos mais tarde. Muito, muito mais tarde. *Ou quem sabe nunca.*

E outra coisa, eu estava muito feliz — imensamente feliz — por não ter seguido o conselho de Amelia e feito algo estúpido essa noite, como arriscar algo mais sério.

Andei a curta distância até a pia e coloquei os pratos lá dentro, me dando tapinhas nas costas por minha cautela. Cautela era comigo mesma.

— O que Nova York tem a ver com os desafios? — O tom rabugento de Byron me ajudou a me concentrar. Ele estava claramente irritado com alguma coisa, provavelmente com a ideia de ter que gravar em Nova York quando já estava apreensivo com as entrevistas.

— Bem, um dos últimos desafios consiste em eu te pegar de surpresa em uma viagem para longe. — Voltando para a mesa para recolher os talheres, peguei o garfo dele, depois o meu. — Primeiro, pensei que a gente poderia fazer algo relacionado a acampamento por aqui mesmo. Mas já temos Nova York na nossa agenda, então poderíamos fingir que estou te pegando de surpresa lá? Duvido que sua parte vá durar mais do que um minuto, no máximo.

— Acho que tudo bem.

Eu não estava olhando para ele, mas sua voz indicava que ele estava distraído.

— Sei que você não queria falar sobre os vídeos antes da hora ou ensaiá-los, mas discutir esse faz sentido. — Enchendo minhas mãos com talheres e travessas, voltei para a pia, devagar e com firmeza.

— Faz sentido mesmo. — O som de sua cadeira raspando no chão fez um arrepio percorrer minha espinha.

Em vez de voltar para a mesa da cozinha, desviei para a sala de estar e comecei a andar para lá e para cá na frente da TV.

— Vou viajar sozinha, de qualquer maneira, e vou encontrar você lá, então vou gravar algumas coisas durante o voo. Quando eu chegar ao hotel, te aviso e você pode fingir estar surpreso quando eu bater na sua porta. E então o resto da viagem prosseguirá normalmente. Falando nisso, você tem uma agenda? Ou uma lista dos eventos?

— Peço para a minha agente te mandar.

— Você acha que poderíamos fazer alguns dos outros desafios enquanto estivermos lá? Não é importante fazer todos, mas a Amelia estava dizendo que seria bom postar mais alguns vídeos antes da entrevista. É para eu receber uma ligação esta semana sobre a vaga a que me candidatei, mas a entrevista de verdade não vai acontecer até depois da nossa viagem de julho. — Falar sobre isso tudo (os horários, as listas de afazeres e os planos) definitivamente me ajudou a me distrair da minha angústia e a me livrar dos resíduos de decepção.

— Quais?

— Deixa eu ver... — Não querendo procurar meu planner com as anotações originais, peguei o celular na base de carregamento e abri o documento do Google em que Amelia e eu havíamos trabalhado juntas.

1. ~~#CheckInDoMelhorAmigo / #OsOpostosSeAtraem: destacar o quanto você e seu melhor amigo são diferentes para provar que os opostos se atraem e depois dançar em círculo de mãos dadas, a câmera voltada para cima.~~
2. ~~#DistraçãoDoVideogame: desafio de sentar no colo enquanto ele joga videogame, melhor amigo/crush.~~
3. *#DesafioDeDançaComToxic: fazer a dancinha de "Toxic" (Britney Spears) com seu melhor amigo.*
4. ~~#DesafioDaSoneca: fingir estar dormindo quando seu melhor amigo aparecer e gravar a reação dele.~~
5. *#DesafioDeModaDosMelhoresAmigos / #Combinandinho: trocar de roupas e colocar peças que combinam, dando um pulo entre cada troca.*
6. ~~#DesafioDaCabeçaNoColoVendoFilme: deitar a cabeça no colo do namorado/crush no meio de um filme e gravar a reação.~~
7. *#DesafioDaViagemSurpresa: surpreender o melhor amigo/crush viajando para longe para ir vê-lo e gravar a reação dele.*
8. *#DêUmBeijoNoSeuCrush: beijar o melhor amigo/crush secreto e gravar a reação.*
9. *#DesafioDasLeggings: usar as leggings da trend na frente do namorado/crush e gravar a reação.*
10. *#SegredoSussurrado: sussurrar um segredo no ouvido do melhor amigo e gravar a reação.*

Lendo a lista, tive dificuldade em engolir. Para piorar as coisas, Byron veio para ficar ao meu lado e começou a ler por cima do meu ombro.

— Falta, hum, o três, o cinco e do sete até o dez. — Limpando minha garganta, eu dei o meu melhor para não notar o quanto ele estava cheiroso, ou quanto seu corpo era gostoso e quente pressionado contra a lateral do meu. Nem virei a cabeça para olhar para ele. Seu rosto já estava perto demais.

Assim que pudesse, eu me afastaria dele. Impor meu limite de evitar tocá-lo parecia a melhor coisa que eu poderia fazer pela minha saúde mental.

— O Desafio das Leggings… — falou ele, parecendo estar distraído. — Você já tem essas leggings?

A pergunta me pegou desprevenida.

— Você conhece o challenge das leggings?

— Você não respondeu à minha pergunta.

Ele deu um passo para o lado e deu a volta em mim em direção à cozinha. Quando chegou lá, abriu a torneira e começou a lavar a louça.

Meu olhar seguiu a longa linha dele, a curva do seu traseiro, o afunilamento de sua cintura.

— Eu tenho as leggings.

Sabia que nós éramos só amigos — e considerando o que havia acabado de acontecer durante o jantar, seríamos apenas amigos —, mas isso não significava que eu não poderia aproveitar um pouco de colírio para os olhos de vez em quando.

Byron Visser era o sonho de qualquer oftalmologista. Eu poderia ser uma boa amiga para ele e ainda achá-lo gostoso como um chocolate suíço e duas vezes mais melancólico.

— Quer gravar esse hoje?

— O quê? — Meus olhos saltaram assim que ele virou o torso em minha direção. Fiz uma oração silenciosa de agradecimento por não ter sido pega admirando sua bunda.

— Se você já tem as leggings, nós podemos fazer esse desafio hoje. Eu lavo a louça. Pode ir se trocar.

— Achei que você não queria saber quando os vídeos fossem acontecer.

Ele inclinou a cabeça para a frente e para trás, como se estivesse considerando sua resposta, encarando a pia novamente.

— Com esse, talvez seja benéfico saber de antemão.

— O vídeo das leggings? — Enruguei o nariz.

— Isso. — Ele olhou por cima do ombro.

Fiz careta e dei mais uns passos em direção ao meu quarto.

— O quê? Por quê?

Nesse momento, foi ele quem fez careta e suspeitei que era para ser um reflexo provocador da minha. Mas tudo o que ele fez foi grunhir.

— Ah, é? *Você juuuura?* — Fingi ter interpretado seu grunhido. — Fascinante! Agora entendi o que você quis dizer.

Ele grunhiu de novo e voltou a atenção à louça.

— Então, é isso. — Andei até meu quarto. — Como posso discutir contra um argumento desses? Só me resta vestir aquelas leggings miraculosas.

CAPÍTULO 24

WINNIE

FECHANDO A PORTA, EXALEI UMA RISADA SECA E ESFREGUEI MEU PEITO OUTRA VEZ. Agora que estava sozinha, doía.

Não pense nisso. Eu não pensaria nisso.

Foque no positivo. Eu focaria no positivo.

Seja grata por ter um grande amigo. Eu poderia...

Pisquei contra uma onda de lágrimas e franzi o rosto.

— Não, não, não. Você não tem o direito de se sentir assim. Você não vai ficar chateada porque Byron Visser não está obcecado com o acidente da sua genética. Você vai superar.

Assentindo várias vezes e inspirando e expirando profundamente, caminhei até meu armário e procurei pela pilha no chão. Encontrei as leggings — ainda na sacola — e as peguei. Durante o final agitado do ano letivo, não havia encontrado um minuto livre para experimentá-las. Aquele seria o primeiro momento em que me contemplaria com as leggings mágicas.

Joguei o pacote na cama e tirei minhas calças cargo. Então, por um capricho, também tirei o suéter, o que me deixou com uma regata branca, um top esportivo e uma calcinha branca de algodão. Me virei para o espelho e me examinei. O top esportivo tinha um buraco embaixo do braço e não parecia ótimo. Eu o tirei e o substituí por um sutiã de renda rosa que nunca tinha usado. Não era muito favorável e a textura da renda parecia mostrar tudo. Mas, para mim, meus peitos com certeza pareciam fantásticos.

Tenho peitos fantásticos. Eu me amo e amo meu corpo. E tudo bem se Byr... balancei a cabeça, tentando de novo... *se outras pessoas não me acharem atraente. Porque eu me acho.*

Pronto. Com o sutiã sexy, vesti a regata de novo.

Então troquei a calcinha de algodão pela de renda rosa que combinava com o sutiã e voltei para a cama para vestir as leggings. Assim que eu estava empurrando a perna direita, houve uma batida.

— Cadê seu celular? — perguntou Byron, detrás da porta.

Puxei as leggings para cima e me levantei da cama.

— Por quê?

— Vou ajeitando ele para a gravação.

— Está na minha mochila, ao lado do sofá. A senha é 602214.

Ele não disse nada, depois de um tempo deu uma risadinha, e por fim:

— O número da Constante de Avogadro.

— É fácil de lembrar. — Olhando no espelho, torci a cintura e verifiquei meu traseiro. Fiquei boquiaberta. — Cacilda, essas leggings são incríveis mesmo! — sussurrei. Nunca vi minha bunda tão linda, e olha que eu gostava dela. Mas isso aqui era outro nível! — Pareço uma atriz pornô.

Eita. Eu tô GOSTOSA.

Ri, amando meu reflexo, e levantei os olhos até meu rosto. Eu estava sorrindo. *Que bom.*

— O que você disse? — perguntou ele, sua voz soando mais distante agora.

— Nada! — gritei, respirando profundamente enquanto eu continuava a admirar meu corpo nas leggings e mentalmente calculando quantas eu poderia comprar, de modo que ainda sobrasse dinheiro para comprar comida essa semana.

Tem alguém que vai amar cada parte de você, Win. Envolvi meus braços em volta do meu corpo e me dei um abraço. *E será perfeitamente maravilhoso se for só eu mesma, porque eu sou incrível.*

— Você já está gravando? — gritei com a porta fechada, me sentindo toda empolgada por algum motivo.

Na verdade, eu sabia por que me sentia empolgada. Byron era tão bom nesses vídeos que eu mal podia esperar para ver o que ele decidiria fazer, como ele decidiria reagir. Eu tinha certeza de que seria perfeito.

Caminhando até a porta, abri uma fresta.

— Não quero sair do quarto até saber que você está gravando.

— Espera... pronto. Agora estou gravando. Pode sair.

Hesitei, olhando para baixo e vendo a regata, o sutiã rosa, as leggings mágicas e meus pés descalços.

— Cadê você?

— Estou no sofá.

— Tá bom.

Respirei fundo, empurrei o cabelo para trás dos ombros e abri totalmente a porta. Primeiro, vi seus pés quando virei pelo corredor, cruzados no tornozelo. Em seguida, suas panturrilhas, joelhos e coxas, antes que ele entrasse totalmente no meu campo de visão.

Sua atenção estava focada na TV, seus braços ao longo do encosto do sofá, e então ele ergueu o olhar quando eu disse:

— Tã-rã!

Os olhos de Byron se arregalaram, seus lábios se separaram. Então seus olhos se arregalaram ainda mais enquanto percorriam meu corpo, começando no meu peito, onde eu segurava meus braços, e continuando para baixo. Virei para um lado, depois para o outro.

— O que achou?

Ele piscou devagar de um jeito engraçado, uma única vez. Quando abriu os olhos, eles estavam deslumbrados.

— Caral...

— Não fala! — Levantei a mão e corri até ele. — Não fala. Vamos manter a classificação livre, por favor.

— Tarde demais — murmurou ele e, em seguida, fechou a boca. Aquele olhar de desejo que ele usava quando tínhamos filmado fez sua primeira aparição, fazendo com que um friozinho agradável despertasse no meu estômago.

Que ótimo ator.

No mínimo, se eu quisesse ver esse visual novamente, sempre poderia assistir nossos vídeos.

— O que é para acontecer agora? — resmungou ele, se inclinando para a frente e colocando os cotovelos nos joelhos. Seu olhar não parecia acalmar.

Enquanto isso, atravessei a sala como se estivesse em uma passarela.

— Não tenho certeza. Acho que é para eu dar uma voltinha pelo apartamento e depois tirar.

— Meu Deus. — Ele cobriu o rosto.

— Byron. — Parei no meio da caminhada, levando uma das mãos à cintura. Eu ainda não tinha visto meu celular, mas confiava que ele o havia colocado em um lugar que pegasse a cena toda. — É para você olhar. A ideia do vídeo é justamente essa.

Ainda com as mãos cobrindo o rosto, suas palavras saíram abafadas:

— Eu não acho que consiga fazer isso.

Eu ri. Alto. Tropeçando até ele — porque eu estava rindo tanto —, agarrei sua mão, afastei-a do rosto e puxei, tentando fazê-lo se levantar.

— Vem, olha! A ideia do vídeo é que você me veja.

— Não é uma boa ideia. — A voz dele estava saindo tão apertada e rouca que ele parecia angustiado.

Me virei para que minha bunda ficasse na linha de visão dele e o observei por cima do ombro.

— Ficou tão feio assim?

— Não. — Ele grunhiu e fechou os olhos.

Em meio a risinhos, perguntei:

— E como você sabe? Você está de olhos fechados.

— Eu vi quando você saiu do quarto.

— Então ficou bom? — Fiz uma dancinha, algo parecido com o challenge de "Toxic" que eu estava praticando.

Seu maxilar pulsou, e ele ainda estava de olhos fechados.

— Depende da sua definição de "bom".

Mesmo sabendo que ele estava atuando, gargalhei.

— Você é hilário.

— Sou nada.

Dei um passo para trás e uma volta. Depois fiz uma dancinha.

— Admire as leggings mágicas.

— Acho melhor a gente fazer um desafio diferente.

Ri de novo, levando as mãos à barriga.

— Agora você está sendo ridículo.

— Achei que daria conta. — Ele se inclinou totalmente para a frente, enterrando o rosto nas mãos mais uma vez. — Não dou. Por favor, faça parar.

Eu estava torcendo para que nós dois estivéssemos no enquadramento da câmera. Não seríamos capazes de reencenar a hilaridade desse momento novamente. Ele poderia estar fingindo, mas minha risada incontrolável era cem por cento real. Eu ri pra caramba, gostando de mim e de sua performance muito mais do que deveria.

Mas por mais divertido que isso fosse, achei que já estava de bom tamanho. Já havíamos gravado o suficiente. Hora de voltar à vida real e ao verdadeiro Byron.

— Tá bom, tá bom. Onde você colocou o celular? Eu acabo com o seu sofrimento.

Byron gesticulou para o nosso hack da TV.

— Ali, olha.

Ele se esticou para trás de repente, abriu os olhos e tombou a cabeça, encarando o teto.

Sorrindo para ele mais uma vez — não que ele tivesse visto, porque não estava olhando para mim —, eu me virei para o celular e cambaleei. Me curvando na altura da cintura, levantei o polegar para encerrar a gravação, mas então meus olhos se detiveram em Byron na tela.

Ele estava me observando agora, os olhos fixos na minha bunda, e sua expressão me fez parar. O desejo que parecia doloroso criava linhas duras em sua mandíbula; a boca tinha uma inclinação infeliz. Em nossos vídeos anteriores, ele tinha olhado para mim como se me adorasse. Mas agora, estava olhando para mim como se eu fosse uma refeição. E ele estava morrendo de fome.

Meu coração acelerou e engoli uma súbita pontada de tristeza. Dessa vez eu não precisava me lembrar de que ele estava atuando. Eu sabia de fato que isso era tudo encenação. Ele literalmente havia me contado isso depois do jantar. Eu sabia o que estava acontecendo e não confundiria sua capacidade tremenda de atuação com nada além de um faz de conta.

Mas seu excelente desempenho me deu uma ideia. Por que não riscar da lista dois desafios naquela noite, enquanto eu ainda estava me sentindo corajosa e solta? Poderíamos completar o que eu mais temia, e então eu nunca teria motivo para tocá-lo novamente. Eu acabaria com isso de vez, e poderíamos passar para o resto das trends da lista, nenhuma das quais exigia meus lábios em qualquer lugar nas proximidades dos seus.

E foi assim que, em vez de parar o vídeo como havia planejado, acabei me endireitando e dando meia-volta. Seus olhos se ergueram de onde estavam, presos na minha bunda para o benefício do meu público, e se detiveram nos meus por uma fração de segundo antes de se tornarem frios.

Agora que eu considerava o assunto, ele sempre fazia isso depois dos nossos vídeos. Seu olhar escurecia, ficando remoto com cada aspecto de suas feições.

— Conseguiu o que queria? — perguntou ele com a voz rouca, num tom ligeiramente acima de um sussurro. Duvido que a gravação pegaria.

— Ainda não. — Balancei a cabeça, dando uma piscadinha exagerada para ele e, em seguida, deslocando meus olhos significativamente para o lado, em direção ao celular, para que ele soubesse que eu ainda estava filmando.

Franzindo o cenho, ele me seguiu enquanto eu me sentava no sofá ao lado dele, dobrando minhas pernas debaixo de mim e me aproximando. Eu me perguntei se deveria mover o celular para conseguir um ângulo de câmera melhor, mas logo descartei o pensamento. Isso bastaria. Melhor acabar com isso e seguir nosso caminho de amizade sem a nuvem sinistra desse beijo nos rondando. Que alívio seria.

Fiquei de joelhos, sorri suavemente para ele, minha atenção fixada em sua boca. Se eu olhasse para seus lindos olhos, eu ia amarelar. Eu sabia que sim.

— Winnie. — Observei seu pomo de adão subindo e descendo quando ele engoliu. — O que você...

— Shh. — Pressionei um dedo em seus lábios deliciosamente grossos e me inclinei para mais perto. Deslocando minha palma para sua mandíbula, eu a segurei, permitindo-me apreciar a onipresente barba por fazer, e inclinei seu queixo. *Esta é a última vez que vou tocar seu rosto.*

Sua respiração engatou quando abaixei a cabeça. Nossos lábios se tocaram, apenas uma pressão quente. Mas dentro de mim, o calor se espalhou rapidamente, tornando-se uma necessidade furiosa, e uma onda de choque surgiu pelo meu corpo, inebriante e viciante, e exigindo que eu acreditasse que aquele era um beijo real.

Ou... talvez fosse real mesmo. Talvez ele pudesse vir a sentir por mim o que eu sentia por ele. Muitas pesquisas apontavam que a opinião de uma pessoa sobre a atratividade de outra pode mudar com o tempo e...

Não. NÃO se enfie nesse buraco.

De repente, eu sabia que precisava interromper o contato antes de ter outro daqueles episódios vergonhosos em que esquecia que estávamos sendo filmados. Ele estava atuando e tudo isso era fingimento.

Levantando meu queixo, agora com o quadradinho do beijo assinalado, consegui colar um esboço de um sorriso em minhas feições enquanto meus olhos se abriram e encontraram os dele. Eu esperava sentir alívio. Em vez disso, tudo o que senti foi uma tristeza instável e insatisfeita e a certeza de que havia cometido um erro enorme.

Quando me inclinei para trás, Byron olhou para mim, seus lábios gentilmente entreabertos. Tentei me inclinar para trás, mas não consegui. Suas mãos se moveram para meus quadris sem que eu percebesse e seus dedos cravaram na carne do meu traseiro, me imobilizando.

Passou-se um momento em que nos entreolhamos, seu olhar tempestuoso, sua respiração difícil. Eu me distraí da tristeza que senti e da armadilha de sua performance dolorosamente crível fazendo anotações mentais sobre como editar o vídeo e quais legendas incluir. Isso, bem ali, seria um bom ponto para terminar, deixar o público se perguntando o que aconteceu a seguir. Eu estava prestes a dizer isso, mas no instante seguinte, Byron avançou.

Agarrando meu maxilar e inclinando meu queixo, sua boca se prendeu à minha, sedenta, faminta, devastadora, beijando sem sutileza. Ele nos moveu da vertical para a horizontal enquanto me deitava no sofá, subindo em cima de mim e entre as minhas pernas.

É tudo mentira, é tudo mentira, é tudo mentira era o mantra ineficaz dentro da minha cabeça, sincronizado com a batida rápida do meu coração. Arqueei embaixo dele, genuinamente faminta pela sensação de seu peso, de seu corpo. Afastei as coxas para acomodar a pressão dura de seus quadris. Os dedos na minha mandíbula se moveram para se enroscar no meu cabelo e se fecharam em torno dos fios, seus movimentos bruscos e sem prática, puxando minha cabeça para trás, forçando-me a me abrir para ele. E eu me abri, um gemido involuntário escapando quando sua língua empurrou para dentro.

Um arrepio em todo o corpo tomou meus braços convulsivamente, puxando-o para mais perto, meus pés procurando por apoio para que eu pudesse inclinar e angular os quadris para sentir aquela dureza extraordi…

Eu suspirei. Ele gemeu. E meu cérebro gritou *É TUDO ATUAÇÃO!*

E ainda assim não parecia mentira. Nada sobre aquilo parecia mentira. A dureza esfregando entre minhas pernas não parecia falsa. Suas mãos trabalhando para levantar minha regata mais para cima não pareciam falsas. Seus dedos puxando o bojo do meu sutiã com as mãos trêmulas *certamente* não pareciam falsos.

— Byron — engasguei. A mão dele estava em meu peito. Ele estava me tocando, me massageando, tão ganancioso e voraz, e ele… e eu… e… *aimeudeuscomoissoégostoso!*

— Quer que eu pare? — perguntou ele, sombriamente, contra o meu pescoço, seu tom arrogante, como se ele não duvidasse da resposta e só fizesse a pergunta para zombar de mim. Como sua arrogância tinha se tornado tão sexy? Ele balançou os quadris para a frente de novo e eu senti todo o seu comprimento sólido.

É por isso. A arrogância pode ser sexy. Quando reflete a realidade, quando é merecida, ela é sexy. *Esse pau grande lutando contra a braguilha, é por isso que é sexy.*

Byron fez algo ilegal e pecaminoso com a língua no meu ouvido, e estremeci quando ele perguntou de novo:

— Quer que eu pare?

— Não, não. Mas...

— Shh. Não fala. — Ele se afastou e tirou a camisa, revelando a extensão impressionante de seu corpo lindo. Minha boca ficou seca, e tenho certeza de que fiz um som completamente sem sentido de puro prazer, minhas mãos esculpindo seus abdominais. Ele parecia absolutamente irreal, quente, firme e perfeito, e eu me perguntava como (ou se) eu seria capaz de voltar a uma vida normal depois disso. Seu corpo me fez querer ajoelhar e rezar. Tocá-lo era, sem brincadeira, uma experiência religiosa.

Enquanto isso, seus olhos desceram para a minha pele que ele havia exposto, ficando incrivelmente mais escuros, mais famintos, fazendo meu coração acelerado ir parar na garganta.

Mas consegui falar:

— Byron, o que você...

— Cala a boca, Win. Por favor.

— O celu... ai, caramba! — Joguei a cabeça para trás enquanto sua boca se fechava sobre meu mamilo, sugando-o entre seus lábios como se ele estivesse sem sustento a vida toda, sua língua fazendo manobras mais ilegais e pecaminosas enquanto ele pegava o outro bojo do sutiã, puxava para baixo, pegava o centro do meu peito com o polegar e o acariciava, seu toque quase frenético.

Sua boca continuou dando ao meu seio direito um tratamento áspero, enquanto sua mão perscrutadora deslizava pelo lado do meu peito, meu quadril, para se mover entre minhas pernas e me segurar sobre as leggings mágicas enquanto eu ofegava, tentando me lembrar de que coisa importante eu precisava lhe dizer. Havia algo, algo crítico, algo sobre...

— O celular ainda tá gravando!

CAPÍTULO 25

BYRON

Tem uma marca de uísque chamada Lágrimas de Escritores. Minha agente me comprou uma caixa no lançamento do meu segundo livro, o romance que a tornou milionária. Eu a abri quando cheguei, depois de voltar da casa da Winnie.

Estar em casa era tão bom. Soava como "om", a sílaba mística, uma afirmação de algo divino. Eu conhecia a origem do om e havia decidido há muito tempo que alguma força cósmica estava em jogo. A semelhança auditiva entre "bom" e "om" não poderia ser uma coincidência ou um erro.

Um erro...

Fechando e esfregando meus olhos, lutei contra outra onda viciosa de turbulência, meus músculos tensos enquanto eu esperava a onda abaixar.

No apartamento de Winnie, em cima dela no sofá, a ausência me encontrou primeiro. A ausência de som e sentimento depois que ela gritou "O celular ainda tá gravando!" e quebrou o feitiço, minha mente esvaziando-se quando o significado eclipsou a urgência primitiva e essencial de torná-la minha, sufocar na sensação, de me afogar nela. Eu estava esperando a asfixia com admiração, esperança e orgulho ingênuo.

Eu achava que ela me queria. Assim, me sentiria como o herói em todos os livros épicos e histórias que eu já tinha lido. Que tolice. O que eu estava pensando? Eu estava total e inteiramente despreparado.

Testando a nitidez da memória, repassei o momento logo após sua revelação: ela disse meu nome e me levantei; minha pele de repente ficou muito quente; tudo tinha sido muito barulhento — muito barulhento. Eu me afoguei na verdade em vez de seu toque.

Esses malditos desafios do caralho.

Logo, sentado no chão com as costas contra a parede e as pernas esticadas à minha frente, dobrei um dos joelhos para apoiar o braço. Fazendo uma careta para o som de raspagem feito pelo atrito do meu pé contra o piso de madeira, percebi que ainda estava de sapatos. Que bom.

Se eu não pudesse me afogar com Lágrimas de Escritores, eu iria dar uma volta. Ou sair para correr. Qualquer coisa para escapar daquele monte de imagens: o apartamento de Winnie entrando em foco, as paredes brancas sombreadas de cinza no sol de verão, o cheiro de limão e peixe temperando o ar. E seu perfume — gardênias. E suor.

E Winnie embaixo de mim, seus olhos arregalados, chocados, os cabelos desgrenhados, as mãos apoiadas no sofá, os joelhos dobrados, os lábios inchados, sua camisa...

— Cacete. — O suspiro que exalei foi pesado demais para os meus pulmões.

Nunca tinha sentido nada como a felicidade de beijá-la, tocá-la, acreditar que ela me desejava, me queria. Esse acolhimento ganancioso dos instintos mais básicos, esse abraço brutal e sedutor. Queria que a sensação me consumisse. Queria me render pela primeira vez na minha vida, mais do que queria ver o dia de amanhã.

Mas agora o amanhã chegara, embora tivesse acabado de começar, e ali estava eu sentado, engolindo um gole de uísque, contemplando aquelas paredes nuas e aquele quarto vazio iluminado apenas por sombras — tão nuas e vazias quanto minha experiência com mulheres — enquanto me preocupava com ela. Eu a havia machucado? A angústia feroz e cortante com o pensamento fez meus olhos buscarem a escuridão atrás das minhas pálpebras.

Eu não tinha ideia do que estava fazendo. Estava agindo por puro instinto. Não sabia o que eu não sabia, e eu *odiava* não saber.

Pensei que o beijo tinha sido real. Achei que ela estava com a mesma vontade que eu, que queria aquilo. Perguntei se ela queria que eu parasse. Ela disse que não. A resposta foi para a câmera? Ela parecia tão certa, luminosa, uma perfeição sedosa, a resposta de seu corpo era a realização e a completude dos meus devaneios. Mas os devaneios não eram experiências de vida.

E essas lembranças não estavam distorcidas? Enviesadas? Será que poderiam ser confiáveis, se minha memória estivesse comprometida pelo bom humor? Colorida com um filtro de suas falsas motivações e uma absoluta falta de conhecimento sobre o assunto? Todos aqueles momentos de certeza e correção ocorreram antes que eu soubesse a verdade e antes de refletir sobre o quanto eu devia ter parecido desajeitado e inexperiente para ela.

O beijo de Winnie tinha sido uma mentira, mas não uma enganação.

Sem saber o que pensar, no que acreditar ou por onde começar — uma nova experiência, sem dúvida —, percebi que não conseguia pensar em nada, nem mesmo a fim de reunir motivos suficientes para adiar decisões até que me acalmasse, até que pudesse separar minha reação visceral, tão alta no meu cérebro, da minha memória do evento.

Talvez eu devesse deixar Seattle por um tempo. Será que ela gostaria de me ver novamente? Ela odiaria me ver? Ou pior, perdoaria minha transgressão? Eu queria fazer qualquer coisa que tornasse a vida dela mais fácil. Talvez eu fosse embora de vez. *Mas quando perguntei se deveria parar, ela me disse que não. Ela me queria? Suas respostas foram para a câmera? Será que ela...*

Forçando meus olhos a se abrirem, balancei a cabeça, a natureza circular dos meus pensamentos se mostrando intensamente frustrante. Talvez o melhor fosse que eu e ela deixássemos isso para trás. Talvez Jeff estivesse certo.

Eu manteria distância, mas estaria disponível caso ela desejasse discutir o incidente. *Deixe Winnie em paz. Vá embora.*

Estremeci, fechando os olhos com força, lutando para inalar o arrependimento que apertava minha garganta, lutando contra o impulso de ligar para ela, explicar e pedir desculpas. Ambas as ações seriam inteiramente egoístas, um bálsamo para aliviar minha consciência culpada em vez de lhe dar o espaço de que ela provavelmente precisava, considerando o que eu tinha feito. E eu precisava permanecer firme. Winnie decidiria o que ia acontecer em seguida, e eu respeitaria o que ela quisesse.

O tempo se movia ao meu redor enquanto eu buscava aquele estado suspenso de vida, a ausência de pensamento e sensação. O que eu precisava agora era de distância, escuro e silêncio.

Quando abri os olhos desta vez, o quarto estava confuso. O uísque *finalmente* havia amortecido a queda. Vi o inferno do arrependimento à distância, através da escuridão, sem a presença ofensiva do som, em vez de me perder sem pensar na tristeza serpentina dentro das chamas.

Flutuando em meu lago de uísque, meus olhos nas estrelas distantes acima, em vez de na margem de preocupação ou tempestade de dúvidas ao meu redor, afirmei que não existia razão para mergulhar no caos do acaso. Eu deveria voltar meus pensamentos rapidamente entorpecidos para outro lugar, para trivialidades banais, para negócios e trabalho, para assuntos sobre os quais tinha controle.

Esqueça e siga em frente.

Examinei a sala cavernosa novamente, desta vez através do filtro do banimento autoestabelecido. Nenhuma parte daquele andar, o terceiro, já havia sido mobiliada. Eu amava minha casa, meu lar, meu om, minha mansão no meio de Seattle. Adorava suas passagens e portas secretas, permitindo que eu entrasse e saísse sem ser visto ou ouvido, como na noite do jantar de Jeff e Lucy ou em qualquer outra noite em que eles se reuniram com seus amigos.

Minha casa podia ser a única coisa material tangível que eu amava além dos livros nas minhas prateleiras, embora os livros e a casa estivessem intrinsecamente ligados. Fantasmas de pessoas fictícias habitavam cada cômodo escuro desta velha mansão. Quando a visitei pela primeira vez com o agente imobiliário, eu a imaginei cheia de figuras literárias, todos personagens, todos amigos. E assim se deu.

Alguns eram meus. Alguns haviam nascido das mentes e páginas de outros, agora pertencentes a mim já que eu os estimava, os visitava e os amava.

Fiquei de pé, apoiando a mão na parede até encontrar o equilíbrio. Com o copo na mão, caminhei pelos corredores solitários como imaginei que a Miss Havisham, de Charles Dickens, faria, perdida na loucura de um plano de vingança sem sentido. Era provável, eu supunha, que fosse semelhante a estar perdido dentro de uma realidade alternativa da sua própria mente. Talvez, quando aqueles do lado de fora dessas paredes se contentassem em me abandonar em qualquer estrutura que eu viesse a assombrar, e minha existência mercurial não mais me interessasse, eu também usaria a mesma roupa por décadas.

— Vai ser um terno. — As palavras ecoaram e eu assenti, bebendo do copo já meio vazio.

Um terno de três peças sem gravata. Assim, eu estaria pronto para o meu funeral quando chegasse a hora. Nenhuma mudança de roupa seria necessária, mesmo na morte.

Eu ri com o pensamento, frívolo e indulgente, trazendo o copo de volta aos meus lábios para outro gole. Estava vazio.

Saindo do último andar, segurei o corrimão enquanto descia as escadas e me servi de outra dose de Lágrimas de Escritores quando entrei no salão. Eu acreditava, embora pudesse estar enganado, que todos os escritores se identificavam até certo ponto com o horror abjeto de ter que falar, tomar banho, comer, mudar qualquer coisa e até mesmo respirar quando as palavras fluíam como um rio de magia, e a mente estava na bem-aventurança de uma existência preferida.

Minhas experiências anteriores de ser arrancado da perfeição do imaginário foram semelhantes ao momento em que percebi que o beijo de Winnie tinha sido uma mentira. Mas com Winnie, sair da ficção foi como tirar minha cabeça do pescoço, ou talvez como tirar um vestido de noiva que se tornou uma segunda pele depois de trinta (mais ou menos) anos de ódio.

Levantei o copo em respeito à Miss Havisham, uma vilã que eu admirava havia muito tempo, mesmo que apenas por seu rancor tenaz e a criatividade de sua autoindulgência.

— Um brinde à Miss Havisham.

Engraçado. Eu nunca havia sentido remorso profundo por ler ou escrever um livro, apenas por me envolver na realidade. E me culpava. Eu já tinha aprendido essa lição várias vezes: nada perfeito existia fora da imaginação.

Parabéns, Byron. Você é oficialmente um egocêntrico pretensioso e filosófico.

— Preciso sair mais — falei a ninguém, esfregando minha testa com dedos doloridos enquanto me afundava em uma poltrona. Eu só conseguia balançar a cabeça na direção redutiva e absurda dos meus pensamentos embriagados. Mas, pelo menos agora, enfim, me sentia totalmente entorpecido.

— Eu te levo para sair. Aonde você quer ir?

Enrijeci, nem mesmo ousando respirar e, ao que parecia, não totalmente entorpecido como eu esperava.

Um momento depois, sua mão quente se fechou sobre a minha, dedos macios curvando-se em volta dos meus. Ela os tirou do meu rosto. Meus pulmões se expandiram a ponto de explodir sem que eu respirasse.

— Você está aqui? — pisquei, com os olhos turvos, meio que esperando que eu a tivesse conjurado.

Mas lá estava ela, ajoelhada na minha frente, suas lindas feições marcadas com preocupação e iluminadas pelo luar. O copo tinha sido removido dos meus dedos. Só ela e meu coração acelerado permaneciam.

— Quanto você bebeu? — Sua voz era música. Serrava e acalmava meu âmago, e não percebi o quanto estava ansiando por ela, clamando pelo som desde que deixara seu apartamento.

— Você não deveria estar aqui — falei, cuspindo as palavras como um xingamento.

— Por que não?

Olhei em seus olhos, a cor de canela tão vívida. Eu quase podia sentir o gosto na minha língua.

— Você precisa de espaço.

— Não quero espaço. Quero ver você e você vai ter que lidar com isso. Agora, me fala. Quanto foi que você bebeu?

— Não quero seu perdão — falei, minha atenção embriagada se abaixando para seus lábios. — Você não deveria me perdoar.

Pisquei, desejando estar sóbrio. Se essa fosse a última vez que eu a veria, eu queria memorizar seus lábios rosados e perfeitos. Eles haviam me distraído e perturbado minha paz por anos, com a forma como se curvavam para a direita quando seus sorrisos floresciam pela primeira vez. Muitas vezes, eu traçava a forma deles quando fechava os olhos.

— Perdoar pelo quê? Por ir embora? Você não precisa se desculpar por isso. — Ela passou os dedos pelo meu cabelo, seu toque leve e doce.

Meu estômago revirou com arrependimento.

Peguei a mão dela sobre minha têmpora e a afastei.

— Não, Fred. Não por ter ido embora. Por... — O pensamento interrompeu a si mesmo, minha voz falhando. Eu não conseguia falar.

— Por...? — ela me incentivou, parecendo curiosa. Ao menos, meus sentidos embebidos em álcool pensaram que ela parecia curiosa.

— Eu não deveria ter feito aquilo — me engasguei, me recusando a fechar os olhos de vergonha. — E me desculpe mesmo. Mas ainda assim não quero que você me perdoe ou arrume justificativas por mim. Se não quiser me ver de novo, vou entender.

— Byron, do que você está falando? — A mão que eu tirei virou na minha, entrelaçando nossos dedos. Seu polegar varreu contra meus dedos. — O beijo? O que aconteceu no sofá? Não se desculpe por isso.

— Eu não sabia. — *Merda*. Não era para eu ter falado isso. Parecia desculpa. Não havia desculpa.

— Você não sabia que a gente ainda estava gravando? Sim, eu imaginei quando você botou meu peito na sua boca.

Estremeci.

— Caralho.

— Quer saber? Não vamos falar disso agora. A gente deixa isso para amanhã de manhã, quando você não estiver bêbado. — Suas mãos quentes e hábeis usaram sua influência sobre as minhas para puxar, presumivelmente para me fazer ficar de pé.

Eu era muito pesado para ela, mas fiquei de pé, já que era o que ela queria. Eu a seguiria aonde ela me levasse.

— Quer que eu vá embora de Seattle? Eu vou. Basta dizer.

Ela arregalou os olhos.

— O quê? Por quê?

— Não quero te deixar desconfortável.

Winnie simplesmente olhou para mim, seus generosos lábios rosados estavam curvados, mas seus olhos estavam tristes.

— Não fique triste. — Levantei as mãos para tocá-la e percebi que ela ainda as segurava. Nós ainda estávamos em contato. — Não fique triste nunca!

— Não estou triste. Só queria que você estivesse sóbrio para eu poder te dizer o que amei, o quanto *amo*, o que aconteceu entre a gente algumas horas atrás, e o quanto torço para que signifique que você quer algo mais do que amizade comigo.

Pisquei e me retraí — ambos os movimentos provavelmente em câmera lenta —, e então a encarei.

— Por quê?

— Porque eu quero mais do que só amizade com você.

Pisquei de novo.

— Quer?

Seu olhar se moveu sobre meu rosto e ela riu, aparentemente achando algo engraçado nas minhas feições.

— Vem. Você precisa se hidratar.

— Eu... eu preciso de você — falei, minha língua solta por suas palavras, pelas Lágrimas de Escritores e pela nova cacofonia em minha cabeça, alta com angústia, esperança e ideias em vez de preocupação e autorrecriminação.

— Vou melhorar. Já ouvi falar de aulas em que um instrutor ensina sem tocar.

E vou aprender a tolerar as pessoas. Vou aprender como ignorar os barulhos idiomáticos e escatológicos dos outros.

— Não entendi nada do que você falou. — Winnie soltou um suspiro doce e risonho, liberando uma de suas mãos das minhas para se curvar e pegar alguma coisa. Um momento depois, ela pressionou um copo frio nas minhas mãos. — Por favor, beba isso.

Era real? Eu poderia confiar? Meu cérebro parecia que estava derretendo, lento, cansado. Eu me segurei para não a pegar em meus braços e apertá-la, beijá-la. Não queria entender errado novamente. Queria — precisava — estar sóbrio antes de agir.

— É veneno? — provoquei, semicerrando os olhos para ela, querendo fazê-la sorrir.

— Por que seria veneno? — Ela sorriu, e o sorriso ao mesmo tempo me acalmou e me excitou. Era uma evidência de que ela não estava com raiva ou triste e que suas palavras — suas declarações sobre o que havia acontecido — eram verdadeiras.

Não acredito que isso está acontecendo. Eu poderia confiar nisso? *Você está bêbado. Não confie em nada.*

Bebi do copo, meus olhos nela o tempo todo. Tinha gosto de Gatorade. Eu o esvaziei.

— Muito bem. Também fiz torrada. — Ela pegou o copo vazio. A comida pareceu surgir do nada, mas isso podia ter acontecido porque meus olhos estavam fixos em seu rosto, deixando tudo além do seu semblante pálido e brilhante fora dos limites da minha visão.

Quando ela fez torradas? Há quanto tempo ela está aqui?

Eu queria beijá-la. Agora mesmo. Queria continuar de onde tínhamos parado. Agora mesmo. Queria tirá-la daquelas roupas ofensivas, guiá-la para a cadeira e ajoelhar-me diante de suas pernas abertas.

Em vez disso, quando ela levou a comida aos meus lábios, dei uma mordida.

— Você precisa parar de me olhar assim — falou ela, parecendo sem fôlego aos meus ouvidos inebriados.

— Não consigo.

— Pois tente.

No momento, eu estava sendo terrível em tentar. Eu nunca tentava nada, a menos que já tivesse organizado as coisas de tal forma que o sucesso fosse praticamente garantido. Mas agora, tentei. Por ela.

Entre mastigar e tentar engolir e esperar que ela não desaparecesse, eu lhe disse:

— Sonhei com você.

— Ah, é? — Ela me deu mais torradas, mas me perguntei se talvez essa mordida fosse mais um esforço para me calar do que me ajudar a ficar sóbrio.

— Sim. — Tentei fixar em seus olhos, mas estava vendo em dobro. — Você me beijava. Mas era mentira.

— Não foi um sonho, não era mentira, e é melhor a gente falar sobre outra coisa.

Cobri sua mão quando ela tentou me alimentar mais, segurando-a ainda.

— Por que falar sobre outra coisa?

— Porque, repito, você está bêbado, e não deveríamos falar sobre o que aconteceu antes de você ficar sóbrio.

Balancei a cabeça. Minha cabeça parecia estar em uma corda, que um marionetista puxava para cima, depois para baixo, depois para cima e para baixo. Sua mão levantou, segurando meu queixo. Me inclinei em direção ao toque que me ancorava e perguntei:

— Do que você quer falar?

— Qualquer coisa que não seja o que aconteceu algumas horas atrás.

— Certo. — Respirei fundo e contei a ela o que estava, há um bom tempo, na minha mente. — Quero te comer.

Ela ficou imóvel, suas muitas versões se fundindo em uma única Winnie com olhos arregalados e queixo caído.

Como ela não disse nada e sua expressão permaneceu congelada, esclareci:

— Posso fazer aulas, ler livros, procurar aquele instrutor. Penso nisso o tempo todo. Acho que você deveria saber. Mas nunca mais vou tocar você se isso fosse arruinar as coisas entre nós dois.

Ela suspirou bem forte.

— Ok, tá na hora de ir para a cama. Quer dizer, *de você* ir para a cama. — Winnie saiu, voltou e agarrou minha mão, me puxando para algum lugar enquanto arrumava meus braços e pernas.

Com meu braço em volta dos seus ombros, olhei para a frente e tentei me concentrar em ajudá-la, mas já que estávamos no assunto, queria saber:

— Você sabe o que é uma barra separadora?

Seus passos pareceram falhar.

— Sou familiarizada com o conceito.

— Quero te amarrar e te prender em uma barra separadora. E depois quero te abaixar em cima de uma mesa, prender suas mãos nas costas e…

— É, essa com certeza é uma proposta bem gráfica! — ela me interrompeu, com o braço em torno do meu quadril me segurando com mais firmeza ao chegarmos na escada. — Por favor, segura no corrimão. Não quero que você caia.

Eu não tinha terminado de falar.

— E então quero fazer amor com você.

— Ah, é? Enquanto estou presa a uma barra separadora?

— Quando eu tiver dominado a prática, quero amar pra caralho cada centímetro perfeito do seu corpo. — Segurei o corrimão conforme instruído, meus sapatos parecendo cheios de chumbo. — Seu pescoço. Sua barriga. Seu quadril. Abaixo dos seus joelhos. Quero contar suas costelas e vértebras usando minha língua. Quero beijar seus pés e seus dedos e o espaço entre seus ombros. Quero te idolatrar, me ajoelhar e sentir o gosto de cada centímetro da sua buceta.

Paramos ao chegar no patamar e ela me empurrou contra a parede. A respiração de Winnie tinha ficado pesada.

— Se você fosse minha — meus olhos traçaram a curva suave de seus lábios; eu amava seus lábios —, eu te deixaria amarrada à minha cama.

— Então que bom que não sou sua. Tenho uma consulta no dentista semana que vem. — Ela também se encostou na parede, mas longe. Muito longe.

— Mas mais do que isso. — Eu me endireitei, estendendo a mão para o corrimão em busca de ajuda, encontrando-o e o agarrando. — Mais do que o tanto que te quero, que *preciso* de você, preciso que você seja feliz e continue bem, segura e saudável. E é por isso...

— O quê? — Ela estava na minha frente agora, suas mãos sobre meus braços para me ajudar a me equilibrar.

— É por isso que nunca vou te dizer a verdade.

Ela pareceu hesitar ou ficar quieta por muito tempo, e então perguntou:
— Que é?

— Eu te amo há anos. Você é as estrelas no céu, o começo e o fim. Vou morrer amando você, desejando você, e a tortura que você me causa ainda é melhor do que a bênção que poderia ser estar com qualquer outra pessoa. Ontem à noite, quando você usou aquelas leggings, sua bunda parecia um pêssego, e eu nunca quis tanto morder algo na vida.

Ela voltou a arregalar os olhos e ficar ofegante.

— Você está muito bêbado.

— E você é todo nascer e pôr de sol, a chuva escorrendo em folhas verdes, os fogos de artifício refletidos em um lago de água clara e uma fogueira no dia de inverno mais frio. Você é sexo, pecado e um anjo da guarda. Você é cada batida do meu coração, cada momento de paz e cada hora de pandemônio. Você é a tortura mais agradável que eu já conheci. E você... nunca vai sentir um décimo do que sinto por você. E, nisso, você também é perfeita.

Winnie abaixou a cabeça.

— Você está tentando me fazer entrar em combustão espontânea, Byron? Dei de ombros. Ou tentei.

— O inferno dentro de mim saúda a faísca dentro de você, pelo tempo que ela se mantiver acesa. A minha vai persistir, embora a sua vá desistir.

Se virando, ela colocou meu braço sobre seus ombros novamente e me guiou para o próximo lance de escadas.

— Você deu para rimar agora, é?

— Eu te amo. Por isso, sou um tolo. Pois todos os que amam como eu são tolos. Mas se você estiver pronta e for a favor, vou aprender a ser a pessoa que você merece. Vou aprender a fazer comidas sem glúten e a não odiar o som que as pessoas fazem quando mastigam. Ou engolem. Ou falam. Ou respiram.

Winnie não respondeu, talvez muito ocupada focando em nossos passos. Chegamos ao segundo patamar e, então, estávamos no meu quarto, e eu estava deitado de costas.

— Você precisa dormir — ela disse, sua voz próxima, mas não imediatamente ao meu lado.

Ouvi um som, um baque suave, e me levantei apoiando minhas mãos contra o colchão. Winnie, de joelhos na minha frente, havia tirado um dos meus sapatos e agora tentava desamarrar o segundo.

Franzindo a testa ao vê-la tendo que se esforçar, dobrei meu joelho e puxei o sapato da mão dela.

— Eu tiro meu próprio sapato.

Ela desdenhou e se levantou.

— Que seja. Vou pegar mais Gatorade e uns analgésicos. Não saia da cama. — Ela emitiu este último comando com um olhar severo e um dedo indicador apontado para o meu peito.

Balancei a cabeça, minhas pálpebras caídas, e lutei com o cadarço.

Dez anos depois, o sapato saiu.

Dez anos depois disso, Winnie voltou. Eu a rastreei enquanto ela entrava no quarto, colocava itens na minha mesa de cabeceira, uma toalha no chão e um balde em cima da toalha.

— Pronto — murmurou ela. — Se você for vomitar e não conseguir chegar ao banheiro, use o balde.

A visão da cena que ela montou me irritou. Eu é que deveria estar cuidando dela, não o contrário.

Limpando minha garganta do descontentamento, pedi o que eu queria.

— Você vai ficar comigo?

Seu sorriso doce foi imediato.

— É claro.

Winnie deu um passo à frente e enfiou os dedos no meu cabelo, a outra mão indo no meu ombro. Me guiando para o meu lado, ela abandonou meu cabelo para arrumar o travesseiro.

— Pode… deitar aqui? — Dei tapinhas no espaço da cama atrás de mim.

— Não vou te tocar se não quiser. Mas eu te comeria até nós dois perdermos os sentidos se você me pedisse. — Não que eu tivesse alguma experiência nisso. No momento, eu estava bebaço, mas se ela me pedisse, eu daria um jeito.

A partir do dia seguinte — segunda-feira no máximo —, eu dedicaria cada hora que passasse acordado para aprender como fodê-la até ela perder os sentidos, até virar um especialista mundial.

Winnie apertou os lábios com firmeza, mas eles se contraíram.

— E se eu só te abraçar?

— Você faria isso?

— Sim — ela falou baixinho e depois saiu do meu campo de visão. Um momento depois, eu a senti atrás de mim, seu peito nas minhas costas, seu braço sobre minha cintura.

Assim que ela se acomodou, outra vez pedi o que eu queria.

— Posso te beijar de novo?

— Quando estiver completamente sóbrio, sim. — Ela me apertou. — Agora, estou com medo de que, quando você ficar sóbrio, isso tudo pareça uma bobagem sem sentido para você e você deseje nunca ter dito nada disso.

— "Se eu tivesse um mundo só meu, nada faria sentido."

— Lewis Carroll.

— Isso mesmo.

— Dorme, Byron — disse ela com um sorriso na voz.

Eu não conseguiria nem se tentasse. Ainda não. Precisava dizer algo a ela.

— Preciso te contar mais uma coisa.

— O que é?

Me virei para encará-la, precisando vê-la enquanto ela voltava para o outro lado da cama, colocando espaço entre nossos corpos.

— Quando acordarmos, não quero que você faça piada sobre isso, ou o que aconteceu ontem. Não quero que você tente aliviar meu desconforto. E se você quer ficar comigo, se você está disposta a me dar uma chance, você tem que me dizer. Amanhã, quando eu estiver sóbrio e você estiver aqui, se você me disser que meu toque foi… que ele *é* bem-vindo… vou acreditar em você.

— Que bom. — Ela estendeu a mão como se fosse tocar meu cabelo novamente.

Peguei sua mão e a coloquei na cama entre nós.

— Mas se não for, se eu tiver te machucado, se ultrapassei um limite quando estávamos no seu apartamento, você tem que me dizer para que eu possa consertar as coisas. Então vou poder fazer tudo ao meu alcance para não errar com você. Isso não é sobre mim, fora a parte em que assumo total responsabilidade por minhas ações. Isso é sobre você e o que você precisa. Você não vai me chatear. Quer dizer… — Balancei a cabeça, frustrado com o sono e com o uísque que pesava minhas pálpebras. — Na verdade, vou ficar chateado, mas não com você. Sua segurança e paz de espírito são mais importantes do que meu conforto ou desconforto. Prometa para mim.

Seus olhos pareciam estar brilhando, e eu pensei tê-la ouvido fungar. Sua mão debaixo da minha escorregou do meu aperto e depois voltou para cobrir meus dedos, agarrando e trazendo-os para dobrar contra seu peito.

— Prometo — ela sussurrou. — Agora dorme.

À sua ordem, meus olhos se fecharam. E dormi.

CAPÍTULO 26

WINNIE

COM O CORAÇÃO CHEIO ATÉ EXPLODIR, MAS TAMBÉM PESADO DE TREPIDAÇÃO, EU não tinha planos de realmente dormir. Tampouco acreditava que dormir fosse possível, dada a natureza variada e vasta das declarações bêbadas de Byron.

Ele me ama?!

Ele me ama há anos?!

... MAS POR QUÊ?

Meu instinto era sentir apenas felicidade, e ainda assim a revelação repentina e bêbada dos sentimentos de Byron enquanto eu o ajudava a ir para seu quarto me pegou completamente desprevenida. Eu não conseguia resolver o emaranhado entre minha cabeça e meu coração, e quanto mais tentava dissecá-lo, mais ele torcia, girava e dava nós.

Eu confiava nele; acreditava que ele não tivesse mentido enquanto estava bêbado, *naquele momento*. Será que ele diria o mesmo quando estivesse sóbrio?

Não era apenas a natureza embebida em álcool de suas declarações que me preocupava. E se ele de fato me amasse? Eu nunca tinha sido amada por ninguém antes, definitivamente não o tipo de amor que Byron dizia ter por mim. Eu me sentia honrada, lisonjeada e surpresa, e também desconfiada de que poderia haver algum erro e ele me tivesse me confundido com outra pessoa.

Minha atração involuntária e a intensidade dos meus sentimentos sempre tinham sido — até esse ponto — algo a ser escondido, contido e suprimido porque eu considerava Byron uma das pessoas mais impressionantes, inteligentes e talentosas do mundo inteiro.

Como não poderia achar a ideia do amor e devoção eterna desse homem completamente intimidantes? Sobretudo desde que eu passara o último mês fazendo um grande esforço para proteger meu coração de se apaixonar por ele ingenuamente.

Enquanto eu tentava lembrar e catalogar cada momento que havíamos passado juntos e quais sinais eu descaradamente deixara passar — devo ter me esgotado, vacilando entre a felicidade vertiginosa e a apreensão intimidada. Dormi ao lado dele em sua cama grande e confortável. Quando dei por mim, o som de alguém cantando me despertou de um sonho com Byron e eu e sua banheira de hidromassagem.

No começo, pensei que estava em casa, no meu quarto, e Elijah era a fonte da versão perfeita de "Cry Me a River". Mas então, depois de esfregar meus olhos para afastar o sono, a enormidade do quarto escuro entrou em foco. Avistei Byron ao meu lado, seus braços estendidos, uma mão pousada levemente sobre meu estômago.

As lembranças da noite anterior vieram à tona e corei, sorrindo, desejando poder acordá-lo com beijos, desejando que pudéssemos pular a parte da conversa e ir direto para a parte de se despir. Mas se eu quisesse um futuro duradouro com Byron para além da mera amizade — e eu queria —, precisávamos conversar primeiro e deixar o chamego para depois.

Gentilmente, envolvi seu punho e levantei seu braço pesado para cima e para longe. Então, rolei para fora da cama, o som da música do outro lado da porta se aproximando, mais alto. Era apenas o refrão, repetidamente, como se o cantor não conhecesse nenhuma das outras palavras.

É o... Jeff?

Pegando meu celular da mesa de cabeceira vazia ao meu lado, verifiquei a hora — 8h42. *Eita.* Eu não tinha ideia de que era tão tarde. As cortinas blackout no quarto de Byron certamente eram eficazes.

Dando a volta na cama, lancei um rápido olhar para Byron, verificando se ele ainda estava dormindo pesado e se o canto de Jeff não o havia acordado, então corri para a porta. Ao sair, olhei para o andar enorme, apertando os olhos contra a luz acima de mim.

Como eu imaginava, lá estava Jeff, sentado em um sofá de veludo azul de aparência vitoriana, uma garrafa de cerveja em uma das mãos, seu celular na outra, cantando a infame canção de término de relacionamento de Justin Timberlake. Pelo jeito, ele estava quase tão bêbado quanto Byron estivera na noite anterior.

Jeff me viu enquanto eu saía pela porta de Byron e teve uma reação em câmera lenta, esfregando os olhos com as costas das mãos, apesar de estarem segurando a garrafa e o celular. Jeff acabou derramando um pouco de cerveja no tapete no processo.

— Mas que p...

— Shh! O Byron ainda está dormindo. — Corri para a frente e endireitei sua mão para parar a cachoeira. Então corri para o banheiro para pegar uma toalha. Encontrei uma na prateleira, corri de volta para Jeff e caí de joelhos para enxugar a mancha molhada no tapete antigo, frustrada com seu descuido. Aquela não era a casa dele. Era a casa de Byron, e ele estava derramando cerveja no tapete? — Por que você está bebendo aqui em cima?

— Winnie?

Olhei para ele e seu tom incrédulo. Ele agora olhou para mim, aparentemente estupefato, seus olhos saltando para fora de sua cabeça. Decidi roubar a garrafa de sua mão, já que ele estava cantando mais uma vez.

— O Dionísio por acaso deu uma festa em Mercúrio ontem à noite, fazendo o planeta ficar retrógrado? — reclamei, falando sozinha. — Tá todo mundo bêbado menos eu?

— Winnie, o que você... você acabou de... você está...

— Shh! — Pedi para ele abaixar o tom de voz de novo. Talvez fosse porque eu tinha acabado de acordar, embora eu achasse que não era exatamente isso, mas a voz de Jeff estava muito alta. Segurando sua cerveja como refém, me levantei e me afastei, gesticulando para ele em direção às escadas dos fundos. — Vem. Vamos conversar na cozinha.

Eu não queria que ele acordasse Byron. O grandalhão precisava dormir. Ou melhor, eu precisava que Byron dormisse para que seu fígado processasse eficientemente o álcool e ele ficasse sóbrio e pudéssemos conversar e resolver tudo. De uma vez por todas. *Depois, chameguinhos.*

Sem verificar se Jeff me seguiria, me virei e desci na ponta dos pés a pequena escada dos criados que levava à entrada da cozinha. Alguns segundos depois, ouvi a porta se abrir com um chiado suave enquanto eu colocava sua cerveja na bancada e procurava no espaço arrumado um cesto de roupa suja.

— O que você está fazendo aqui, Winnie? — A voz exigente e não modulada de Jeff às minhas costas me deixou feliz por termos saído do segundo piso.

— Cadê o cesto de roupa suja? — Me virei para perguntar para Jeff. — Vocês deixam um neste andar?

— Coloque no compartimento para roupas sujas, fica na despensa — ele falou com a voz embargada, arrastando os pés ao redor do diâmetro da ilha da cozinha. Chegando ao outro lado, ele ruidosamente puxou um banquinho e afundou nele. — O que você está fazendo aqui?

Fiz uma careta para sua sugestão do compartimento para roupas sujas. Eu não queria colocar uma toalha encharcada de cerveja lá. Encharcaria de cerveja tudo que estivesse embaixo dela.

— Hum... — Olhei para a pia. — Vou dar uma molhada nela antes.

Senti a atenção embriagada de Jeff em mim enquanto eu caminhava até a pia da cozinha e abria a torneira.

— Tem algo rolando entre vocês dois? Você e o Byron estão juntos? — As palavras pareceram explodir, fazendo minhas mãos pararem sob a água corrente.

Dando uma espiada em Jeff, eu o encontrei me olhando com uma expressão mal-humorada. Ele parecia ter tido uma noite difícil. E estava bebendo cerveja antes das nove da manhã. *Humm...*

Torcendo a toalha que agora estava adequadamente encharcada, dei de ombros e mantive meu tom leve.

— Algo do tipo. A Lucy está aqui?

Ele emitiu um som que não consegui interpretar.

— Hum, não. Ela não está aqui. Inclusive, nós terminamos. E dessa vez eu não a aceitaria de volta nem se ela implorasse. — A voz dele ficou mais grossa.

Senti minhas sobrancelhas saltarem por vontade própria, mas não disse nada. Isso explicava o fato de ele estar enchendo a cara logo cedo, mas eles já haviam terminado muitas vezes antes. Pelo histórico dos dois, eu tinha pra mim que a separação era temporária. Portanto, em vez de dizer qualquer coisa, dei um sorriso tenso para ele.

— Não vai perguntar o que aconteceu?

Dando de ombros de novo, minha mente procurou uma mudança de assunto. Eu não tinha vontade de discutir sobre Jeff, ou Lucy, nem Jeff e Lucy. Depois de semanas desde o jantar (bem como o subsequente e imediato extermínio da minha paixão por Jeff), testemunhar a dinâmica dos dois em retrospecto me fez sentir como se talvez eu tivesse me livrado de uma dor de cabeça.

— Winnie — falou ele, sua mão indo para cima da bancada, mais perto da pia.

Fitei-o.

Seus olhos vermelhos buscaram os meus.

— Desculpa ter te deixado na mão.

— O quê? Imagina. Tudo bem. — Dispensei seu pedido de desculpas e fechei a torneira, torcendo a toalha mais uma vez antes de colocá-la na beirada para secar. — No fim das contas, tudo correu melhor ainda.

— Tá ganhando bastante seguidores?

— Estou, e muitos deles são meninas e mulheres que leem os livros do Byron, o que é basicamente meu público-alvo. Chega a ser engraçado como tudo se encaixou. — Ofereci um sorriso em cima de um bocejo, distraída pelos pensamentos do tapete no andar de cima. Me perguntei se deveria tentar levantá-lo para ver se a cerveja que Jeff havia derrubado não tinha escorrido para o piso.

— Mas é tudo fingimento?

Realoquei meu foco, piscando para Jeff.

— Como é?

— É tudo fingimento? — repetiu ele.

— Do que você está falando? — Esqueci o que estávamos discutindo.

— É tudo atuação, os vídeos que vocês estão gravando. Vocês estão seguindo um roteiro e encenando como você queria ter feito comigo?

Ah.

— Nós… não, não estamos. Mas estamos de acordo em relação a isso. — Dei uns passos para trás até meu traseiro encontrar a bancada oposta. Me apoiei nela. — Por que a pergunta?

— Eu estava torcendo para que você... — Ele dobrou os cotovelos e se endireitou de sua posição curvada sobre a bancada. — Olha, sei que eu fiz cagada. Te larguei quando a Lucy ligou, e não acredito que fui burro assim. A gente não vai voltar. Nem agora nem nunca ma...

— Jeff, você não fez besteira coisa nenhuma. — *Engole a vergonha, engole a vergonha, engole a vergonha.*

— Não fiz?

— Não. Você a ama. Vocês estão juntos há mais de uma década. Se ela ligar, você sempre vai atender.

Ele relaxou os ombros.

— É um alívio te ouvir dizer isso.

— Por favor, não esquente a cabeça. Nós ainda somos amigos.

— Falando nisso... — Um sorriso lento surgiu em suas feições. — O que você me diz sobre finalmente sairmos?

Olhei para ele atônita, certa de que tinha escutado errado.

— Como é?

Quando ele continuou a me encarar, seu olhar descendo pela frente do meu corpo, eu me encolhi. Também cruzei meus braços sobre meu peito. Mas que inferno! Ele não tinha acabado de me ver saindo do quarto de Byron? Ele não acabou de perguntar se estávamos juntos?

— Eu te convidei antes e você tinha topado — ele falou, como se um acordo de semanas atrás fosse vitalício, e reconheci o tom de voz que ele usou. Era o mesmo que ele tinha usado com a Lucy na noite do jantar, de aliciação e súplica.

Eca.

— Não, Jeff. Você mal terminou com a Lucy. Você não deveria sair comigo nem com ninguém. Se dê um tempo.

— Não quero tempo. — Jeff fez um gesto brusco de cortar o ar com a mão, sua cabeça se movendo em um movimento desleixado, mas determinado, suas feições se contorcendo. — A última coisa que quero é tempo. Você sabe do que abri mão? Do tanto que sacrifiquei para ser leal a Lucy esse tempo todo?

— Você deveria...

— Eu poderia ter ficado com qualquer garota na faculdade. Qualquer uma! Sabe quanto isso foi difícil pra mim? Você entende como é para alguém como eu ser fiel a uma única garota? — Ele levantou a mão na minha direção. — Eu poderia ter tido você. Mas não. Fui burro. Burro pra caralho. E cego. — Ele secou os olhos com a base da palma das mãos.

Parece que está todo mundo botando as manguinhas de fora hoje.

Certa de que meu rosto traía meus pensamentos, mas despreocupada, já que ele não parecia notar nada além de seu showzinho de autopiedade, recuei em direção à escada, decidindo que era melhor sair de fininho. Talvez ele não notasse e...

— Ele nunca namorou, sabia? — Ele não tinha levantado a cabeça para me olhar, suas palmas ainda cobriam seus olhos.

Congelei no lugar.

— Quem?

— O Byron.

Eu já tinha suspeitado, mas ter a confirmação me deu um frio na barriga.

— Ah, é? Acho que ele nunca encontrou a pessoa certa, então.

Até agora.

— Ele disse, e isso é uma citação direta: "A monogamia é para quem já desistiu".

Isso soava mesmo como o tipo de humor seco de Byron, e me recusei a pensar muito na frase. Dito isso, definitivamente esclareceríamos a declaração quando ele acordasse e conversássemos sobre tudo. Eu não era uma pessoa capaz de aceitar nada além da monogamia em um relacionamento.

— Talvez ele estivesse brincando — falei.

— Duvido. Acho que o Byron não se compromete com as mulheres porque é uma inconveniência para ele quando as pessoas esperam algo dele. — Jeff riu sem humor algum. — Talvez ele esteja certo. Porra, talvez a Lucy esteja certa. Vai ver nós dois éramos muito novos mesmo. — Suas mãos caíram, batendo na bancada enquanto aterrissavam. Com o olhar atordoado, ele falou, desolado: — Ela me traiu.

Meu peso mudou para o meu calcanhar, absorvendo essa informação. Fui traída uma vez. Foi por isso que meu namorado do ensino médio e eu terminamos no meu segundo ano de faculdade. Eu me lembrava da devastação que ser traída causava à autoestima de uma pessoa.

— Sinto muito, Jeff.

— Ela tá trepando com um cara do trabalho. E antes disso, foi com uns caras do curso de Direito. — Seu volume baixou para um murmúrio, e ele parecia muito desamparado. Destruído. — Ela mente para mim há *anos*. — Sua voz falhou. — E eu caí feito um idiota.

Suspirando, lancei um olhar compassivo em sua direção, meu coração se compadecendo com ele. Embora eu soubesse o que era ser traída, meu ex havia me contado na manhã seguinte — por telefone — e pedido desculpas. Ele disse que gostava muito de mim, mas não via as coisas dando certo a longo prazo, que éramos muito jovens para estar em um relacionamento à distância e ele estava cansado de esperar que eu estivesse pronta para transar.

Ele traiu, mas não mentiu. Ele não passou anos me enganando. Eu não conseguia imaginar o que Jeff estava sentindo agora. Presumi que sua raiva devia ser visceral.

Não é à toa que ele estava cantando "Cry Me a River" a plenos pulmões e dizendo todas aquelas coisas sobre permanecer leal a ela, desejando ter passado o rodo na época da faculdade. Eu não estava justificando suas declarações grotescas, mas quando as pessoas estavam sofrendo, elas diziam e faziam coisas que não refletiam quem elas realmente eram. *Coitado.*

— Ela roubou os melhores anos da minha vida. Perdi muito tempo. — Os cotovelos de Jeff encontraram a bancada e ele deixou a testa cair em suas mãos. — Sou burro pra caralho. — Ele começou a chorar.

Tentei acalmá-lo, dizendo que ele estava errado. Hesitando apenas por um momento, rapidamente dei a volta na ilha da cozinha e parei ao seu lado. Acariciando suas costas, eu o calei suavemente, murmurando bobagens que eu esperava que aliviassem a dor. Ou, pelo menos, eu esperava que uma presença — alguém simplesmente lhe dando apoio, para que ele não tivesse que ficar sozinho — pudesse ajudar.

Jeff chorou em suas mãos por vários minutos enquanto eu esperava, imaginando o que poderia fazer ou dizer para melhorar a situação. Ele ainda era meu amigo e eu queria ser uma boa amiga. Mentalmente, folheei meu banco de dados de piadas e fiquei de mãos vazias, não encontrando nada relacionado a esse assunto que pudesse fazê-lo rir ou levantar seu humor.

Então, de repente, ele se levantou, se virou e me puxou para seus braços.

Eu enrijeci, surpresa com o abraço inesperado, e internamente me engajei em um debate rápido e acalorado comigo mesma.

Por um lado, era Jeff, meu amigo, e ele precisava de conforto, e era apenas um abraço. Eu abraçava e era carinhosa com meus amigos o tempo todo. Por outro lado, ele tinha acabado de me chamar para sair, feito declarações grotescas sobre "ficar comigo" e, apesar de sua turbulência e estado frágil, eu particularmente não queria que ele me abraçasse agora. Isso me deixou desconfortável.

E além de tudo isso, Byron e eu estávamos à beira — esperava eu — de nos tornarmos oficialmente mais que amigos. Se os papéis fossem invertidos e Byron estivesse consolando uma amiga depois que ela o chamasse para sair e falasse sobre tê-lo facilmente, eu veria maldade em um abraço, não importava o quanto ela estivesse sofrendo e não importava o quanto eu confiasse em Byron. Talvez fosse porque eu tinha sido traída no passado e deveria ser mais controlada, mas eu não gostaria disso.

— Me promete que vai me dar outra chance. — Jeff pressionou seu rosto molhado no meu pescoço, fungando.

— Hum...

Minhas mãos ainda estavam para cima, meus braços afastados dos lados do corpo. Pela segunda vez na minha vida, decidi que meus limites e conforto importavam mais do que potencialmente ofender outra pessoa. Eu culpava e atribuía os créditos desse fato a Byron e sua influência. Independentemente disso, eu queria me retirar daquela situação e era o que eu faria.

— Jeff, espera. Me solta.

Ele me apertou mais ainda.

— Winnie, fiz uma burrada. Me deixa, por favor, te levar para sair. Só uma vez. Eu te mostro. Sei que você ainda gosta de mim.

Fiz uma careta, estendendo as palmas das minhas mãos contra seus ombros e o empurrando.

— Eu gostaria muito mais de você se você me largasse. Jeff... me deixa...

Ele beijou meu pescoço e eu congelei. Uma onda fria de repulsa fez meu estômago revirar. Então ele beijou meu pescoço de novo e de novo, suas mãos deslizando sobre minhas costas, me agarrando.

Empurrei Jeff com força, torcendo meu pescoço e cabeça para longe.

— Falei para me largar. Jeff... para!

Jeff levantou a cabeça, então tentou prender sua boca na minha, e aproveitei a oportunidade para dar um tapa nele. Bem forte. Ele cambaleou para trás, os olhos arregalados, segurando sua bochecha.

Colocando as mãos nos quadris, endireitei minha coluna até ficar o mais alta possível.

— Escuta aqui. Sei que você está sofrendo, sei que está arrasado. Mas sou sua amiga, não uma lojinha de conveniência que você pode usar conforme a necessidade. Não se trata amigos assim. Seja melhor do que isso. Que coisa feia.

Seu rosto se contorceu e ele assentiu.

— Meu Deus, Winnie. Me desculpa. Me desculpa mesmo. Achei que você gostasse.

— O quê? Por que pensaria isso?! — Só por segurança, contornei a ilha da cozinha novamente, colocando um pouco de espaço entre nós e pressionando a mão no meu coração acelerado.

Agora que estávamos separados, identifiquei a onda de adrenalina pelo que ela era. Eu nunca tive ninguém me tocando assim, me segurando contra a minha vontade. E muito menos já tinha dado um tapa ou batido em outra pessoa. Disse ao meu corpo para se acalmar, disse a mim mesma que estava tudo bem.

A mão dele foi até a testa, escondendo os olhos.

— A forma como você estava me tocando, e você sempre gostou de mim... Desculpa, acho que seus sinais me confundiram.

Repeti mentalmente a palavra "sinais", indignada, porque... o quê?

Eu não estava dando sinal nenhum. *Estava?*

— Deixa pra lá. Esquece. — A mão dele caiu ao lado de seu corpo e seus olhos se levantaram para o teto. — Acho que você não tem mesmo mais interesse em mim, agora que você poderia ter alguém como o Byron. —

O comentário soou espontâneo, como se ele estivesse falando sozinho, mas as palavras definitivamente não eram lisonjeiras.

Alguém como o Byron. O que diabos ele queria dizer com isso? Eu não queria alguém como Byron, queria Byron. Além disso, no que me dizia respeito, não havia ninguém como Byron. Havia apenas Byron.

Mas já que Jeff havia dito as palavras, não pude deixar de comparar os dois homens enquanto recuava em direção às escadas. Ambos haviam feito algumas declarações chocantes recentemente, e ambos obviamente estavam sofrendo quando eu os encontrei. Mas Byron — que também estava bêbado, provavelmente mais do que Jeff — manteve as mãos para si mesmo. Mesmo embriagado, ele expressou preocupação com meu bem-estar e conforto, e não me tocou de forma inadequada. Nem uma vez.

Por sua vez, Jeff tinha feito suposições e tentou me culpar e meus sinais inexistentes por seu comportamento grosseiro. Acho que eu não havia me livrado de uma dor de cabeça com Jeff; me livrei de uma enxaqueca crônica.

— Certo, bem, você está bêbado e está sofrendo. Talvez devesse ligar para alguém para não ter que ficar sozinho. — Fui até a porta e segurei a maçaneta para disfarçar o tremor leve das minhas mãos.

— Você mesma poderia ficar comigo — disse ele suplicante, seus olhos suaves e tristes. — Acho que preciso de você, Winnie. Acho que preciso...

— Não, você não precisa de mim. — Eu o interrompi antes que ele pudesse terminar seu pensamento, cada célula do meu corpo precisando sair daquele lugar. — Vou dar uma olhada naquela mancha de cerveja no tapete. Não quero que molhe o piso de maneira nenhuma.

— Ah. Entendi. O piso de madeira é mais importante do que um amigo passando por um momento difícil. Beleza, então. — Sua expressão ficou severa. Sentando-se no banquinho de novo, ele pegou a cerveja que coloquei no balcão e mexeu no rótulo. — Sempre pensei que você era uma garota boa, mas agora vejo como as coisas são, o que você procura de verdade. Você e o Byron se merecem.

Com o peito apertado pelo desconforto e pela decepção, e ainda sentindo a adrenalina em meu corpo, eu abri a porta da escada e deslizei para dentro, subindo as escadas de dois em dois, querendo estar o mais longe possível de Jeff.

Tentei me lembrar de que ele estava bêbado e ferido. Mas, desta vez, eu simplesmente não conseguia conjurar nada parecido com a mesma simpatia de antes, não depois que ele havia me agarrado daquele jeito e não queria me soltar. Levaria muito tempo antes que eu me sentisse confortável em sua presença outra vez — se é que um dia isso aconteceria.

Havia uma diferença entre fazer concessões para alguém com base em circunstâncias atenuantes e permitir que as pessoas te tratassem como lixo devido às circunstâncias atenuantes delas. Até este minuto, acho que tinha feito as duas coisas. Pior, até agora, eu não tinha visto ou entendido a diferença.

Mas de agora em diante, não importa as circunstâncias atenuantes, ninguém — *ninguém mesmo* — ia me tratar como lixo.

Com esses pensamentos em mente e prestando atenção se ouviria o Jeff se aproximando, empurrei para trás o sofá de veludo azul e rolei o tapete, dando um suspiro de alívio quando encontrei um protetor acolchoado entre o piso de madeira e o tapete. Só por segurança, peguei outra toalha do banheiro e a deslizei diretamente para debaixo do tapete para absorver qualquer umidade adicional. Feito isso, rastejei de volta ao quarto de Byron. Achei que não conseguiria dormir de novo, ainda me sentindo trêmula pelo encontro com Jeff no andar de baixo, mas queria estar ali quando Byron se levantasse.

Devagar, abri a porta, não querendo fazer nenhum som que pudesse acordá-lo prematuramente. Eu não precisava me preocupar. Byron estava acordado, andando de um lado para o outro no quarto, suas belas feições marcadas por uma carranca séria. Meu coração saltou e fechei a porta atrás de mim enquanto inspecionava a mesa de cabeceira ao seu lado, satisfeita por descobrir que ele tinha esvaziado o copo e tomado os analgésicos que eu tinha deixado ali perto.

De repente, percebi que ele havia parado de se mover e minha atenção se voltou para ele. Nossos olhos se encontraram, e o peso e a intensidade de seu olhar me atingiram como um gongo.

Era chegada a hora. Era chegada A hora.

Era agora.

CAPÍTULO 27

WINNIE

— Olá. — Eu me inclinei contra a porta, um sorriso reivindicando com força minha boca, meu coração na garganta. Tenho certeza de que também tinha estrelas nos olhos. — Como se sente?

Byron me encarou, sem dizer nada, seu olhar cauteloso e vigilante.

Quem diria.

Engoli a preocupação abrupta e tensa. Eu não deveria me preocupar. Mesmo que o pior fosse verdade e ele não se lembrasse de nada do que tinha dito na noite anterior, todas as declarações de amor e devoção eternos, ele as tinha colocado para fora. Eu as tinha ouvido. Agora eu sabia a verdade de seus sentimentos, o que significava que eu estava livre para compartilhar a verdade dos meus.

Isso se ele realmente falou sério e que não era só lorota de gente bêbada.

Culpando o entreveiro com Jeff pelo leve tremor das minhas mãos e um estranho ataque de preocupação, mantive meu sorriso e meu ponto estratégico bloqueando a porta.

— Tá feliz em me ver? — perguntei, baixinho.

— Sempre fico feliz em te ver — falou ele. Por todos os sinais externos, ele parecia estar dizendo a verdade, seu tom nem entusiasmado nem sarcástico, mas me fez parar.

Se ele está feliz, por que não parece feliz?

Forçando meus lábios para o lado, pensei na melhor forma de iniciar essa conversa sem envergonhá-lo caso ele não se lembrasse completamente de suas proclamações embriagadas. Talvez fosse esse o problema. A última coisa que eu queria era que ele ficasse envergonhado. Queria que ele repetisse essas proclamações quando estivesse sóbrio para que pudéssemos conversar abertamente e descobrir as coisas juntos.

— Então… — Com minha mente trabalhando depressa para desvendar a melhor forma de abordar esse Byron claramente cauteloso, decidi começar com os eventos de que ele devia se lembrar. Se eu aliviasse suas preocupações sobre o que tinha acontecido no meu apartamento, talvez ele relaxasse. Ele não estava relaxado no momento. — A gente vai falar sobre nossa famigerada sex tape?

Seus cílios piscaram, alguma emoção passando por suas feições, e então ele se virou, me dando as costas e caminhando até uma das janelas da sala. Ao chegar, ele levantou a cortina sem pressa.

— Vá em frente.

Ok... Acho que eu poderia começar, então. Poderia ser corajosa com ele, mesmo que cada célula do meu corpo me dissesse para ser covarde.

— Não sei se você se lembra, mas ontem, antes de você ir dormir, você me disse para falar se eu ficasse incomodada com algo sobre a noite passada, o que aconteceu no meu apartamento. — Fechei as mãos em punhos, me esforçando para encontrar coragem, e falei apressada: — Então, estou aqui te dizendo que não estou nem um pouco incomodada. Sinto muito por você não ter percebido que ainda estava gravando, e...

— Não precisa se desculpar por isso — interrompeu ele, sem se virar. — Eu é que não queria saber quando você estivesse gravando.

— Mas desculpa mesmo assim. Agora vejo que deveria ter te alertado mais abertamente, mais do que com só uma piscadinha e um aceno de cabeça. Eu deveria ter dito algo em voz alta e editado isso depois...

— Winnie. — Byron se virou singelamente, me mostrando parte de seu perfil. — Está tudo bem.

— Tá, se você diz que tá tudo bem, então tá tudo bem. Mas não estou arrependida do que aconteceu. Estou é *radiante* por ter acontecido. Estou muito, muito feliz mesmo, e a verdade é essa.

Uau. Como era bom colocar aquilo para fora, a verdade enfim me libertando depois de tantas semanas de preocupação com meus sentimentos. Esperei que ele respondesse à minha coragem na mesma moeda, talvez repetindo uma de suas próprias confissões da noite anterior.

Byron olhou pela janela por um longo momento, então perguntou:

— Você ainda tem a gravação?

Eu não ia mentir e dizer que tinha deletado. Eu não tinha. Claramente, eu estava tomando gosto por punições e conversas desconfortáveis.

— Sim, ainda tenho.

— Vai postar?

— O quê?! Não! — Me afastei da porta. — Nunca postaria!

— E o que vai fazer com ela? — Seu tom parecia calculado, cuidadosamente desinteressado.

— Eu... eu não sei. — *Apreciar a existência dele, talvez?*

Depois que ele saiu às pressas, eu assisti. Muito. Tipo, pra caramba! Cada vez que dava play, eu tinha certeza de que meu cérebro havia me dado uma dose enorme de dopamina e a intensidade da dose parecia constante, nunca desaparecendo, nem mesmo com a exposição repetida.

Basicamente, eu estava viciada naquele vídeo.

E se isso fazia de mim uma pervertida estranha, então que fosse. Mas o vídeo era *uma delícia*. E me provocou muitos sentimentos calorosos. Suas mãos estavam em cima de mim, e quando ele tirou sua camisa, revelando aquele peito e aqueles ombros e abdômen — AH, AQUELE TANQUINHO! — e toda aquela pele, se inclinando para puxar meu sutiã para baixo e colocar meu peito na boca... NEWTON, TOME CONTA!

Byron virou a cabeça, olhando para mim por cima do ombro. Eu tinha certeza de que estava vermelha feito um tomate.

— Por que você guardou se não vai postar?

Seu olhar me fez sentir como um inseto sob um microscópio. Não era isso que eu queria discutir. Eu precisava retomar o rumo da conversa, mas agora minha língua não estava funcionando. Eu odiava como ainda me sentia trêmula, e desejei nunca ter tentado consolar Jeff. Seu comportamento, quando ele me agarrou e beijou meu pescoço, me deixou fora de controle.

Eu precisava relaxar, me acalmar, parar de pensar tanto. *Respira um pouco e se acalma.*

Com o meu silêncio, Byron se virou completamente para me encarar, seu olhar agora esperando algo de mim.

— Winnie.

— É Fred pra você — brinquei, esperando aliviar o clima e dissipar meu próprio nervosismo.

De certa forma, funcionou. Os olhos de Byron se estreitaram, mas seus lábios repuxaram para o lado e ele se aproximou. Senti o alívio começar a tomar conta de mim e passei a respirar apesar da ansiedade remanescente.

— Por que você guardou? — insistiu ele. Infelizmente, sua pergunta parecia exigente e fiquei tensa de novo.

— Eu... — Freneticamente tentando ler seu humor e o que ele queria que eu dissesse enquanto lutava contra a névoa da dose acidental de adrenalina daquela manhã, ofereci: — Posso apagar. Posso deletar agora, se quiser.

Me olhando como se eu o tivesse decepcionado, ele falou entredentes:

— Não me importo se você quiser apagar ou postar. Mas gostaria de saber *por que* você guardou.

Perguntas alimentadas pela preocupação passaram pela minha mente. *Espere... por que a preocupação com o vídeo? Ele se arrependia do que disse enquanto estava bêbado? Não era a verdade? Ele não se lembrava?*

Decidindo que este seria um lugar melhor para começar, perguntei:

— Que partes de ontem você de fato lembra?

— De tudo.

Um choque de calor aqueceu minhas bochechas e apertei os dedos.

— Então você se lembra de eu vir para cá? De te encontrar no salão? Você se lembra do que eu disse?

Ele assentiu, sua expressão inexplicável de desconfiança e tensão.

— Lembro. Você disse que queria mais do que amizade comigo.

Suspirei de alívio.

— Sim.

Certo. Que bom. Agora estamos chegando a algum lugar.

— E eu disse que te amava — ele falou, sua voz rouca.

Sorri nervosa, sentindo meu coração explodindo de empolgação enquanto o corpo tremia.

— Sim. Você disse.

— E você falou que a gente conversaria hoje, quando eu estivesse sóbrio — continuou ele calmamente.

Passando a língua pelos lábios, balancei a cabeça, mas meu sorriso diminuiu enquanto eu o estudava. Ele ainda não parecia feliz. *Por que ele não parece feliz?*

Antes que eu pudesse perguntar, ele disse:

— Então fale. A menos que... — Uma de suas sobrancelhas se ergueu um pouco, seus olhos percorrendo meu corpo em um exame descaradamente sugestivo. — A menos que você não queira falar.

Uma nova explosão de calor — desta vez irradiando abaixo, da parte de trás do meu crânio até minha barriga — me fez perder o fôlego.

— Não, não. Eu quero, sim, conversar sobre isso. Nós precisamos. — Talvez fosse tolice, mas depois de ter sido agarrada pelo Jeff momentos antes, eu não estava lá muito a fim de ter contato físico com ninguém no momento.

Seu olhar voltou-se para o meu, parecendo ficar impaciente.

— Então fale.

Meu coração saltou para a minha garganta ao ver seu aborrecimento; fiz uma careta para ele.

— Ei! Eu já falei. Disse que não estou chateada com o que aconteceu no apartamento, e depois reiterei o que disse ontem à noite, que espero que possamos ser mais do que amigos. Agora é sua vez.

Seus olhos eram como uma nuvem de tempestade se formando.

— *Minha* vez? Winnie, é a *sua* vez. Eu disse que te amava. E era a verdade. Eu amo você. Estou apaixonado por você. Você disse que a gente discutiria isso quando eu estivesse sóbrio. Estou sóbrio agora. Quer conversar? Então fale. Eu não tenho mais nada a dizer. — Ele falou em tom exigente de novo, ainda impaciente, e ambas as reações continuaram a me deixar vermelha.

— Eu quero... Byron. — Franzi o cenho para ele, tropeçando em minhas próprias palavras. — O que vamos fazer a respeito disso?

— A respeito do quê?

Lancei a ele um olhar duro, meu humor queimando sem que eu esperasse. Eu geralmente era muito boa em manter a calma, mas parecia que ele estava virando o jogo para mim. *E por que está agindo assim?*

De forma irritante, seus lábios se curvaram, possivelmente contra sua vontade. Suas palavras soaram como uma acusação quando ele falou:

— Você é muito linda quando tenta intimidar.

— Eu preferiria conseguir intimidar quando tento intimidar.

— Eu não disse que você não consegue.

Nossos olhares se sustentaram e senti meus próprios lábios se curvarem com relutância, caindo um pouco mais fundo nesse campo magnético entre nós dois. Mas eu não podia cair, ainda não. Não até descobrirmos quais seriam precisamente nossos próximos passos. Ele me amava, estava apaixonado por mim, mas não parecia particularmente pronto ou disposto a mudar nosso atual percurso de amizade.

Desviei o olhar de seu rosto dolorosamente bonito e o levantei para o teto, depois o deixei cair no chão, e então observei a parede e a janela atrás dele, olhando para todos os cantos, menos para Byron, enquanto procurava calma, foco e as palavras certas.

Eu consigo. Para de se distrair com o que aconteceu com o Jeff. Se concentra no Byron. Pensa de maneira lógica.

Enfim, me cobrindo de racionalidade como se fosse um edredom, falei:

— Tá bom, então. Eu falo. Obviamente, sinto atração por você. E você foi bem direto em relação aos seus sentimentos por mim. Então, com base nos nossos sentimentos mútuos, a meu ver...

— Mútuos? Eles são *mútuos*?

Tentando não insistir em seu tom beligerante, ignorei sua estranha pergunta e continuei:

— A meu ver, temos algumas opções sobre como prosseguir.

— Opções — ecoou ele, parecendo incrédulo. Ignorei isso também. Eu não reagiria. Talvez ele estivesse se sentindo um lixo com a ressaca, mas eu seria calma e racional.

— Sim. Temos algumas escolhas a fazer e deveríamos tomar essas decisões juntos, para estarmos de acordo. — Dei uma olhada rápida para ele, encontrei seu lindo olhar preso no meu rosto, suas feições severas. Desnecessariamente, coloquei meu cabelo entre minhas orelhas e me afastei. — A primeira opção é a gente namorar.

— Namorar. — Ele cuspiu a palavra como se tivesse um gosto ruim na boca.

Comecei a andar de lá para cá mais rápido.

— Isso. Namorar. É o próximo passo natural. Eu não namoro alguém a sério há muito tempo e, mesmo assim, foi só com uma pessoa. E, hum, acho que não tenho tanta experiência quanto você.

— Eu nunca namorei ninguém. Se você já namorou uma pessoa, você significativamente tem mais experiência do que eu.

— Isso é outra questão. — Dei uma olhada nele de novo, agora com o comentário de Jeff de mais cedo me importunando e zumbindo nos meus ouvidos. — Eu acredito na monogamia. Para mim, se eu namorar alguém, teria que ser um relacionamento monogâmico.

— Vamos nos casar?

Atordoada sob meu cobertor de sensatez com sua pergunta surpreendente, minha atenção se virou ao seu rosto, as palavras sem sentido em desacordo com seu tom franco e com a seriedade de suas feições. Mas não poderia ter sido uma pergunta séria.

— Estou aqui tentando conversar e você está sendo sarcástico?

— Não estou sendo sarcástico. Estou perguntando de verdade: nós vamos nos casar?

— O quê? Por que... o quê? Você está dizendo que a única circunstância sob a qual você seria monogâmico seria no casamento? Você só pode estar brincando. Nós nem... a gente... Byron, para de tirar uma com a minha cara e fala sério.

— Não estou brincando com você — disse ele, sua voz baixa, quieta e dando indícios de que seu temperamento estava fervendo. — Estou apaixonado por você, Winnie. Obviamente, quero me casar com você. Se você não sente o mesmo por mim, basta dizer.

Joguei o peso do corpo para os calcanhares.

— Casamento?

— Pessoas que se amam se casam. Ou você me ama, ou não ama.

Senti um espasmo próximo ao meu coração.

— Você está falando sério mesmo?

— Não pareço estar falando sério?

Ele parece mesmo estar falando sério.

Presa em um poço de perplexidade e sobressaltada por uma nova onda da ansiedade persistente que eu estava tentando esconder, deixei meu fluxo de consciência estabanado fluir:

— Eu... a gente... nós não vamos nos casar! Só porque duas pessoas se amam não significam que elas têm que se casar automaticamente.

— Então é verdade?

— O quê? — Minha voz era quase estridente e me lembrei de controlar meu volume.

Ele me deu um olhar sombrio, mas não disse nada.

Eu estava toda confusa e me virei. A despeito de tudo, Byron provavelmente estava de ressaca e não precisava que eu gritasse com ele (mesmo que estivesse me deixando absolutamente maluca).

Fechei os olhos por um breve instante, dando o meu melhor para recuperar a compostura.

— Olha, nem sei se quero me casar um dia. E definitivamente não vou me casar aos vinte e seis anos. — Desta vez, me esforcei para manter meu tom gentil, mas uma nota de frustração se infiltrou nas minhas declarações e fiz uma careta ao perceber o quanto continuei a soar estridente.

Esta não era uma decisão a ser tomada na manhã de uma ressaca ou depois de dar um tapa em um amigo de longa data por ser um babaca grudento. Era uma decisão a ser tomada depois de meses — se não anos — de um relacionamento com comprometimento, depois de as pessoas envolvidas se conhecerem intimamente, o lado bom, o ruim e todo o resto.

Byron era a pessoa mais lógica que eu conhecia, a mais racional. Talvez ele não estivesse de todo sóbrio, afinal de contas. Inspecionei seu rosto em busca de sinais de embriaguez e não encontrei nada além de seus olhos cansados e a barba escura crescendo em sua mandíbula. Mas enquanto eu o inspecionava, algo no fundo do seu olhar parecia endurecer, me afastar, me colocar distante e me deixou mentalmente lutando para decifrar o que era.

Enfim, ele assentiu uma vez e disse:

— Tudo bem, então.

— Tudo bem? O que está tudo bem?

Sua cabeça se moveu em outro aceno sutil, seu olhar se fechando ainda mais.

— Que bom que esclarecemos isso.

Esclarecemos isso? Esclarecemos o quê?

Cobri o rosto, não tentando mais e também não conseguindo esconder minha frustração.

— Olha... Isso... isso não é o que eu queria.

— Então me diga. Me diga precisamente o que você quer de mim, Fred?

Mais uma vez, tentei não permitir que seu tom — agora, de uma hostilidade calma — me incomodasse, mas incomodava. Eu me senti ainda mais instável, incapaz de pensar, e o analisei por entre os dedos. Procurando por algo que se assemelhasse a uma faísca, o inferno que ele exibira livremente e do qual falara na noite anterior, não encontrei nada além de indiferença distraída.

Precisando de um minuto, me escondi atrás das mãos e respirei fundo, alinhando meus pensamentos, até que enfim me concentrei no que achava ser a pergunta mais importante.

— Você quer dar uma chance a nós dois ou não? Você tem interesse em algo além de amizade?

A resposta era sim. Obviamente, era sim. Se ele estava apaixonado por mim, então a resposta tinha que ser sim.

Byron ficou em silêncio.

Deixei cair minhas mãos e olhei para ele, tentando lê-lo. Não consegui.

— Byron, responda à pergunta.

— Não — falou ele lentamente. — Não quero *dar uma chance* a nós dois.

Pisquei. Uma tristeza aguda tomou conta de mim, forte, rápida e dolorosa, fazendo meus pulmões doerem e meus olhos arderem. Uma nova onda de adrenalina fez meus ouvidos zumbirem. Tentei engolir, mas não consegui. Apesar disso, assenti, um movimento reflexivo e sem sentido, e me virei, tropeçando em direção à porta.

Lá estava eu de novo, confusa. Tão confusa. *Não consigo pensar.*

Eu não ia tentar ficar com alguém que não concordasse com a monogamia. Talvez não fosse o caso de outras pessoas, mas, para mim, era o requisito mais básico de um relacionamento com comprometimento. E também não ia sair casualmente com Byron. Eu não precisava de um período para conhecê-lo, já o conhecia bem demais. Eu sabia o que queria dele, e se ele não conseguia se comprometer logo de cara, então esquece.

Eu merecia mais e não deveria me contentar com menos, e não deixaria ninguém — nem mesmo Byron — me tratar como lixo.

Mas que saco! Não. Não "mas que saco!". *Mas que PORRA!*

— Não entendo — resmunguei, me virando para ele no piloto automático angustiado, lágrimas de raiva brotando nos meus olhos. — Não te entendo de jeito nenhum!

As sobrancelhas de Byron se uniram, mas sua mandíbula era uma linha dura e determinada.

Ele queria ficar em silêncio? Que ficasse! Ele tinha o direito. Mas eu não conseguia ficar, meus nervos estavam à flor da pele.

— Não entendo por que você nem tenta. Você diz que está apaixonado por mim, mas prefere o quê? Nem dar uma chance a não ser que seja para nos casarmos imediatamente? — Eu não me importava se eu estava gritando ou se minha voz estivesse saindo estridente. Sentia como se tivesse aberto a gaiola em volta do meu coração só para ele chegar lá dentro e quebrá-la.

Ele piscou várias vezes, caminhando para a frente e parando bem diante de mim. Sua mão levantou como se ele fosse segurar meu rosto. No último segundo, ele parou.

Entretanto, ele falou, e sua voz era tanto cuidadosa quanto agitada.

— Win, se eu desse uma chance a nós dois agora, eu falharia. E não quero errar com você.

— Como você pode afirmar que falharia?

— Não sei como dar uma chance. Não sei nem por onde começar. Não tenho experiência tentando. Não posso te perder por ser um namorado de merda.

Senti vontade de apertá-lo e sacudi-lo.

— Por que você acha que monogamia é para quem já desistiu?

Ele me olhou incrédulo.

— O quê?

— Se você quisesse mesmo ser um ótimo namorado para mim, você seria.
— Apontei um dedo de acusação para o seu rosto idiota e lindo. — E qual é a lógica em dizer que você seria um namorado de merda, mas que quer se casar comigo? Se você daria um namorado de merda, é de se pensar que você seria um marido repreensível. E, para constar, acredito que nenhuma dessas coisas seria verdade se você realmente quisesse estar com alguém, se essa pessoa fosse importante o suficiente para que você… pra você… pra você ser fiel!

— Não, eu… quer dizer, peço desculpas por… só preciso saber se… — Ele suspirou, suas bochechas pálidas e a testa ficando rosada. Suas mãos se ergueram como se fossem me tocar, mas em vez disso ele esfregou a testa. — Esqueça isso do casamento. Foi covardia da minha parte. Mas, por favor, me escute por um minuto. Eu observo as pessoas, ok? Eu vejo tudo. E um fenômeno que observei muitas e muitas vezes é que é extremamente raro que casais continuem amigos depois de terminarem, não de um jeito significativo. Acontece, mas é raro. Se as coisas chegam a esse ponto de parar de funcionar, a amizade acaba. Não vou dar uma chance a nós a menos que eu tenha… ou melhor, até eu ter garantia de que vou conseguir.

— Mas você acabou de dizer que me ama.

— Correto.

— Então o que está acontecendo? — Gritando de verdade agora, joguei minhas mãos para cima, furiosa. — Você me perguntou o que eu quero, mas e o que você quer? Parece que você quer tudo imediatamente, nas suas condições, sem arriscar nada em troca. — Minha voz ficou mais alta e lutei contra a vontade de socar alguma coisa. — Quer saber? Por que estou me fazendo passar por isso? Eu sabia. Sabia que isso ia acontecer. Isso sempre acontece quando sou idiota a ponto de ser corajosa ou de pedir o que eu quero. Esquece. ESQUECE! — Me virei para me afastar dele e sair dali. Eu tinha oficialmente perdido a paciência. Eu podia sentir que estava oscilando no meu limite, prestes a dizer algo de que provavelmente me arrependeria.

Mas ele pegou meu cotovelo antes que eu pudesse ir longe, me parando e me segurando de costas.

— Para, para. Só me escuta — pediu ele, sua voz grave, séria e triste. — Eu já arrisquei tudo, Win. Você não me ama, aceito isso.

Fechei meus olhos quando meus sentidos foram oprimidos por sua proximidade gentil, meu corpo instintivamente se inclinando em direção ao dele, minhas costas pressionando contra sua frente.

— Por favor, não vá embora brava. — Ele apertou a mão no meu braço e sussurrou ferozmente: — Por favor, não fique brava comigo. O que eu posso fazer para melhorar as coisas? Eu faço o que for.

— Dê uma chance.

— Qualquer coisa, menos isso.

— Por quê?

— Não quero te contar, e não quero ter que mentir para você.

Sacudi a cabeça.

— Você não quer nem tentar. — Minha voz falhou, mas não me importei. Mesmo que não pudesse vê-lo, aquela troca silenciosa parecia um presente em comparação às nossas palavras raivosas de segundos atrás.

Ele abaixou o queixo e o apoiou no meu ombro, sua bochecha roçando minha têmpora.

— Não posso.

— Você precisa me dizer o motivo. — Preocupada que ele se afastasse, me virei para segurar o tecido de sua calça. — Por que você não pode tentar?

Seu braço envolveu minha cintura, me trazendo para perto dele, e me derreti em sua força, um alívio depois do aperto indesejado de Jeff.

— A única coisa, a *única*, que não posso arriscar é perder você de vez. — O peito de Byron subiu e desceu com uma respiração agitada. — É melhor seguirmos do mesmo jeito, mantermos as outras partes das nossas vidas separadas e sempre continuarmos amigos.

... mantermos a outra parte das nossas vidas separadas.

Uma explosão de ciúmes tomou conta de mim quando lágrimas quentes e raivosas rolaram pelo meu rosto. Meus olhos se fixaram na porta, lutei para não deixar o ressentimento transparecer na minha voz.

— Melhor para quem? Pra você? Como que você vê isso se desenrolando? A gente passa o tempo todo juntos e aí você dorme com pessoas com quem não se importa enquanto eu espero você me ligar? — Sacudi a cabeça de maneira resoluta. — Não, muito obrigada.

— Você não está me ouvindo? — O braço dele me apertou mais forte e seu sussurro ficou mais agressivo: — Não vou dormir, nem tocar, nem comer ninguém! Você queria monogamia? Bem, você já tem isso de mim antes mesmo de pedir. Não quero mais ninguém. Estou apaixonado por você. Por *você*.

Minha boca se abriu sem propósito enquanto suas palavras saturavam meus sentidos e causavam um caos em minhas entranhas, meu cérebro se tornando um desastre de desordem. Byron não mentia, então eu sabia que ele estava dizendo a verdade. Mas isso não poderia ser o que ele queria, poderia? Mantermos a amizade e também o celibato? E por quanto tempo? Anos? Ele estava sendo tão injusto, não só comigo, mas também com ele mesmo.

— Não quero que nossa amizade seja arruinada pela minha falta de experiência — continuou ele. Enquanto ele falava, sua boca roçou para a frente e para trás contra a pele sensível do meu pescoço, como se ele estivesse propositalmente sentindo a suavidade ali com seus lábios, suas ações e a reação no meu corpo totalmente em desacordo com suas palavras.

10 *TRENDS* PARA SEDUZIR SEU MELHOR AMIGO

— Nossa amizade não seria arruinada. — Tentei sussurrar, mas a declaração soou mais como uma respiração ofegante. O desejo se acumulou no meu abdômen, a sensação beirando a dor. O que esse homem fazia comigo com apenas um roçar de lábios deveria ser proibido por lei.

No entanto, apesar da teia de desejo que ele teceu, meu cérebro tropeçou e então voltou para a primeira parte de sua declaração.

Não quero que nossa amizade seja arruinada...

Pisquei, enrijeci e prendi a respiração. Ele dissera algo semelhante na noite anterior.

Nunca mais vou tocar você se isso fosse arruinar as coisas entre nós dois.

— Seria sim, pela minha falta de tolerância, habilidade e sofisticação — murmurou ele, seu braço em torno de mim se afrouxando. — Não vou permitir que isso aconteça.

Enquanto isso, só o escutando parcialmente, segurei sua calça com mais força.

— Espera... espera. Não se mexa. Deixa eu pensar.

Byron parou, mas seu braço recuou até que apenas sua mão permanecesse no meu quadril, com um toque leve.

Eu estava determinada a não permitir que ele me deixasse, determinada a conversarmos sobre nossa situação. Se não discutíssemos isso agora, ele fugiria toda vez que eu tocasse no assunto no futuro. Me forçando a me concentrar, considerei tudo o que ele dissera, assimilando tudo, removendo minhas próprias esperanças da equação, assim como a instabilidade persistente que sentia desde que tinha saído da cozinha. Me concentrando apenas em sua mensagem, suas palavras, eu as destrinchei, procurando sua intenção escondida nelas.

O que ele queria? O que ele de fato queria? E era assim tão diferente do que eu queria a ponto de não conseguirmos encontrar um caminho a seguir?

... é extremamente raro que casais continuem amigos depois de terminarem.

Você não me ama. Aceito isso.

Não quero que nossa amizade seja arruinada.

Respirei lenta e profundamente, percebendo que estávamos tendo duas conversas completamente diferentes.

Eu estava tão focada em ser mais do que apenas uma amiga dele que não tinha percebido o quanto ele estava desesperado para não perder o que já tínhamos construído. Levamos seis anos para ter uma conversa honesta e outras oito semanas antes de concordar em nos tornarmos oficialmente amigos.

Byron não conseguia alterar a direção de suas engrenagens mentais tão depressa. Um cara que tirava fotos do presente antes de aceitar qualquer mudança: tudo para ele era uma prolongada deliberação interna, uma análise de certo e errado, de risco e benefício. Tínhamos nos beijado no dia anterior pela primeira vez, e as circunstâncias eram confusas, até para mim mesma.

Estava esperando muita coisa cedo demais, mas, sabendo disso, agora eu conseguia ver qual seria o caminho a seguir.

Levando minha mão atrás de mim, agarrei parte de sua outra perna da calça, só por segurança.

— Ok. Acho que já sei agora.

— Sabe?

— Primeiro, deixa eu te perguntar: você quer mesmo se casar? Se eu topasse, você ia querer se casar comigo?

Senti sua hesitação, a intensidade de sua relutância, antes que ele finalmente dissesse:

— Eu me casaria com você hoje mesmo se você me amasse e isso fosse o seu desejo. Mas talvez eu precise de um tempo para... para, hum, me acostumar.

AH–HA!

Senti a certeza tomar conta de mim como uma ficha caindo, e enxuguei as lágrimas do meu rosto.

— Certo. Saquei. Agora entendi.

A resposta era tão óbvia para mim agora, que eu não podia acreditar que não tinha visto antes. Eu ficaria envergonhada se não estivesse tão aliviada.

— O que você entendeu? — perguntou ele, sua voz baixa repleta de suspeita.

Sorri.

— Você precisa ir devagar. — A razão de ele não poder simplesmente dizer isso ele mesmo entraria para a lista de mistérios eternos da vida. Talvez fosse sua ressaca? Ou talvez ele não tivesse percebido o que queria? Ele não disse uma vez que as pessoas podem afirmar que querem uma coisa quando, na realidade, seu subconsciente quer outra?

O peito de Byron subia e descia, subia e descia, o ritmo de seu batimento cardíaco aumentando. No entanto, ele não confirmou nem negou minha declaração, o que geralmente significava que ele concordava. Esta era uma peculiaridade em sua personalidade: manter silêncio quando seus pensamentos pareciam muito pesados ou muito próximos de revelar desejos que ele preferia manter escondidos.

Assenti, sentindo o alívio percorrer meu corpo.

— Então nós vamos devagar. Como lesmas. Começamos ficando de mãos dadas, trocando beijos na bochecha, trocando carinhos no sofá, esse tipo de coisa.

— Winnie. — Meu nome em sua boca parecia uma súplica sufocada.

Me virei — com cuidado para não soltar a calça dele — e o encarei.

— O quê? Amigos ficam de mãos dadas. Amigos se beijam na bochecha e trocam carinhos.

Seu olhar misterioso queimava, seus lábios indecisos entre se contorcerem ou se entregarem a um sorriso relutante.

Dei de ombros.

— Quer que fiquemos só na amizade? Beleza. A gente se porta como amigos. E se, com o tempo, nossa amizade virar algo mais... — Meu sorriso cresceu e senti uma nova sensação de felicidade quando me inclinei para sussurrar: — nós deixamos rolar.

O olhar de Byron caiu para minha boca e a mão que ele mantinha no meu quadril flexionou.

— Em outras palavras, você vai me torturar.

— Eu jamais faria isso a um *amigo* — falei docemente, me sentindo bem com isso, certa de que tudo daria certo, *que nós* daríamos certo.

A gente chegaria lá. Eu só precisava ter paciência, sem pressionar.

Levantando meu queixo, senti uma emoção alegre quando seus olhos se fecharam, sua testa se enrugou, sua respiração se reduziu a ofegos rápidos quando rocei o canto de sua boca no caminho para sua bochecha. Ao chegar lá, dei um beijinho perfeitamente comportado e leve.

Ele gemeu quando dei um passo para trás, seu dedo enganchado no meu cinto. E eu sorri.

Eita. Isso. ISSO!

Eu poderia conviver com isso. Poderíamos tentar e fazer e ir *devagar* até que ele estivesse pronto para tentar e fazer e ir rápido.

CAPÍTULO 28

WINNIE

BYRON FUGIU PARA NOVA YORK NO DIA SEGUINTE, ME MANDANDO UMA MENSAGEM de texto enquanto eu enfiava um almoço de sobras de salmão e quinoa em minha boca faminta.

> **Byron:** Estou indo para Nova York com alguns dias de antecedência. Vou embarcar agora. Vejo você em julho

No impulso, fiz salmão para mim na noite anterior, depois que Byron recusou minha oferta de cozinhar para ele. Eu não queria forçar, então o deixei sozinho em sua casa depois de nossa conversa em seu quarto. Acho que agora eu sabia por que ele não queria jantar comigo, ele estava organizando uma viagem. *CARINHA DE TRISTEZA PROFUNDA.*

Ao começar a ler sua mensagem, eu não conseguia decidir como me sentia. A viagem planejada para Nova York era dali a pouco menos de quatro semanas, o que significava que eu não o veria ou falaria com ele pessoalmente por quatro semanas?! Fiz um som de angústia, meus pulmões se contraindo.

Mas, ao mesmo tempo, se ele precisava ficar longe por alguns dias, então minha angústia não era egoísta?

Várias mensagens subsequentes chegaram em rápida sucessão, interrompendo meus pensamentos conflitantes.

> **Byron:** Pode me mandar mensagem ou me ligar quando quiser enquanto eu estiver por lá
> **Byron:** E mande fotos
> **Byron:** Me conte depois como foi a entrevista
> **Byron:** Ou se precisar de alguma coisa
> **Byron:** Vou sentir sua falta

Nossa... Ok, então.

Minha confusão se dissipou e minha tristeza foi cortada pela metade. Agora eu entendia. Ele havia se sentido sobrecarregado e precisava de espaço, mas não queria se distanciar totalmente. *En-ten-di.*

Suponho que estivesse começando a entender a fala de Byron, o que, além disso, eu supunha que me tornava uma encantadora de Byron. Se eu quisesse um futuro com ele, teria que aprender a andar nessa corda bamba.

Olhando para as últimas mensagens, mordi a unha do dedão. Também era possível que ele acreditasse que ir embora me beneficiaria de alguma forma. Talvez ele pensasse que meus sentimentos não eram duradouros e que desaparecessem em quatro semanas, ou que eu esqueceria tudo o que ele confessara enquanto estava bêbado e sóbrio.

Balancei a cabeça, franzindo a testa. Meu almoço esquecido por enquanto, debati como responder para definir o tom para aquelas próximas semanas. Queria que ele soubesse que eu entendia e respeitava sua necessidade de espaço, que eu não ia dar para trás, e quatro semanas de intervalo não fariam diferença para meus sentimentos. E não queria pressioná-lo ou tirá-lo de sua zona de conforto.

Não! PEÇA PARA ELE FICAR!

Balancei a cabeça com o pensamento egoísta, me repreendendo. Se ele precisava de distância física, eu não queria me meter nisso.

Mas minha atenção se prendeu ao seu pedido, "E mande fotos", e pisquei, uma ideia gloriosa e perversa me acertando na cabeça. Me endireitei no banquinho.

Será que eu devo?

Mordiscando meu lábio inferior, considerei os méritos e a sabedoria dessa ideia gloriosa e perversa. Eu confiava completamente em Byron, então o perigo de ele compartilhar fotos com outras pessoas não era uma preocupação. Ele me pedira para enviar fotos, então eu não estaria desviando dos limites implícitos ou explícitos. E amigos mandavam fotos uns aos outros o tempo todo.

Dito isso, essas fotos não seriam necessariamente apropriadas para o campo da amizade. Mas também, eu já tinha mandado fotos minhas usando um maiô para Amelia e Lauren antes, pedindo sua opinião sobre o caimento, e isso não seria tão diferente. Amigos faziam esse tipo de coisa...

Eu vou mesmo fazer isso?

Pulei do banquinho e corri até meu quarto antes que a coragem se esvaísse de mim mandando duas mensagens rapidinho pelo caminho.

> **Winnie:** Também vou sentir a sua. Mas se precisar se distanciar, eu entendo. A entrevista é só no fim de julho, até lá você já deve estar de volta
>
> **Winnie:** Ah, e aí vai a primeira foto. Preciso da sua opinião

Mesmo que Amelia ainda não tivesse voltado de passar seu fim de semana com Elijah, eu fechei a porta do meu quarto, me despi e rapidamente vesti um sutiã de renda vermelha e calcinha combinando. Então, tirei várias selfies, dando o meu melhor para não gargalhar com a representação da minha imaginação da reação de Byron quando ele as recebesse.

Escolhendo a mais lisonjeira das fotos, anexei ela à nossa conversa e, enfim — respirando fundo — a enviei.

Agora não tem mais volta.

Apressada, digitei outra mensagem.

Winnie: Então, amigo, antes de você pegar o voo, preciso da sua opinião. É para o Jupiter Awards (para usar por baixo do vestido). Gostou?

Joguei o celular na cama como uma batata quente e cobri o rosto. Eu nunca tinha feito nada assim antes e agora me sentia em chamas e suada com a incerteza, mas me recusei a me arrepender. Na pior das hipóteses, eu não ia mais me fazer de boba e ele não queria esse tipo de fotos minhas. Se fosse esse o caso, eu tinha certeza de que ele diria isso. E então nós dois teríamos quatro semanas de distância e espaço antes de nos vermos outra vez, o que devia aliviar a pontada de constrangimento do meu lado.

Mas eu realmente não acreditava que isso iria acontecer. Byron estaria a milhares de quilômetros de distância. Ele teria toda a distância física de que precisava. E mesmo que fosse egoísta da minha parte, eu precisava que ele soubesse que eu estava comprometida e que meus sentimentos não eram passageiros. Isso — enviar fotos sensuais — seria uma boa demonstração de comprometimento.

Sim. Esse plano era seguro.

Me rendendo às minhas ações impulsivas, peguei meu roupão, vesti, peguei o celular e voltei para a minha salada parcialmente comida. Mantendo um olho na tela do celular enquanto comia, meu coração pulou quando três pontos apareceram, depois desapareceram e reapareceram, avisando-me que Byron estava me mandando uma mensagem.

Depois do que pareceram horas, embora não tenha sido mais do que cinco minutos, ele respondeu.

Byron: Gostei

O turbilhão adorável na minha barriga mandou uma onda de calor para minhas bochechas, e ri de alívio. E, em seguida, suspirei.

É... Era mesmo uma boa demonstração de comprometimento. E isso ia ser divertido.

Rolei de volta para a foto enviada, sorrindo para a minha expressão sensual combinada com a lingerie sexy que eu usava. Mas então uma semente de dúvida me fez contorcer no meu lugar. Eu rapidamente mandei uma mensagem de volta para ele.

Winnie: Mas falando sério, se eu mandar algo e você não gostar ou achar que estou forçando a barra, me avise

Eu tinha acabado de bloquear a tela quando um toque do celular anunciou sua resposta.

Byron: Não precisa se preocupar com isso jamais
Byron: Você sabe o quanto eu gosto de dar minha opinião

A resposta me deixou inexplicavelmente quente e sem fôlego, mas o som das chaves na porta da frente arrancou minha mente da obsessão com sua resposta.

— Cheguei, hein? Tá todo mundo vestido? — gritou Amelia, me tirando do meu estado mental distraído.

Colocando o celular sobre a bancada, me levantei e fui até a porta encontrá-la.

— E aí? Se divertiu?

Ela me entregou a sacola de roupa lavada.

— Sim. A peça e o jantar na sexta foram maravilhosos, e nós passamos o sábado de preguiça, lavando roupa. E você? O Byron está aqui? — Amelia esticou o pescoço para tentar olhar atrás de mim.

— Não. Byron não está aqui. — Levei a roupa lavada para o quarto dela enquanto ela carregava as sacolas do mercado. Gritei por cima do ombro: — Acabei de receber mensagem dele, inclusive. Ele está indo mais cedo para Nova York.

— O quê? — perguntou ela, com a voz estridente. — Quando?!

— Hoje. Voltando para a cozinha, sorri ao ver a cara de mal-humorada de Amelia e peguei a sacola da mão dela, cheia de alimentos perecíveis.

— Que inferno, ele me estressa tanto! — ela rosnou, olhando para o teto.

Sua demonstração explícita de frustração me fez rir, e coloquei as carnes e os queijos fatiados na gaveta de frios da geladeira.

— Por que você parece estar tão alegre com isso? — Ela me analisou. — Você está... feliz que ele tenha viajado?

— Olha, mais ou menos. — Me lembrei da nossa troca de mensagens de momentos atrás. O vai e vem me deu certeza de que a comunicação via mensagem de texto provavelmente seria melhor por algumas semanas, dada a natureza da nossa conversa no dia anterior e a dificuldade que Byron tinha com mudanças repentinas. E sentimentos. E confiança.

Eu precisava ter cuidado com ele.

A palavra escrita era explicitamente voluntária de uma forma que as trocas face a face não eram. As mensagens de texto exigiam o consentimento do remetente e do destinatário. No cara a cara, a pessoa que falava tinha todo o poder, e o ouvinte dava, na melhor das hipóteses, apenas consentimento implícito.

Byron nunca precisava ver minhas mensagens se não quisesse. Ele poderia bloquear meu número, me ignorar até que (ou se ou quando) estivesse pronto. Ou ele poderia simplesmente me pedir para parar. Era uma maneira infalível de protegê-lo.

— Você está feliz que ele viajou? — repetiu Amelia, parecendo decepcionada e preocupada. — Vocês brigaram?

— Deixa eu, hum, te falar o que aconteceu no final de semana. — Coloquei o cabelo atrás das orelhas e deslanchei a contar a história.

Enquanto desembalávamos a comida, eu a atualizei sobre os eventos do fim de semana. Contei a ela sobre o vídeo das leggings e o vídeo de beijar o crush também, mas sem incluir os detalhes quentes e pesados — só que ele tinha me beijado de volta sem perceber que o celular estava gravando. Também contei como ele tinha ido embora de repente.

Ela balançou a cabeça, seus lábios pressionados em uma linha firme.

— Ele morre de medo de perder o controle, mas uma hora ou outra ele vai ter que perceber que não é só ele que está em jogo nisso. A armadura de Byron pode protegê-lo no momento, mas vai acabar ferindo ele mesmo e os outros.

Voltei para a minha salada, planejando comer enquanto conversávamos e ela preparava um almoço para ela.

— Não, deixa ele ter essa armadura enquanto precisar dela. Eu não ligo.

— Mas deveria ligar. Ele não é o único nesse relacionamento. Os limites e as necessidades dele não valem mais do que as suas. Você deveria quebrar essa armadura! Pega uma marreta e dá-lhe uma cacetada.

Não consegui conter o riso pela forma como Amelia era pragmática com quase tudo.

— Deixa eu terminar de te contar o que aconteceu.

Ela arregalou os olhos.

— Tem mais?

Balancei a cabeça. Relutantemente fugindo do assunto atual, eu lhe contei sobre todos os detalhes sórdidos a respeito de Jeff e de ele ser nojento, beijando meu pescoço e me agarrando. Eu não estava lá muito a fim de discutir isso e considerei não contar a Amelia, mas queria ter certeza de que não havia exagerado quando dei um tapa nele.

Quando ela garantiu que eu realmente estava bem após o ocorrido, ela o chamou de muitos nomes pitorescos.

Voltamos então à segunda metade do que havia acontecido com Byron. Em vez de detalhar como o encontrara bêbado e todos os

10 *TRENDS* PARA SEDUZIR SEU MELHOR AMIGO

detalhes de suas confissões no meio da noite, forneci um resumo benigno. A privacidade de Byron é primordial em minha mente; eu disse a ela que eu tinha ido até a casa dele sem especificar quando e que ele admitiu ter sentimentos por mim sem especificar que havia usado a palavra amor. Além disso, expliquei que ele hesitava em pôr em risco nossa amizade, o que eu entendia.

Apunhalando seu macarrão recém-feito com um garfo, ela resmungou.

— Você entende? Porque eu, não. Ser cauteloso é uma coisa, ter aversão a se arriscar é outra, e Byron Visser é um terceiro patamar completamente diferente. É um padrão para ele, essa autoinvalidação. É como se ele tivesse tanto medo de qualquer coisa boa, de querer qualquer coisa, esperar por qualquer coisa. Ele se sabota antes que possa começar. — Amelia me olhou enquanto mastigava. — Mas então? O que a gente vai fazer a respeito disso?

— Que bom que perguntou. — Sorri, juntando minhas mãos. — Falei para ele que nós continuaríamos sendo só amigos...

— O quê?! Não!

— ... e nos comportaríamos como bons amigos, ficando de mãos dadas, trocando beijos no rosto, abraços, carinhos e assim vai.

Amelia semicerrou os olhos e pareceu dançar com uma suspeita animada.

— Saquei agora. Você vai seduzi-lo.

Minha expressão murchou.

— Não! Não vou seduzi-lo. Não quero forçar a...

— Não, não. Escuta só. Você contou para o Byron sobre seus planos? Claro que contou! Agora ele está esperando. O que é bom, já que ele não gosta de mudanças repentinas. Mas agora que ele está esperando, ele está em alerta, o que significa que ele não vai fazer nada para impedir, porque isso seria uma mudança repentina. É brilhante.

Ri com seu resumo sinistro.

— Não exatamente.

Ela me dava muito crédito por ser perversa. Meu plano não era prendê-lo ou manipulá-lo em nada, mas fazê-lo se acostumar com a ideia, prosseguir em um ritmo que ele achasse confortável. Eu sabia que ele não queria perder nossa amizade ou colocá-la em risco. Se fôssemos superlentos, eu esperava que ele confiasse que nossa amizade sobreviveria ao que viesse a seguir. Ou, se ele quisesse abrir a saída de emergência e parar nossa marcha deliberada em direção a mais do que amigos, estaríamos indo devagar o suficiente para que ele pudesse fazer isso de maneira confortável.

E se ele abrisse a saída de emergência, então eu teria que me contentar com a amizade e descobrir como ficar bem com isso. Assim como — se ele não quisesse ser mais do que só meu amigo — ele teria que estar bem com a possibilidade de eu seguir em frente com outra pessoa... *como se fosse possível se Byron ainda fizesse parte da sua vida.*

Afastando esse pensamento errante, foquei em ser solidária e sensata. Eu levaria um dia de cada vez. O que queria era que Byron se sentisse bem com a direção do nosso relacionamento, não com medo de me perder...

MAS ELE VAI PERDER VOCÊ! Se ele não quer mais do que amizade, não há como você voltar a simplesmente ser amiga dele.

Eu queria que aquela voz interna calasse a boca. Eu me recusava a dar ultimatos a Byron, me recusava ser irracional ou...

Winnie! Acorde e sinta o cheiro da inevitabilidade. Não é irracional dizer a ele como você se sente. Você não pode continuar sendo "só amiga" de Byron Visser. Você não pode...

O barulho do garfo de Amelia batendo no balcão me tirou dos meus pensamentos malcriados, e ela esfregou as mãos.

— Tá, mas então qual é o plano? O que vamos fazer se ele está lá longe, em Nova York?

— Hum, então... — Puxei o colarinho da roupa e mostrei a ela a alça vermelha do sutiã. — Pensei em fotos...

Seus olhos se esbugalharam e seu queixo caiu.

— Sua safada genial.

Dei risinhos nervosos.

— Não tem nada de estranho em mandar fotos de roupas para um amigo e pedir a opinião dele.

— Nadinha — disse ela de maneira afetada, mal contendo sua alegria. — E você não precisava de roupas de banho novas? Até onde eu lembro, você tinha pensado em um biquíni fio-dental, não era mesmo?

— Ah, com certeza. Você está coberta de razão. — Eu não estava pensando em comprar um biquíni fio-dental, mas agora eu definitivamente experimentaria um.

— Vamos precisar pedir a opinião do seu grande amigo Byron. — Amelia usou um tom sério fingido, sorrindo para mim. — E o vestido para o Jupiter Awards. Ele vai precisar ver todas as opções.

— Justo, muito justo — respondi com um sotaque pomposo forçado, levantando meu dedo mindinho enquanto pegava outra garfada de salada e sorria para a minha amiga.

Entre meus planos com Byron e a ligação que deveria receber essa semana do trabalho de Amelia, eu não conseguia me lembrar da última vez em que me sentira tão esperançosa e animada com o futuro.

Amelia e eu fomos comprar roupas de banho na quarta-feira. Ela me encontrou no Westlake Center depois do trabalho e tirou fotos minhas em vários biquínis que eu nunca usaria em público. Eu era professora, e se fosse vista em Alki Beach em um biquíni fio-dental minúsculo por alguém da administração da escola — ou pior, um pai de aluno — eu teria algumas explicações a dar.

E particularmente não gostava de fio-dental. Algumas amigas minhas amavam, mas nunca pareceram confortáveis para mim. Eu sempre sentia que andava esquisito ao usar. Mas eles serviam a um propósito para meus objetivos atuais e específicos.

— Qual eu mando para ele? — Rolei a tela pelas fotos mais recentes que tirei enquanto saíamos do setor de roupas de banho à procura do setor de roupas formais.

— Por que mandar só uma? Manda todas. Ah! Mas manda só uma por dia, sempre na mesma hora. Ele vai ficar grudado no celular igual um falcão toda noite às dez. Tipo os cachorros de Pavlov, mas mais feliz, com saliva *e* uma ereção.

Eu ri de sua vulgaridade e abri minha conversa com Byron no aplicativo de mensagens. Selecionando uma foto minha em um biquíni vermelho realmente ousado composto basicamente de triângulos minúsculos e cordões, enviei e depois adicionei uma mensagem.

Winnie: Comprando roupas de banho. Queria muito saber sua opinião sobre esse aqui, amigo

Por cima do meu ombro, Amelia gargalhou depois de ler o que eu tinha escrito, enxugando os olhos enquanto descíamos da escada rolante.

— Juro, toda a minha amizade com Byron culminou neste momento. Essa é compensação, vê-lo amar cada minuto da tortura por que você está fazendo ele passar. Não tenho palavras para te falar o quanto isso me deixa feliz por vocês dois.

— Não acha que as fotos são um pouco demais? — Eu não achava que elas eram, e cada vez que eu tinha questionado Byron sobre isso desde domingo, ele não se queixara. Mas queria a opinião crítica e honesta de Amelia. Ela conhecia Byron há mais tempo do que eu. Eu pararia se ela me aconselhasse a parar.

— Tá brincando? — Ela enrugou o nariz. — Claro que não! Isso é bom para ele. Ele *precisa* disso. Você está empregando a obra do Senhor aqui. Ele precisa de alguém que seja persistente e confiável, uma pessoa com quem ele possa contar para ser honesta e empurrá-lo para fora da zona de conforto, não arrumar desculpas para o jeito dele ou dar razão à evasão dele e à forma como ele continua evitando a vida. Mas além disso tudo, alguém que esteja aqui para ficar, que tenha criatividade quando ele se fecha.

A maneira como ela disse "alguém que esteja aqui para ficar" fez os pelinhos na minha nuca se levantarem com atenção. Me lembrei da noite em que Byron havia tingido meu cabelo, quando ele me perguntou se Amelia já tinha me contado sobre a família dele.

Amelia havia mencionado por cima uma vez que a mãe de Byron era algum tipo de gênio da engenharia, professora de pesquisa em uma grande universidade da Costa Leste, mas ela nunca falara nada sobre seu pai ou irmãos — se é que ele tinha. Parando para pensar agora, Byron também nunca mencionou sua família, exceto por uma vez. E como Byron poderia ter sido criado no leste do Oregon se sua mãe tivesse sido professora na Costa Leste?

Antes que eu pudesse formular completamente ou organizar minhas perguntas, meu celular tocou, anunciando uma mensagem e fazendo meu coração ir parar na garganta.

Desde a minha foto de sutiã vermelho e calcinha, Byron e eu estávamos trocando mensagens. Nada escandaloso, apenas conversa muito normal entre bons amigos. Nós até conversamos brevemente na segunda-feira à noite, um rápido telefonema de dez minutos sobre o quanto o trânsito em Nova York era barulhento. Ele disse que queria ouvir minha voz. *Suspiro*. Ele era tão fofo.

Estreitando os olhos na direção da minha amiga para que ela entendesse que eu queria privacidade para ler a resposta de Byron, espiei a mensagem.

Byron: Serão necessárias mais amostras. Preciso de informações adicionais antes de definir uma opinião sobre o assunto. Você vai ter que mandar dados suplementares (ex: fotos de diversas alternativas) o mais rápido possível

Tentando não soltar um gritinho, respondi rapidamente.

Winnie: Me parece justo. Mando mais dados suplementares ainda esta semana.

Fiz uma pausa, engolindo, a despeito do nervosismo, enquanto considerava as declarações de Amelia de alguns minutos antes. Eu não tinha certeza se concordava com sua afirmação de que Byron precisava ser empurrado para fora de sua zona de conforto. Eu não queria empurrá-lo. Estava mais para: eu esperava deixar um rastro de migalhas de pão para ele seguir caso ele quisesse sair de trás de sua armadura.

Talvez ele não estivesse pronto para ultrapassar seus limites. Talvez ele nunca fosse estar pronto. E tudo bem. Eu sabia que tinha que proteger meu coração contra essa possibilidade — e faria isso, protegeria meu coração, não me permitiria me apaixonar por ele —, mas, em um esforço para fornecer esse rastro de migalhas de pão opcionais, mandei uma mensagem para ele de novo.

Winnie: Só para constar, quero que você saiba que também estou disponível para tarefas semelhantes, caso queira minha opinião sobre roupas íntimas, sungas ou até mesmo os tamanhos de toalhas de banho de hotel. Mas sem pressão.

Sorrindo como maníaca — o que parecia ser meu padrão sempre que eu trocava mensagens com Byron nos últimos tempos —, levantei o olhar e encontrei Amelia me observando, seus olhos brilhantes e seus lábios rolando entre os dentes, claramente lutando contra o enorme sorriso que ameaçava dominar seu rosto.

— O quê? — perguntei inocentemente.

— Nada — disse ela, sua voz igualmente inocente. Amelia prendeu seu braço no meu e acrescentou: — Só ia dizer, antes de sermos interrompidas pela sua mensagem superimportante, que apesar de Byron ter a mim em sua vida, sou mais como a irmã que ele nunca teve, e eu o irrito tanto quanto o faço rir. Mas ele te adora. Você deixa ele com uma banana na calça. E ele precisa saber que é alguém que pode ser adorado, e que você fica com um kiwi na calça por ele.

Olhei de rabo de olho para ela.

— Kiwi na calça?

Amelia inclinou a cabeça como se estivesse pensando na minha pergunta.

— Você entendeu o que eu quis dizer. Suculenta, carnuda, picantezinha e com uma penugem leve.

Fiz uma careta, bufei uma risada e suspirei. Eu amava Amelia. Ela me motivava, e eu sempre podia contar com ela, não importava com o que fosse. Mas seu cérebro certamente funcionava de maneiras misteriosas.

— Vem — falei, puxando o braço dela. — Vamos atrás de vestidos.

Entramos na seção de vestidos formais da loja de departamentos quando meu telefone vibrou outra vez. Amelia, satisfeita em vasculhar as prateleiras, me deixou para trás para dar uma olhada no celular sem nem mesmo uma piscadela sugestiva. Me preparando mentalmente para mais uma de suas respostas fofas, minha boca se abriu em choque, o sangue correndo para cada parte sensível do meu corpo enquanto eu via sua última mensagem.

Byron. Encarando com seus lindos olhos misteriosos para a câmera. Um leve sorriso no rosto. Uma pequena toalha enrolada nos quadris estreitos. E só.

Eu ainda estava boquiaberta, e provavelmente babando, quando sua mensagem seguinte chegou.

Byron: Preciso da sua opinião. Esta toalha é pequena demais?

Certa de que eu desmaiaria se não me lembrasse de respirar, suspirei, trêmula e respondi imediatamente:

Winnie: Que bom que perguntou. Na verdade, achei grande demais.

Tentei não me preocupar.

Três semanas tinham se passado desde a noite de sexta-feira em que Amelia mencionara que eu deveria receber em breve o contato sobre a entrevista para a vaga de gerente de comunidade. E ainda não tinha recebido nem ligação nem e-mail.

Cheguei três vezes o número de telefone e o endereço de e-mail que tinha enviado com meu currículo.

Toquei no assunto com Amelia na sexta-feira anterior, tentando ser casual nas minhas perguntas, perguntando se ela tinha ouvido alguma coisa sobre as entrevistas. Ela me deu dois polegares para cima e disse que eles ainda estavam trabalhando na programação de tudo e confirmou que tudo aconteceria depois que eu voltasse de Nova York, em meados de julho, então que era para eu relaxar e aproveitar meu verão. Tentei, mas não consegui afastar a sensação de que havia algo de errado, e isso definitivamente estava afetando meu humor.

Então, quando Jeff me mandou uma mensagem após o silêncio mortal desde sua manhã de más escolhas bêbadas...

Jeff: Por favor, podemos sair para almoçar? Realmente sinto muito pelo que aconteceu. Eu estava bêbado e não estava agindo como eu mesmo. Você vai contar ao Byron?

...eu não respondi. Por mais que eu sentisse pena dele por causa de Lucy, não acreditava que meu estômago aguentaria comer enquanto olhava para a cara dele. Eu não tinha contado a Byron sobre o acontecido, mas não por nenhum motivo além de simplesmente não querer voltar àquilo. Ou pensar naquilo. Ou discutir aquilo. Então não fiz nada disso.

Infelizmente, não estava fazendo um bom trabalho em esconder meu mau humor. Durante minhas lives — que retomei quando os comentários maldosos sobre meu merecimento de Byron diminuíram —, eu recebia comentários perguntando se eu estava triste ou se havia algo de errado.

Até Byron, a milhares de quilômetros de distância, devia ter percebido minha preocupação. Ele começou a me ligar quase todas as noites. Não conversamos sobre as fotos sensuais que estávamos trocando, e ele nunca perguntava se tinha algo de errado, mas terminava cada ligação com algo como: "Espero que você perceba o quanto é extraordinária".

Suas palavras doces melhoravam um pouco meu humor, mas então eu voltava a me preocupar em seguida, me revirava enquanto tentava dormir e me desesperava durante minhas corridas matinais pelo Volunteer Park.

Pela primeira vez desde que eu ultrapassara os cem mil seguidores, me preocupei que não fosse conseguir a entrevista, e isso me embrulhou o estômago. Eu nunca deveria ter dado como certo que me chamariam. Eles não me deviam a entrevista ou o cargo, e tinha sido tolice minha depositar todas as minhas esperanças na oportunidade. Afinal, no caso da feira de ciências, não querendo contar com doações que talvez nunca se materializassem, eu havia pressionado a Associação de Pais e Mestres para me deixar fazer o leilão, não havia? Eu deveria ter encarado essa posição de gerente de comunidade com o mesmo ceticismo.

Medos antigos ressurgiram — sobre se o conteúdo adicional que eu estava fazendo para minhas contas tinha sido sábio; se os desafios de moda, maquiagem e romance tinham minado minha credibilidade como cientista — e eu me vi afastando-os repetidamente, inquieta de ansiedade.

Byron havia me ajudado a raciocinar sobre esses medos semanas antes, e eu não tinha duvidado da minha decisão desde então. Até agora. Até que o telefonema que eu aguardava estava atrasado três semanas, tempo em que eu vinha me perguntando o que tinha feito de errado — se é que tinha feito algo errado — e desejando que houvesse algo que eu pudesse fazer para acabar com esse descontentamento inquieto e apático.

O que eu precisava fazer era formular um plano reserva. Contar com uma pessoa ou uma solução sempre significava desastre. Eu sabia disso. Eu só podia contar ou esperar coisas de mim mesma. Ao longo da minha vida, eu aprendera essa lição muitas vezes. Confiar em alguém além de você mesmo sempre levava à decepção.

E foi por isso que, na sexta-feira que marcou oficialmente três semanas desde a data em que Amelia disse que seria feita a ligação — a mesma sexta-feira em que Byron e eu demos nosso primeiro beijo —, me arrastei para a biblioteca do centro de Seattle com um chá gelado, abri dez abas no meu navegador cheias de vagas semelhantes em potencial e coloquei as mãos na massa.

Eu me inscrevi para todo e qualquer trabalho remoto, focado nas áreas STEM, que fosse de meio período, tivesse horários flexíveis e fosse baseado em redes sociais. Várias horas depois, terminando minha busca de emprego por ora, arregacei as mangas e comecei a enviar e-mails para empresas locais sobre a doação de itens para o leilão da feira de ciências. Eu estava tão triste com o trabalho de gerente de comunidade que não tinha sido tão proativa com o leilão quanto deveria.

A partir do dia seguinte, eu iria para a rua e bateria de porta em porta no centro e em First Hill, Capitol Hill, Madrona e Montlake, pedindo doações às empresas. Levaria a semana toda para cobrir todos esses bairros, mas não importava.

Com uma nova onda de animação, decidi caminhar de volta para o apartamento em vez de pegar o trem, mas me convenci a parar na Phoenix Games para dar uma olhada nas novidades. Fazia mais de um ano que eu não comprava um jogo de tabuleiro, mas não podia dar como certo que conseguiria qualquer emprego para o qual me candidatasse. Não podia me dar ao luxo de desperdiçar dinheiro em algo que não fosse essencial.

Em vez disso, contentei-me em olhar para a vitrine e descaradamente cobiçar as ilustrações da caixa de um jogo chamado *Everdell*. A versão de exibição na vitrine tinha a árvore 3-D. Eu o estava cobiçando há meses. *Era tão lindo.*

— Winnie?

Minha cabeça virou ao som do meu nome. Examinei a calçada movimentada e ensolarada e disse a mim mesma pela centésima vez que precisava comprar um par de óculos de sol. Durante a temporada escura de chuvas no inverno, eu sempre perdia meus óculos escuros de farmácia e passava a primeira metade do verão apertando os olhos.

Uma mulher que reconheci caminhou em minha direção, a mão em volta de uma coleira com um cachorro de aparência adorável no final da guia.

— Nossa, oi, Christy. Como você está? — Acenei, me agachando para fazer carinho em seu cachorro, já que ele tinha chegado primeiro até mim.

Christy Burgess era a professora de teatro da minha escola e uma das pessoas mais brilhantes que eu já tinha conhecido. Uma especialista em tudo que dizia respeito a Shakespeare, ela geralmente sabia uma citação para cada ocasião. Uma vez, ela me deixou embasbacada com uma lista de seus insultos shakespearianos favoritos. Para ajudar a pagar seus empréstimos estudantis, seus trabalhos secundários incluíam dirigir performances de Shakespeare no Parque, dar aulas de teatro em acampamentos de verão para o centro de artes cênicas e dar aulas de improvisação aos sábados para adultos e crianças. Eu a admirava muito.

— Estou bem! — Ela abriu um sorriso largo. — Estou dando uma passadinha em Mud Bay para comprar uma escova nova para o Iago. E você, como está? Está conseguindo descansar?

Virei a orelha para Iago para evitar que ele enfiasse a língua na minha boca, rindo de seu carinho babado.

— Até que sim. Estou prestes a dar início ao leilão para a feira de ciências e...

— Ah! Parabéns pelo financiamento da feira de ciências. Fiquei tão feliz quando soube. Que alívio. Eu estava com medo de cancelarem o evento este ano, e sei o quanto as crianças que vão para o oitavo ano estavam ansiosas por isso.

— Ah. Obrigada! — Me levantei, mas não tirei a mão da juba fofinha de Iago. Eu sempre quis um cachorro, mas aceitei que levaria pelo menos uma década até eu ter dinheiro para conseguir cuidar de um. Mas nunca perdia a oportunidade de absorver um pouco do amor incondicional deles. Também tinha esperança de que (como uma vantagem egoísta de Amelia e Elijah acabarem indo morar juntos) eu finalmente seria uma tia de cachorro. Amelia sempre quis um cachorro também. — Foi um perrengue conseguir convencer a APM a me deixar fazer o leilão, mas vai ser ótimo. Na verdade, mandei um monte de e-mails hoje para estabelecimentos locais e amanhã vou dar um pulo neles pessoalmente.

Ela uniu as sobrancelhas.

— Por quê?

— Para pedir doações.

Ela me deu um sorriso confuso.

— Winnie, mas você não precisa de doações. A feira de ciências recebeu financiamento pleno.

— O quê? — Agora fui eu que dei um sorriso confuso para ela.

— É!

— Mas como? E quando?

— Opa, desculpa, senhor. — Christy enrolou a coleira com mais força em sua mão enquanto Iago tentava se assanhar com um homem idoso que passava e então se virou para mim. — Algumas semanas atrás. Foi uma das pautas na reunião de planejamento orçamentário para o próximo ano e foi marcado como sendo financiado por uma fonte externa. Eu estava na reunião para pedir três lavagens de carros no outono, em vez de apenas duas. Não tem como custear os cenários necessários com apenas duas lavagens de carros.

— Ah, não. A feira de ciências não recebeu financiamento, não. Eles devem ter dito que talvez fosse financiada. Eu ainda não...

— Não, é isso mesmo. Recebemos financiamento para os próximos dez anos. — Ela deu batidinhas de parabéns na cabeça de Iago quando ele não enfiou o nariz na virilha de outro transeunte. — Tinha uma anotação na margem. Eu me lembro especificamente de Chen pedindo para que alguém a explicasse, e Bhavna disse... ai, como foi que ela disse mesmo? — Christy cobriu a boca com as pontas dos dedos, franzindo o cenho e olhando para o chão, claramente tentando se lembrar do que Bhavna, a secretária da nossa escola, tinha dito sobre a feira de ciências. — Não vou me lembrar — disse ela estalando a língua em derrota e abaixando a mão. — Era algo sobre uma doação particular, ou uma doação em massa para o leilão escolar geral. Algo assim. Mas, enfim, manda um e-mail para a Bhavna. — O foco dela se mudou para algum ponto atrás de mim. — Olha, preciso ir. Mas aproveite as férias, viu?

Sem palavras, oscilando entre a confusão esperançosa e a negação pragmática, assenti e acenei em despedida enquanto ela e Iago continuavam seu caminho. Assim que ela virou a esquina, peguei meu celular e mandei um e-mail para Bhavna.

Christy devia ter se enganado. Se a feira de ciências tivesse sido financiada, eu saberia.

CAPÍTULO 29

WINNIE

— TÁ ANIMADA? — AMELIA DEU TAPINHAS NA MINHA PERNA, COM UM SORRISO enorme.

O piloto tinha acabado de anunciar que estávamos começando nossa descida final, e eu não sabia quem estava mais ansiosa para ver Byron, eu ou Amelia. Ou talvez ela estivesse animada para ver a mim e Byron juntos no mesmo lugar depois de quase um mês de ligações e mensagens de texto.

Ela não é a única.

Pressionei a mão no estômago enquanto olhava para Nova York, do meu assento na janela.

— Estou animada — falei baixinho.

Eu estava nervosa. Além do frio na barriga relacionado a Byron que eu vinha combatendo — ou seja, me preocupando por ter permitido que minhas expectativas dele e daquela viagem ficassem fora de controle —, era a primeira vez que eu viajava de avião. Eu não tinha gostado da decolagem, e a ideia de fazer o inverso com a aterrissagem deixou minhas mãos úmidas de suor frio.

— A aterrissagem é mais fácil do que a decolagem — disse Elijah, obviamente lendo meus pensamentos. Ele se inclinou por cima de Amelia para me oferecer um chiclete. — Pra ficar com o hálito refrescante e evitar a pressão nos ouvidos.

— Obrigada. — Aceitei o chiclete, grata por ter algo a fazer além de rezar e engolir em seco.

No último minuto, Amelia e Elijah haviam decidido voar comigo para Nova York e acompanhar o fim de semana. Amelia precisava voltar a Seattle no domingo à noite, já que a nova verba da concessão de sua empresa havia sido distribuída, e as atividades estavam se intensificando para o pontapé inicial, em meados de agosto.

Enquanto isso, ninguém de sua empresa tinha me ligado para falar sobre a entrevista. Mas não havia problema algum nisso, e não vi razão para mencionar à Amelia. Seria injusto da minha parte esperar que ela interviesse em meu nome.

Determinada a lidar com as coisas sozinha, passei a última semana pesquisando e preenchendo formulários de emprego. Não estava mais contando ou esperando o emprego de gerente de comunidade e, como tal, meu humor melhorou significativamente.

No entanto, falei com Bhavna. Ela retornou meu e-mail no último sábado, um dia depois da minha conversa com Christy. Para meu completo choque e perplexidade, a secretária da escola confirmou o que Christy tinha dito. A feira de ciências havia mesmo sido financiada e seria financiada continuamente pelos próximos dez anos. A escola havia recebido o que Bhavna chamou de "doação em massa de mil amostras" para o leilão geral da escola, destinado em específico à feira de ciências, ao novo laboratório de informática e aos novos livros da biblioteca. Ela esperava que o dinheiro arrecadado financiasse integralmente todas essas iniciativas.

Respondi, solicitando mais detalhes — o que exatamente era essa doação de itens em massa, que tipo de "amostras", quem doara e como eu poderia expressar minha gratidão, mas Bhavna não me respondeu por e-mail antes de embarcarmos no voo para Nova York naquela manhã.

— Certo! O Byron disse que ele vai mandar um carro para buscar a gente. O Elijah e eu deixamos você no seu hotel primeiro e, em seguida, vamos até o apartamento que alugamos no Village. Depois encontramos vocês para jantar. — Amelia se virou para Elijah. — Não acredito que o Byron quer sair para jantar. Eu o conheço quase que a vida inteira e nunca saímos para jantar. Nem uma vezinha. Ele odeia aglomerações.

— A Winnie já sabe do plano, Amelia. — Elijah ofereceu um chiclete à sua adorável namorada. — Você não parou de falar disso um segundo. Ela não vai se esquecer do jantar.

— Eu sei, eu sei. É só que estou tão animada com o apartamento que alugamos. Você não acha incrível que ele não estivesse reservado para este fim de semana? É como se estivéssemos destinados a vir para cá com a Winnie. — Ela fez um som de felicidade e se virou para mim. — Tem certeza de que vai ficar bem amanhã? Você está tranquila com tudo?

— Aham. Estou ótima.

A partir de amanhã, até quarta-feira, eu acompanharia Byron em suas entrevistas, sendo seu apoio social. Sua empresária e sua agente me enviaram um cronograma no início da semana com o roteiro de compromissos finalizado. Ambas estariam lá. Fiz questão de pesquisar cada um dos entrevistadores, vasculhando suas redes sociais em busca de menções de hobbies, gostos, empregos anteriores, onde tinham feito faculdade etc. para conseguir interagir com eles e aliviar a pressão da atenção em Byron.

Com todo o meu tempo livre na semana anterior — já que eu não precisava mais ir de porta em porta pedindo doações para o leilão —, gravei vários vídeos tutoriais de STEM e de maquiagem para meus canais nas redes sociais e completei dois cursos de formação contínua. Isso além de criar dossiês sobre os entrevistadores e me candidatar a empregos. Também fiz uma trilha com Danielle e Olivia — as mulheres adoráveis que Amelia e eu tínhamos conhecido no jantar amaldiçoado de Lucy e Jeff — e depois pratiquei mergulho no rio Pilchuck usando um dos biquínis mais conservadores que eu tinha mostrado para Byron.

Sim, Byron e eu ainda estávamos trocando fotos, pedindo a opinião um do outro sobre tudo, desde toalhas a roupas de banho, calças de moletom cinza e mais daquelas leggings mágicas do TikTok. Eu ainda não tinha postado o vídeo das leggings ou o de beijar o crush, embora Byron tivesse me dito que tudo bem postá-los quando eu quisesse.

Obviamente, se eu postasse o vídeo de beijar o crush, eu o editaria, mostrando apenas o beijo rápido e comportado em vez dos pegas que se seguiram. Mas hesitei, e a razão pela qual hesitei me pareceu dolorosamente irônica. Já que Byron e eu estávamos virando mais do que amigos, agora parecia inautêntico postar vídeos de nós fingindo sermos apenas amigos.

Não me pergunte por que meu cérebro é assim. EU NÃO TENHO RESPOSTAS!

Pior, as pessoas estavam começando a comentar nos meus vídeos e posts cada vez mais, perguntando se ou quando Byron e eu faríamos outra trend. Elas continuaram sendo, de longe, meu conteúdo mais visto, e eu não sabia como proceder em relação a isso.

Então, adiei qualquer tomada de decisão até ver Byron, contando com ele para me ajudar a raciocinar sobre o problema.

Fechando os olhos enquanto despencava em direção ao chão, me concentrei em mascar meu chiclete, me perguntando se poderia mudar meu assento na viagem de volta para corredor em vez de janela. *Ou*, meu cérebro sugeriu, *da próxima vez você só fecha a cortina.*

Amelia agarrou minha mão e sussurrou palavras de encorajamento enquanto Elijah conversava com um cara do outro lado do corredor. O avião pousou, meu estômago revirou quando ele tremeu duas vezes e enquanto desaceleramos.

E então acabou.

— Viu só? — Amelia agitou a mão, me forçando a largar o braço do assento. — Não foi tão ruim.

Bufei uma risada e assenti. *Realmente.*

Tomara que o resto da viagem fosse um velejo tranquilo em comparação ao voo.

Conforme o esperado, o motorista de Byron nos encontrou na retirada de bagagem. Não conforme o esperado, porque havia dois motoristas. Um segurava um cartaz com meu sobrenome e o outro segurava um cartaz com o de Amelia.

Eu havia despachado uma mala grande para acomodar o vestido e os acessórios necessários para o Jupiter Awards. Como eu precisava da bolsa grande de qualquer maneira, também adicionei duas caixas de chocolate amargo da See's para Byron: terapia alimentar para ajudá-lo a aguentar as entrevistas.

Amelia e Elijah, no entanto, trouxeram apenas mochilas e pequenas bagagens de mão. Eles se ofereceram para sair comigo enquanto eu esperava na retirada de bagagem, mas acenei para eles, dizendo-lhes para irem fazer o check-in no apartamento alugado que os estava deixando tão animados.

Nós nos despedimos por ora e eles seguiram seu motorista até a saída do aeroporto. Cerca de uma hora depois — durante a qual meu motorista, Alvin, e eu conversamos sobre sua vida, de onde ele era, o quanto ele gostava de Nova York e como tinha conhecido sua esposa —, também segui meu motorista para fora do aeroporto e para um SUV que aguardava estacionado em uma seção marcada como Transporte Particular.

Meu passeio turístico e minha conversa amigável com Alvin foram interrompidos cerca de vinte minutos depois de sair do aeroporto, quando meu celular tocou, o rosto sorridente de Amelia piscando na tela.

— Alô? — atendi no viva-voz.

Ela deu um suspiro pesado antes de falar.

— Ok, tenho más notícias.

— Ah, não. O que aconteceu? — Sentei mais para a frente no banco.

— O apartamento era roubada. Ele não existe, e agora estou me sentindo uma imbecil.

Deu para perceber que ela estava se esforçando ao máximo para manter a calma, mas eu sabia o quanto ela estava animada com o apartamento.

— Ai, amiga, sinto muito.

— Não sei o que a gente vai fazer agora. Faz vinte minutos que estou ligando para hotéis, e o Elijah está dando uma olhada na internet. Não tem nada vago. Nem os hotéis do aeroporto têm quartos sobrando. — A voz dela falhou, e ouvi Elijah lhe dizer algo reconfortante ao fundo.

— Seu motorista já foi embora.

— Sim, ele foi incrível, mas já foi embora faz tempo. Eu não queria que ele ficasse esperando nosso contato do aluguel vir encontrar a gente. Fui tão burra.

Encontrei o olhar de Alvin no retrovisor, e ele falou baixinho:

— Nós podemos ir buscá-los.

Assenti.

— Vamos fazer o seguinte: me manda a sua localização. Alvin e eu vamos até vocês. E então nós vamos todos para o hotel onde o Byron está hospedado.

— Já tentei ligar para lá. Está *muuuito* fora do nosso orçamento para a viagem, mas mesmo se a gente tivesse dinheiro para pagar por um quarto lá, eles também estão lotados. Todo mundo que vai à premiação está ficando lá.

— Manda uma mensagem para o Byron e conta o que aconteceu. Talvez ele consiga arrumar um quarto para vocês mesmo que estejam alegando lotação. No pior dos casos, vocês ficam comigo. Tenho um quarto de hotel inteiro só para mim.

— Win...

— Relaxa! Além do mais, o que vou fazer sozinha em um quarto gigante de hotel? — perguntei, tentando animá-la e olhando de novo para Alvin pelo retrovisor.

Ele deu uma risadinha, mas não disse nada.

Aparentemente, os quartos de hotel em Nova York são do tamanho de armários.

— E eu achava que nosso apartamento era pequeno. — Andei dois metros pelo cômodo e então parei. Acabava ali. Tinha um banheiro pequeno com um chuveiro minúsculo, uma cama grande, uma mesinha de cabeceira e uma TV pendurada na parede.

Dito isso, a decoração do quarto era de bom gosto e a vista da janela voltada para o sul era linda.

Eu me virei e encontrei Amelia e Elijah parados de queixo caído com desânimo na porta. Não consegui conter uma risada. Não tinha a menor condição de nós três conseguirmos dormir ali. Mal cabíamos de pé.

Elijah e eu trocamos um olhar de olhos arregalados e ele também começou a rir, arrastando os pés e empurrando minha bolsa grande para o banheiro, à sua esquerda. Daquele jeito ainda não era possível fechar a porta do quarto: a única forma era se Amelia subisse na cama junto com as malas.

Naquele momento, Byron apareceu na porta aberta atrás deles e minha espinha se enrijeceu, o pequeno quarto esquecido enquanto nossos olhares se sustentavam acima da cabeça de Amelia.

Eu não conseguia acreditar. Ele estava ali. *Ele está bem aqui!* Meu coração disparou. Eu não deveria ter ficado surpresa, sabia que Amelia tinha mandado uma mensagem para ele, mas sua visão ainda me tirou o fôlego. Ele estava todo de preto, como sempre, e parecia exatamente o mesmo. Bem, quase o mesmo. Seu cabelo parecia mais curto do que na última foto.

Ao pensar em sua última foto, minhas bochechas e peito inflamaram. Nela, ele estava sem camisa, vestindo cueca boxer cinza e seu... bem, vamos só dizer que ela era extremamente apertada e deixava pouquíssimas dúvidas para a imaginação.

Eu queria cruzar a curta distância para abraçá-lo, mas Amelia, Elijah e suas malas impediam meu caminho até a porta.

— Bem... — Elijah, aparentemente sem ver ou sentir a presença de Byron no corredor, guiou uma Amelia em choque até a cama, encorajando-a a se sentar e depois colocando a bagagem dos dois no colo dela. — Eu sempre disse que queria te conhecer melhor, Winnie. Agora é a nossa chance.

Observei quando Byron franziu a testa e afastou seu olhar do meu. Ele piscou para a parte de trás da cabeça de Elijah e, em seguida, seu olhar virou para o quarto — o pouco que tinha para observar —, seus olhos ficando tão arregalados quanto os de Amelia.

— Mas que porra é essa? — A voz de Byron fez Elijah se virar, e Amelia esticou a cabeça de onde estava para ver seu amigo.

— Byron! — Amelia tentou se levantar, mas não conseguiu. Em vez disso, ela acenou. — É tudo culpa minha.

Com uma expressão sombria, a atenção de Byron voltou a se prender na minha.

— Não fazia ideia de que seu quarto era minúsculo assim. — Seu tom de voz não era de pena, mas de irritação. — Falei para a minha empresária reservar uma suíte para você. Ela vai ter que me ouvir.

— Não se preocupe, não preciso mesmo de uma suíte. — Tenho certeza de que falei como se estivesse um pouco atordoada. Não me importava com onde dormiria, só estava feliz em vê-lo.

— Você não pode ficar aqui — rosnou ele. — Isso é inaceitável.

Elijah levantou a mão para cumprimentar Byron.

— Foi mal pelo incômodo.

Byron olhou para a mão estendida de Elijah, franzindo ainda mais o cenho, e o cumprimentou.

— Não se preocupe. Mas, hum, por que você e a Amelia não deixam suas coisas aqui e vão dar uma volta? A Winnie vem comigo. A gente resolve isso e encontra vocês para jantar mais tarde.

Elijah, visivelmente aliviado, agradeceu a Byron e saiu para o corredor. Amelia empurrou as bolsas do colo e deu um abraço nele antes de se juntar a Elijah. Ambos me ofereceram acenos silenciosos por cima do ombro de Byron e depois partiram, deixando-nos sozinhos em uma sala do tamanho do meu armário da escola.

Mudei meu peso de um pé para o outro quando Byron deu um passo à frente e permitiu que a porta se fechasse, suas belas feições marcadas por pura infelicidade.

— É bom ver você. — Percebi que precisava limpar a garganta antes de continuar. — Pessoalmente, quer dizer.

Ainda pairando na porta, ele deslizou as mãos nos bolsos.

— Sinto muito pelo quarto. Falei a verdade, isso é inaceitável.

— Não tem problema.

— Tem sim. Não diga que não tem. E você não vai... — Byron silenciou abruptamente, olhou para o teto e respirou fundo antes de continuar em uma voz mais baixa, mais contida. — Se eu não conseguir arrumar outro quarto para você ou para eles, eu *preferiria* que você não ficasse aqui com a Amelia e o Elijah.

— Tá... bom? — Olhei para a cama de casal. — E o que eu faço, então?

Ele me encarou por um longo momento, como se eu fosse um livro que ele estava tentando ler. Então, por fim, Byron deu um pequeno passo à frente.

— Você ficaria comigo?

— Com você? — perguntei, minha voz apertada. Meu coração saltou pelo meu peito e desceu para cumprimentar meu estômago.

O lado de sua boca se curvou levemente.

— Tenho uma suíte com um sofá e uma cama de casal. Posso dormir no sofá e você fica com a cama.

— Ah. — Balancei a cabeça enquanto meu coração e estômago pausavam sua celebração, sem saber o que pensar. — Mas é melhor eu ficar com o sofá. Sou menor.

— Resolvemos depois. — Ele se aproximou mais um passo, abaixando a cabeça enquanto sustentava meus olhos. — Isso foi um sim? — perguntou ele baixinho, seu olhar analisando o meu.

— Sim. — Sorri. — Sim, foi um sim.

— Que bom. — Ele devolveu meu pequeno sorriso, parecendo satisfeito, então inclinou a cabeça em direção à porta. — Venha, vamos resolver esse fiasco.

Sorrindo com timidez, porque — francamente — eu me sentia um pouco tímida, segui Byron para fora do quarto até o corredor. Com as mãos ainda nos bolsos, ele parou até que eu estivesse ao seu lado, então caminhamos lado a lado em direção ao elevador.

— Como foi seu voo?

— Bom. Tranquilo. — Eu não queria falar sobre a turbulência agora. Queria saber sobre ele, então mudei de assunto. — Como têm sido suas últimas semanas aqui?

Byron olhou fixo para a frente, suas feições parecendo retraídas.

— Hum, esclarecedoras.

— Esclarecedoras? Uuuh, que misterioso.

Ele meio que sorriu, mas não olhou para mim nem disse mais nada enquanto nos aproximávamos do elevador. Eu estava perdida. Passamos quatro semanas envolvidos em brincadeiras disfarçadas de buscar a opinião um do outro via mensagens de texto sem de fato dizer nada abertamente sugestivo, o tempo todo trocando fotos nossas vestindo quase nada. Quando nos falamos ao telefone, nossas conversas eram excessivamente amigáveis e platônicas, sem nenhum de nós mencionar as fotos.

Fui paciente por um mês, e estava preparada para ser paciente indefinidamente se era isso que ele precisava. Eu disse a mim mesma que não queria pressioná-lo.

No entanto, agora que Byron estava aqui e eu estava diante da realidade de sua presença, alguma parte errante e irritante de mim queria pressioná-lo, queria perguntar qual era o nosso status atual, no que ele estava pensando e se ele estava pronto para ir além da amizade, mas eu não sabia como tocar no assunto.

Não entendi essa parte de mim mesma. Não tinha nada a ver comigo. Eu não pressionava ninguém, eu deixava migalhas de pão como pistas pelo caminho.

Essas migalhas de pão estão velhas. *PRESSIONE ELE!*

Fazendo uma careta contra a dor inquieta do meu coração, reprimi esse desejo borbulhante de fazer exigências, de querer mais do que ele poderia estar disposto a oferecer livremente, e decidi não dizer nada.

Sim, a resposta foi não tocar no assunto. A resposta era simplesmente relaxar e passar o tempo sendo amigável com meu amigo, não esperar muito e deixar as coisas acontecerem de forma natural.

Ou, se ele nunca estivesse pronto, tudo bem também. Eu ficaria bem. Eu estava protegendo meu coração e reforçando as barreiras desde nossa conversa em seu quarto no mês anterior. A única maneira segundo a qual eu consideraria entregar a chave daquela fechadura era depois de meses e meses sendo mais do que só sua amiga. Se nunca chegássemos a esse ponto, eu sobreviveria, não importava o que ele decidisse.

Assentindo e me rendendo à sabedoria dessa resposta, mesmo que isso fizesse meu coração parecer um animal sufocante, selvagem e enjaulado, estendi a mão para chamar o elevador.

— Para onde vamos? Vamos subir ou descer?

— Descer — respondeu ele. — Vamos primeiro à recepção.

— Ok. — Apertei o botão para baixo e dei um passo para trás, olhando para Byron e encontrando seus olhos atentos em mim.

— É tão bom ver você, Fred. — Seu olhar deixou o meu e foi para o meu rosto. Depois meu cabelo, minha testa, meu nariz, minhas bochechas e, por fim, meus lábios. — Pessoalmente.

Mesmo que eu tivesse decidido relaxar e abordar nossas interações como uma amiga, meu coração estúpido encenou um golpe de estado sorrateiro. Dei um empurrão leve e impulsivo em seu ombro.

— Por quê? Não gostou das minhas fotos?

Byron pegou minha mão e a segurou firme.

— Gostei. Muito. Mais do que vou permitir que um dia você saiba. — Seu olhar voltou aos meus lábios, e ele acrescentou: — Mas fotos só bastam até certo ponto.

CAPÍTULO 30

WINNIE

Byron não conseguiu um quarto diferente para mim ou para Amelia e Elijah. Não importava o quanto ele tivesse feito com que a concierge, o gerente da concierge e o gerente do hotel se preocupassem, suassem e pedissem desculpas, simplesmente não havia quartos disponíveis. Todos os hotéis da região estavam lotados havia meses.

Eles me fizeram uma chave para a suíte de Byron enquanto ele ligava para Amelia e dava a notícia sobre o quarto. Ele também explicou os planos para o pernoite. Continuei lançando olhares para ele, tentando esconder meu sorriso enquanto ele revirava os olhos para algo que Amelia dizia, suas bochechas pálidas corando depois que ele disse a ela que eu e ele dividiríamos sua suíte.

Apesar da minha determinação contínua de não criar expectativas, eu estava sorrindo desde que ele dissera aquilo sobre as fotos, mais cedo, pouco antes de o elevador chegar e interromper o momento tenso.

Esperando que ele terminasse sua ligação, perambulei pela área de check-in vip, catalogando as vantagens de ser uma hóspede vip em vez de uma plebeia. Eles tinham um bar com serviço completo em um canto com várias cadeiras de couro grandes e confortáveis bem na frente. Um pequeno business center com uma copiadora, um computador e uma impressora fotográfica ficava atrás de uma parede de vidro ao lado da mesa onde Byron estava, ainda falando ao telefone. A grande sala também tinha uma daquelas cafeteiras de alta tecnologia embutidas que preparavam café expresso e cappuccino com o toque de um botão.

— Srta. Gobaldi.

Me virei ao ouvir o som do meu nome e encontrei a concierge no meu ombro com um olhar de pesar.

— Oi. — Dei um aceno a ela.

— Peço desculpas mais uma vez por não termos conseguido atender plenamente ao pedido do sr. Visser.

— Não tem problema.

Ela ainda parecia perturbada enquanto gesticulava para que eu a acompanhasse.

— As representantes dele reservaram a suíte do sr. Visser em dezembro e só acrescentaram a sua em abril, quando só tínhamos quartos standard disponíveis. Mas ela colocou a senhorita na lista de espera para uma suíte, caso uma ficasse livre. Infelizmente, tivemos pouquíssimos cancelamentos.

— Faz sentido. Não precisa se incomodar com isso. — Olhei por cima do ombro ao sairmos da área VIP, torcendo para que Byron olhasse para mim. Ele ainda estava no celular.

— Nos permita levar sua bagagem para o quarto do sr. Visser. E aqui está — ela apontou para o elevador em que eu não tinha reparado quando chegamos —, vai levar a senhorita até a cobertura. — Ela escaneou o cartão, apertou o botão de subir e me devolveu o cartão assim que a luz acendeu. — Este cartão vai te dar acesso a todas as áreas VIP. O sr. Visser solicitou que eu a levasse até o quarto para que possa descansar antes do jantar.

As portas do elevador se abriram e ela fez sinal para eu entrar. Como alguém que sempre segue as instruções, eu entrei.

— Também vamos mandar para vocês uma bandeja com lanchinhos. — Ela deu um passo para dentro do elevador e apertou o botão 35, e então deu um passo para trás. — O sr. Visser nos informou que vocês vão jantar fora esta noite.

— Sim. É isso mesmo.

— Bem, então, quando voltarem, me avisem se eu puder fazer alguma coisa para tornar a estadia de vocês mais confortável. Não hesite em me chamar.

— Ah, tá bom. Obrigada.

— O que precisar, basta dizer. Se precisar de produtos de higiene pessoal ou mesmo se quiser um lanchinho de madrugada, não hesite em ligar. Estamos abastecidos como uma farmácia e uma mercearia. Se não tivermos o que a senhorita quiser, posso mandar alguém comprar e me certificarei pessoalmente de que isso aconteça. Nada está fora de questão.

— Nossa... obrigada. — Tentei esconder meu desconforto diante de sua efusividade.

Aparentemente, eu havia escondido bem, considerando o quanto o sorriso dela parecia satisfeito antes de as portas se fecharem.

Byron não subiu ao quarto antes do jantar. Ele mandou uma mensagem cerca de meia hora depois que eu o deixei na área VIP, dizendo que ele tinha que encontrar sua agente, sua editora e seu produtor que vendeu os direitos do filme para sua série de livros. Me lembrei de que a reunião estava na agenda que seu gerente havia me enviado na semana anterior. De acordo com o cronograma, deveria durar várias horas.

A suíte não era uma daquelas coberturas palacianas que a gente sempre via retratadas em filmes ou programas de TV, embora a vista fosse impressionante. O Central Park se estendia diretamente sob as janelas do chão ao teto, permitindo-me observar as pessoas, figuras tão pequenas quanto formigas correndo e andando pelo parque. Enquanto eu estudava as formiguinhas, me ocorreu que era a primeira vez que eu via Byron fora do meu apartamento, da casa dele ou dos dormitórios onde todos morávamos.

Obviamente eu sabia que ele se aventurava em lugares públicos em Seattle. Ele jogava rugby. Ele ia à Nuflours para me trazer scones. Ele mencionou uma vez que ia correr no Interlaken Park.

Mas quando eu pensava em Byron, só pensava nele em um espaço tranquilo e particular.

Minhas malas chegaram junto com a bandeja de lanchinhos, mas não comi nenhum deles, para o caso de serem feitos com trigo ou terem contaminação cruzada. Vagarosamente troquei de roupa e coloquei meu vestido preto. Também retoquei a maquiagem. Notei que os pertences de Byron não estavam espalhados. Sua mala estava fechada e colocada em um canto do quarto, como se ele tivesse acabado de chegar naquela tarde também.

Olha só. Fiz uma nota mental para questioná-lo sobre isso.

Fazendo hora percorrendo as lojas no saguão, encontrei Amelia e Elijah às 19h em frente ao hotel. Caminhamos até um restaurante que a agente de Byron havia recomendado chamado Le Chat. Nos levaram a uma mesa redonda com quatro cadeiras no centro do restaurante, entregaram os menus e serviram copos d'água. Quando o maître saiu, Elijah e eu quase engolimos nossas línguas enquanto líamos os preços.

— Ouvi dizer que tem um carrinho de pizza legal na Times Square — sussurrou Elijah, se remexendo na cadeira.

— Não seja desagradável. — Amelia chamou a atenção de seu namorado. — O Byron convidou a gente para jantar. Pede o que você quiser.

— É fácil para vocês duas falarem — resmungou ele. — Você é a melhor amiga dele, e Winnie é a namorada. Eu só tinha visto ele três vezes antes de hoje, e não tenho o costume de que homens desconhecidos banquem meu vinho e meu jantar.

Seu último comentário me fez rir. Mas não tive a chance de corrigir sua suposição sobre Byron e eu estarmos namorando. A estrela da noite então entrou no restaurante, e desta vez acho que engoli minha língua. Ou cheguei perigosamente perto de me engasgar com ela.

Byron usava um terno cinza-escuro belíssimo. Ou melhor, o terno cinza-escuro vestia um Byron belíssimo. Nossos olhares se cruzaram pelo restaurante — o dele ficou ainda mais vívido pela cor azul-marinho de sua camisa — e soltei uma respiração lenta e trêmula.

— Nossa — murmurou Amelia, parecendo pensativa enquanto ele se aproximava. — Esse eu ainda não tinha visto. Onde será que ele comprou?

— Estou atrasado? — Tirando os olhos dos meus brevemente, Byron acenou para Elijah, se inclinou para dar um beijo rápido na bochecha de

Amelia e, em seguida, pegou minha mão, levando-a aos lábios para um beijo.

— Faz tempo que você está esperando? — perguntou ele.

— Não muito — respondi, rouca, fitando-o e...

Me desculpe, o que eu estava dizendo mesmo?

Ele apertou meus dedos, virando minha palma para dar um beijo suave e lento no interior do meu punho antes de me liberar completamente. Byron ocupou o assento ao lado do meu, aproximando nossas cadeiras.

— Você já pediu? Branco ou tinto?

— Não pedimos ainda. — Amelia entrou na conversa, e senti seu olhar sobre mim quando ela acrescentou: — Por que eu e você não escolhemos o vinho, Byron? Tenho certeza de que o Elijah e a Winnie ficariam gratos pela pausa. Os dois parecem um pouco assustados.

Encarei o cardápio sem lê-lo de fato, sofrendo de uma onda de calor e problemas de memória enquanto Amelia e Byron discutiam as opções de vinho. Eu estava mesmo surpresa com a reação do meu corpo ao vê-lo em um terno? Não. Não, não estava.

Fazia quase um mês que não o via pessoalmente. Ele, pessoalmente, de terno depois de uma seca tão longa do Byron em 3D — e depois de todas aquelas fotos dele em roupas muito apertadas — obviamente significava um desastre para minha biologia.

— Nada no menu tem glúten — sussurrou Byron, me tirando da minha distração.

Olhei para cima e descobri que seu rosto estava bem próximo ao meu.

— Como é? — perguntei, sucumbindo à dose de dopamina no meu cérebro.

Deixa rolar, Winnie. Aproveita a noite. Aproveita ele.

— Nada no menu tem glúten. — Seu braço levantou e se acomodou ao longo das costas da minha cadeira, sua mão espalmada entre minhas omoplatas. — Não precisa se preocupar. Os coquetéis e as bebidas também não têm glúten.

— Ah. Obrigada. — Dei um sorriso pequeno e grato para ele.

Ele sorriu de volta, seus olhos alternando entre os meus.

— Você está muito bonita.

Com seu elogio, meu olhar caiu, minhas bochechas queimaram, meu estômago revirou e meu sorriso se alargou. Aparentemente, meu corpo tinha muitos sentimentos sobre sua declaração.

— Ãhum, obrigada. Você também está muito bonito.

Ele levou a mão à minha nuca.

— Tudo bem se eu e você dermos uma saída depois do jantar? Ou você já fez planos com a Amelia?

— Não, não. Não fiz plano nenhum. Podemos sair, sim.

— Que bom.

Seus dedos se enroscaram no meu cabelo e puxaram de leve os fios, o que me forçou a virar meu rosto mais completamente para ele e voltar a olhá-lo. Não me pergunte por que, mas a pequena ação causou uma dor no meu abdômen, e pressionei meus joelhos, me perdendo em seu olhar magnífico.

Eu me senti fraca. E carente. E nem um pouco faminta por comida.

Um estrondo agudo nos tirou de nossa competição de quem desviaria o olhar primeiro. Os dedos de Byron caíram do meu pescoço quando virei minha cabeça para Amelia — o som tinha sido ela batendo na mesa.

— Ei. Economizem para mais tarde e me ajudem a escolher o aperitivo. — Amelia virou seu cardápio para mim. — As tâmaras envoltas no bacon parecem deliciosas, mas o camarão com siri também.

— Hum, pode ser o camarão com siri — falei automaticamente, envergonhada e de repente com sede.

A mão de Byron caiu do encosto da minha cadeira e, assim que eu estava pegando minha água, pousou ousadamente na parte superior da minha coxa. Paralisei, soltando outra respiração trêmula e precisando de um momento para recuperar a compostura antes de tomar um gole.

— Gosta de bacon? — perguntou Byron a Elijah, que mexeu a cabeça para a frente e para trás, pensativo, antes de responder:

— No café da manhã. Ou no almoço. Janta também.

Byron esboçou um sorriso para o namorado de Amelia. Era amigável, mas ainda não era um sorriso de verdade.

— Vamos pedir os dois, então.

A discussão se voltou para os pratos principais e o que todos queriam pedir. Byron apontou para mim que eles tinham bacalhau preto, mas depois ficou em silêncio enquanto Amelia e eu nos lembrávamos de uma viagem que tínhamos feito para pescar, havia muito tempo, na qual peguei um pequeno tubarão e surtei. Ela teve que tirar o anzol dele e jogá-lo de volta na água.

À medida que a noite avançava, notei que Elijah, Amelia e eu carregávamos a maior parte da conversa enquanto Byron parecia mais do que satisfeito em simplesmente ouvir. Quando alguém lhe fazia uma pergunta direta — em geral Elijah —, ele dava respostas curtas e redirecionava o diálogo com outra pergunta. Me dei conta de que era a primeira vez que o via interagir com alguém de maneira amigável além de mim, Amelia e Jeff.

Mas quanto mais o jantar se aproximava do fim, mais curtas ficavam suas respostas. Quando nossos pratos foram retirados, ele parecia levemente agitado. Nada evidente ou rude, mais como se eu tivesse a sensação de que os sons do restaurante o distraíam. Ele se encolheu sempre que qualquer mesa ao nosso redor fazia mais do que uma quantidade moderada de barulho. Ele se inclinou para mais perto e inclinou seu corpo para mim. Sua mão na minha perna flexionou e relaxou em intervalos e ele começou a mexer em seus talheres com a outra mão, organizando-os em linhas paralelas perfeitas.

A certa altura, ele não respondeu — ou aparentemente percebeu — quando Elijah lhe fez uma pergunta, permanecendo em silêncio com a atenção no garfo.

Vi o olhar de Amelia e inclinei a cabeça na direção da entrada do restaurante, esperando que ela lesse minha mente e entendesse minha intenção de sair com Byron o mais rápido possível.

Ela acenou com a cabeça uma vez, e olhei em volta para o nosso garçom, planejando pedir a conta, mas Amelia, genial como sempre, disse:

— Ei, vou precisar do seu cartão de crédito de novo, Byron. A Winnie precisa de mais algumas coisas para o look da cerimônia da premiação e eu queria ir atrás delas amanhã. — Depois, para mim, ela disse: — Por que vocês dois já não vão indo? Eu pago a conta com o cartão do Byron. Sei que você deve estar exausta depois de passar o dia todo viajando.

— Ah. Sim. — Bocejei (de verdade, pois estava mesmo cansada) e cobri a boca com as costas da mão. Me virei para Byron. — Você se importa? Nós levantamos muito cedo hoje.

Ele exibia um de seus sorrisos quase imperceptíveis, mas seus olhos, fixos no tampo da mesa, não continham nenhuma diversão. Achei que ele poderia discutir ou insistir que todos ficássemos para a sobremesa. Parecia que ele queria discutir, mas no final das contas, ele se conteve.

Pegando sua carteira do bolso, ele se levantou sem dizer nada e entregou tudo para Amelia. Em seguida, me ajudou com minha cadeira enquanto Amelia pegava seu cartão de crédito. Alcançando minha mão assim que eu estava de pé e ele pegava a carteira, Byron entrelaçou nossos dedos.

— Vejo vocês depois. — Acenei para Amelia e Elijah, e então permiti que Byron nos conduzisse pelas mesas movimentadas e pela porta da frente.

Viramos à esquerda em direção ao hotel, e não pude deixar de notar como Byron estremeceu quando a buzina de um carro soou ao longe.

Meu coração transbordando com a necessidade urgente de fazer algo útil, soltei sua mão para envolver meu braço ao redor de sua cintura.

— Posso? — perguntei. Não sabia se mais proximidade melhoraria ou pioraria as coisas.

Byron olhou para mim, suas feições distantes. Parecia que seu olhar não pertencia a ele, ou como se ele me estudasse de uma grande distância. Mas seu braço passou ao redor dos meus ombros, e ele permitiu que eu me aconchegasse em sua lateral enquanto caminhávamos.

Apesar de todo o barulho na rua, o corpo de Byron parecia quase relaxado quando chegamos ao hotel. E quando as portas do elevador privado se fecharam atrás de nós, ele se virou e me apoiou lentamente contra a parede almofadada, seus olhos quase totalmente vívidos e claros.

— Oi — sussurrou ele, levando a mão à minha bochecha.

— Oi — sussurrei de volta, me inclinando na direção de seu toque. Meu coração não entrou em curto-circuito desta vez, mas um quentinho gostoso se espalhou pelo meu peito.

— Sei o que você e a Amelia estavam fazendo lá no restaurante. — Ele não parecia bravo, mas as palavras saíram como uma acusação.

— Ah, é? E o que é que estávamos fazendo?

A atenção de Byron mudou para o cabelo na minha têmpora, e ele empurrou os dedos nos fios soltos.

— Tentando me salvar do barulho e das pessoas.

Dei de ombros, não muito certa do que dizer. Byron precisava ser salvo, e não era justamente esse o meu trabalho enquanto eu estava ali? Resgatá-lo? No dia seguinte eu o salvaria de ter que interagir com os entrevistadores mais do que o que era absolutamente necessário.

Abri a boca para dizer exatamente isso, mas ele pressionou a ponta do dedo indicador com ternura contra meus lábios, seus olhos focados neles.

— Estou me esforçando para melhorar. Vou melhorar. Mas obrigado mesmo assim — disse ele simplesmente, abaixando o dedo. — Obrigado por fazer isso.

— O prazer foi todo meu.

Ele sorriu, mas parecia irônico, cauteloso.

— Você não se importa?

— Com o quê?

— Com o fato de eu ser alguém que no momento precisa ser salvo? Sorri.

— Pra ser sincera? Não.

— Não? — Ele parecia surpreso com a minha resposta.

— Não — repeti, ficando na ponta dos pés e plantando um beijinho leve no canto de sua boca. — Não acho que você deveria mudar quem é por ninguém. Você é perfeito.

Não sei o que eu esperava, mas não era ele se retirando, a expressão infeliz que ele usava agora, ou a carranca que estragava suas feições.

— O que foi? — perguntei.

Byron balançou a cabeça um pouco, afastando-se de mim e recuando para o outro lado do elevador.

— Ninguém é perfeito, Fred — disse ele rispidamente, sua atenção se elevando para a tela de LED que mostrava nosso progresso entre os andares. — Todo mundo pode melhorar.

CAPÍTULO 31

WINNIE

A SÚBITA MUDANÇA DE TEMPERAMENTO DE BYRON PERSISTIU. ELE PARECIA IMERSO em pensamentos enquanto caminhávamos para nossa suíte e permaneceu quieto quando entramos. Acabamos nos revezando no quarto para vestirmos nossos pijamas. Isso me pareceu um pouco estranho, o fato de que nos revezamos, considerando as fotos que estávamos trocando.

Enquanto eu me vestia, Byron escolheu um filme que assistimos de cantos separados no pequeno sofá. Mas como era tão pequeno, nossas pernas se tocavam, e o pequeno contato somado a não saber por que ele estava agindo tão distante fez minha biologia dar curto-circuito.

Após os créditos de abertura, não aguentei a tensão crescente e soltei:

— Deita no meu colo?

Ele me encarou.

— Como é?

Sentindo um aperto no peito, levantei as pernas, deixando-as cruzadas em cima do sofá.

— Sem pressão alguma, mas… quer deitar no meu colo? Gosto de brincar com o seu cabelo.

Byron me encarou por um longo momento, e fiquei impaciente, me perguntando se eu tinha cometido outro erro.

Mas então ele recuou o máximo que pôde e colocou a cabeça no meu colo, resmungando:

— Me pressionar seria tão ruim assim?

Franzi o cenho olhando para a lateral de seu rosto.

— Você quer que eu te pressione?

— Quero que espere mais de mim — disse ele, categoricamente, como se eu o tivesse frustrado.

Olhando para seu perfil, senti meu cenho franzido se intensificar junto com minha confusão, sem perceber que estava segurando as mãos contra meu peito até que ele as pegou e colocou sobre sua cabeça.

— Brinque com o meu cabelo — disse ele, exigente. Então ele cruzou os braços e olhou para a TV, nossa conversa agora encerrada, hora de ficar quieto e assistir ao filme.

Sem surpresa alguma, não consegui me concentrar no filme. *Como assim ele quer que eu espere mais dele?!*

O que isso significava? Mais como? E como eu poderia esperar mais de alguém que havia se mandado por um mês para Nova York e não me contado seus planos até já estar no aeroporto? A irritação pressionava minhas costelas como unhas batendo em uma superfície dura, impossível de ignorar.

Mas então Byron se mexeu, soltando um grunhido, e percebi o quanto ele estava deitado de maneira desconfortável. O sofá era simplesmente pequeno demais para seu corpo grande.

Como se estivesse lendo minha mente, ele grunhiu de novo e disse:

— Você se importa se a gente for para o chão?

Levantei as mãos para deixar ele se levantar.

— Não, de jeito nenhum. Inclusive, eu ia sugerir isso agora.

Fomos para o tapete na frente do sofá, Byron levando um momento para tirar a mesa de centro do caminho antes de me surpreender colocando sua cabeça no meu colo e plantando meus dedos em seu cabelo novamente.

— Bem melhor. — Suspirou ele contente, aconchegando a bochecha contra minha coxa.

Sorrindo para mim mesma com sua demonstração felina de afeto, olhei para o sofá atrás de nós. Realmente era bem pequeno.

— É melhor eu dormir no sofá. É pequeno demais para você.

— Eu durmo no sofá — disse ele, como se a questão já tivesse sido resolvida.

— Impossível. Você nunca vai conseguir dormir. Você não cabe nele.

— Discutimos isso depois. — Ele se virou para olhar para mim, subindo seus dedos para enfiá-los no cabelo logo acima do meu pescoço. Então, mais uma vez me surpreendendo, a cabeça de Byron se ergueu enquanto ele trazia a minha para baixo, nossos lábios se encontrando no meio com uma carícia firme.

Minhas mãos pararam em seu cabelo, minha respiração ficou presa nos pulmões e ele me beijou. Não foi comportado e rápido como quando eu o havia beijado para a câmera, mas não foi frenético e rápido como aqueles beijos que vieram depois. Era lento, sensual, aproveitando cada segundo. Seus lábios eram macios e quentes, sua língua provocava e saboreava.

E então, com uma mordidinha astuta, acabou. Ele me soltou, sua cabeça caindo para trás no meu colo para se aconchegar na minha coxa, sua atenção voltando-se para a TV. E eu… *Espera. Com o que eu estava preocupada mesmo?*

O filme continuou. Não absorvi um único segundo do que estava passando, muito atordoada e muito excitada para me concentrar nele.

Ondas de calor e problemas de memória.

Aparentemente, supondo que Byron e eu passaríamos um tempo juntos quando ele voltasse para Seattle, eu deveria esperar muitas ondas de calor e problemas de memória no futuro.

Brincar com o cabelo de Byron era, em uma palavra, relaxante. Tão relaxante que devo ter pegado no sono. Acordei e me encontrei na cama com as cobertas puxadas, e nenhum sinal de Byron. Levantei a parte superior do corpo na cama e olhei para o relógio. Passava um pouco da uma da manhã. Olhei para o lado intocado e vazio da cama.

Aquele sofá é muito pequeno para ele.

Ele era tão teimoso!

Soltando um suspiro, empurrei as cobertas para trás e saí, andando na ponta dos pés para a sala de estar. Se ele estivesse dormindo, eu o deixaria em paz para dormir. Mas se não estivesse, ele apenas iria para a cama, e era isso.

As luzes da cidade que entravam pelas janelas forneciam luz suficiente para que eu pudesse ver a disposição geral da sala de estar e, para minha frustração, Byron não estava nem perto do sofá. Ele estava estendido no chão com apenas um travesseiro e um cobertor leve. Não estava se movendo, e seus olhos pareciam fechados.

Olhei para sua forma por vários segundos, tentando descobrir se ele estava ou não dormindo. Era impossível dizer sem ir até lá e checar sua respiração ou dizer seu nome e ver se ele respondia.

Dizer o nome dele parecia o teste menos invasivo, então sussurrei o mais baixinho que pude:

— Byron?

— Sim? — respondeu ele imediatamente, se apoiando em seus cotovelos. — Aconteceu alguma coisa?

Suspirei bem alto e acusei:

— Você não está dormindo.

— Correto.

Balançando a cabeça diante de sua obstinação, eu me aproximei, me inclinei, peguei sua mão e a puxei.

— Vem. Você vai dormir na cama.

Ele não se mexeu.

— Você está dormindo na cama.

— Não está aberto a discussão. A cama não deveria ter ficado comigo. Primeiro, você é muito mais alto do que eu. Segundo, você que vai dar uma entrevista amanhã cedo. Você precisa de uma boa noite de sono muito mais do que eu.

Ainda assim, ele não se mexeu, e tentar puxá-lo para ficar de pé era como tentar mover uma rocha.

— Vou para o sofá.

Desistindo, larguei sua mão e coloquei a minha na cintura.

— Byron, é um sofá de dois lugares. Cabe só metade da sua perna, o lado de um pé e só.

Enfim, ele se levantou. Eu não conseguia distinguir sua expressão com a iluminação fraca.

— Vou dar um jeito. Volte para a cama, por favor.

Agora que ele estava de pé, aproveitei a oportunidade para agarrar sua mão novamente e puxá-lo para o quarto.

— Vou voltar para a cama, prometo, contanto que você vá comigo.

— Não posso.

— Pode sim.

— O sofá vai...

— Para de falar bobagem. — Nosso progresso era lento porque ele se recusava a acelerar as coisas. — Só vem. A gente vai dormir. Ambos vamos conseguir descansar e vamos estar prontos para amanhã.

Seus passos afrouxaram e ele me permitiu puxá-lo para perto do quarto antes de nos fazer parar novamente.

— Espere, espere.

Eu o encarei, um pouco sem fôlego por conta do esforço de arrastá-lo até aqui.

— O que foi?

— Se eu dormir na mesma cama que você, vou acabar te tocando. É isso que você quer?

— Tudo bem. — Dei de ombros. — A cama não é enorme.

Ele fez um som de rosnado, algo como seus grunhidos típicos, porém mais frustrado.

— Não foi o que eu quis dizer e você sabe.

Entendendo, ignorei o friozinho na barriga e exalei um suspiro quente.

— Você não pode dormir naquele sofazinho nem no chão aqui fora. Vai ser desconfortável para você. E eu não vou conseguir dormir sabendo que você está desconfortável.

Ele girou e levantou um braço na direção do sofá.

— Eu uso as almofadas do...

— Você vai dormir comigo hoje e ponto final.

Byron ficou muito quieto e senti uma mudança repentina no ar. Foi quando percebi o que tinha dito e como soava.

Resmunguei, sem dizer nada sensato, mas bufando além da onda de constrangimento. Estendi a mão e gentilmente agarrei seu punho, encorajando-o a vir comigo sem realmente puxar.

Desta vez ele cedeu. Ele me permitiu guiá-lo até o quarto pequeno sem protestar, mas disse:

— Antes de eu ir embora de Seattle, você sugeriu que a gente pegasse leve. Você ainda quer ir com calma? — A pergunta obscura, quase acusatória, fez arrepios subirem pela minha pele.

— Amigos podem dividir camas também. — Tentei manter meu tom leve e descontraído. — E vai ser só por duas noites, enquanto Amelia e Elijah usam o outro quarto.

— Mas vai ser amizade se dormirmos juntos? — A voz dele abaixou para quase um sussurro, e ele girou o punho, entrelaçando nossos dedos.

Tentei dizer a mim mesma que não sabia o que ele estava sugerindo quando uma onda de nervosismo me fez rir.

— Prometo. Vou ficar virada para a parede e não vou te tocar, está bem? — Soltei nossas mãos e puxei o cobertor para me deitar.

— Quero que você me toque. E vou tocar você. — Ele disse as palavras de maneira tão simples, tão sincera. — Se estivermos na mesma cama, vou te tocar. Então estou perguntando: você quer isso?

Me rendendo ao fato de que no momento eu era incapaz de controlar o ritmo da minha respiração, entrei embaixo dos cobertores e tomei uma lufada de ar.

— Está bem. Quer saber? Tudo bem. Pode me tocar.

— É o que você quer?

— Sim. Você me pegou. Estou tentando te seduzir com minha camisola de unicórnio e meias de lã marrom. Por favor, venha para a cama ficar de mão boba comigo. — Em minha agitação constrangida, minhas mãos se mexeram ao redor da cabeça, e lutei contra esperanças conflitantes e pragmatismo enquanto me debatia com o fato de que minhas palavras, ditas com sarcasmo, eram, na verdade, um pouco verdadeiras.

Aquela parte desobediente de mim que queria pressioná-lo e empurrá-lo ficou encantada por haver apenas uma cama. Queria seduzi-lo com minha camisola de unicórnio e meias de lã marrom. Queria aceleração, não paciência. Queria esperar mais dele do que meras migalhas de pão velhas.

O fluxo barulhento do meu sangue entre meus ouvidos tornou quase impossível ouvir qualquer coisa atrás de mim enquanto eu socava e afofava meu travesseiro, e foi por isso que quase não entendi a fala mansa de Byron:

— Ainda estou apaixonado por você, Win.

Sua confissão silenciosa fez meu coração doer, a criatura selvagem se arremessando contra a gaiola de guarda onde eu a colocara para mantê-la segura.

Engoli mais ar e disse apressadamente:

— Nós dois somos adultos. Se eu não gostar de alguma coisa, vou te dizer. E se você não gostar de algo, você me diz também. Agora… — suspirei, a continuação da minha fala presa em minha garganta.

O que você está fazendo, Winnie? O que você está fazendo? O que você está fazendo? O que você está fazendo?

Pelo amor de Hedy Lamarr, realmente: *o que* eu estava fazendo?

Enquanto eu lutava com minhas ações, me perguntando se eu deveria ter insistido teimosamente que eu ficasse no sofá em vez de nós dois dormirmos na cama, ele se acomodou. Houve uma breve pausa, um momento de quietude e silêncio, e eu disse a mim mesma que estava tudo bem e eu precisava dormir. Afinal, eu estava cansada, então dormir não deveria ser...

A cama afundou e senti Byron se reacomodar *bem* atrás de mim. O calor de seu corpo envolveu o meu, espelhando minha posição, acomodando-se extremamente perto, mas sem tocar. Um momento depois, sua mão veio ao meu quadril, e quase pulei com o contato, o calor dele escorrendo pela minha camiseta e calcinha de dormir. Fechei os olhos com força.

— É melhor eu parar? — Seu sussurro foi um arranhão. Seus dedos flexionaram e então soltaram.

— Está bem assim. Bom — falei, mirando na indiferença.

A cama balançou um pouco quando ele se aproximou suavemente, seu peito roçando as minhas costas. Minha respiração ficou instável. Ele suspirou. Soou estranho, contido de alguma forma, mas eu não podia enxergá-lo nem se olhasse por cima do ombro. Esse quarto, ao contrário da sala de estar, era escuro como breu.

Uma pausa, e então sua mão deslizou cada vez mais para baixo, sobre a minha camisa do pijama, até que seus dedos encontraram minha coxa nua e sua virilha pressionou minha bunda.

Parei de respirar. Ele estava duro. Tão duro. Tão incrivelmente duro.

— E assim? Tudo bem? — perguntou ele, sua voz áspera sombreada com algo que eu não conseguia identificar. Não exatamente irritação, mas algo parecido. E um desafio.

Cerrei os dentes em irritação. Por que ele ficava me perguntando se eu estava bem? Ele achava que eu o expulsaria da cama por estar duro? Caramba, eu estava molhada desde que ele havia tingido meu cabelo (e várias semanas antes disso). *Bem-vindo ao clube, colega.*

Dito isso, eu acreditava mesmo que ele de fato permitiria que as coisas progredissem, apesar do quanto eu queria desesperadamente que ele deixasse rolar? Não. Não, eu não acreditava. Estávamos falando de Byron, e Byron nunca fazia nada no calor do momento.

Limpando a garganta, forcei um sorriso no rosto para que se refletisse na minha voz em vez da minha frustração.

— Excelente. Simplesmente ótimo. Mas me faça um favor e pare de pedir atualizações a cada segundo. Como eu disse, se eu não gostar de alguma coisa, vou te dizer. Você não tem que me tratar como uma criança em quem não dá para confiar que sabe o que quer.

Seu peito subia e descia atrás de mim, o cheiro dele sendo trazido para dentro dos meus pulmões.

— Você deveria seguir seu próprio conselho — disse ele, em tom sombrio.

Franzi o cenho.

— O que você quis dizer com isso?

— Que eu também não sou criança. Pode confiar que sei o que quero. Não precisa se preocupar em me pressionar. E a última coisa que quero de você é ser paparicado.

Os lábios de Byron roçaram minha nuca enquanto sua mão na minha perna deslizava pela bainha da camisola, subindo pela coxa, sobre a calcinha e até a cintura.

Ele parou.

— Quer mais? Você me quer?

Balancei a cabeça fervorosamente, apenas capaz de me concentrar em respirar e nada mais. Sensações e desejos e *ai, meus deuses* desfilaram em voz alta pelo meu coração e pela minha cabeça.

— Então pare de pedir atualizações o tempo todo, Winnie. Comece a confiar em mim pedindo o que você quer de fato.

Um desejo intenso, que ao mesmo tempo não tinha nada a ver e tudo a ver com suas palavras, escorreu sob minhas costelas, desceu pelo meu estômago, apertando e torcendo tudo pelo caminho. Um calor insuportável e delicioso floresceu ao longo do meu pescoço e peito, e foi preciso cada grama de autocontrole para não arquear minhas costas e pressionar meu traseiro contra sua virilha.

Ele ficou perfeitamente imóvel, não me dando nada, exceto seu corpo duro atrás do meu. Eu estava com muito calor. E nunca conseguiria dormir naquela noite.

Ele queria que eu pedisse o que eu queria? Ok, então.

— Quero que a gente seja mais do que só amigos.

— Feito. Pode me chamar do que quiser, e é isso que vou ser.

Exalei de surpresa e depois de frustração. Ele não se mexeu.

— Byron...

— O que mais? O que mais você quer?

— Por favor — gemi, me contorcendo contra ele.

— Por favor o quê?

Fiquei tentada a pedir Byron em casamento naquele exato minuto se isso significasse que ele me tocaria e que faríamos algo mais do que permanecer congelados naquele limbo entre o nada e o tudo.

Em vez disso, soltei:

— Me toca!

Imediatamente, seus dedos deslizaram ao longo do cós da minha calcinha, para a frente, seu polegar roçando meu umbigo enquanto ele sussurrava:

— Levante a perna e coloque ela em cima da minha.

Foi o que fiz. De prontidão. Minha respiração acelerou, meu coração completamente confuso e meu cérebro preso numa repetição de ELE VAI MESMO FAZER ISSO?

Ele não faria isso.

Mas ele fez.

Entre uma respiração e outra, seus dedos hábeis deslizaram para dentro da minha calcinha e me acariciaram e — meu Deus — ele fez isso.

ELE FEZ ISSO MESMO! E eu estava gostando muito.

E sabe o que aconteceu depois? Eu gemi. Só um pouco, conforme o ritmo da minha respiração acelerava, e depois veio o nome dele.

Ele empurrou seu quadril para a frente, sua ereção insistente esfregando contra minha bunda e sua cabeça levantando enquanto ele plantava beijos suaves pela lateral do meu pescoço. Seus dedos mergulharam pecaminosamente mais para baixo, e eu sabia o que ele encontraria. De alguma forma, não conseguia me envergonhar no momento. Eu estava muito ocupada não pensando em nada.

Eu soube o exato segundo em que ele sentiu o quanto eu estava molhada. Ele gemeu contra o meu pescoço, seu outro braço serpenteando sob meu corpo para se envolver firme na minha cintura. Ele se moveu, circulando um único dedo ao redor do meu clitóris, brincando comigo como se estivesse me aprendendo, seus lábios e dentes agora na minha orelha, sua respiração quente ao longo do meu pescoço. Virei a cabeça para lhe dar um melhor acesso, ofegante com o deslizar quente e escorregadio de sua língua brincando com o lóbulo da minha orelha enquanto a mão na minha calcinha brincava com meu corpo.

Mas estávamos indo tão rápido. Era rápido demais? Ele se arrependeria? Ele estava bem?

— Byron, você está b…

— Se quiser que eu faça algo, se quiser algo de mim, por favor continue o que ia falar. Mas nada de cuidado, chega de me perguntar se estou bem. — O braço em torno da minha cintura relaxou e sua mão livre escorregou para debaixo da minha camiseta, subindo pela minha barriga até meu peito, esfregando a parte de trás dos dedos em um movimento de vai e vem de extrema provocação. — Eu preciso disso.

Eu não sabia dizer se esta última declaração era para o benefício dele ou para o meu, se ele estava falando para si mesmo ou para mim, e eu não tinha certeza se me importava.

Meus quadris balançaram contra seus dedos e eu arqueei as costas, procurando por mais do que um leve toque.

— Mais. Por favor — gemi. Eu estava fervendo. Aquela sensação retorcida, deliciosa e inquietante que eu sentia sempre que Byron e eu dividíamos o mesmo espaço me consumiu inteiramente. *Meu corpo todo* estava em chamas: do topo da minha cabeça até a base dos meus pés era um emaranhado de vontade, uma pilha irracional de necessidade e inquietação.

— Você precisa disso também, não precisa? — Ele murmurou a pergunta, colocando suas mãos no meu peito, apertando e massageando. — Eu faço o que você quiser.

As palavras caíram em meus ouvidos como uma provocação, mas não me importei. Na verdade, eu assenti. Freneticamente. *Sim.*

Seus quadris subiram para a frente, seu pau cavando na minha bunda, e Byron deu um rosnado desesperado.

— Eu te dou o que você quiser.

Para meu constrangimento, com a oferta, eu estava precariamente perto de gozar. A sugestão de vulnerabilidade e presunção me deixou louca. Era tão a cara do Byron. Mas eu não sabia o que faria depois que gozasse, o que diria a ele.

Não era para acontecer assim, tão de repente, tão rápido. Em algum nível, eu supunha que ele nunca ia querer deixar as coisas chegarem tão longe assim, não sem várias discussões, condições e negociações relacionadas ao local do ato, à colocação das mãos, às áreas que estariam proibidas, ao tempo permitido e assim por diante.

Você sabe. *Limites.*

Mas agora, não havia limites. Havia apenas nós dois. Crus e expostos. Honestos, egoístas e gananciosos por cada centímetro um do outro, por cada lugar claro e escuro, por cada ambição secreta. E cedi a isso, a nós. Eu me rendi e me permiti querer tudo dele, confiar que ele me diria se eu passasse dos limites.

Arquejando, coloquei a mão para trás, minhas unhas cravando em seu ombro enquanto eu procurava por algo. As primeiras ondas de choque deixaram meus músculos rígidos, minha mente cedendo ao meu corpo, e tudo o que parecia importar no momento era o quanto eu queria, o quanto eu *precisava* disso.

Ele estava certo.

Eu precisava disso. Precisava dele e de seu foco brutal. Precisava de seu toque carinhoso, suas mãos hábeis, seu corpo impaciente. Eu queria rastejar dentro dele, devorá-lo e nunca mais sair, nunca respirar, nunca me separar dele enquanto nós dois vivêssemos, e eu precisava desse sentimento, mesmo que contemplar essa ideia machucasse meu coração.

Enquanto eu voltava para a Terra em uma espiral, enquanto seus dedos continuavam a deslizar para dentro e para fora do meu corpo, meus pulmões ávidos pelo ar que eu havia negado, eu tremia. Os dentes, lábios e língua de Byron causaram estragos felizes no meu pescoço, e percebi quantas camadas de roupa havia entre nós. A quantidade era injusta. Abusiva. Irracional. Minha pele ansiava por sua pele, e naquele momento, nada menos do que tudo era aceitável.

Lambendo meus lábios, cobri a mão que acariciava meu peito por baixo da camisa.

— Byron. A gente pode...

— Não tenho camisinha.

Pisquei, abrindo os olhos na escuridão. *Meleca.* O que eu estava pensando? Balancei a cabeça cheia de teias de aranha de luxúria e resmunguei:

— Nem eu.

Eu o senti assentir em sua aceitação deste fato simples e trágico, sua barba raspando contra a parte de trás do meu pescoço.

— Parece que vou morrer — disse ele. Suas palavras saíram apressadas, com dor, como tortura. — Vou morrer de tanto querer você. — Eu apostava que ele não havia percebido que tinha falado em voz alta.

Por mais que aquelas palavras me fizessem sorrir — porque eu tinha uma boa ideia de como ele se sentia — elas também me estimulavam a agir. Estendi a mão para ele.

Byron respirou fundo, e a pegou.

— Não sem usar proteção.

— Não, eu não... me deixa tocar você como você me tocou. Deixa eu te fazer sentir bem. — Virei a cabeça e roubei um beijo rápido, ecoando seu sentimento de mais cedo. — Eu preciso disso. *Nós* precisamos.

Ele tremeu com o esforço de me segurar. Ele estava ofegante.

— Não acho que você vai precisar de tanto.

Lentamente, me virei para encará-lo, alcançando a frente de suas calças. Desta vez, ele deixou, seu corpo todo tenso, sua respiração ofegante. Ele me deixou colocar a mão lá dentro, meus dedos encontraram os pelos ásperos e encaracolados de sua pélvis, mas então ele me parou antes que eu pudesse realmente tocá-lo.

— Espere.

Assenti.

— Está bem.

— Vou só... — Suas mãos se moveram para o cós da calça e, me surpreendendo, ele puxou tudo para fora.

Minha boca ficou seca.

Queria perguntar se poderíamos acender a luz. Eu *desesperadamente* queria ver cada centímetro quadrado dele com todas as luzes do mundo acesas. Mas antes que o pedido pudesse passar pelos meus lábios, ele colocou a mão no cabelo na parte de trás da minha cabeça e trouxe minha boca para a frente, me beijando com urgência e necessidade faminta enquanto sua outra mão guiava a minha para sua ereção. Nós dois tomamos fôlego quando tentei fechar meus dedos ao redor do comprimento quente e grosso.

— Porra. — Byron rolou para longe, sua cabeça pressionada contra o travesseiro, seu pescoço exposto, e me inclinei para me debruçar sobre ele e me deleitar com sua garganta forte enquanto fazia uma carícia vigorosa em sua pele macia, depois outra, sentindo o bater de seu coração contra o meu peito.

— Eu não... eu vou... ai, caralho...

Fiquei tensa, assustada, porque... *meu Deus do céu*. Ele gozou. Byron gozou. Ele simplesmente... gozou.

Dez segundos, duas mexidas da minha mão, e ele entrou em erupção. Senti vontade de rir de prazer, mas reprimi esse impulso. As poucas vezes que eu e meu namorado do ensino médio tínhamos dado uns pegas, ele havia gozado muito rápido — não tão rápido, mas rápido — e eu ri de surpresa. Isso não caiu bem.

Seus dedos ainda atados no meu cabelo, ele incitou meus lábios nos dele novamente, inalando e me amando com sua língua. Ignorando os fluidos de seu êxtase, ele me rolou de costas e continuou me beijando, suas mãos em cada lado do meu rosto, sua boca faminta, mas também carinhosa, como se eu fosse seu vinho favorito, a sobremesa mais tradicional e gostosa, e ele estivesse determinado a me provar e saborear de todos os ângulos. Amei isso e tudo o que aconteceu entre nós, e me senti tão alegre e esperançosa.

A magnitude da minha esperança e alegria me assustou pra caramba.

Mas o que eu poderia fazer? Será que eu tinha ido longe demais? Será que ele tinha aberto a gaiola? Será que meu coração estava em perigo?

Péssimas notícias, Win. A resposta é: provavelmente sim.

Engolindo convulsivamente, não me permiti contemplar a ideia e fingi que estava tudo bem. Eu disse a mim mesma que ele ter me deixado em Seattle, um mês antes, tinha um lado bom. Ele precisava de espaço e agora estava pronto para tentar. Agora tentaríamos. Levaria vários meses antes que eu concordasse em amá-lo. Talvez um ano. Talvez nunca.

Enquanto isso, aquela parte desobediente de mim rejeitou essa ideia e deu um soco na gaiola ao redor do meu coração, fazendo-a se escancarar.

É você a ostra cuja concha precisa ser aberta.

Fechei os olhos com força, mas os pensamentos desobedientes rugiram na minha cabeça.

Talvez ele precisasse ir embora um mês atrás, talvez ele estivesse pronto para tentar agora, mas você precisava dele naquela época. E em vez de dizer a ele o que você precisava, você só o deixou ir.

E, claro, eu poderia chamar minha teimosa cautela de "paciência", mas não tinha sido isso o que acontecera. Não na realidade. Eu tinha medo de pedir o que queria. Medo desse sentimento desesperado, de depositar minhas esperanças em uma pessoa, de depender de alguém, de precisar de alguém, de querer contar com alguém. Eu estava perfeitamente contente em deixá-lo tomar as rédeas, assumir o controle e definir o ritmo.

E agora, depois daquela noite, após a inesperada e rápida aceleração do nosso relacionamento, eu estava ainda mais aterrorizada.

CAPÍTULO 32

WINNIE

Acordei sem camisa, com os lábios ressecados e sozinha na cama.

Esfregando minha testa, empurrei para trás o caos que meu cabelo havia se tornado e olhei ao redor da sala. Também estava vazio. Meu estômago caiu e apertei meus olhos, frustrada comigo mesma por estar decepcionada. Viu só? Era por isso que eu não deveria me permitir acreditar na fantasia da noite anterior ou presumir que tudo seria maravilhoso agora pela manhã. Eu deveria ter perguntado se ele estava bem com o que estávamos fazendo. Sabia que Byron tinha o costume de ir embora quando se sentia sobrecarregado e eu...

— Você acordou.

Meus olhos se abriram e minha cabeça virou em direção ao som de sua voz. Cada músculo do meu corpo ficou tenso com a visão gloriosa dele sorrindo suavemente, parado dentro do quarto, as mãos nos bolsos, vestido para os afazeres do dia com um terno preto, camisa branca e gravata azul, e não parecendo sobrecarregado. Ele parecia... feliz.

A decepção ameaçadora pegou um retorno na minha cabeça, me deixando com estrelas nos olhos e um tipo de alegria doce e esperançosa que fazia tudo parecer mais brilhante e melhor.

E mais assustador.

Engasgando com a estranha mistura de esperança e terror, tentei formar as palavras para cumprimentá-lo.

Ele me parou com um dedo levantado.

— Espera aí. Já venho. — Byron desapareceu pela porta.

Agarrando o lençol para cobrir meu peito, me sentei na cama. Um segundo depois, antes que eu pudesse começar a me perguntar para onde ele tinha ido, ele voltou, segurando uma bandeja de comida.

— O que é isso? — perguntei, minha voz rouca de sono.

— Seu café da manhã. — Se inclinando sobre mim, ele a colocou na cama e capturou minha boca, dando um beijo rápido. E depois outro, e outro.

Não deixei passar despercebida a forma como sua mão cobriu meu ombro e depois acariciou meu braço. Seu polegar enganchou no lençol que eu segurava frouxamente no meu peito e o puxou para baixo. Abaixando-se suavemente até ficar de joelhos ao lado da cama, ele trilhou beijos do meu queixo até o meu pescoço e depois até o peito, sua mão agora deslizando ao redor do meu torso enquanto revelava meus seios.

— Você é linda pra caralho — disse ele, em meio a um gemido. Depois, fechou a boca quente e molhada sobre um dos meus mamilos, me deixando com calor e molhada na mesma hora.

— Você tam... ai, caramba... — Meus pulmões estavam em chamas. Olhei para baixo e vi sua língua varrendo e circulando o centro do meu seio, amando minha pele. Os dedos de uma das mãos flexionaram e massagearam minhas costas enquanto a outra continuou empurrando para baixo o lençol, revelando o resto do meu corpo e, de repente, todos os meus pensamentos de terror apenas evaporaram.

Sem falar, nem perguntar, nem checar se ele estava bem, nem pedir uma atualização de seu estado, Byron me segurou por cima da calcinha, a pressão firme de sua mão como uma tortura maravilhosa e terrível. Caindo de volta para o colchão, estiquei meus músculos muito tensos e inclinei os quadris. Agarrando sua mão, guiei seus longos dedos para dentro da minha calcinha, e minha pele estremeceu quando o senti sorrir contra o meu peito.

Ele levantou a cabeça para olhar para mim, para o meu pescoço e braços, peito e estômago, coxas e panturrilhas, suas íris ficando incrivelmente escuras enquanto observava sua mão, escondida pela minha calcinha, se mover dentro de mim. Meus seios saltavam com minha respiração difícil e seu olhar parecia cravado na minha pele.

— Tive um sonho assim uma vez — murmurou ele, parecendo distraído e pensativo, unindo as sobrancelhas. — Só que você estava amarrada à cama.

Uma risada explodiu de mim, um brilho de suor embaçando minha pele. Soltei seu punho e levantei minhas mãos sobre minha cabeça, segurando a cabeceira embutida na parede.

— Assim? — perguntei sem fôlego, seus dedos entre minhas pernas afastando toda razão da minha mente.

— Exatamente assim. — Seu olhar, misterioso e interessado, pareceu aprovar. — E depois, você me amarrava.

Gemi com a imagem piscando atrás dos meus olhos e os fechei, lutando contra a crise, querendo prolongar o momento.

— Você é tão bom nisso. — As palavras saíram de mim sem que eu me desse conta delas. — Eu... eu nunca... — Mordi o lábio para não admitir que ele tinha sido o primeiro cara que havia me feito ter um orgasmo. Já tinham me dito (embora eu duvidasse) que um homem conseguia levar uma mulher a um pico tão intenso apenas com os dedos.

Byron se inclinou para meu ouvido, seu hálito quente soprando em meu pescoço, e sussurrou:

— Você nunca o quê?

Balancei minha cabeça em vez de responder. Não queria que ele soubesse o quanto eu era inexperiente, não quando ele era claramente tão capaz no que dizia respeito ao que se passava entre quatro paredes.

— O que é que você nunca fez, Winnie? — perguntou ele com uma voz grossa, dominadora e exigente. — Me diga para que eu possa fazer com você.

— Ai. Caralho — falei entredentes, minhas costas se arqueando reflexivamente enquanto eu gozava, meu núcleo se contraindo e apertando seu dedo enquanto onda após onda me perfurava, minhas mãos agarrando a cabeceira da cama, uma única âncora na tempestade dessa desorientação que era metade prazer, metade dor.

Seus movimentos acabaram diminuindo até virarem uma singela provocação, sua língua e seus dentes pegando meu lóbulo da orelha, me fazendo estremecer e tremer. À medida que a realidade se aguçava ao meu redor, lutei para recuperar o fôlego e compreender os últimos momentos. Byron entrando em um quarto de hotel com café da manhã em uma bandeja, removendo o lençol que me cobria e me levando ao orgasmo com os dedos enquanto lambia e beijava minha pele nua agora eram coisas que ele simplesmente fazia. Pelo visto, era assim que as coisas seriam entre nós no futuro próximo.

A parte pragmática do meu cérebro me disse para aproveitar enquanto durasse, e a parte ansiosa do meu cérebro exigiu que eu não dissesse ou fizesse qualquer coisa para estragar tudo.

— Amo seu corpo. Amo o quanto você é sexy — disse ele, soando um pouco mal-humorado. Entendi o porquê quando ele acrescentou: — E também odeio.

Ri com diversão, mas também como uma forma de dissipar uma sensação de vulnerabilidade persistente. Passando os dedos pelo seu cabelo enquanto ele descia para plantar mais beijos no meu corpo nu, lutei para encontrar conforto na minha própria pele e no presente.

— Por que você o odeia?

— Você é uma distração. E usa roupas demais.

Ri de novo, de maneira mais genuína desta vez, dissipando um pouco do nervosismo que se acumulava no meu estômago. Eu poderia me relacionar com suas frustrações. Sentia o mesmo por ele, e — agora que meu cérebro finalmente tinha entendido — era muito bom ouvi-lo dizer que amava meu corpo e me achava sexy.

Seus beijos no meu peito e estômago me davam uma sensação incrível, mas uma pontada persistente de vulnerabilidade me fez querer puxá-lo para mais perto. Eu precisava dele pressionado contra mim, me segurando. Pensei em pedir o que queria, mas ele estava de terno, a camisa perfeitamente passada, a gravata perfeitamente reta. Eu não queria desajeitá-lo.

Mas ele disse que era para eu dizer a ele o que eu queria...

— O que foi? — perguntou ele, interrompendo meu debate interno.

Pisquei, trazendo-o de volta ao foco. Ele ainda estava ajoelhado perto de mim, ao lado da cama, pairando sobre mim agora, uma mão entre minhas costas e o colchão, a outra traçando minha pele nua com as pontas dos dedos.

— Você está arrumado — falei, tocando sua gravata. — E muito lindo com esse terno.

— Eu sei. Por isso o vesti.

Apertei os lábios para não rir a sério. Eu adorava que ele nunca — ou quase nunca — agradecesse e, em vez disso, aceitasse os elogios sem modéstia, concordando com eles.

— Você tem alguém para impressionar hoje? — Puxei levemente a parte de baixo da gravata, encantada ao descobrir que ele não tinha um prendedor de gravata mantendo-a no lugar.

Ele me lançou um olhar confuso.

— Você é a única pessoa que quero impressionar no mundo. Está impressionada?

— Estou. — Deslizei a mão de volta para cima da gravata e envolvi meus dedos em torno dela logo abaixo do nó, com cuidado para não esmagar a seda azul. — Você sempre me impressiona.

Ele sorriu, sua mão indo para minha coxa nua, sua palma acariciando meu joelho.

— Tenho planos de continuar te impressionando, só para você saber.

— Ah, é? Por quanto tempo?

— Para sempre — disse ele, solenemente, mas com um sorriso, movendo sua mão para minha perna oposta, deslizando-a para cima até meu quadril e depois me puxando para si, então me deitei de lado. — Mas primeiro, você precisa comer. — Seus dedos deslizaram para dentro da minha calcinha uma vez mais, mas desta vez pelas costas, espalmando minha bunda enquanto ele acrescentava de um modo seco: — Você precisa de energia para o batalhão.

Soltando sua gravata, levantei uma sobrancelha.

— Batalhão?

— De entrevistas — disse ele secamente. — Começa em uma hora.

— Ah… — Assenti, dando-lhe um sorriso de compaixão. — Não se preocupe, vou ser seu apoio social.

— Não estou preocupado. — Apertando minha bunda bem forte, ele fechou os olhos e pareceu cerrar os dentes. — Mas preciso te deixar ir se arrumar e parar de te tocar, senão nunca vamos sair deste quarto. — Fiquei com a impressão de que ele estava falando sozinho, dando ordens de que ele não necessariamente gostava, mas que me faziam sorrir como uma maníaca.

10 *TRENDS* PARA SEDUZIR SEU MELHOR AMIGO

Byron me soltou então. Ele se levantou e se afastou. De olhos ainda fechados, ele testou o nó da gravata.

Sorri com sua relutância em me deixar, me sentindo tonta e alegre novamente, suas palavras e ações acalmando minha apreensão pós-orgasmo. Eu também me sentia solta e relaxada, meu corpo cantarolando após suas atenções, e meus olhos reflexivamente caíram para a frente de suas calças.

Eita.

— Você quer que eu...

— Sim. E não — disse ele com firmeza, afastando-se e indo para a porta do banheiro. Um momento depois, ele chamou de dentro: — Fica para depois?

Ri da qualidade estrangulada de sua pergunta e me sentei, gritando em resposta:

— Claro. Quando quiser.

Byron esgueirou a cabeça de volta no quarto, os olhos dançando, um sorriso feliz no rosto.

— Bom saber. — Ele apontou o queixo para a bandeja de comida. — Coma se tiver fome. E não se preocupe, eu conheço a chef e vi a cozinha. É segura para você comer.

As entrevistas aconteceram em outra suíte do hotel, só que essa era enorme. A sala de estar era facilmente três vezes maior do que toda a suíte de Byron, acomodando luzes de estúdio e câmeras, dois grandes sofás, quatro cadeiras, uma mesa de bufê onde bebidas e comidas tinham sido colocadas, além de uma mesa de jantar com doze lugares. As janelas davam para o Central Park, assim como a nossa suíte; mas, como o quarto era tão grande, também tinha uma vista três vezes maior.

Mas assim que Byron entrou, duas pessoas se separaram da multidão que se aglomerava e puxaram as cortinas, cobrindo a vista e bloqueando a sala da luz do sol. Isso me pareceu contraintuitivo. As câmeras não precisariam de luz extra?

Byron me apresentou à sua empresária, sua agente e à equipe responsável pela edição e comercialização de seus livros na editora, distraindo-me da visão recentemente oculta. Bati papo com eles enquanto ele segurava minha mão. Mais uma vez, semelhante ao nosso jantar com Amelia e Elijah, ele parecia satisfeito em ouvir e só falar quando lhe faziam perguntas diretas.

A primeira das entrevistadoras chegou na hora certa e rapidamente se apresentou a todos os presentes, sentando-se em frente a Byron sem oferecer um aperto de mão, e então foi direto ao assunto sem fazer introduções ou perguntar como ele estava. Fiquei surpresa com isso. Com base na minha pesquisa, Jes Ekker era um tanto famosa por desenvolver um relacionamento com celebridades antes de começar a fazer perguntas. Ela era uma das poucas que eu estava ansiosa para conhecer, pois tinha a capacidade de transformar entrevistas de perfil em histórias dinâmicas, em vez de apenas matérias vazias. A sra. Ekker também parecia estar evitando contato visual com Byron.

Quando ela fez a quarta pergunta a Byron como se estivesse lendo um roteiro, inclinei-me para a empresária de Byron e sussurrei:

— Ela não gosta do Byron ou algo assim?

Ela me olhou, parecendo confusa, e sussurrou de volta:

— Como assim?

— É que essa moça geralmente começa trocando piadas, né? Ela nem cumprimentou o Byron nem disse um "tudo bem?".

— Ah. — A empresária de Byron assentiu, entendendo. — Isso está tudo na lista de exigências do sr. Visser. Nada de papinho furado, nada de conversinha, apenas perguntas previamente aprovadas.

— Entendi. — Balancei para trás em meus calcanhares, voltando minha atenção para a cena diante de mim, estudando a postura da sra. Ekker. Ela parecia... entediada, tão ansiosa para terminar aquela entrevista quanto Byron, e isso era uma pena, a perda de uma oportunidade para duas pessoas talentosas formarem uma conexão de verdade e se ajudarem.

Desanimada, mas sem saber o que fazer a respeito, fiquei na beira da sala com o resto dos espectadores e escutei a entrevista eficiente e tediosa até chegar à conclusão, momento em que a sra. Ekker se levantou, agradeceu educadamente e foi embora.

O próximo entrevistador já estava esperando nos bastidores, e a manhã transcorreu mais ou menos da mesma maneira: trocas monótonas, perguntas sem imaginação, respostas pragmáticas e nada surpreendentes. Quanto mais eu parava e ouvia, mais insatisfeita ficava com essa versão sem vida de Byron e as entrevistas sem inspiração. Era tudo um processo, tão interessante e sur-preendente quanto assistir uma roda girar em seu próprio eixo repetidamente.

Me desligando, minha mente vagou, debatendo esta situação atual e como parecia estar em desacordo com o pedido de Byron para que ele não fosse paparicado. Cada detalhe — desde a forma como cobriram a vista e bloquearam a luz do sol até a lista de perguntas previamente aprovadas — parecia ser tudo especificamente adaptado para mimá-lo.

Mas havia uma diferença. Ele não conhecia esses entrevistadores. Ele trabalhava bem com sua empresária, sua agente e a equipe editorial, mas não considerava essas pessoas amigos íntimos. Eram colegas em suas caixas definidas e com expectativas de comportamento. Aquele não era um espaço seguro para Byron.

Mas eu era um lugar seguro e uma pessoa de confiança para ele. Amelia também era. Ele obviamente não confiava com facilidade, mas confiava em nós. E talvez fosse por isso que ele não quisesse ou precisasse que eu o mimasse.

E quer saber? Eu conseguia me identificar com a perspectiva dele, embora eu — e suspeitava de que a maioria das pessoas também — abordasse o mundo de maneira muito diferente.

Byron definia e impunha limites externos para se proteger de pessoas não confiáveis. Isso, sua honestidade, deixava a maioria das pessoas desconfortáveis ao seu redor, chamando-o de estranho e excêntrico. Eu já havia testemunhado essa peculiaridade em primeira mão, e eu mesma também já havia feito isso, rotulando sua honestidade como grosseria.

Eu e a maioria das pessoas abordávamos o mundo com cautela interior, mas com uma máscara de abertura exterior. Como Byron, presumíamos que a maioria das outras pessoas não era confiável, mas nossas paredes estavam dentro da nossa cabeça e ao redor do nosso coração, não comunicadas abertamente para que o mundo todo as visse.

Todos nós tínhamos tantos limites quanto Byron, mas os nossos eram internos. Não os compartilhávamos como ele, fingíamos que não existiam. As paredes que construíamos e as estipulações às quais nos apegávamos estavam escondidas, e esperávamos que outras pessoas... lessem nossas mentes?

Sorri com o pensamento, balançando a cabeça um pouco. Byron era honesto e franco com todas as pessoas que encontrava, e isso o tornava excêntrico. Por outro lado, a maioria das pessoas esperava que o mundo lesse suas mentes, e *isso* era perfeitamente normal para elas. Que irônico.

Um suspiro da empresária de Byron cortou minhas reflexões. Olhei para ela e seu perfil atordoado.

Um segundo depois, ela avançou.

— Ok. Esta entrevista está encerrada.

As mãos de Byron pareciam repousar relaxadas em seu colo, mas seus olhos dispararam punhais para o homem à sua frente no outro sofá. Ele olhava para Byron, fingindo um olhar inocente, como se não pudesse imaginar o que tinha feito de errado. Ao contrário dos outros entrevistadores, ele se sentava na beirada do sofá, inclinando-se para a frente, quase invadindo o espaço de Byron.

— Achei que tínhamos permissão de perguntar sobre a dra. Visser. — O entrevistador olhou de Byron para a empresária. — Ninguém me disse que perguntas sobre a mãe dele estavam proibidas.

— Você não submeteu nenhuma pergunta referente à mãe do sr. Visser. Perguntas não aprovadas previamente estão proibidas, Harry. Você sabe disso.

Os olhos de Byron dispararam para os meus, depois caíram para suas mãos. Ele estudou as pontas dos dedos enquanto sua empresária e o entrevistador chamado Harry debatiam sobre integridade jornalística e "pessoas mimadas e cheias de si".

— Só perguntei se o sr. Visser deletou todas as suas contas em redes sociais devido aos comentários insensíveis de sua mãe. Só isso. É uma pergunta simples, um sim ou não bastaria. Não sou o inimigo aqui.

A empresária de Byron ergueu a mão e acenou para a equipe editorial que eu conhecera mais cedo.

— Se não consegue seguir o roteiro, você cai fora.

— Aquele vídeo dela dizendo que você foi um erro, que ela não tinha um filho. O que passou pela sua cabeça quando ela disse aquilo? — Harry não desistia, desviando do bloqueio da empresária de Byron para continuar o interrogando. — Você acha que ela ainda se sente assim agora que você é tão bem-sucedido? O personagem Subrah é baseado em você? Sua mãe já leu seus...

— Já chega. Chega! — A equipe editorial estava lá, puxando a jaqueta de Harry e colocando mãos insistentes em seus ombros, e eles o empurraram para fora da sala.

Durante todo o tempo, Byron ficou sentado com o rosto de pedra, imóvel como uma estátua, os olhos repousados em suas mãos. Eu já estava a meio caminho dele quando percebi que tinha me movido, e quando o alcancei, impulsivamente me sentei em seu colo, envolvendo meus braços em volta de seu pescoço e o abracei com força.

Eu nunca tinha ouvido nada disso sobre a mãe de Byron. Se fosse verdade, eu não poderia imaginar o que ele devia estar sentindo agora.

Mesmo que não fosse Byron, mesmo que não fosse um recluso, taciturno e rabugento adorável, mesmo que fosse uma pessoa qualquer na rua, essas palavras doeriam profundamente.

— Você... — Me impedi de perguntar se ele estava bem. Com base na nossa discussão da noite anterior, eu não tinha certeza se ele queria que eu lhe perguntasse isso.

— Vou ficar bem. Tudo bem você perguntar — murmurou ele baixinho, as palavras saindo num único tom. Ele plantou um beijo em meu pescoço, me segurando firme. — Obrigado. Eu preciso...

Esperei que ele completasse a frase. Quando ele não falou mais nada, perguntei:

— Do que você precisa?

— De você.

Meu coração disparou, gostando demais de sua resposta. Eu me inclinei o máximo que pude enquanto ele ainda segurava minha cintura.

— Sou sua — sussurrei para ele, mesmo com aquela vozinha persistente e desobediente na minha cabeça gritando *MENTIRA!*

Aproveitando a pouca distância que eu tinha criado, ele virou o rosto e pressionou contra meus seios, como se quisesse sufocar em sua maciez.

— Graças a Deus. — Veio sua resposta abafada.

Eu ri, sentindo minhas bochechas ficarem vermelhas e passando meus dedos por seu cabelo. Ele se aconchegou mais perto, virando o rosto para deitar no meu peito.

— Você é o que eu achava que a felicidade seria se eu pudesse manifestar a palavra em algo tangível e possível de tocar.

A gaiola em torno do meu coração rachou, a sensação roubando o ar dos meus pulmões, e descansei o queixo no topo de sua cabeça enquanto me esforçava para respirar. Segurando o lado de sua mandíbula não aconchegada contra o meu corpo, eu o abracei enquanto ele ouvia meu coração. Ficamos sentados em silêncio por vários momentos (senti que ele precisava de silêncio — e, honestamente, eu também) enquanto minha mente vagava mais uma vez, agora para as declarações e as perguntas feitas pelo último entrevistador.

Mordendo o lábio para não perguntar sobre sua mãe — estava claro que ele não queria falar sobre ela, caso contrário Harry ainda estaria sentado no outro sofá —, ponderei se ou quando deveria levantar a questão. Ela dissera mesmo que Byron não era seu filho? Ela realmente o havia chamado de erro?

Acho que eu a odiava. *Não, Win. Você não pode odiar alguém que nunca conheceu.*

Nesse caso, decidi abrir uma exceção.

CAPÍTULO 33

WINNIE

A EMPRESÁRIA DE BYRON VOLTOU ALGUNS MINUTOS DEPOIS E NOS DISSE QUE ERA hora do almoço, que Byron estava livre pela próxima hora e meia. Poderíamos pedir comida ali na grande suíte ou ir para outro lugar se ele precisasse de uma pausa. Sem surpresa alguma, ele optou por ir a outro lugar.

Segurando minha mão, ele nos guiou em direção à saída, oferecendo um rápido e sincero agradecimento à sua equipe editorial — o que pareceu surpreender genuinamente — e então saiu da sala.

Nós demos cerca de três passos pelo corredor antes que alguém atrás de nós dissesse:

— Com licença. Posso dar uma palavrinha com você, por favor?

Senti a mão de Byron se firmar na minha, seus ombros e sua nuca visivelmente enrijecendo.

— Não — disse ele sem emoção nenhuma, apertando o passo.

Eu estava pensando *Nossa, esse povo não cansa, não?* quando a pessoa esclareceu:

— Não com você, sr. Visser. Gostaria de falar com a Expert da Química, se ela não se importar.

Meus pés pararam e, instintivamente, olhei por cima do ombro, preparada para dizer: *Não, obrigada*. Mas encontrei a primeira entrevistadora — Jes Ekker — atrás de nós, a pouca distância. Ela estava encostada na parede, segurando uma cópia do meu livro favorito de projetos de STEM para crianças, o que eu sempre recomendava em meus vídeos.

Parei de andar, fazendo Byron parar comigo, e perguntei:

— Por que você quer falar comigo?

Ela me deu um meio-sorriso esperançoso e tímido, mas não fez nenhum movimento para vir em nossa direção.

— Na verdade, é pelos meus filhos. Eles te adoram. Queria saber se você não poderia autografar isso para eles.

Franzi o cenho para o livro.

— Eu não escrevi esse livro.

— Eu sei, mas a gente comprou por recomendação sua e usamos o tempo todo. Mas não quero incomodar, então se você preferir não autografar, não tem problema algum.

Eu a analisei. Ela parecia totalmente sincera. E não se aproximou. E eu nunca havia conhecido alguém que me seguisse antes. Eu estava curiosa.

Puxando Byron junto comigo, caminhei devagar até ela.

— Prazer, meu nome é Winnie — falei, dando-lhe um sorriso hesitante. — Quantos anos seus filhos têm?

— Minha filha tem catorze e meu filho, seis. Os dois assistem aos seus vídeos de STEM. — Ela segurou o livro na minha direção com uma caneta. — Marquei os experimentos favoritos deles com post-its, e se você não se importar, pode assinar o primeiro para Ryann, com dois N, e o segundo para James, por favor?

— Claro. — Sorri, olhando para Byron para ter certeza de que ele não estava com pressa. Ele ergueu o queixo em direção à sra. Ekker enquanto usava um de seus sorrisos quase imperceptíveis. Este parecia ser de orgulho.

Soltando a mão de Byron para pegar o livro, sorri para a sra. Ekker. *Que legal!*

— Quando eles começaram a assistir? — perguntei, virando para a primeira página marcada e escrevendo cuidadosamente Ryann com dois N. — Nesse último ano?

— Não, já tem uns dois. Meu marido encontrou seus vídeos no YouTube e mostrou para a nossa filha. Ela estava numa fase que... não sei bem como descrever, mas como se ela não quisesse ser inteligente nem ser vista como inteligente.

— Com doze anos? É, não é lá muito fora do comum entre meninas — murmurei enquanto dava o autógrafo. — Há todo tipo de pesquisa com avaliação de pares sobre isso. Algumas garotas que se destacam durante todo o ensino fundamental começarão de propósito a se sair mal por volta dos doze anos (especialmente em matemática, ciências e tecnologia, já que essas são tradicionalmente consideradas disciplinas dominadas por homens), por não quererem ser tidas como inteligentes. É um problema real e, na verdade, foi por isso que decidi dar aulas das áreas STEM para o sétimo e o oitavo ano.

— Adoro o fato de você realmente ser professora. Fica bem óbvio nos seus vídeos que você sabe como se conectar com as crianças. E também estamos amando o conteúdo novo. A Ryann deu para gostar de maquiagem agora, graças a você.

— Sério? — Minha pergunta saiu aguda com descrença, meu coração disparado.

— Aham! Saí com ela para comprarmos uma sombra. Fiquei muito surpresa. O pêndulo balançou na outra direção quando ela começou a assistir fielmente aos seus vídeos e procurar outras coisas, programas de TV e livros relacionados a engenharia. Em vez de não querer ser inteligente, era como se ser inteligente... até meio nerd — acrescentou ela com uma risadinha amigável — ... fosse tudo o que ela queria ser, e não havia espaço para mais nada.

Ela não queria usar vestidos, ir com as amigas ao shopping. E tudo bem. Se era isso que ela queria. Mas agora ela está praticando maquiagem no espelho.

Fiquei com vontade de abraçar a mãe de Ryann.

— Que incrível!

— É demais! — Ela deu um passo à frente com os olhos arregalados e animados, como se quisesse me abraçar também. — Não sou lá muito fã de maquiagem nem nada, porque não costumo ter tempo de usar. Mas obrigada, sabe? Era triste para mim ver que ou ela estivesse rejeitando ser inteligente ou rejeitando outras partes dela mesma, negando outros interesses. Como se ela pensasse que não poderia ser as duas coisas. Meu marido e eu tentamos ser bons modelos em casa, mas sei lá. Ela não quer ser jornalista nem historiadora de arte, que é o campo em que meu marido atua. Ela quer ser engenheira elétrica. Talvez ela precisasse de alguém para dizer: "Ei, tá tudo bem. Você pode ser tudo o que quiser, pode se interessar pelo que quiser. Não tem nada que esteja fora de cogitação". Entende o que quero dizer?

Terminei de assinar as duas páginas do livro, entreguei-o de volta para ela e encostei um ombro contra a parede, acomodando-me para conversar.

— Sim. Entendo. Quando eu era mais nova, estava sempre procurando alguém para fazer isso por mim, alguém que fosse um modelo disso para mim. E foi a minha amiga Amelia que apontou que eu deveria ser uma inspiração nisso para as meninas que assistem aos meus vídeos.

— Bom, você tem inspirado meu filho também. — Ela riu, guardando o livro e a caneta na bolsa. — Meu filho, James, também vê seus vídeos e… ouve só… ele me perguntou se meninos também podem ser engenheiros ou se é só algo que as meninas podem fazer.

Ri, sacudindo a cabeça.

— Bem, se precisar ou quiser saber de educadores homens que também fazem experimentos e projetos de engenharia ao vivo, tenho algumas sugestões.

Ela inclinou a cabeça para a frente e para trás, como se estivesse ponderando.

— Olha, acho que vou aceitar sua oferta. Mas você sempre vai ser a primeira pessoa que vem à mente dele quando ele pensa nos engenheiros e cientistas favoritos dele, e eu amo isso. Adoro o fato de ele se identificar com você, e isso é perfeitamente normal. Eu não acho que, no geral, os meninos e os homens se identificavam com meninas e mulheres como heroínas, até chegar essa geração mais nova. E é muito bonito de ver isso acontecendo.

— Concordo! — Balancei a cabeça vigorosamente. *Minha nossa, como eu amo essa mulher!* Eu queria colocá-la no meu bolso e guardá-la para sempre.

Seu olhar se desviou para a direita, na direção de onde Byron estava parado em silêncio ao lado do meu ombro, e seu sorriso diminuiu como se ela tivesse esquecido que ele estava lá.

— Mas é isso. — Ela deu de ombros, recuando, e ofereceu a mão para mim. Eu a cumprimentei. — Muito obrigada mesmo.

— Imagina! Quando quiser — falei sinceramente. — Se alguma hora você e sua família estiverem por Seattle, me deem um toque. O centro de ciências de lá é maravilhoso.

— Aviso sim. Até mais! — Dando a Byron um sorriso tenso e educado, ela deu a volta onde estávamos parados e pegou o corredor, em direção ao elevador.

Enquanto isso, eu estava sorrindo descontroladamente, me sentindo incrível. Tão feliz. Tão energizada. Meu cérebro estava zumbindo com novas ideias, novos experimentos, novas possibilidades de conteúdo.

— Sabia que — Byron veio ficar na minha frente, apoiando o ombro no mesmo lugar onde a sra. Ekker tinha ficado — você é extraordinária?

Dando pulinhos agitados sobre meus calcanhares, dei um beijinho rápido nele.

— Aquilo foi incrível! Não foi? Nossa. Eu só... é como se tudo que tenho feito valesse a pena. Amo essa sensação. Foi por isso que escolhi ser professora, sabe? A diferença que posso fazer na vida dos jovens neste momento crítico vale muito mais para mim do que todo o dinheiro ou fama do mundo. Todas essas coisas são inúteis em comparação a fazer a diferença de verdade. E eu... ãhm... eu...

Seu sorriso caloroso se tornou um de divertimento e uma de suas sobrancelhas arqueou.

Ah, não. *SACO!* Não percebi como essas palavras soaram até que elas saíram, e tapei a boca com a mão, falando por entre os dedos:

— Desculpa! Eu não quis... não falei...

— Não precisa se desculpar. — Ele puxou minha mão da minha boca e a segurou, dando um beijinho leve em meus lábios. — Sei que você não quis dizer que o que eu faço não tem valor.

— Não mesmo. Você também faz a diferença.

— Humm... — Ele estreitou os olhos, mas era uma expressão brincalhona. — Talvez não tanta quanto você?

Sacudi a cabeça.

— Não. Nananinanão. Não vou entrar nessa discussão com você.

— Por que não? — Ele puxou minha mão, nos levando ao elevador de novo.

— Você era cheio de falar que eu era mal paga pelo que faço, e não quero entrar nesse assunto.

Byron estava quieto, seus olhos semicerrados ficando pensativos enquanto caminhávamos. Quando chegamos às portas, ele apertou o botão e me encarou.

— Não vou dizer que você é mal paga. Sei que isso te incomoda.

— Mas? — indaguei secamente, me preparando para o que poderia vir a seguir.

— Mas eu estava errado em relação à questão fundamental e peço desculpas por isso.

Levantei as sobrancelhas.

— Como é? Você não acha mais que eu sou mal paga?

— Todos os professores são mal pagos; eles deveriam receber dez vezes mais, na minha opinião, mas ver você com aquela mulher, sua felicidade, sua alegria, vejo que eu estava errado sobre por que você aceita a carga pesada de trabalho para um salário insignificante.

— E por que é que eu aceito a carga pesada de trabalho, então? — Me contendo, apenas o olhei de canto de olho.

— Você mede o sucesso de uma vida pela diferença feita, não pela quantidade de dinheiro ou fama conquistada, e não em termos da liberdade que consegue. — O sorriso quase imperceptível de Byron voltou, parecendo tão orgulhoso quanto antes. — O trabalho que você faz é importante.

— Eu sei.

— Que bom. E me desculpe por todas as vezes que fui um cuzão sobre esse assunto.

— Está perdoado.

— Você continua sendo mal paga...

Revirei os olhos.

— Byron.

— ... mas independentemente de quanto te paguem, nunca seria o suficiente. — Ele se aproximou e me encorajou a envolver meus braços ao redor de seu pescoço. — É como tentar calcular o salário de uma super-heroína.

Eu ri.

— Ah, agora sou uma super-heroína?

— Você sempre foi. — Byron deslizou o nariz contra o meu, roçando nossos lábios e sussurrando: — Você é professora, não é? A única diferença é que professores não usam capa.

— Talvez você devesse me dar uma de aniversário então. — Mordisquei de leve o lábio dele.

— Talvez eu dê mesmo.

— Talvez eu até use.

Ele se inclinou alguns centímetros de distância, parecendo esperançoso.

— E se você usar a capa e mais nada?

Joguei a cabeça para trás e ri.

Almoçamos rapidamente em nossa suíte. Tinha que ser rápido. Passamos a maior parte do tempo nos beijando no pequeno sofá, eu montada em seus quadris com minha camisa desabotoada, ele mordendo e beijando, lambendo e tocando cada centímetro da minha pele exposta.

Mais uma vez perguntei se ele queria que eu aliviasse seu sofrimento; novamente ele pediu para deixarmos para depois, o que me fez pensar se Amelia estava certa: que Byron tinha um padrão de autoinvalidação.

Eu deveria pressioná-lo. Eu deveria... implorar, talvez? Se eu implorasse, o que será que ele faria? Cederia a mim?

Esses eram meus pensamentos enquanto eu olhava para Byron do outro lado da sala durante a segunda rodada de entrevistas, o que provavelmente era o motivo pelo qual seus olhos continuavam correndo para mim e ele continuava tropeçando em suas respostas ensaiadas.

— Vocês dois brigaram ou algo assim? — sussurrou a empresária dele, se inclinando para mais perto de mim.

Balancei a cabeça, travando os olhos com Byron novamente, minha atenção caindo em sua boca quando ele umedeceu os lábios com a língua.

— Com licença — disse ele para o entrevistador. — Eu... eu preciso de uma pausa de meia hora. — Sem esperar que o homem respondesse, Byron se levantou de repente e veio até mim, onde eu estava encostada na parede.

Sua empresária deu um passo à frente.

— O que...

— Preciso de uma pausa de meia hora — repetiu ele. Depois ele acrescentou, num tom mais baixo: — Te dou um bônus de vinte mil dólares se você fizer todo mundo sair daqui em menos de um minuto.

Sem esperar por sua resposta, Byron agarrou minha mão e me puxou em direção a uma porta fechada do outro lado da suíte. Ele a abriu, nós a atravessamos e, então, ele a fechou e me pressionou contra ela. E quando sua boca tocou na minha, eu podia apenas ouvir o som urgente da voz de sua empresária dizendo a todos para irem embora.

— Não consigo me concentrar — disse ele, entre beijos desesperados — quando você me olha assim.

Byron agarrou parte da minha saia e a levantou, mas afastei sua mão às pressas, empurrando-o um passo para trás para me dar espaço para examinar rapidamente nossos arredores. Estávamos no quarto da suíte. O quarto estava escuro. A cama era tamanho king. E eu ainda não tinha camisinha.

DES-GRA-ÇA!

Byron estendeu a mão para mim de novo, mas eu caí de joelhos, meus dedos trêmulos desabotoando seu cinto.

— Winnie. O que você está fazendo? — Sua voz tremeu e as pontas de seus dedos caíram em meus ombros, então pularam para longe, como se ele não soubesse o que fazer com elas.

— Você me perguntou o que eu nunca tinha feito antes — falei, num surto de coragem motivada pelo desejo. — Isso aqui eu nunca fiz.

Talvez eu quisesse tanto fazer aquilo porque cada parte de Byron era bonita para mim. Ou talvez fosse a parte primitiva, carente e exigente de mim que me apertava e contorcia, a voz desobediente na minha cabeça que me dizia para pedir o que eu realmente queria, mesmo que isso significasse empurrá-lo para fora de sua zona de conforto. O risco para o meu coração de ele dizer sim valia totalmente a possibilidade de ele dizer não.

— Puta que pariu. Win, você vai... você quer... — As palavras ficaram sufocadas, um ruído reverberou pelo meu corpo. Senti sua inquietação, sua incerteza e relutância, e (instintivamente, de alguma forma) sabia que sua relutância e preocupação eram por mim. Se ele quisesse que eu parasse, se ele não quisesse isso, ele diria não. Confiei que ele me diria o que queria.

Então usei suas declarações de ontem à noite para interrompê-lo. Elas eram um reflexo perfeito do que eu sentia no momento.

— Se quiser que eu faça algo, se quiser algo de mim, por favor continue o que ia falar. Mas nada de cuidado, chega de me perguntar se estou bem.

Eu vi suas mãos cerrarem em punhos em ambos os lados de seus quadris, sua boca se fechando. Um momento depois, sua cabeça assentiu e seus olhos ficaram incrivelmente escuros. E então desabotoei sua calça, abaixei o zíper, enfiei a mão dentro daquela cueca boxer cinza que havia me deixado louca quando ele mandara a última foto e tirei sua ereção de dentro.

Uma parte primitiva e carente de mim se empolgou ao vê-lo, minha boca se enchendo de saliva, o calor florescendo por toda a minha pele. Eu não conseguia me lembrar de já ter achado um pênis bonito, mas agora eu achava. Era incrível e impressionante. Eu nunca quisera ter um na minha boca também, nunca sentira que poderia morrer se não o colocasse na língua e o saboreasse, chupasse, usasse meus lábios para provocar uma reação. Eu precisava de sua reação; precisava de sua perda de controle mais do que precisava de ar.

Agarrando seus quadris, comecei na base e lambi para cima ao longo da extensão, observando com fascínio alegre enquanto sua ereção saltava, os músculos de seu abdômen inferior — apenas visíveis entre a frente aberta de sua camisa — tensos, fazendo-os se destacar com alívio sob sua pele.

Quando chupei o comprimento suave e quente dele na minha boca o máximo que pude, ele gemeu, um som terrível e maravilhoso.

Na minha visão periférica, vi suas mãos ao lado do corpo se abrindo e fechando, como se ele ainda não soubesse o que fazer com elas. No impulso, quando me afastei, peguei uma de suas mãos e a trouxe para a parte de trás da minha cabeça.

Ele imediatamente a removeu como se meu cabelo o queimasse.

— Não. Não… eu… eu não quero fazer isso. Não desta vez. Você determina o ritmo. — Byron estendeu a mão e agarrou o batente da porta, fechando os olhos. — Por favor — disse ele, sua voz falhando. — Por favor, continue. Por favor… acho que… *caralho*. Eu preciso estar na sua boca, Win. Por favor.

Percebi que estava olhando para o seu rosto, sedenta por todas as expressões que tomavam suas feições, e não o levei para dentro de mim novamente. Sacudindo a cabeça de leve, concentrei minha atenção de volta em seu pênis e abri mais a boca, tentando engolir mais do que antes, depois me afastando apenas para repetir a ação de novo e de novo.

E achei… que estava fazendo errado. Eu não conseguia colocar mais da metade do seu comprimento na minha boca sem engasgar, seu pau tão lindo, mas também grosso, a cabeça pressionando desconfortavelmente no fundo da minha garganta. Tentei lambê-lo de novo, segurando sua ereção em meu punho enquanto estudava o problema, medindo mentalmente seus centímetros contra a distância aproximada entre meus lábios e amígdalas.

Lambi os lábios e tentei de novo. Desta vez, mantive a mão na base do pênis e puxei como se eu o estivesse masturbando enquanto me movia para trás e um som gutural saiu dele — meio gemido, meio rosnado.

Agora com os olhos fechados, ele pressionou a testa contra a porta, me forçando a me inclinar para trás sobre os joelhos para continuar minhas ministrações.

Enfim presa entre seu corpo e a porta atrás de mim, bati a parte de trás da minha cabeça enquanto recuava.

— Eita, porra. Desculpa! — Byron se endireitou para me dar mais espaço, seu rosto torcido no que parecia ser dor, suas bochechas vermelhas. — Você está bem? Quer dizer, *caralho*… — Ele cobriu o rosto com as mãos. — Puta merda. Desculpa.

Eu queria me vangloriar e me gabar quando suas desculpas continuaram. Mais do que o quanto ele estava duro, os sons que ele fazia ou a expressão que ele usava, mais do que tudo, suas declarações desajeitadas traíam o quanto ele havia perdido o controle.

Uma crescente sensação de satisfação brotou dentro de mim e me forcei a ir mais fundo, tomar mais dele. Mesmo que meus movimentos fossem desastrados e eu estivesse fazendo errado, e mesmo que meus olhos lacrimejassem e eu fizesse sons pouco atraentes enquanto engasgava, eu não me importava. Byron parecia gostar muito de tudo que eu estava fazendo. Seus sons instáveis, xingamentos e completa perda de compostura me excitavam de um jeito absurdo. Logo, eu também estava gemendo, minha mão livre levantando minha saia, enfiando a mão entre minhas pernas. Senti que morreria se não fosse tocada.

— O que você vai... você está... — Ele resmungou o início de um pensamento e nunca o terminou, seu corpo inteiro enrijecendo. Suas mãos alcançaram a parte da minha cabeça que ele rotulou de proibida, seus dedos torceram no meu cabelo e puxaram. — Caralho. Eu vou gozar. Eu...

Abandonando minha própria necessidade, segurei sua bunda deliciosamente esculpida com as duas mãos e o puxei para a frente, chupando seu pau profundamente com voracidade. Eu queria isso. Eu o queria. Eu queria tudo dele. Eu estava enlouquecida com a ideia de ele não estar dentro de mim.

E então ele gozou e — minha nossa senhora da decepção — que gosto horrível.

Minhas amigas falavam que não tinha um gosto ótimo, mas nada poderia ter me preparado para a gosma nojenta e gelatinosa com gosto de peixe estragado e maionese que estava na minha boca, me arrancando com força da cidade da excitação e me empurrando para a cidade da repulsa. Eu não tinha ideia de que era possível desligar meu tesão tão incrivelmente rápido.

Me engasgando com a textura e o sabor inesperado, mas sendo a guerreira que eu era, consegui recuperar o controle da garganta e engoli mesmo assim — ao mesmo tempo em que prometi a mim mesma que nunca mais engoliria.

Era uma promessa que pretendia cumprir até o momento em que olhei para cima e vi o olhar de admiração no rosto de Byron. O olhar de completa devoção e anseio e espanto e desejo. E amor. Muito amor. Lambi os lábios, saboreando-o ali, e seus olhos permaneceram grudados no movimento da minha língua, como se ela tivesse todas as respostas para o universo e ele planejasse adorá-la e a mim para sempre.

Pensando melhor, talvez o esperma não seja tão *ruim assim.*

Byron agarrou meus ombros e me levantou com um movimento forte e fluido, sua atenção ainda presa em meus lábios. Me pressionando contra a porta, ele se inclinou para a frente como se fosse me beijar e, por instinto, enrijeci, minhas palmas contra seu peito mantendo-o a uma distância.

— Espera aí. Deixa eu enxaguar a boca.

— Não ligo para isso. Preciso te beijar.

Virei a cabeça para o lado e ele avançou, sua boca agora contra minha bochecha e pescoço, sua língua girando logo abaixo da minha orelha.

— Preciso sentir seu gosto. Me deixa sentir o gosto da sua buceta?

Um pico quente de desejo foi apagado de imediato pela ideia de Byron me provando. De jeito nenhum ele iria cair em cima de mim. Sim, eu já tinha fantasiado sobre isso — especificamente sobre Byron fazendo isso. Sempre me perguntei como seria, ouvi que era incrível, mas de jeito nenhum pediria a ele para fazer o que eu tinha acabado de fazer. Ao contrário do boquete, a excreção de líquido seria constante. Ele sentiria meu gosto em sua língua o tempo todo, não apenas no final. De jeito nenhum eu pediria a ele para sofrer com essa nojeira só para que eu pudesse gozar. Seus dedos eram perfeitos, eu não precisava de sua boca.

Fiz uma careta.

— Hum, não. Não, obrigada.

Diante da minha recusa, os beijos de Byron diminuíram. Quando virei a cabeça, eu o encontrei franzindo o cenho pela minha resposta, seu olhar inquisitivo.

— Temos tempo.

— Eu sei, mas tá de boa.

Ele piscou.

— De boa?

— Quer dizer, não precisa. Você já foi mais do que generoso.

A severidade de seu cenho franzido se intensificou.

— Você tem noção de que toda vez que toquei você foi um ato de puro egoísmo, não de generosidade, certo?

Ri, beijando sua mandíbula e seu queixo.

As mãos de Byron chegaram aos meus braços e me afastaram um pouco, seus olhos estreitos procurando os meus.

— O que está acontecendo agora?

— O que você quer dizer?

— O que você está pensando? O que está passando pela sua cabeça? Você odiou?

— O quê?

— Me chupar.

— O quê? Não! Eu amei. Adorei olhar pra você. Você é muito sexy, sabia?

A névoa de luxúria que tinha escurecido seus olhos antes agora havia se dissipado e as profundezas azul-esverdeadas brilhavam com inteligência e apreensão.

— Fred. Do que você não gostou?

— Byron…

— Você não gostou de alguma coisa e é por isso que você não quer que eu chupe você também.

Meu queixo caiu e um guincho de surpresa saiu de mim.

— Como… o que… por que você… — Não sabia como responder à sua leitura de pensamentos, então calei a boca. Como é que ele sabia disso?

— Por que você não quer me contar a verdade?

— Por que temos que falar sobre isso? Se você gostou, e eu disse que amei, e era a verdade, por que você está me pressionando tanto para te dizer do que não gostei? Isso não estragaria as coisas para você?

— Não. Se houver algo que eu possa fazer ou mudar sobre você me dar uma mamada que possa aumentar a probabilidade de você fazer isso no futuro, quero mudar isso. Mas, mais importante ainda, se essa mesma coisa está impedindo você de me dar a chance de meter a boca em você, então eu *definitivamente* quero saber.

Meu queixo caiu de novo.

Desta vez, ele usou minha surpresa atordoada para gentilmente me puxar para a frente, deslizar as mãos até meus quadris e começar a puxar minha saia com as mãos.

— Quero sentir seu gosto, Winnie. Quero fazer você gozar com a minha língua.

Exalei um suspiro trêmulo de tesão, mas segurei as mãos dele.

— Não acho que essa seja uma boa ideia.

Seus movimentos cessaram e nós nos encaramos por um longo instante, o meu olhar cauteloso e o dele afiado com frustração.

— Por que você não confia em mim? — sussurrou ele.

— Eu... eu confio.

— Você não está pronta? É isso?

— É.

A intensidade do seu olhar sobre mim aumentou.

— Você acha que um dia vai estar pronta?

Apertei meus lábios, não querendo responder. A resposta era não. Não, nunca estaria pronta para que Byron me provasse e me achasse nojenta. Nem estaria pronta para dizer a ele o quanto eu odiava o gosto de seu esperma. Não conseguia imaginar um cenário em que essa informação não machucasse seus sentimentos, especialmente depois do jeito que ele olhou para mim momentos antes, quando engoli.

Ele me inspecionou por mais um tempo, soltando minha saia e se afastando um passo.

— Que tal isso: você acha que um dia vai estar pronta para me dizer por que você não quer fazer?

Mudei minha atenção para o quarto atrás dele, cruzando os braços e ignorando o calor do pânico que ia se espalhando do meu peito ao pescoço.

— Não entendo por que você não deixa isso para lá. A maior parte dos caras sentiria alívio.

— É mesmo? — Senti seus olhos descerem pelo meu corpo. — Eles ficariam aliviados por nunca sentirem seu gosto? Por nunca terem esse prazer? Por nunca terem seu corpo exposto diante deles como um banquete? Duvido muito. Nesse quesito, acredito firmemente que estou no mesmo patamar dos outros caras.

Não tendo nada a dizer sobre isso, como eu estava com muito calor, injustamente excitada e me sentindo presa entre o terror da honestidade e o medo de ferir seus sentimentos — ambos pareciam significar minha desgraça e acabariam por deixá-lo com raiva —, eu me virei e abri a porta, a necessidade de escapar dos limites do quarto, daquela suíte e das implacáveis perguntas sem saída de Byron. *Assim como meu prazer, pelo visto: sem vazão alguma.*

— Aonde você vai?

— Preciso de espaço. — Corri até a saída da suíte.

A palma da mão de Byron pousou na porta assim que minha mão se fechou ao redor da maçaneta e ele veio para ficar ao meu lado.

— Espere, Win. Não vá embora ainda. Se você não quiser discutir isso agora, eu entendo. Posso te dar o espaço, e o tempo e a distância de que você precisar agora. Mas podemos, por favor, conversar sobre isso depois?

— Não quero *nunca* falar sobre isso.

Mantendo meus olhos fixos adiante, não olhei para ele e tive que enrijecer minha coluna para não cair em direção ao seu calor e força viciantes.

— Então me diga ao menos aonde você vai. Por favor.

Sacudi a cabeça.

— Não sei. Não decidi ainda.

— Win...

— Talvez eu vá atrás da concierge pedir camisinhas para ela.

Sua expiração farfalhava meu cabelo e descia ao longo da minha bochecha e orelha.

— Por favor, não faça isso.

Olhei para ele e depois vi que seu pedido era sério.

— Por que não? Você não quer transar comigo? Você não pensa nisso o tempo todo? O que foi que mudou?

— Sim. E sim. E nada mudou, não para mim. — Sua expressão parecia de sofrimento. — Mas se você não estiver pronta para me dizer por que não quer sexo oral comigo, então não estou pronto para fazer sexo com penetração com você.

Meu queixo caiu pela terceira vez em três minutos e recuei, meu temperamento queimando rápido e quente.

— Você... Byron, não... você acha que... — Respirei fundo enquanto me esforçava para organizar meus pensamentos agitados e furiosos. — Vai me castigar agora? Porque não quero sexo oral?

— Não foi isso que eu disse. — Ele soltou a mão da porta e levantou meu braço.

Recuei de seu toque.

— *Não* encoste em mim.

Ele fez um som exasperado e rouco. Em seguida, passou as mãos pelo cabelo, cujos fios estavam caóticos, espetados.

— Se você não consegue falar comigo, se você ainda não confia em mim, então devemos esperar antes de fazer qualquer outra coisa até que você confie. — Apesar de sua frustração externa, seu tom era irritantemente comedido e calmo. — Não quero mentiras ou meias-verdades entre nós. Quero que você confie em mim como eu confio em você. Não sou frágil. Posso lidar com a verdade, independentemente de qual seja.

Eu não conseguia falar com ele. Só queria gritar. Ali estava eu, tentando ser gentil, tentando poupar seus sentimentos. E ali estava ele, me punindo por isso.

Fixando meus olhos para a frente, eu disse:

— Sai da frente.

Palavras não ditas pareciam surgir ao nosso redor, e senti sua hesitação como uma coisa real e tangível, uma mão nas minhas costas ou dedos puxando meu cabelo. Mas, eventualmente, ele se mexeu. Deu um passo ao lado para que eu pudesse abrir a porta, o que fiz. Então saí e andei pelo corredor até o elevador.

Ele não me seguiu.

CAPÍTULO 34

BYRON

A CONCENTRAÇÃO, A COGITAÇÃO E A CONFISSÃO SOBRE QUALQUER COISA ALÉM de Winnifred Gobaldi estavam rapidamente se tornando tarefas hercúleas.

Walter, o coach de intimidade e sexo de quem eu vinha recebendo aulas teóricas desde que chegara a Nova York, havia me avisado que isso aconteceria. Ele havia declarado que, se eu amasse Winnie como afirmava, quando ou se ela e eu rompêssemos a barreira da intimidade com um consentimento proposital, meu desejo por ela, bem como minha ânsia por sua boa opinião sobre mim, poderiam se multiplicar em vez de atenuar.

Na época, incapaz de entender como tal fenômeno poderia ser possível, duvidei dele. Em Seattle, a intensidade já havia se aproximado dolorosamente, já estava no caminho da agonia. Como poderia ficar pior?

Hoje, ele havia provado estar correto. Menos de dezoito horas depois de sucumbir, agora que eu a havia tocado e segurado nos meus braços enquanto ela se desfazia em pedaços, ofegando meu nome, agora que eu a havia sentido gozar nos meus dedos, sentido o cheiro de sua excitação e o doce aroma de seu suor no quarto, os pensamentos sobre recriar a experiência — de novo e de novo, de várias maneiras diferentes, em uma infinidade de lugares diferentes — me consumiam. Assim como minha ansiedade por sua partida apressada e raivosa.

Eu tinha errado. Eu a tinha deixado infeliz. Eu precisava consertar as coisas.

— Temos mais uma entrevista. Como você está? — Pamela, minha empresária, se aproximou, parando a cerca de um metro do meu ombro.

Pamela voltou a reunir os entrevistadores quinze minutos depois que Winnie me deixou sozinho na grande suíte. Eu havia usado o tempo sentado no quarto escuro e repetindo cada momento do nosso encontro em um loop.

Eu havia deduzido que a insatisfação de Winnie, que ela não queria comunicar por razões desconhecidas, tinha sido causada pelo gosto do esperma. Ela parecia sinceramente ansiosa a cada momento antes do meu clímax, até mesmo se tocando durante o ato; mas, quando tentei beijá-la depois, ela quis enxaguar a boca primeiro.

Mas. Que. Porra. Literalmente.

Eu não tinha certeza, mas ainda havia levantado a hipótese de que, como ela mesma admitira, ela nunca tinha feito um boquete antes de hoje, Winnie nunca tinha recebido sexo oral também. Talvez sua exposição inicial (evidentemente repulsiva) ao esperma a tivesse feito questionar se seu próprio corpo seria igualmente desagradável. E esse medo, esse desejo de me poupar do desconforto, era — presumi — o motivo pelo qual ela não queria que eu a chupasse.

Minhas últimas entrevistas haviam sido gastas trabalhando nessa parte específica do problema, chegando a essa conclusão específica e desejando poder voltar no tempo.

Eu não costumava me arrepender, mas como gostaria de tê-la chupado primeiro. Eu duvidava de que ela me deixaria agora, e eu poderia chorar — ou socar alguma coisa, ou correr uma maratona — com a insuportável tragédia da minha oportunidade perdida.

O único mistério que permanecia era por que ela se recusara a me dizer que não gostava do sabor. Por que não me contar a verdade? Ela pensava que eu era tão frágil assim? Incapaz de receber feedback? E como eu poderia mudar essa percepção? O que eu poderia fazer, mudar ou dizer para provar que ela podia confiar em mim? Para o que ela precisasse.

— Byron? — Pamela se aproximou mais um pouco. — Você está bem? Podemos fazer a última entrevista?

Eu havia me esquecido de que minha empresária estava ao meu lado, me esquecido de que ela me perguntara sobre meu estado de espírito atual, me esquecido de onde eu estava.

— Sim, me desculpe — falei, esfregando os olhos com as bases das palmas. — Por favor, prossiga. Agradeço a paciência.

Eu mal podia esperar para esse batalhão de entrevistas terminar. Cada entrevista tinha um tom diferente de bege, exceto Harry Lorher, o idiota que havia me questionado sobre minha mãe biológica. Eu deveria ter ficado bem. Estava me preparando para hoje, para ir a restaurantes, para sair em público e conversar com estranhos. Eu tinha confiança nas minhas habilidades. Além de ter aulas teóricas sobre intimidade e sexo com Walter, eu havia usado o restante do último mês em Nova York com sabedoria.

A terapia intensa e individual com um especialista de renome mundial em distúrbios do processamento sensorial e minha dedicação ao aprendizado de habilidades de enfrentamento haviam absorvido quatro dias de cada semana desde que eu havia saído de Seattle. Além disso, todos os sábados, havia aprendido a preparar e cozinhar refeições gourmet sem glúten. Uma aula de seis horas sobre viver com alguém com doença celíaca tinha durado um sábado inteiro no meio do mês. Além disso, fazia um pequeno curso sobre gestão de sala de aula toda segunda-feira, o que me dava a oportunidade de visitar várias escolas de ensino médio locais para observar.

Eu queria entender Winnie. Queria estar mais bem equipado e experiente para ela. E para mim também, pois precisava saber que tínhamos uma chance de lutar para construir um futuro. No entanto, toda a preparação do mundo não importaria se ela não confiasse em mim o suficiente para me dizer a verdade.

Atualmente, e apesar de todo o progresso que eu tinha feito nos últimos vinte e sete dias, a camisa que eu usava coçava, as luzes do estúdio faziam meus olhos arderem, e a conversa murmurante originada da minha equipe editorial no canto revoltava meus sentidos como baratas rastejando atrás do meu cérebro.

Então, sim, eu precisava que esse desafio de interações terminasse. Precisava encontrar Winnie e convencê-la de que eu era confiável. Precisava que ela entendesse que eu faria o que fosse necessário para ser o tipo de parceiro que ela merecia, não apenas para seu benefício, mas também — e principalmente, egoisticamente — para o meu.

Pamela saiu do meu lado.

O entrevistador chegou.

Levantei meus olhos e estabeleci um foco suave sobre a cabeça da pessoa.

Ele me fez suas perguntas fúteis e respondi com respostas fúteis, uma conversa previsível e sem criatividade. Minutos se estenderam sem parar, nossa interação monótona foi o equivalente a assistir a uma chaleira esquentar no fogão, até que — enfim — terminou segundos antes de eu transbordar.

Levantando da cadeira com um impulso, passei pelos rostos de pessoas que eu deveria conhecer, mas cujos nomes não conseguia lembrar no momento. Tirei o celular do bolso de trás, saí da suíte, caminhei pelo corredor e cheguei ao elevador, tudo isso enquanto mandava uma mensagem para Winnie.

> **Byron:** Finalmente terminei minhas entrevistas. Se quiser conversar, estou pronto. Se não, posso esperar. De qualquer forma, o que eu gostaria muito agora é de você nos meus braços, em uma cama, em algum lugar calmo e escuro — caso queira me ver.

Relendo as palavras antes de enviar, entrei no elevador sem olhar para cima. Quando as portas se fecharam, acenei com a cabeça para a mensagem clara e concisa. Confiando em Winnie para me dizer para eu ir me foder se ela ainda estivesse com raiva, apertei *Enviar*.

Só então levantei os olhos do meu telefone e percebi que dividia o elevador com Harry Lorher, o entrevistador babaca daquela manhã.

— Sr. Visser. — Ele sorriu, inclinando a cabeça, seu olhar untuoso deslizando sobre mim. — Que coincidência.

— Vai se foder. — Virei meu olhar para o smartphone que acabava de ser responsável por me tornar estúpido e descuidado. Verificando a mensagem que tinha enviado segundos antes, vi que Winnie ainda não havia lido.

O homem fez um som como um *tsc*.

— Você sabe que tenho direito de publicar cada palavra que você me diz, não sabe? Vou ter que imprimir isso. Devo aos meus leitores que eles se questionem se você é mesmo o floco de neve privilegiado e mimado que finge ser. Por outro lado, você poderia me fazer mudar de ideia.

— Aproveite e use a seguinte citação: Qualquer um que leia por vontade própria o resíduo fecal que você chama de jornalismo é um filho da puta de merda e pode ir se foder junto com você. — Olhei para o painel de números, percebendo que ainda não havia selecionado um andar e nem ele. Estendi a mão, e escolhi o saguão. A última coisa de que eu precisava era esse idiota sabendo onde ele poderia me encontrar.

Harry Lorher riu, e eu o senti se virar para mim.

— Tão hostil, e a troco de nada. Estou dando a você a chance de esclarecer as coisas e deixar as pessoas conhecerem seu lado. Só quero conversar. Não entendo por que você é tão antagônico quando alguém tenta te conhecer, te entender. Você não deve aos seus leitores mais de uma entrevista honesta a cada cinco anos? Eles não merecem saber quem você é?

Eu não disse nada e o ignorei, contando os andares enquanto descíamos. Como se jogasse pedrinhas em uma rocha, ele repetiu as mesmas perguntas de antes — sobre minha mãe, sobre sua reação ao meu sucesso, sobre meus sentimentos ao ser chamado de erro. Felizmente, ele só falou, não se aproximou ou tentou me tocar. Mas quando as portas do elevador se abriram no andar térreo e eu saí, meus nervos estavam à flor da pele. Tudo que eu queria era um cobertor apertado, macio e pesado e um quarto escuro sem som, sem luz e sem jornalistas cuzões.

Ou, mais precisamente, um quarto escuro vazio de tudo, menos de Winnie.

Fugi de Harry Lorher entrando nas cozinhas de serviço de quarto onde preparei o café da manhã de Winnie mais cedo naquela manhã. O freezer enorme não estava escuro por completo, mas era mal iluminado e proporcionava um silêncio relativo. Infelizmente, também não tinha recepção de celular. Guardando o telefone, esperei.

Esperei, encostado nas prateleiras cheias de hambúrgueres congelados, e fechei os olhos para contar minhas respirações, um número para cada inspiração e expiração até chegar a dez. Então comecei de novo. Esperei, enfiando as mãos debaixo dos braços para mantê-las aquecidas, minha camisa não pinicando mais, mas oferecendo o isolamento necessário. Esperei até que nada parecesse barulhento, nem mesmo o interior do meu cérebro ou o zumbido do compressor do freezer, e só então abri os olhos e chequei o relógio. As entrevistas haviam terminado fazia mais de quarenta minutos.

Hora de partir.

Retirando um par de pequenos fones de ouvido Bluetooth do bolso da camisa, configurei o aplicativo no meu celular para uma lista de reprodução de sons da chuva de Seattle. Então, enfiei as mãos nos bolsos da calça e andei pelas cozinhas até a saída, minha atenção alerta para Harry Lorher, ou qualquer um dos outros entrevistadores, ou qualquer pessoa cujo rosto faiscasse com reconhecimento ao ver o meu.

Felizmente, não vi Harry Lorher, e ninguém se aproximou quando cheguei aos elevadores privados pelo check-in VIP. Pensei em confirmar com a concierge para garantir que o jantar sem glúten de Winnie havia sido mandado, mas decidi não fazer isso. Não queria falar no momento.

Me orientar pelo hotel até a suíte foi igualmente tranquilo, mas — só para garantir — passei pela minha porta duas vezes, dando meia-volta. Contente e convencido de que ninguém me seguia, observava ou rastreava, tirei meus fones de ouvido, devolvi-os ao bolso da camisa, peguei meu cartão-chave e abri a porta da suíte.

A imagem de Winnie encheu minha visão ao entrar, sentada no pequeno sofá, com seu laptop equilibrado no colo e uma xícara de chá na mão. Um oásis de paz e tudo relacionado à bondade, tranquilidade e beleza. A tensão deixou meu pescoço e a parte inferior das costas. Soltei uma respiração silenciosa, e ela virou a cabeça para mim, seus olhos de um tom de especiarias doces se conectando com os meus.

— Oi — disse ela, baixinho, levantando o laptop e o colocando sobre a mesa de centro, franzindo o cenho para mim. — Onde você estava? Recebeu minha mensagem?

— Não recebi — consegui falar, apesar de minha garganta estar seca e arranhando. Fiquei junto à porta, pronto para sair se ela quisesse. A mera ideia de deixá-la naquele momento fez meus pulmões doerem de revolta e meus ossos parecerem quebradiços. No entanto, eu iria se ela ainda precisasse de espaço.

Colocando o chá ao lado do laptop, ela caminhou até mim, retorcendo os dedos na frente dela.

— Sua empresária ligou para ver como você estava; disse que seu número foi direto para o correio de voz. Tentei ligar também. Faz quarenta e cinco minutos. Onde você esteve?

— Me desculpe. Eu... me desculpe. — Muita coisa aconteceu, as perguntas que o senhor Lorher fez não eram do tipo que eu já tinha discutido de bom grado com ninguém. Mas eu contaria a ela a história assim que pudesse.

Contemplar os eventos naquele momento se parecia muito com revivê-los. Então mudei de assunto.

— Posso ficar?

— O quê? Ficar? — Seu lindo olhar se encheu de confusão.

— Você quer que eu vá? Precisa de espaço?

— Não. Fique. Por favor, fique. — Winnie pegou minha mão com as suas, e seu corpo enrijeceu quando nossa pele fez contato. — Byron, por que está tão gelado?

Ao seu toque, algum traço fundamental dentro de mim se acalmou, uma mudança a nível celular. Minha garganta se afrouxou, a respiração ficou mais tranquila, palavras ditas e pensamentos internos eram amigos novamente. Esses mesmos fenômenos tinham ocorrido na noite anterior, a caminho de casa depois do restaurante.

— Podemos discutir isso depois? — perguntei, eternamente grato por essa mulher que tecia magia serena e caótica na tapeçaria da minha vida, parecendo nunca tentar conscientemente. — Eu te conto, mas não quero falar disso agora.

— Claro. — Ela me puxou para a frente, em direção ao sofá. Seu celular vibrou e tocou na mesa de centro. Ela não olhou para ele, mas mudou de direção, nos levando para o quarto como se repensasse e depois reajustasse nosso destino. — Você ainda quer que a gente fique juntinho na cama?

Meu Deus. Sim. Por favor. É isso, porra, eu pensei.

Mas tudo o que eu disse foi:

— Por favor.

A julgar pelo sorriso dela, essas duas palavras devem ter soado pesadas somada à totalidade do meu ponto de vista sobre o assunto.

— Dia difícil? — Seu celular tocou e vibrou enquanto ela falava. Em seguida, tocou e vibrou novamente.

Considerei a pergunta. Eu queria perguntar a ela sobre mais cedo, quando ela me deixou, mas não agora. Ainda não. Não até que eu pudesse descobrir como provar que eu era confiável.

Agora, ela sorria para mim, a beleza personificada depois de tanta feiura ao longo daquele dia. Eu queria o que ela oferecia neste momento, e não conseguia pensar além dela e remoer minhas preocupações anteriores.

Assim, determinado a manter as coisas simples entre nós, decidi responder a sua pergunta com um duplo sentido.

— Algumas partes foram mais foda do que outras.

Ela riu, seus olhos dançando. Winnie abriu a boca, esperando responder da mesma forma, mas seu telefone tocou, nos fazendo parar em nossa jornada para o quarto. Franzindo o cenho, ela se inclinou para o lado e inspecionou a tela. Então, me liberando, ela pegou o telefone e rejeitou a ligação.

— É a Amelia. Ligo depois — explicou ela, buscando minha mão outra vez. Minha atenção ficou presa na tela do seu computador.

— Estou atrapalhando? Você precisa trabalhar?

— Não, que isso! — Seus lábios se curvaram e seu olhar parecia nebuloso enquanto continuavam a sustentar os meus. — Só estou dando uma olhada no status de algumas vagas a que me candidatei. Nada de mais.

— Vagas? — Franzi o cenho para seu computador, depois para ela. — Você quer mudar de escola?

— Ah, não. Não é para lecionar. É um trabalho à parte.

— Trabalho à parte? Mas pensei que você ia trabalhar para a empresa da Amelia.

— Bem, não consegui uma entrevista para aquela vaga. — Ela puxou minha mão. — Então decidi me candidatar a outras semelhantes.

Não me movi.

O celular dela tocou de novo. Mais uma vez, ela olhou para tela e rejeitou.

— Não conseguiu uma entrevista? — Perplexo diante da notícia, encarei o celular dela. — A Amelia sabe disso? É por isso que ela está te ligando?

— Não, ela não sabe. Mas tudo bem. Na verdade, foi até bom.

— Foi até bom? — *O quê?* Por que ela não estava chateada?

— Foi até bom, e agora está tudo bem. — Ela deu de ombros, como se todo o trabalho que ela tivera, todos os comentários odiosos que ela suportara, como se tudo não fosse nada. Como se seus sentimentos não fossem nada.

Pisquei para ela, tentando trazê-la mais nitidamente em foco. Ela queria o trabalho desesperadamente o bastante para fazer aqueles desafios para as redes sociais, mesmo quando ela não suportava respirar o mesmo ar que eu. Ela dar de ombros agora não poderia ter feito menos sentido.

— Você queria muito aquela vaga.

— Sim, mas, como eu disse, tudo bem.

Tudo bem?

— Não, não está tudo bem. Eles nem te ligaram para fazer uma entrevista? Você precisa falar com a Amelia. — Uma suspeita, um palpite, se você preferir, me manteve no lugar. A sensação de que um mistério iminentemente desvendado estava logo além do horizonte dessa conversa persistia, e exigiu que eu abandonasse meus planos de simplicidade.

Ela soltou minha mão.

— Não, não preciso. Não quero incomodá-la com isso.

Eu não podia acreditar no que estava ouvindo.

— Do que você está falando? Como isso a incomodaria? Ela é sua melhor amiga, você a conhece há anos, vocês duas...

Minha reclamação crescente foi interrompida pelo som do telefone de Winnie tocando novamente. Ela olhou para a tela e atendeu.

— Oi, Amelia. Você tá no viva-voz. O Byron teve um dia difícil e...

— Não estou ligando por causa do Byron. Winnie, a gente precisa conversar. É importante. Cadê você?

— Estamos na suíte, mas...

— Chego já.

Winnie se afastou de mim e caminhou até a janela.

— Isso pode esperar? Nós meio que estamos no meio de algo.

— Desculpa, não pode. Acabei de receber um e-mail do meu trabalho com a lista final de entrevistas com candidatos, e seu nome não está nela. Não entendi o que aconteceu, mas queria que você soubesse que vou cuidar disso. Vou dar um jeito de colocar você naquela lista.

Winnie olhou para mim, seus lábios apertados em uma linha, e ela tirou Amelia do viva-voz.

— Não se preocupe com isso. Tudo bem.

Mas que caralhos tinha acontecido com a Winnie? Ela era um robô? Ela não tinha sentimentos? Por que ela não estava chateada? Por que ela não tinha ido falar com Amelia?

Não ouvi o que Amelia disse em resposta, mas imaginei que se parecia muito com o que eu estava pensando. Winnie bufou e pareceu nervosa.

— Não! Não, para. Sério, não se preocupe. Não me surpreende, eles nem me ligaram, e...

Amelia gritou, dizendo *Como?*, ou *Como assim, porra?*, ou algo semelhante, fazendo com que Winnie segurasse o celular longe do ouvido. Não entendi exatamente o que veio depois, mas soou como um lamento e um discurso, que provocou outro suspiro alto de Winnie.

— Calma, amiga. Tudo bem. Não tem problema nenhum. Eu... Amelia? Amelia? — Ela tirou o celular do ouvido de novo e olhou para a tela. — Ela desligou! — Winnie se virou para mim, os olhos arregalados de choque enquanto encaravam o aparelho. — Não acredito que ela desligou na minha cara.

— Ela está puta — falei entredentes, tentando controlar meu temperamento que começava a ferver. — E ela tem culpa?

Seu choque mudou o foco para mim.

— E por que ela ficaria brava comigo? Eu não fiz nada.

Exatamente. Fui até ela, me lembrando de não gritar quando tudo o que eu queria fazer era explodir.

— Sei que você me pediu para parar de dar conselhos não solicitados, e prometi que faria isso, mas estou quebrando essa promessa. Eu estava errado. Nunca esperar nada de outras pessoas não significa que você não tem valor próprio, Winnie. Significa que você não dá crédito suficiente às outras pessoas, você não acredita que *elas* tenham valor.

— O... o quê? — Ela estremeceu. — Do que você está falando?

Recuei ao invés de me inclinar em direção a ela.

— Por que você não pediu a ajuda da Amelia?

— Como eu disse: não quis incomodar.

— Você está ouvindo o que está dizendo? Ela é sua melhor amiga. Não teria incomodado. Por que você não pede ajuda?

Sua boca abriu e fechou sem propósito e eu sabia. Eu sabia. Podia ver o que antes eu era cego para conseguir enxergar.

— Esse tempo todo... — Meu olhar perdeu o foco. — Pensei que eu precisava mudar e aprender a merecer você, para que você confiasse em mim. Mas a questão nunca foi essa, não é mesmo?

— Do que você está falando? Eu nunca...

— Você disse uma vez que eu te tratava como criança, mas é o contrário. Você trata todo mundo feito criança. Todo mundo. Você presume que as pessoas vão te decepcionar ou que não são capazes de funcionar no mesmo nível que você. Você se acha melhor.

Winnie arfou de susto com as minhas palavras e, diante dos meus olhos, vi seu temperamento alcançar o meu.

— Isso não é verdade!

— É sim! E quer saber o que mais? Você é melhor mesmo. Você é incrível pra caralho. Mas você nunca espera que mais ninguém seja nada além de incapaz de chegar aos seus pés. Ou você só espera que os outros sejam capazes de te decepcionar. — Eu me virei e caminhei para o outro lado da sala, incapaz de olhar para ela. Todas as peças estavam se juntando muito rápido.

Ela me seguiu, tropeçando em suas palavras.

— Você... você é capaz. Você...

— Acho que você até admitiu isso uma vez. Você disse, naquela manhã no meu quarto, que nunca pedia o que você queria. Você disse algo como se às vezes não valesse a pena ser corajosa. Você me ama? — perguntei, falando em um fluxo de consciência, incapaz de calar a boca já que tudo fazia um sentido tão perfeito, elegante e horrível. Sua paciência, sua aceitação tranquila de tudo e de todos, não importava o quanto a tratassem mal.

— Eu... eu amo...

— Não, Win. Assim não. Sei que você *ama* todo mundo, mas você está apaixonada por mim? Está comprometida com nós dois? Você ficaria de coração partido se a gente não desse certo? Isso te devastaria?

Sua respiração mudou novamente, ficou difícil, suas sobrancelhas se unindo.

— Eu seria compreensiva se você decidisse...

— Isso. — Estalei os dedos, apontando para ela, talvez parecendo um pouco insano. — Isso aí. Esse é o problema.

— Que problema, Byron?

— Não quero que você seja compreensiva se eu acabar te decepcionando. Não quero que você seja compreensiva se eu for um babaca. Quero que você espere mais de mim. Quero que você espere tudo.

Cruzando os braços, Winnie ergueu os olhos para o teto, agora reluzindo com lágrimas não derramadas, o queixo balançando com força.

E assim, toda a raiva e frustração evaporaram, abandonando apenas um sabor amargo de tristeza. Eu não tinha como consertar isso; era ela que tinha que consertar.

— Byron, me escuta. — Ela pressionou as mãos juntas, claramente se esforçando para manter o tom de voz estável. — Você… você me perguntou ontem se seria tão ruim empurrá-lo para fora de sua zona de conforto. Mas não sei como fazer isso. Não quero te pressionar. Não quero ferir seus sentimentos ou fazer você…

— E por que não, cacete? Pode me pressionar, Winnie. Me pressione para ser a pessoa que você merece. — Segurei a mão dela entre as minhas. — Espere que eu supere suas expectativas. Quando você não faz isso, quando você inventa desculpas para mim ou presume que vou te decepcionar, e que decepção é tudo de que sou capaz, você não vê que isso torna impossível para você me amar? Se você está sempre protegendo seu coração, ele nunca está aberto para mim.

— Eu não te entendo. — Ela virou os dedos, entrelaçando-os nos meus. — Como você pode dizer que é uma decepção? Você é tão talentoso e… e bem-sucedido. Seus livros…

— Não estou falando de fama e de dinheiro, Winnie! Nós dois sabemos que essas coisas não valem nada para você.

— Do que você está falando, então?

— Você não me trata nem fala comigo como se acreditasse que sou capaz. — Tirei minhas mãos das mãos dela. — E se eu não tivesse acabado de presenciar sua conversa com a Amelia, eu levaria para o lado pessoal. Mas agora vejo e entendo que isso tudo não é comigo. Se você… como foi que você disse? Que não quer ser um incômodo? Se você não está disposta a incomodar nem a Amelia, sua amiga mais próxima, que você conhece há seis anos e que provou a amizade dela para você inúmeras vezes, como é que eu posso confiar que você me incomodaria?

Ela estendeu as mãos e pegou meu braço com um aperto ferrenho.

— Isso é muito injusto mesmo. — Sua voz era instável, mas ela não chorou. Ela era teimosa demais para se deixar chorar.

— Qual parte? — perguntei, baixinho, como se eu pudesse adivinhar sua resposta.

— Tudo! Não acho que sou melhor do que as outras pessoas. E vindo de você, que não suporta nem perde tempo com ninguém, nem…

— Não gosto de pessoas. Nunca disse que gostava, mas você gosta. E por quê? Por que você gosta de pessoas quando acha que elas, todas, incluindo eu e a Amelia, vão acabar te decepcionando de algum jeito horrível e imperdoável?

Sua boca se fechou, seus olhos traindo incerteza, e eu pude ver que tinha atingido um ponto fraco. Eu havia falado uma verdade sobre ela, uma que ela considerava evidente e nunca, ou raramente, analisava quanto à veracidade.

— Você não sabe disso, mas... — Precisei limpar a garganta para falar apesar do aperto crescente. — Pensei que eu era um problema. Achei que precisava de treinamento e de aulas. Achei que poderia aprender a ser o que você precisa. Achei que poderia ser melhor para nós dois. E quero ser. Mas eu *posso* ser? Você vai confiar em mim o suficiente para ser honesta comigo? Existe alguém com quem você é honesta?

Sua respiração acelerou, e eu podia ver que sua incerteza persistia, mas ela engoliu em seco em vez de falar.

E o que ela poderia dizer? Eu tinha razão.

Balançando a cabeça enquanto eu sacudia sua mão, coloquei uma distância essencial entre nós, querendo vê-la claramente antes de sair. Eu precisava sair. Precisava dissecar esse novo problema que, muito possivelmente, não tinha resposta. Não era algo que eu poderia resolver sozinho. Não existiam aulas ou cursos que eu pudesse fazer. Não era eu quem precisava mudar.

— Byron, eu... — Ela engoliu, depois entrelaçou os dedos, inquieta. — Eu quero ser honesta com você.

— Quer mesmo? — Recuei em direção à porta.

— Quero. Mas eu não... — disse ela, sua voz rouca e falhando. — E se você não me quiser mais? E se eu for honesta, e aí você para de me amar? E se minhas expectativas forem altas demais? E se eu te pressionar mesmo quando não dever? E se eu te perder?

Suas perguntas tiraram o ar dos meus pulmões. Descobri que precisava de um ou dez segundos para encontrar minha voz antes de conseguir responder.

— Antes de sair de Seattle, quando estávamos no meu quarto e brigamos, você me acusou de querer tudo imediatamente, sob minhas condições, sem arriscar nada em troca. É isso que você está fazendo comigo agora.

Seu rosto começou a se ceder, e a visão me dilacerou com vergonha e remorso. Eu odiava suas lágrimas. Detestava sua tristeza. Queria apenas sua felicidade. Mas se havia uma experiência com a qual eu tinha familiaridade íntima, era que o amor não era amor quando permitia um comportamento egoísta e destrutivo. O amor não era amor quando arrumava desculpas para escolhas abusivas e prejudiciais. Era assim que ele se corrompia, virava uma perversão. Virava covardia.

Mesmo assim, o instinto de confortá-la e pedir desculpas quase superou o conhecimento de que mimá-la agora só causaria nossa ruína mais tarde. Por sorte, ela recuperou o controle de suas feições antes que eu pudesse perder o controle de mim mesmo.

— A questão, Fred, é que ficar desse lado da fortaleza do seu coração me machuca pra caralho. — Recuei mais ainda em direção à porta, sem saber aonde eu iria. Talvez de volta ao freezer, para entorpecer o que eu estava sentindo. — Por enquanto, do meu ponto de vista, sabendo o que sei agora, sou o único que está se arriscando aqui. Se você me quer, se quer ficar comigo, vai ter que arriscar mais do que seu orgulho. Não é o suficiente. Assim como você, eu também mereço mais. Eu mereço tudo.

CAPÍTULO 35

WINNIE

AMELIA ME ENCONTROU NO CHÃO DA SUÍTE, CHORANDO. ELA DEU UMA OLHADA em mim e entrou no banheiro, retornando pouco tempo depois com uma toalha quente fumegante.

— Tá tudo bem. Vamos dar um jeito — disse ela, parecendo quase animada ao dar batidinhas com a toalha no meu rosto em prantos. — Eu mando um e-mail para eles exigindo que agendem uma entrevista pra você. Vai ficar tudo bem.

Senti seu braço em volta das minhas costas, me encorajando a deitar a cabeça em seu ombro.

— Agora me diz por que você não quis me contar que eles não te ligaram para falar da entrevista.

— A gente precisa mesmo falar disso agora? — perguntei em meio a soluços. Eu não me importava com aquele trabalho idiota. Não me importava com nada. Nada importava. Nem mesmo as mudanças climáticas. E a humanidade estava toda destinada a morrer por causa das mudanças climáticas. Eu estava *nesse* nível de tristeza.

— Sim! Você era perfeita para a vaga! — Ela me apertou. — Nós teríamos tanta sorte em ter você com a gente. Por que você não me contou?

Enxuguei o rosto na toalha quente.

— Você disse para eu esperar que eles me ligassem. Eles não ligaram. Tudo bem.

— Não está tudo bem! Você não estaria chorando se estivesse. Semana passada, durante o voo, você não falou nada. Por que você não…

— Não estou chorando pelo trabalho idiota! — Enterrei meu rosto na toalha molhada, uma nova crise de tristeza incontrolável e excruciante girando através de mim como um ciclone. — Tá doendo — choraminguei. — Como pode doer tanto se não é uma ferida física? Não faz o menor sentido!

Amelia ficou em silêncio — quieta e imóvel — enquanto eu chorava e chorava. Eu quase a conseguia ouvir ponderando, pensando, debatendo.

E sua ponderação foi tão alta que me senti compelida a desabafar:

— Byron me disse que me ama e que não sou digna dele, que sou um saco de batatas assustado e emocionalmente atrofiado que não confia em ninguém ou espera nada da vida, exceto decepção, e agora ele foi embora, e eu nem me importo com as mudanças climáticas!

Virei a cabeça e chorei contra seu pescoço, a toalha esquecida enquanto me agarrava à minha amiga e chorava. Ele foi embora e meu coração estava como...

Estava como...

Deus que me perdoe, mas era como os meses depois que minha mãe tinha morrido e me deixado sozinha nesse mundo. Eu me sentia como se o mundo fosse uma fonte cavernosa e infinita de dor e miséria, e nunca quis me sentir assim novamente. Como pude deixar isso acontecer? Como pude me permitir desejá-lo tanto, me apaixonar por ele quando...

— Não! — falei para mim mesma, sem me importar se eu estava preocupando Amelia. — Não! Se eu confiasse nele, se tivesse sido honesta e pedido o que queria, se tivesse sido corajosa, não estaria me sentindo assim.

— Tá bom... — disse Amelia lentamente. Ela veio ficar ao meu lado no tapete, inclinando o corpo em direção ao meu e me envolvendo em um abraço. — Por que você não começa do começo? E dessa vez, me conte tudo.

Aceitando o conforto que ela oferecia, envolvi os braços ao redor de seu pescoço e — entre soluços ofegantes — contei tudo a ela. Meus sentimentos e memórias, meus receios e medos, preocupações sobre incomodá-la, ansiedades sobre prejudicar sua amizade com Byron, coloquei tudo para fora. Não deixei de lado nenhum detalhe, nenhuma conversa. Até me ofereci para mostrar o vídeo de nós dois nos beijando no meu sofá, ainda salvo no meu celular. Contei a ela toda a maldita história e, enquanto lhe contava e a ouvia, percebi que eu tinha sido uma panaca absoluta.

Quanto mais eu realmente o conhecia e gostava dele, mais medo eu ficava de constrangimento, de ser rejeitada, de não ter meus sentimentos crescentes correspondidos. Eu havia condenado tudo. Meu maior medo era ser uma tola aos seus olhos, mas machucá-lo era muito pior.

Quando cheguei à discussão que tivemos no quarto de Byron antes de ele partir para Nova York, desta vez sem deixar nada de fora, Amelia se levantou e começou a andar de um lado para o outro. E quando contei sobre o boquete daquela tarde e como eu não queria que ele fizesse sexo oral em mim porque temia que o gosto fosse ruim (e que não queria dizer a ele que era essa a razão, uma vez que poderia ferir seus sentimentos), ela riu histericamente. Então ela se desculpou, invadiu a geladeira da suíte e me ofereceu uma minigarrafa de uísque ou gim. Escolhi o uísque. Ela me trouxe três.

Bebi a primeira rapidamente, mas depois bebi a segunda, contando nossa última briga e tudo o que ele dissera e como ele estava certo e como me senti horrível e como não tinha certeza se era boa o suficiente para ele. Não tinha certeza se sabia como pedir o que eu queria.

— Claro que sabe — disse Amelia, levantando seu gim-tônica em minha direção. Ela transformou o dela em uma bebida mista, mas o meu não.

— Repete comigo: Byron, o gosto da sua porra faz com que eu morra. Agora você.

Ri, segurando a minigarrafa no meu peito, a cabeça latejando, o nariz entupido, os lábios secos e rachados. Chorar era a pior coisa do mundo, uma função corporal que só servia para agravar a tristeza. Você estava triste? Então você provavelmente sentia vontade de chorar. Não precisava se preocupar; agora você não só ia se sentir triste, você também ia ficar visivelmente triste. Bem-vindo ao ranho e às lágrimas!

— Mas você não entende? Não é só a questão do esperma! Meus instintos estão todos errados. Não sei como pedir pelo que quero sem sentir um medo que me paralisa. E ele não merece mais do que alguém que tem medo de ser honesta? Ele não merece uma pessoa destemida como ele? Alguém que seja tão corajosa e maravilhosa quanto ele?

— Bem… sim. Mas a questão não é essa, é? — Amelia voltou para onde eu estava sentada no chão, minhas costas pressionadas contra a frente do sofá, e ela se sentou ao meu lado. — Ele não ama essa pessoa. Ele ama você. E, no fim das contas, você não acha que Byron quer amor mais do que ele quer coragem? Se bem que essas duas coisas meio que são a mesma, quando você para pra pensar.

— Coragem é amor? — Olhei de lado para ela apesar da dor no meu cérebro.

Ela deu de ombros e me ofereceu um sorriso irônico.

— Só os corajosos são capazes de amar.

— Então o que faço? — Coloquei minha minigarrafa de uísque na mesa de centro. — E, por favor, não diga "Finja até conseguir". E se ele não me quiser mais? E se ele nunca mais quiser me ver depois disso tudo?

Amelia fez uma cara que me disse que ela me achava louca.

— Ok, em primeiro lugar, o cérebro do Byron não funciona assim. Ele é como um daqueles pássaros que só é capaz de acasalar com um único outro tipo de pássaro. Você sabe, aqueles altos, com penas?

— Todos os pássaros têm penas, Amelia. É a característica que os define.

— Você entendeu o que eu quis dizer, engraçadinha. Quais são os pássaros que acasalam uma única vez pelo resto da vida? Aqueles altos com bicos longos que tem na Flórida, mas não são flamingos. E aí, quando o parceiro morre, eles vagam por aí lamentando tristes até morrerem também.

Dei a ela um olhar vazio, sem ter ideia de a qual pássaro ela estava se referindo.

Ela fez um aceno para a minha expressão.

— Enfim, o nome do pássaro não importa; o negócio é a parte de ficar vagando triste por aí. O Byron é assim. E o que estou dizendo é que ele é o tipo de pássaro que só vai ter uma parceira a vida toda. Se ele decidir que você é a pássara dele, então Jesus que tome conta da sua vida, porque aí você está presa com ele.

— Como ele pode confiar em mim para dizer a verdade quando a ideia me aterroriza? Ele merece muito mais.

— Humm. E se você treinar comigo? — Amelia bateu o ombro no meu. — Vá em frente. Me peça o que você quer.

Irritantemente, meu queixo tremeu.

— Não quero.

— Por que não?

— Tenho medo de te deixar brava.

— É em relação ao trabalho? Eu já disse que vou mandar um e-mail pra eles para conseguir uma entrevista pra você. Você deveria ter vindo falar comigo. Eu poderia ter falado com a equipe por você.

— Eu sei. Parando para pensar agora, eu deveria mesmo ter falado com você antes.

— Sim, deveria. — Ela bateu com o ombro no meu de novo. — Dei uma olhada nos canais dos gerentes de comunidade que eles estão cogitando contratar. Nenhuma daquelas pessoas traz o mesmo tipo de energia que você, a diversão, a abertura. Todos eles são apenas focados em STEM e muito sérios sobre tudo. Não que haja algo de errado com isso, necessariamente, mas acredito que precisamos de mais do que apenas um tipo de influenciador.

— Bem, então aí está. Era essa a característica que eles estavam buscando, e agora sabemos por que não me ligaram.

— Exatamente, o que, se eu soubesse, teria argumentado fervorosamente contra. É disso que estou falando. Quando você não diz a verdade às pessoas que amam você, e elas estão contando que você seja sincera com elas, você torna tudo mais difícil para todos. Neste caso, por exemplo, ao não me dizer que eles não ligaram para você, você tornou meu trabalho mais difícil ainda.

— Eu fiz isso?

— Sim! Queremos as portas abertas para todas as mulheres, com todos os interesses, certo? E agora estou de volta à estaca zero. Eu estava contando com você. *Eu* preciso de você nessa posição. Eu poderia ter defendido você antes e as coisas teriam sido mais simples. Mas, assim como Byron, você tem na cabeça que precisa cuidar de tudo sozinha. Vocês dois são exatamente iguais.

— O quê? Como pode dizer isso? Ele é muito mais corajoso que eu. — Como que para ilustrar esse ponto, peguei a garrafa de uísque e tomei outro gole de coragem líquida.

— Só me escuta. Ele também não espera nada de ninguém. Bem, pelo menos não antes. Até vocês se aproximarem. Mas a diferença é que ele se esforça para evitar as pessoas, não querendo nada delas, não pedindo nada sem limites e expectativas claras. Enquanto isso, você vai dando tudo a todos e não

10 *TRENDS* PARA SEDUZIR SEU MELHOR AMIGO

pedindo nada em troca. Você é estressante! — Amelia bateu seu gim-tônica contra minha minigarrafa. — Precise de mim, Winnie. Precise. De. Mim.

— Mas eu... eu preciso...

— Estou muito feliz que finalmente estamos falando sobre isso, e que estou bebendo gim. Acho que isso estava me incomodando há algum tempo.

— Do que você está falando? — Levando minha minigarrafa comigo, levantei e cambaleei até a área do frigobar procurando mais lencinhos.

— Faz seis anos que sou sua melhor amiga, e você ainda me mantém a uma distância emocional confortável — reclamou ela atrás de mim, sua voz ficando mais brava. — O que preciso fazer? O que mais preciso fazer ou dizer para provar que você pode contar comigo?

Tentando ao máximo não me irritar com as alegações de Amelia de sempre me proteger, assoei o nariz e joguei o lenço de papel usado na lixeira.

— Sei que posso contar com você, mas não posso precisar contar com você o tempo todo.

— Pode! Você pode sim! — Ela bateu a mão na mesa de centro. — Sempre vou estar aqui para quando você precisar. Vou...

— Não, não vai! Você vai se mudar.

Cacilda! Não era para eu ter dito isso. Mas se a gente estava mesmo entrando nesse assunto agora, então enfiaríamos o pé na jaca de vez. Ela queria que eu fosse honesta? Eu seria honesta.

Amelia se endireitou do chão, franzindo o nariz enquanto se aproximava de mim.

— Do que você...

— Você e o Elijah. — Apontei para a porta da suíte. — Você vai se mudar. Vocês vão morar juntos. Não posso contar com você.

Ela estendeu as mãos para mim.

— Win...

— Não. — Levantei os braços para longe da tentativa de abraço dela e recuei. — Eu entendo. Você está apaixonada, quer ir morar com ele e sua colega de quarto da faculdade não deveria ser um fator nessa equação. Entendo mesmo. Não espero que você more comigo por tempo indefinido.

Ela me encarou.

— Você acha que vou me mudar para morar com o Elijah?

— Óbvio que sim — falei. Então tomei um gole de uísque para não chorar novas lágrimas. Meu Deus, como doía falar sobre isso, e era justamente por isso que eu não queria entrar nesse assunto.

Mas Amelia estava olhando para mim como se eu tivesse três cabeças, e duas delas pertencessem a cabras demoníacas.

— Não. Não é óbvio que sim. Nós não vamos morar juntos.

Fiquei parada.

— Espera, o quê? Não vão?

— Ele quer, mas não estou pronta. — Amelia tomou um gole de sua bebida, me observando por cima da borda do copo. — E mesmo se eu fosse me mudar, você acha mesmo que eu iria simplesmente te abandonar? Você acha mesmo que eu me mudaria sem levar você em consideração também?

— Eu... — Pisquei, chocada.

— É. Foi o que pensei. Valeu, hein? — Ela balançou um dedo na minha cara. — Valeu mesmo por pensar tão pouco de mim enquanto eu te boto num pedestal.

— Meu Deus, Amelia. Eu... me desculpa.

— Você deve mesmo achar que todo mundo além de você é um filho da mãe egoísta.

— Não acho que você seja uma filha da mãe egoísta.

— Acha sim! — Ela jogou a mão livre no ar. — Você não me deixa lutar por você, por uma posição em que você cairia como uma luva. Você acha que eu vou me mudar e deixar você a Deus dará. Ou você acha que sou uma filha da mãe egoísta ou sua definição de filha da mãe egoísta é completamente diferente da minha.

Me joguei com força demais para me sentar no chão, apoiei um cotovelo no joelho e cobri o rosto.

— Desculpa! — *A filha da mãe sou eu.*

— Por que está se desculpando? — perguntou ela, acima de mim.

— Porque... — Sacudi a cabeça. — Não sei! Desculpa por não... confiar em você.

Amelia não respondeu, mas também não ouvi nenhum som de sua partida. Engolindo em seco, deixei minha mão cair e me preparei para encontrar seu olhar ou um quarto vazio. Quando olhei para cima, ela ainda estava lá. Ainda parada no mesmo lugar. Ainda olhando para mim.

— Eu te amo, sabia disso? — perguntou ela, com a voz mais gentil do que eu merecia.

Meu queixo tremeu com uma nova vontade de chorar.

— Eu sei.

Tentei engolir a culpa e substituí-la por determinação, mas não consegui, então só fiz que sim com a cabeça.

— Então você precisa abaixar a guarda comigo, Winnie. — Ela se sentou no chão ao meu lado de novo, cobrindo minha mão com as dela. — Você precisa pedir as coisas para mim. Precisa ter fé em mim, como tenho em você.

— Tá bom — consegui falar.

— Vem cá. — Suspirando pesado, Amelia me puxou para um abraço desajeitado, já que ainda tínhamos bebidas em nossas mãos e estávamos sentadas de pernas cruzadas sobre o piso.

Imediatamente, meus braços a envolveram e eu a segurei enquanto as lágrimas caíam livremente pelo meu rosto. Mais uma vez.

Amelia acariciou meu cabelo e disse:

— Winnie, sinto muito que sua tia e seu tio tenham lhe ensinado que não se pode confiar em ninguém, que a única pessoa com quem você pode ter certeza de que vai ser boa é você mesma. Mas eles estavam errados. — Ela se afastou, segurando meu ombro e capturando meus olhos. — Não deixe que eles roubem de você a possibilidade de viver uma vida plena. Não deixe que eles roubem de você a possibilidade de acreditar em outras pessoas, de pensar o melhor delas e de contar com elas quando você precisar. Você não está me obrigando a nada. Você não está se aproveitando de mim.

— Tá bom. Tá bom. — Sequei mais lágrimas.

— Eu amo você, Win. Quero te amar. É a escolha que fiz. E agora preciso que você me deixe fazer isso.

CAPÍTULO 36

WINNIE

AMELIA SAIU PARA ENCONTRAR ELIJAH PARA JANTAR, MAS SÓ DEPOIS DE EU TER prometido a ela três vezes que eu, real e honestamente, queria que ela fosse. Também tive que prometer que lhe diria o que eu queria de agora em diante, sem que ela tivesse que arrancar isso de mim.

Ao me deitar — sozinha —, resolvi fazer pedidos voluntariamente a Byron, se ele ainda me quisesse, e a Amelia, para justificar sua crença em mim. Mas também a mim mesma. Eu merecia mais do que nunca esperar qualquer coisa de alguém.

De manhã, depois de uma longa noite conturbada me virando e revirando, checando o celular de tempos em tempos, me arrastei da cama e olhei para minha lista de mensagens de texto pela centésima vez. Ainda nada de Byron. Senti um frio na barriga, embora eu tivesse certeza de que não tinha mais o que congelar ali dentro. A este ponto, meus órgãos internos já deveriam ter virado pedras de gelo.

Queria que ele falasse comigo! Queria que ele voltasse e me desse uma chance de acertar as coisas. Queria que ele…

… *espere um minuto.*

Esfregando o sono dos meus olhos com uma das mãos, comecei a digitar com a outra.

> **Winnie:** Quero que você fale comigo. Quero que você volte para a suíte e me dê uma chance de acertar as coisas. E quero que você me perdoe.

Relendo a mensagem várias vezes, decidi que cobria tudo o que eu poderia comunicar sem que ele estivesse aqui pessoalmente. Apertei *Enviar* e esperei, verificando a hora em intervalos. Mas quando cinco minutos se tornaram sete e ele ainda não tinha lido a mensagem, coloquei o celular de volta na mesa de cabeceira. Em vez de chorar, tomei um banho.

Aquele era o alvorecer de uma nova Winnie, uma que falava livremente seus desejos e necessidades, em vez de engoli-los e enterrá-los sob preocupação e medo.

Foi uma coisa estranha e fortuita ter tido conversas basicamente idênticas com Byron e Amelia no dia anterior. Embora a discussão com Amelia tivesse terminado melhor do que a com Byron, um fato que fez meu coração doer novamente e permitiu que aquela fonte cavernosa e infinita de dor e tristeza surgisse em primeiro plano.

Esfregando meu rosto com água quente e sabonete facial, disse a mim mesma que se ele não me ouvisse, ou se se recusasse a me ver, ou se minha honestidade fosse recebida com rejeição, ou se Byron parasse de me querer e me amar por causa disso, então talvez não fôssemos certos um para o outro. Acho que eu teria que lidar com isso quando chegasse a hora. Ser corajosa o suficiente para lidar com os problemas — apesar de qualquer dor de cabeça que pudesse nos esperar — tinha que ser muito melhor do que essa meia-vida de se esquivar de tudo.

O vapor do chuveiro embaçou o espelho, e eu o limpei com uma toalha de mão para ver meu reflexo e encorajar a mim mesma.

— Se ser você mesma e pedir o que te faz feliz... não fazer exigências ou dar ultimatos, mas pedir de boa-fé... faz com que ele deixe de te amar, então será que ele realmente te amava? Ou gostava de você? — Apontei para o meu reflexo, depois balancei o dedo. — Não. Ele não amava. E não importa o tamanho do que você sinta por uma pessoa, você não vai ficar com alguém que não te valoriza como você é, nem mesmo o Byron.

Essa era uma possibilidade difícil de enfrentar, especialmente porque eu sabia que meus sentimentos por ele eram reais. Ele sempre tinha sido honesto comigo e pedido o que queria. Considerando que eu havia escondido meus desejos e vontades. Como ele poderia me conhecer, confiar em seus sentimentos por mim, se eu não me compartilhasse totalmente com ele? Meu queixo tremeu, mas eu o firmei.

Chega de chorar.

Com a toalha enrolada no meu corpo e agarrada ao meu peito, saí do banheiro e fui até minha mala. Enquanto procurava um sutiã e uma calcinha, ouvi o som da porta da suíte se abrindo e me endireitei, meu cérebro alerta para os ruídos vindos da sala de estar.

— Olá? — Fui em direção à porta aberta do quarto. — Byron?

— Sim. Byron.

Sem pensar no meu traje atual, respirei fundo e forcei meus pés a marcharem para encontrá-lo, uma nuvem de vapor de coragem girando ao meu redor. Agora me sentia corajosa o suficiente para ser honesta. Quem sabia se essa ousadia duraria o suficiente para eu me vestir.

— Oi — falei assim que ele apareceu, minha voz menos certa do que eu gostaria.

Vai. Fala logo.

Ele estava agachado ao lado do frigobar, ainda vestindo o terno da noite anterior. Parecia amarrotado, sem gravata, a camisa amassada. Percebi que ele ainda não havia se barbeado quando virou a cabeça para mim assim que entrei na sala. Mas sua carranca severa evaporou rapidamente, bem como minha nuvem de vapor de coragem, e isso não poderia acontecer. Eu não podia deixar minha bravura evaporar.

Antes que eu a deixasse escapar, falei:

— Odiei quando você foi embora de Seattle para Nova York sem falar comigo primeiro. Odiei e senti sua falta e isso me deixou triste. Não quero mais que você me deixe.

Sobrancelhas arqueadas e olhos arregalados enquanto se moviam sobre mim, Byron lentamente se levantou e fechou o frigobar.

Eu não tinha terminado.

— Entendo que você precisa de um pouco de espaço de vez em quando, eu também, e tudo bem. Mas ficar fora a noite toda depois de uma discussão, ou viajar para Nova York ou qualquer outro lugar, é inaceitável. Você volta *no exato momento* que for possível para você. Você não foge para cidades diferentes sem falar comigo primeiro.

Ele se aproximou enquanto eu falava, as feições abertas e um pouco atordoadas.

— Combinado — falou ele com a voz leve.

— Além disso, adoro quando você me faz o jantar, mas também quero fazer o jantar para você. Você tem que me deixar cozinhar às vezes. E me dar cinco filés para eu voltar pra casa é ridículo. Uma caçarola de bife durou três semanas no meu freezer. Não estou dizendo que não agradeço, mas você tem que admitir, cinco filés é demais.

— Concordo. — A atenção dele desceu dos meus lábios para as minhas pernas.

Ok. Agora as partes mais difíceis.

— E, por favor, não leve a mal. Eu honestamente amei cada parte de fazer sexo oral em você hoje, exceto por uma coisinha: o sabor do esperma não foi pra mim. Não gostei. Quando, ou se, fizermos isso de novo, prefiro que não aconteça aquilo na minha boca de novo.

— Ótimo. Faz sentido. — Byron assentiu, seu olhar nas minhas mãos onde elas seguravam as duas pontas da toalha no meu peito.

Isso estava indo muito melhor do que eu esperava. Eu deveria ter dito a ele o que eu queria semanas atrás!

— E não queria que você fizesse sexo oral em mim porque não quero que você tenha que sentir o gosto de fluidos corporais nojentos.

Esta declaração fez seus olhos saltarem para os meus e se estreitarem ligeiramente, o primeiro sinal de resistência.

Corri para acrescentar:

— Olha, pensei muito sobre isso, ok? Quando um homem ejacula, o gosto vem todo no fim. Há um pouco de pré-sêmen durante, e essa parte não achei ruim. É aguado e salgado e o sabor não é um problema. — Ignorando o instinto de me sentir envergonhada por discutir fluidos corporais sexuais com ele tão abertamente, apertei meus punhos na ponta da toalha e forcei o resto das palavras para fora. — Mas uma mulher, hum, produz lubrificação o tempo todo, não apenas no final. Vai ser peixe estragado e maionese na sua cara por cinco minutos seguidos, e não vou conseguir relaxar sabendo disso.

Os lábios de Byron se apertaram, seus olhos brilhando com aparente diversão. Claramente, ele estava lutando contra um sorriso gigante ou uma risada.

Eu não seria dissuadida daquela discussão franca e aberta. Ele queria honestidade? Bem, ele estava recebendo honestidade. Tudinho.

— Talvez você não odeie o sabor tanto quanto eu, mas mesmo que odeie um pouco, não vou conseguir ter um orgasmo e não vou me divertir. Meu cérebro precisa acreditar que você ama o que está fazendo, que você está tão excitado quanto eu, até mais excitado, na verdade, para que eu chegue lá. Eu me masturbo há muito tempo. Sei como meu cérebro e meu corpo funcionam nesse quesito.

Sua diversão pareceu se esvair, mas um pequeno sorriso de aparência satisfeita se estabeleceu em seu lugar, e ele disse:

— Obrigado.

Fiz uma careta, confusa, cética em relação à sua sinceridade.

Não achei que ele estivesse sendo sarcástico, mas sua expressão de gratidão foi inesperada. Eu não tinha certeza de por que ele estava grato. E quase tudo o que ele falara tinha sido dito sem emoção alguma. Mesmo com minhas habilidades de encantadora de Byron, eu ainda tinha dificuldade em lê-lo.

Ele devia ter percebido minha confusão e preocupação, porque acrescentou com uma pitada de seriedade:

— Estou falando totalmente sério. Obrigado por esses detalhes, sobre seus motivos, a forma como seu cérebro funciona em relação a sexualidade e prazer… obrigado. Eu os considero um presente que vou usá-lo com inteligência.

Eu até confiaria nele, mas meu cenho franzido não iria a lugar algum.

— Então de nada, eu acho.

Com o sorriso persistente, ele se aproximou, entrando no meu espaço pessoal. Tive que inclinar a cabeça um pouco para trás para manter contato visual.

— Entendo sua preocupação — disse ele, hesitante, seu tom ao mesmo tempo descontraído e cuidadoso. — Mas posso propor que me permita ser o juiz? Já que serei eu com a cabeça entre as suas coxas, minha língua lambendo sua buceta.

Suas palavras, e as imagens que conjuraram, tiraram o ar dos meus pulmões e fizeram meu corpo se contorcer por dentro.

— Ãhm…

— E se eu gostar do seu gosto? — perguntou ele, a pergunta chegando com um ar de lógica e razão. Byron pegou uma de minhas mãos, gentilmente erguendo-a da frente da toalha e segurando-a, seu polegar pressionando o centro da minha palma.

— Você realmente acha que isso vai acontecer? — resmunguei, lembrando-me de que isso era apenas uma discussão e não estávamos prestes a testar sua teoria.

Se aquieta, Win. Vocês ainda têm muito o que discutir.

— Nunca vou saber qual é o seu gosto se você não me der a oportunidade. — Inclinando a cabeça para a minha, ele virou minha mão e entrelaçou nossos dedos. — E você presume que a excitação feminina possui o mesmo gosto da masculina, o que é uma suposição falha.

— Isso... é um ótimo argumento. — Minha mente ficou confusa com sua conversa sobre me provar, me tocar, e eu ainda tinha mais honestidade para compartilhar, sem relação com cunilíngua. — Bem, tem gosto de quê, então?

— Não faço ideia. Mas prometo que se eu não gostar, te digo.

Pisquei para ele, minha carranca retornando.

— Espere, o quê? Você nunca...

Ele balançou a cabeça, abaixando-a em seguida para esfregar os lábios nos meus.

— Não.

— Ah. — Eu estava lutando em uma frente de duas batalhas, as borboletas e a adorável tensão retorcida na minha barriga e uma névoa nublada de luxúria atrás dos meus olhos. — Desculpa, é só que pensei que você já tinha feito isso.

— Por quê? — perguntou ele com um sussurro. — Você acha que sou mais experiente porque sou homem? Uma das sobrancelhas de Byron se arqueou, e o lado direito de sua boca, o lado que sempre parecia pronto para se curvar em desgosto, curvou-se no que parecia ser um sorriso sarcástico e autodepreciativo. — Como eu te disse, você tem muito mais experiência do que eu.

— Com relacionamentos? — Eu não conseguia recuperar o fôlego com ele tão perto. Estreitando os olhos, olhei para ele, ponderando seu significado.

— Correto — disse ele. — E tudo relacionado a eles.

Tudo relacionado a eles...

— Byron.

— Sim? — Ele beijou a parte interna do meu punho e, em seguida, pegou minha outra mão. A percepção do que ele estava prestes a fazer eclipsou minha capacidade de processar suas declarações.

Apertei os dedos no tecido felpudo, tentando pensar.

Ele colocou a palma da mão sobre meus dedos, mas não fez nenhum movimento para remover minha mão da toalha.

— Vou perguntar antes de fazer qualquer coisa. Agora que entendi sua relutância, vou checar como você está em relação a isso, em especial.

— Espera. — Fechei os olhos, respirando profundamente pelo nariz. E isso foi um erro. Ele sempre cheirava tão bem, mesmo depois de vinte e quatro horas no mesmo terno. — Espera — repeti, tentando me orientar. — Você estava tão bravo quando foi embora.

— Sim. Estava mesmo. — Sua bochecha barbada roçou contra a minha, e um momento depois, ele deu um beijo leve no meu pescoço.

Fechei os olhos com mais força, balançando em direção a ele.

— Mas agora não está mais bravo comigo?

— Não tenho certeza. — Ainda segurando minha mão como refém, ele passou o braço em volta da minha cintura de tal forma que a minha mão que não estava segurando a toalha estava agora nas minhas costas.

— Não tem certeza?

— Não tenho certeza se consigo ficar bravo com você… — Suas palavras suavemente ditas logo abaixo da minha orelha fizeram arrepios florescerem na minha pele. — Quando você só está vestindo uma toalha.

Meus olhos se arregalaram, e enrijeci.

— Você está concordando comigo só porque estou praticamente nua?

Puxando a mão que segurava a toalha em questão no meu peito, ele apertou o braço em volta da minha cintura, me trazendo contra ele, dizendo entre beijos colocados no meu ombro:

— Essa me parece uma pergunta tendenciosa. Não vou responder.

Levantando meus olhos para o teto, desembaracei minha mão atrás das minhas costas e pressionei contra seu peito.

— Precisamos conversar até você ter certeza de que não está bravo comigo.

— Ok. — Ele começou a andar, me empurrando para o quarto, ainda salpicando beijos gostosos no meu ombro e pescoço, o redemoinho de sua língua fazendo os músculos do meu estômago apertarem. — Você fala e eu escuto.

Bufei. Ele me deixava tão incrivelmente quente! Eu disse às minhas pernas instáveis que parassem de se mover, mas elas, desobedientes, permitiram que ele me levasse para a cama. Paramos na beira dela.

— Você não quer ficar bravo comigo — relembrei a ele e a mim mesma. — Não quero fazer nada físico com você até que toda a situação entre nós dois esteja bem de novo e eu saiba que posso confiar em você, que vou ser honesta com você.

Senti seu corpo e ele suspirou. Então, ele me soltou e se virou, empurrando os dedos em seu cabelo.

— Tem razão. Precisamos conversar. Precisamos conversar. — Parecia que ele estava falando sozinho.

Aparentemente, eu não era a única que precisava de lembretes.

— Ok. Certo. Vou falar. — Esfreguei a testa e tentei desesperadamente reunir meus pensamentos dispersos. — Onde estávamos mesmo?

— Cunilíngua — disse ele, andando de um lado para o outro, depois resmungando: — Pelo menos é onde espero que estejamos.

Suas palavras me perturbaram, mas depois de fechar os olhos e de levar alguns segundos para me orientar, consegui me lembrar do restante das questões que ainda precisávamos discutir.

— Então. Eu te disse um pouco do que quero. E tem mais. Mas você está certo. Estávamos falando sobre por que não quero que você faça sexo oral em mim. Eu estava, *estou* tentando ser honesta sobre minhas preocupações.

Ele parou de andar enquanto eu falava e enfiou as mãos nos bolsos.

— E acredito que disse algo sobre ver se por você está tudo bem, perguntar antes de agir, e é o que vou fazer.

— Ótimo. — Engoli uma respiração. Meu cérebro pode estar pronto para discutir assuntos sérios, mas meu corpo ainda estava confuso sobre por que Byron estava do outro lado da sala e eu estava aqui ao lado da cama, sozinha.

Seu olhar, ainda aquecido, ficou meticuloso e a cautela que exalava ajudou a limpar as teias de aranha da luxúria.

— O que foi? Qual é o problema?

— Win. — O peito de Byron subiu e desceu. — Com toda a seriedade, eu realmente quero isso. Não sei por que, não consigo articular meu raciocínio, só que quero com você e há muito tempo. Mas algo sobre mim que você deve saber, caso ainda não saiba, é que sempre vou te dizer o que quero. Mesmo correndo o risco de você interpretar como se eu estivesse te pressionando. Não sei ser de outra forma que não seja os dois extremos de calado e honesto.

Balancei a cabeça, absorvendo essa informação e todas as suas ramificações. Dado o que eu sabia sobre ele e havia aprendido a partir das nossas conversas, tudo isso era considerado verdadeiro e não surpreendente. Ainda assim, era bom que ele tivesse declarado tudo de forma tão explícita.

Seu olhar perdeu o calor e se tornou grave.

— Por isso é tão importante que você sempre seja honesta comigo também. Não se preocupe em ferir meus sentimentos. Eu pressiono mesmo quando não sei que estou pressionando, que é uma das razões pelas quais evito as pessoas. Não gosto de ferir os outros, mas faço isso quando falo, então não falo. Falo o que acredito ser um pedido tranquilo, enquanto outros parecem considerá-lo intimidação. Se eu pudesse mudar, eu mudaria.

— Não mude. — Por instinto, fui até ele e agarrei seu braço, apertando com urgência. — Por favor, não mude.

Sua boca se curvou com um sorriso irônico.

— Eu *deveria* mudar. Faria bem em aprender a viver neste mundo, para mim e para aqueles que encontro, mas não é disso que estou falando. — Ele tirou a mão do bolso, seu olhar estudando o progresso de nossos dedos enquanto os entrelaçava uma vez mais. — O que quero dizer é que, em nosso relacionamento, dentro e fora do quarto, se você não gosta do que estou pedindo ou do que quero fazer, ou se é algo de que você não gosta, então, de maneira semelhante a como você se sente sobre o assunto, *eu* também não vou gostar. E então vou me odiar por te pressionar a fazer algo de que você não gosta.

— Não quero que você se odeie.

— E não quero que você seja levada a fazer algo que não quer.

Mordendo o lábio, mastiguei o problema, considerando como poderíamos seguir em frente sem que nenhum de nós se preocupasse constantemente com o bem-estar da outra pessoa, e um pensamento me ocorreu.

— Que tal aumentarmos a frequência com que conferimos se o outro está bem e de acordo? Não apenas antes de querer fazer algo novo ou diferente relacionado ao sexo. Que tal você perguntar no nosso dia a dia, de vez em quando, e prometo lhe dizer a verdade?

Byron enrugou a testa.

— Então você quer que eu pergunte? Enquanto...

— No começo, sim. Acho que seria uma boa ideia, agora que já discutimos isso mais a fundo. E aí eu posso ter, sei lá, o contrário de uma palavra de segurança. Eu digo... — Vasculhei meu cérebro em busca de algo que soasse sexy ou ao menos não nos tirasse desse clima leve. Mas então disse a mim mesma para não me estressar pensando demais nisso. — Se eu disser que amo, então confie que estou dizendo a verdade, mas se eu disser paspalho mequetrefe, aí você para.

Ele me encarou como se eu fosse ao mesmo tempo estranha e adorável.

— Por que não só dizer "pare"?

— E se estivermos interpretando papéis?

Ele pareceu ficar vários centímetros mais alto com a minha pergunta, e suas feições se iluminaram. Byron pigarreou e lambeu os lábios, parecendo uma criança no Natal.

— Hum, ok. Justo. Gostei disso.

Minhas habilidades de encantadora de Byron me disseram que o que ele estava pensando era algo mais como *é isso, cacete*. Seu entusiasmo pela ideia me deu um quentinho e eu fiquei animada.

Mas tínhamos um longo caminho a percorrer antes de fazermos algo assim, o que me lembrou do principal ponto de honestidade que eu ainda precisava compartilhar.

— Preciso te dizer mais uma coisa antes de continuarmos, antes de darmos este assunto por encerrado, está bem?

— Ok. — Ele estava se inclinando na minha direção, e eu conseguia sentir sua impaciência. — Mas sinto que preciso te informar que ficar parado aqui e produzir pensamentos racionais e frases coerentes enquanto você está vestindo apenas uma toalha pode ser a tarefa mental mais desafiadora da minha vida até agora.

Puxando o tecido felpudo mais apertado ao redor do meu corpo, revirei os olhos internamente para minha parte rebelde que achou essa informação deliciosa e me desafiou a largar o assunto e a toalha.

Em vez disso, recuei um passo.

— Quer que eu vá vestir uma roupa?

— Eu nunca vou responder sim a essa pergunta.

— Byron…

Sorrindo — o que fez meu coração dar cambalhotas —, ele levou as mãos aos meus braços e disse suavemente:

— Vá em frente. Diga o que precisar dizer. Eu escuto e vou me comportar.

Estremeci, a Winnie rebelde desejando que ele não se comportasse.

Mas consegui me concentrar. Isso era importante. *Agora a parte mais difícil.*

Respirando fundo, eu disse as palavras que havia praticado depois que Amelia saíra na noite passada, me revirando e sem conseguir dormir, e naquela manhã, no chuveiro.

— Entendo que você queira que eu te empurre para fora da sua zona de conforto, mas não sou muito boa nisso, e acho que nunca serei. Pressionar os outros não é um ponto forte meu, não gosto de fazer isso. Sinto que sou boa em aceitar e entender as pessoas por quem elas são e fornecer incentivo e ferramentas quando elas precisam de ajuda. Essa é a minha força, isso é fundamental para quem eu sou. Então, se você quer que eu seja essa pessoa que está sempre te cobrando para fazer ou ser algo diferente, nunca vou ser assim.

Suas feições ficaram intensas com a contemplação, como se eu o tivesse surpreendido e ele precisasse reajustar rapidamente sua visão de mundo. Ou talvez ele só precisasse reajustar sua visão de Winnie.

Meu coração se apertou com preocupação e medo — de que esta última revelação de honestidade pudesse fazer com que ele me amasse menos, me visse como menos, como fraca —, mas eu me forcei a superar o medo. Eu me destacava na compaixão, não no confronto, e com certeza estava tudo bem. Certamente o mundo precisava de ambos, né?

Deixando de lado esse debate existencial, continuei com meu último ponto.

— Mas nunca, acho que nunca tentei justificar quando você foi um babaca. Antes de começarmos a gravar as trends, nunca arrumei desculpas pelo seu comportamento. Quando eu achava que você estava sendo maldoso, simplesmente te ignorava.

— Sim. Eu me lembro.

Sua declaração calma e grave provocou um arrepio de inquietação que percorreu minha espinha até a parte de trás das minhas pernas. Mas eu não podia ser desviada pela culpa por minhas ações anteriores quando estava tão perto de terminar o que precisava ser dito.

Endireitando minha coluna, fiz o melhor que pude para ignorar que meu cabelo estava molhado e eu estava com frio.

— Então você também deve se lembrar que desde que começamos a fazer os desafios, eu *tenho* me posicionado. Eu te falei quando achei que você estava sendo maldoso ou irracional. Por exemplo, durante o primeiro challenge, quando te disse para parar de me dar opiniões não solicitadas, ou antes de você vir para Nova York, quando gritei com você por sua falta de vontade de tentar.

Ele assentiu, suas feições distraídas, sem foco.

— Isso é… verdade.

— E acho injusto você dizer que nunca sou honesta. Sou honesta quando as pessoas me tratam mal. Eu me defendo. Dizer onde eu falho, onde preciso melhorar e onde você estava absolutamente certo é pedir ativamente o que quero em vez de me contentar com o que recebo.

Byron ergueu um pouco o queixo. Tive a sensação de que ele estava processando essa informação; a linha de seus lábios parecia arrependida, mas não infeliz.

Por fim, ele disse:

— Você tem razão. Peço desculpas.

Meus músculos, que estavam tensos enquanto eu esperava que ele respondesse, relaxaram; meus ombros caíram com alívio.

— Você está perdoado. E obrigado por se desculpar. Demorei muito para chegar a este ponto, para poder chamar a atenção das pessoas quando elas me tratam mal, e é algo sobre mim de que me orgulho. — Algo que eu havia lutado duramente para conquistar.

Inclinando a cabeça para o lado, ele me analisou.

— E por que isso? Por que demorou tanto?

Uma lembrança desagradável veio à tona, uma das muitas envolvendo meu tio.

— Sua primeira entrevista começa em cerca de uma hora. Você quer que eu vá me vestir e a gente converse sobre traumas de infância? Ou você quer dar uns amassos e nós deixamos a conversa para amanhã?

— Traumas de infância — respondeu ele, sem hesitar.

Isso me pegou de surpresa.

— Sério? Eu achei que...

— Não acredito que estou dizendo isso, e sei que estou me contradizendo, mas sim. Por favor, vá se vestir. Nós precisamos conversar. — Ele engoliu em seco, seu tom de repente tenso. — E quando você terminar de me contar sobre os seus, acredito que eu possa estar pronto para te contar sobre os meus.

CAPÍTULO 37

WINNIE

Byron tomou um banho rápido enquanto eu me vestia às pressas, me preparando mentalmente para a conversa desconfortável e desagradável que com certeza estava por vir. Mas, no fim das contas, não tivemos tempo de conversar antes da primeira entrevista.

A empresária ligou para o celular dele. Depois, ela ligou para o meu quando ele não atendeu, informando que tínhamos apenas quinze minutos antes do primeiro compromisso. Quando expressei surpresa, já que a programação indicava o início às oito, não às sete e meia, ela explicou que eles tiveram que mudar a programação para acomodar mais duas revistas. As revistas tinham enviado seus pedidos iniciais para a equipe do Jupiter Awards em vez de para a editora de Byron, por isso a confusão.

Enquanto se vestia, e enquanto íamos para o elevador, Byron me informou apressadamente para onde ele havia desaparecido depois das entrevistas do dia anterior, e como o terrível entrevistador, Harry Lorher, o havia assediado.

— Sinto muito por ontem à noite, por nossa briga. — Ele beijou as costas da minha mão assim que as portas do elevador se fecharam. — Tenho vergonha de admitir, mas acredito que tenha sido um pouco dramático demais.

Apertei seus dedos.

— Não precisa. Apesar de ter sido difícil na hora, estou feliz que você tenha me dito o que fez. Eu precisava ouvir.

— Mesmo assim, acredito que grande parte da minha raiva resultou da interação com o sr. Lorher, e eu não deveria ter sido tão duro. Por favor, me perdoe.

— É claro que perdoo. — Fiquei na ponta dos pés para lhe dar um beijo, que ele rapidamente fez evoluir, colocando os braços em volta de mim e me abraçando.

Ele só se afastou quando as portas se abriram e um sininho soou, anunciando nossa chegada.

— Merda — disse ele, encostando a testa na minha por um breve segundo. Ele se endireitou e então nós saímos juntos do elevador. — Certo. Vamos lá.

Ele parecia tão sombrio e isso me deixou triste. Mesmo que tivéssemos feito as pazes naquela manhã, as coisas ainda pareciam um pouco instáveis entre nós. Eu odiava que ele tivesse que lidar com a pressão das entrevistas além da nossa briga. E não apenas isso, mas ele parecia exausto.

— Você conseguiu dormir à noite? Aonde você foi depois de ter ido embora?

— Dormi por algumas horinhas, depois vim pra cá. — Byron ergueu o queixo em direção à porta da grande suíte, seus pés desacelerando à medida que nos aproximávamos. — Arrisquei que ninguém estaria aqui durante a noite, e acertei.

— Se ninguém estava usando a suíte, por que você não ficou aqui o tempo todo em vez da outra, menor?

— Porque esta aqui foi reservada pela minha editora especificamente para as entrevistas. Não gostava da ideia de ter pessoas entrando e saindo do quarto onde eu dormia, então pedi a Pamela que me reservasse um quarto diferente. — Ele tirou um cartão-chave do bolso, o aproximou da fechadura e então estávamos de volta ao lugar que Byron menos queria estar.

Foi tão difícil assistir ao segundo dia quanto ao primeiro. Cada entrevista igual a todas as outras. Mas chato era definitivamente melhor do que alguém como o sr. Lorher saindo do roteiro e assediando Byron por causa de sua mãe.

A hora do almoço veio, mas em vez de ser dispensado como no dia anterior, Byron teve que trabalhar para acomodar as duas novas adições à programação. Cada conversa podia ter sido roteirizada, com os entrevistadores não recebendo autorização para se desviar das perguntas, mas fiquei maravilhada com a forma como, mesmo quando exausto, ele era tão incrivelmente educado com cada pessoa.

Podia não parecer uma coisa tão grande, mas, na sexta hora do segundo dia de entrevistas, o fato de ele ainda dizer "por favor" e não se permitir mostrar nenhum sinal externo de impaciência pareceu significativo.

Então, quando o repórter do jornal terminou antes do previsto e se despediu às pressas, aproveitei a chance de me aproximar e colocar meus braços em volta dele, apertando seus ombros com força. Tivemos dez minutos gloriosos, com certeza suficientes para eu afastar sua mente do fato de que ele tinha mais quatro horas restantes.

Ele segurou meus quadris e me sentou em seu colo.

— Fica aqui. Preciso disso.

Sorrindo, eu o deixei apoiar a bochecha nos meus seios como ele tinha feito no dia anterior.

— O que posso fazer?

— Caralho, é tão gostoso ficar assim em você — falou ele, as palavras saindo quase que em um grunhido conforme ele se aconchegava para ainda mais perto. — Me convença a não dar outro bônus de vinte mil dólares para a Pamela para ela fazer todo mundo sair daqui.

Ri, tentando encontrar um assunto que pudesse distraí-lo e escolhi um tópico com o qual sempre quis provocá-lo.

— Então, você não acha meio óbvio demais? Seu nome é Byron, você é alto, moreno e misterioso e é escritor.

— É um nome de família — veio sua resposta concisa. — Minha vó me deu esse nome.

— Se seu nome fosse Albert, você teria virado um teórico de astrofísica? — Passando meus dedos por seu cabelo, me permiti desfrutar da textura macia dos fios sedosos. — Ou se em sua certidão de nascimento constasse Babe, você teria virado um jogador de beisebol?

Ele ficou parado por um momento, como se estivesse pensando seriamente nas minhas perguntas, mas depois se afastou e inclinou o queixo para olhar para mim.

— Você está tirando uma com a minha cara.

— Estou.

Ele sorriu, sobretudo com os olhos, aparentemente entendendo meu objetivo de distraí-lo.

— Obrigado.

Devolvendo o sorriso, comecei a brincar com o cabelo dele de novo.

— Mas, sério, por que você se tornou escritor? Você poderia ter sido qualquer outra coisa.

— Não um jogador de beisebol.

— Certo, mas um teórico de astrofísica, sim.

Seu olhar mudou para algum ponto acima do meu ombro e perdeu o foco.

— É... fácil. Para mim. Escrever ficção é muito mais fácil do que qualquer outra coisa que eu já tenha tentado fazer.

— Então você queria fazer algo fácil?

— Eu estava cansado de falhar. Então, sim.

— Do que você está falando? — Recuei para ver seus olhos. — Quando foi que você falhou em alguma coisa?

— Todo dia, quando esperavam que eu interagisse.

— Quer dizer com outras pessoas? Você sente que foi um fracasso quando precisou interagir com outras pessoas? — sussurrei, olhando ao nosso redor para garantir que não estávamos sendo ouvidos. Tinha certeza de que ele não gostaria que ninguém ouvisse isso.

— Não *senti* que eu tinha sido um fracasso, eu simplesmente fui.

— Que pesado.

— É a verdade.

— Eu não... — Me interrompi antes que eu pudesse terminar o pensamento. Ele era muito terrível em interagir com as pessoas, mas um fracasso?

— Fred. Você não precisa sempre tentar fazer as pessoas se sentirem melhor. Estou em paz com meu fracasso. Todo mundo falha.

— Você está em paz com a ideia de nunca interagir com outros seres humanos? Em paz com ficar sozinho sempre? Sempre? Não acredito nisso.

— Muitos escritores com quem conversei se sentem insatisfeitos consigo mesmos, com seus relacionamentos, com a forma como interagem com o mundo, como o mundo interage com eles. Aprender é fácil, aplicar o que aprendi é fácil. Mas trabalhar em um escritório, na empresa ou em um centro acadêmico exigiria que eu interagisse com as pessoas, e as pessoas são areias movediças em um deserto, impossíveis de prever, então essas interações acabam me deixando com a sensação de fracasso.

Meus lábios se separaram enquanto ele falava e meu coração deu uma batida triste e lenta enquanto eu absorvia o significado de suas palavras.

— Byron...

— Escrever uma realidade diferente, na qual não sou um fator, e todas as pessoas são fictícias, me ajuda a me sentir menos insatisfeito com esta realidade.

Semicerrando os olhos, balancei a cabeça.

— Então você está me dizendo que está insatisfeito com o mundo e todos que habitam nele?

— Nem todo mundo, Jane Austen.

— Ha-ha, você pegou a referência. — Me inclinando em direção a ele, dei um beijinho na ponta do seu nariz.

— Como teria pegado uma bola no ar se meu nome fosse Rodney McCray.

— Que raio de referência obscura é essa? Alguém que pegou uma bola famosa no ar?

— Está mais para alguém que ficou famoso por pegar uma bola no ar. Por atravessar a parede com tudo, e não se preocupar em nada com a própria segurança. — Ele franziu o cenho para mim, seu olhar contemplativo, e respirou fundo antes de murmurar: — Me lembra de mim mesmo.

Assim que as entrevistas terminaram, partimos. Felizmente, a empresária de Byron providenciou o delivery de um restaurante sem glúten e nós comemos nosso jantar em relativo silêncio. Suspeitei de que estávamos cansados demais para discutir o dia, e foi por isso que fiquei surpresa quando ele me lembrou depois do jantar que tínhamos uma conversa inacabada sobre traumas de infância.

Enrolados e abraçados na cama (totalmente vestidos, infelizmente), conversamos até tarde da noite, não nos importando com a hora já que Byron não tinha compromissos no dia seguinte até o final da tarde. Contei a ele tudo sobre a morte de minha mãe quando eu tinha dez anos, como foi crescer na casa do meu tio e como eu suspeitava de que o tratamento que ele me dispensava havia exacerbado minha propensão a seguir o fluxo, transformando-a em medo de nadar contra a correnteza.

Achei que seria difícil discutir minha infância com Byron, ou com qualquer outra pessoa, e no início foi, mas não tanto quanto eu esperava.

Ele me fez tantas perguntas, queria detalhes, pediu que eu descrevesse o ambiente, a hora do dia, adicionasse contexto, exemplos precisos do que meu tio dizia e como — especificamente — eu havia reagido. Algumas vezes, me perguntei se era assim que era ser interrogada. Suas perguntas me fizeram considerar situações e pessoas sob uma nova luz, minha tia e sua complacência, bem como minha prima mais velha, que era apenas um ano mais nova que eu.

Mas uma coisa que Byron nunca fez foi me fazer sentir como se eu fosse culpada. Ele também não acreditava que meu tio tinha sido justificado em suas ações. Ele não perguntou o que eu dizia para irritá-lo, o que eu poderia ou deveria ter feito diferente para evitar que ele gritasse — perguntas que minha tia e minha prima faziam ao me encontrar chorando depois de uma briga com meu tio.

Era meia-noite e pouquinho quando ele perguntou:

— A menos que uma pessoa esteja correndo perigo iminente de pegar fogo ou de ser atropelada por um automóvel, não acho que gritar seja justificável. — Byron ficou de lado, foi um pouco para trás para conseguir olhar para mim e empurrou uma mecha do meu cabelo atrás da minha orelha. — Gritar pode ser compreensível, dado um conjunto particular de circunstâncias, mas não justificável. Há uma diferença entre entender as ações e achá-las justificáveis. Acho que você não exige que eu diga isso, mas as do seu tio não eram compreensíveis nem justificáveis.

— Eu sei. — Bocejei, depois coloquei as mãos sob o queixo. Minha voz estava cansada de tanto falar depois de um mês sem dar aulas cinco dias por semana. — Mas também sei e me perdoei pelo fato de que hábitos formados na infância podem se tornar arraigados e eventualmente se transformar em instintos. Vou pedir o que eu quero, mas não vou ser perfeita. Você vai precisar me dar tempo para ficar melhor nisso.

— Anotado. — Sua mão deslizou pelo meu braço e tirou uma das mãos de debaixo do meu queixo, colocando minha palma sobre seu coração. — Está tarde. Quer ir dormir?

— Não. — Sorri. — Não *quero* ir dormir.

Ele sorriu também.

— O que *quer* fazer, então?

Já havíamos conversado tanto. Considerei beijá-lo e fazer nossa discussão sobre seus traumas de infância esperar até outra hora, quando nós dois não estivéssemos exaustos de um dia de agitação e mudanças sísmicas em nosso relacionamento. Mas havia coisas que eu queria saber sobre ele havia muito tempo, tópicos sobre os quais nunca me sentira à vontade para perguntar, e prometi que pediria o que quisesse.

Escolhendo minhas palavras com cuidado, disse:

— Você não precisa me dizer, mas sempre quis saber: o motivo pelo qual você excluiu todas as suas contas de redes sociais tem alguma coisa a ver com aquele vídeo da garota na Comic-Con?

Ele retraiu a cabeça mais um centímetro, como se precisasse me ver mais claramente.

— Você viu o vídeo?

— Talvez uma vez, quando estava sendo compartilhado em massa, sem saber que você estava nele, em um primeiro momento. Nunca entendi por que foi tão ruim a ponto de te fazer sair das redes.

— Não foi ruim. — Ele moveu minha mão de onde cobria seu coração e estudou meus dedos enquanto falava. — Uma menina, de uns treze ou catorze anos acho, começou a chorar quando chegou na frente da fila. Ela estava estressada. A angústia dela me preocupou. Dei a volta na mesa e a abracei até que ela parasse de chorar. Alguém gravou o incidente e postou na internet.

Esperei que ele continuasse a história. Quando ele não o fez, perguntei:

— Só isso?

— Sim. Só isso.

Talvez eu estivesse mais cansada do que pensava, mas eu só podia estar deixando algo passar.

— Foi isso que fez você apagar suas contas?

— Não, de jeito nenhum. Eu... — Byron franziu a testa para meus dedos, colocando minha palma na cama entre nós e cobrindo minha mão com a dele. — Não foi esse o motivo.

— Lembre-se, não vou te pressionar. Se não quiser discutir isso, a gente não precisa.

— Não foi esse o motivo, mas... — Ele fechou os olhos e franziu o cenho, expirando pelo nariz. — Meu pai não é uma pessoa em quem consigo confiar.

— Certo.

O que isso tinha a ver com suas redes sociais, eu não fazia ideia.

Levou alguns segundos, talvez uns vinte, antes que ele abrisse os olhos de novo dissesse:

— Ele e minha mãe biológica engravidaram no ensino médio, muito jovens. Ela tinha quinze anos, acho. Ela não queria um bebê, mas meus avós paternos, embora fossem mais velhos, sempre desejaram ter mais filhos. Ela permitiu que eles me adotassem. Meus avós eram pessoas boas, mas não tenho uma boa opinião do meu pai.

— Sinto muito. — Cheguei mais perto. — Ele era abusivo?

— Não — disse ele, mas a palavra me pareceu carregada, não termina-da. — Não, abusivo não. Ele nunca gritou comigo, nem me bateu, nem me xingou. Mas ele… eu nem sei descrever o que ele é. A Amelia costuma dizer que ele gosta de se fazer de coitadinho.

— De coitadinho? Por quê?

— Não sei ao certo. Ele gosta de tudo o que possa fazer dele um alvo de pena, eu acho. Ele gosta que fiquem em cima dele, que se preocupem com ele. Eu não falava com ninguém além de mim mesmo até os dez anos, e as pessoas na cidade sentiam dó dele por minha causa. Minha mãe biológica me abandonou, mas ele ficou, e a narrativa criada foi que ele tinha aberto mão da própria vida e do próprio futuro para me criar sozinho.

— Eu tinha entendido que seus avós paternos tinham te adotado e te criado?

— Eles fizeram isso, mas os dois morreram com uma diferença de meses quando eu tinha oito anos. E então fui morar com o meu pai. Pela maior parte do tempo, nós dois só nos ignorávamos.

— Entendi.

Eu tinha várias dúvidas, mas não sabia exatamente por onde começar. Byron em geral parecia tão certo sobre tudo — o que ele pensava, como ele se sentia, suas opiniões e crenças —, mas ele parecia incerto sobre o pai, como se não gostasse do homem em princípio, mas também se sentia em conflito com isso.

Enquanto eu selecionava o que perguntar primeiro, Byron ficou quieto novamente por um longo tempo, mexendo em um fio solto no edredom acolchoado, então ele disse:

— Ele me ignorava até que fosse benéfico para ele me exibir, como se eu fosse uma atração secundária, para que ele conseguisse a compaixão dos outros. Era isso que ele fazia.

Estremeci.

— Como?

— Por exemplo, ele me inscrevia em esportes sem falar comigo antes e ficava em prantos na frente das outras crianças e dos outros pais quando eu não falava com ele no campo de beisebol ou no jogo de futebol. Ele não era especial. Ele não falava com ninguém. Mas foi aí que comecei a suspeitar de que ele fazia isso, as exibições públicas de ranger de dentes e torcer as mãos, por causa do compadecimento dos espectadores.

— Ele nunca, tipo… quando estavam só vocês dois sozinhos, ele nunca tentava fazer com que você falasse?

— Não. Ele não falava comigo.

Estremeci de novo.

— Meu Deus do céu. Sinto muito.

— Tudo bem. Ele nunca me bateu, nunca levantou a voz comigo. Na verdade, ele parecia gostar do quanto eu sou zoado.

— Byron. — Segurei o ombro dele e o apertei até que seu olhar encontrou o meu. — Não. Você não era zoado. Não era naquela época e nem é agora.

— Não fui uma criança típica — falou ele. — Foi o que eu quis dizer. Eu não necessariamente queria praticar esportes, mas praticava. Eu podia praticar.

— E o que você queria fazer?

Ele deu de ombros.

— Ler livros de não ficção e assistir ao jornal.

Uma risada de descrença saiu de mim.

— Você queria assistir ao jornal? Aos oito anos?

— Sim. E comecei a ler bem novinho. Mas agora, pensando em como tudo aconteceu, acho que ele gostava disso, que eu não falasse com ele nem o incomodasse. — Byron disse isso de maneira leve, como se estivéssemos discutindo algum outro tópico, como a previsão do tempo. — Quando comecei a falar, com cerca de dez anos, ele não pareceu particularmente feliz com a ideia.

— O que ele fez quando você virou um sucesso tão grande? Ele ficou irritado quando viu que estava errado?

Um dos sorrisos cruéis de Byron surgiu em seus lábios.

— Ele continua a me pintar como alguém digno de pena, como se eu fosse um Edgar Allan Poe moderno, diariamente correndo o risco de beber até cair morto em uma vala. Ele também diz que sou um filho ingrato que se recusa a reconhecer tudo que ele sacrificou pelo meu talento, e toma crédito pelo meu sucesso, dando entrevistas a qualquer um que o deixe falar. Por sorte, depois da onda inicial de interesse, e considerando que não me comunico com ele há sete anos, ninguém mais tem pedido a opinião dele nesses últimos tempos.

Tracei a linha de sua bochecha e maxilar, irritada em nome dele.

— Bem-feito para ele, ser ignorado desse jeito depois de tanto ignorar você.

— Na verdade, eu não ligava de ele me ignorar. O que odiava mesmo era a atenção que ele buscava dos outros pais, mas nunca me importei de ser largado para me virar sozinho. Mas perder meus avós doeu.

— Sinto muito que você tenha perdido eles num período tão curto.

— Eu os amava. Sobretudo meu avô, que era um homem de poucas palavras e nunca achava estranho eu não falar com ele. Mas nunca senti nenhuma afinidade pelo meu pai, muito menos depois de ele ter se casado.

— Ele se casou?

— Com uma mulher que o tratava, e ainda trata, como criança. Ela faz tudo por ele. E ele deixa.

Hesitei antes de perguntar:

— E como ela trata você?

10 *TRENDS* PARA SEDUZIR SEU MELHOR AMIGO

— Ela me tratava como se eu fosse algo triste e decepcionante.

E zoado. Ele não disse as palavras, mas elas estavam implícitas. Sua madrasta o tratava como se ele fosse um incapaz, e seu pai, como um mártir. Isso tudo era o cúmulo do absurdo para mim.

— Eles ainda estão casados?

Ele assentiu, seu tom remoto.

— Estão.

— E sua mãe biológica? O que aconteceu com ela?

— Ela se mudou no fim do ensino médio e foi fazer faculdade na Costa Leste. — Byron não parecia cansado, mas sua voz permaneceu em desacordo com a natureza pessoal de nossa discussão.

— Você já falou com ela?

— Não. Só sabia que ela tinha ido para a Costa Leste enquanto minha madrasta reclamava sobre o quanto ela era sem coração, o quanto ela era egoísta. Ela me disse, sem eu perguntar, que minha mãe biológica se tornou professora pesquisadora em Boston e nunca se casou. Tudo o que sei sobre aquela mulher, tudo involuntário, veio da minha madrasta.

— Você nunca quis conhecê-la? Nunca pesquisou sobre ela?

Ele colocou as mãos para trás da cabeça e afofou o travesseiro.

— Não.

— Por que não?

— Ela é uma estranha para mim — disse ele, como se a resposta fosse óbvia.

— Mas vocês compartilham o mesmo DNA; você compartilha alguns traços dela.

— Compartilho DNA com cada ser humano na face da Terra e também não quero conhecer a maioria dessas pessoas.

Dei um empurrãozinho em seu ombro.

— Você entendeu o que eu quis dizer.

— Acho que sim, mas não. Não a odeio, apenas não penso nela. Tenho coisas melhores com que preencher meu tempo do que pensar em uma pessoa que não tem tempo para mim. — Com essa declaração, Byron levantou do colchão e foi até a janela. — Está quente aqui? Você acha que as janelas estão abertas?

— Mas como você sabe que ela não tem tempo para você a menos que tente estabelecer um contato com ela?

Ele mexeu na cortina, segurando-a aberta em um lado.

— Não sabia, mas agora sei. Ela me disse isso.

— Ela... o quê? — Sentei na cama e me inclinei na cabeceira.

— Depois que o vídeo em que eu consolava aquela menina na Comic--Con viralizou, alguns alunos da turma da minha mãe biológica mostraram a ela enquanto filmavam sua reação, suponho sem permissão. Eles perguntaram o que ela achava sobre eu ser filho dela. — Byron se virou de volta, dando as costas para a janela, que permanecia fechada.

— Ah, não. — Cobri a boca com os dedos. — Como eles sabiam que ela era sua mãe biológica?

— Minha adoção não foi selada ou secreta. Muitas pessoas na minha cidade natal estão familiarizadas com a história e ficavam felizes em compartilhar minhas origens com qualquer repórter duvidoso que perguntasse. Conseguir minha certidão de nascimento provavelmente foi simples. Quando o vídeo da Comic-Con viralizou, vários jornais e revistas relataram que ela era minha mãe, incluindo o *Boston Daily*.

Me preparei para sua resposta antes mesmo de fazer a pergunta.

— O que ela disse quando eles mostraram o vídeo?

— Ela disse... — Seus olhos perderam o foco e ele sorriu, rindo levemente, mas suas feições não tinham diversão, apenas um toque de amargura e incredulidade. — Ela disse: "Eu não tenho filho".

Fiz um som de desgosto. Minhas mãos caíram para repousar sobre meu coração, que doía.

— E então, quando eles a pressionaram sobre o assunto, já que seu nome e número do RG estão na minha certidão de nascimento, ela disse: "Todo mundo comete erros no ensino médio. Eu gostaria muito que vocês não me mostrassem vídeos dos meus".

— Meu Deus. — Nesse momento, cobri todo o meu rosto, que ficou quente com sentimentos de segunda mão. — Byron, sinto muito.

— Não tem por quê. Isso me livrou da vergonha de tentar entrar em contato um dia e acabar ouvindo essas palavras ditas na minha cara.

— Mas gravarem ela dizendo essas coisas e... ah, não. — Puxei minhas mãos, segurando o tecido da minha calça do pijama ansiosamente. — Como foi que você viu o vídeo? Os alunos mandaram pra você?

— Não. Postaram nas redes sociais.

Grunhi.

— Viralizou também, e foi amplamente discutido. Minha mãe biológica é meio que importante no ramo da bioengenharia, e acredito que a universidade dela divulgou uma declaração pública sobre o vídeo. Nunca li a declaração, mas isso também foi amplamente discutido na internet e na mídia. Por estranhos. Por pessoas que nunca conheci, nunca vou conhecer e que não me conhecem.

— Byron. Eu... eu... — Sem saber o que dizer, me levantei da cama, fui até ele, peguei seu rosto e o beijei. Com força. Ao afastar meu rosto, falei: — Eles não tinham o direito.

— Não, não tinham. Mas sempre fazem mesmo assim, não é mesmo? — Seu sorriso era pequeno e parecia de alguma forma afiado, seu olhar tipicamente vívido extraordinariamente fraco. — Os voyeurs são sádicos e ficam à espreita de informações para, então, as destrinchar minuciosamente para oferecerem suas opiniões não solicitadas sobre uma situação e pessoas que não conhecem ou entendem, ignorando o contexto como se o quadro geral fosse uma pintura a dedo. Eles dissecam os participantes, avaliam e emitem juízo de valor sobre os assuntos de seu fascínio, tudo em um espaço público para que todos possam ler e comentar.

— Não é à toa que você não gosta de gente.

Ele assentiu.

— Não é à toa que não gosto de gente.

— Mas nem todo mundo é assim.

— E você vai começar uma trend com a hashtag #nemtodasaspessoas?

Eu ri, mas foi uma risada triste e pesada, considerando a história que ele acabava de compartilhar. Passei as mãos sobre seu lindo rosto e sobre seu cabelo.

— Não, mas vou defender as pessoas que não fazem esse tipo de coisa. Nem todas as pessoas se envolvem no frenesi de fofoca e dor.

— Você nunca viu o vídeo da minha mãe? De verdade?

— Não. Nunca vi. Era meu primeiro ano de ensino e eu não estava muito nas mídias sociais. Quando Amelia me disse que você havia deletado todas as suas contas, presumi que devia ser o vídeo da Comic-Con por causa do momento. Mas não queria invadir sua privacidade perguntando. Não era da minha conta.

— Mas ficou curiosa?

— Claro que fiquei. Parecia uma reação enorme para um vídeo conside-ravelmente inofensivo seu com uma fã.

Ele deu uma risada curta e sem emoção.

— O que foi?

— Obrigado por ser você.

— De nada. Mas saiba que existem mais pessoas como eu por aí. Mais pessoas que evitam ativamente ler sobre a vida pessoal de outras pessoas quando não há atividade criminosa ou risco à segurança pública. Parece invasivo para mim.

Especialmente depois do que tinha acontecido comigo no ensino médio, sempre que eu testemunhava ou ouvia falar sobre um momento de fracasso público de alguém que não fosse um político, não ligava.

Todo mundo cometia erros, tropeçava e passava por momentos difíceis e por constrangimento. Na minha opinião, o que todas as pessoas precisavam nesses momentos era de tempo para processar, de bondade para saber que não seriam julgados para sempre por um erro ou acidente ou uma situação sobre a qual não tinham controle, e de espaço para colocar os eventos em perspectiva para que pudessem seguir em frente.

Basicamente, o oposto do que acontecera com Byron. Agora entendia por que ele odiava as redes sociais e não dava entrevistas. E embora eu não o culpasse por deletar suas contas e querer se distanciar de comentários públicos, gostaria que ele estivesse disposto a explorar um meio feliz e saudável.

Fosse para o bem ou para o mal, as redes sociais agora faziam parte do nosso cotidiano. Vi o bem que isso poderia fazer, as maneiras como poderia alcançar e conectar as pessoas, ajudá-las a se sentirem menos sozinhas, mais compreendidas. Elas podiam encontrar facilmente outras pessoas como elas, com interesses de nicho compartilhados, enquanto antes nós estávamos presos sozinhos em ilhas individuais.

Claro, não *precisávamos* de redes sociais, mas precisávamos viver com elas. Talvez um dia Byron estivesse aberto a reavaliar suas opções. Ele já havia ficado preso em sua ilha individual por tempo demais. Talvez ele estivesse contente com a solidão, mas ele não estava feliz.

CAPÍTULO 38

WINNIE

No começo, não entendi por que não conseguia me mexer ou por que estava com tanto calor. Foi só quando abri meus olhos, olhei para o meu corpo e vi os braços de Byron em volta de mim que percebi onde estava e qual corpo estava firmemente contra minhas costas. Além disso, apesar de ter tirado o sutiã, eu ainda estava com as roupas do dia anterior.

Minha memória parecia confusa. Lembrar precisamente quando tínhamos adormecido era impossível. Na noite anterior, eu havia resistido a levantar e vestir meu pijama ou fazer qualquer coisa além de me aconchegar com Byron e conversar e ouvir cada um de seus pensamentos brilhantes. Eu queria que o tempo parasse. Parecia injusto que a noite chegasse ao fim.

— Winnie? — Suas palavras estrondosas agitaram meu cabelo na parte de trás do pescoço. — Está acordada?

— Sim. Só… — falei, bocejando com um sorriso sonolento. — Faz quanto tempo que você acordou?

— Um tempinho. Já tomei banho. — O silêncio que se seguiu a essa declaração pareceu significativo, e eu estava prestes a perguntar a ele se algo estava errado quando ele acrescentou: — Preciso perguntar antes de fazer qualquer coisa, certo? Antes que eu encoste em você?

De repente, meu corpo estava vorazmente pronto para… o que quer que ele quisesse.

— O que você tem em mente?

Retirando os braços do meu torso, Byron subiu em cima de mim, seus lábios imediatamente chegando ao meu pescoço, suas mãos levantando minha camisa e vagando livremente. Ele deu uma torção e um beliscão punitivos no meu mamilo — a dor aguda me revivendo completamente do sono —, então abaixou a cabeça e acalmou o local com a língua.

Meus dedos se enroscaram em seu cabelo, dedilhando e acariciando os fios macios.

— Amo isso — gemi. Não queria que ele parasse para perguntar se podia. Queria que ele continuasse.

Senti seu sorriso perverso contra minha pele um segundo antes de ele soprar uma corrente de ar frio na mancha molhada deixada por sua boca, a mão me acariciando em direção ao caminho da felicidade, enquanto ele me ajudava a tirar minha camisa, sua boca retornando ao meu pescoço, trilhando uma linha de beijos suaves no meu queixo até chegar ao ouvido.

— Quero sentir seu gosto — disse ele, pegando o lóbulo da minha orelha com os dentes. — Quero lamber sua buceta. Posso, por favor?

Arqueei as costas, ofegante, minha testa enrugando enquanto eu tentava pensar. Seus dedos deslizaram para baixo e levantaram minha saia até minha cintura, então mergulharam no cós da minha calcinha. Um dedo médio habilidoso contornou meu núcleo, não me tocando onde eu precisava.

Choramínguei, minhas unhas cravando em suas costas nuas. E foi quando percebi que ele tinha voltado para a cama depois do banho vestindo apenas uma calça de moletom cinza folgada e — meu Deus — ele era tão bonito e sexy. Seu corpo estava me fazendo perder a cabeça, me fazendo querer dizer sim, embora alguma parte distante de mim ainda temesse que ele não gostasse.

Byron se inclinou de novo e deu beijos muito suaves da parte de baixo do meu peito até o meu estômago, sua língua rodopiando, saboreando minha pele, seus dedos enganchando na minha calcinha e deslizando-a pelas pernas. Quando ele voltou, ele se acomodou entre meus joelhos, beijou a pele sensível da minha coxa, e seus dedos voltaram a provocar meu clitóris.

A fricção áspera de sua barba emparelhada com sua respiração quente enviou uma onda de prazer em cascata da ponta da minha cabeça até a ponta dos meus pés. Seu dedo médio ainda exercia um toque muito leve entre as minhas pernas, e agarrei seu punho, tentando forçar sua mão. Ele se manteve firme.

— Winnie. — Ele deu um beijo na parte mais alta da minha coxa, abrindo mais ainda minhas pernas. — Você precisa dizer sim ou não. Vou fazer o que você quiser.

Exalando uma respiração instável, lutei para descobrir minha lógica sob a montanha de excitação, mas então ele lambeu o interior da minha coxa, a apenas alguns centímetros do meu centro, e meu corpo estremeceu, enterrando toda e qualquer preocupação sob extrema necessidade.

— Sim — arfei, levantando o quadril para oferecê-lo a Byron. — Por favor.

Eu o ouvi xingar logo antes de sentir seus braços envolverem minhas pernas e, me segurando, ele me lambeu. E então ele gemeu, um som de prazer puro e escancarado. Apertando os braços ao meu redor, ele mergulhou com tudo, lambendo e chupando e movendo seus lábios contra o meu sexo.

Bem, tudo bem então. Mistério resolvido. Acho que ele gosta do sabor.

Reprimi uma risada, aliviada. Mas também fiquei perplexa com sua técnica (ou falta dela). A primeira lambida — lenta e suave, com a ponta da língua — quase tinha me feito gozar. Mas o que ele possuía em entusiasmo, faltava em finesse. Seus movimentos eram muito rápidos e caóticos.

Mas eu deveria...

SIM! Sim, eu diria a ele o que queria. Eu deveria perguntar e confiar nele. Ele tinha me pedido, mas também, eu merecia um ótimo sexo oral.

Abaixei as mãos, enfiei os dedos em seu cabelo e puxei.

— Espera... espera.

Imediatamente, ele levantou a cabeça, cabelos bagunçados, olhos arregalados, lábios molhados, e a visão fez meu corpo tensionar meu baixo ventre.

— O quê? É para eu parar?

Sacudi a cabeça.

— Não. Mas você pode ir mais devagar, com mais calma e um ritmo consistente? A primeira, ãhm, lambida foi muito boa. Faz daquele jeito.

Ouvindo com atenção extasiada, ele acenou com a cabeça ansiosamente, então se abaixou de novo. Desta vez, ele fez bem como pedi. Usando a parte plana de sua língua, ele se moveu de maneira metódica, sua cabeça balançando lentamente para cima e para baixo em um ritmo sensual. Droga, como ele aprendia rápido! E eu amava demais isso nele!

Logo — cedo demais —, eu estava xingando, agarrando os lençóis e puxando. Foi tão bom. Bom demais. Era como cair em uma sombra sem fim, oscilando sobre um abismo de muito prazer, esmagador e perigoso, e eu precisava segurar algo.

E Byron, que Deus o abençoasse, deslizou um único dedo do meu clitóris até minha entrada, e então o deslizou para dentro, movendo-o para dentro e para fora em conjunto com a língua.

Arfei, gritando, as coxas pressionando suas orelhas enquanto eu perdia o controle do meu corpo. Sei que disse o nome dele várias vezes, minha voz aguda e frenética, meus pulmões cheios a ponto de explodir. Escuridão e estrelas encheram minha visão, e eu tinha certeza de que morreria no final daquilo. Como algo poderia parecer tão perfeito, tão essencial? Como eu ia me recuperar?

E acabou. Não morri. Mas não me recuperei completamente. O clímax me deixou com uma sensação de abertura desprotegida, e me segurei apenas uma fração de segundo antes de ofegar um *eu te amo*.

Arregalando os olhos, mordi o lábio para não deixar as palavras escaparem, um arrepio de consciência e choque me percorrendo. Eu o amava? Verdadeiramente? Ou isso era biologia?

Isso não é biologia. Você o ama há muito tempo, bobona.

Ai, minha nossa, eu amo mesmo!

Será que devo dizer a ele, então? Será que devo dizer? Será que agora era...

Olhei para baixo e meu debate foi violentamente posto de lado pela visão do pobre Byron separando minhas pernas. Eu as prendi em torno de sua cabeça e, embora estivesse perdida em meus pensamentos sobre como e quando deveria dizer a ele que o amava, quase o matei com minhas coxas.

— Ai, meu Deus. Me desculpa! — Estendi a mão, ainda lutando para recuperar o fôlego.

— Está se desculpando? — perguntou ele, com um tom arrogante em sua entrega habitual e seca, limpando a boca com as costas da mão, deslizando pelo meu corpo e se acomodando em cima de mim. — Pelo quê? — Sua voz parecia mais grossa do que o normal, além de absurdamente satisfeita.

Ajeitei minha cabeça para vê-lo melhor.

— Me desculpe por apertar sua cabeça. — *E quase te asfixiar com a minha vagina.*

— Não me importei. — Ele sorriu, seus olhos obscuros e líquidos. — Quando quiser fazer isso de novo, saiba que estou às ordens.

— Sério? Você gostou tanto assim?

— Me avise quando estiver pronta para a segunda rodada.

— Humm. — Lancei um olhar torto para ele, mas não consegui controlar meu sorriso.

— Não importa o que estivermos fazendo. Quarta-feira na premiação, por exemplo. Se a vontade bater, encontro um lugar para irmos. Ou na próxima semana, quando estivermos de volta a Seattle e eu estiver fazendo o jantar. Ou se você estiver fazendo o jantar. Basta dizer e vou direto ao assunto. Em qualquer cômodo da casa. Ou todos os cômodos. Nada e lugar nenhum está fora de cogitação.

Eu ri.

— Então o que quer dizer é: sem pressão?

Torcendo os lábios como se estivesse considerando, ele disse:

— Talvez um pouco de pressão? Eu ficaria extremamente triste e desapontado, e poderia levar décadas para me recuperar se você decidir não me permitir fazer isso diariamente. Enfim, vou tentar o meu melhor para não usar isso contra você para sempre e lamentar isso como meu maior arrependimento no meu leito de morte.

Eu ri mais.

— É isso que você chama de "um pouco de pressão"?

— Correto. Essa é a minha melhor definição. — Ele sorriu, e nós nos encaramos por mais algumas batidas aceleradas do meu coração.

— Winnie, estou falando sério. Eu amei. Acho que deveríamos fazer isso todos os dias. Duas ou três vezes.

Eu o olhei, procurando um sinal de mentira em seus olhos. Nenhuma mentira detectada.

— O gosto não é ruim?

— Não. Não é.

— É bom? — Achei difícil de acreditar.

— Não. Você não é comida, Winnie. Você não tem gosto de morango com chantili nem nada assim. Seu gosto não é bom nem ruim, é seu. Mas o cheiro... — Seus olhos ficaram nebulosos, e observei enquanto ele inalava profundamente, sua língua espreitando para lamber seu lábio superior. — Caralho, o cheiro é surreal.

— Nossa. — Eu o encarei, incrédula. Um novo tipo de prazer deslizou para cima do meu estômago até o meu peito; parecia maravilha e felicidade tola e vertiginosa. — Você gosta do meu cheiro ali embaixo?

— Gosto. — Aquela palavra soou veemente, como se ele nunca tivesse acreditado em algo com tanta convicção antes. Se inclinando para o meu pescoço, ele respirou fundo mais uma vez. — Amo seu cheiro em todos os lugares... seu pescoço, seus seios, o calor da sua pele, mas principalmente... — Ele se deslocou para o lado, sua mão se abaixando entre nós até o ápice das minhas coxas, e ele me segurou com firmeza, seu corpo ficando tenso e sua voz rouca quando ele disse: — Principalmente aqui.

— Feromônios — sussurrei, ficando excitada outra vez. Engoli o ar e o cheiro da loção pós-barba de Byron, meu corpo de repente inquieto, embora ele tivesse literalmente acabado de me dar o orgasmo mais intenso da minha vida.

Não são feromônios. Talvez seja luxúria.

Logo, eu o deixei de costas, meus dedos soltando minha saia, minha boca em seu pescoço, respirando-o, meu corpo quente, líquido e pronto para mais.

A luxúria era definitivamente uma possibilidade, mas a luxúria não explicava por que de repente eu precisava de seu pau na minha boca, por que não podia esperar para perder a noção, ou por que — mesmo sabendo do quanto eu não gostava do gosto de esperma — comecei uma negociação interna, parte de mim querendo apenas ver sua expressão enquanto eu engolia.

Fiquei admirada comigo mesma, com essa fome ansiosa e urgente dentro de mim. Eu nunca tinha sentido luxúria antes. Então talvez fosse luxúria.

Mas talvez, pelo menos em parte, também fosse amor.

Pensei em atender o telefone quando Amelia ligou, mas eu estava muito ocupada na cama com meu namorado gostoso.

E isso foi engraçado porque, quando Byron saiu para tomar outro banho e eu escutei sua mensagem na caixa postal, ela disse:

— Sei que você provavelmente está fazendo sexo com Byron agora, mas quando vocês dois vierem tomar um ar, me ligue. Você tem uma entrevista para o cargo de gerente de comunidade, se ainda quiser. No entanto, também recebi um telefonema da empresária de Byron sobre uma oportunidade diferente, e acho... bem, vou te deixar no suspense. Só me liga.

— O que ela falou? Ela mencionou a vaga de gerente de comunidade?

Olhei na direção de sua voz. Ele estava do lado de fora do banheiro, uma toalha em volta dos quadris enquanto secava o cabelo com outra. Suspirei, querendo deixá-lo suado e sujo novamente. Ou talvez querendo arrastar Byron para o chuveiro e viver minha primeira fantasia de nós dois juntos, aquela que tinha me deixado tão desconcertada antes do nosso primeiro vídeo.

Ele precisava ir ao seu compromisso e eu precisava me vestir. Mas agora eu sabia como ele havia se sentido antes. Ser forçada a formar palavras coerentes ao vê-lo em apenas uma toalha parecia impossível.

Em vez de falar, entreguei a ele meu telefone e o deixei ouvir a mensagem de Amelia. Eu não conseguia pensar em nada além de preservativos e no quanto eu precisava deles. Nesse ritmo, não íamos durar além dessa viagem a Nova York, não que eu quisesse que esperássemos. Se dependesse de mim, começaríamos os negócios o mais rápido possível.

Mas primeiro, havia a pequena questão de ele não saber que eu nunca tivera relações vaginais.

Eu não estava escondendo isso dele, mas não tinha certeza de como trazer esse tema à tona. Era o tipo de conversa apropriada para um jantar? Ou era melhor esperar até que estivéssemos nos beijando novamente? Ou em que momento alguém mencionava que nunca tinha feito sexo vaginal? E, ainda nesse assunto, por que eu tinha que trazê-lo à tona? Por que isso era uma pauta? Era tabu?

Bem, que fosse. Talvez eu estivesse pensando demais. Ou exagerando demais. *Ou seja, cerveja.*

Byron me devolveu o celular e se sentou na beirada da cama, seu olhar percorrendo o lençol que cobria meu corpo nu.

— São boas notícias sobre o trabalho.

— Sim.

— O que você vai fazer?

— Retornar a ligação da Amelia e depois resolver o que vou fazer. — A busca por emprego, meus empréstimos, Seattle, a escola, a feira de ciências, minhas redes sociais... desgraça, aqueles desafios que estávamos fazendo e basicamente tínhamos abandonado, além de todos os comentários públicos sobre nosso relacionamento de "melhores amigos"... enfim, tudo parecia tão longe agora.

A expressão de Byron ficou pensativa enquanto ele olhava para mim, e ele colocou a palma da mão na minha coxa, apertando o tecido.

— Antes de eu ir, preciso te falar uma coisa.

— Ah, é?

— Sim. Preciso te dizer *algumas* coisas. — Ele puxou um pouco dos lençóis, revelando mais da minha pele.

Franzi o cenho.

— São coisas ruins?

— Não. Acho que não. — A atenção de Byron baixou para meus seios e barriga enquanto ele continuava a remoção gradual do material branco, seus olhos aquecendo. — Em nome da especificidade e da exatidão, me sinto compelido a dizer que não vim a Nova York no mês passado para ter um pouco de espaço.

— Ah, não? — Peguei o lençol nos meus quadris, puxando-o de volta para o meu peito e me sentando. Não queria que ele ou eu nos distraíssemos. Parecia uma conversa importante.

Ele soltou o tecido com óbvia relutância, congelando seu olhar no meu.

— Não. Vim aqui para te merecer.

— Como? Se afastando de mim?

— Fiz algumas aulas e um treinamento aqui, para preencher possíveis deficiências como parceiro. Como cozinhar pratos sem glúten, por exemplo. Há um curso de nível de mestrado na escola de culinária para não estudantes. Fiz esse curso, e agora, quando chegarmos em casa, posso fazer uma refeição diferente para você todos os dias durante seis meses. E tenho consultado um terapeuta ocupacional para os meus problemas de processamento sensorial. Estou aprendendo a lidar melhor com multidões. Você gosta de pessoas, por algum motivo, e se quero estar com você, não quero que você tenha que escolher entre eu e uma festa, ou eu e um show. Isso não é justo.

Tenho certeza de que fiz cara de choque. Mas na conclusão de seu pequeno discurso, eu recuperei o suficiente da minha própria mente para me lançar para a frente e pegá-lo nos braços, abraçando-o forte, amando que ele tivesse feito essas coisas, mas também odiando que ele sentisse que eram necessárias.

— Não posso acreditar que você fez tudo isso. Byron, você não precisava. Quero você exatamente como você é. Por favor, por favor, por favor, não sinta que precisa mudar por mim.

— Não sinto que preciso mudar, sinto que preciso melhorar. Tem uma certa diferença. E, hum, tem mais.

Enrijecendo com o tom solene em sua voz, me inclinei para trás para que eu pudesse vê-lo. Sua têmpora tiquetaqueou, a linha de sua boca parecendo sombria.

— Mais?

Ele assentiu.

— Devo me preocupar? Você parece assustado.

— Não estou. Estou envergonhado, e por isso estou irritado. — Seu tom não continha nenhum traço de constrangimento, mas bastante irritação. — E não entendo essa vergonha, o que me irrita.

— Faz sentido. — Sorri, sabendo exatamente como ele se sentia, já que ficar irritada com um constrangimento inexplicável era basicamente o que eu costumava sentir sempre que ele aparecia na minha frente.

Olhando para mim com uma expressão severa, ele desenrolou meus braços ao redor de seu corpo e segurou minhas duas mãos nas dele.

— Win, a verdadeira razão pela qual eu vim aqui é que tem, hum, serviços em Nova York que não são oferecidos em Seattle ou na maior parte das outras grandes cidades. Especificamente, coaches de sexo e intimidade, também conhecidos como "coaches de prazer."

É o quê?

— Como é?

— É e não é o que você está pensando.

Eu não sabia se ria ou se... ria. Ou talvez eu devesse rir? Então não fiz nada disso e só o encarei, perplexa.

— Você arrumou um tutor de sexo?

— Sim e não.

Um pico de ciúme fez minha espinha endurecer.

— Byron, você...

— Não toquei ninguém além de você, nem desejo isso. E ninguém me tocou. Pela maior parte, foram conversas, demonstrações em bonecos, como uma introdução à anatomia. Mas fora eu precisar de outra pessoa, não tem nada prático.

— Ninguém te tocou? — Meus olhos se estreitaram e a ferocidade do sentimento, da possessividade, me deixou sem fôlego. — Juro por Deus, se alguém te tocou, arranco as mãos dessa pessoa.

Sua irritação pareceu se dissolver diante da minha mesquinhez e agora ele parecia querer rir.

— Correto. Nada de toque.

— Usar luvas ou tocar por cima das roupas ainda é tocar. — Puxando uma das mãos, levantei um dedo acusador entre nós. — Não me venha com brechas técnicas.

— Nada disso. Era só o Walter e eu, nenhuma mulher estava...

— Não ligo se foi um homem, uma mulher, uma pessoa não binária ou sei lá o quê. Não ligo nem se foi uma ovelha. Nada de tocar, nem de mostrar, nem nada que respire.

Seus ombros tremeram com a risada que ele tentou esconder, como se não pudesse se conter, enquanto lutava para falar também.

— Correto. Era tudo muito científico e baseado em teoria. Livros, palestras, oportunidades para fazer perguntas. Precisei fazer isso.

— Mas por quê?! Por que precisou fazer? — Tirei minha mão da dele e me levantei, puxando o lençol para me cobrir. Suspirando, ele também se levantou para que eu pudesse levar o tecido comigo e enrolá-lo em volta do meu corpo. — Não gosto disso. Não gosto que você tenha feito isso. E daí se você nunca fez sexo oral em alguém? Eu também não tinha, e nós descobrimos juntos. E daí se precisarmos de prática? Podemos praticar um no outro.

— Eu queria saber o que esperar. E era importante para mim que meu desempenho não fosse terrível.

— Não entendo por que você acha que eu precisaria que você soubesse mais do que você já sabe. Não entendo...

— Sou virgem.

Recuei, balançando nos calcanhares, minha boca se abrindo novamente.

A diversão anterior de Byron com meu ciúme irracional se desintegrou. Suas bochechas ficaram rosadas, depois vermelhas.

— E não só virgem. Quando eu disse a você em Seattle que você tinha mais experiência do que eu, eu estava falando sério. Já vi pornografia, é claro, mas Winnie, nosso primeiro beijo foi *meu primeiro beijo*. E quando nos pegamos no sofá do seu apartamento, eu nunca tinha feito nada assim antes.

Meu cérebro parecia enguiçado. Eu não conseguia pensar. Eu estava tão confusa.

Mas ele tinha me contado antes, não tinha? Não apenas na manhã seguinte ao nosso primeiro beijo, mas aqui também. Ele ficou repetindo que eu tinha mais experiência do que ele, e eu não conseguia entender como isso poderia ser verdade. O mundo me dizia que os homens faziam sexo, o mais rápido e com a maior frequência possível, com o maior número de pessoas possível, e que era assim mesmo por causa da *biologia*.

— Queria você e apenas você. Muito! — Sua voz se acalmou, rouca com uma vulnerabilidade que ecoava em seu olhar. — Sabia que as situações e imagens retratadas na pornografia não eram realistas, e não podia contar com elas para ser um guia. Eu definitivamente não queria praticar com outra pessoa, então eu estaria pronto, se ou quando você olhasse para mim. Eu não sou assim. Eu não podia.

Dei um passo à frente e mais uma vez envolvi os braços ao redor dele, sem me importar que meu lençol escorregasse e se prendesse desajeitadamente entre nós. Só sabia que precisava tocá-lo e senti-lo agora.

Seu corpo me cercava, seus braços fortes em volta das minhas costas, seus músculos relaxando sob minha bochecha e meu peito. Então suas mãos agarraram meu lado e quadril, e ele sussurrou:

— Por mais que eu quisesse ser bom para você, também não queria perder minha chance com você se eu fosse um desastre completo na cama.

Essa declaração tirou o choque do meu cérebro, provocando-me com um prazer irônico e muita gratidão, mas também preocupação com ele e tudo o que ele tinha passado nas últimas semanas.

— Você deve estar exausto. Um mês de pessoas constantemente ao seu redor, você deve estar exausto.

Ele grunhiu.

— Faz anos que sou apaixonado por você, Fred. A única coisa de que estou cansado é de ficar sem você. E a única coisa que me deixa exausto é a ideia de passar mais seis, vinte ou cinquenta anos sabendo que eu poderia ter vivido ao seu lado, mas fui preguiçoso demais para fazer o necessário para que acontecesse.

Enterrei meu sorriso no seu peito. Eu amava o quanto ele era rabugento aleatoriamente.

— Obrigada — falei, abraçando-o mais forte. — Obrigada por ser você, Byron. Mas também obrigada por pensar em mim, e tentar prever o que preciso, o que pode me fazer feliz. Obrigada.

— Certo. De nada — disse ele, beijando e esfregando a ponta do nariz no meu pescoço. — Mas, como eu disse, meus motivos não foram altruístas.

Suspirando por sua determinação de ser sempre cem por cento preciso, olhei profundamente em seus olhos lindos e incomuns, amando a cautela interminável de suas feições, a ligeira curva de seu lábio superior direito, o corte escuro e crítico de suas sobrancelhas, a linha angular de sua mandíbula. Eu amava seu mau humor e amava seu rosto. E o amava.

— Tenho algo para te dizer. — Era chegada a hora. Não porque eu precisasse urgentemente dizer as palavras, mas porque eu tinha urgência de que ele as ouvisse.

Sua cautela virou interesse e seu lábio superior se curvou em um sorriso tímido.

— Você fez aulas de sexo também?

— Não. — Eu ri, me sentindo nervosa, mas também estranhamente calma. — Na verdade, são duas coisas.

— Ok?

— Primeiro, também sou virgem de sexo vaginal.

Suas sobrancelhas voaram para a linha do cabelo e seus lábios se separaram.

— O quê?

— Nunca fiz penetração antes. E acho que, sei lá, já que tomo pílula para controlar minha menstruação, nós não precisamos mais caçar camisinhas, já que presumo que ambos estejamos negativos para ISTs.

Com olhos repentinamente selvagens, ele deu um passo para trás.

— Você está tirando uma com a minha cara?

Sacudi a cabeça.

— Não, não estou.

Seus olhos selvagens perderam o foco.

— Mas achei que você tinha tido um namorado. Você não tinha dito que passaram anos juntos?

— Sim, mas nunca tivemos relações. Nós demos uns amassos, uns pegas, mas eu nunca quis chegar lá. Não me sentia pronta.

Byron expirou, seus olhos piscando como se estivesse tendo problemas para absorver essa informação.

— Isso… — Ele balançou a cabeça de forma sutil e quase imperceptível.

— Bem…

— É uma tragédia.

Dei um passo para trás.

— Uma tragédia?

— Você nunca se viu gozar — disse ele para me explicar. — Nós deveríamos gravar para que você veja. Mas seu corpo… Winnie, seu corpo foi feito para o sexo, para ter orgasmos. Nunca vi nada tão lindo. E sua voz também, e sua boca também. — Sua mão veio para minha mandíbula, seu polegar puxando meu lábio inferior enquanto sua outra mão deslizava no meu cabelo e no meu pescoço.

— É como se Mozart nunca pegasse um instrumento ou LeBron James nunca pegasse uma bola de basquete.

Uma risada repentina explodiu em mim. Às vezes, Byron era excessivamente dramático. E isso era fofo pra caramba. O que me levou a dar um empurrãozinho no ombro dele e dizer sem pensar:

— Ai, meu Deus, eu te amo tanto!

Exceto por pegar meu punho enquanto eu recuava, Byron ficou muito quieto, seu olhar muito afiado e focado.

— Espere, o quê? — perguntou ele, sua respiração presa. — O que está dizendo?

Me sentindo impotente sob seu olhar cada vez mais forte, e amando cada segundo dele, não lutei contra meu sorriso feliz, nem adivinhei o que eu sentia e sabia ser verdade.

— Estou dizendo que chorei muito quando você foi embora, e parecia que o mundo estava acabando. Estou dizendo que fiquei absolutamente devastada quando pensei em perder você. Estou dizendo que se você esperava que eu entregasse meu coração fortificado em algum momento no futuro, que pena. Ele já é seu. Faz muito tempo que eu gostaria de admitir, mas eu enterrei meus sentimentos sob o medo até que você tornou impossível para mim esconder por mais tempo. Estou dizendo que te amo, estou apaixonada por você, e você é tão fofinho às vezes, que isso me mata.

Byron se inclinou para mim, os olhos arregalados, tentando me entender.

— Tem certeza?

— Tenho. — Roubei um beijo, apenas um toque rápido de lábios, e assenti com firmeza. — Tenho certeza.

Ele engoliu em seco, a esperança lutando contra a dúvida, afrouxando o aperto no meu punho.

— Parece rápido demais.

— Como você consegue dizer isso? — Nesse momento balancei a cabeça e ri em negação enquanto uma onda de lágrimas pungentes inundava meus olhos. — Não parece rápido para mim.

— E o que parece? — A pergunta foi um sussurro áspero e hesitante, e suas feições me disseram que ele estava ávido pela minha resposta.

Segurei seu queixo novamente, apreciando a sensação de sua bochecha sempre com barba contra minha palma.

— Parece que você ultrapassou as minhas defesas quando eu não estava olhando, Byron Visser. Você era simplesmente você mesmo, e eu não tinha escolha a não ser te amar. Isso é o que parece.

— Parece ficção. — Seu olhar estava absorto, um pouco frenético, como se eu pudesse desaparecer se ele piscasse. — Parece algo que tirei da minha imaginação.

— Porque te surpreendi?

— Não. — Ele puxou uma respiração trêmula, seus cílios piscando. — Porque é perfeito.

CAPÍTULO 39

WINNIE

— DESCULPA. NÃO QUIS INTERROMPER VOCÊ E O AMANTE DE LADY CHATTERLEY. Espero que os dois estejam se hidratando.

Revirei os olhos para a provocação de Amelia. Supus que Byron fosse meu amante, embora ainda não tivéssemos feito todas as etapas do sexo.

Achando graça contra a minha vontade, me rendi a um sorriso.

— Haha. E sim, estamos bebendo bastante água. E você não está interrompendo. Desculpa não ter te ligado de volta na segunda.

— Tudo bem. Sei que você estava ocupada. Está tudo bem entre vocês dois? Acredito que vocês tenham se resolvido.

No banheiro, fazendo minha maquiagem para a cerimônia de premiação daquela noite, peguei minha esponja de base e passei abaixo dos olhos, tomando cuidado para não esfregar ou puxar.

— Sim. Tudo está maravilhoso. Obrigada. — Apesar de ainda não termos entregado nossa virgindade um ao outro, tudo estava indo de vento em poupa.

Estávamos dizendo "eu te amo" livremente, fazendo um monte de coisas nojentinhas, fofas e casuais, como olhar um para o outro e sorrir, ou beijar aleatoriamente no meio de uma discussão, ou tentar despir um ao outro de maneira sorrateira, ou esquecendo que estávamos em público enquanto estávamos no Central Park e nos beijando em um banco — nada *caliente*, pesado ou qualquer coisa, mas definitivamente alguns amassos pesados.

Também filmamos mais dois vídeos de desafios. O Desafio de Moda dos Melhores Amigos, que tinha sido divertido, já que tivemos que sair e comprar roupas para Byron que combinassem com as minhas, e o Desafio da Viagem Surpresa. Ambos foram discutidos em detalhes antes das filmagens, já que nenhum deles fazia muito sentido para fazer de improviso.

Postei o Desafio da Viagem Surpresa logo após filmar e editá-lo, salvei o outro vídeo novo para mais tarde e continuei pensando no que fazer com a gravação do Desafio das Leggings. Byron me disse que não se importava se eu postasse o vídeo das calças, mas admitiu que não queria compartilhar nosso primeiro beijo com o mundo. Portanto, o vídeo do Dê Um Beijo no Seu Crush permaneceria um segredo para sempre, para ser apreciado apenas por nós dois, e eu estava perfeitamente de acordo.

Mas toda vez que chegávamos perto de fazer sexo e eu achava que poderia perder a cabeça por desejá-lo, Byron recuava, alterava nosso curso ou respirava fundo. Eu não estava necessariamente confusa quanto a isso, nem estava chateada. Tínhamos todo o tempo do mundo, não havia pressa. Além disso, eu com certeza estava gostando de todas as coisas novas e maravilhosas que estava aprendendo sobre seu corpo.

Mas disse a ele que preferia não transformar isso em algo enorme tentando torná-lo perfeito, ou especial, ou uma situação maior do que era. Me disseram várias vezes que a primeira vez que uma mulher tem relações sexuais não era uma experiência agradável, não importava quantas pétalas de rosa estivessem espalhadas na cama ou quantas velas estivessem acesas. Queria que parecesse natural, uma extensão e progressão saudável de um relacionamento entre duas pessoas que se amavam, e só.

— Que bom saber que está tudo maravilhoso. — A voz de Amelia entregava um sorriso. — Mas não estou ligando para dizer que eu estava certa sobre basicamente tudo. Estou ligando para falar sobre a entrevista para o cargo de gerente de comunidade e sobre o leilão.

Abaixando a esponja de base, fiz uma careta para a minha sombra de olhos.

— O leilão?

— É, sabe o leilão da escola? Todos os livros que a editora do Byron vai doar? A agente dele quer uma citação sobre qual vai ser a finalidade dos ganhos.

Olhei para o espelho, meu cérebro trabalhando horas extras para descobrir do que diabos ela estava falando. Quando não consegui, disse:

— Do que diabos você está falando?

— Tenho certeza de que conversamos sobre isso. Ou talvez… isso mesmo. Era para a Pamela te atualizar quando você estivesse lá para as entrevistas no sábado.

— Me atualizar em relação a quê?

— A editora do Byron vai doar quinhentas cópias adiantadas autografadas para o leilão da sua escola que vai arrecadar fundos para a sua feira de ciências, livros novos para a biblioteca e laboratório de informática. Não é incrível?

Meu estômago embrulhou, desembrulhou e depois se contorceu. Ficando tonta, me inclinei contra a bancada.

— Ele…

— Sim. Ele vai autografar os livros quando voltar. Você sabe que as pessoas estão doidas de ansiedade pelo último livro da trilogia, então vocês provavelmente vão arrecadar mais do que precisam. Foi inteligente da escola fazer o leilão virtualmente.

— Sim. Inteligente. — Balancei minha cabeça para esvaziá-la, me sentindo sobrecarregada com a *TRAIÇÃO!* Mas, também, não era exatamente uma traição.

Byron havia prometido. Naquela noite que ele me fez o jantar no meu apartamento e contei sobre levantar dinheiro para a feira de ciências, ele tinha prometido que não faria isso. Ele podia ter mais dinheiro do que sabia gastar, mas cuidar das minhas prioridades e obrigações por conta própria era importante para mim. *COMO ELE OUSA?*

Mas por que eu não queria a ajuda dele?

Essa não é a questão. Ele prometeu e quebrou a promessa.

Mas não foi tolice minha não aceitar sua ajuda?

Talvez, mas essa ainda não era a questão.

Mas não deveria ser um fator?

Ele agiu pelas suas costas. Como você pode confiar nele outra vez?

É... Eu ainda confiava nele. Mas estava definitivamente irritada.

— Winnie? Você está aí?

— Sim. Hum, Amelia, eu não sabia de nada disso. Uma professora da escola me disse que a gente tinha recebido uma doação em massa, mas não sabia que o Byron tinha sido o responsável.

— Ai. Desculpa. Droga! Talvez ele quisesse te fazer surpresa. Eu estraguei a surpresa dele? Mas achei que a Pamela falaria sobre isso com você nas entrevistas.

Batendo meus dedos na bancada, considerei o que fazer.

— Quando isso tudo aconteceu?

— Na sua primeira semana de férias.

Humm... *sorrateiro.*

— E o Byron foi quem ofereceu os livros? — Coloquei a tampa de volta na base e peguei o pincel para dar um jeito na sombra.

— Não sei. Você deveria falar com ele. Mas preciso mesmo dessa declaração sua. Prometi à empresária dele que eu pegaria essas aspas com você, junto com a sua resposta sobre uma oportunidade de parceria de cosméticos, que é o verdadeiro motivo pelo qual estou ligando.

— Parceria de cosméticos?

— Espera, vou fechar a porta. — O lado de Amelia da ligação ficou em silêncio por alguns segundos, e ouvi o som de uma porta se fechando. Logo ela estava de volta. — Então, sei que eu disse que você seria perfeita para a vaga de gerente de comunidade, e eu ainda acredito que eles teriam sorte em ter você, mas a Ethical Cosmetics entrou em contato com a empresária de Byron para perguntar se você teria interesse em um trabalho remoto, flexível e registrado, no qual você fala nos seus canais de comunicação sobre a tecnologia, a pesquisa e a engenharia que rola por trás dos produtos deles. Tudo, desde os processos de engenharia química até as práticas ecológicas sustentáveis que eles usam, como a escolha de não usar óleo de palma porque leva ao desmatamento.

— Nossa. Parece mesmo interessante.

— Paga muito mais do que o trabalho de gerente de comunidade e, não que você tenha perguntado minha opinião, mas acho que o que você está fazendo com suas redes sociais é realmente incomum, e isso faz de você uma mercadoria. Poucos criadores de conteúdo com sua contagem de seguidores e engajamento estão adotando conteúdo focado nas áreas STEM e interesses femininos tradicionais ao mesmo tempo, e fazendo ambos igualmente bem, dando a ambos o mesmo foco. Você se tornou essa personalidade agora, maior do que o que você se propôs a fazer. Por mais que eu ache que você ficaria ótima aqui, comigo, acho que talvez a parceria de cosméticos possa ser mais adequada para você.

Eu valorizava a opinião de Amelia e sua honestidade, mas isso era muito para assimilar.

— Quanto tempo tenho para considerar?

— Bem, preciso de uma resposta sobre a entrevista de gerente de comunidade antes de você voltar de Nova York. Estão agendando agora.

— Se eu for entrevistada e eles me oferecerem o emprego, mas eu não aceitar, isso vai dificultar as coisas para você?

— Não. De jeito nenhum. Na verdade, espero que você faça a entrevista e não aceite. Eu realmente quero que todos aqui conheçam você, sintam a energia que você traz e tentem encontrar influenciadores semelhantes. Você já sabe como me sinto, mas vale a pena repetir: não podemos continuar pensando nas mulheres das áreas STEM como nós contra elas, como se as meninas ou fossem boas em engenharia ou boas em, abre aspas, *coisas de menininha*, fecha aspas. Isso está mudando muito, já mudou, e empresas, organizações sem fins lucrativos e anunciantes precisam acompanhar. Preciso que a equipe aqui esteja na vanguarda disso.

— Então sim, vou fazer a entrevista. — Dei batidinhas no meu pincel para tirar o excesso de sombra do primeiro tom e me inclinei para a frente em direção ao espelho. — Mas fiquei muito interessada na parceria de cosméticos. Você tem algum material? Uma descrição do trabalho?

— Sim e sim. Vou enviar por e-mail para você. E, com sua permissão, vou pedir à empresária do Byron para entrar em contato diretamente com você a partir de agora. Eu te amo, mas estou cansada da agência dele me usar como intermediária o tempo todo.

— Faz sentido. E muito obrigada. Obrigada especialmente por me ajudar a arrumar tudo para a cerimônia de premiação hoje à noite.

— Imagina! Com tudo isso acontecendo, esqueci de perguntar. Como ficou o vestido?

— Estou fazendo minha maquiagem agora. O vestido entra antes de eu passar batom e pó, mas depois da sombra.

— Claro, claro. Todo mundo sabe disso. — Amelia riu. — Você deveria fazer um vídeo focado em engenharia industrial sobre o processo mais eficiente para se vestir para uma noite chique na cidade.

— Esse povo da engenharia industrial ama seus processos. — Sorri enquanto espanei minha pálpebra direita com sombra. A ideia dela tinha mérito, e fiz um lembrete mental para anotá-la. Também seria divertido fazer uma série de vídeos de paródia sobre como cada tipo de engenheira se preparava para uma noite chique na cidade. É claro que as engenheiras industriais ficariam obcecadas com o processo e a eficiência, enquanto as engenheiras mecânicas poderiam construir uma máquina para armazenar e recuperar cada item necessário para se arrumarem, em ordem, via automação.

Sorrindo com as possibilidades, me despedi de Amelia e voltei todo o meu foco externo para aplicar sombra nos olhos enquanto meu cérebro trabalhava em novas ideias para meus tutoriais e projetos de STEM. Esses últimos dias com Byron tinham sido maravilhosos, surpreendentes e muito preciosos para mim, mas eu também mal podia esperar para voltar à minha vida em Seattle, todo o trabalho e os planos que eu estava animada para pôr em prática lá.

E agora que Byron e eu tínhamos nos entendido, eu esperava que nenhum de nós pensasse no futuro em termos de minha vida, ou da vida dele, mas da *nossa*. Juntos.

— Não é essa a questão. — De costas para a porta da limusine, sentei-me com as mãos no colo e observei as sobrancelhas mal-humoradas de Byron, que eram adoráveis, mesmo que também fossem teimosas. — A questão é que te pedi especificamente para não doar nada, mas você o fez!

— Prometi que não doaria dinheiro nem itens, e eu cumpri. Minha editora foi que fez a doação.

Eu ri, frustrada, e balancei a cabeça.

— Você sabe que dá na mesma.

— Pode ter certeza de que não! — Com os lábios levemente curvados com desgosto ou descontentamento, ele puxou os punhos de seu paletó.

— Não me importa se é você pagando ou sua editora, eu te pedi e te disse especificamente que eu queria resolver tudo sozinha.

Ele cerrou os dentes, as pálpebras caídas. Minhas habilidades de encantadora de Byron me diziam que ele estava extremamente frustrado.

— Eram livros que seriam destruídos, duas das páginas trocadas, iam jogá-los fora. Isso não está custando nada ao meu editor. Meu Deus, Winnie.

— Seu olhar cortou para o meu, sua paciência escassa, mas seu tom permaneceu calmo e uniforme. — Estamos no mesmo time aqui. Se eu te passar a bola, você vai dizer "não, obrigada" só porque você mesma não a pegou? Não. Você vai marcar um gol.

— Sim. Você tem razão. Estamos no mesmo time. E, admito, parando para pensar, foi muita burrice minha rejeitar sua oferta.

Byron piscou, se endireitando na cadeira.

— Foi?

— Sim. E daqui em diante, não vou correr para recusar ofertas de vocês que facilitam minha vida, ok? Mas não é exatamente por isso que estou chateada.

— Então por quê? — Ele se inclinou para a frente, parecendo curioso em vez de na defensiva.

— Como eu disse, você fez uma promessa para mim. Depois a quebrou. Não me importo com qual contexto era, ou se eles iam destruir aqueles exemplares. Me importo é com poder confiar em você quando você promete algo para mim.

Sua expressão se acalmou e ele olhou para mim, obviamente contemplando e debatendo minhas palavras. Depois de alguns segundos, ele assentiu.

— Você tem razão. Sinto muito.

Sorri. Eu não tinha dúvidas de que mais cedo ou mais tarde chegaríamos a esse ponto, mas adorei como ele estava disposto a reavaliar suas decisões quando eu empregava tempo e energia para comunicar minhas preocupações. Talvez ele nem sempre visse as coisas da minha perspectiva, mas eu confiava que ele sempre estaria disposto a ouvir.

— Está perdoado. E eu te amo.

A curva de sua boca parecia arrependida, mas também satisfeita. Desta vez, quando suas pálpebras caíram, não foi por frustração.

— Ei. Vem cá me dar um beijo.

Apoiando minhas mãos no banco, me inclinei para a frente e suprimi a distância entre nós, dando um beijo suave em seus lábios deliciosos e sussurrando:

— Não posso te dar nada sem comprometer minha maquiagem.

— Mas eu não estou usando maquiagem. — Ouvi a intenção em sua voz pouco antes de sentir sua mão na minha coxa, logo abaixo do tule da minha saia fofa. — Posso te beijar em outros lugares.

Sorri, sem fôlego por sua oferta enquanto meus olhos disparavam para a janela de privacidade levantada.

— Acho que isso comprometeria mais do que só minha maquiagem.

Ele arrastou os lábios ao longo da linha do meu queixo, para o meu pescoço, depois ao longo da clavícula até os ombros, me dando beijos suaves e saborosos que me fizeram pensar se seria realmente tão ruim se não fôssemos ao evento. Meus ombros estavam nus, pois o vestido era sem alças, e ele parecia apreciar o quanto isso lhe dava acesso à minha pele. Mas ele não mordeu nem chupou nem fez nada que pudesse deixar uma marca reveladora.

Mesmo assim, os toques suaves estavam me deixando tonta, acelerando meu pulso, focando minha mente apenas em seus lábios. Esse provavelmente era o motivo por eu não ter percebido que sua mão havia empurrado minha saia até que ele cutucou minhas pernas e puxou a renda da minha calcinha para um lado.

— Você está usando a vermelha? Aquela da foto? — ele quis saber, sua voz baixa, mal passando de um resmungo.

Balancei a cabeça, querendo dizer que sim, mas tudo o que saiu foi um gemido agudo. Ele era tão bom com as mãos. Seus dedos eram um milagre. Senti como se estivesse derretendo, quente e instável e acostumada contra tudo, menos seu toque.

— Você gosta? Do que estou fazendo?

— Gosto. Muito — respondi, ofegante.

Sua outra mão deslizou pela parte de trás do meu pescoço, emaranhando-se no meu cabelo, e puxou bruscamente.

— Não goze. Me avise quando estiver perto.

— Não gozar? — guinchei? Ele estava falando sério?

— Quero você molhada para mim a noite toda. Quero que se segure por mim. Quero saber, toda vez que olho para você, que você está pensando neste momento. Você sabe por quê?

Balancei minha cabeça sem pensar, inclinando e balançando meus quadris, buscando meu clímax. Mas ele deve ter percebido o quanto eu estava perto, porque seu toque ficou leve, provocador. Ele deslizou a ponta da língua da minha clavícula para o meu ouvido e sussurrou:

— Porque é tudo que vou pensar também.

Com mais um beijo gentil, ele retirou as mãos por completo, lenta e metodicamente endireitando a frente da minha saia, e se inclinou para trás, me deixando carente, acalorada e incrivelmente frustrada.

Meus cílios se abriram e olhei para ele.

— Isso não foi muito legal.

Ele trouxe o dedo médio para a boca, colocou até a primeira junta dentro, e lentamente chupou minha excitação da ponta do dedo.

— Mas você adora.

— Adoro.

Ele tirou minha mão do meu colo, trazendo meu punho para seus lábios.

— E você me ama.

— Amo.

— Então não foi muito legal, mas foi bom.

Balancei a cabeça, incapaz de tirar os olhos dele, meu coração batendo como as asas de um beija-flor. Byron preenchia cada espaço em que entrava de uma forma que tinha mais a ver com sua presença intrínseca do que com sua altura e tamanho, como sempre tinha preenchido. Senti minha respiração ficar mais rasa quanto mais eu olhava.

Era assim que o desejo era — a dor, o desejo, a frustração, a tortura. Eu costumava odiar essa sensação, mas agora eu a amava, eu a queria, assim como eu amava e queria Byron.

Nossa limusine diminuiu a velocidade enquanto Byron ainda estava beijando a pele fina do meu punho e o interior do meu antebraço e cotovelo. E quando a limusine parou, ele parou e fechou os olhos. Seu aperto na minha mão aumentou e escutei enquanto ele inalava profundamente.

— Não quero fazer isso — disse ele. — Não vou conseguir falar. Não vou conseguir pensar. Odeio isso.

— Eu sei. — Mudando a mão que ele segurava, eu o forcei a levantar o queixo. Eu queria pressionar nossas testas juntas. — Mas vou estar ao seu lado. E vou ser sua voz e distrair aqueles que procurarem monopolizar sua atenção. E vou te beijar e te tocar.

— Não é justo que você precise me salvar de novo.

— Não sei se eu diria isso. — Brinquei com as mechas curtas de seu cabelo na nuca. — Estamos no mesmo time. Se eu te passar a bola, você vai dizer "não, obrigado"? Ou vai marcar um gol?

Ele grunhiu, mas vi o início de um sorriso relutante eclipsar sua miséria anterior.

— Encontraremos um canto escuro e sossegado onde podemos ficar juntos, só nós dois.

— E o que vamos fazer lá? — Byron inclinou a cabeça para trás, suas mãos contentes em segurar as minhas.

— Ah, com certeza a gente pensa em alguma coisa. — Pisquei para ele assim que a porta do seu lado se abriu, barulho e luz e o cheiro de escapamento entrando.

Mas Byron só tinha olhos para mim, e seu pequeno sorriso não vacilou, nem mesmo quando deixamos nossa bolha de contentamento e as luzes piscavam e a multidão avançava. Estávamos nisso juntos, dando e recebendo força um do outro, e era muito mais do que eu jamais ousara sonhar, ou pedir, ou me permitir querer.

EPÍLOGO

BYRON

~VÁRIOS MESES DEPOIS~

— Te incomodou? Quando você leu a matéria do sr. Lorher?

Estudei a sra. Ekker. Ela se sentou na ponta da mesa retangular, Winnie no canto à sua esquerda. Eu estava sentado à direita de Winnie. As perguntas e os modos da mulher continuaram a parecer sinceros e razoáveis. Ainda assim, debati a melhor forma de responder.

Sou terrível em prever como as pessoas reagirão à minha honestidade porque não acredito que reajo com normalidade à honestidade de outras pessoas. Isso não me incomoda, normalmente não fere meus sentimentos, não me influencia de uma forma ou de outra. É um dado e não me sinto pressionado por isso.

Mas a que forma de honestidade a sra. Ekker responderia melhor? Essa foi a pergunta que Winnie havia me ensinado a fazer antes de responder a estranhos.

— Não li a matéria — respondi honestamente e aceitei o livro de capa dura que Winnie passou para mim.

— Mas sua empresária falou para você sobre ela? — A sra. Ekker fazia anotações e também usava um aplicativo de transcrição no celular. Estávamos sendo gravados.

De acordo com minha empresária e minha agente, Harry Lorher havia conseguido transformar os três minutos que passamos dentro do elevador em Nova York em uma matéria de dez mil palavras, na qual me denunciava como uma farsa presunçosa e sem talento.

— Falou — confirmei, olhando para a minha empresária. Pamela estava na porta, sempre uma guardiã fiel. Ela merecia um aumento.

— Qual foi sua reação à descrição dela da matéria?

Dei de ombros, voltando minha atenção à sra. Ekker.

— Por que isso é tão importante?

— Não sei o que é importante — disse ela de maneira razoável. — Mas se alguém publicasse um texto falando que eu contratava ghostwriters para escreverem todos os meus livros por mim, e que ainda por cima eu maltratava esses profissionais, eu ficaria incomodada.

— Ele disse "supostamente" — corrigi. — Ele disse que eu "supostamente uso e maltrato ghostwriters". No jargão do jornalismo, isso não torna a matéria aceitável e isenta o jornalista de calúnia? Por exemplo, ouvi dizer que o sr. Lorher supostamente come gatinhos no café da manhã e passa as noites como um ogro sob uma ponte em Hampshire. Já que eu disse "supostamente", acredito que você pode publicar isso sem problemas.

A sra. Ekker riu.

Fiz um gesto para Pamela na porta, avisando-lhe que eu estava pronto para outro leitor entrar na sala.

Tudo isso — providenciar o perfil e a entrevista com Jes Ekker, providenciar para que eu autografasse e anotasse os livros que minha editora havia doado, providenciar a sala silenciosa da escola de ensino fundamental para que eu pudesse me encontrar com cada leitor individualmente, em vez de ficar sobrecarregado com centenas de pessoas de uma só vez — era obra de Winnie.

Semanas antes, Winnie havia afirmado que não era excelente em empurrar as pessoas para fora de sua zona de conforto. Ou Winnie ignorava seu próprio talento inato de encorajar os outros a experimentarem novas experiências e se abrirem a possibilidades maravilhosas, ou era uma mentirosa.

Winnie era muitas coisas, mas mentirosa não era uma delas.

Um homem entrou na sala e me concentrei em sorrir enquanto ele se aproximava. Winnie havia me dito que eu ficava mais bonito e acessível quando sorria.

— Olá. Prazer, meu nome é Byron.

— Oi. Prazer, sou David. Você aceita cartão de crédito? Ou... ou dinheiro?

Olhando para cima do livro que estava abrindo, levantei uma sobrancelha para a pergunta estranha e respondi com uma resposta igualmente estranha.

— Desculpe, senhor. Só aceito itens oferecidos em troca: rodas de queijo, barris de vinho, gado. Nada de alqueires de trigo ou sacos de grãos. — Apontei para Winnie com um aceno de cabeça. — Ela é alérgica.

— Eu... o quê? — O queixo do homem caiu e seus olhos revelaram seu pânico. — Como é?

Apesar de meus melhores esforços, meu sorriso caiu.

— Não. Foi uma piada. — Minha encenação exigia trabalho.

— Ah! Foi mal. Haha. — Ele riu, visivelmente aliviado, enxugando a testa. — Me desculpe. Foi engraçado. Eu não esperava que você fosse engraçado.

— Ninguém espera — murmurei, virando para a folha de rosto, pronto para adicionar minha assinatura a ela.

Win me convenceu a dar a entrevista à sra. Ekker durante um momento de fraqueza (ou seja, logo depois que ela me fez um boquete e enquanto ela estava nua) prometendo que não faria perguntas sobre minha filiação ou minha família, apenas sobre minha vida como escritor e a inspiração para meus livros.

Ela argumentou que dar exclusividade a um jornalista de perfil sério — um que tivesse reputação de justiça e integridade — saciaria a curiosidade do público sobre mim, especialmente depois do frenesi que tinha sido o Jupiter Awards e o relato nada lisonjeiro de Henry Lorher sobre nossa especialíssima viagem de infâmia pelo elevador.

Winnie me cutucou com o cotovelo, uma repreensão silenciosa.

— O senhor não precisa pagar pelo livro — disse ela, suas habilidades de atendimento ao cliente muito superiores às minhas. — O senhor já comprou via leilão.

Junto com o preço de compra do livro autografado, os vencedores foram convidados para um Meet & Greet e, por essa oportunidade, eles ficaram mais do que felizes em pagar o dobro. Mas, para garantir que eu não me sentisse sobrecarregado, os vencedores que optaram por participar esperaram em uma área separada. Apenas uma pessoa de cada vez podia entrar nesta sala para conversarmos um pouco e eu autografar seu exemplar.

David gesticulou para mim, mas seus olhos estavam em Winnie.

— Ah. Não preciso pagar para ele assinar?

Como a maioria das pessoas, eu gostava muito de ser discutido na terceira pessoa.

— Não. Isso já estava incluído no preço. — A mão de Winnie veio ao meu ombro, provavelmente sentindo minha irritação.

— Ah. Que legal.

— Para quem devo escrever? O mesmo nome do comprador? — Levantei a nota, mostrando a ele.

Ele virou a cabeça para ler o papel.

— Não, é o meu nome aí. O livro é para o meu filho. s-t-e-p-h-e...

— Não. — Parei de escrever depois da primeira letra. — Meu cérebro não funciona assim.

— Assim como? — perguntou a sra. Ekker.

— Não consigo escrever letras e números ao mesmo tempo em que alguém os dita para mim — respondi à pergunta dela, depois perguntei ao rapaz: — Qual o nome do seu filho?

— Stephefen, com f.

Senti meus olhos se estreitarem com o peso do escrutínio da sra. Ekker.

— Stefan?

— Não. Stephefen. Mas com f.

Agudamente ciente de que eu olhava para o homem com um rosto tão vazio quanto a lista de conquistas do sr. Lorhrer, e que a sra. Ekker assistia a toda a interação, pronta para capturá-la em toda a sua hilaridade ridícula, eu não podia fazer nada. Esse homem e o nome de seu filho haviam me deixado indefeso.

Depois de vários segundos angustiantes, quebrei o silêncio constrangedor.

— Eu me rendo. Não faço ideia de como se escreve esse nome. — Não parecia um nome humano. Parecia a marca de um agente farmacêutico usado para tratar a síndrome do intestino irritável. Eu não sabia o que era "step-h-e-en" ou onde um "f" poderia caber nele.

— Aqui, senhor — interrompeu a voz de Winnie. — Pode escrever o nome aqui neste papel? Daí o Byron pode copiar.

— Claro — disse o homem, olhando entre nós.

Assinei o livro, entreguei-o, agradeci ao homem por seu apoio à escola de Winnie e ele foi embora.

Assim que a porta se fechou atrás dele, a sra. Ekker perguntou:

— Você realmente disse para o sr. Lorhrer que, abre aspas, *qualquer um que leia por vontade própria o resíduo fecal que você chama de jornalismo é um filho da puta de merda e pode ir se foder junto com você*, fecha aspas?

— Falei. — Aceitei o livro seguinte de Winnie, me virando para encontrar seu olhar, e esperando que ela lesse minha mente e me desse um beijo.

Em vez disso, ela me deu uma piscadela.

Grunhi.

— Que pesado — falou a jornalista, simplesmente. — Você tem o costume de mandar as pessoas irem se foder?

— Não.

— Por que o sr. Lorhrer é tão especial? O que ele fez para merecer sua ira?

— Ele é especial porque me assediou moralmente com perguntas que não tinha o menor direito de fazer. — Lancei um olhar significativo para a mulher. — E, se me permite dizer algo como pessoa, não como entrevistado: ele está apaixonado por sua própria importância e anseia desesperadamente por relevância, o que ele só conseguiu até hoje ao representar ilusões de grandeza e histeria como se fossem a verdade. Além disso, dado que ele transformou uma interação de três minutos em um elevador (na qual trinta por cento das minhas palavras eram palavras de baixo calão) em uma matéria de dez mil palavras de bobagem eletrônica, suspeito de que, como Victor Hugo, ele seja pago por palavra.

— Humm — foi a única resposta de Jes Ekker além de seu sorriso.

— O quê? — Olhei para Winnie, depois de volta à repórter. — Por que está sorrindo?

— Você é engraçado — disse ela. — Não esperava que você fosse engraçado assim.

— Ninguém nunca espera — murmurou Winnie.

Desta vez, quando olhei para ela, ela leu minha mente e me deu um beijo.

As noites de sexta-feira eram passadas no apartamento de Amelia e Winnie, jogando um game chamado *Stardew Valley* com uma mulher chamada Serena. Ela era amiga das duas e uma conhecida minha desde a graduação. Eu gostava do jogo. Serena era bacana, mas me cansei das três mulheres me comparando a um NPC (personagem não jogável) chamado Sebastian.

— Olha! É o Byron! Ele está me levando para dar uma volta na moto dele — gritou Serena, para o restante do nosso grupo, da mesa pequena da cozinha, com seu laptop aberto na frente dela, como se estivéssemos a cinco quilômetros de distância em vez de três metros. — Esta cena é tão deliciosamente brega.

— Sabe, se você casar com o Byron... quer dizer, o Sebastian... ele vai te fazer adotar um sapo. — Amelia estava sentada do outro lado da mesa da cozinha, em frente a Serena. — Mas o lado bom é que, às vezes, ele vai te fazer café.

— É isso que tenho que esperar se a gente se casar? — Winnie encostou a têmpora no meu ombro. — Sapos e café?

Win e eu nos sentamos um ao lado do outro no chão da sala de estar, nossos laptops na mesa de centro. Decidimos em grupo levar nossos jogos semanais para minha casa assim que Jeff se mudasse oficialmente.

Winnie não me contou sobre as ações de Jeff na manhã seguinte ao nosso primeiro beijo. Jeff tinha me contado na semana anterior, fazendo uma piada. Ele agora estava procurando freneticamente por um novo lugar para morar quando ameacei colocar todos os seus pertences na estrada se ele não fosse embora até o dia seguinte.

Isso explicava por que Winnie nunca queria ficar na minha casa incrível. Eu estava preocupado que ela não gostasse de onde eu morava e que eu teria que encontrar um lugar novo, um lugar que ela adorasse o suficiente para considerar, um dia, dividir comigo. Assim, senti alívio e raiva quando o verdadeiro motivo de sua evasão veio à tona. Eu poderia facilmente despejar Jeff. Mas desistir da minha casa teria me doído.

Quando perguntei a ela por que ela não havia me contado sobre as atitudes de Jeff, ela não conseguiu dar nenhuma explicação. Eu sabia que ela fazia o possível para comunicar seus desejos e necessidades, mas essa revelação serviu como um bom lembrete de que nenhuma mudança duradoura ocorria da noite para o dia.

Ela provavelmente sempre evitaria conversas difíceis; eu provavelmente sempre evitaria as pessoas; nenhum de nós era perfeito, mas estávamos nos esforçando ao máximo para sermos melhores.

Dei um beijo em sua testa e respondi sua pergunta sobre se casar comigo, quero dizer, Sebastian.

— Você sabe que quero me mudar para a cidade grande. As pessoas simplesmente não me entendem nesta pequena cidade.

Todas as três mulheres riram, e a conversa se voltou para como Amelia gostava de desprezar um NPC chamado Alex, para a impressionante adega de Winnie e para a ansiedade de Serena sobre aspersores de irídio.

Aprendi rapidamente com essas três mulheres que zombar de mim mesmo produzia melhores resultados do que transmitir irritação externa com suas travessuras. Estranhamente, depois de empregar essa abordagem ao longo do tempo, descobri que eu também gostava bastante.

— Vocês dois já terminaram os vídeos das trends? — perguntou Amelia, virando a cadeira para olhar para nós. — Ou vão continuar com elas agora que Winnie conseguiu aquele trabalho com a Ethical Cosmetics?

— Tem três desafios que a gente não… hum… fez, mas a gente não grava há meses — respondeu Winnie, por nós dois.

— Quais são os três que faltam? — Amelia apoiou o cotovelo no encosto da cadeira.

— A dancinha de "Toxic", o de sussurrar um segredo e o de beijar o crush. — Com esse último, Winnie e eu nos entreolhamos.

Eu havia assistido ao vídeo do nosso primeiro beijo e o que veio depois muitas vezes, especialmente nas noites em que ela trabalhava até tarde, ou nos dias em que sua carga de trabalho nos impedia de nos vermos. Quaisquer medos que eu tinha da minha agenda e do meu hiperfoco na escrita ser uma fonte de discórdia entre nós evaporaram no início do ano letivo. Winnie estava muito, muito mais ocupada do que eu.

— E o das leggings? Você não postou esse recentemente? — Serena se levantou da mesa, pegando seu copo de água vazio e indo até a pia.

— Tenho postado os que já estavam prontos. O Desafio das Leggings foi o último que a gente gravou, não tem mais nenhum pronto.

— Vocês deveriam fazer um hoje. — Amelia, ainda nos observando sobre o encosto de sua cadeira, estreitou os olhos em mim. — Que tal o da dancinha de "Toxic"?

Encarei minha amiga.

Ela sorriu, se levantando da cadeira.

— É sério. A gente deve acabar o jogo logo de qualquer jeito. E se vocês dois fizerem o desafio da dancinha de "Toxic" e eu gravo?

— Ah! Eu toco a música. — Abandonando o copo de água no balcão da cozinha, Serena tirou um celular do bolso de trás.

Winnie olhou para mim.

Com um sorriso apertado no meu rosto, dei de ombros.

— Claro. Acho que lembro dos passos — disse ela, se levantando e me estendendo a mão. — Você sabe o que precisa fazer?

10 *TRENDS* PARA SEDUZIR SEU MELHOR AMIGO

Assentindo, aceitei sua mão apenas para poder puxá-la para um beijo assim que estivesse de pé.

— Ah, não se preocupe com o Byron. — Amelia entrou na sala de estar, zapeando pela tela de seu telefone. — Com todas aquelas aulas de dança de baile, o cara tem gingado.

Winnie riu, obviamente acreditando que as palavras da nossa amiga em comum eram uma piada. Elas não eram uma piada. Eu era um dançarino excepcional.

Quando Winnie me deu a lista original de desafios, reservei um tempo para pesquisar cada um e observar vários exemplos. Inicialmente, não sabia se Win esperava que eu fizesse a dança junto com ela, mas queria estar preparado.

— Queria que a iluminação fosse melhor — falou Amelia, alinhando a câmera do celular enquanto eu tirava a mesa de centro do caminho.

As primeiras notas da música "Toxic" de Britney Spears reverberaram do celular de Serena. Winnie e eu nos posicionamos, um ao lado do outro. Me lembrei da maioria, se não de todos os passos, e rapidamente examinei minha memória, organizando-os em ordem.

— É melhor... é melhor a gente fazer uma rodada teste de ensaio? — Win perguntou, tirando o moletom e jogando-o no sofá, sua pergunta sendo direcionada para Amelia.

Nossa amiga balançou a cabeça.

— Não! Já estou gravando. Está quase... e... vai!

E então, eu fui.

Braço direito sobre a cabeça. Lábios. Toque. Onda de braços. Retração da cintura. Mãos de coração. Se joga. Mãos cruzadas...

Na minha visão periférica, pude ver que Winnie havia parado de dançar no momento em que me joguei, e senti seu olhar chocado em mim enquanto eu completava os passos. Ao mesmo tempo, na minha visão frontal, o queixo de Serena estava caído, seus olhos se arregalando ao máximo.

Amelia, parecendo não estar nada surpresa e imperturbável, simplesmente balançou a cabeça no ritmo da música até que acabou. Mas quando acabou, ela deu um soco no ar e fez um barulho alto.

— Cacete, Byron. Você precisa fazer teste para o próximo *Magic Mike*.

Cruzando a curta distância, Amelia levantou a mão para dar um tapinha congratulatório na minha mão. Não a deixei no vácuo.

Mas os sons de asfixia de Winnie logo me fizeram olhar em sua direção. Sua boca abriu e fechou, seus lindos olhos se arregalaram de surpresa, mas aqueceram rapidamente. Ela agarrou a frente da minha camisa, seu peito subindo e descendo com respirações rápidas, e li o que estava em sua mente como se ela tivesse falado as palavras em voz alta.

— Amelia — disse ela, sem tirar os olhos de mim. — Te dou um bônus de vinte mil tokens no Chuck E. Cheese se você fizer todo mundo sair daqui em menos de um minuto.

Sorri com a memória, ao mesmo tempo em que meu corpo enrijecia em resposta. A expressão em seus olhos, a intenção, a necessidade, eram espelhos dos meus. Eu nunca subestimava os momentos que testemunhava refletidos nela.

Sem esperar pela resposta de sua colega de quarto, Winnie me arrastou pela frente da camisa para seu quarto, me empurrou para dentro e chutou a porta para fechá-la com o pé. Então ela atacou, pulando para a frente e pulando no meu torso. Eu não tive escolha a não ser pegá-la, e nós dois caímos em sua cama em um emaranhado de membros, lábios e mãos vorazes.

Porra. Eu adorava isso. Adorava quando ela ficava com tesão por mim. Adorava quando ela se tornava irracional em sua busca pela minha submissão, minha perda de controle. Adorava como ela era gananciosa quando nos tocávamos, como ela nunca parecia satisfeita, sua criatividade, dedicação e curiosidade.

Então, foda-se, mas agora, neste momento, eu não sabia o que estava esperando.

— Byron… — disse ela entre beijos e mordidas. — Byron, *por favor*. — Subindo em cima de mim, suas mãos levantaram minha camisa e a tiraram, suas unhas fincando no meu peito. — Preciso de você.

Gemi e coloquei a mão no cabelo de sua nuca, amando esse lugar e o controle que ele me dava sobre a posição de sua cabeça, como ele forçava sua boca a abrir, como apontava seus olhos para onde eu os queria.

— Do que você precisa, Win? — Empurrei meus quadris para cima, querendo que ela sentisse o que ela fazia comigo.

Ela arfou na minha boca, seu corpo tenso.

— Onde você aprendeu a dançar assim?

Eu não queria falar sobre dança.

— Tira a camisa. — Sentei-me e soltei seu cabelo, meus dedos movendo-se para a frente de sua calça jeans, rosnando uma maldição quando encontrei dificuldade com o botão. — E tira essa porra.

— Sim, senhor. — Eu a senti estremecer logo antes de se levantar, movendo-se rapidamente para obedecer. — Quer mais alguma coisa enquanto ainda estou de pé? — provocou ela, tirando a camiseta regata por cima da cabeça e a arrancando a calça jeans junto com a calcinha.

Eu a observei, minha boca salivando com a visão de seu corpo, minha visão embaçando tudo no ambiente, exceto sua beleza exuberante, seus olhos cor de canela, sua vibração. Ela me fazia perder o fôlego cada vez que nossos olhos se encontravam. Ela roubava meus pensamentos com sua risada, me deixava sem sofisticação e sem palavras com seu toque.

Então o que *você está esperando, CARALHO?*

Sem minha calça jeans, com as mãos no cós da minha cueca boxer, fiz uma pausa, balançando minha cabeça para esvaziá-la. Devia ter havido um motivo. E veio a mim quando ela desabotoou o sutiã e o jogou ao acaso atrás dela, correndo de novo e me atacando mais uma vez.

Sempre tínhamos sido assim. Sempre frenéticos. Sempre focados apenas nas ações e famintos pelos corpos um do outro. Eu não queria isso para a nossa primeira vez. Eu queria fazer amor com ela.

Enchendo minhas mãos com seus seios, gemi, debatendo.

— Win...

— Eu primeiro — disse ela, me beijando do meu queixo ao meu pescoço para sussurrar: — Quer que eu sente na sua cara?

Gemi de novo, uma pontada de dor prazerosa pressionando ao longo da base da minha espinha.

— Espera, espera um minuto.

— Não quero esperar — gemeu ela, esfregando-se contra o meu pau, o tecido da minha cueca sendo a única barreira entre nós.

Eu precisava ganhar o controle sobre a situação. Precisava que ela desacelerasse. Eu estava tão cansado de esperar, de acordar no meio da noite ao lado dela, duro, desesperado, a dor e o incômodo do desejo cegante, de querer me enterrar dentro de seu corpo doce, mas ainda não confiando em mim para não acabar com tudo prematuramente.

Eu queria que ela gozasse. Eu *precisava* que ela gozasse. O que significava que eu precisava ter certeza de que ia durar.

— Minha cara — falei entredentes, tocando suas pernas. — Vem cá.

Assisti seus seios balançarem enquanto ela rastejava pelo meu corpo, espalhando suas pernas sobre minha boca. Sabendo exatamente o que fazer, sabendo exatamente o que ela preferia, deixei minha língua macia e plana e a lambi como se estivesse lambendo chantili. E aproveitei a visão.

— Meu Deus — arfou ela, rolando o quadril, jogando a cabeça para trás e arqueando as costas.

Ela já estava perto, tão perto. Eu sentia isso em sua inquietação, a deselegância de seu ritmo.

Agora. Agora é a hora. Faça amor com ela agora.

Envolvendo meus braços ao redor de suas pernas, eu a segurei e beijei o interior de sua coxa.

— Win.

— Sim? — Ela se contorceu contra o meu aperto, querendo meus lábios e minha língua.

Limpei a garganta de toda a incerteza e dúvida para perguntar:

— Quero saber se posso fazer o que quero fazer.

Seu corpo se acalmou e ela olhou para mim, piscando. Então ela piscou novamente, a qualidade desfocada de seu olhar clareando, seus lábios se abrindo com surpresa.

Vi seu peito subir e descer quando a compreensão surgiu, rapidamente seguida por um lampejo de preocupação.

— Você quer...

Ela não terminou de falar.

Mantendo meus olhos nos dela, dei outro beijo no interior de sua coxa, mais lento, mais suave que o primeiro.

— Sim — falei. — E você?

Winnie engoliu em seco, depois assentiu. Já se movendo para o lado, os movimentos não tinham pressa, os olhos arregalados e vigilantes. Ela se deitou de costas, e me levantei para tirar minha cueca boxer, a gravidade do momento me pesando.

Ela deve ter sentido também porque não me tocou como ela costumava fazer. Ela não me atacou ou me provocou. Simplesmente ficou parada, os joelhos pressionados juntos, os braços sobre os seios, os olhos enormes e os lábios inchados de nossos beijos frenéticos anteriores. E quando tirei a boxer, deixando-a no chão, seu olhar baixou para o meu pau. Respirando sem fazer barulho, seu corpo parecia tremer quando ela enfim suspirou.

Lambi meus lábios, saboreando-a ali, cheirando-a, meu corpo pulsando, incitando-me a subir em cima dela e entre suas pernas, me aninhar no calor úmido de seu sexo. E assim eu fiz. Estudando suas reações cuidadosamente, coloquei um joelho na cama e não deixei de notar como seus cílios tremiam. Ela inalou profundamente mais uma vez, desta vez segurando o ar em seus pulmões.

Usando os braços para suportar meu peso, me sustentei sobre ela, apoiado nos antebraços, observando seu rosto. Sua atenção parecia estar presa à frente do meu corpo e esperei que ela abrisse as pernas, o que ela fez ao soltar a respiração que prendia. Abaixando meus quadris para me posicionar aconchegado em seu corpo, senti sua respiração ofegante e observei seus olhos se fecharem. Ela cerrou os dentes.

Com o corpo rígido, a respiração superficial, os olhos bem fechados — fiz uma careta para sua postura e expressão. Aquilo não parecia certo. Descobri que precisava perguntar como ela estava, e não porque tínhamos concordado em fazer isso. Eu *precisava* de sua resposta.

— Está tudo bem? — suspirei, segurando, esperando pela resposta dela.

Ela fez um aceno brusco com a cabeça.

Meu cenho franzido se intensificou.

— Win. Abra os olhos.

Ela engoliu, depois os abriu. Eles pareciam estar se preparando.

— Win...

— Vai. Por favor.

Agora fui eu que engoli, sentindo um aperto na garganta.

— Você está apreensiva?

Uma risadinha escapou dela.

— Sim. Mas só dessa primeira vez. Ouvi dizer que é a pior, mas melhora demais. Eu... desculpa.

— Não precisa disso. Estou apreensivo também.

Winnie encostou a cabeça no travesseiro, parecendo surpresa.

— Está?

— Sim.

Eu ainda não tinha me abaixado totalmente entre suas pernas, e meus braços começaram a tremer com o esforço de manter a posição.

Suas feições pareceram relaxar com a minha confissão e seu olhar se aqueceu.

— Por quê? Você tem medo de eu ter dentes na vagina?

Foi a minha vez de rir.

— Não. Você tem dentes na boca e eles não me assustam.

Ela mordiscou meu lábio.

— Então por quê?

— Porque — confessei, rouco — não sei como vai acabar.

Ela olhou para mim, sua expressão aquecendo, depois esquentando, um pequeno sorriso inclinando sua boca para um lado.

— Não vai acabar — sussurrou ela. — Isso não é o fim. E também não é o começo.

— O que é, então?

Suas mãos se levantaram, me tocando pela primeira vez desde que eu havia me posicionado sobre ela. Uma palma pousou na minha bunda enquanto a outra alcançou meu peito. Ela me agarrou e meus olhos rolaram para trás, meus braços se dobrando gradualmente enquanto ela me guiava.

— É o meio — disse ela, me tocando, abrindo as pernas e inclinando o quadril como uma oferta. — Faça amor comigo, Byron. — Winnie beijou minhas pálpebras, meu nariz. — Faça amor comigo.

Engolindo em seco, abri os olhos e a encontrei me observando, me ancorando, me colocando no aqui e no agora, me dizendo que seu amor por mim seria tão constante e eterno quanto minha admiração e amor por ela.

E então, eu disse:

— Faça amor comigo também, Win.

— Eu vou. — O queixo dela tremeu enquanto ela sorria, e então ela me prometeu: — Sempre.

FIM